蝶魂花影

民国通俗小说典藏文库·顾明道卷

顾明道◎著

闲云老人◎评

中国文史出版社

顾明道和他的小说（代序）

张赣生

在本世纪（指二十世纪）二十年代末，能与"南向北赵"并称的武侠小说作家只有顾明道。

顾明道（1897—1944），原名景程，江苏苏州人。他八岁丧父，自幼体弱，上学时膝部患骨结核（中医所谓骨痨）致残，行动依赖拄拐。他毕业于教会所办的振声中学，因学习成绩优秀，即留在该校任教，并受洗为基督教徒。1922年，范烟桥移居苏州，范氏在辛亥革命的时候就曾与友人组织"同南社"，诗酒唱和；这时又于七夕会同赵眠云、郑逸梅、顾明道等九人组织"星社"，以文会友。顾氏由此结识了一批文友，他一生的文学活动大体未超出这个小团体的范围。顾明道因一直希望医好腿疾，所以结婚较迟，抗战爆发后，他和母亲、妻子全家移居上海，苏州的家产毁于战火，从此落入贫病交加的处境中。他一生以教书为业，战前一直在苏州振声中学执教，迁居上海后一面写作，一面仍自办补习学校，招生授课，直至肺结核把他折磨得卧床不起才停办。病重时生活无着落，全靠朋友周济，终年只有四十八岁，身后凄凉。

了解了顾明道一生的经历，有助于我们客观地认识和评价他的小说。

从顾明道一生经历来看，腿残、留校执教、参加星社，这三件事深刻影响着他一生的文学事业。民国初年的上海，盛行哀情小说，即文学史上称之为"淫啼浪哭"的时期。1912年，徐枕亚的《玉梨魂》和吴双热的《孽冤镜》在《民权报》同时连载，随即又连载李定夷的《霣玉怨》，流风所被，一片哀音。顾明道就在这种风气的影响下，开始试写小说，那时他只有十七岁，尚未成年。他的处女作是短篇言情小说，发表在高剑华主编的《眉语》月刊上，这是一份以知识妇女为读者对象的刊物，脂粉气很重，在该刊的创刊号上发表了一篇阐明办刊宗旨的《宣言》，其中说："花前扑蝶宜于春；槛畔招凉宜于夏；倚帷望月宜于秋；围炉品茗宜于冬。璇闺姐妹以职业之暇，聚钗光鬓影能及时行乐者，亦解人也。然而踏青纳凉赏月话雪，寂寂相对，是亦不可以无伴。本社乃集多数才媛，辑此杂志，而以许啸天君夫人高剑华女士主笔政。锦心绣口，句香意雅，虽曰游戏文章、荒唐演述，然谲谏微讽，潜移转化于消闲之余，亦未始无感化之功也。每当月子弯时，是本杂志诞生之期，爰名之曰《眉语》，亦雅人韵士花前月下之良伴也。"看了这篇《宣言》，读者当能了解此刊物的性质。顾明道在1914年左右开始写小说时，选中这样一个刊物投稿，也就表明顾氏本人的性格难免有些多愁善感的脂粉气。

我指出顾氏性格中的脂粉气，因为这决定着他文学作品的基调，丝毫也没有嘲讽顾氏之意，每个人都在一定的环境下养成他的性格，这没有什么可嘲讽的，我们要研究的只是事实。郑逸梅在《悼顾明道兄》一文中提到两件事，其一为："明道最初的作品，刊登在许啸天所辑的《眉语》杂志上，该杂志多载女作家的文字，他就化名梅倩女史，撰着短篇小说。有一位读者，是登徒子之流，写信追求他，缱绻缠绵，大有甘伺眼波之意。明道接到了信，大笑之下，用梅倩具名答复他。那个登徒子欣喜欲狂，寄给他一帧照片，请他交换'芳影'，并约他会晤某园。明道到这时，才用真姓名自行揭破。这一段趣史，明道时常讲给人听的。"其二为："《江上流莺》稿成，我曾为他写一小序，有云：'江山摇落，风雨鸡鸣，我侪丁斯乱世，应变无方，干禄乏术，臣朔饥欲死，乃不得不乞灵于不律，红茧缫愁，绿蕉写恨，借以博稿资而活妻孥。社友顾子明道固与予相怜同病者也。'明道读了，亦为之感喟百端，不能自已。"当时正值日寇侵华，人民生活困苦，对此局面"感喟百端"也是情理中的事，我们不必咬文嚼字，过分挑别；但达到"不能自已"的程度，就难免少些丈夫气了。以上两件事都可证明顾氏确有些多愁善感的脂粉气。

顾明道养成这样一种性格，固然与前述民初上海文坛的时尚有关，在当时一些人的心目中，唯其如此才配称为"才子"，少了贾宝玉味道就被视为粗俗；但是就顾氏本身的内因而言，腿残对他心理上的影响，恐也不容忽视。肢体的残疾不仅影响着顾明道的性格，也限制着他的行动。郑逸梅《悼顾明道兄》一文说:"这时他在吴门振声中学担任教务,因不良于行,往返不便,所以他住在校中。"顾氏是一位多半生未离他那中学小天地的人,缺少广泛的社会生活经历,在这方面,他既不能与同时的"南向北赵"相比,更不能与后来的"北派四大家"同日而语。对于这样一位学生出身,生活面狭窄,又多愁善感的作家来说,写言情小说自然是最方便的,他可以坐在家里凭自己的情感体验来打动读者,只要情感诚挚,哪怕写的只是他个人的小天地,也总会有其可取之处。但自向恺然《江湖奇侠传》引起轰动之后,报刊编者和出版商均热心于武侠一途,顾明道为适应这一潮流,便也改弦易辙,于1923年至1924年在《侦探世界》杂志发表武侠小说。1929年,他由杭返苏,途经上海,与当时主编《新闻报》副刊《快活林》的星社文友严独鹤相会,恰逢《快活林》需要连载长篇武侠小说,严约顾撰写,这就促成了他一生的代表作《荒江女侠》的问世。

《荒江女侠》刊出后竟大受欢迎,同年冬,上海三星图书局向新闻报馆购买版权出版单行本,至1930年8月已翻印四版,1934年11月更达到十四版,这在当时是很可观的销行数。可见其轰动的程度。由于此书畅销,顾氏也就续写下去,共出版了六集,并被友联公司改编为十三集连续影片,上海大舞台、更新舞台也改编为京剧连台本戏,风靡一时,大有凌驾《江湖奇侠传》之上的势头。这部小说之所以能取得如此出人意料的效果,今天的读者或许很难理解。当时最著名的武侠小说,是"南向北赵"的作品,向恺然连缀民间传说,自有其吸引人的一面,但却少了点爱情纠葛、哀感顽艳;赵焕亭的《奇侠精忠传》据说原有不少狎媟的描写,因而触犯禁例,出版时经过删削。顾明道于此际把武侠、恋爱、探险等成分捏在一起,就给读者一种新鲜感,满足了十里洋场那特定读者群追求新奇、热闹的要求,正如严独鹤在《荒江女侠序》中所说:"以武侠为经,以儿女情事为纬,铁马金戈之中,时有脂香粉腻之致,能使读者时时转换眼光,而不假非僻之途,不赘芜秽之词。是以爱读者驰函交誉。"

顾明道用以吸引读者的另一个办法是写"冒险",他在谈及自己的作品时说:"余喜作武侠而兼冒险体,以壮国人之气。曾在《侦探世界》中作《秘密之国》《海盗之王》《海岛鏖兵记》诸篇,皆写我国同胞冒险海洋之事,与外人坚拒,为祖国争光者。余又著有《金龙山下》一篇,可万余言，则完全为理想之武侠小说也，刊入《联益之友》旬刊中。又曾写《黄袍国王》长篇说部，记叙郑昭王暹罗之事，曾刊《大上海报》，后该报停版，余亦中止，他日拟出单行本以飨读者矣。又新著《龙山争王记》，则方刊于《湖心》周刊中，该刊为西湖小说研究社出版者也。曩年余为《新闻报·快活林》撰《荒江女侠》初续集，尚得读者欢迎，今由三星书局出单行本，三集亦在付梓中矣；又为《小日报》撰《海上英雄》初续集，则以郑成功起义海上之事为经，以海岛英雄为纬，以上两种皆由友联公司摄制影片。又尝作《草莽奇人传》，则以台湾之割让，与庚子之乱为背景也。"（转引自郑逸梅《悼顾明道兄》）所谓"冒险体"或"理想小说"，显然是接受了西方的小说观念，是指类似斯蒂文生《宝岛》或斯威夫特《格列佛游记》的体裁，譬如他所著的《怪侠》，写一个身负绝技的革命者，失败后率党徒逃亡海外，去非洲探险，与当地土著争斗，称雄异域，即是一例。

就顾氏的为人来说，他是一个正直、爱国的书生。"一·二八"日寇进犯上海，顾氏写了《国难家仇》《为谁牺牲》等小说，表示了他作为中国人的同仇敌忾之心。顾氏一生写过五十多部小说，以武侠和言情为主，也有社会、历史、侦探等作，他临终前，春明书店出版了他的最后一部作品《江南花雨》，这本小说具有自述的性质。

目　　录

第一回　春恨压衾美人卧病

　　　　名场拂袖高士归田　………………… 1

第二回　娇婢子幸逢贤公子

　　　　土老儿谬荐模特儿　………………… 9

第三回　车走香街巨灵飞掌

　　　　筵开华屋仙子称觞　………………… 17

第四回　舞台初试欣赏新声

　　　　小影乍投故作雅谑　………………… 24

第五回　愁罗恨绮少妇泪

　　　　玉洁冰清静女心　…………………… 33

第六回　纵猎名山巧逢旧雨

　　　　试茶小阁忽睹丽姝　………………… 43

第七回　仗大义明珠还合浦

　　　　灭人伦逆子弑亲娘　………………… 52

第八回　登徒好色愿托良媒

　　　　游侠可风共传异事　………………… 62

第九回　轩中絮语得有心人

　　　　海上小游识浪漫女　………………… 70

第 十 回　妙绪环生画家留趣史

　　　　　霓裳巧舞会场集贤宾 ……………………… 78

第 十 一 回　捷足先登少女夺锦标

　　　　　神拳小试阖城传芳名 ……………………… 85

第 十 二 回　述奇闻剑光黛影

　　　　　解重围侠骨热肠 ………………………… 94

第 十 三 回　锦簇花团欣联腻友

　　　　　珠香玉笑喜开琼宴 ……………………… 102

第 十 四 回　小戏谑香衾梦觉

　　　　　拒婚姻东床愿空 ………………………… 112

第 十 五 回　如此俊侣绮思瑶情

　　　　　大好春光蝶魂花影 ……………………… 121

第 十 六 回　习航空男儿抱壮志

　　　　　得尺素情侣起猜疑 ……………………… 129

第 十 七 回　韩叔达为子延名师

　　　　　韦秋心以身许党国 ……………………… 136

第 十 八 回　亭上相逢谁能遣此

　　　　　灯边密咏未免有情 ……………………… 144

第 十 九 回　绝裾以去慧剑断情丝

　　　　　束装归来清言诉离绪 …………………… 152

第 二 十 回　勃勃野心浪子窥艳

　　　　　咄咄怪事娇女失踪 ……………………… 162

第二十一回　争自由闺内设谋

　　　　　逼考试堂前受辱 ………………………… 171

第二十二回　义比鲁连愿为排难客

　　　　　人如卫玠喜作入幕宾 …………………… 180

2

第二十三回　辛苦为谁采花成蜜

绸缪未雨出谷迁莺 …………………………………… 189

第二十四回　壮志干霄匆匆行色

征车就道黯黯离情 …………………………………… 200

第二十五回　江水滔滔以身殉学

深情款款与子同袍 …………………………………… 211

第二十六回　起风潮性书成祸种

惊霹雳报纸播凶音 …………………………………… 219

第二十七回　驾龙媒愿为地主

联鸳牒拒却冰人 ……………………………………… 227

第二十八回　得银盾造成新纪录

执教鞭参观模范村 …………………………………… 236

第二十九回　孽缘自作好色丧身

异想天开折钱赎契 …………………………………… 246

第 三 十 回　草屋说书感化愚妇

良宵赏月邂逅凶徒 …………………………………… 257

第三十一回　施毒计二憨昧良

遇救星双姝脱险 ……………………………………… 269

第三十二回　枪声人影幸遇黄衫

鹤焰灯光如同白昼 …………………………………… 280

第三十三回　赏秋光拾级登山

因党祸束身入狱 ……………………………………… 289

第三十四回　得惊报好友探监

迎义师故人倾盖 ……………………………………… 298

第三十五回　杯酒论英雄顿明真相

片言订姻娅共贺良缘 ………………………………… 306

第三十六回　顺潮流截发作新装

　　　　　　亲芗泽贻书索艳影 ……………………………… 316

第三十七回　惊绝色魑魅现形

　　　　　　考丈夫娇娃玩世 ……………………………… 327

第三十八回　云影波光清歌婉转

　　　　　　情根爱芽细语缠绵 ……………………………… 336

第三十九回　杨瘦蝶无计遣情魔

　　　　　　柳飞琼有心充说客 ……………………………… 344

第 四 十 回　风轻云淡飞渡重洋

　　　　　　璧合珠联喜成佳偶 ……………………………… 360

第一回

春恨压衾美人卧病
名场拂袖高士归田

在那暮春三月的当儿，群莺乱飞，江南草长。金阊城外的七里山塘，春水绿波，春光旖旎。裙屐联翩，热闹得很。

青山桥的左边有一条小径，两边绿荫如盖，别饶清幽。走不到二十多步，便有蛎墙一带，牵附着许多薜萝，一个小小石库门，双户紧闭。上面有一横额，风雨剥蚀，已看不清楚字迹了。墙内还有数丛绿竹，一株红杏，在檐边随风摆动着。那座屋宇虽旧，而似别墅样子，里面很空旷的。有一对蛱蝶展开粉翅，在那墙隅花丛中飞上飞下，恋恋不去。

这时忽听马蹄响，从那桥上跑下一匹骏马来。马上驮着一个美少年，鲜衣华服，头戴呢帽，眉目清秀，态度潇洒，扬着长鞭，好似一个走马王孙。跑到那座屋子面前，把马缰勒住，跳下马来。恰巧旁边有一株合抱不拢的垂杨，少年便将马缰系在树上。那马跑得出汗了，口里只是喷气。见地下芳草芊绵，正够供给它的食料，遂低倒头去吃草了。

少年提着马鞭整一整衣裳，走到门前轻轻叩门。不多时，有一个蓬头小婢开门出来。见了少年，也不作声，让少年进去，扑地把门关上，飞也似的奔进去了。

那门里面有一间大厅，厅上陈设破旧，桌椅上堆满着灰尘，好像长久没有人坐的样子。厅旁分开东西两院落。那小婢先向东边门里跑去，而少年却走向西边。耳边只听得东院落中有妇人的声音问道："谁呀？"小婢答道："沈家的人。"又听妇人问道："沈家来的什么人？"小婢冷笑道："少太太，你想沈家还有谁人来呢？"妇人道："嗯，知道了。"

1

少年也不管那边的说话，推开两扇虚掩着的绿漆小门进去。门里乃是一个三开间的院落，对面一间小方厅，门窗都紧闭着。庭中有一株碧梧，正在苗长绿叶。还有两株丹桂，一丛翠竹。东边墙下排列着花盆架子，上面摆着许多姹紫嫣红的盆花。左边一闲房里寂静无声。中间是一个客堂，陈设虽不华贵，却也清洁无尘，一些儿没有俗气。右边一间正是一个卧室，八扇玻璃明窗。竹影映到窗上，室中也觉幽绿。靠里一张大床上睡着一个女子，云鬓蓬松着，两颊惨白，露着一脸的病容。可是伊的剪水双瞳和新月样的纤眉，依旧显出伊的美丽来。上身穿着葱绿色华丝葛的短夹袄，盖着一条花洋布的薄棉被，一条粉臂露出在被外，正和坐在妆台旁的一个老妇说话。

那老妇年约五旬开外，穿着一件玄色绉纱的棉袄，已是旧了。手里托着一杯热茶，一边喝着，一边向女子说道："我只有你这一个女儿，是我心上的爱物，所以你一生病，我心中便急得非常厉害。只望你快快痊愈，我便谢天谢地，谢神明了。"

女子强笑着答道："母亲你不必发急，今天我已好得多，觉得精神也恢复了些，额上不像昨天那样烫了。停会儿李先生来诊视后，母亲可以知道。"

老妇又问道："心里气闷么？胃气痛么？"女子道："心里已不觉气闷，不过胃中仍觉有一些痛。"

老妇道："但愿我儿吃了李先生的药，一天好一天，我就快活。你想我自从你父亲故世后，我心中的痛苦真似被尖刀戮着，几乎粉碎了。若不是有你在我膝下唯一的安慰着，我早已撒手尘世，跟随他们去了。想我母女二人，零丁孤苦，没个照应，偏偏你又时时要生病，真使我忧闷得很。"

女子颤声答道："母亲你不要说这些话吧，我的病不久会好。将来毕业后，我终有一天安慰你老人家，使你心上快乐的。"女子说话时，泪珠已夺眶而出。

老妇把茶杯放下，静默了一刻，才又说道："现在已有三点钟，怎么杨家少爷还不来呢？"

这时那少年已走到室外，轻轻咳一声嗽，说道："师母，我来了。"随即走进室去。

老妇笑逐颜开地立起身来说道："正说着少爷,少爷就来了。请坐,请坐。"

少年把马鞭子系在门环上,走到床边柔声问道："兰妹今天好些么?"女子侧转娇躯带笑答道："瘦蝶兄,我自觉好些了。"少年遂坐在靠床一张藤椅子里。老妇已去倒了一杯香茗前来,少年立起接过。老妇遂对少年说道："杨少爷,累你天天来此张病,盛情可感。自从兰儿病倒后,我天天心里忧烦。今天见伊好些,心头稍觉宽松。但愿伊早早好了。少爷,伊的病大半为了读书太用功了,又喜多愁,不像别人家的女儿性情活泼,嘻嘻哈哈的。"少年接口说道："不错,兰妹的为人,沉默不苟言笑,孤芳自负,情雅拔俗。好像心头有重大的隐忧,更加朝夕伏案,太偏重在智育方面,所以芳体软弱了。以后要多多活动些,心事也要除去。"

女子听了少年的话不觉面上一红,正要还答,又听外面叩门声。老妇连忙走出去,一边说道："适才少爷进来是马家的小婢开门的,他们多开了门,口里便要叽哩咕噜骂人。此番大约是李先生来了,待我去开吧。"

少年要想立起身去代开,老妇已走了出去。不多时,听得革履响,果然李先生来了。李先生是城里有名的西医李愈,曾留学过外洋,得医学博士的学位,医术很是高明,和少年是知友,此次也是少年特地介绍的。

李医生踏进房门见了少年便道："密司脱杨先到了。"少年也道："达克透李忙啊。"李医生笑道："还好。"车夫已把药箱提进,李医生遂取了寒热表,走到女子床边,一面把表放在女子口里,一面取出表来把脉;隔了一歇,取表一看是九十九度六,便道："昨天是一百另一度,今天寒热已退些,脉也平和了。"又问些病状。察看舌苔,再取听筒,在女子胸前听了一遍,遂配了药,告辞而去。少年送到门外,然后回转身走到房里。

有一包药粉凑巧要现在服的,老妇去倒了一杯开水来,给女子喝下,然后对少年说道："杨少爷肚里想要饿了,这里是没有什么好吃点心买的。今天早晨我烧好一碗虾仁,买了些切面,我去烧一碗虾仁面吧,我知道杨少爷爱吃的。"少年忙道："师母不要忙劳,现在兰妹有病怎好为我而忙呢?"老妇不理会,只顾走出室去。女子说道："瘦蝶兄,不要客气，我的母亲早已预备好了，你且请坐。"少年听了女子的说话，也不再谦让。见伊手中还托着空杯子，便过去接了，放在台上。女子便道："谢谢你。"少年重又坐下。女子叹一口气道："校中将近第二次小考，不幸又被病魔缠绕，不知不觉已过一个星期。如若再不快愈，而不能到校，那么学分不足，一年的书恐怕要白读了。非但对不住自己，而且对不起瘦蝶兄。"

少年道："兰妹你平日孜孜兀兀，过于用功，以致身体方面亏弱了。我以为智育和体育当该并重，二十世纪的新妇女，须要锻炼体魄，有健全的身体，一洗从前柔弱之弊。等兰妹病好了，我要请你到舍间去盘桓。我家的云裳妹玩得一手好网球，园中新辟的网球场，兰妹不妨加入游戏。还有云仪妹非常景慕你，她们时时要逼我请你前去一会儿，结个朋友呢。你一直不肯去，现在我再请求你答应吧。至于学校方面的功课，有你这样的天才，平日成绩优秀，偶尔缺课，你总能补去的，没有什么要紧。还要说什么对不起我，千万请你不要介介于怀。我之所以聊尽绵薄，也是报答老师的情意啊。"

女子听了少年的话，点点头道："兄的说话不错，承两位姊姊的盛情，屡次见邀，不耻下交，我也不敢矫情。待他日痊愈后，再行到府请安，并聆雅教。"

少年听了，面上现出喜色，又道："你静养数天，病就好了。明天我的姨母五十大庆，我们一家都要去祝寿，所以不能来看你了。李医生明天还要来的，看过了这一次，也可以停止。"女子道："是的，我生了病，多谢你天天来探望，使我感激万分。"少年道："兰妹，你又要说这种话了，使我惭愧得很。"女子不觉低头微微一笑。

此时老妇已托了一碗热腾腾的虾仁面进来了，少年忙来接着，口里连说罪过罪过，也不再客气，便坐在窗前桌子边吃面，老妇坐在一边看少年吃着。少年吃完了面，老妇收了碗去。少年再和女子讲了些话，看看天色将要晚了，遂起身告别。到房门边取了马鞭在手，回头又对女子说道："兰妹珍重玉体，我去了。"老妇送出房门。

到庭中时，少年忽然立定，从身边取出一卷纸币递给老妇道："兰妹生了病一切费用必大，我知道此间情形的。这里有五十块钱，是我送给师

4

母，聊表一些敬意……"

少年的话没有说完，老妇连忙摇手道："这是不能受的。若被兰儿知道，必然又要怪我。此次兰儿患恙，多蒙杨少爷介绍李医生来看病。医药等费多谢少爷一概担任了去，我们母女俩已是非常铭感，哪里还可以接受少爷的赠金呢？"

少年道："师母不要客气了，我为了兰妹高傲的脾气，断乎不答应的，所以背了伊而奉上。这是我的一点小意思，千乞收了。"

老妇再要推时，却听房里问道："母亲，你和瘦蝶兄在那里讲什么？"老妇答道："没有说什么。"少年趁势把纸币塞在老妇手里，走出了那两扇绿漆的小门。

忽见一个男子大踏步地走进来，头上歪戴着一顶瓜皮小帽，穿着一件黑华丝葛的夹衫，足上套着双梁鞋子，手里拿着一根司的克，口中哼着："保镖路过马兰关，一见此马喜心间……"正要唱下去，抬头见了少年，忽地缩住，对他紧紧瞧了一眼，走到东边门里去了。

少年见那人约有二十二三岁的年纪，生着一脸横肉。照他的服装和态度看来，好似一个流氓少爷。原来苏州人对于一般游手好闲，喜欢结交下流的子弟们，有这种称呼。当下少年问老妇道："这是谁人？"老妇答道："他就是马家的儿子三宝。"少年道："原来就是马三宝，久闻大名的。"一边说，一边走出大门。回头对老妇道："师母进去吧，再会。"遂到柳树下牵过那匹马来，一跃上骑。那马休息了好多时候，也有些不耐烦了，少年把缰绳一拎，那马便泼刺刺地展开四个银蹄，驮着少年而去。

少年是什么人，女子是什么人，少妇又是什么人？他们有何种关系？作书的现在先把他们交代个明白。

几年前头，这里有一位老文学家姓沈，名守约，前清翰林出身。自从鼎革后，他便隐居吴门，高尚其志。论起他胸中的学问来，真个是学富五车，才高八斗。不过性情僻蹇，不与世合。所以历经仕途，只落得两袖清风，一些儿家财也没有积得。他却服膺君子忧道不忧贫的一句话，平居箪瓢屡空，只图一醉，大有五柳先生的遗风。幸亏他的夫人孟氏，还能安贫若素，处理家政，非常俭朴，一些儿不怪怨伊的丈夫。所憾伯道无后，尚幸中年有女，膝下有一位女公子，正在豆蔻年华，生得清丽非常，夫妇俩

5

钟爱得如生命一般，自幼儿即教伊识字念书，取名若兰两字。

若兰天资聪颖，更兼伊的父亲悉心教授，七岁时读古文朗朗上口，已能属对，临汉魏隶书。饶有妩媚，足徵家学渊源，自是高人一等。后来年纪渐渐长大，守约见世变日新，此一时彼一时也。自己是个前清遗老，抱残守缺，以了此生。至于他的女儿，将来自有伊的前程，断不能吟风弄月，埋首故纸堆中，算为吾家不栉进士，必须进新法女学校，受新教育的熏陶，有科学的知识。好在他的女儿已有了根底，不致好学时髦，趋于轻浮一流。因此把若兰送入城东一个含英女学里去肄业。

那含英女学是个中学校，有师范一科，若兰先进的预科，以后升到本科去。在校中非常勤学，每次考试常在前三名，品行也列最优等。还有伊的作文，曾被国文教员薛先生刮目相看，把伊的课卷给校中别的教师遍览，赞许伊是一个枕经葄史锦心绣口的女学士，国文为全校之冠。大家知道是逊清太史沈守约的女儿，也无怪其然了。

若兰性情高傲，很有乃父的遗风。在校中一心读书，不喜交游。别的学生到了星期六、星期日两天，好似热石头上的蚂蚁一般，三朋四友出去遨游。身上穿得像花蝴蝶似的，在街上乱跑。若兰独自回家去见伊的父母，和守约谈些诗词。所以伊衣服朴素，友朋寥寥，只有一个姓柳名飞琼的学生，和伊同级，而且同室，时时聚在一起，研究国学，可称莫逆之交。

守约的文名早已名震三吴，自有许多人家的子弟要来纳赘问业。守约本不高兴设帐授徒，但因生活艰难，不能不开一些源，所以酌量收了几个门下士，都是城中的富家子弟。内中要算杨瘦蝶才华丰赡，文笔清新，守约许为一时俊髦，十分爱他。

瘦蝶住在城中西百花巷，是个世家子。琴棋书画，诗词文章。驰马击剑，拍网球，坐自由车，音乐歌舞，样样都能。对于守约的国学，一向佩服的，遂到沈家来受业。有时和若兰见面，若兰常常回避不见。守约却掀髯大笑，硬把女儿拖出来，使他们相见。且在若兰面前夸赞瘦蝶的学问，把他作的文章诗词给若兰披阅。自古猩猩惜猩猩，若兰读了瘦蝶的作品，芳心中不觉起了爱慕之忱，遂也和瘦蝶赏奇析疑，做了文字交。

隔得两年，守约忽然中风故世，只剩下母女两人，茕茕孑立。瘦蝶亲来拜奠，可怜的若兰哭得死去活来，万分的悲伤。从此郁郁寡欢，有了肝胃气的病。瘦蝶虽然因老师死去了，不来读书，却时时来探望他们母女。沈太太以为瘦蝶是伊丈夫生前的得意门生，且和若兰相熟，自己家中又少亲戚走动，所以很是欢迎。但是他们的生活却很难维持了。守约故世后，丧葬费也用去不少，只留得一千块钱存在钱庄上。每月一分利息，所得无几。此外有一家亲戚津贴些钱。住的房屋是以前五百块钱典下的，房东便是那马家了。

讲起那马家也是阀阅门第，主人翁在日是和守约同僚，因此守约典了他家的屋子。可是主人早已故世。马氏性喜赌博，常常邀着他的女朋友打牌。且好管人家的闲事，没有大家风范。因此家政凌乱无序，渐渐衰落。这座房屋也是主人翁生前苦心经营下的，饶有园林格式，门前风景亦是不恶，可惜年久失修，到如今已呈黯淡之色了。偏又生了一个豚犬般的儿子，便是那马三宝。自幼读书不成，性情强悍。他的父亲在日，常因他而气恼，称他为逆子，将来自己必为若敖氏不食之鬼。

果然三宝自从他的父亲死后，愈显出他的枭獍心肠、禽兽面目来。马氏反而怕他，予取予求，每月要被他用去不少金钱。三宝在外结交一辈无赖，茶坊酒肆任意放荡，在山塘街上也有些小名气。沈太太和马氏性情不相投合，而马氏又势利成性，常常予人难堪。沈太太虽欲择地乔迁，只因房子典的年数还没有到，暂且容忍。

若兰仍旧到校读书，已进了正科，学费和书籍费等都增加了。瘦蝶知道他老师家中的景况，他又很钦佩若兰的学问，所以情愿出钱资助若兰的学费。若兰初意亦不欲平白地受人之德，一因瘦蝶为人很是纯明，是他自己的诚意；二因家中实在没有余款可代伊出学费，只得老实受了。

瘦蝶每逢若兰休沐的日子，便到沈家来盘桓，两人研究些学术，很是投契。瘦蝶又请若兰写了一幅立轴，特地去裱了，悬在他的书房里。人家知是女子写的，都十分赞赏，瘦蝶更觉快活。

春来天气寒暖不定，若兰受了些寒，又在伊亡父的三周年那一天哭了一场，心中抑郁，旧病复发，就此睡倒，生起病来。瘦蝶十分惦念，天天前去探望，又介绍了李医生去医治。幸而若兰的病渐渐好了，他心中宽松得多，跨马回去。

到得自己家门跳下马来，早有下人小四把马牵到厩中去喂料了。原来这匹马名为白玉骢，是瘦蝶心爱之物，费了三百金购下的。

当下瘦蝶走到里面，家中的电灯早已亮了。先走到他的书室绿静轩来，那绿静轩是在花厅的后面，一面可通内室，庭中堆叠起一座玲珑假山，有几株芭蕉，一株文杏。墙边地下埋着一支大缸，缸里养着五六尾金鱼，在那嫩绿的水草下面掉尾游泳，悠然自得。墙上还爬着一大株蔷薇花，绿叶纷披，正在含苞欲放之际。好一个幽静的地方！

轩的前面回廊里也有一盏电灯亮着，廊下挂着一只鹦鹉架，一头红嘴绿羽的鹦鹉正自低头用喙理它的毛羽。听得脚声，回头看见了瘦蝶，便曼声叫道："少爷回来了，少爷少爷。"

瘦蝶走过去，见轩中一盏绿色电灯正开亮着，映得庭中墙上也是绿滟滟的，暗想谁在我的书室中呢？推门进去一看，却见一个十六七岁的女子正伏在桌上写字，不觉笑道："好啊，你在这里弄笔么？"

欲知那女子是谁，请看下文。

闲云老人评：

开首便是写春光，确是《蝶魂花影》的背景。写老母爱女之心如见。瘦蝶如此关心若兰母女，是一片诚挚之心，病榻絮语，如闻其声。写马三宝故逗一笔，为后文张笔。沈守约历经仕途，两袖清风，清廉如此，可以风矣。若兰的是女学生之模范。守约绛帐授徒，得瘦蝶为门生，而守约身后，瘦蝶如此照顾，师生之情，其笃厚如此。写马氏家庭，正为溺爱子女者戒，此等人家是闻很多。

第二回

娇婢子幸逢贤公子
土老儿谬荐模特儿

少女放下笔，立起身来，娇声说道："蝶少爷，我早知道你回来了，你那心爱的鹦鹉已在那里欢迎你呢。"

瘦蝶道："那么你为何不来迎接？"

少女嫣然一笑，退立在一边。把手指捻着樱唇，只不作声。瘦蝶走到写字台边一看，台上展开一本《灵飞经》，正临写了几行，很是娟秀。不觉笑道："原来你在这里习字。初写黄庭，恰到好处。你把这页写完了吧。很好很好。"

少女道："前天蝶少爷教我要常常习字，把这本《灵飞经》给我。今晚我等候蝶少爷还不回来，十分闷气，便趁这闲暇临写一下，不想蝶少爷回来了。我写得这样丑陋，少爷看了不要笑歪了嘴么。"

瘦蝶道："我因为你很会写字，所以教你临帖的。看你也是个可成之才，只要用功，将来你也会写得像沈家小姐一般好的。"说着话用手指着东边墙隅悬着的一幅三尺立轴，上面写得好一手隶书，正是若兰的墨宝。

少女便问道："蝶少爷今天可是去探望沈小姐的病么，可好些？"

瘦蝶答道："好些了。这几天好忙，我们明天还要去陈家太太那边吃寿酒咧。他们可在后边楼上么？"

少女道："是的。"少年又道："碧珠，跟我去吧。"少女遂把字帖放在抽屉里，随着少年出室，顺手把电灯开关闭了。

两人转弯抹角的走到后面楼下，乃是一排五开间的高楼。左边两间楼房中灯光明亮，正开着留声机，唱的荀慧生的《玉堂春》"打发公子回原郡，二人在灯前把誓盟。公子立志不另娶，玉堂春至死不嫁人"一段二六。

瘦蝶首先走上楼来，向左首母亲的外房踏进。袁妈正立在窗口，一见瘦蝶便道："少爷回来了。"这时瘦蝶已到内房，见他的母亲正坐在床边沙发里抽水烟。大妹云仪坐在窗边椅上，一手执着唱片书看着学唱。次妹云裳立在唱机橱边，摇动那机轴。瘦蝶忙叫声"母亲"。

杨太太见儿子回家，便道："怎么你今天回来得很晚？"

瘦蝶方要回答，云裳早把唱机停住，向瘦蝶带笑说道："大哥，若兰姊姊的病今天好些么？"瘦蝶答道："伊服了李医生的药，果然有效，今天大好了。"云裳道："我们也希望伊早早痊愈，不然那山塘街上也要被那匹白玉骢踹坏了。"说得众人都笑起来。瘦蝶面上一红道："云裳妹惯会打趣，留心将来不要遇着对头啊。"一面看着他母亲的面容，见杨太太仍是含着笑，方才放心。

这时那个少女也掩进房来，垂着手站在一旁，一双俏眼紧睃着瘦蝶。云仪问道："碧珠，适才你躲向哪里去？莫不是到大门外去迎接少爷么？"少女答道："大小姐，不是呀，我是在蝶少爷的书房里习字。蝶少爷回来了，我才跟他上楼来。"

杨太太瞧看少女笑道："痴丫头，你也想将来成为一个女书家么？"少女笑笑。瘦蝶又道："我看伊的字，以为将来很有希望，只要伊能下苦功是了。"云裳笑道："那么我也要请教碧珠写把扇子哩。"碧珠笑道："二小姐不要这样说，折杀了小婢了。"一面说，一面走到杨太太身边，低头柔声问道："太太要捶腿么？"

杨太太点点头，少女遂施展粉臂，捏着拳头，替杨太太捶腿。杨太太道："蝶儿，明天你的姨母五十岁做寿，我们都要去的。你呢？"瘦蝶道："自然我也要去拜寿的。寿礼可送去么？"云仪道："不劳你费心，母亲在昨天已送过去了。今天下午你出门后，淑贞姊姊来过的，伊教我们一定要请你去聚聚的，你也逃不脱啊。"瘦蝶把身靠着玻璃大橱，默然不答，好似转心事一般。

袁妈走进来问道："太太可要用晚饭？王妈来说已预备好了。"杨太太一看妆台上的钟已有八点钟，便点点头道："你教他们开饭吧。"

袁妈退出房去。云裳道："闲话少说，我肚里也饿了，快去吃吧。"大众立起身来，走下楼去，到餐室中坐定用晚饭。

不多时晚饭用完，重又回到楼上去闲谈。云仪、云裳谈些学校中的新闻，知道苏州各女校将要开一个女校联合运动会。云仪姊姊是在一个卿云女学校里读书，那卿云女校虽是个教会学校，此时也要加入。他们姊妹俩被派入跳舞一队里去，每天课后正在练习一种玫瑰舞。云裳还要跑五十米，又是篮球选手，忙得很，连书也懒读了。

他们正在讲话，凑趣的碧珠早削好几只梨，一片片地放在玻璃盆里，插上几根牙签，托进房来，放在桌上，说道："太太等用梨。"瘦蝶第一个过去签了一片，纳在口里便嚼。杨太太道："我不要吃，碧珠你代我冲一杯橘子露来。"碧珠答应一声，回身出去，又托着一杯橘子露进来，送到杨太太面前，杨太太接着便喝。

这时桌上盆子里的梨剩了两片，大家不吃了，云仪遂命碧珠取去吃。碧珠把盆拿出房去，袁妈已走进来接过杨太太手里的空杯，还出房门。碧珠又走来立在一旁伺候。

原来杨太太的丈夫杨诚意，是苏州的富绅，家道富有。生下一男二女，便是瘦蝶和云仪姊妹。自幼聘请名师在家教读，后来都进了学校。瘦蝶读到中学毕业，便在家中研究美术。他天才甚高，样样都能，第一回中已略表过。现从名画师陶子才学画，陶子才十分赞许。云仪姊妹都在卿云女校肄业。杨诚意在瘦蝶十岁时早已逝世，幸巧杨太太持家有方，精明能干，所以一辈账房门客都不敢轻视，各自认真办事。男女家人见了杨太太，没有一个敢不敬礼。都说太太贤德，恩威并施，人皆悦服的。

杨太太和他们谈笑了一番，见瘦蝶有些倦意，便道："蝶儿你要睡去睡吧。"瘦蝶遂立起身向母亲道了晚安，走下楼去。

碧珠跟在后边，来到楼下左边一间卧室里，碧珠先把电灯亮了，室中顿时光明，陈设华丽照眼生缬。瘦蝶便向沙发上一横，伸一个懒腰。碧珠把窗帘下了，取过一双拖鞋来，走到瘦蝶身边放下。又把瘦蝶脚上的鞋子脱下，拭去灰尘，放在床的一边。对瘦蝶笑着说道："这几天天天骑马，也觉得疲乏么。快些安睡吧，明天还要去吃寿酒呢。"瘦蝶对伊一笑。碧珠又去把床上的锦被展开，且开亮了台上一盏粉红色珠罩的电灯。

瘦蝶立起身来，走到台子边，把台上放着的一只玻璃缸开了，取出一块可可糖，撕去锡纸包，放在自己口中。又取了一块，也把锡纸撕下，回过身来向碧珠口里一塞。碧珠含着便吃，又对瘦蝶笑了一笑。瘦蝶把缸盖了，脱下马褂和夹衫，碧珠接去，挂在衣架上。瘦蝶遂睡到床上去。碧珠代他覆上锦被，说道："蝶少爷，我去了。"遂回身走到房门边，又把正中的电灯熄了，轻轻带上洋门而去。

此时楼上杨太太和云仪姊妹等也都安寝，只有那碧珠回到楼下自己的一间小房中。虽然是婢女的房间，却也收拾得清清洁洁。一张小铁床上，雪白的帐子，湖色花洋布的棉被，映着电灯光，纤尘俱无。床前有一张三抽屉的台子。台上放着几本书，一个墨水瓶，一面鸭蛋镜，还有几个粉盒香水瓶。

碧珠坐在椅子里，取过一本英文书，低低诵读了一会儿，觉得眼皮有些合拢来了，遂放了书，脱下衣裳去睡。

但是说也奇怪，伊睡在床上翻来覆去，只是睡不着。不知这个俏丫鬟有何心事？原来其中正有一个缘故，待著者慢慢写来，看书的自会分晓。

几年前头，杨太太因为身边一个丫鬟名四喜的出嫁去了，没有得用的人，要想觅一个玲珑的使女。无如荐头店里送来的使女不是失之粗笨，便是过于妖娆。前后送了十几个使女来，杨太太看了都不中意。云裳说笑伊的母亲好似点秋香，这位姐姐不好，那位姐姐不好。大约秋香还没有来，决难中选。

后来有一家荐头店送来一个十四五岁的女子，虽然布衣素服，倒也清清洁洁，并且生得明眸皓齿，很觉秀美，真是乡娃中间的翘楚了。杨太太看了方才满意。留下试用数天，果然十分伶俐，很会做事。杨太太遂出了三块钱一个月的工钱，用伊在身边使唤。问伊的名字唤什么，伊回答说是金珠，自幼父母双亡，家中只有一个婶娘了。杨太太以为金珠的名字不甚高雅，教瘦蝶代伊另题一名。瘦蝶道："把金字换了碧字，便觉好得多了。"于是大家唤伊碧珠。

碧珠凡事能博杨太太的欢心，对少爷也很体贴。杨太太常常代伊做衣服，很是宠爱，不把寻常使女看待。云仪姊妹也常常喜欢和伊聚在一起，云仪有时教伊习字读书。

不料碧珠很能识几个字，也能握笔书写。大家很是惊异。问伊的身世，伊却不肯直说。有一天下午正是星期日，饭后无事，杨太太和云仪姊妹坐在楼上闲谈，碧珠也坐在一旁。忽然瘦蝶匆匆跑上楼来，手里拿着一包东西，对云仪姊妹笑嘻嘻地说道："你们要看么？"云仪、云裳不知是什么，连忙走过去。云裳接到手中，解开一看，乃是两张照片。云仪细细一瞧，不觉说道："啐！我道是什么东西。"云裳却笑嘻嘻地取给杨太太看。

杨太太一看，第一张照片上摄的乃是一个女子，赤条条的上下衣服脱得精光，玉体横陈，栩栩欲活。还有一张是一个裸体女子立在台上，连那妙处也豁然呈露。有几个男女学生在台下正瞧着伊作画。

杨太太不觉怒责瘦蝶道："她们都是黄花闺女，你把这种污秽的东西拿来给她们看，是何道理？你从哪里去得来的？"

这时碧珠在旁也瞧见了，便掩着口笑道："这是模特儿啊。"

瘦蝶连连点头道："不错，这是模特儿。母亲不要见怪，是上海一个朋友寄给我的，他在美术专门学校里做教员，这是人体写生的一课。那女子便是雇用的模特儿，立在那里给学生描绘，显出伊的曲线美，所以他摄了两张照片寄给我。也因我是喜欢美术的同志啊。这种照片并不是淫秽之物，西洋各国都有模特儿的照片，现在上海书局里也有购处。"

杨太太道："我以为总不是正当的画片。你说美术学校里雇用模特儿可是真的人么？"云裳抢着答道："自然是真的人。母亲，这是照片，并不是画片，大哥已说是他的友人摄的了。"杨太太道："难道世间竟有这种无耻的女子，肯当着大众面前，赤身露体给人绘画，给人摄影的么？"

碧珠笑道："太太，她们也有月薪的，上海地方很多。"

瘦蝶不由紧瞧着碧珠道："碧珠，你怎样知道模特儿的名字，你又怎样知道她们是有月薪的呢？你可曾见过模特儿么？"

碧珠被瘦蝶这么一问，自知失言，不觉两颊红晕，嗫嚅着答道："蝶少爷，我也是听人家说的。"

杨太太道："这个模特儿的名称，我却活了五十多岁，还是头一次听得，不料伊倒明白了。"

瘦蝶道："模特儿三个字，是从英文字音直译出来的，便是模型的意思，所以有人唤作人体写生。但碧珠是从乡下来的，伊哪里会知道呢？其中定有他故，一定要伊直说出来。"杨太太也道："不错，碧珠来了多时，我们只知道伊是荡口人氏，姓夏，是一个伶仃孤苦的女子，所以出来帮人家。别的却不知晓，不知伊以前曾在何处，伊终不肯直说。现在我们要伊说一说了。"

云裳也拉着碧珠的衣袖道："快说快说。"碧珠才道："我在此间多蒙太太少爷小姐等特别优待，感激非常。我也不必隐瞒，我真是一个苦命女子，曾经从火坑里逃出来。现在虽然为人奴婢，心中却已知足得很了。今天太太等既然要我直说，我就详细奉告。以前我也曾被人要强逼我做模特儿的。"

瘦蝶听了不觉跳起道："碧珠你做过模特儿的么？"杨太太和云仪姊妹的面上都显出奇异的样子，要听碧珠讲个所以然。

碧珠笑道："做过不做过，停会儿讲完了你们自会明白。我家在荡口，本来也是好好的人家，田地房屋都有的。我父母很是宠爱我，六岁便送我到镇上一个私塾里去读书。先生常赞我聪明，进步很快。读了三年书，字也会写写。不料在我九岁上，我可爱的父母相继去世，只得靠着婶娘度日。我的叔父常到镇上去赌博，抽大烟，渐渐把我父亲的田地败去。婶娘又把我虐待，我是忍气吞声地过光阴，背地里挥泪饮泣。后来我家的景况更不好了，我年纪渐长，苦痛更甚。

"去年春天正是乡下赛会的时候，我家的西邻宋老爹回家了。他在上海一家公馆里看门，有好几年了。他见了我，忽然对我婶母说：'上海现在有一般画师，很需要乡下小女儿做他的模特儿，每月工钱很大，比较寻常奴仆不同。你家的金珠年纪大了，不能在家吃闲饭，可以出去赚几个钱。他家少主人有个朋友，是一位画师，本用着一个模特儿，现因那个模特儿要出嫁了，所以想要另招一人接替。你家金珠若然肯跟我去，包在我身上一定要用。'

"我婶娘便问他道：'什么叫作模特儿？'他道：'这是外国的名称，大概是在画师的画室中伺候画师作画的，所以要美好些的人。'我婶母听了他的话，心中活动。和叔父一商量，竟答应了宋老爹，托他带我到上海去。我其时也不明白细底，平常时候听得乡人去沪做佣工的也很赚钱，所以我也很想出外去谋个自立，免得在家中受婶娘的气，便欣欣然地跟了宋老爹到上海去了。

"到了那里，我是人地生疏，一看见洋场繁华，有些目眩心荡。他先引我到他主人家中，有许多妇女都来看我，笑嘻嘻地交头接耳。我也不知其中的道理，以为她们是笑我乡下人罢了，便在那家借住一夜。明天宋老爹取了主人的名片，和我坐着人力车，到画师那边去。

"到了画师处，也有人争相观看，说道模特儿来了。我又问宋老爹，他们唤我模特儿，是什么意思。宋老爹道，你此来不是做模特儿么？模特儿是服侍画师的，画师吩咐你做什么便做什么。你是才来上海，一切都不明白，凡事须要小心。听从人家的说话，方有好处。我诺诺连声，不敢多说。少停，见一个西装少年走来，便是那画师了。对着我周身上下细细瞧看一个饱，回头对一个很时髦的妇人说道，可以，合格了。很有曲线美。那妇人笑笑，后来我知道这妇人就是画师的夫人。

"当时宋老爹见画师满意了，便和画师讲定每月工资十二块钱。画师先从身边取出四块钱给宋老爹，他谢了一声，纳入衣袋中去。又吩咐了我几句话，才去了。

"这天我在那画师家里没事做，他们也不教我做事。我心里很是不安，踅到画室中，见是一间很精雅的房间，画师正坐在桌子前看报，见我进来，便道，现在没有什么事，明天早上才要你来。我不得已退出去。晚饭过后，一个老妈子便领我到后面一间小房间里去睡。那小房间真像豆腐干大小般一块地方，搭了两张床，放着一只小茶几，走路也要侧转身体挨进去。我就和那老妈子同睡在一床。到得明天朝上，起身早餐后，我想帮着老妈子去洗衣服，老妈子却对我说道，你是模特儿，用不着来做我们的事的。我听伊的话，不免有些怀疑，便问道，那么我到底做什么事的？老妈子道，你不要急，少爷自然要你做的。

"到了十点钟时，我正在楼上看少奶梳头，那画师忽然走上楼来，要我下去。我遂跟了他走到画室中。画师把门关上，把手招招，教我走到一个屏风背后，我不知道他要我做什么事。画师对我说道，你快把上下衣服脱去，走出来，到那窗下榻边，我再教你怎样的姿势。我听他的话，不觉心里大跳。慌忙说道，少爷，这是使不得的。怎么教我脱衣服呢？画师正色道，咦，你不是来做模特儿的么？做模特儿不脱衣服，天下岂有这种道理？否则我出了十二块钱一个月，要你何用呢？我不得已说道，宋老爹对我说服侍你少爷作画的。画师道，不错啊，就是要教你做一个模特儿，给我绘画。我无可奈何，只得跪下央求道，我是好人家的女儿，断不情愿赤身裸体，贻父母之羞的。少爷你哀怜我的，放我出去吧。他怒道，你这话说得令人惹气，你以为这是可耻的事情么？谁教你走来做模特儿的？我道宋老爹没有对我说清，假如他告诉我要这样做法的，我也不来了。他一看手表，说道：'被你迸进一刻钟了。光阴可贵，快些脱下衣服……'"

此时众人听得笑了，云裳尤其笑得前合后仰。杨太太道："阿弥陀佛，天下竟有这种事的么？"

瘦蝶道："上海的模特儿多得很哩，碧珠也是少见多怪。那时你总要脱一下裤子了？"

碧珠涨红了面孔，十分含羞，不肯讲下去了。大家真听到紧要关头，哪里肯让伊停止？一齐催着伊快讲。

不知碧珠可肯继续讲下去，伊究竟可做过模特儿？请看下文。

闲云老人评：

瘦蝶家庭，豪华中带清高，又是一种景象，非骄奢淫逸者可比。娇婢子如见其人，如此慧婢也很难得。模特儿奇峰忽起，非但大家要问碧珠，看书的亦急欲一知，紧要关头，作者故意卖弄。

第三回

车走香街巨灵飞掌
筵开华屋仙子称觞

　　这时大家都要听伊讲下去，碧珠低头拈着衣襟说道："这件事情我哪里肯依他呢？我只是向他哀求。他把脚一蹬道，不中用的东西，我和你也讲不明白的，快些滚出去吧。我遂战战兢兢地退出画室，只听那画师吩咐老妈子道，伊既不肯做模特儿，宋老头子带来作甚？饭后你可送伊前去，留在这里没用。我知道画师不要我了，我想银钱不容易得的，还是回家去的好。

　　"到得下午，我正在厨下，忽听一个佣妇说道，模特儿来了。老妈子便对我说道，你不肯做模特儿，面皮还是嫩。你看有模特儿来了，你不要响，我引你去看。那时我很要看一看，遂跟了老妈子走出去。早见一个年近二十的女子，穿着一身花洋布短衫裤，梳着爱丝头，很是风骚，走进画室去了。那画室的玻璃窗上，都有窗帘遮掩着，门又闭上，我们将到哪里去看呢？老妈子却不慌不忙，同我走到画室后面的板壁边，把手向壁上一指道，你可从这小洞中偷看，不要声张。

　　"我跟她的手一看，果然有一个桂圆般大小的洞。我凑上去向里窥望，见那个女子已把衣服脱去一丝不挂，横卧在榻上。右手支颐，左肱微侧，做出一种姿势。画师正立在画架边，一头瞧着伊，一头用笔慢慢地画上去。我不敢多看，悄悄地和老妈子退到后边去。心中自思，我们女子别的事不好做，却去做模特儿么？老妈子又对我说道，你看见么，你若能够和伊一样做，每月便有十二块钱到手，很省力的。我答道，我终不情愿，于是老妈子便送我到宋老爹那边去。我对宋老爹说道，你为什么不老实告诉我，我也不来了。宋老爹道，你试想想，若不要你这样做法，谁肯出这大工钱来用你呢？现在你既不情愿，待我另行想法，荐你到别处去做使女吧。不过没有这种工钱的呢。我道，我愿少得些钱，不愿做这种模特儿。他拈着胡须笑道，你究竟是个乡下女孩子。若你久居在上海，你也不会这样了。我遂住在宋老爹处。

"隔一天，他又荐我到一家姓蓝的人家去抱小孩子，讲明三块钱一个月。蓝家的少奶奶很是和易可亲，但那位少爷性近轻浮，常常喜欢和我们下人说笑话，而且粗鄙得很，不堪入耳。少奶常要埋怨他，他却嬉皮笑脸的若无其事。有一天少奶出去购物，带了小孩子同去，教我守在楼上。忽然少爷回来了，先和我谈些乡下事情，后来竟动手欲行非礼，想要威逼我去供他肉欲的快乐。我急撤脱了手，跑下楼去和一个烧饭的张妈伴在一起。张妈见我慌张形状，问我怎的，我老实告诉伊。伊笑道，你初来时，我早知道有今天的事情终要发生的了。那位少爷专喜和年轻的女仆鬼混。以前少奶用过一个年轻的梳头娘姨，竟被少爷勾搭上了。有一次少奶走到房里，见少爷正和梳头娘姨睡在少奶的铜床上。于是少奶大怒，向少爷吵闹，立刻把梳头娘姨撵出门去。你想笑话不笑话？

"我听了她的话，想起那少爷强逼我的情景，吓得不敢再在他家做事了，遂溜到宋老爹处，把这情形告诉他听，并且要求他送我回乡，不敢再在上海想赚钱了。宋老爹被我逼紧着，遂和我到蓝家去还了工钱，然后送我回乡。对我婶母说道，这个傻丫头不能在上海地方帮人家的，还是在家中吃吃饭吧。我婶母把我骂了一场，可怜我忍着一肚皮气，含冤负屈，无处告诉，又在家中过那地狱式的光阴了。直到今年我的舅母带我到苏州来吃人家饭，我遂到了这里。幸蒙太太等待我十分恩厚，只觉得快乐，不觉痛苦，岂非出火坑而登衽席么？"

杨太太听了碧珠的一番说话，不觉点头道："碧珠，你年纪虽轻，主意却立得坚固，真是可爱。"瘦蝶道："你到画师家里去做模特儿，还算是为了美术而牺牲色相。现在还有许多书贾，专门雇了模特儿，拍下各种照片，去四面秘密兜售，引诱人家子弟堕入魔道，他却好从中牟利呢。"

杨太太道："这种淫画，地方上的官厅应该禁止的啊。"

瘦蝶道："他们的大本营是在上海租界，中国官府也奈何他不得。捕房里虽然要去禁止他们，或是罚款，或是付之一炬。可是他们暗暗秘密交易，你禁得厉害，买的人愈多。我有一个朋友在上海书局里做事，他告诉我说，有些老头子也去买的。暗暗把洋钱塞在他的手里，说道，模特儿几张。他便背人包好了，递给这老头子，老头子逡巡而去。你们想好笑不好笑？"

杨太太听了只是摇头表示不赞成的样子，便对碧珠说道："我看你的根基还算不薄，也不是寻常的乡娃。你在这里空闲的时候很多，我教少爷小姐教你读书、写字，好使你增长些智识。你道如何呢？"

碧珠听了，连忙拜谢道："太太这样待我，真使婢子感彻肺腑了。"瘦蝶抢着说道："我情愿做你的先生，教你读书。"云仪笑道："大哥竟学袁随园收女弟子了。"瘦蝶也笑道："你说我做袁随园，我愧不敢当。"

云裳道："不要客气。碧珠你快来拜见先生。"

好碧珠！果然遵命，疾忙走到瘦蝶面前折转柳腰深深地拜下去。

瘦蝶把伊扶起，说道："算了算了，我这个先生是非正式的。"云仪道："言而有信，大哥既说要教碧珠读书，须当一件事做的，怎说非正式呢？"杨太太也道："云仪说得不错，蝶儿你老实做了碧珠的先生吧。"

这是以前的话。从此以后，碧珠每天跟着瘦蝶学文，瘦蝶也用心指教。好在碧珠天资聪颖，一经指点，便能闻一知二，立时领悟。读得一年多，中英文都有较高的程度了。因此碧珠和瘦蝶最为接近，在瘦蝶身边殷勤服侍，可称得温存体贴。瘦蝶也觉得事事要呼唤碧珠，非碧珠替他做便不惬于心了。杨太太遂索性吩咐碧珠专伺候少爷起居。

有一个晚上，杨太太和瘦蝶等讲起婚姻的事，杨太太却微笑着向碧珠说道："碧珠，我看你很会服侍蝶少爷的，将来不如给蝶少爷做小星么，我们终不会薄待你的。"碧珠听了杨太太的话，俯首无语。瘦蝶也淡淡一笑。

在杨太太也是心爱碧珠一时戏言，可是碧珠正在破瓜之年，情窦方开，伊觉得瘦蝶的人品潇洒出尘，正是翩翩佳公子。自己是一个蓬门荜窦的小家碧玉，难得杨太太竟垂青于伊，如此优待。将来也不愿离开杨家，再到别地方去了，一缕柔情遂萦绕在瘦蝶身上。但女儿家的心事能告诉谁人听呢？万一瘦蝶却无意于伊，也等于镜花水月啊。所以灯前月下，时时要想起这一段心事。然而碧珠心中还有一件不可告人的事，时常使伊忧闷呢。作者却要暂时不打破这个闷葫芦，留待以后再写了。

再说杨太太的母家是姓吴，本是杭州人氏。家中还有哥嫂，伊的姊姊精于刺绣，也嫁给苏城富户陈震渊。震渊在家守产，喜欢研究京剧，和一般朋友组织一个雅声社，丝竹自遣。生下姊弟二人，女名淑贞，今年二十一岁，在家中学习针刺。男名一飞，不过十二岁。震渊特地为他们姊弟二人请了一位先生，每日下午来家教授中文。一飞又在本城一个小学校里读书，今年便要后期毕业了。适逢陈太太五十大庆，有钱人家自然要热闹一番，借此大会亲友。杨太太和伊的姊姊很是亲爱，所以准备自去祝寿。

这天早上大家起了一个早起，云仪姊妹吃罢朝饭，临镜梳洗。云仪穿上一件蜜色软绸的夹袄，四周钉着时式花边。外面罩上元色物华葛的旗袍马甲。云裳穿一件洋桃红软缎的夹旗袍，四周也钉着玻璃边。两人头上都梳着爱丝髻，脚上穿着肉色高跟皮鞋，肉色丝袜。云裳的颈上又套着一串珠链，姊妹俩妆饰得非常美丽。在着衣镜前对了自己的情影，也觉得静女其娈，风姿绰约。

这时楼梯上噔噔噔的，瘦蝶早已跑来，说道："你们妆饰舒齐么？时候不早，可以去了。"云仪看瘦蝶穿上一身新制的西装，玫瑰紫闪色的领结，衣领上插着一朵粉红色的小花，西装袋上扣着两支金头自来水笔，一块雪白的手帕，半塞在袋中。面如傅粉，又风流，又俊美。便笑道："大哥打扮得宛如新郎，今天又要去出风头了。"瘦蝶笑道："你们为什么也要这样地妆饰，难道去做新娘的么？"

云裳道："不要打趣，碧珠呢？"瘦蝶道："伊正在房中换衣，便要来了。"又听扶梯响，碧珠已走上楼来。穿着一身绿哗叽的夹衫夹裤，梳着一条乌黑大辫，别有丰韵。带笑问道："小姐等换好衣服了，太太可好吧？要不要再去唤两部野鸡包车来？"

这时杨太太穿着蓝缎子的衬绒袄，系着软缎黑裙，手腕上戴了珠镯。取出两只钻戒，代云仪姊妹套上中指。说道："你们怎么穿得这样薄少，不怕冷么？"云仪道："朝晨稍冷，一到日中便要大暖了，我们不冷。"遂道："母亲有自家的包车可坐，我们连碧珠可以一起去喊四部车子前来，都要包车的。"

原来苏州近年城中才通人力车，有钱的人家大都自己备有包车，雇着车夫拖拉。喜欢出风头的，常把包车髹漆得簇新，在冬里狐皮的坐垫，外盖着驼绒毯子，到晚上车前点起两盏磁石灯，光明耀眼。包车夫捏着车杠头上的喇叭，车主踏着足下的警铃，于是叭叭叭铛铛铛地在街上疾驰而过，一般行人躲避不迭。有的还用着两个车夫，一推一挽，其风头之健，声势之足，比较上海坐摩托卡远胜数倍。而所谓有香街雅名的观前街上，一到傍晚，两头来来往往的包车更多。但听一片喇叭声、踏铃声，闹得人们发昏。行人本是拥挤的，街道又是狭隘，车子一挤，往往要临时闹成断绝交通的景象。一般时髦妇女，靓妆冶服，尤喜在那个时候坐了包车到观前街去购物，乘便打一个圈儿，出出风头。可是苦了行人，往往要受无妄之灾。因此咒骂之声不绝于耳，真可称得怨声载道了。

本来在城中初行车儿的时候，地方当局曾有观前街和阊门大街中市等处不通车辆的禁令。后来不知怎样，这禁令却于无形中取消了。据人说，最初破坏这禁令的便是政界中人。

有一次观前街上忽然有两辆簇新的包车，如飞地奔来。一个站岗的警士正要上前干涉，却见车中坐的乃是声势赫奕的某要人，背后车上坐着一个时装的丽人，想是要人的眷属。警士非但不敢上前干涉，反而立正了向他行礼。要人却傲睨自若地过去。从此别的车子跟着走了。

但是车子在观前街上通行，也很麻烦的。

有一次两辆包车面对面地跑来，各自踏着铃，捏着喇叭警告对方面避让。但是大家不肯早早收住脚步，街道又狭，两边店铺前阶沿石还占去尺许的地位。因此其中一辆包车正撞在阶石上。"嘣"的一声，车夫扑地倒地，两手一脱，车子倒翻转来。车中恰巧坐着一个艳装少妇，跌一个元宝翻身，两足朝天，在车子里爬不起来。别人只看见一双绣花女鞋向空乱舞，一齐大笑起来。后来还是那个车夫立起来，把少妇扶起。少妇立到地下，两颊飞红。一边把手拍着身上灰尘，一边向车夫痛责。车夫又把车子翻转，仍请少妇坐上，慢慢地拖着去了。

还有一次，有一个警界中的长官，坐着包车，经过观前街上。那包车夫捏着喇叭，横冲直撞地向前疾奔。前面却有一辆空车，拦住去路。包车夫把喇叭捏得很急，前面的人力车夫是一个拉块江北人，懒懒的只是不让。不防恼了车上的长官，喝令自己车子停住，跳下车来，走过去照准江北人的面上一连打了两下耳光。江北人大喊大闹，警士闻声走来。那长官兀是怒气勃勃，警士连忙举手行礼。那长官吩咐他道："这厮如此倔强，与我撤销他的照会。"说罢，回身坐上车子，向前去了。倒霉的江北人，偏偏遇着了对头，叫起冤枉来，旁人还怪他不识时务呢。像这类的事情也很多，著者不过聊述一二，以告他方人士。

至于野鸡包车是有一种人出了钱去购置几辆包车，一样收拾得洁净美观，捐下照会，雇人出去拖拉坐客。譬如上海四马路的雏妓，苏沪的人唤作野鸡，专门拉客的。但是很好的包车，加上野鸡两字，却大不雅驯了。

闲话少说，书归正传。当时碧珠已传命吩咐男下人将四辆包车唤到。自家用的包车夫阿寿早已在门槛上铺好木板，把包车拖到街上。杨太太遂命袁妈等好好看守内室门户，和瘦蝶、云仪、云裳走下楼来。碧珠拿着水烟袋，跟在后面，一齐走出大门。一家下人都垂手立在两旁，伺候太太等上车。杨太太先由碧珠扶上自己的车子，瘦蝶等也随即各自上车。杨太太当先第一辆向前奔去，跟后是云仪姊妹，再后面是瘦蝶，碧珠殿后，五辆包车一连串地在街上飞跑。其中要算云仪姊妹美丽得如天上安琪儿一般，引得旁人观看不及，都说哪里来的美妇人。

陈家住在十梓街，从西百花巷到那边的路是很远的。但是包车跑得很快，不多时已到了。瘦蝶等下车付去了车钱，阿寿拖着包车回去了，碧珠仍跟着杨太太。一众人走进墙门，早有下人进去通报。瘦蝶见里面厅上已有十多个贺客，庭中有一班灯台堂名，在那里敲着锣鼓唱戏。姨夫陈震渊穿着蓝袍玄褂，迎上前来，皆后还跟着小表弟一飞。大家忙上前拜贺，震渊一一还礼。

这时厅后早闪出一个女郎来，穿一件闪色巴黎绸的旗袍，纽扣上插着一朵洋红色的鲜花，脚上穿着蜜色绣花的鞋子。但是生得十分肥胖，两颊丰满，没有云仪姊妹等纤丽，这正是淑贞了。过来接引杨太太等到了里面女厅上，陈太太立在那里等候。姊妹相见后，瘦蝶、云仪、云裳接着向陈太太拜寿。陈太太带笑把他们扶起，说道："不敢当的。"

其时女宾也来了不少，有相识的大家招呼。云仪姊妹被淑贞嬲着到伊的房中去坐，还有郑家小姐、陆家小姐等和杨家也有些葭莩之谊，聚在一

22

起谈话。瘦蝶退到外边去应酬来宾。

午时大家入席畅饮，淑贞告诉云仪姊妹说，晚上还有雅声社的京剧会串，在花厅的后面，已搭好戏台，到那时候我们可以早去抢个座位。云仪姊妹听了也十分有兴。

等到下午吃寿面时，杨太太等正在里面吃面，忽见碧珠和一个陈家的女佣笑嘻嘻地跑进来说道："太太小姐快出去看啊。"陈太太忙问看什么，碧珠道："外面忽来一个乞丐模样的人背着葫芦，自称铁拐李，前来和陈太太祝寿。"

陈太太等都奇异道："有这种事么！"淑贞等连忙放下面碗，立起来道："我们快去看。"于是众人一齐走出后堂来。

见厅上走进一个乞丐，头上戴一顶破帽子，身穿破衣。面上一块一块的好似涂着烟煤，变得丑黑非常。赤足穿蒲鞋，背上背着一个朱红漆的葫芦。右胁下夹着一根木杖，一跷一拐地走来，活似画图上的铁拐李。

众人一时弄得莫名其妙，围着笑看。瘦蝶也在旁鼓掌大笑，难道神仙竟来上寿么？陈太太也不觉呆了。

欲知这个铁拐李究竟打从哪里来的，请看下文。

闲云老人评：

碧珠不肯做模特儿，却有模特儿看，即读者亦想不到此也。碧珠身入杨家，无异脱火坑而登衽席，但亦由以前立志坚固尔耳，否则早已作堕溷之花矣。《蝶魂花影》中所写女子，大多都是高尚人物，一婢女而极力描写如此，作者一支笔提高女子人格不少。叙述苏州包车小史，涉笔成趣，虽曰闲笔，亦是一段掌故，读之津津有味。但自国民军至苏后，观前街仍于下午一律不准通车，一结很是突兀。

第四回

舞台初试欣赏新声
小影乍投故作雅谑

众人正在奇怪，陈震渊闻声而至。一见那个铁拐李，便叱道："哼，你又要玩弄了，快些与我退去。"那铁拐李一见震渊怒叱，便拖了木杖，一溜烟地奔到花厅上去了。于是陈太太、杨太太等知道是一飞化装，故意骗人的。震渊也将真相告知男宾，并说犬子年幼好弄，顽皮得很。众人才知这乞丐形似的铁拐李，不是什么神仙，乃是震渊的文郎一飞乔装的，不觉都是哈哈大笑。

瘦蝶早已看出是他的表弟，但他不肯喊破，要让众人惊异。

原来一飞的性情专喜寻人家的开心，常常在家嬉弄下人，大家背后题他一个别号叫作"小黑鱼精"。苏谚"金鱼缸里来了黑鱼精"，意思就是说会闹会吵，不肯安宁的。今天他母亲做生日，早想玩一下子。挨到下午，他一个人悄悄地来到花厅旁边书室中，把他预备的东西取出来，乃是一顶破毡帽和一件破棉衣。一双蒲鞋，是在早晨向园丁李三借下的。还有一包烟枭，先把来涂在脸上，连自己也几乎认不得了。再把以前藏有的朱漆葫芦背在背上，然后撑着木杖，一蹩一蹩地绕道走到外边来。下人陈禄第一个看见，认得他是小少爷，大吃一惊。正要询问，一飞把手一摇道："你们不要声张，待我走进去戏弄一下。"众下人遂不敢响了，任凭他走到厅上去。他又装着沙喉咙，说道："今天陈太太五旬华诞，俺大仙铁拐李特从昆仑山前来献寿。"大众认不得他，哗笑起来。碧珠等凑巧窥见了，遂到里面通报，害得大家面都没有吃完。

还到里面，面已冷了。淑贞道："弟弟真是小顽皮了。今天母亲做寿一堂嘉宾，他还敢化装什么仙人，前来戏弄。明天我要教父亲责打他一顿。"

陈太太笑笑道："飞儿总是这样的，我也说他不好。不知他年纪渐大，可能改掉这种脾气么。"

杨太太道："别看他喜开玩笑，他闹一个仙人上寿，也有些意思呢。"

淑贞又道："记得去年我新摄了一张半身小照，自谓摄得很好，十分欢喜。配了镜框，悬在母亲房中。隔一天，忽然瞧见我的照上不知被哪一个人在我的嘴唇下面画上许多短须，眉毛也描得和板刷一般浓厚，非常难看。我就问我母亲，母亲也不知道。后来一查，便知是弟弟闹的把戏，好不可恨。"

云裳听了，拍手笑道："一飞表弟真闹得有趣。"

云仪道："我们云裳妹有时也喜和人家说笑话，寻开心。他们好似同志。"

正说着话，一飞早已一跳一纵地跑进来了。大家见他已把面上的烟枭洗去，身上衣服也已换好，杨太太呼着他的小名道："杏官，你真闹得有趣，我们险些被你瞒过。我心中正想，出世几十年从没有见过什么仙人，不想今天姊姊生日，却来了八仙中的李铁拐，使我惊疑莫名。"一飞只是嘻嘻地笑。

陈太太道："杏儿你别要这样闹法，不要恼了你爹爹，把你重责一顿。晚上你不是要上台么，须要好好儿地唱做。"

云裳道："一飞表弟今晚也要客串么？很好，我久仰他的《落马湖》，今天可唱这个？"

一飞道："云裳姊，今天我却唱《八大锤（王佐断臂）》。"云裳道："也好，我家有一张留声机片，是高庆奎的《八大锤》。我要听听你的唱功，比这位高老板如何。"一飞道："哎呀，我怎么比得上高老板呢？贻笑大方罢了。"

云仪也笑道："不要客气。"陈太太道："他父亲是一个戏迷，创办了什么社。自己天天唱戏，连儿子也带上了，我真不欢喜这个。还是瘦蝶姨甥文质彬彬的，研究些琴棋书画，很是风雅。"

杨太太道："他虽不喜京剧，而爱弄丝竹。他们姊妹俩常常要合奏什么《梅花三弄》咧,《汉宫秋月》咧,当一回事儿做的。"陈太太道:"还是丝竹文静些。"

云仪问道:"今晚姨父要上台么?"淑贞答道:"恐怕不见得吧。"一飞道:"爹爹不串戏,说是要招待客人。今天压轴戏有社长的《逍遥津》,是拿手好戏,你们预备洗耳恭听吧。"云裳道:"那么请你备好些清水。"说得众人都笑起来。瘦蝶也走到里面和他们坐在一起讲话。

不多时,天色已晚。酒席过后,虽有什么女子苏滩宣卷等,大家都不要听了,争先挤到花厅上占座位。瘦蝶和云仪、云裳、淑贞、陆小姐等,抢着东边一排位,并肩坐下,等候开锣。杨太太、陈太太,以及一般不喜看京剧的太太少奶们,坐在女厅上听苏滩和宣卷。碧珠也伺候在旁。但是人数寥寥,女仆们占其多数了。

少停,花厅上锣鼓敲得震天响,电灯照耀如同白日,看戏的人坐得水泄不通。东西乡邻都知道陈家做戏了,但是门口有警士把守,不许闲人闯入跳过。

加官后,是沁香阁庄的《鸿鸾禧》,挨到第三出便是一飞的《八大锤》了。有一个姓贺的琴师,代他操琴。在门帘里唱二簧倒板"听醮楼,打初更,玉兔东上","上"字愈唱愈高,大有响遏云霄之概,大众一齐喝声彩。

喝彩声中,一飞已从门帘里踱出,台步老练,态度从容。一段回龙腔唱得如珠走玉盘,震渊在台下听着很是得意。接唱原板,"想当年,在洞庭,逍遥放荡……"等一段工稳无疵,且能耍腔,众宾客无不击节叹赏。云仪、云裳等也见一飞饰王佐唱做俱佳,无懈可击。瘦蝶道:"一飞表弟的京剧进步多了,以前我在他的小学校听他唱《武家坡》,却没有这样好呢。"

一飞的《八大锤》过后,接着秋月轩主的《拾黄金》,啸云子的《上天台》,冷香馆主的《女起解》,便是社长养真主人的《逍遥津》了。一段《欺寡人》,唱得大众息心静气地倾听,真是洗耳恭听了。

到一点钟时,客串完毕,大半来宾都要回去的。门前车马喧阗,热闹得很。震渊父子在门口送客,良久方才回到后面。

云仪等都赞美一飞不置,一飞好不快活,取了许多水果给云仪等吃。

26

此时杨太太要睡了，先到客房里去安寝。瘦蝶和云仪姊妹、淑贞、一飞等，预备不睡了，玩了一夜，直到天明，大家眼倦神疲，各自去脱衣安睡。

瘦蝶一忽醒转，已是下午三点钟。连忙披衣起来，想起若兰，很欲前去一看，不知伊的病可曾痊愈么。漱过口，洗过面，急忙走到楼上去。此时宅中很静，只有许多下人在那里打扫收拾。瘦蝶走到楼西一间外房，却见他的母亲正和姨母坐在一边谈话，便问道："他们起来么？"杨太太道："云仪等已在你的表姊房里梳头了。"

瘦蝶回身走到楼东去，却见碧珠捧着一面盆热水走上楼来，带笑对瘦蝶说道："蝶少爷，你已睡醒了么？太太是在上午就起身的。大小姐正在梳头，二小姐方才起身呢。"瘦蝶道："你倒不要睡么？"碧珠道："我也睡到十点钟起来的。我们已吃过午膳，蝶少爷你觉得饿么，可要吃些点心？"瘦蝶道："停一会儿我们一同吃吧。"

两人一头说，一头走到淑贞房里。见淑贞和云仪都坐在沿窗一张桌子旁理那头上青丝，一个小婢立在旁边伺候。房里陈设富丽非常，正中一张铜床，妃色华丝葛的棉被还抖乱着，没有折叠好，乃是早上云仪和淑贞同睡的。云裳却睡在侧首一张柚木床上，正在穿衣，下床摩挲睡眼，见瘦蝶进来，便道："大哥已起身么？我却欠睡得很。"

瘦蝶道："你快起来，我们今天要回去了。"淑贞接口道："表弟，你为何这样急急，今天仍留在我家盘桓一天，明朝我送你们回府。"瘦蝶道："多谢表姊美意，我们家中没有人，总是不放心。袁妈虽是忠实可靠，只怕她一个人也照顾不到的啊。表姊何不到我们家里去住几天？"

淑贞对着瘦蝶微笑不语。碧珠已把一盆面汤水放到面汤台上去，请云裳洗面。瘦蝶坐了一歇，先回到楼下，见姨父和一飞等也都起来，瘦蝶遂和他们吃些稀饭。楼上云仪姊妹和别的女客都吃的虾仁面。瘦蝶看看日影移西，心中好不焦躁，暗想今天又不能去看若兰了。吃了姨母的寿酒，耽误了若兰处的视疾，怎生是好？遂又上楼去催母亲等回家。恰巧包车夫阿寿来接了，杨太太先教瘦蝶回去，然后命阿寿再来接他们母女同归。瘦蝶遂向震渊夫妇和表姊等辞别，出门坐着包车回家。

回到书房里，只听壁上挂钟哐哐地已打五下，不觉叹了一口气，坐到书桌旁。见有几封友人的来信，瘦蝶一一拆读了。又见有一个紫罗兰色的信封，还有一卷杂志。细细一看，不觉微笑，把来放在抽屉里，又走到里面电话间里去打一个电话，问李医生今天可去山塘街看沈家的病，李医生回报道："昨今两天都去看过，沈小姐的病，十分已好了八九。现在已代伊配好三天的药，所以明天不去看了。"瘦蝶听了李医生的话，才觉心上放松些。

打罢电话不多时，杨太太和云仪、云裳、碧珠等都回来了，骤形热闹。吃罢晚饭，大家坐在楼上闲谈，讲起一飞化装铁拐李的事，云裳吃吃地笑个不止，说道："以后我也要来玩一下子。"云仪道："你若和一飞表弟合作，倒是一对顽童顽女。"云裳道："只有顽童，没有顽女的。"云仪道："那么可称顽童皮女。"云裳笑道："我又不是皮做的，怎么可称皮女呢？"云仪道："肉女，肉女。"云裳道："玉女么，金童玉女倒有这个名称。"

姊妹俩正在说笑，瘦蝶慢慢地走上来。碧珠眼快，早问道："蝶少爷，你手里拿的什么东西？"瘦蝶笑嘻嘻地把手中一卷杂志，还有一个紫罗兰色的信封高高举起，说道："你们猜这是谁人的信，谁要谁来接受。"

云裳道："可是周智珠的信么？"瘦蝶道："没有你的份。"云仪道："那么是我的了，快些给我。"瘦蝶道："你若要接受这信，须有条件。"

云仪道："我不，若是我的信，理当接受，为什么要有条件，岂有此理。落在你的手中，你便要想出花头来了。"瘦蝶道："那么你猜哪一个寄来的？"

云仪被他一问，心中早已明白，不觉桃窝上微有红晕，勉强说道："可是同学们的信？"瘦蝶道："不是。"云仪又道："可是王国权来的信？"瘦蝶又道："也不是。"云仪道："我不来猜了，你给我吧。"说着话，走到瘦蝶身边来。瘦蝶退后几步，笑道："你想抢么？无论如何要有个条件。"

杨太太道："瘦蝶，究竟是谁来信，不要作难，给了伊吧。"

瘦蝶道："母亲，你问伊好了。不过云仪须把伊的信读给我们听。"云仪薄嗔道："很好，我读给你们听便了。以后你也不要遇着尴尬的事。"

瘦蝶遂把信和杂志递给云仪。云仪把信面一看，不觉面上更红了，塞在怀中。瘦蝶道："咦，怎么你不拆开来读给我们听呢？"云仪不答，把杂志徐徐拆开一看，是本《新中国》杂志。瘦蝶和云裳都走过去看，先看插图。看到第三面，云裳把手一指道："原来是他。"杨太太道："什么人？"云裳把那杂志抢在手里，跑过来翻给杨太太看。

杨太太眼光还好，见上面有一张铜版小影，一个美少年，握着一本书，立在花丛之前，戴着罗克眼镜，目光奕奕有神。旁边注着一行小字道：本杂志特约撰述者韦秋心先生。

杨太太也识些字的，便道："哦，这就是你们常说的韦秋心么，相貌果然生得不错。"回过头去看云仪时，云仪早已低垂粉颈，羞得抬不起头来。

瘦蝶又翻下去，见文字栏第三篇标题乃是《束缚下的中国》，著者署名韦秋心。便道："又有好文章给我读了。他的文字非常激烈，能言人之所不敢言。理想也新得很，不愧是个新时代的少年。前次我在《国民日报》上读了他的大作《中国国民的迷梦》和新体诗《狂风集》，十分佩服得很。难得云仪妹有这等好眼力。"

云仪被瘦蝶说得无可奈何，一言不发。碧珠在旁边听着掩口而笑。瘦蝶又道："这本杂志借给我先看吧。但是这封信为什么不读给我们听？"云仪道："大哥这般会说，我偏不给你看。"瘦蝶拍手笑道："好啊，我也知道你要一个儿背着人细细展诵了。"云仪被瘦蝶说得不好意思，立起身来，往房里一走。

杨太太对瘦蝶说道："你也少说几句吧。"云裳道："对啊，大哥自己想想可有什么地方也要给人家说笑的？己所不欲，勿施于人。"瘦蝶笑道："你们到底互相袒护的。"云裳又道："不是这样讲，我是主张公道。人家的信自有她的主权，她不高兴给别人看，别人断乎不能强要看的。你自己错了。"

杨太太道："你们不要斗嘴，我来问问你们吧。瘦蝶，你可见过这个姓韦的，他的人品如何？"

瘦蝶答道："韦秋心的才学很好，著作很多，我常在报上见他的作品。不论诗词论说，作得非常之好。才气洋溢，议论警辟，在文坛上很有声名。而且对于国事，所语多中肯綮，倒是一个有见识的爱国青年。听说他在上海姓韩的人家做西席，别的却不知道。母亲你只要问云裳妹便明白了。"

云裳笑道："大哥又要把这事抛在别人身上。"瘦蝶道："不是你说见过韦秋心么，你何妨老实告诉母亲。况且母亲早已微闻这事，现在二十世纪男女社交公开，只要光明磊落，有何避讳?"

云裳道："你这句话一半也为自己辩护啊。横竖瞒不过母亲的，索性待我说了吧。"

杨太太道："我也不是守旧的人，不喜欢压迫儿女的。只要儿女善体亲意，不至做出不名誉的事罢了。以前我也知道云仪和一个姓韦的同学的哥哥结下文字交，我以为云仪爱好文学，自然要有人指点。既然姓韦的学问好，可以做个师友，因此得益，我也深信云仪是个守礼的女儿，绝不会做出什么贻人口实的事。宛如瘦蝶和沈小姐交友，我都取放任主义，因此你们倒也不隐瞒了。我往往见有人家管教子女，并非不严，然而他们的子女却在暗中去做歹事。压迫又有何用呢? 云裳你现在不妨一齐说出来，也使我心中安慰。如姓韦的果然是个好青年，我不妨便把云仪嫁给他。"

云裳遂道："这是去年春天的事了。我们校里有一位同级的学生，姓韦名秋月，便是韦秋心的胞妹了。在校中读书，是个免费生。因为伊是教会中人，所以我们校长密司华蕾德特地允许伊做免费生。校中一共只有十个额位，须品学兼优在校肄习一年以上而慕道的，可以得此额位。韦秋月已得了这额位三年了。

"讲起伊的家世，也是清白人家。韦秋月的父亲是个前清的秀才，在家设个私塾。早年作古，剩下他的妻子和秋月兄妹。秋月的母亲因为没有家财，只有一座小小的住屋，日用还忧不给，哪里有钱供给子女的学费呢? 幸有人介绍秋月兄妹到教会学校里去读，秋心进的平江大学，秋月便进的我们卿云女校。校中本分小学和初中、高中三科，伊在我级中是个资格最老的同学呢。不幸他们的母亲不上几年又逝世了，只有一个寡居的姑母和他们同居。

"所以他们的境况是很可怜的，然而他们读书却非常用功。姊姊在伊的一级里可算最优等了，而总分数还比不上秋月呢。秋月的状况也是一个同学和他们是邻居，告诉我们。姊姊认秋月是最好的学友，她们俩常常聚在一起，人家都说她们是好朋友。有一天星期六，秋月约我们到伊的家中去，遂遇见秋心，他和姊姊讲了许多话，告辞而归。后来姊姊知道他是一个文学家，常喜拜读他的作品，时和秋月讲起伊的哥哥。秋心也送了许多书籍给姊姊，姊姊有时也到他们家中去。我们星期日到礼拜堂听牧师讲经时，韦秋心也来听道，并且来教主日学，因为他和我们校长也熟识。平江大学和卿云女校是同属于一教会的。今夏韦秋心在平江大学毕业，得了学士的头衔，总算有志竟成。我们曾去参观他们的毕业典礼，听了他的演说，不禁使人佩服。我又听秋月说，秋心已有某先生请他到北京去教书了，以后不知怎样的没有成功，便到上海一个教会学校里去教国文，现在又听说在上海同孚路华顺里姓韩的人家做西席。他常和姊姊有书信来往，别的事情我也不知道了。"

瘦蝶道："够了够了，辛苦了你。碧珠快给二小姐倒杯茶来。"碧珠真的去倒上一杯香茗，奉与云裳。云裳道："正用得着。"接过便饮。碧珠又去倒了两杯茶来，送到杨太太和瘦蝶面前。三人喝完了，碧珠把茶杯收去。

袁妈过来代杨太太装水烟。杨太太喝着烟说道："那么韦秋心虽然家中贫穷，却是一个有希望的青年。现在他们是文字交，且待以后秋心返苏时，让我和他见一面，再作道理。你们年纪渐大，自古道男大须婚，女大须嫁。我也担上心事，但愿你们早早婚嫁完毕，各得其所，我才可以没有心事了。即如瘦蝶你今年也有二十岁了，我何尝不想早日抱孙呢？只因你性情执拗，偏喜自主，人家来做媒，反都拒绝，我也不来勉强你。今天你的姨母又和我说过，伊很愿把淑贞表姊许配与你，问我同意不同意。据我的意思呢，陈家也是世家，淑贞可称名门淑媛，和我家门第相对。而且一重亲做两重亲，未为不可。但恐你的心里未必赞成，所以我对你的姨母说这事暂缓定夺，且待我问明白了你再说。现在我乘便告诉你一声。"

杨太太说话时，云裳对着瘦蝶背鬼脸。碧珠忍着笑，背转身去。瘦蝶只是搔着头，便答道："母亲，我知道母亲是非常爱我的，所以要来取我同意。但我要请求母亲把我的婚事暂缓提起，这事关于我将来的一生，不可不郑重。淑贞表姊虽然很好，可是我和伊没有什么情愫，现今千万请勿要向姨母表示同意。"

杨太太冷笑道："我也知道你的心事，然而落花有意，流水无情，你又怎样呢？"瘦蝶微笑不语。

云裳打个呵欠，说道："昨晚一夜没有睡，今天睡了一上午，没有睡醒，现在又想睡了。"杨太太道："本来一夜不困，十夜不醒。我是支持不得的，你们怎么闹了一整晚呢，此时你们好去睡了。"云裳道："姊姊想已睡了，我们去看看她在房里做什么。"

瘦蝶遂和云裳先走到云仪房里，却见云仪已把外衣脱去，穿着咖啡色的内衣，横在沙发上看书。瘦蝶道："云仪妹你竟装得这样镇静，大约信已看过了是不是？"

云仪把书抛去，揉揉双眸说道："大哥不要胡闹吧。今天你又没有喝过酒，怎么寻着我闹呢？"云裳也道："我们要睡了，你也去睡吧。言多必败，再说反而没趣了。"

瘦蝶"扑哧"笑出声，道："闹得够了，云仪妹不要见恼，我在母亲面前已代你说过许多好话了。"云裳笑道："那么要谢谢你了。"这时杨太太也走近来道："瘦蝶，你下去睡吧。时候不早了，今天你又没有睡足，不要伤了精神。碧珠已在外边伺候你了。"

瘦蝶一看台上的翠石钟，长针已指十点十分，便道："好，我们明天会吧。母亲也请早睡。"说罢遂下楼去了。

一宿无话。到了明日上午，瘦蝶代人绘了两把扇面，看了一会儿书，又有一个朋友来谈了一刻，不觉已到午时。吃罢午膳，他心中记念着若兰，再也熬不住，遂坐了车子出城去看若兰。

欲知后事若何，请看下文。

闲云老人评：

写顽童形景，不由人发笑，有此点缀，使读者时开笑口，因为以后还有把戏闹出来呢。写陈家祝寿，锦簇花团，非常闹热，插入客串一段，言之娓娓。因作者也是个爱听京戏的人。兄妹雅谑，神情逼肖，韦秋心何人耶？非但杨太太要问，读者亦急欲知之。从瘦蝶口中三言两语，可已测知秋心之为人矣。秋心兄妹的家庭状况，和杨家相较，又是一种景象。然秋心兄妹品学优美如此，令我益信孟子降大任章的说话。杨太太的说话非常婉转，瘦蝶何幸，有此贤母？但此是作者故弄狡狯也。

第五回

愁罗恨绮少妇泪
玉洁冰清静女心

　　若兰服了李医生的药后，伊的肝胃病渐渐痊愈。李医生叮嘱伊好好调养，先吃些香粳米粥，不要吃饭，再吃几瓶牛肉汁滋补身体，不必再服药了。若兰自己觉得精神大好，再不要睡在床上。穿衣起来，坐在藤椅里看看小说和报纸，解去伊的寂寞。但这两天因瘦蝶去祝他姨母的寿，没有前来探望。每天下午觉得庭阶寂寂，只听树上小鸟鸣声啁啾罢了。

　　沈太太正在庭中晒衣服，忽听外边叩门声。凑巧今天马家母子带了女婢都到城里亲戚家里去，此时没有别人前来，定是瘦蝶到了。急忙出去开门，一看，却见叩门的并非瘦蝶，乃是两个妇女。一个年长的，面貌清癯，早把头发截去。身穿淡灰绸的夹旗袍，下面黑色的跑鞋，白色的丝袜，手里还带着一柄花洋伞。

　　还有一个年轻的，长身玉立。眉黛之间，妩媚中露出英爽的气概。穿着咖啡色的软缎短夹袄，外罩一个黑丝绒的背心。下系元色印度绸裙，钉着珠边。脚上一双网球鞋，衬着白色丝袜。两人笑嘻嘻地并肩立着，对沈太太叫一声"伯母"。

　　沈太太定睛一看，认得那年长的是若兰校中的英文教员范漱芳，那年轻的正是若兰的知己朋友柳飞琼，便道："原来是范先生和柳家小姐，快请里面坐。"侧身让两人走进，一边关着门，一边和她们说些客套的话，慢慢儿地走到里面。

　　若兰在房中已听得两人的声音，十分欣喜。走出房来迎接，彼此都不客气的，便请两人到房中去坐。两人在沿窗桌子边坐下，沈太太忙去冲茶。

这里范漱芳握着若兰的手问道："若兰，现在你可痊愈么，吃的中药是西药？我们自从接到你的请假信后，非常挂念你。因为你的身体不是强壮的，更是生不起病。常想来探望你，可恨一天到晚没有个空，这里又是路远得很。直到今天星期六，下午没有功课，我才邀着飞琼同来探望。"

若兰道："多谢范先生这样地记念我，又亲自来慰问我。从我们学校到这里路又很远的，你们可坐车子来么？"

飞琼答道："正是，我们在校门前唤的包车。但是山塘街上有几座桥还没拆除，累得我们常要上车下车，真觉有些不便。"

若兰道："是啊，每年春秋佳日，各地人士来游虎丘的很多，市政不修，也是地方上可羞的事。我想以后不但要把桥梁拆平，且可在下塘那边另开一条马路，从阊门外留园西园等处，可以坐了马车，直达山下。那么便利得多了。"漱芳道："我看苏州人守旧得很。关于改良市政许多要务，都是进行得非常迟缓。"若兰道："不错，现今这些人头脑陈腐，泄泄沓沓的不会干什么事。你如向他们有什么提议，真是费尽九牛二虎之力，也进不到他们的脑子里头去。须得将来换一辈少年英俊，出来努力地把个苏州城改造一下。"飞琼笑道："我说了一句话，你却又要借题发挥了。我要问你可曾接到我的信么？"

若兰答道："姊姊请原谅，你的大函已于前晚收到。病中疏懒，没有即复，抱歉得很。"

这时沈太太送上茶来，两人立起道谢。沈太太道："多蒙两位不辞路远，前来探望，感谢得很。若兰生了病后，一直思念你们。依伊的心理，恨不得立刻好了，便可到校。幸巧吃了李医生的药，立即痊愈。伊体弱多病，我真为伊忧虑。"

漱芳道："我看若兰从今以后要抱快乐主义，那么身体可以强健，病魔也可排除。因为伊凡事总从悲观方面着想，有了心事埋藏在心头，不肯向人宣露。不像别的学生活泼泼的只知求乐，不识忧愁为何物。"

飞琼也道："若兰姊姊的身弱，也是不肯运动所致。"若兰笑道："你是体育家，我比不上你的。"飞琼道："我不要和你比什么武，只要求你每天早晨跟我打一会儿拳罢了。你若能实行三个月后，包你身体强固，不像你这样风吹得倒了。"

若兰道："遵命遵命，我就拜你为师。"飞琼笑道："不敢不敢。"

漱芳道："飞琼的拳术可称一校之冠，不但是我们的一校，也可以说全城女校中的巨擘。现在将开一个苏州女校联合运动会，伊要一献好身手了。"

若兰道："我是恐怕不能加入。"

飞琼道："我们表演的节目中，有《众星捧月》的舞蹈，她们都要你扮月姊呢，你也逃不了哇。"

沈太太见她们谈着学校中的事情，便走出去做伊的事了。若兰又从玻璃缸里取出一大把蜜枣，放在两人面前，说道："这里没有什么吃，请你们吃些枣子吧。"两人道："谢谢你。"遂各取着蜜枣细嚼。若兰问道："我已有好几天不到校了，校中可有什么新闻？"

漱芳道："哎哟，你不问，我倒忘了，正有一件事情要告诉你。刺绣教员金三缄先生回杭去了。"

若兰道："伊回去什么？"

漱芳道："伊也和你很投契的。你可知道伊的家中状况么？"

若兰摇头道："我哪里知道伊的详细呢？我只知道伊的故乡是杭州，家道很富的。听说伊的丈夫在沪杭线路上做工程师的，但是金先生绝口不提起伊的家事。平日住在校中深居简出，眉峰频蹙，好似蕴藏着不快活的事情。我们都很疑讶，以为伊的个性或者是如此的。伊对于一般家道平常，或是无父无母的同学，十分怜惜，常常要赠送礼物。去年阳历元旦，伊特地到我家里来送给我一身羊毛绒的短衫裤，两匣饼干，一盒美丽的信笺，一双漆皮革履。我不肯接受，伊一定要我收下，说是伊特从上海带下来的，我只得老实受了。伊又谈了许多话而去，以后我送了伊两个十字布挑花的洋枕头和我手写的四条屏条，伊很欢喜地对我说道，你赠给我的礼物比我送给你的名贵得多哩。怎么现在回去了，家中可有甚事？我是一些儿也不知道。"

漱芳道："我和伊交友数年，有些知道的。现在报上已披露了，我不妨明明白白告诉你。金先生的结婚时期很早，距今已有九年了。伊的家中本是贫穷的，只有一位老父是做账房的，在伊家的附近，有一家富户姓

35

蒋，杭州地方唤作蒋百万。据人说，蒋家的田地房屋很多，虽称蒋百万，其实却有一百七八十万呢。蒋家的老头子是个守财虏，一意地为儿孙做牛马，蒋太太是个很和气的人。有一天在人家吃喜酒，瞧见了金先生。其时金先生正在十七妙年华，蒋太太和伊问答几句，只觉得温文婉妙，心中十分爱伊。向人探听，始知是他家同巷金姓的女儿，德容庄丽，遂想娶伊去做媳妇。

"原来蒋太太有两个儿子，一个女儿。长子伯奋，次子仲贤，相差得只有三岁。伯奋已在前年娶了一家开银楼的女儿做妻子，仲贤尚在上海某大学里肄业。蒋太太一厢情愿地看中了这位金先生，便托人去说媒。金先生的父亲见是蒋百万家的，蒋太太托人来代伊家二少爷向自己女儿求亲，这是他梦想不到，自然一说便成功。金先生在那时腼腼腆腆的，悉凭伊的父亲做主，于是就订婚了。蒋家的老头子是重利贪财的，本不赞成和金家联姻，无如蒋太太一心要这样地定下。明年蒋太太便代仲贤涓吉成婚，暗暗送了许多银子到金家去，教金先生赶办丰盛的妆奁。但是在蒋老头子眼睛里看去，不过欺欺不知道底细的外人，自己仍没有一些儿进账呢。仲贤和金先生结婚后，仍到上海去求学。金先生在蒋太太身边十分孝顺，蒋太太宠爱非常。因此大媳妇很妒忌伊，背后常常说侮蔑伊的话。

"不料一年过后，蒋太太患病故世了。蒋太太一死，别人都快活，只苦了金先生。蒋老头子说伊的脚气不好，所以一进门就死掉尊长，十分厌恶伊。大媳妇乘势在仲贤面前媒孽伊的短处，仲贤是受了新潮流的洗礼，这头亲事本是蒋太太一人独裁的主见，仲贤的心里也不以为然的，因此和金先生疏疏散散的淡薄得很。金先生为了伊亲爱的婆婆一旦逝世，自己又早没有母亲的，哀毁入骨，形貌也瘦削得很，更没有情怀去敷衍仲贤。

"以后仲贤在大学毕业，又到美国去读了二年回来，便在沪杭铁路做了工程师。自谓是一个出洋留学生，如何娶着一个没有学过新教育的女子做妻室呢？人家一对一对的鹣鹣鲽鲽，都是交际明星。自己的妻子深居闺阁，还像是十九世纪的妇女，因此说他们的婚姻不是自由的，不中恋爱的程式的。自己挟有百万家私，既有有贝字的财，又有没贝字的才，要娶一个如花如玉的新派女子，也容易得很。不幸被自己的母亲铸成大错，使他终身抱着精神上的痛苦，而肉体上的愉快也得不到了。所以仲贤常住在外边，更和金先生如冰炭一般的不合了。

　　"金先生处在这种环境之中，伊心里的痛苦怎么样的大呢！自幼在家中虽也读过几年书，识得几个字，却说不到有学问。虽然伊的刺绣功夫很好，也不在仲贤的眼里。伊知道自己是不配做留学生的妻子，将来难有好的结果，乘伊年纪还轻的时候，不如及早到外边去求学，可以得到一些知识。遂把这个意思告知仲贤，仲贤无可无不可地答应伊。凑巧苏州有个女子职业学校招收新生，伊遂禀明了蒋老头子，到苏州来投考。可惜伊的程度太浅，不能够到本科，只好在专修科肄业。伊遂选了刺绣一科，从此安心在外读书。除了假期，绝不回家。仲贤也不管伊，自去寻他的快乐。金先生在校非常用功，国文、算术、图画等都有大大的进步。等到修业期满，毕业考试时，伊竟考了第一名。伊绣的成绩在开陈列会时，受多数人的欢迎，争先购买，因此伊很能博得时誉。毕业后，又到上海一个美术学校里去读了一年书，校长便介绍伊到这里来教刺绣。但是伊总挽回不转仲贤的心。可怜伊已是一个失恋者，微闻对方已另有恋人了，伊也抱着消极态度，在外服务。人家只以为伊为了三四十块钱一个月的薪金而忙，哪里知道伊的家中有百万家财呢？

　　"去年冬里，仲贤竟向伊提议离婚，以为这种宗法时代的婚姻，完全不遵着自由恋爱的轨程，自己一生幸福，断不愿为了他已死的母亲一时的成见而牺牲。他和伊的结合，可谓绝对没有恋爱。与其两下很痛苦地斯守着，何如早早分离，各谋幸福。所以他毅然决然地要和他的妻子离婚，且愿提出现款一万五千元作为伊的赡养费。这时，蒋老头子已死了两年了，金先生是早已知道他们已有很深的裂痕，迟早有此一着，心中也预备脱离蒋姓的人家了。可是伊丈夫个人名下应有家财八九十万，却给伊一万五千元的赡养费，实在太菲薄了。伊不肯答允，两造各请出律师来法律解决。直到前天在你生病的当儿，金先生接到伊委托的律师来函，教伊速即返杭，因为官司已告终结，法庭判决蒋仲贤须出七万五千金，为他妻子的赡养金，两下正式离婚。以后，男婚女嫁各不相涉，由两造律师代本主登报声明。金先生接到信后，立刻预备回杭去。伊和我分别时，洒下几点眼泪。因伊虽然不希望有圆满的解决，然而这事总使伊伤心，感想到女子一方面的不幸。我们送伊到火车站，握手珍重而别。

"昨天忽又接到金先生的来函，说伊已和蒋家脱离了，自己仍住在老父家中。领到赡养费七万五千金，除去律师公费等二千金，其余一概分存银行，预备在地方上做一些事业。自己也不高兴再到苏州来执教鞭，已向校长辞职，另荐一个同学前来教授了。伊去时知道你请病假，在家生病，所以信上曾托我代候你哎。我现在把伊的不幸的消息，已完全报告给你听了，你有什么感想么？"

若兰叹道："我当然代金先生惋惜。讲到这件事情，那个蒋仲贤和金先生都不能说谁的错。错在旧式婚姻制度上，因为他们两人根本上已错了，双方本没有什么恋爱，不过为了蒋太太一人的意思，把他们强合拢来，以致有今天的结果。蒋太太死而有知，也要觉悟而生悔心了。恐怕在这过渡时期中，像他们俩结合的夫妇也很多，不过大多数就此不爽不快地隐忍下去，省得对方受莫大的痛苦，而给社会上一般人士的讥评罢了。所以金先生与其担着虚名而受苦痛，还不如及早解脱的为妙。"

飞琼道："照姊姊这般讲来，蒋仲贤是完全不错了？但我说蒋仲贤未免蹂躏女性。似金先生般人品容貌，也不能说伊坏。伊已在外受了几年教育，总可弥补他的缺憾，为什么偏要离婚？离婚而又各出赡养费，太不想到对方面的痛苦，只图自己快乐。所谓只见新人笑，不闻旧人哭。这是男子应有的权利么？七万五千金的价值，抵得住一个被弃的女子的终身苦痛么？诗经上说，'女也不爽，士贰其行。士也罔极，二三其德'。女子对男子怎样的热心，却得不到好结果。如金先生那样苦心求学，服务于教育界中，不辞劳瘁，口无怨言，对于蒋仲贤可算对得过。希望彼方万一的反省，能够破镜重圆，弥补前憾。不料隔了如许多年数，还免不了这伤心的事，岂不是中道被弃么？"

若兰道："当然蒋仲贤的手段似乎太忍些。但我却有一种感想，以为我国古时的妇女大都屈服于男权之下，自己没有自立的本能，一生倚赖着伊的丈夫，于是不得不向着伊的丈夫乞怜。而人情总是弃旧怜新，自私自利的。于是一般妇女难免被她们的丈夫所遗弃而受终身的痛苦了。袁宏道《妾薄命》一诗有云：'灯光不到明，宠极心还变。只此双蛾眉，供得几回盼？看多自成故，未必真衰老。譬彼自开花，不若初生草。'可以知道女子因色衰爱弛而被弃的，自古至今不知有许多人埋愁含怨于地下啊！

　　"又白居易《妇人苦》中有道：'蝉鬓加意梳，蛾眉用心扫，几度晓妆成，君看不言好。妾身重同穴，君意轻偕老。'男女两性的心理如此不同，妇人修饰着自己的容貌以取悦于男子，心中还是惴惴地恐被男子捐弃，这是因为妇人在男子手腕下讨生活，其势不得不出于此。妇女的痛苦怎么样的大呢！所以人生不幸，而为妇女更不幸，而又为贫家的妇女，齐大非偶，古之训也。金先生的父亲只知高攀贵亲，门楣之荣，哪里知道他的女儿将来有莫大的苦痛加到伊的身上了。我以为现在时代的婚姻制度虽已改良，而还不能彻底。一般在过渡时代的男女，尤其易受婚姻上的痛苦。而妇女解放以后，多数的女子仍不能受高等的教育，有稳固的职业，只好依旧屈服在男权的底下供男子的玩物。有的呢，也是不识不知，贪慕着虚荣。但愿嫁着一个有钱的丈夫，好有钱供伊的挥霍，做一个风流香艳的少奶奶，献媚于伊的丈夫，自己已把伊的身价看轻了。而一般男子口里说着许多尊重女性，发展女权的话，而心里却仍怀着轻侮玩弄的意思。尤其是有钱的男子，只要肯出金钱去巴结他心爱的妇女，渐渐地达到他的目的了，便要'看多自成故'地别生野心，去侮弄别的妇人。还有黠巧的，把自由恋爱当作口头禅，去哄骗那些意志薄弱的女子。他们高兴如何便如何，说什么恋爱神圣，说什么自由结婚。新名词新主义都是幌子，被他们利用而已。律师只要有利可图，什么都可以。金钱万能，便造成许多痴男怨女，情场爱河中的悲剧喜剧，供给时下一般小说家、新闻家的资料了。所以我以为我们女子最要先谋自立，然后一切问题可以解决。而且现在的时代，最好抱独身主义。因为嫁后所享的快乐，抵不过嫁后所受的痛苦。应当致力于学问事业，积极地去拯救一般可怜的妇女，她们还在黑暗里头呢。"

　　若兰舌底翻澜似的说了许多话，那位范先生只是点头，飞琼却笑道："好了，方才我说了一句话，你已借题发挥地说了许多。现在范先生把金先生的事情告诉了你，你又大发其议论。女学士，女学士，与君一席话，胜读十年书。你何不在我们校里开妇女协会时演说给许多同学们听呢？范先生和你是同志，你们都是抱独身主义者，故而把男子痛骂，被男子看了，或者要说你是偏激之词呢。"

若兰道："我是从实情上立我的理论，并不偏激。我们的意思是这样的，并不勉强人家不嫁，所以我和你是好朋友，对于这个上也不劝你独身啊。"

漱芳道："我也以为女子嫁人，总是一件麻烦的事，苦多而乐少。所以我到了这样年纪，仍自抱着独身主义，一辈子不嫁人了。"

飞琼笑道："倘然人家都像你们，这个世界将变成寂寞的、冷淡的、荒凉的、孤凄的无情世界了。我以为女子当然先要谋自立的本能，求高等的学问。而对于婚姻问题，出于自然，不必如高人隐士般地狷介自守，趋于极端，看得男子都是虚伪的，没有真爱的。只要社交方面处之谨慎，遇到同心合意的，始表示自己的爱情便了。所谓狂者进取，狷者有所不为，圣人之道，得其中行而与之。既不为狂，又不为狷，自然没有过犹不及之弊。……"

三人正说着话，忽见沈太太托着一大盆热腾腾的小馒头，走进房来，放在桌上，摆好三双筷子，说道："你们讲得肚里饿了。这里好似乡村僻野，没有什么好吃的点心可买。桥边新开一爿面店，听说他们做的馒头很好吃，买的人很多。因此我托间壁钱小娘子去买了一些前来，请你们将就用些，尝尝滋味如何。"

漱芳等都谢道："伯母又要这般客气了，我们是老实的，不会推却。伯母也请过来用几个。"

沈太太道："我是吃不下的，你们快请用，不要冷了。"

飞琼立起身来，走到墙边搬一只凳子过来，硬拖沈太太坐下。沈太太笑道："我吃便了。"遂又去拿了一双筷子来，说声请，大家夹着馒头便吃。飞琼吃了一口道："的确很好，汤已滴出来了。肉又大，皮子又薄。比较城里观前街观正兴的小笼馒头，也不相上下。我以后常要到姊姊府上来吃馒头了。"说罢咯咯地笑着。

沈太太道："很好，柳小姐，望你常常来，我们寂寞得很。"若兰因病体新愈，医生叮嘱不可多食，勉强吃了半个，便不吃了。范先生吃了三个，飞琼吃了四个，沈太太吃了一个半。一共十二个馒头，还有三个。沈太太再请她们吃，两人都放下筷子说道："吃不下了，并非客气。"沈太太苦苦相劝，飞琼又吃了一个，沈太太才把盆子收去，端着一盆面汤水前来请两人揩面。

两人揩过面，一看窗外的阳光已渐渐过去，漱芳遂道："我们来了好久，要告辞哩。"若兰道："再坐一歇去。"飞琼要紧进城，因伊还要回家，便立起来道："下次再来吧，望你快快到校。"若兰道："下星期一我也要到校了，你们可坐车子回去。"飞琼道："我们想走到阊门再坐车子了。"

这时忽听叩门声，沈太太忙出去开门。原来是瘦蝶。沈太太带笑道："杨少爷来了么？里面正有两位女客。"

瘦蝶立住脚步问道："是谁？"沈太太道："一位是若兰的先生，一位是同学。不客气的，待我介绍你去见见。"瘦蝶遂跟着沈太太走到里面客堂中。

漱芳、飞琼都走出房来，沈太太指着两人道："这就是范先生和柳小姐。"又指着瘦蝶道："这是杨少爷。"三人都点头行礼。漱芳遂对沈太太说道："我们去了，再会吧。"

若兰握着两人的手，送到绿门边，两人道："你不要出来，何必客气。"若兰便道："母亲送送吧。"两人向若兰告别，沈太太送出门去，把门关上，回到里面。见若兰已同瘦蝶到右边书室中去坐谈了，沈太太便问瘦蝶道："杨少爷，我们以为你不来了，怎么今天来得这样晚呢？"

瘦蝶笑道："真不巧啊，今天我本来一点钟出门的，不料在途中打了岔儿，弄到这个时候才来。"

若兰问道："出了什么岔儿呢？"

欲知瘦蝶如何回答，请看下文。

闲云老人评：

正写瘦蝶视疾，忽地插入花漱芳和柳飞琼二人，顺手叙出一个被遗弃的少妇痛史。文如看山不喜平，此之谓也。写金先生身世之可怜，都是蒋太太害伊的，我国旧式婚姻制度的不良，亟须改革，于此可见。想天下不乏与金先生同病之女子也。金先生苦心用功，未尝不是有志者，然而回天乏术，徒唤奈何！但蒋仲贤未免有些辜负他妻子了。柳飞琼的说话，亢爽激烈，而若兰之语，又是推远论理，指陈弊害，句句动听。可是终因伊所处环境的关系，不免带些消极色彩，而若兰所以抱独身主义，也在此轻轻点出。人生不幸而为妇女，更不幸而为贫家妇女。若兰慨乎言之，有心人当同声一哭。作者胸中许多韫藏，在此回中尽情发泄，真是娓娓儿女语，百读不厌。琐琐屑屑地写来，不觉甚长，但觉其文心之细。《蝶魂花影》出版，吾谅天下有不少妇女当共欢迎此书也。

第六回

纵猎名山巧逢旧雨
试茶小阁忽睹丽姝

　　叮当叮当，瘦蝶踏着包车上的警铃，包车夫阿寿拖着主人，急急地向山塘街上跑去。忽听背后马蹄声，有一怒马疾驰而来。

　　阿寿起初还用力前奔，背后马上有人唤道："前面的车子让开些，不要被我踹坏了。"瘦蝶也恐车子奔得太快了，容易出毛病，反有倾跌之虞。便命阿寿让过一旁。背后那匹怒马直踹地跑过了车子。马上坐着一个猎装少年，背着一管猎枪，气宇轩昂。忽地回过脸来向包车上一瞧，便把坐骑勒住，脱帽招呼道："瘦蝶兄，我们长久没见了。"

　　瘦蝶也已认识这个驰马少年便是昔日同学丁剑青，便含笑问道："剑青兄到哪里去？"这时阿寿也把车子停住，一马一车停顿在山塘街上，两边讲起话来。剑青道："我到虎丘去，你呢？"

　　瘦蝶道："我也到虎丘去。"剑青道："很好，那么我们一同到山上去坐了谈谈，好不好？"

　　瘦蝶本要紧去探望若兰，现在遇见多年的老友邀他去游山，又不好不应酬。而背后又有人力车赶来，不容他们阻塞交通，只好点头答允。

　　剑青把马一拍，向前跑去。车子遂跟着马走。路过青山桥，瘦蝶望着桥侧一条幽静的小径里，不禁悠然神往。

　　不多时，已到山门前，剑青已从马上跳下，瘦蝶也走下车来。剑青把马系在旁边柱子上，对阿寿说道："你不回去么？"瘦蝶道："他候在这里，你把马交给他好了。"两人遂手携手地走进头山门。

　　这天天气晴和，春光美丽。游山的士女很多，十分热闹。耳听背后铃声大响，且有呼叱之声。两人回头一看，原来是有十几个年轻女学生，妆饰得很是时髦，骑着花驴，一颠一耸地嘚嘚而来。几个驴夫跟在后面呼叱，两旁看的人都哈哈大笑。一群人到得鸳鸯墓侧，大家勒住，跳下驴来。有些面泛红霞，有些香汗淋漓，都面对面地微笑。中有一个少女，手里握着一面白纺绸的小旗，旗上一行黑字，乃是"上海开明女学乙组旅行队"。有一个老翁在傍看着，口里不觉叽咕道："现在女校中的女学生真是出角了，以前女子守着闺房不出，吟咏自遣，哪里可以成群结队地出来旅行？尤其是荒乎其唐地骑起驴子来。出乖露丑，也不成其样子了。这些女子赶紧要把《女诫》给她们读读才好，不然是不可救药。"老翁大发议论，幸那些女学生脚快，早已走向对面上山去了。

瘦蝶向剑青笑笑。两人不愿意跟着她们前走，便向左手转弯，从拥翠山庄走上冷青阁。剑青在楼下看了一会儿对联，遂同到楼上沿窗一张桌子边坐下。堂倌泡上一壶雨前茶来。剑青把猎枪卸下，放在桌上，对瘦蝶说道："我们已有三四年不见了。前年你毕业时我也没有前来恭贺，抱歉得很。"

瘦蝶道："剑青兄，不要提起吧，区区中学毕业，值得什么？惭愧得很。"

剑青道："那也未必，像你足下的程度，我是素来佩服的。岂是寻常一般中学毕业生可比。即就你的文学而论，已有好多大学毕业生及不上你哩。我常说你是一位翩翩佳公子，是文苑中的隽才，不是我们武夫可望项背的。"

瘦蝶笑道："剑青兄，一别数年，你的口才大有进步。我却说不过你了，别恭维吧，我已汗流浃背了。"

剑青哈哈大笑道："我是说的实话，你既不喜欢听，我就不说何如？"

瘦蝶才问道："剑青兄，你在母校里因为闹了风潮，出去到上海体育专门学校肄业，好久没有通信。大概你早已毕业，在哪里得意？今天如何有兴到此游猎？请你告知一二。"

剑青把手里正拿着的一杯茶咕嘟嘟地喝完了，然后还答道："我在前两年已从那个学校里毕业出来，一直守在家中，也没有什么事做。记得无锡有一个初级中学委请我去教拳术，我因待遇不好，反束缚着身体，所以不去。我想我们生在这乱世，最好做些伟大的事业，于国于民都有益处，才不负此七尺之躯。但我这两年东奔西走，也没有什么好机会。在家中又闷得慌，不忍辜负这良辰美景，所以到苏州来走一趟。今日已是第三天了，住在城外铁路饭店，难得遇见了你，真是巧极。"

瘦蝶道："剑青兄久怀壮志的，你可忘记你在校中时候，不是常向我们自称为讷尔逊的么？你的拳术我们也佩服的。大家称呼你为'锦毛鼠白玉堂'，很有侠气。一别三年，英爽之气，犹现眉宇。庞士元非百里之才，学校中的教师你岂愿做的么？我们难得聚首的，可以多住数天，不嫌寒舍简慢，也可下榻。"

剑青道："多谢盛情，但我明天便要赴沪了。那边有一个朋友约我前去，不能失约的。我们相见有期，留待后会。"

他们说得几句话，又听楼梯上一阵脚步声，原来那一群旅行的女学生在山中绕游一周，也到这里来休坐了。她们人数多，便在里面桌子上泡茶，莺莺燕燕地一共坐了三桌。一室子充满着脂香粉气，软话曼声，"佩芬姊，仙人洞在哪里，我怎样没有见过？""芝瑛姊，剑池中可有剑埋在池底么？是不是吴王阖闾的坟在这下面，你快告诉我，因我担任的游记须要交卷的。""淑珍姊，你背得出虎丘十八景么？"她们夹杂地讲着，引得人家的视线都注射到她们的身上。有几个女学生姗姗地走到窗边去望野景。

忽然有一个女学生，正在妙龄，头梳爱丝髻，额前挑着前刘海。乌发如云，风吹微蓬。身穿白色制服，下系黑印度绸的裙。白丝袜，白色高跟皮鞋，洁白无尘。襟边插着一朵红色的花，系着一支自来水笔，叽咯叽咯地走到瘦蝶面前，带笑说道："密司脱杨，一向好啊？"

瘦蝶起初一怔，后来仔细一看，才立起身来答道："密司汪，好久不见了。"那位密司汪却伸出一双纤手来给瘦蝶行握手礼。瘦蝶遂趋前握了一握，请伊坐下。密司汪也老实不客气地坐了下来。又问剑青道："请教先生尊姓？"剑青道："敝姓丁，草字剑青。宝剑之剑，青云之青。敢问密司芳名？"

密司汪从怀中取出一个烫金面的笔记簿，向里头抽出一张名片来，递与剑青。剑青接过一看，上面用仿宋体字印着"汪紫璎"三个字，下首有江苏上海四个小字。但在名片的上首，却有两行小字，乃是"上海开明女学学生会交际部部长""音乐会会长"，居然也有头衔，反面还刻着英文的名字。剑青笑笑，放在一边。只听密司汪问瘦蝶道："云仪姊安好么？我真记念得很，一向没有工夫来拜望，今次我们来苏旅行，又是团体，个人不能十分自由行动，明天又要到无锡去，只好改日到府拜谒了。"

瘦蝶道："不敢不敢。密司汪现在开明肄业，大概也要毕业哩。"密司汪摇摇头道："还有两年。我兼习琴科，近来学生会中事情又忙，自愧学问一些儿也没有进步。"瘦蝶又道："你们几时到苏的？"密司汪道："昨天早车来苏，立刻下船游天平山。晚上回来宿于城外惠中旅馆，今天早晨我们又到城里沧浪亭去游览，但是坍败得很，可惜没有人肯出钱重修古迹。以后又到含英女学去参观一小时，然后在观前街上买了一些食物，出城用午膳。我们在上海汽车、马车坐得厌了，一向羡慕苏州的驴子，又稳健又快，坐在上面别有乐趣。所以我们特地雇了许多驴子，骑到虎丘来一游。我骑的一只小花驴，跑得非常快，而且又稳得很，然后知韩蕲王骑驴湖上之乐了。"

两人听得一齐笑起来，剑青道："密司既能骑驴，可喜乘马么？"密司汪道："马却骑不来了。我们力量小，控御不住，恐怕要闯出祸来的。"

瘦蝶又和伊谈了几句，她们同伴中早有人喊道："紫璎姊，我们还要到寒山寺，早些走吧。"密司汪遂立起来向瘦蝶点点头道："我们再会吧，密司脱杨如到上海，千万请来校一谈。"瘦蝶道："要的。"密司汪又向剑青点点头，走回自己桌子边去。

早有两个女学生凑在伊的耳朵上悄悄地说了几句，跟着大家笑了。便有一个年长的付去茶资，鱼贯而下。那位密司汪临去时还向瘦蝶瞧了一眼，剑青遂带笑向瘦蝶道："不想你有这一位好漂亮的女友，不看伊在走的时候，临去秋波，若有情若无情，何等婉媚，老友你的艳福不浅。"

瘦蝶正色答道："剑青兄，别要说这趣话。密司汪是舍妹的同学，前年伊跟着舍妹到我家里来，才和伊见过数次，和伊并没有什么交情的。不想今天伊来招呼我，自然不能不敷衍了。"

剑青道："那么你以外也有恋人么？为什么长久不给人家吃喜酒？"

瘦蝶摇头道："一个恋人也没有。"剑青笑道："好，你不要隐瞒，早晚总要知道的。"瘦蝶道："不错，我也要问你为什么长久不给人家吃喜酒。"剑青道："匈奴未灭，何以家为。且待后来吧。"

两人又讲了一刻话。剑青道："我们到山上去走走，看有什么飞禽试试我的猎枪。"瘦蝶道："你说要打飞鸟，倒使我想起一件事了。"剑青道："什么事？"

瘦蝶道："几年以前有几个日本人带着猎枪来到虎丘游玩，也在这阁上饮茗。凑巧有几个兵士是苏军第二师里的，也来游山。本和他们日人风马牛无关，不知怎样的有一个日人，扬起猎枪来照准一个兵士后脑开了一枪，竟把这兵士击毙了。这兵士名叫胡宗汉。当时出了这件命案，我国兵士没有还手，遂向日本人交涉，要求惩凶赔偿等各条件，地方人士也起来据理力争。可是日人一味狡赖，视人命如儿戏，结果只出了一些钱，算作抚恤金，凶手也没严办。弱国无外交，也不止这一端，真令人可叹可恨。现在阁下还有那胡宗汉悲痛的念纪碑呢。"

剑青听了，说道："是的，这事我也有些知道。我国所以受外人的欺侮，都因为内乱不定，使外人有机可乘。万恶的军阀，借帝国主义者为后盾，杀戮自己同胞，争夺个人权利。外人自然利用着他们来灭亡我，助长我们的内乱，他们的计划很惨酷的。所以要救中国，非把那些军阀打倒不可。像张……"

瘦蝶见剑青说得激昂非常，面色也十分愤怒，旁边正有不少饮茶的人，生恐他出言不慎，容易遭殃，遂代他从桌上取了猎枪，说道："我们去吧，不要讲了。"又掏出一个双毫银币丢在桌上，还去茶资，拖了剑青便走。

两人下得冷青阁，从阁后转折而下，便是剑池的旁边了。看了一会儿，走上五十三参，来到塔下。遥望山下屋宇栉比，林木繁密，恰巧有下行车经过。黑烟缕缕，枭在林间。那一节节的火车，宛如一条长蛇，蜿蜒行去。

瘦蝶一看手表上已有三点一刻了，心中不觉有些焦躁，暗想丁剑青不知何时下山，我又不能脱身先走。想若兰在家中也要望我为什么不去了，哪知我在这里被友人缠绕住呢。瘦蝶正望着斜阳出神，忽听"砰"的一声，不觉一跳。回头看时，原来是剑青已走到塔的那边开枪打鸟了。树林里正有一群小鸟，被剑青放了一枪，闻声惊飞。剑青又开了两枪，击下了几头。忽然天空中有一只老鹰在那里盘翔，瘦蝶走过去对剑青说道："你能击中这鹰么？"剑青看了一看，遂道："鹰是鸟中之王，眼尖身快，两翅有力。善于躲避，极不容易伤它。待我来试一下子。"说罢举起猎枪，瞄准那鹰。等那鹰渐渐飞下时，疾开一枪。只见那鹰跟着枪声，双翼顿敛，一翻身落到山下去了。瘦蝶拍手道："好枪，好眼力。剑青兄，你真是今之养由基也。"

剑青笑道："养由基百步穿杨，我哪里有这种本领，你也未免过誉了。"遂把猎枪收起说道："我们可称尽兴了，可以下山去吧。"

瘦蝶一闻这话，正中心怀，但不可不客气几句，说道："今晚我们到宴月楼小酌何如？"剑青摇手道："这倒不必了，我在晚上还有一些事情要办哩。"

这时游山的渐渐少了，四顾无人。剑青又轻轻地对瘦蝶道："瘦蝶兄，我已加入国民党了。因我相信，辛亥革命不是彻底的革命。现在中国的局面，非再革命不可。我们暗中招揽同志，要起来打倒军阀，救我国人民于水深火热之中。明天到上海去也是去聚会的，老实告诉你吧，我看你也是一个有新思想的少年，我们都是老同学，所以我乘此要奉劝你入党，一同工作。"

瘦蝶听了他的话，沉吟片刻，便答道："原来剑青兄已加入国民党，我对于国民党也深表同情。中山先生的革命精神和他的学说，我都很佩服。但我现在的环境，恕我还不能参加，且待以后有机会终当报命。"剑青点点头道："很好，我们后来再谈。"

两人遂走下山来。游人稀少，开明女学旅行队的驴子也早已去了。到得山门口，剑青牵过马来，一跃上骑，向瘦蝶说道："再会。"瘦蝶也点头道："愿君平安。"剑青早加上一鞭，泼剌剌地望前跑去了。

瘦蝶也坐上车子，才到若兰家中来，时候已是不早。恰巧漱芳、飞琼等告辞而去。

当下瘦蝶把这事告诉了若兰，又问问若兰的身体如何，沈太太把医生的话告诉瘦蝶。若兰道："我这几天病得十分沉闷，现在贱躯幸已复原，明天再休息一日，后天星期一，我就要到校了。"瘦蝶道："不要太辛苦，我看你还是多休息几天。"若兰摇头道："再缺课时，学分要不足。学分不足便不能升级，我不得不勉力些，好在并没生大病，无须多时的休养。"

沈太太道："伊的性子固执得很，人家的说话不肯听时终不肯听的，我也只好让伊到校吧。杨少爷，你在山上没有用点，肚子可饿？方才来的女客人，我请她们吃这里新开店的馒头，倒还不错，我去买几个来请杨少爷尝尝。"

瘦蝶道："伯母请勿客气，我并不觉饿。"沈太太哪里肯听，早走出去了。瘦蝶笑道："今天我出来，被那个丁剑青拖去山上游玩了几个钟头。虽说不巧，却也可说是巧。天下事真不可知，我若早来了，你那两位朋友也来探望你，教你难以应付了。她们讲些什么呢？"

若兰叹了一口气，便把金先生的事情告知瘦蝶。瘦蝶听了，也不胜慨叹，说道："天下事往往不平。像金先生这样的好女子，偏逢着无情的男人，演成这一幕悲剧，我很代金先生的身世扼腕不置。"

若兰道："方才我们为了这事讨论了良久，我以为这都是为不良的婚姻制度所害，播种的就是蒋太太。蒋仲贤虽然忍心，也不能完全说他的错。他本和金先生没有爱情的啊。"

瘦蝶道："两方程度不平等，也是一个原因。假使金先生有了高深的学问，我想姓蒋的也不至于要求离婚了。"

若兰道："你说他们程度不平等，我说他们也因贫富不同。金先生是蓬门人家的女儿，被伊的父亲把伊去高配贵亲，才使伊受此痛苦。你想金先生自知学识浅陋，立志求学，为的是什么？而蒋仲贤倚着多财，在外另结识了新欢，一定要把伊离去。金钱万能，何求不得？假使金先生好好地嫁了一个普通人家的子弟，怕不白首偕老，一辈子没有这种事发生么？所以说齐大非偶，古之训也。这也是一个大大的原因。"

瘦蝶听了若兰的话，默然无语。片刻儿又道："总而言之，男女的结合完全要恃爱情为基础。倘然双方有了深固的爱情，自然不为势利所诱、祸福所动了。"

若兰又道："现在过渡时代，青年男女想从黑暗中走到光明，而歧路纷杂，还没有找到正当的途径。若从消极方面着想，女子还是不嫁人不发生恋爱的好。像适才来的范先生，伊就抱独身主义。今年已有二十八岁了，还不嫁人。"

瘦蝶问道:"以前伊可涉足过情场么?"

若兰道:"没有。伊在白门女子大学毕业的,家里也有父母兄弟,都在昆山。伊的父母几次要代伊提起婚姻问题,伊总不答应。据同学说曾有一个申江大学的教授,本是伊的朋友,向伊两次求婚,伊都坚决地还绝。现在那个大学教授已对伊灰心,另和别一个女子结婚了。"

瘦蝶笑道:"圣人说得好,'至诚而不动者,未之有也'。那个大学教授若果爱上了伊,当该用极诚恳的态度,等极良好的机会,一而再再而三地请求,直到他的爱人答应了,他才罢休。万一始终不能达到他的目的,也该守候着他的爱人,表示了对于伊纯洁不变的爱情。我想精神所至,金石为开。人非草木,孰能无情。到那时,或许有成功的希望了。"若兰听了瘦蝶的话,不觉嫣然微笑。

这时沈太太捧着一盆馒头走进来道:"我教阿寿去买的,也请他吃了两个。杨少爷快用吧,我们都吃过了。"随即放在桌上。若兰忙去取一双筷子,放到瘦蝶面前,说道:"不要客气,多用些。"瘦蝶道:"我是不会客气的。"举起筷子,一个个地把盆中六个馒头吃去了五个。便放下筷道:"饱了,饱了。"沈太太遂将盆子收去,绞上热手巾。若兰也去换上热茶。瘦蝶又问若兰道:"你后天到了学校,又要隔一星期见面了,我明天再来看你一趟。但你答应的一句话,何时可以实践?他们很是盼望。"

若兰道:"我既答应了你,决不爽约。现在校中将要小考,又要预备运动会的节目,待到过了运动会,我准到府上来拜见伯母和两位姊姊。"瘦蝶道:"很好,我的两个妹妹也是忙着练习运动会中的节目,兰妹也要加入么?"

若兰笑道:"她们预备一种《众星捧月》的舞蹈,定要我扮演月姊呢。"瘦蝶道:"兰妹天生丽质,无怪她们要你做月姊了。"若兰笑笑,又道:"你见方才来的一位穿咖啡色短夹袄的女子么,伊就是柳飞琼。练得一手好武艺,将在这运动会中一献所能。正是巾帼英雄,你们男子也要自叹望尘莫及了。"瘦蝶道:"这个运动会有了兰妹和柳女士等加入,定必格外生色。到时我必要前去一饱眼福。"

两人谈到那时,天色已晚。沈太太掌上灯来,瘦蝶立起身道:"今天来得晚了,转瞬天已黑暗。我也要回家,明天再来畅谈吧。兰妹夜间早睡，请保重些。"若兰母女也不多留，若兰送到后门口，说了声："瘦蝶兄晚安。"瘦蝶也道："明天会。"沈太太送到门前，看瘦蝶坐上包车，两盏雪亮的电石灯，闪闪地望桥边跑去，然后关上门进去了。

瘦蝶坐着车子进城，回到家中，见他的母亲正和云裳在楼上闲谈。云裳道："大哥怎么回来得这般晚啊？"瘦蝶遂道："我今天出城，恰巧遇见那个望亭人丁剑青。他到苏州来游玩，拖着我一同去游虎丘。在冷青阁上又遇见了汪紫璎，你想巧不巧？"

云裳道："汪紫璎么？好久不见，听说伊在开明求学。可曾和大哥说话？"

瘦蝶道："说了几句敷衍的话，伊托我向你们姊妹道念。"

云裳道："紫璎的为人，性情太活泼了些，大家都说伊近乎流荡。"

瘦蝶道："不错，记得伊前一次初到上海时，竟和我通起信来，教我如何作答？只好不睬不理，辜负伊的美意了。"

说着话，却不见云仪和碧珠。瘦蝶便问她们到哪里去了。杨太太道："碧珠跟了云仪，到养育巷去探望一个同学的，去了长久，还没有转来。"

正在这时，只见云仪喘吁吁跑进来，脸色苍白，怔怔地说道："不好了，碧珠被人抢去了！"大家听了，齐吃一惊。

欲知后事，请看下文。

闲云老人评：

巧逢旧雨，奇峰突起，看似闲文而非闲文，其妙在此。写密司汪活现出一个时髦的女学生来，伊的名片也大可令人发笑的。海妇女到苏州来，都喜欢骑驴子，春秋佳日，常常得见，其中趣味，殆不足为外人道矣。带写冷香阁一段惨案，我同胞受日之荼毒，不胜枚举，此耻此恨，不可忘也。剑青武术与击鹰时略一显出，不愧是个好男儿，也是一个忠实的党徒，但作者写了出来，又他把久久捆起，使人闷然。瘦蝶对若兰之语，真是至诚而不动者未之有也，瘦蝶心思可见一斑。运动会点逗两次，跃跃欲出。碧珠被抢，十分惊奇，使人急看下文。作者行文，不肯放松一笔。

第七回

仗大义明珠还合浦
灭人伦逆子弑亲娘

这个突如其来的消息使人惊疑莫名，瘦蝶第一个跳起问道："你说碧珠被人抢去了，到底是怎样的事？谁敢在这城市里抢人？"

云裳忽然笑道："这是姊姊有意骗人啊。碧珠稳是隐匿在楼下，停一刻自然走上来了。"

云仪急道："谁来骗你们，寻什么开心？真的碧珠被人抢去了。"

杨太太道："是的，我看云仪面上真露出惊惶之色，并且伊也不喜欢说谎言的。"

瘦蝶跳脚道："快说吧。"

云仪道："我来告诉你们，我带了碧珠到同学家里去谈了一刻话，我和伊便告辞回来。不料走到麒麟巷口，黑压压地站着许多人。我们还不注意，等到走近时，忽然有一个年轻的乡下男子直奔到碧珠身旁，把伊一抱。这时碧珠喊声'啊呀'，我正要向这男子呼叱不得无礼，同时有许多乡人向我们一齐奔来，把我们围在垓心。有一个男子问道：'是的么？'那年轻男子把碧珠紧紧抱住，说道：'正是的。'大家于是喊道：'拖伊走吧。'便有一辆人力车推过。那个抱碧珠的男子，抱了碧珠坐上车去，说道：'快跑！'碧珠连喊'救命，救命'，我是惊得不知所措，暗想哪里来这一群强暴者，难道不怕国法么。走路的人也有许多挤拢来看，只听那些乡人说道：'我们来抢亲的，有谁好拦阻？走吧，走吧，回去吃喜酒。'一群人拥着黄包车向西而去。我又惊又气，跑到前面见有一个警士立在那边，便告诉他道：'我家的婢女被乡人抢亲抢去了，请你快些代我去追回来。'哪知这警士若无其事地说道:'人家抢亲,我不能干涉的。小姐,你还是回府去吧。'"云仪说到这儿时,瘦蝶把足一蹬,道:"该死的警士,要他在街上所管何事?"

杨太太道:"这却不能怪他的。苏州地方抢亲,也是常有的事。人家穷了,虽然早配下媳妇,而苦于没钱去娶,遂想出这种强劫的手段,硬逼成亲。成亲以后,生米制成熟饭,也就完结了。所以警士不来干涉。只是碧珠竟被抢去,这样好的女子若去嫁给蠢汉,埋没了伊的一世,真正可惜。"

云仪道:"只是碧珠平日在我们面前没有说起过,我们也不知道伊已配给人家了。"

瘦蝶道:"无论如何,碧珠总是心里不愿成就的。他们断不能用武力来强逼与伊成婚,无异强奸了,天下哪有这种野蛮的事情?现在碧珠被暴力压迫着,可怜一个弱小的女子,当然没有什么抵抗的能力,唯有我们可以搭救伊了。我不忍袖手旁观,使伊陷入火坑,待我去寻伊。大约他们摇着船上来,夜里一定不会开回去的,要救碧珠便在这时。"说罢,回身便走。

杨太太摇手道:"且慢,他们都是乡人,蛮而无理,你怎和他们对得过!还是不要去,且待我们差人去探明白了再作道理。"

瘦蝶道:"事贵神速,慢慢儿地去做,便要坏事了。我前去当相机行事,决不肇祸,请母亲不必过虑。"

杨太太道:"我总放心不下。也罢,我教看门的杨福和阿寿跟你同去,凡事见机而作,切莫要吃眼前亏。"云裳道:"我也情愿同去。"杨太太道:"你是黄花闺女,用不着你管账,要你去什么,别胡说。"云裳被伊母亲喝住,噘起嘴不响了。瘦蝶道:"好的,我就带杨福和阿寿去,教袁妈来代看门。"遂匆匆下楼去了。

杨福、阿寿听了少爷的吩咐,跟在后面,三个人望养育巷赶来。见有店肆,便上前探问,可有抢亲的人过这里么?问了几处,方知向阊门去的,他们也就赶到阊门。

来到吊桥边,见两岸停着许多船只,阿寿便高声问道:"今天有荡口来的船停在这里么?"

阿寿问了两声，有一个船夫正拿着一把酒壶走过来，对阿寿说道："你们来寻荡口船么？那边有一只小船正是的。"说着话用手一指，果见远远地在一只大船背后，泊着一艘小船。瘦蝶等连忙奔过去。

恰巧有一个乡下男子从舱里钻出来，被阿寿跳上船把他拉住，瘦蝶等也走上船来。那乡人见他们前来，不知何故，便道："你们有什么事情？"瘦蝶道："你们可是从荡口来的么？"乡人答道："正是"。瘦蝶又问道："你们今天抢亲抢来的女子藏在哪里？"乡人道："你问那夏家小丫头么，伊早已有姊母做主，配给本地黄家的阿牛。但是一直在外帮人家，黄阿牛没有钱迎娶，又恐这丫头变了心，所以探听明白，前来候着抢亲。我们候了两天，才把伊抢到手。"瘦蝶道："现在哪里？"乡人对他们打量了一番，却不肯再说。

阿寿道："你快说，我们便是从伊的主人家来的。"又指着瘦蝶道："这就是我家的大少爷。我们现在要看看伊，还有伊的衣裳首饰和许多金钱，要送还伊。请你快些领我们去相见。"

那乡人听阿寿如此说法，信以为真，便道："我来领你们去好了，他们都在阊门马路上一家小客栈里。听说今夜黄阿牛便要成婚，大众也要大嚼一顿哩。"瘦蝶道："好的，你快领我去。"乡人点点头，遂引导他们来到一家小客栈门前，说道："到了。"

瘦蝶等一齐大踏步走将进去。见院子里有许多乡人，正在聚谈纷纭。东边一间房中有哭闹的声音，瘦蝶听得出是碧珠在那里了。便和阿寿、杨福排开众人，闯入房去。见房中桌上点着一对蜡烛，有一个年轻的乡人，相貌凶恶，想是黄阿牛了。正拦着碧珠，恐防伊要逃的样子。那碧珠坐在靠墙椅子里，连哭带骂的，正和黄阿牛理论。黄阿牛还大声嚷道："你既到此，不管你答应不答应，总是我的妻子了。还是劝你好好地顺伏，不然我的拳头无情，不要后悔。"

瘦蝶当先喝道："在此民国时代，人人都有自由权，谁敢强夺？碧珠不要恐惧，有我在此。"

黄阿牛还过脸来，瞧见了瘦蝶，便问道："你是何人？"阿寿叱道："你不认识么？这是我家的大少爷，你们怎么无端把碧珠姐抢到这里来？"

黄阿牛也瞪着目道："伊是我的未婚妻，所以抢来成亲。你们虽是伊的主人，也不好来干涉啊。"

碧珠已看见瘦蝶等三人，明知救星来了，也道："少爷快快救我出去，我宁死不愿和这恶人成婚。"

黄阿牛回过身去要打碧珠，却被瘦蝶一把拖住。黄阿牛怒火上升，本要和瘦蝶扭打，只因见瘦蝶鲜衣华服，是个大户人家的公子少爷。在他背后又有杨福和阿寿，也努目扬眉，揎袖捋臂地立着，预备动手，杨福又生得双料身材，孔武有力，抡起两个铁锥般的拳头威风凛凛，所以他不敢动手了。门外众乡人早已闻声，走进一个老者，上前向瘦蝶说道："你们是金珠的主人家么？黄阿牛实在没有钱举行婚礼，所以不得已而来此抢亲。你们是明达的，让他们成全美事吧。"

瘦蝶道："这是什么话，人家不愿意成婚，你们岂可用武力强劫？欺伊是一个弱女子，无人相助么？我是伊的主人，现在要带伊回去，断不容你们把伊欺负。我姓杨，住在西百花巷，谅你们也知道的。你们要用武力，我也不怕，若要诉之公庭，这是再好没有的事，我们便可法律解决。"说罢，遂过去一把拖了碧珠的臂膊，说道："我们走吧。"

黄阿牛要来拦阻，早被杨福拦住道："休得无礼。我们有住处的，你们可以到警察厅去控告吧。"遂和阿寿护着瘦蝶、碧珠两人走出客栈来，众乡人不敢拦阻。

此时门外已有许多人挤着观看。有的说瘦蝶义侠可敬，快人快事，有的说他爱管闲事，犯不着代奴婢出力，有的看见碧珠容貌美丽，瘦蝶又是一个风流潇洒的少年，便说瘦蝶必和碧珠有了密切的关系，所以肯来出场。瘦蝶不顾人家议论，喊了两辆车子前来，和碧珠坐着，先进城去。杨福和阿寿也随后回转。

杨太太在家中守着消息，很不放心，想天已晚了，瘦蝶到哪里去找碧珠呢。幸有阿寿、杨福同往，当不妨事。大家坐在楼下客堂里，盼望瘦蝶奏凯而归。果然瘦蝶带着碧珠回来了，不胜欣喜。瞧碧珠云发蓬乱，身上衣服也有一处撕裂，泪痕满面，一种可怜的神情，使人见了不由要生怜惜之心。

碧珠上前拜见杨太太和小姐，颤声说道："若没有蝶少爷来相救，我也立志一死，恐怕不能再见太太、小姐等的面了。"说罢不觉掩面哭将起来。杨太太道："碧珠你不必啼泣，以前你并没有说许过人家，怎么今天有人把你抢去？到底是怎么一回事儿，你快告诉我们。"云仪也抢着向瘦蝶道："大哥，你在何处找到碧珠的？怎样把伊夺回来，请你告诉我。"

瘦蝶便得意扬扬地把经过的事告诉众人，云裳大喜道："我在校中国文讲义上读过一篇《漳南侠士传》，记大侠李越寻援救被劫的寡妇一事，凛然如见其人。现在碧珠被抢，大哥竟能直入客寓中，不畏强暴，把伊带回家来，真是今之游侠了。我很羡慕，以后如有机会，我也要做一件大快人心的事呢。"

云仪道："大哥是新游侠，你也要做女侠，可称杨氏双侠了。"说得瘦蝶也笑将起来。此时阿寿和杨福都回来复命，杨太太奖许了几句，他们便退出去了。

碧珠遂道："以前我实在不愿意将这事将告诉人家，现在事已至此，不容我不说了。我自父母相继过世后，在婶母手里度日。恰巧东村有一家姓黄的，他们有一个儿子，便是黄阿牛。阿牛的母亲到我家来，看见我生得美丽，便向我婶母代他儿子说亲。婶母贪着他家二十块钱的聘金，竟一口答应了。后来我知阿牛真是个蠢牛，我不配做他的妻子，一直心中不愿。幸亏黄家也没有钱娶媳妇，所以缓到如今。我出来做了女佣，又在太太的府上，十分快乐，再也不愿回去。不过心中常常忧虑，恐怕黄阿牛放不下我，要来寻我。果然今天被他来抢亲了，幸有蝶少爷把我搭救回来，此恩此德，终身感激不忘。"说时一双妙目，紧视着瘦蝶，露出很感谢的样子。

瘦蝶微笑道："大约他们也未必就此干休，明天或者要到这里来。我已准备和他们法律解决，现在的时代要离婚也很容易。碧珠不愿嫁黄阿牛，黄阿牛也不能强逼伊做他的妻子啊。不过用去些金钱罢了，我已有成竹在胸。总之，碧珠已被我夺回，断不让他们再抢去了。"

云仪笑道："好一个侠士，救人救彻，唯红粉能识英雄。碧珠你识得这个英雄么？"碧珠闻言，不觉面上一红。

杨太太道："好了，我的肚里很饿，王妈快预备开晚饭吧。"王妈等听得太太吩咐，连忙赶紧开出夜饭来。

他们吃罢晚饭，杨太太有些头痛，先去睡了。他们姊妹又在楼上闲谈。瘦蝶告诉云仪姊妹说："女校联合运动会开幕时，含英女校也加入。若兰等有一种舞蹈，名'众星捧月'，同学们都要若兰扮演月姊呢。那时你们可以先看见伊了。伊已答应我在运动会以后，伊要到这里来拜见你们呢。"云裳笑道："不敢当！这里不是琼楼玉宇，你可叫伊到瑶池会上去见西王母吧。"瘦蝶道："什么话！"云裳道："月里嫦娥当然要请伊去见王母。"瘦蝶笑道："若兰是嫦娥，你们也是董双成、许飞琼一流仙子了。"云仪指着旁边立的碧珠道："伊才是散花天女呢。"碧珠道："啊哟，婢子配做天女吗？两位小姐才是天上安琪儿咧。"瘦蝶笑道："又来了，西方的安琪儿咧。谁是维尼司，谁是克毕特呢？闲话少说，我又要告诉你们，若兰还有一个同学姓柳的，精习拳术，练得一手好本领。到时候，要当场献技呢。"云裳喜道："果有这种奇女子么？可代我们妇女界扬眉吐气了。我倒要拭目以观哩。"

他们谈了一会儿，看看时候已是不早，云仪姊妹要回房安寝。瘦蝶又到他母亲房里，见袁妈坐在一旁，便悄悄问道："太太睡着了没有？"袁妈点头道："睡着了。"瘦蝶道："今夜你好好服侍了太太。"云仪道："今夜我伴母亲睡了，大哥放心。"云裳道："那么我一个人睡在那边，很害怕的，碧珠伴我睡吧。"碧珠道："很好，我伴二小姐睡。"瘦蝶道："好的，我要下楼去了。"碧珠遂先跟着瘦蝶下楼。

来到瘦蝶房中，照样开亮了台灯，展开锦被，对瘦蝶说道："蝶少爷今天出城进城，大概很疲倦了，早些安睡吧。我真感谢得很，自问没有可以图报之处……"

瘦蝶道："你不要说这些话。我实在不忍见你被强梁威逼，所以大小姐一告诉我这个消息，我就和杨福等赶来。把你救回，也是天意。否则等到此刻，你就不堪设想了。"碧珠道："不错，我被他们抢去，满拟一死，断不愿任这恶徒蹂躏我的清白之身。此后我活着在世上，便是蝶少爷所赐的了。"说罢对着瘦蝶嫣然一笑。

瘦蝶不觉走过去，握住伊的纤手说道："我看你虽是出身在乡下，却是冰雪聪明，端庄静雅。很希望你有光明的前途，所以也极不愿意你坠入火坑，不顾什么，毅然决然地救你回来。以后我总当代你谋个归宿才好。"碧珠面上微有些红霞，不觉把身倚着瘦蝶。此时两人相对无语，红漾漾的电灯光照在两人颊上，只听心房跳跃的声音。瘦蝶忽然把手一放道："二小姐在楼上等你呢，快快去吧。"碧珠被他一说，恍如梦醒。便把门带上，轻轻地走去了。瘦蝶脱衣安睡，一宿无话。

明天起来，大家用过早点，忽见杨福进来报道："外面有两个乡人来求见少爷，他们便是昨晚客栈里遇见的一个乡老儿，还有一个年轻的。少爷要不要见他们？"瘦蝶道："很好，难得他们找上门来，你就领他们到花厅上相见。"杨福答应一声，回身出去。

瘦蝶等了一刻，走到花厅，见果然有两个乡人立在那里。瘦蝶请他们到椅子上坐，两人哪肯就坐？推辞了一会儿，在下首坐了。乡老儿先开口道："杨少爷，你是明达的。黄阿牛实在因为没有钱正式成婚，所以不得已而出此下策。明知冒犯了贵府，他情愿来请罪，只要少爷应许把碧珠交还他带回乡去。"

瘦蝶一声冷笑道："我早已说过，碧珠本人不情愿嫁给黄阿牛，黄阿牛当然没有什么权利可以强抢。现在碧珠既在我家做下人，所以我要出头管这件事。这却不关什么黄阿牛不能正式成婚的事，就是黄阿牛有钱要正式成婚，本人倘然不愿，也是不能成功。你们不要多啰唆，两下不妨法律解决。"

乡老儿见瘦蝶说得如此斩钉截铁，便转变道："黄阿牛也实在可怜。他特地邀了我们，摇着船到此来守候两天，好容易见那金珠跟着府上小姐出外，才守在路旁，把伊抢去。现在弄了一个空，教他也没有面目回去了。"

瘦蝶道："这个我却不能管。"乡老儿又道："少爷可有别的和平办法么？"瘦蝶道："我却没有，要问你们有何和平办法？"乡老儿又道："黄阿牛目下是个穷汉，他既不能得到妻子，总想得到一笔钱。若有了钱，大概他就罢了。否则他也不肯干休，府上虽是有财有势，若要法律解决起来，恐怕金珠也不能就此无条件地和黄阿牛脱离吧。杨少爷你想是不是？所以我情愿做个中间人，到府上来说说。"

瘦蝶听他的话，知道这事可以用金钱解决了，便答道："也好，你预备怎样做个中间人？"乡老儿道："我不用远兜远转地说了，老实说吧，黄阿牛要求金珠母家能赔偿三百块钱的损失，他就想法去另娶了。"

瘦蝶道："金珠的母家哪里有这力量出钱？我既然代伊出场，由我付给黄阿牛二百块钱，断绝瓜葛，谅金珠的婶母当然也赞成的。只要黄阿牛自己写一张取消婚约的凭据，我想黄阿牛以前不过出了二十块钱的聘金，现在还他十倍，总可了结了。如若不然，他要法律解决，我也不是不喜欢用钱的。用去一千二千，也不算什么。"

乡老儿道："杨少爷既能允出二百块钱，就此和平了事也是很好的事。不过我也不能做主，待我回去向黄阿牛说明，他若同意的，就教他写了凭据，再来府上领款可好？"瘦蝶道："好的。"两人才向瘦蝶告辞而去。

瘦蝶进去把这事告知了杨太太和云仪姊妹，杨太太道："今天既然有这乡老儿来说情，当然黄阿牛可用金钱打倒他了。我就代你预备二百块钱，你看他们不久便来了。"说罢，遂到房中钱箱里去取出四封银洋来，每封是五十块钱，交与瘦蝶道："他们乡下人只相信银洋，不识货纸币的，所以给他们现洋吧。"瘦蝶揣着下楼，放在自己房中。碧珠心里暗暗欢喜。

不多时那两个乡人再来了，仍在花厅上谈话。乡老儿对瘦蝶说道："黄阿牛被我劝导几遍，已答允了。取消婚约的凭据，我也带来。至于八字庚帖，待回乡后再送到金珠的家里去。"遂取出那张凭据来给瘦蝶看。又道："黄阿牛自己不会写字，还是请栈房里的账房先生写的，他自己加上花押。杨少爷你看写得对不对。"

瘦蝶接过看了一遍，便道："可以算数了，我也不怕你们反悔的。"遂去取出那二百块钱，交与乡老儿。乡老儿检点一过，揣在怀里，便和那年轻乡人一齐去了。

瘦蝶拿着这张纸头，走到里面对杨太太笑着说道："二百块钱换了一张字纸头，但是此后碧珠的身体便可自由了。"碧珠忙走过来向杨太太和瘦蝶下拜道谢，瘦蝶含笑将伊扶起。

杨太太道："从此你可安心在这里，不用惊慌。"云裳道："这都是蝶少爷的功劳。"瘦蝶笑道："有什么功劳不功劳，我只是一泄我的不平之气罢了。"云裳道："黄阿牛拿了二百块钱去，也可以另娶一个乡女了。"碧珠道："我看他这一生不会娶妻子了。这些钱到他手里，不消一月，包他一个也不剩。"杨太太道："他如此会用么？"

碧珠道："他在乡间出名是一个赌徒。他家本有几十亩田和几座房屋，都被阿牛败完。他一天到晚在外边赌博，夜里喝得醉醺醺地回家去。可怜他的母亲和幼妹常守着门，不敢先睡。他若胜了没有事；若然身边钱输完了，只要门开得迟些，便要破口大骂。不管母亲妹子，抢起拳头便打。她们被他打了，也只得忍气受着，不容她们开一声口。我听人传说，有一天，他逼着他的母亲交出一支金压发来，做他的赌本。他的母亲不敢违拗，只好忍痛与他。他得到目的物，便扬长而去。晚上母女两个守着门，夜深天寒，在孤灯下相对着发抖，唯有树上一二鸟鸣声，和远近狗吠之声，慰她们的寂寞。"

云裳听到此时，不觉笑道："碧珠讲话倒好似小说家的口吻。"说得碧珠也笑了。杨太太道："不要打岔，听伊讲下去。"

于是碧珠又道："直到三更天，才听阿牛远远唱着《将军令》归来。他的母亲连忙到门边开门，把阿牛接进。阿牛大声问道，夜饭烧好么？他母亲答道，我们已吃完。我们以为你在外边吃了，你要吃，可以再烧。阿牛怒道，不要烧了！把他母亲踢了一脚，吓得他的母亲缩到房里去。后来阿牛因为赌输了，要想把他的妹妹卖去，他的母亲不允。不知怎样的阿牛竟到厨下取了一柄切菜刀，把他母亲踢倒在地，要用刀去砍他母亲的头颈了。亏得他的妹妹全身护着伊的母亲，喊起救命来。左右邻舍闻声惊起，一齐前来劝解，才把阿牛拖开。但他的母亲的额上，已被刀锋带破，流得一面孔的血了。隔了半个月，阿牛乘他的母亲病倒时，仍把他的妹妹瞒着他母亲带到外边，卖给一个上海朋友了。你们想这种恶人，我怎能愿跟他为妻？便是乡间别的妇女也没有一个情愿嫁给黄阿牛的。所以他得了这二百块钱，一定仍要到赌场里，输完了方肯罢休。"

杨太太等听了碧珠的话，不觉深深叹息，世上竟有这种逆子。乡人不明礼义，一般教育家徒知在城里做功夫，没有肯牺牲自己的身体去到乡下兴教育的。可叹极了。

到了饭后，瘦蝶忽然想起一什么似的，忙骑了那匹白玉骢，先到观前华美药房里购了半打牛肉汁，然后加紧一鞭，出得阊门，到若兰家里来。

若兰正披览小说，见瘦蝶前来，心中也很觉快慰。瘦蝶把牛肉汁奉上，若兰起初不肯收，后来经沈太太说了，方才收下。沈太太又向瘦蝶重重道谢。这天瘦蝶和若兰在书房里清谈至晚，才别了若兰母女，跨马而回。

　　沈太太自瘦蝶去后，灯下无事，和若兰讲起瘦蝶待她们的厚意，和瘦蝶的人品学问来。沈太太十分赞许，以为现在的少年，大都浮滑成性，习于奢华，缺乏真才实学。瘦蝶虽然是富家子弟，而并没一些儿习气，真是难得。言下大有要认瘦蝶做坦腹东床的意思。若兰对于瘦蝶，虽然没有间言，可是伊心中宗旨已定，也不说什么。当夜收拾书箧，到得明天早晨，伊遂雇着一辆人力车进城到校去了。

　　欲知以后事情，请看下文。

闲云老人评：

　　抢亲还是上古时代一种劫掠的遗风，然而在今日文明的世界，断不容有这种恶俗存留。当见乡人抢亲，肇流血之祸，违反自由，蔑视法律，负地方风化之责的，应该起来改掉它。瘦蝶救碧珠出险，义侠可风。悠悠之口，无伤于瘦蝶。写碧珠一种感恩神情，微妙之至。黄阿牛不得已而索损失费，已是让步了，这时瘦蝶母子都能慷慨解囊，碧珠何幸而得此。从碧珠口中叙述黄阿牛枭獍情形来，乡人往往戾气用事，悖逆伦常。可见乡村教育是刻不容缓的了。运动会出处映带一笔，云裳见伊哥哥干了义侠的事，遂说以后我也要做一回，这是作者在间间处伏笔。

第八回

登徒好色愿托良媒
游侠可风共传异事

沈太太自若兰到校以后，一个人便觉寂寞得很，独自坐在客堂里，瞧着地下的日光，暗想光阴易过，自从伊丈夫逝世以后，母女俩含辛茹苦，很不容易。幸有杨瘦蝶顾念师生关系，情愿出钱帮助若兰读书。若兰生了病，他又请医生来诊视，担任一切医药费，现在又送来半打牛肉汁。看他如此关切，虽说是师生情谊深重，但我看近来他们两人时时聚首，瘦蝶对着若兰情意恳挚，渐渐地露出爱心来。瘦蝶不是还没有订婚么？大概他很属意于若兰，只是不好明言罢了。在我的心思，瘦蝶确是个佳子弟，家中又很富厚，而且是独生子，得他为婿，我愿已足。

然而若兰一心求学，伊虽和瘦蝶常相周旋，却一些儿没有别的意思，完全友谊。几次向伊试问，伊终是希望将来出去做些事业，抱着独身主义，不愿提起伊的婚姻问题。偏偏又逢着一位范先生，两下志同道合，立志不嫁。我也没奈何伊。但望伊早早觉悟，想到将来的归宿，或被瘦蝶的热诚感动，使伊回心转意，和瘦蝶结成佳偶，那是我深深盼望的了。

沈太太一人正在自思自想，忽听绿门"呀"地开了。抬头一看，原来是房东马氏走来。连忙立起相见，请伊坐定。

马氏道："兰小姐的病好了么？我很挂念。"

沈太太道："多谢，伊在今天早上到学校中去了。"

马氏道："兰小姐真用功。伊的身体不十分强健的，为什么不再多休养几天呢？"

沈太太道："是的，我也教伊再休息两天。伊为了校中便要小考，深恐学分不满，所以急忙赴校了。"

马氏道："我以为一个女孩儿家识了几个字，会记记账，写写信，便够用了，何必尽顾读得深呢，将来也用不着去做官。姊姊以为如何？"

沈太太勉强点头道："姊姊的话也不错，不过伊总想在这学校中读到毕业才好。"

马氏听了，不再接下去说，便问道："你家今天吃些什么菜？"沈太太道："我是一个人，很简便的。买了两条鲫鱼烧烧，再炖两块水豆腐。"

马氏道："姊姊到底吃得节省。我因三宝喜欢吃蹄子，所以预备的红烧蹄子，还有虾仁炒蛋。这几天我的胃口也不好，什么都不觉得好吃。"

沈太太见马氏又要说出这种讨厌的话来，不得不勉强敷衍着。马氏举起手腕，腕上套着一只黄澄澄的一根葱金镯，说道："我前天进城去到恒孚，兑了这只镯头，约有四钱重。现在金子五十八元半了，连手工钱费去二十三块钱，比较我以前兑的练条镯便宜些。我因为现在流行这种镯头，所以去兑的。姊姊你可要去兑一只么？我听人说，金子还要涨价，要到六十元哩。后天我还要进城去剪一件衣料，姊姊如去，可以同走。"

沈太太道："不瞒姊姊说，我自从先夫故世以后，抱着终天之痛，一切首饰衣服都不注意了。我也没有戴过金子的饰物，所以不想这些东西了。"

马氏顿了一歇，又道："我看你代兰小姐兑一支，戴戴也好。她们年纪轻的女孩儿家，总喜欢妆饰的。"

沈太太冷笑道："姊姊，你看别人家的女儿是这样的，但我家若兰却不慕荣华，不善妆饰，专心在书本上用功。伊有两只宝石戒指，却常丢在抽屉里，不戴在手指上的。"

马氏道："不错，像你们兰小姐般静娴也是少的，我就喜欢这种小姐。可惜我没有女儿，有了女儿最好也要伊像兰小姐一样，才使我心中快活。"

沈太太见马氏如此赞美自己女儿，也不明白伊的用意，就谦虚了几句。马氏道："我们两家也住了好几年，彼此心情都知。我丈夫在日和你家老爷也是很好的朋友，但愿我们永久住在一起，那是最好的事了。我们所可惜的，我没有女儿，姊姊没有儿子。兰小姐年纪渐长，姊姊也要代伊配一头好亲才是。"

沈太太道："若兰现在求学时候，我想等伊毕了业再定呢。"

马氏道："如有相巧的，姊姊定下也不妨。"

沈太太不愿意说这些话，便问道："今天姊姊不打牌么？"

马氏一听沈太太提起打牌，不觉笑道："姊姊是知道的，我一天不打牌，两手便要难过。今天我已请山塘桥头的傅太太等下午来打牌了。"沈太太道："姊姊真是多才多能。我是和乡下人一样，牌认得我，我不认得牌的。"马氏道："姊姊横竖在家无事，何不学会了，我们也多一个赌友。"

沈太太道："我是六十岁学打拳，不高兴学了。"

两人说了一刻话，马氏起身走去。沈太太知道伊喜欢讲东说西的，难得伊走了，遂去预备午饭。到午饭将熟时，忽听马家的小婢一路喊进来道："沈太太。"沈太太走出一看，见小婢托着一大碗红烧蹄子，放在桌子上道："沈太太，这是我家少太太送给太太吃的。"沈太太道："啊哟，你家少太太怎么送起菜来给我吃了，教我如何依得过？留给你家少爷用吧。"小婢道："少爷吃的已留好在那边。这是专诚送给太太的，请太太不要客气。"沈太太只得取过一只碗来换了，把空碗还给小婢。又取红纸头包了十个铜元给小婢，小婢很快活地说声"多谢"，一溜地跑去了。

沈太太受了这碗红烧蹄子，一想马氏的东西是不好吃的。伊为什么忽然故献殷勤起来呢？早上又走来乱七八糟地闲谈，不知是何用意。且莫管她，隔几天我送还些食物就是了。

一个人吃过饭后，正要想缝纫些衣服，忽见傅太太笑嘻嘻地走进来道："沈太太，近来身体康健么？"

沈太太自思傅太太是马氏的赌友，和我虽然有些认识，并不来往。今天马氏曾说约伊来打牌的，怎么走到我这里来了？又是很奇怪的。一边心中思想，一边立起招呼，请傅太太到书室里坐定，自己去倒了一杯茶来。傅太太连忙说道："不要忙你，我刚喝过。"沈太太遂道："今天不是马家姊姊请傅太太来打牌么？"傅太太笑道："是的，我还有一件事比打牌要紧，所以先来和你一谈，这是受马家姊姊嘱托的。"一面说话，一面用手揢着臂上戴的金镯。

沈太太看傅太太手指上还一字儿套着三只金戒指，故意高高扬起，暗想她们都是一丘之貉，又来说什么讨人厌的话了。便问道："什么事有烦你来说呢？"

64

傅太太道："我是来做媒人的。实在因为你家若兰小姐生得容貌娇艳，学问又好，所以他家的三宝少爷爱上你家小姐，向他母亲说自己不娶妻子便罢，要娶非沈家的若兰小姐不可，要他母亲央人来求亲。他母亲只有这个独生儿子，他说的话没有不答应的。因此伊便托我来府上做媒，好在你们都是老同居，彼此情形熟悉的。马家姊姊又说三宝有个表舅，不久要做上海县知事了，等到那位表舅做了官，三宝便有好位置。从此提拔上去，不怕不发迹。将来两家永远同居。三宝有了第二个儿子，也可以使他承继沈家的宗祧，岂不是府上无子而有子，他家无媳而有媳，一举两得么？况且他家也很有些积蓄，没有姑娘、小叔，马家妹姊又是疼爱小辈的，将来一定把媳妇爱得如同宝贝一般呢。若兰小姐年纪渐渐长大，正好嫁人。古语云，男大当婚，女大当嫁。我看这头亲事你也好允诺了。"

傅太太真会说话，满望沈太太一口应承。沈太太至此恍然大悟，才知这碗红烧蹄子实在不好吃的。但早已打定主意，便很直爽地答道："多谢你来代我家若兰做媒。但可惜若兰早已几次三番对我说过，伊在这求学时期里不愿意人家对伊提起婚姻问题。伊相信不嫁主义，将来和男子一般，在社会上做事，赚得钱来过活，何必定要嫁人？所以像马家虽是门当户对，一头好亲事，而我却不能答应你的请求。对不起你，也对不起马家姊姊。请你代我婉言还绝，原谅我的苦衷。"

傅太太不防沈太太还头得如此决裂，一想十八只蹄子吃不成了。苏州地方旧例做媒人做得成功时，有吃有袋，在新郎新妇结婚的日子，媒人要坐正中酒席上第一把交椅。等到婚后，要吃七朝肉圆。新郎新妇生了儿女，又要请媒人大吃红蛋。所以有句俗语说，媒人要吃十八只蹄子。但是做得好时，大媒老爷、大媒太太，千多万谢，叫得来不及答应。若做得不好时，吃两下耳光也有的。到那时喊触霉头也悔之不及了。

那时傅太太还勉强说道："女儿家大都不肯说自己要嫁，总是说不嫁。越是女学生，她们越是要嫁。往往有些不待父母之命，媒妁之言，自己在外面结识男朋友，自由恋爱呢。所以做父母的切不可误会她们的意思，贻误她们的一生。我想若兰小姐虽是稳重，不见得抱定不嫁主义的。只要姊姊做主，哪怕伊不答应？"

沈太太急辩道："别人家的女儿或者口是心非，但我家若兰却不是如此的。伊说不要，别人休想做得动伊的主。请你还是这样还绝马家姊姊，若然他们是姻缘，将来自然会成功的。"

傅太太没奈何，只得辞去，向马氏老实告诉。

马氏很不快活，以为沈太太看轻伊的儿子，故意推托。这天伊和傅太太等打牌，又打了十二圈的闷牌，输掉七块大洋钱，心中好不懊恨。等到晚上，马三宝自外归来，马氏把傅太太做媒不成的话告知他。三宝恨恨道："说什么不嫁主义，不过推托罢了。我也知道若兰已被杨家那个小畜生迷上了。伊若不答应，早晚总要吃我的苦头，须知马三宝是不好欺的啊。"说时把拳头抵着茶几，咯咯有声。

马氏道："是的，她们或已看中了姓杨的了。前天若兰生了病，姓杨的天天来探望，介绍医生前来，何等亲密。"三宝听了，大声道："我本早教你去说亲，都是你嫌她家清贫，要娶有钱的媳妇，一直延搁下来，直等我催得急了，方才去说，可是时机已失了。我不管；我着在你的身上，一定要使若兰嫁给我，不然我也不要这人家了。"

原来马三宝也是个色中饿鬼。他见若兰姿容曼妙，吹气如兰，实在是一个绝世美人，平日常想和伊接近。哪知若兰早看出他的用意，常常和他移形避面，使三宝的狼子野心，无从乘隙而入。伊所以愿抛下了母亲，住到校中去，虽然为的路远，却也借此可以避去他的缠绕。依若兰的心思本要迁移，但沈太太一因典期未满，二因手中短缺，一动不如一静，仍在这里住下。

其时三宝另去结识了一个小家碧玉，姓洪的，住在阊门留园马路，对于若兰的欲望暂时缓些。现在那姓洪的忽又看中了一个上海洋行里的买办，竟和三宝脱离，跟那人做妾去了。三宝一想，这些人究竟不可靠的，还是好人家的女儿没有这般水性杨花，可以驯服得下。因此他对于若兰欲得之心，格外迫切了。现在说亲不成，他就怪怨他的母亲。

马氏素来知道伊的儿子的脾气是不好惹的，只好带笑说道："若要功夫深，铁尺磨成针。你既一定要若兰为妻，待我慢慢想法儿便了。"马三宝也道："那姓杨的小子，我也不肯放松他，若然他和若兰有什么把柄落在我的手里，须得请他丢脸。"从此，马氏母子深恨沈太太不肯允亲，处心积虑想把若兰弄到手。万一失败，他们也不让人家有圆满的成功，务要

66

同归于尽。以后便生出不少事来。

但是若兰哪里知道呢？在星期一的那天，伊到得校中，许多同学很欢迎地围拢来，问伊病况，弄得伊没回答一头处。有几个教员很爱若兰的，也向伊慰问。若兰照常上课，很是快活。到下午散课后，和飞琼到图书馆里去看书。

若兰正拿着一本《东方杂志》细看，忽然听飞琼喊道："若兰姊，你来看一段新闻。"若兰走过去，飞琼把手里拿的报夹在桌上展开，指着一段本地新闻给若兰看道："这是什么？"

若兰看是一张平江日报，内中有一段新闻标题是"抢亲趣史"。注着两行小字道"黄阿牛半途抢亲，杨瘦蝶旅店夺婢"。若兰瞧见杨瘦蝶三字，心中不由一动，连忙低声读道：

> 本城西百花巷杨家，有一婢女，碧玉年华，绿珠容貌，取名碧珠，颇为主母钟爱。前日之晚，杨家女公子以事外出，碧珠随行。归途至养育巷麒麟巷口，突被一群乡人围住，将碧珠劫去。事后始知碧珠自幼许字于其乡荡口之黄阿牛。阿牛因无力娶妻，遂邀集乡人来此作抢亲之举。劫得碧珠，即往阊门外某小客寓，意欲强逼成亲。
>
> 时杨家女公子返报家人，触怒少主杨瘦蝶。急带家人两名，赶至该客寓中，向黄阿牛理论。谓婚姻自由，碧珠既不愿嫁阿牛，阿牛不得以武力强迫，遂夺得碧珠归去。观者皆敬其有侠气也。次日，黄阿牛请一乡老儿为代表，至杨家要求碧珠须赔偿损失费数百金，方愿取消婚约。于是杨瘦蝶慷慨解囊，愿为其婢代出二百金。令黄阿牛具一凭据，以了此案。该婢女从此脱火坑而登衽席矣。

若兰读完这段新闻，不觉微微一笑。飞琼问道："那个杨瘦蝶，大约就是前天我到姊姊府上来遇见的一少年了，不想到他如此任侠，可惊可喜。他是姊姊的亲戚么？"

若兰道："不是的。他是先父的门弟子，不忘旧谊，时时到我家来盘桓。他的性子极和平，极温柔，不想他竟会干这种类于侠客的行为。"

飞琼道："姊姊见过这婢女么？"

若兰摇头道："没有，我还不曾到过杨家呢。瘦蝶有两个妹妹，一名云仪，一名云裳，是卿云女校的高才生。报上所说女公子，便是她们了。她们屡次招我去游玩，但我却迟迟至今，还没有去。将来倒要看看这婢女是哪一流人物。报上称伊碧玉年华，绿珠容貌，大概是很美好的。"

飞琼道："不错，若不是一个俏丫鬟，那位杨公子也未必肯这样的拔刀不平，出力援救呢。"说罢，哈哈一笑，把那张报纸放开了，又去翻阅别的报纸。

若兰也就仍看伊的杂志，但伊眼睛虽对着纸上一行一行的字，而心里却在转念。想瘦蝶做这种事，虽可赞美他的侠义，然而碧珠是个娇美的婢女，人家不免要疑心他。所以肯如此出力援救，或者为美色所惑，有意于这个婢女呢。然而我却深信瘦蝶定是有激使然，并没有别种心肠。像他这样达理闻道的人，决不会有什么不可告人之事。不过他在昨天到我家里来时，他不应该不先告诉我。这个星期日他若来看我，我倒要向他责问，看他如何还答。又有瘦蝶的母亲，久闻伊很有治家的贤名，怎么这些事一任伊的儿子要如何便如何呢？大约伊十分宠爱瘦蝶，所以不管。因此可知瘦蝶在家中凡事很能做主的了。

若兰转了念头，也不知看的什么。其时又有一个同学拖她们去散步，才把这思想打断。

在这一星期中，校内很忙的预备运动会参加的秩序，若兰被她们强挽着做月姊，每每朝晚空的时候，加紧习练。还要各做一套新衣服呢。若兰在暇时又和范先生商量了，修一书信寄到杭州去慰问金先生。夜间预备考试的功课，自觉很忙。

到了星期六，若兰回家。沈太太立刻将马氏托傅太太来说亲的事，告诉伊听。若兰冷笑道："三宝真是妄想，无论我已抱不嫁主义，即使愿意嫁人，我也不配给这种小流氓式的马浪荡。母亲，你以后少和她们兜搭。等到她们说亲时，你爽爽快快地说我终身不嫁人了。"

沈太太道："我本来很爽快地回绝她们，不过她们痴想罢了。"若兰道："明天我们去买一只鸭，烧了送还她们，我们也不要白吃人家的蹄子。"沈太太道："很好，我明天自己上街去。"若兰听了伊母亲的话，很不情愿有人注意伊，因此有些不乐。

　　明天早晨沈太太亲自到街上去买了一只鸭回来，和火腿同煮，一切两半。等到午饭时，盛了半只鸭送到马氏那边去。马氏见有鸭吃，自然很快活地受了。饭后，若兰在庭中整理架上的花盆，修剪些枝叶，扫除去蛛网。忽听叩门声，知是瘦蝶来了。忙丢了剪刀，跑到外边去开门。却见当门立着的乃是马三宝，手里托着一只鸟笼，一见若兰便笑嘻嘻地说道："若兰妹妹，谢谢你。今天你回家么？"

　　不知若兰如何还答，请看下文。

闲云老人评：

　　若兰和瘦蝶的婚姻，沈太太常在心上，以为两人有情，其实此时若兰尚无此意。写马三宝的母亲一种卑鄙状态，活现纸上。此等妇人我见得很多，傅太太也是一类的人物。马氏好赌，家庭中如此情形，当然没有好儿子。红烧蹄子吃了要呕，报之以鸭妙。马氏母子求婚不成，遂种下怨毒，为后文张本。瘦蝶救回碧珠的事，却从报上间接传与若兰知道，不落寻常窠臼。瘦蝶所为，难免外人生疑，唯若兰之深，所以信任他全是侠义作为，若兰真是瘦蝶的知己了。若兰不愿意见马三宝，而偏偏撞见，徒唤奈何？

第九回

轩中絮语得有心人
海上小游识浪漫女

若兰不愿意看见马三宝，偏偏自己高兴去开门，遇见了他，只得勉强答道："是的。"放下门闩，回转身来，很快地跑到里面。

沈太太刚才走出，见若兰满面懊丧之色，遂问道："外面哪一个敲门，不是瘦蝶么？"若兰把手向东边一指道："我不知是那个流氓少爷，倒去代他开门。他还想和我说话，被我很快地躲避进来了。"说罢，便从木架上重又取了丢下的剪刀，去修剪花枝。

不到一刻钟的时候，又听门上剥啄声响，伊此时不肯去了。沈太太赶忙去开门，正是瘦蝶。若兰见瘦蝶前来，便去放好了剪刀，陪伴瘦蝶到书室里坐。沈太太奉上香茗，把适才若兰自去开门，遇见马三宝，大为不悦的事告知瘦蝶。瘦蝶笑道："兰妹可说是疾恶如仇了。我以为这些小人，要像佛一般地待他，贼一般地防他。现在正和他们同居，只好客气些，不要得罪他们。马三宝已是山塘上著名的一个流氓，少爷党羽很多，须要防他有什么越轨的举动。"

若兰道："我们不去理他，他也无可奈何。我的性子便是容纳不下恶人，我是嫉恨罪恶。马三宝虽然是个流氓，我也不怕。"

沈太太道："若兰固然你是不畏强暴，然而蜂虿有毒，况于人乎？还是杨少爷说得不错，最好不即不离，和他们敷衍着。近来我也想迁移之计了。"

瘦蝶道："这里虽然地方清静，究竟太僻远了些。兰妹又在城里读书，所以你们住在这里不甚便当。不过因为典期未满，不舍得牺牲金钱。现在师母既有意乔迁，可以搬到城中去住。待我代你们四处留心房屋是了。"

沈太太道："好的。"又说了几句话走出室去。

若兰忽然对瘦蝶笑道："瘦蝶兄不愧为一侠士，报上都有你的大名了。"

瘦蝶一听若兰说这话，他也知道伊已在报上得知他如何夺还碧珠，代解婚约的事情了，便也笑着答道："这个侠士的名称，我愧不敢当。此事想兰妹已从报纸记载上看得明明白白，毋容我来赘述。不过我所以毅然出来干涉这事，因为碧珠是我家的婢女，为着人道起见，不忍眼看着强暴者用武力来压迫弱小的女子。你以为如何？"

若兰道："我也很佩服你能有这种胜人的胆量，肯做这些人家不肯为的事情。多少有些游侠之风，值得人称赞的。同时我也觉得女子的一种切身痛苦，社会上还未完全明了。有许许多多妇女还不能得到解放，假使碧珠没有你这个人出来援救，伊就终身堕在苦海之中，也没有人爱怜伊呢。报上说伊生得很美丽，大约也是很好的。自然伊过了城市的生活，岂肯再还到乡间去嫁一个乡下人么？你救了伊，不知伊对你怎样地感谢了。"

瘦蝶道："碧珠这个婢女，我们家中人都很爱伊。因为不但伊是娇小玲珑善承意旨，而且伊也能写字读书，颇有知识。伊对于我家亦很忠心。我母很宠爱伊，不把伊作寻常婢女看待。"

若兰笑道："如此说来，好似郑康成家中的诗婢一流了。我更喜欢听你对于伊的将来可有何种计划？"

瘦蝶道："此时我们还没有一定，总之我既代伊做了这件事情，自然应该为伊想个善后的方法。"若兰点头道："正是，我也想你决计有很好的处置的。"

两人又闲谈了长久。瘦蝶因为他的老师陶子才约他在吴苑品茗，所以他就和若兰母女告辞了，坐着包车进城。

到得吴苑话雨楼上，陶子才早已在那里等候了。还有几个有名的书画家，一同坐着。有几个瘦蝶本来相识的，只有两个不认识，陶子才便代他们介绍。原来他们要想组织一个画会，拟请瘦蝶为干事。瘦蝶一口应承。当下就是这几个人算作筹备委员，起草简章，征集会员。瘦蝶主张以为吴中妇女界也有不少擅长书画的，不该摒弃，也可加入，所以会员男女皆可。众人也都赞成。谈到傍晚，瘦蝶辞别先归。

到得家中，行至绿静轩，阒然无人，唯有那鹦哥仍叫着"少爷，少爷"。瘦蝶折到里面来，此时天已垂黑，走到厅背后，听那边后轩里有几个仆人正在讲话，耳边带着一句话道："自然伊是下人中的王了。"

瘦蝶听得出是王妈的声音，知是她们正在议论碧珠。他代碧珠做了这事，料她们在背后一定有什么话，乘此听听她们的舆论。遂立定脚步，静听王妈很响地讲下去道："少爷尤其得宠伊，平日教伊读书写字，好像自己的妹妹一般。有时他们俩在绿静轩里不知做些什么事，晚上少爷睡时，伊又去服侍，好似一只小狐狸精，把少爷早已迷昏了。太太为人别处很精明，怎么对于伊却如此优容呢？"

又听汤妈接着说道："你知道什么啊！太太的心里早想把碧珠做少爷的侧室，所以特别看待。等到被乡人抢去时，少爷肯这样出力地把伊夺回家来，又出钱代伊了断那边的婚约，自然其中有个缘故啊。换了别人，他们也不肯如此了。"

又听王妈说道："这样说来，伊将来要做我们的主人家呢，想不到伊命中有这种好运，阿弥陀佛，我也有一个女儿在乡下，将来也要把伊妆饰得好看些，荐到城里大户人家去充当使女了。"汤妈道："你别痴想，你家那个黄毛丫头，我也看见的，生得老鼠般的眼睛，跷起两片嘴唇，哪里及得碧珠百分之一……"

瘦蝶听得不耐，暗暗骂一声"该死的奴才"，便跑到楼上，见他的母亲正和袁妈讲话。又到云仪房中，见她们姊妹俩都在伏案作书。云仪见瘦蝶走来，暗暗将写着的一张白色波纹信笺，用一本书去掩住，便搁着笔不写了。瘦蝶不见碧珠，便问道："碧珠呢？"云裳道："方才下去，大约在伊自己的房里。你牵记伊么？"瘦蝶不答，回到楼下，见碧珠房里电灯亮着，知道伊在里面。推门进去一看，原来碧珠正在看书。

碧珠见瘦蝶进来忙放下书，立起道："蝶少爷回来了，可要到绿静轩去？"瘦蝶道："不要，你好用功啊。"碧珠答道："我蒙少爷等这样待我，从今以后，格外要用心读书，才不负爱我者的深情厚谊。全赖少爷和小姐的指导，使我碧珠能得一些智识。将来能够自立，那是我终生感德不尽，来世当作犬马以报了。"

瘦蝶听了碧珠的话，不觉点头道："你有这个志向很好。少停我再和你细谈。"遂回到楼上去和杨太太谈话。

晚饭过后，瘦蝶自到绿静轩去作画。碧珠走来伺候，在旁边看瘦蝶正画着一幅山水。流水一曲，架以小桥。前面绿荫深处，隐隐有竹篱茅舍，一老翁骑黑驴，正走向桥上掀髯自得，背后有一个小奚奴，负着锦囊，神态逼肖。瘦蝶作这画已有三天了，今夜把它修好，用图画钉钉在木板上，自己瞧着很有诗情。回过头来见碧珠倚身画桌上，微笑不语。两个苹果一般的小酒窝，在电灯光下越显得红润，真觉娇憨可爱。遂对伊说道："碧珠，我有一句很重要的话，久欲向你一说。现在不得不说了，不知你的意下如何？"

碧珠不知瘦蝶要说什么话，不觉红晕双颊嗫嚅着说道："蝶少爷，你有什么话？"

瘦蝶自己在转椅上坐下，指着旁边一只椅子道："你且坐了，我来对你说。"碧珠如言坐下。

瘦蝶道："我们这次代你出场，取消婚约，无非见你是一个很好的女子，不忍被他们用强力来摧残你，所以我不顾一切地做了。幸喜目的达到，你已得着自由。但报上都有记载，外面人言啧啧，或者要疑心我们有什么别的缘故。悠悠之口，虽然不值识者一笑，然而我们也须表示一个明白。我是爱你的，不过爱你的美丽，爱你的聪明，爱你的品性温柔，没有别的心肠。以前我所以教你写字读书，也是预备将来给你有机会可以自脱于奴婢的阶级，而做一个有智识的妇女。且喜你十分用功勤习，中英文都有些根底，不负我的期望。老太太虽然有句话，说要把你给我做侧室，但我的爱情已专注在一个人的身上。此人是谁毋庸明言，谅你也知道的。我又不赞成一夫多妻，纳妾的制度是男子侮辱妇女的行为，压迫妇女的手段，我绝对痛恨不情愿做这种的事，并且也尊重你的人格，不忍使你委屈。因此，想赶紧要代你谋个永久的方法，一则可释人疑，二则造就你一个有用之才。你想我的说话对不对？"

碧珠听瘦蝶说得如此诚恳，心中感动极了，眼泪夺眶而出，滴到衣襟上。虽然不语，瘦蝶见伊的神情，也很觉感慨。隔了一歇，碧珠低声说道："蝶少爷的话句句打入我的心坎，蝶少爷的心思我也明白。我知道你是十分爱我的，所以肯这样地援助，令我铭感肺腑，无可报答的。现在蝶少爷既为我的前途打算，有一种计划，那是最好的事。我的知识浅薄，全仗蝶少爷指导。蝶少爷可说是我再造的恩人，你说如何便如何了。将来若能侥幸成功，都是蝶少爷等所赐的。我也不说如何图报，因为要图报也报不尽的，我只有格外自爱，不负爱我者的深心便了。"说罢，把一块手帕去拭伊的眼泪。

瘦蝶又道："我想你如入学校求学，普通的女学校也犯不着去，不如去学医，倒是一种专门学术。治世乱世都用得着，利人利己，二者得兼。况且你赋性灵慧，又很静心，决计可以成功。只不知进什么学校好，待我明天到李医生那边去问问，然后再作主见，你想可好么？"

碧珠点点头道："我也很愿学医，将来可以为社会服务，为人类谋幸福，即请蝶少爷帮助我去学医便了。"

瘦蝶见碧珠肯去学医，很觉快活。便和碧珠走出绿静轩，跑到楼上，把自己的意思告知他母亲，要请他母亲赞成。杨太太以为瘦蝶也爱上了碧珠，要预备后来纳作小星的。哪里知道他儿子毅然决然地提出这种计划，见色不乱，造福他人，真是粹然儒者之言，合着人道主义，不觉心里暗暗佩服，口里也连说："好好，你为碧珠如此深谋远虑地计算，也是你的爱人之心，我无有不赞成的。"

云仪、云裳在旁边听了瘦蝶的说话，觉得瘦蝶的人格诚可钦佩。很愿碧珠将来有所成就，使女界中多一个人才，都是深表同情。杨太太道："那么我们也要通知碧珠的家族。"

碧珠道："他们已把我配给黄阿牛了，又教我到上海去充当模特儿，不仁不义。现在我的身体是这里出了银子去买得自由的，我将来如有成功之日，不忘太太、少爷等的大德，可以说属于这里的了。我要和他们断绝，还去通知他们作甚！"杨太太和瘦蝶听伊的话，也有理由，遂不去通知伊的家里。

明天瘦蝶便到李愈家中去送他二十块钱，算是若兰的医药费。说道："前次劳驾感谢得很，早已要奉上了，幸恕疏懒之罪。"李愈一定不肯受他的钱，说道："我们都是好朋友，这区区之数，何必定效俗例。我若取了，不算是你的朋友。不要客气吧。"瘦蝶定要他受，推来推去，李愈取了六块钱，算是药费和车钱，医费却不要。瘦蝶也只好依他的话。又问李愈上海有何适合妇女学医的医院，因为他家有一个婢女要去学医。李愈也知道瘦蝶做的那回事，遂告诉他道：上海徐家汇有个妇孺医院，院长是美国人琼斯博士。主任是北京协和医校的毕业生吴瀚香女士，他们学识经验都好，所以十分发达。他和琼斯博士熟识的，可以介绍人去学医。至于院中章程，可以函索。瘦蝶道："好的，我就托你介绍便了，改日我来听回音。"

隔了几天瘦蝶再到李愈处去，章程已索得。琼斯博士也有回函，准许碧珠随时可以入院学习。唯学费和膳宿费每年须要一百三四十金，十分昂贵。但是瘦蝶因为他的母亲业已赞同，这一百数十金的款项也不放在心上，立刻回去告知杨太太。母子一商量，即日就要送碧珠到上海去学医。

碧珠自然很快活地预备行李。但在临别之前，觉得自己在杨家，受杨太太等优渥之恩，比了自己家中安乐百倍。现在一朝别离，未免依依难舍，黯然魂销，向杨太太下了一拜。再要向瘦蝶行礼时，瘦蝶将伊拉住，说道："不必多礼，我最不喜欢这样的。"云仪、云裳也对碧珠说了几句勖勉的话，心中都不舍得伊去。

瘦蝶亲自送碧珠到上海，找到那个妇孺医院。见处境清幽，屋宇高广，规模很是宏大。投刺进见了琼斯博士，送上李愈写的书信，琼斯遂引他们去见主任吴瀚香女士。那位吴女士待人接物很是和蔼，向碧珠试问了几句，颇觉惬意。瘦蝶付去了学膳等各费，又给碧珠十块钱作为零用，叮嘱了几句话，便先告辞出来。

那时已近四点钟，瘦蝶坐着电车来到大马路，渐渐热闹了。先施公司门前车水马龙，肩摩毂击，忙得印度阿三时时吹着银笛，东一立西一立地指挥往来车辆。

瘦蝶走下电车，想到先施公司去购些物件，遂信步踏到里面。电灯灿烂，许多男女出出进进，都是来购物的。瘦蝶走到楼上绸缎部里，见玻璃橱中光怪陆离地陈列着不少丝织品。一眼望去，见有一种软绸，印出水浪般的花纹，光彩夺目，很是美观。遂吩咐公司人员取出来，一问是西洋新到的水浪绸，价钱每尺三元八角。瘦蝶一想现在天气暖热，若买来给云仪等做单旗袍，穿在身上一定好看的。遂教他剪下三件旗袍料，一算九十一元二角。瘦蝶想买得似乎贵些了，然而也是难得的。取出皮夹，检点十张十元的纸币，付给公司人员去找。取了找头，带着衣料，走下楼来。想他母亲爱吃饼干和西式茶点的，遂又去买了两匣上好的外国饼干和四匣茶点，提在手中。

刚想走出去，却见对面革履托托地走来一个时装少女，截齐的前刘海覆在额上，一双秋水似的双瞳脉脉含情，身穿软绸旗袍，衣袖很短，两边露着雪白的粉臂。真是顾盼生姿，妖韶动人。背后跟着一个半老徐娘，手中都挟着买的物件。仔细一看，不是别人，正是前日在虎丘冷香阁上遇见的密司汪紫璎。

密司汪也瞧见了瘦蝶，满面含笑，连忙走过来说道："咦，密司脱杨，你几时到上海来的，怎么一人在此买东西呢？"瘦蝶答道："密司汪，我是送一个朋友来沪。现在乘便到此买些东西。"密司汪遂引瘦蝶和那个半老徐娘相见道："这是家母。"也对伊的母亲说道："他是我同学杨云仪的哥哥瘦蝶先生。"瘦蝶遂向密司汪的母亲点头招呼。

密司汪又问瘦蝶道："大概密司脱杨要耽搁几天吧？"瘦蝶摇头道："我明天便要回去的。"密司汪道："怎么就要回去的呢，现在请到舍间去盘桓一刻何如？我们便住在近段大庆里。"瘦蝶答道："多谢美意，且待下次来沪造府问候吧。"密司汪带笑说道："密司脱杨今天千万要赏脸光降敝舍，我不让你推托的。"瘦蝶见密司汪一双媚眼向他紧视着，透露出无限深情，拦住了他，定要他去。伊的母亲也苦苦相劝，却不过情，便道："好的。既是密司汪一定要我去，再不去时要说我不受人抬举了。"密司汪很快活地说道："对了，对了，请跟我们来吧。我们也早买好东西了，我们就从对面门里出去。"遂引着瘦蝶走出先施公司门口，跨过马路，慢慢走向大庆里来。

一会儿已到了，见是一座一楼一底的新式房屋，有一个女仆守着门，汪家母女请瘦蝶在客堂里坐下，装出茶盆，十分殷勤。密司汪伴着瘦蝶闲谈，伊母亲又去预备点心出来。瘦蝶弄得不好意思了，但觉得密司汪言语之间，很有些浪漫女子的神情。而伊的母亲也是能说能话，不似若兰母女一般的真实。密司汪要留瘦蝶下榻在伊的家中，因为在伊房后有一亭子间，可以住客。瘦蝶辞却道："怎敢惊扰贵处，我已定下大东旅社了。"故意向手腕上的手表一看，说道："呀，时候不早，已有五点半钟。我还要去拜访一个朋友，恕我不多坐了。以后密司汪来苏时，也请到舍间相聚。"密司汪道："要的。"再要想留瘦蝶，而瘦蝶已立起告辞。

密司汪见瘦蝶一定要去，无法再留，只好代瘦蝶提着所买的食物，和伊母亲一同送到里口，伸出柔荑给瘦蝶握手。瘦蝶遂和伊行握手礼，接过物件，脱帽而别。

瘦蝶走在马路上，觉得密司汪的纤手又软又滑，握在手中宛如一团软棉。掌中染着余香未退，真是撩人情绪，未能遣却。遂走到大东旅社住下三十六号的房间。也不出去访友，仰卧在沙发上，瞑目细思。忽而想到碧珠，忽而想到若兰，忽而想得密司汪，生出种种幻觉，然而觉得三人虽各有可爱，而若兰兼众人之长，无众人之短，芬芳清雅，宛如空谷幽兰，令人更是可爱了。

吃罢晚饭，一人独坐无聊。看看报纸上载着卡尔登大戏院开映名片《巴黎之花》，是很有价值的影片，遂踱出旅馆，坐了车子来到卡尔登，时间恰是正好，便买了楼下的票，入内坐着观赏电影。

在黑暗中，见在他的前面坐着两个西装少年，夹护着一个少女，很不安静，时时低头细语。忽而少女把头倚在左边少年的肩上去，忽而右边的少年伸手去摸索少女的腰际。瘦蝶看得不耐，暗想哪里来的这种浮滑轻荡的男女。少停休息时候已到，银幕上的光一敛，电灯顿时大亮。瘦蝶细细向前面少女的侧面一看，不觉几乎失声喊将起来。

欲知少女是谁，后事如何，请看下文。

闲云老人评：

世上最难对付的是小人。若兰疾恶如仇，芳洁自守，如空谷幽兰，但既与小人同居一处，易招怨尤，故迁之便。瘦蝶听了仆人背后的说话，而欲碧珠学医，为碧珠终身打算，其实瘦蝶早有此心了。碧珠对答之语，亦能感人至深。碧珠学医，瘦蝶又亲送到上海去，完全爱助起见，瘦蝶造福不少。而《蝶魂花影》非普通言情小说可比，于此可以见之。海上小游，复遇密司汪，奇峰突起。故意写出一个浪漫女子来，众人反照。

第十回

妙绪环生画家留趣史
霓裳巧舞会场集贤宾

　　前面坐着的少女，原来不是别人，正是密司汪！无意中再在此处遇见，这真是再巧没有的事了。

　　瘦蝶暗想，密司汪真是浪漫式的女子。无端邂逅着我，便坚欲拉我到伊家中去。又欲留我下榻，虽可说伊情意恳挚，然而伊和我究竟是疏远的，骤然和人家亲密，反惹人家猜疑。现有伊又和两个男子到戏院里来看电影了，做出这种亲昵的情状来，令人看了不由生出鄙薄之心。无怪人家说上海女学校里的女学生，专讲交际，不肯读书，有许多在外滥结交男朋友，荡检逾闲，无所不为。即如开明女学，也算上海有名的女学校了，也有密司汪这般学生，可见一斑。究竟若兰、飞琼和我的两个妹妹，还有韦秋月等，没有如此行径的。但愿伊不要回过脸来，省得招呼，也免得伊见了我要羞惭。

　　果然密司汪正和两个少年喁喁情话，谈得出神，忘记了他们四边的环境，始终没有回头。不多时电灯熄灭，银幕上又继续开映了。瘦蝶也不去看他们，还是自己看电影要紧。这张《巴黎之花》名片也是表演一个浪漫女子，在情场中玩弄男子，好似挟着无上权威，使一般男子俯首裙下，甘心做伊的玩物。但到后来物换星移，年老色衰，门前冷落，金粉飘零。很可使那些浪漫女子受一当头棒喝，不知色香方浓的密司汪见了又作何感想。

　　等到末后一本将完的时候，瘦蝶先走出戏院门，坐着车子回到大东去安睡。明天早上遂到火车站，坐了特别快车返苏。到得家中把一切事向他的母亲交代明白。下午云仪姊妹放学归来，又把邂逅汪紫璎的事告诉她们，云仪笑道："汪紫璎在我们校中本也是一朵交际之花，现在当然格外活泼了。可是上海虽是文明的都市，也是罪恶的渊薮。紫璎若这般做下去，将来难免失足，可惜一位花容月貌的女子已走到危险的路程上去了。"瘦蝶道："这也是环境使然。我看伊的母亲也是欧阳修所谓妖韶女老，别有一种媚人手段的人物，无怪密司汪如此了。"

云裳道："谈起汪紫璎，使我想起一件事了。"云仪笑道："莫不是吃肉圆么？"云裳笑道："正是。难为伊写在日记簿上呢。"说罢咯咯地笑起来。

瘦蝶问道："什么吃肉圆？你快告诉我。"云裳故意道："我告诉你，你请我吃什么东西？"瘦蝶道："咦，我忘记了。"忙到杨太太房里去取出那三件衣料来，说道："这是我在先施公司看见了剪下的，一尺要值三元八角呢，你们看好不好？两件是代你们剪的，一件是要送给若兰。"

云裳听了，对云仪霎霎眼睛，大家格愣一笑，倒笑得瘦蝶不好意思起来了，两人又把衣料抖出一看，觉得很中意。苏州还没有这种时新货，遂各自折叠放好，预备喊裁缝来剪。瘦蝶把若兰的一件衣料包好，放过一边。又去取出一匣茶点，请云仪姊妹吃，命袁妈倒上三杯茶来。此时觉得碧珠不在身旁，有些不惯了。云裳道："母亲爱吃饼干的，大哥可买些？"瘦蝶笑道："不劳你烦心，我已购下数匣，现在有吃有着，这个报酬总好哩，请你快点讲出来吧。"

云裳道："以前紫璎是和我同桌而食的。我们一共七个人，内中要算一个姓曹的学生是江阴人，食量很大，下起箸来，好似风卷残云，别人都吃不过伊。紫璎常在背后说姓曹的吃得最多，甚是不平。恰巧有一次我们吃的肉圆线粉汤，碗中有七个小肉圆，照例每人一个，不多不少。姓曹的首先举箸，夹了一个肉圆去。大众争先后恐地去取他们的一份子，紫璎刚去添饭，回到桌上见一碗肉圆线粉汤大势已去，只剩一个很小的肉圆，浸在汤里。知道是伊的口中物了，忙坐下来，想用箸去夹。不料姓曹的眼快口快手快，又把那个肉圆夹了去，送在口里，咽到肚中。紫璎见自己的肉圆又被伊抢去，便对姓曹的紧紧瞧了一眼，一肚皮的冤气没处发泄，把筷子一搁不吃了。大家面对面地看着好笑，姓曹的却若无其事，真是你客气我福气了。饭后到室中休息，紫璎背后把姓曹的痛骂，说我从没有见过这种贪吃的人，吃了一个肉圆不算数，还要吃别人的。我们因为一个肉圆究是小事，便劝伊不要说了，免伤和气。哪知明天有一个同学见紫璎的日记簿上，记上一行道：'余今日午膳，照例可食一肉圆，不意彼如狼如虎之曹老饕，疾下其箸，攫余之肉圆以去，侵犯他人权利，不顾公德，天下宁有是理哉？是而可忍孰不可忍，此恨不能忘之也。'于是大家宣传出来，闹成笑话。"

瘦蝶听了，也拍手大笑道："如此日记真是妙不可言了。"又问云裳道："这个苏州女校联合运动会可要几时开幕呢？"云仪答道："已定四月二十八号、二十九号两天，在公共体育场举行。运动秩序很多，第一天是团体比赛，第二天是田径赛、球赛和拳术比赛。"瘦蝶微笑道："我倒要费去两天工夫了。你们大概练习得非常纯熟，到时可有夺锦标的希望？"云裳道："鹿死谁手，还未可知。不过我们的篮球，大约可以操必胜之权。"云仪道："云裳妹是篮球健将，大家赞你身手灵敏，不要上场昏啊。"云裳笑道："到那天看吧。"

瘦蝶也笑笑，立起身来，走下楼去。到得绿静轩中，又觉得碧珠一去，非常寂寞。然而因此可以表明心迹，也可塞住悠悠者之口了。

等到星期六，瘦蝶带着那包衣料，坐着包车到虎丘来望若兰。把自己如何送碧珠到上海学医的事，告知若兰母女。若兰对于瘦蝶这种举动，深表同情。遂道："瘦蝶兄的人格，本来我也没有什么怀疑。但是娟娟此豸，的是可爱，别人总有一种不正当的猜疑。现在瘦蝶兄能如此处置，真是仁者之心，光明磊落，无不可告人之处。佩服，佩服。"

瘦蝶听若兰赞他，心里很是得意，如膺九锡一般地荣幸。遂把那件衣料送上，说道："这是我在上海先施公司里看见这种绸，色样很好而剪下的，请兰妹做一件单旗袍穿穿吧。"若兰道："屡次拿你的东西，无以相报，实在惭愧得很。这种贵重的衣料，蒲柳之质也不配穿的，还请你留给令妹做衣服吧。"

瘦蝶不觉一怔，再很诚恳地说道："舍妹等都有了，我一共剪下三件，诚心带来奉赠兰妹的。你若不受，真使我愧汗无地了。"若兰见瘦蝶发急，便道："那么我也不敢不受了，但请你以后少花费些钱。你帮助我求学，已使我万分感激，别的再不愿叨扰你了。"

此时沈太太把那衣料抖开在日光中看，真是璀璨美丽，极口称赞。一问价钱要值三十块钱，不觉咋舌。也教瘦蝶以后不要糜费金钱去购这种重价的衣料，因伊知道伊的女儿不喜奢华，并不穿贵重衣服的，遂代若兰去放好。

瘦蝶问若兰道："运动会快要到了，兰妹的月姊大约也练得很好了？"若兰道："谁耐烦去做这个，只是被她们缠不清，只好答允了。现在散课以后，天天习练，麻烦得很。"瘦蝶道："想必出色，到时我预备两手拍掌。"若兰笑道："那么你预备好了，不要忘记带去。"说得瘦蝶也笑了。

瘦蝶又告诉若兰说他的请业师陶子才先生，要联合本地书画名家，组织一个画会，为吴门美术界放一异彩："女子也可做会员，我想把兰妹介绍进去可好？"若兰道："我的字可以拿得出么？真要贻笑方家了。"瘦蝶道："你对我也不必说客气话，外面很有人称赞你的书法，已可自成一家。只因你没有定润格，不好请教你。"

若兰道："不要定什么润格了，现在校中有几位先生和同学们，都来要我写扇子，写对联。我正专心求学也不及，哪里有这闲工夫？尽塞在抽屉里，等到高兴时候才写去一些。好似欠了人的债一般，人家时时要来讨债，实在很可厌的。若然定了润资，他们便把金钱来压倒你，无形地做了金钱的奴隶了。"

瘦蝶道："这也未必尽然，定润格便是要限制人家请求的意思。有些人大都想白拓你的便宜货，你也一把扇面，他也一张册页，累得能书能画的白白牺牲了光阴，去应他们的请求。若是要他们出钱，他们自然不敢来求你了。"若兰道："不错，但我想还是不定润格的好，定了润格，不论阿猫阿狗、凡夫俗子，只要出了钱，便无求不得，你也只好代他们书画，我实在有些不情愿。若不定润格，对于合意的我就写给他，若然不合意的，我尽可把他延宕，他也不好十分来逼迫我。"

瘦蝶道："那是自然。但是外边那些书画家大都靠在这个上生活的，哪里可以像你这般自由呢？有人告诉我说，吴中名画家任立凡，在他生时有一个显宦家的老仆，要求他绘一扇面。任立凡因为自己和那显宦有关系的，不好推辞。遂画了两个萝卜、几棵青菜给他。那老仆得了任立凡的扇子，得意扬扬地当扇给人家看，说是任立凡代他画的。但有一个朋友看了这把扇面，不禁好笑起来。老仆问他笑什么，他道，任立凡正骂你啊。老仆不解道：请你说出缘故来。那个朋友道：我们唤萝卜的俗音，不是作老卜的么？老卜与老仆同音，他就是骂你做人家的老仆。而且又画上几棵青菜，不是骂你老蔬菜么？那老仆听了朋友的话，不觉勃然大怒，把这扇面一撕两半，说任立凡不该有意骂人。以后就在人家面前肆意毁谤，说他种种的歹话。

"又有一个钱庄上的经理先生，请任立凡画扇面，要点戏他画动物的，最好是猴子，因为人家传说任立凡画的猴子赛过活的一样。任立凡不肯画，那经理先生一定要他画，托人再三说项，出了重价。果然得到了任立凡的墨宝，扇面上绘着一个山岩，有一老猿猱升在树枝上。啖一红桃，果然神似。那经理先生十分快活，视同珍宝，每遇人家喜庆宴会，他必要带着这柄象牙骨的扇子，前往应酬，更有意扇在人家面前。看见人家手里有扇时，必要拿来请教请教。自然人家也要看他的扇子，他便说是任立凡画的。凑巧有一天在酒席上，他又把扇子出示给人家看看。人家往来传看，忽然有一个少年向拿扇的老者，附着耳朵说了几句。大家不期而然地齐向经理先生面上一看，都是'扑哧'一笑。弄得经理先生变作丈二和尚摸不着头脑，忙问'怎的怎的？'那少年笑嘻嘻地说道：'请你不要动气，因为我们看这扇上画的老猴，却活像尊容，所以好笑了。'

"经理先生不由面上涨红，收回那柄扇子，不说什么。回家后自己细细对瞧，越看越像。暗想任立凡有意侮辱我，遂去向任立凡交涉。任立凡道，我只知道画猴子，并非模仿尊容而画的。或者尊容像猴子罢了。经理先生也奈何他不得。"

若兰道："任立凡玩世不恭，大有板桥遗风，可算画苑趣史了。"

两人谈了长久，瘦蝶告辞回家。又接到碧珠来函，报告伊在院中的状况。大略说自己已随班上课，课程很是繁重。那位主任吴女士和伊很是相契，自己立志要加倍用功，不负这里爱人的厚望。杨太太等得到这封信后，也十分放心。

话休絮烦。过了几天，那个盼望长久的苏州女校联合运动会在公共体育场开幕了。公共体育场便在城中王废基，是元末吴王张士诚的故宫遗址，荒冢累累，白杨萧萧。一直荒凉得在晚上无人敢行走，只听那秋坟鬼唱，和草间凉蛩相酬和罢了。以前也有一个土城（著者按：今日之公园便包含土城遗址在内），有一小队防军驻在里头，途人常见城缺处树着一杆杆的大红旗，和那道旁绿柳相掩映。对面一个操场，还有一座演武厅。到民国时候土城拆掉了，操场就改成公共体育场了。他们开运动会时正是民国十四年，公园还没有完成呢。苏城教育界因为三吴素称文弱之邦，而女子尤甚。所以积极地要提倡妇女的尚武精神，锻炼妇女的体育，遂有这个联合运动会产生，轰动了苏城的士女。

到得二十八号的清晨，各女校陆续整队赴会，一共发出二千张入场券。男女来宾拥挤得座无隙地，后到的只好立在背后。还有场外许多没券的人，都到土阜上登高而望，有的扒在墙上。因为其时体育场筑有围墙，和外面隔绝的。还有许多小孩攀缘到柳树上面去，虽有警士在旁呼喝，也是没用。场中有女童子军维持秩序。

杨太太和伊的姊姊陈太太，还有陈淑贞等众人都在女宾席上观看，瘦蝶偕着姨丈陈震渊和表弟一飞，在男宾席上，捷足先登，占了第一排坐位。但若要想还身出来，却烦难了。幸亏场里有点心购买，只要向负贩团接洽便了。沈太太因路远，家中又没有人，所以不来。

其时运动秩序已很快地进行，第一天是团体表演。瘦蝶在席上看着，天气正好，万里晴空，一点没有云絮。远远新绿的柳丝，映着蔚蓝色的天空，很有画意。含英女学的队伍正列在左面，和景星女学相对着。景星女学的旁边便是卿云女校。瘦蝶最注意的是含英和卿云两校了。场中正演苏州女子中学的虾蟆舞，过后便是职业女校的梅花阵。司令的执着一面三角红旗，指挥着队伍分做五处立定，然后互相行动起来，变化无穷，最好看的每个女生手中都持着小旗，恰分着红、黄、蓝、白、黑五色，按着其时国旗的分配。许多评判员都在正中司令台上，评判分数。场中也有会场新闻，印出来赠送来宾。文字图画兼有，很饶兴味。

梅花阵过后，又是华英女学的舞蹈，名唤"蛱蝶穿花"。场中放着两座钢琴，先有两个很时髦的女教师，坐上去踏着钢琴，华英女学的学生便跟着琴声走到场中，舞蹈起来。进退有序，周旋中节。加以琴声飘飘，悠扬入耳，等到完毕入场，掌声大起。

接着便是卿云女学的玫瑰舞了。瘦蝶知道云仪姊妹就要出场，但有华英女学的蛱蝶穿花罩在前面，舞得很是出色，不知她们的玫瑰舞可有胜人之处么？只见卿云女学中先有两个女教员，姗姗地走到琴边奏起琴来。便有二十多个卿云女学的学生，都穿着淡红色的舞衣，将云发飘开两旁，头上箍着花冠，依着琴韵，走到场中，一对对地跳舞起来。云仪、云裳也在里面，一个个翩翩跹跹摆动着柳腰。回旋转舞，舞到中间。又唱起歌来，歌声婉转清扬，好似许多安琪儿在乐园中歌舞。觉得比较华英的舞蹈远胜了。

舞罢入场，一飞第一个拍起掌来，四下掌声和春雷一般响应着，瘦蝶很是满意。

过后又是苏州女中的徒手操；仁德女校的土风舞；体育专门学校的棍棒操，都很出色。大有入山阴道上，应接不暇之势。

时已过午，瘦蝶等都觉腹饥了。大家买些馒头和鸡蛋糕来充饥，众女校学生也都把馒头、蛋糕等食物当作午饭。下午是美术专门学校的《麦浪风翻》，桃坞女学的《月照波心》，都是舞蹈。以后又有女子高小的意大利舞，蚕桑女学的《乘风破浪》，然后轮到含英女学的《众星捧月》出场。

瘦蝶望得头颈也酸了，至是心中非常快活，准备看若兰的跳舞。先有一个男子走到场中，拿起大喇叭，把《众星捧月》的大意报告给四围来宾们听，要他们知道这个舞蹈的意思。然而观者的心里却适得其反，大家只要看，不要听，不约而同地喧哗起来。那人倒也知趣，见外面如此情形，说了几句，便不说了。真是千呼万唤始出来，犹抱琵琶半遮面。

欲知后事，请看下文。

闲云老人评：

一个肉圆竟记之日记簿上，传之同学口中，著者以游戏之笔，描写之颇觉有味，学校中确有此种神情。书画家大多定润格以示限制，而免麻烦，然而被伧夫俗子金钱打倒，亦殊可惜。可见为名还不及为利的甚呢。插入任立凡画家趣史，新颖有味。运动会千唤万呼，至此回方写出，令读者盼煞矣，而《众星捧月》偏又迟迟其来。

第十一回

捷足先登少女夺锦标
神拳小试阖城传芳名

　　先有两个女教员穿着一样的淡绿色夹衫，元色印度绸的裙，姗姗地走到琴边，奏起琴声。便见对面含英女学学生队里，闪出十多个女学生来，都穿着鲜美的舞衣，代表着各星，载歌载舞地到了围场中心。大家拥护着一个银色的大月球，在地下蠕蠕而动，好似有人藏在里面的样子。琴声一停，各人按着各的方向立定。又有一班音乐队，走到她们背后，奏起新编制的《众星捧月》曲来。一时弦管齐鸣，清音沨沨，众星环着月球跳舞，进退有序，周旋中节，真好似到广寒宫里看众仙子妙舞。

　　隔了一刻，月球忽然自己破开，里面走出一个女郎来。穿着水银色的舞衣，四周垂着璎珞。一头云发披在两肩，有月亮式的银箍压住。腿上长筒白丝袜，下穿跳舞鞋，又明丽又娟秀。真如月里嫦娥，小谪人间，偶来游戏一般。依着音乐声，渐渐舞将起来。但见手如回雪，身如转波。翩若惊鸿，宛若游龙。忽左忽右，乍仰乍俯。真是"舒类飞霞曳清汉，屈若垂柳萦华池"，虽董双成赵飞燕，不足专美于前了。

　　这时众星围着伊立定，口里同声唱着歌，乐声铿锵，歌声靡曼。四下的观众对着这清歌妙舞，好似沉浸在美的艺术中间，忘却身在何处了。一会儿这个妆扮月姊的女郎，忽地停住不舞。在伊身边的众星，又舞将起来，舞到好处，月姊又一同舞着，五花八门，变化无穷。良久方才停止，一对对地簇拥着月姊，归到自己队中去。

　　场中掌声大作，震耳欲聋。瘦蝶把手掌都拍痛了，大众都赞美含英女学的跳舞，果然出色，又比较卿云女学的优胜了。尤其对于这个扮月姊的

85

女学生，说伊美好到极点，足为全军之冠。哈哈，读者想也知道这个月姊，自然是沈若兰了。瘦蝶此时心花怒放，说不出的得意，恨不得立刻过去向若兰赞美几句。这时场中又是景星女学的落花舞了。但在瘦蝶眼光中看了含英女学的《众星捧月》以后，别的舞蹈总觉没有精彩了。

其时日影移西，瘦蝶等都觉有些疲倦。又看过两样节目，要挨到女童子军上场献技时，便和震渊、一飞挤出运动场，坐着车子回去，杨太太等早已回家。

杨太太对瘦蝶说道："含英女学的舞蹈，实在好看，无怪你在事前夸扬。这个扮演月姊的便是若兰小姐么？真正美丽得很。"

陈太太道："看是很好看的。不过近来女学校里每逢开会，总是教学生们扮着什么，出来表演，我想读书识字，最要有智识，得学问，这种本领学会了有何用处？我总是不赞成的。所以我家淑贞请着先生在家教授，我不放伊到女校中去沾染这些习气，宁可人家说我顽固。不比妹妹年纪虽比我小得几岁，而事事要开通，喜欢儿女们进这种学校的。"

杨太太听了笑笑，也不去和姊姊辩驳。瘦蝶要紧陪伴震渊去，所以也没回答什么话，匆匆地到外边绿静轩中去。但震渊坐了一刻，便立起告辞，要陈太太母女回家，说道："我们家中到体育场不是十分近么，何必要到这里绕圈儿呢？"杨太太道："左右坐车子的，论什么远近。今晚我要留姊姊住一夜了，明天看完运动会时，再送她们回府。"震渊却不过情，只得独自去了。

少停，云仪姊妹也都回来。大家赞美含英女学的舞蹈，料此次成绩要得第一名了。瘦蝶道："明天还有拳术看哩。若兰常称赞伊的同学柳飞琼武术高妙，想必不虚。"云仪也道："明天我们要和景星女学比赛篮球，不知谁得锦标呢。云裳妹在这几天中练得很是纯熟，可能为我们全校争荣光。"云裳笑道："景星女学是我们的劲敌，我看或者要输在她们手中哩。"

淑贞私下对云仪说道："你们真是快乐，学校的生活何等活泼而自由，不比我终日守在家中闷读。朋友也没有的，都是母亲强逼着我如此，我实在不情愿。"云仪也觉伊的姨母守旧得很，淑贞不能出外求学，得到一些新知识，也很可怜，遂安慰伊几句话。

一飞却跳跳踪踪地向淑仪姊妹胡闹，夜里又闹了一出把戏。原来王妈生性怕鬼，晚饭后伊没有事了，回到房里去做鞋子。伊是和袁妈同睡在一间的，但此时袁妈正在楼上服侍杨太太，所以只有王妈一人在房里。忽听窗外吁吁地叫了两声，好似鬼叫，不由心中一动，暗想时候还早，怎么已有鬼出来呢。玻璃窗外黑魆魆的瞧不出什么。但越是害怕，越是要瞧。又听"吁"的一声，抬头向窗外一望，只见玻璃窗上显出一个雪白的大圆面，两道倒挂眉毛，一双铜铃眼睛，张开血盆大口，似乎对着伊狞笑。吓得王妈双手掩住面孔，逃出房去，奔到楼上。

杨太太正陪着陈太太在房中谈话，见王妈气急败坏地跑来，忙问："王妈，你大惊小怪为了何事？"

王妈道："太太，在我房里有一个大头鬼，在窗边探望。吓得我魂灵出窍，急忙跑来禀知太太。"

杨太太道："王妈，你不要胡说。我家一直平安，没有鬼怪出现的，可是你眼花。"王妈道："实在是真的，我还听得鬼叫呢。"

这时瘦蝶、淑贞、云仪姊妹都从对面房里闻声赶来。瘦蝶听王妈如此说，便叱道："不要造什么谣言，你是素来胆小如鼠的。"云裳道："王妈的面色都变了，大约是真的。我们快去看看，到底是怎样的。"

陈太太忽然问道："一飞呢？不在你们门房中么？"淑贞道："弟弟说到母亲处来的，怎么不见？"

陈太太笑道："王妈不要怕，谅是这个小顽皮又在那里胡闹了。"

大家遂一齐下楼走到王妈房中，不见动静。杨太太又吩咐袁妈到外边去看小少爷可曾出来。

袁妈刚才走去，便听窗外"吁"的一声，王妈发抖道："鬼又来了，你们快看。"大家齐向窗外一望，果见窗上有一个又大又圆的鬼脸，向里面张望。杨太太喊了一声"啊哟"，回过脸去。瘦蝶早奔出房门，只听窗外"嘻嘻"的笑声，瘦蝶拉着一个人走进来，正是一飞。

陈太太骂道："你真不肯安静，又在这里捣什么鬼？"一飞只是笑，没有回答。瘦蝶又到窗外去，拿进一件东西来。大家一看，见是一个旧棚灯的壳子，糊着白纸头，上面用墨涂成了耳目口鼻，又用红墨水搽着上下嘴唇，好不狰狞可畏！王妈看见的鬼脸便是这棚灯壳子了。陈太太又道："你倒躲在别的地方去弄这种事情，一些儿也不知道客气的。回去告诉你爸爸，要重重地责打一下。"众人知道是一飞玩的把戏，也就哈哈大笑，回到楼上去了。夜深时各自安寝。

明天早上，云仪姊妹梳妆完毕，先坐着包车到校里去了。瘦蝶也和一飞仍去看运动会，但是震渊却因有事羁身不来看了。杨太太、陈太太、淑贞等三人未免到场稍迟。

这天的秩序，上午是田径赛，下午是球赛和拳术。上午田径赛的秩序，是五十米、百米、二百二十米，跳远，替换赛跑，障碍赛跑等。

云裳也是运动选手，但在乙组。等到甲组的五十米跑过，便是乙组的五十米了。瘦蝶见有八个选手，穿了运动衣裤，一齐站在界线里。左边第二个正是云裳，望过去纤小得很。枪声一鸣，八个运动员争先而前，一刹那间已到终点。云裳首先冲入，有两个卿云女校的学生，把红色线毯向云裳一裹，扶着伊走到自己队里去。卿云女校的学生都拍手欢迎，因为云裳果然跑得第一名了。其次便是二百廿米、跳远等，都被女子体育专门学校和苏州女子中学得的优胜。

不多时乙组的二百廿米上场了，瘦蝶一看云裳又在里面，暗想伊跑了五十米的短跑，又要跑二百廿米，恐怕力不能胜吧。一飞却大喜道："二姊姊真是勇敢，一定能得第一的。"等到枪声过后，六个选手飞奔而前，第一个圈子是六○三号居第一，四一五号居第二。云裳的号数是一○八，奔在第三。一飞等云裳奔到面前时，拍手跺脚地大喊道："二姊姊快跑快跑！"大众都对他好笑。果然跑到第二个圈子时，云裳已和六○三号并肩而行了。卿云女校的学生一齐喊起来。六○三号知道自己要被人家抢出，格外用力。云裳也紧紧追赶着。将近终点时，砰的又是一下枪声，只见云裳足下顿时快起来，在大众呐喊声中，云裳已抢得第一。六○三号气力已尽，又被四一五号追出。结果一○八号第一，四一五号第二，六○三号第三。六○三号是景星女校的学生，四一五号是职业女校的学生，都跑不过云裳。

二百廿米以后，是甲组的跳远，含英女学的柳飞琼得了第一。都有女童子军踏着自由车，携了告白板，报告来宾们知晓。

下午先是网球比赛，共分两组。甲组是女子体育专门学校和苏州女子中学，乙组是仁德女学和蚕桑女校。瘦蝶因为没有自己人在内，所以不大注意。结果是苏州女子中学优胜。

网球比赛以后，便是景星女校和卿云女校的篮球决赛。两边选手都到场内，此时云裳也在其中，伊的地位是右翼。银角一鸣，两边往来奔驰，抢着球传递给自己人。云裳身手灵便，被伊一连抛进两球，声势顿壮，奋勇向前进攻。景星选手也极力还抗，互有胜负。但是结果为十六与七之比，卿云大胜。

以后便是拳术，各女校都有选手上场献技。最后为含英女校，一路潭腿，打得甚是出色。柳飞琼也在里面。后来为个人献技。有的打拳，有的使刀，有的舞枪，都很出色。

等到柳飞琼上场，穿着一身短袖窄衣，灯笼式的裤子，黑袜黑鞋，怀中抱着一柄宝剑，青光闪闪，下垂着大红流苏。果然婀娜中含着英秀之气，不愧女中豪杰。先向来宾一鞠躬，拉一个架势，便"嗖嗖"地舞起剑来。刺东击西，上下盘旋着，愈舞愈紧，但见剑光不见人影。场中拍手的声音又如春雷般响起来，都说这个女学生剑术精妙，一定得着名师教授，寻常女校中哪有这种好功夫。

舞剑过后，又有一个含英女学的武装学生走到场中，校役抬上一杆梨花枪和两把柳叶双刀。飞琼放下宝剑，取了双刀在手，那个女生也取过长枪，两人对打起来。你一刀，我一枪，杀得难解难分。但见双刀如飞燕掠水，长枪如游龙穿云。大众口里虽然叫好，而心中很代两人捏一把汗，诚恐稍不留神，反要误伤。打到紧急时，那个女生把长枪"霍"地一吐，扫开双刀，跳出圈子，收住枪法。两人于是放下武器，各打一套罗汉拳。真个是轻如落叶，疾如急雨，四边掌声不绝。打完了拳，又向来宾一鞠躬，回到队伍里来。

瘦蝶看了柳飞琼的武术，其余的女生出来献技，等于自郐以下，不足观了。

五点钟时，秩序完毕，评议部便请某要人给奖。团体比赛分三个第一：是苏州女子中学、景星女学和含英女学，各得第一名的锦标。田径赛甲组第一是女子体育专门学校，乙组第一是卿云女校。篮球锦标也被卿云女校所得。网球锦标被苏州女子中学所得。拳术一项学校锦标，含英女学第一。个人锦标，柳飞琼得第一。给奖时军乐之声洋洋，大家夺得锦标归，夕阳影里各自整队回校。许多男女来宾也纷纷散去，这个轰动全城的运动会至是闭幕。

瘦蝶等回到家里，大家赞美柳飞琼的武艺，独有一飞口口声声说云裳的赛跑实在神速，几时练得这种本领。卿云女校锦标，全仗云裳的功劳。将近天晚时，云仪姊妹坐着车子回来。云裳很快活地把两个第一名的奖章给伊的母亲看。乃是两个很精美的金质圆形的奖章，上面刻着小字和工细的图案。瘦蝶道："这一对东西可以做表坠，留作他日纪念。"云仪笑道："将来嫁得夫婿，也好向他夸示一下，知道新娘是一员运动健将了。"

云裳道："好啊，姊姊要来调笑我了，我要拧你的嘴。"云仪回转身便跑，云裳追过去。云仪绕着桌子打转，云裳急切追不着。杨太太道："算了吧，不要胡闹。"云裳便倒在伊的母亲怀里道："我不要，谁要伊来说我。"杨太太抚着云裳的鬓发道："停会儿我去打伊，你不要闹。将来伊也要嫁人的，我们可教姊夫去拧伊的嘴。"云裳跳起来道："好，我去告诉韦秋心。"杨太太道："别胡说！"瘦蝶瞧着两人只是笑。陈太太便要告辞回家。杨太太知道他们家中有事的，也不多留，便命车夫再喊一辆车子，同送陈太太母女三人回府。杨太太等送到门外，陈太太和淑贞、一飞坐着车子回家去了。只听街上人有些正在谈论运动会中的秩序，都说某女校有一个女学生，舞剑舞得十分精妙，一般男子都没有这种好本领，这个女学生一定有些来历。陈太太知道是那位柳飞琼了。

这天柳飞琼回校，教员学生一齐向伊称赞，说伊的武术和若兰等的众星捧月，足为本校光荣，夺得锦标并非幸致。飞琼和若兰都是不胜欣喜，因为明天校中放假两天，使众学生得以休息。若兰和飞琼晚饭都不要吃了，各各回家。

且说柳飞琼的家里是在胥门学士街，离校很远，回到家中时，天色已晚。和伊的家人相见，飞琼的父母也到会场中去看的，大家赞美飞琼武术的进步，都是伊先生邓震远的功劳。

这时邓震远从外边走进来，捋着花白胡须，精神饱满，笑嘻嘻地对飞琼说道："琼小姐，恭喜你。今天我也到场观你舞的，一路剑法果然神化，可说青出于蓝而胜于蓝了。"

飞琼忙向震远鞠躬道："都是老师奖掖和教导的成绩。老师不要客气，我还要请老师多多指教呢。"说得邓震远听了，哈哈大笑，很是得意。

飞琼的父亲道："邓翁虽老，身怀绝技，可称得是一位老英雄。但惜当今国术衰微，伯乐难逢。无人识得英雄，以致许多豪杰之士，埋没蓬蒿，不能施展他们的所学。倘然再隔数年，仍没有人积极提倡，恐怕此道要成广陵散了。"

邓震远听了这话，不觉叹道："老骥伏枥，志在千里。烈士暮年，雄心未已。现在强邻侵侮，国势日危，若有用我的时候，敢效微躯。杀身成仁，虽肝脑涂地，亦所勿辞。"说话时，一种愤慨的样子令人肃然起敬。

原来邓震远以前是一位北方有名的镖客，别号"铁背熊"，专走关东一带，在保定府开设震远镖局。河北、关东一带豪杰，提起铁背熊邓震远，谁人不知？柳飞琼的父亲名行简，虽是南边人，而一向在北方做官。在二十多年前，柳行简曾署过涿州知府。因公进京，带了许多行李，很多贵重的物品。不料中途遇着一伙强人，都是关东的马胡。从人哪敢抵挡，只得让他们抢着，望东而去，行简十分懊丧。正想请求地方官吏派兵追剿，忽又见前面来了十几辆镖车。许多大汉驾着车辆疾行，每一辆车上插着一面白色小旗，旗上画着一熊。有一个从人见了，便对行简说道，前面来的是铁背熊邓震远的镖车，此人在关东道上很有威名。不如去求他帮忙，或可追还原赃，较官兵来得有效。

行简一听这话，很有道理。遂同两个从人上前问询，要见邓震远。一个大汉把马鞭向后面一指道："局主来了。"便见一匹白马，飞也似的跑来。马上坐着一个壮士，戴着青阳斗笠，黑袍长褂，佩着一柄宝刀，正是邓震远。那时正在盛年，威风凛凛。行简和他相见，把途中遇盗的事，详细奉告，要求他相助。震远一口答允，问明所失物件若干，请行简在前面驿站相待，自己立刻去追寻，可使完璧归赵。于是行简感谢了几句话，和从人们都到前面一个小柳树驿歇下。

过得一天，果然邓震远押着两辆车子，载着他被劫去的行李，赶到小柳树驿来，交还行简。此时行简又惊又喜，要出重金酬谢他的大德。邓震远不受而去，自此行简脑中深深地印着"邓震远"三个字，知道他是一位英雄了。

后来宦海风顺，行简做了河北大吏。虽和邓震远不相闻问，而心里时常想起这个草野的壮士。可是邓震远也渐渐老了，被人连累着吃官司，把镖局收去。后来又有怨家诬陷他为坐地分赃的大盗，下在狱中，备受极刑，宁死不肯招承。恰巧被行简知道，遂设法代他开释，救出囹圄。又请他到自己衙门里住，大碗酒大块肉地请他吃。邓震远妻子早已死去，家中无人，一些小产业也因连年讼事，变卖一空。既遇知己，遂安心随着行简度日，做他的保镖。数年以后，行简罢官归乡，自营菟裘，以娱他的天年。而邓震远也跟着南下，一同居住。行简待以上宾之礼，宾主相得甚欢。

行简有一子一女，女的便是飞琼。飞琼的弟弟便是飞黄，年纪尚小，在国民学校肄业。邓震远因为没事做，便把简易的拳术，教授飞琼。飞琼很喜学习。习了三个月，身体渐强，力气增加。行简以为武术足以锻炼人的体魄，又可防身，很赞成飞琼习艺。因命飞琼拜震远为师，朝夕习练。震远自然悉心教授，飞琼进步得很快。后来飞琼升学到含英女校，住宿校中。便在星期六归家时候，请震远教伊。震远又进一步把剑术教伊学习。

飞琼还有一个表妹。姓俞名筠青，也和飞琼一校肄业，便是在运动会中和飞琼打对子的那个女生了，时时也到这里来学习武艺。一天，震远正在后园旷地上，教飞琼、筠青一路八卦滚堂刀和三节棍破花枪等解数，飞琼握着三节连环棍，筠青持着梨花枪对打了一下，大家坐在草地上休憩。筠青忽然说道："我国女子，自古以来体质纤弱，只有受男子的欺侮，没有抵抗的能力，都是不讲究体育的缘故。女子习武，还要受一般顽固头脑的人讥笑呢。"震远道："你们说女子中没有英武的人才，都被男子欺侮。我却不承认这句话。像历史上所载的花木兰、秦良玉，不要说她，就我老朽一生遇见的劲敌而论，却是一个女子。讲起来很是离奇。"

飞琼知道震远的来历，现听震远说这句话，定有一段奇事异闻，遂要震远告诉伊听。

欲知震远遇见的女子究竟是怎样一位人物，请看下文。

闲云老人评：

　　若兰蹈五花八门，使人目眩神往，这是作者极力描写处。一飞玩弄涉

92

笔成趣，云裳的赛跑传神阿度，柳飞琼之武术一鸣惊人，在今日妇女界实是不可多得，无怪人人倾倒，作者亦于此亦有提倡妇女体育之意。写云仪姊妹调笑处，诙谐动人，作者何从体会得来？铁背熊身负绝技，埋没蓬蒿，古今不乏此等人。老骥伏枥，志在千里，烈士暮年，雄心未已，不独为铁背熊言也。

第十二回

述奇闻剑光黛影
解重围侠骨热肠

邓震远向旁边一块太湖石上一坐，捋着胡须说道："这是三十年以前的事了。那时我正保着大宗货物要上黑龙江去，忽有我的老友黄氏弟兄，特来对我说道：'震远哥，你将有黑省之行么？听说现在吉黑道中新出来几家绿林英雄，不比以前安稳了。'我道：'别地方是不敢夸口，关东三省那些胡匪草寇，哪一个不识得我铁背熊的镖旗？十年以来，也没有出过岔子。'黄氏弟兄笑道：'今非昔比了。初生之犊，辄不畏虎。他们岂把老前辈放在心上呢。话虽如此说，这也是道路传闻的事，或者言之过甚。好在我们弟兄正要护送一位亲王的财物到齐齐哈尔去，不如和老哥一块儿走，凭着我们三人的力量，总可不妨事了。'

"原来黄氏弟兄大的名叫黄伟，小的名叫黄奇。黄伟身高力大，善使铜棍，别号'赛张保'，黄奇擅飞行之术，使一口宝剑，能用毒镖击人，百发百中。也是河北有名的英豪，嵩山少林寺毋畏老和尚的入室弟子。我答道：'有你们贤昆仲加入同行，何忧盗匪哉。'于是我们三人摒挡了数天，方才就绪。押着十余辆镖车，随行的马上马下一共有三四十人，插上镖旗，向关东进发。一路平安无事。

"直到吉黑交界，那里有个摩天岭。山势险恶，树林深密。黄伟骑着一匹高头白马，在前开路，我和黄奇在后督队。本来昨天晚上在白虎镇打尖时候，店主人早已警告我们，说摩天岭上新有女盗盘踞，十分厉害，请镖客注意。我笑道：'区区女子何足道哉。'不听店主人的话。店主人微笑而去。此刻我在马上，望见山势，想起店主人的说话。又因地逢白虎，有些不祥，遂命前队务要小心赶路。我和黄奇讲起昔年我在奉天伏虎塔刀劈季大麻子的事来，很觉得意。

"忽听前面一阵哗乱，众人跑过来道：'有盗劫车，快救！'我不暇细问，忙抡起金背大刀，把马一拍，向前冲去。黄奇也同时上前，才见有一队强寇，正和自己手下人厮杀。黄伟拖着铜棍，已败退下来。背后一匹红鬃马上，驮着一个年轻的女郎，浑身黑衣，舞着双剑，紧紧追来。

"我想这就是店主人所说的女盗了。遂让开黄伟，迎住女郎，便交起手来。黄奇也舞剑向旁夹攻。那女郎见了我，就问道：'你就是铁背熊邓震远么？一向任你大模大样地来往，今番撞在你家姑娘手里，须要教你知道厉害了。'我见伊剑势锐厉，黄伟又败在伊手中，十分当心，但伊双剑飞舞着，如两道白光，倏东倏西。非但没有间隙可蹈，反而步步进逼，我和黄奇只有招架的功夫了。

"战了良久，但听女郎娇喝一声，黄奇已从马上翻跌下地，幸亏黄伟在后抢了过去。我单独和女郎酣战，只杀得汗流浃背。以前的威风，以前的本领，不知到哪里去了。只好虚晃一刀，向后败退。那女郎也不追赶，但道：'饶你去吧。'眼看着他们把十多辆镖车，驱向林中去了。我等一齐退到白虎镇，仍回那个店中休息。检点人数，杀死了两个车夫，也有几个押车的受伤。黄奇肩上中了女郎的剑伤，削去一大块肉，鲜血淋漓。大众都说那女郎果然厉害。

"镇上乡民知道我们出了岔子，都来观看。我自觉一生英名，败在这个女子手里，非常惭愧。保送的货物一齐被劫，真是进退狼狈。要想拔刀自刎，却被黄伟劝住，说我们不妨再商良计，或者赶到毋畏老和尚那边去，请他下山援助。

"我们正商议间，店主人却衔着旱烟管，笑嘻嘻地走来，对我们说道：'我早和镖客们说明的，这条路不大好走，恐出乱子。现在果遇到劲敌了。我来详细告诉你们，那女郎复姓东方，单名一个丽字，别号'八臂哪吒'。前三年才到这个摩天岭上来盘踞为盗，专劫富商贵官。穷苦的小民，路过时秋毫无犯。还有伊的母亲，别号'黑头蜈蚣'，更有惊人的本领。初来时，官中曾派兵进剿，但被她们母女俩杀得大败而去。所以一般胡匪也不敢侵犯。大家都知道黑头蜈蚣和八臂哪吒的厉害。

"我也见过黑头蜈蚣一面。因为伊有事从这里镇上经过，才有这个机会去拜识。原来是一个老妪了，面目丑黑，两鬓已白。看去一些儿也不像有绝大本领的人，但手里挂着一根茶杯口粗的镔铁拐杖，看伊拿着绝不费力。据伊的手下人说，也有一百斤重哩！'

"我们听了那店主夹七夹八地说话，一味称赞东方丽母女俩。不由心中愤恨无似，但自己已败在那东方丽手里，一时不能复仇，万分焦急。

"正在这时候，忽有一个少年和尚用一根铁禅杖，挑着行李到店里来投宿了，店主人忙去招接。少年和尚见我们乱糟糟的情形，知是保镖的出了岔子，上前细问根由。黄伟便把我们遇见八臂哪吒东方丽劫车败退的事情，告知一遍。并说他是少林寺毋畏老和尚的弟子，要去河南请老和尚前来，降伏他们。少年和尚听了黄伟的话，哈哈大笑道：'这些小事，毋畏老和尚岂肯很远地赶来动手呢，不如待我来代你们解决吧。'我们听他的说话，齐向他上下审视，尤其是黄伟，似乎有些不信。少年和尚又对黄伟说道：'谅你也不认识出家人。我便是四川峨眉山的幻我上人，和你的师父也是熟识的。我此番到黑省来访友，凑巧遇见你们。真是佛说有缘，我便相助你们一臂之力，免得老和尚劳驾了。'

"我们见他肯出力帮助，又知道他是毋畏老和尚的知友，很信他能代我们吐气的，遂向他道谢。幻我上人便许我们在夜里同往摩天岭，找见东方丽母女。黄伟又乘间告诉我说，他前在老和尚处，也听老和尚说起峨眉山上有个少年和尚，名幻我上人。虽然年轻，却有绝大的本领。现在遇到了他，不怕东方丽母女厉害了。我听了也很安慰。

"到得晚上，我们饱餐毕，幻我上人已走到我们房中来。却不见他带什么兵器，我终有些怀疑，遂带上一把单刀，黄伟也带上一柄扑刀，黄奇左肩的伤处已包扎好，也愿随往。于是我们四人悄悄地出得店门，离了白虎镇，向前进发。幻我上人提起脚来，好似腾云驾雾般，又轻又快。我们虽然用出飞行本领来，休想追得上他，早已落后一大段。幻我上人回头一望，便不得已把脚步带慢，我们勉强跟着他走。

"星斗满天，寒风砭骨。那摩天岭高插云霄，黑森森地现着恐怖之色。穿过一大堆树林，已到岭下。幻我上人道：'我们大家须特别留神，如有危险，击掌为号。'我们一齐答应，遂从侧面爬上岭去。到得岭上，不觉汗流浃背。因为我们走的不是寻常小径，都从危崖大石上翻上去的。回望下面，又黑又深。远远地一处处的石垒间，有一二灯火，发出惨淡的光。此中大约有守者了。栖鹊闻声惊起，在空中磔磔地怪鸣，又听隆隆之声，宛如击鼓。此时此景，毕生不会忘的。幻我上人把手向东边一指，隐隐有几点灯光，低声说道：'那边屋宇毗连，大约是大本营了，我们快些前进。'遂向东边蹑足而前。

"却见前面有一条深涧阻住去路，瀑布从山顶曲折奔流，涧中窈深无底。在夜间看瀑，更觉神异，水珠随风飞溅到身上，方悟适才听得隆隆的声音，便是这瀑布了。但是教我们怎样飞渡过去呢？立住脚步，四下探望。却见右边有一株大树，横倒在两崖上，好似桥梁一般。但树上满生着青苔小草，弯曲不平，非有高大本领的人，不能过去。万一失足，身体便成齑粉。幻我上人第一个飞也似的走过崖去，我们也鼓励着勇气，一齐从树上跑了过去，喘息不已。定一定神，再望前面走去。远远听得打更声，那时已有二更过后了，幸喜没有人前来，我们都如飞燕般耸身跃上屋顶，只顾向灯光处走去。

"来到一个很大的院落，庭中有一株大树。我们只见幻我上人好似一只燕子般飞到树上，杳无声息，树枝动也不动。我们又向对面一间房中瞧去，灯光下，纸窗上面隐隐有一个女子的影子，谅是那个八臂哪吒东方丽了。

"我们正在探望，忽见房中灯光骤熄，知道房中人早已警觉，不觉暗暗佩服。挺着兵刃预备有一场剧战了。果然有一个黑影，很快地跳到院内。黄奇从镖囊中摸出一镖，照准那个黑影飞去，喝声'着'，却被那黑影伸手接住，发出很清脆的声音道：'好大胆的镖客，敢到摩天岭上来送死么？'我们知道果然是东方丽，一齐跳下。而东方丽剑光霍霍，已到我们顶上。

"我们各把刀剑挡住，丁字儿围住伊厮杀。哪里敌得过呢？正在这时候，里面一阵锣声，灯笼火把，拥出许多盗党来。他们见东方丽动手，只围在旁边助威，并不上来助战。却见又来了一个黄衣老姬，舞着铁杖，矫捷胜于少年，奔入围中。黄伟的刀碰到老姬的铁杖上，'哧'的一声，飞到不知哪里去。我们大惊，知是黑头蜈蚣到了。那时，又听树上'铛'的一声，声如裂帛。飞下一道白光，把铁杖和双剑拦住，我们大喜，明知是幻我上人的剑光，遂跳出圈子，让他们决斗。但见白光紧紧盘绕着两人，前后左右攒刺。东方丽母女俩也知遇到剑客，不敢怠慢，各自放出全身本领来抵御。东方丽的双剑，好似两条游龙，黑头蜈蚣的铁杖，如出洞老蛟。三个人杀在一起，化作一团白光。

　　"那时屋中又走出一个老道来，手中拿着一柄拂尘，向这边一看，便把拂尘向白光一拂道：'且慢，大家不要动手。'三个人一齐收住兵器，老道便和幻我上人见礼道：'上人识得贫道么?'幻我上人定睛一看，连忙笑道：'原来是高闲道翁，何以在此?'道人道：'东方丽是我的小徒，前日采药到此，小作勾留。不想遇见上人，究竟你们为了何事，开这杀戒?'幻我上人指着我们道：'正为着他们而来。我也不过路见不平，拔刀相助而已。道翁请问令徒，便知分晓。'东方丽遂把拦劫镖车的事告知道人。

　　"道人哈哈笑道：'自古猩猩惜猩猩，好汉惜好汉。我和上人也有旧谊，待我来做个和事佬吧。明天一准劝小徒把镖车送下岭来，完璧归赵。彼此留个后来相见之缘。以后邓先生等镖车过此，大家打个招呼，也就没事了。还是息事宁人为妙。'

　　"幻我上人答道：'既有道翁出来劝解，两下也犯不着结什么仇怨，谨遵道翁之言，不胜感谢，我们也就还去了。'道人又道：'既已到此，何妨小聚。'幻我上人道：'谢谢你的盛情，我们不必多留，后会有期。再见吧!'遂和我们要依旧从屋上出去。东方丽遂道：'你们可以从正中山路下去，省得走别的险径了。'便吩咐几个盗党掌着明灯，持着令箭，送我们下山。我见有几个石垒，正据着险要，把守得很严，不易飞渡。东方丽虽是女子，却大有雄才。寻常官兵奈何伊不得的。

　　"一路到得山下，送的人回上山去，我们回到店里，已是四鼓时分，各自安睡。明天早上起身，店主人等都来询问，我们只说解决了。少停，听得镇上人喊马嘶。原来东方丽果然着人把镖车送回来了，一些儿没有损失。大家无不惊异，店主人更是瞠目发怔，只是紧瞧着那个幻我上人。我们也感谢他援助之德，幻我上人微笑着，绝无矜容。我和黄氏弟兄把镖车整理好，预备上道。幻我上人也向我们说道：'此去可以没有危险，我也有事他往了。以后再会吧。'遂把铁禅杖系了包裹，出得店门，望前而去，健步如飞，一刹那间已不见了。

"我们叹息不已，遂也和店主辞别，督着随从的人重又前行良久。待走到摩天岭下，我仰望危峰，想起昨夜的情景，不寒而栗。不料这里大有能人，若没有幻我上人慨然相助，我们也不知怎样办呢。后来我们把这事办妥了，一齐回乡。但时常要谈起东方丽母女的勇武，可惜不能知道她们以后的情景。现在想那位黑头蜈蚣也已不在人世了。所以不到外边去，哪里知道天下之大，奇奇怪怪的人正多着哩。谁说女子没有本领，我就遇到这种劲敌，使我受着一个大大的教训，越发不敢轻视人家了。"

飞琼和筠青听邓震远口讲手画地演述他自己以前经过的一回事，也觉得剑光黛影，虎虎如生。若不是她们老师自己口中讲出时，还要疑心是武侠小说家向壁臆造的呢。从此以后，两人精心学习，得到今天这种成绩，为一邑女校之冠。不但能使巾帼低首，也使须眉汗颜。无怪邓震远觉得快活了。

运动会后的次日，飞琼没事做，想去若兰家中清谈。吃过午饭，遂坐着车子到若兰处来，有马家的小婢开了门，飞琼一直走到若兰书房中，却见里面早坐着一个美男子，正展着一幅画轴和若兰指点着同看，便是前次在这里遇见的杨瘦蝶了。

若兰见飞琼前来，很是快活，遂道："飞琼姊快来一赏密司脱杨的丹青妙笔。"

飞琼也和瘦蝶点头为礼，走近看时，见上面画的一幅芦苇秋雁，浅渚边芦苇丛密，摇曳有姿。有一对秋雁，上下飞着。虽然疏疏落落，却也笔墨灵动，栩栩欲活。飞琼遂道："不知杨先生擅长国画，异日倒要请教。"瘦蝶笑道："东施效颦，不知自丑。我是东涂西抹，一无所法的，真是贻笑方家了。"飞琼道："不要客气，这幅芦苇秋雁图，已很有功夫。像我们是画一世也画不出的。"

若兰道："密司脱杨的老师是吴中名画家陶子才先生，他们为要组织一个画会，密司脱杨是个会员，所以他要把他的作品装好画轴，以便展览。今天特地带了他得意的作品，给我观赏。最可笑的，他也要我入会呢。我自问有什么艺术，可博他人一粲呢？"

飞琼道："你们都是劳谦君子，你谦我谦，不要把这房屋也牵（牵与谦谐音，吴中有此俗语）倒了。若兰姊的隶书和行书，谁不赞美，不是个天生就的女书家么？"瘦蝶也道："柳女士说的话不错。"若兰笑道："我让你们说吧，我说不过你们的。"一面遂和瘦蝶把那画轴卷好，放在靠里桌子上。一面又去取一杯茶来，请飞琼上坐。

飞琼和若兰同坐一边，问道："怎么不见伯母？"若兰道："母亲今天到城中探望亲戚去了，要晚上才回来呢。"于是三个人一同坐着闲谈。时而讲到政治方面的事，时而讲到社会新闻。真是海阔天空，无言不谈。

瘦蝶又谈起那天的运动会，赞美若兰的跳舞和飞琼的剑术。以为景星卿云，不可多得。两人也交口称誉云裳的球术和赛跑的神速。瘦蝶道："舍妹等十分羡慕柳女士的武术，几时要请枉驾到敝舍一会，以便当面承教。"飞琼连说："不敢，不敢。"瘦蝶又对若兰说道："你答应我在运动会以后光临舍间的，现在请你践言。何日宠临，还请明示。"

若兰笑着答道："我也很愿拜见府上两位姊姊，既然答应了你，断无失约之理。下星期日，我准来拜望是了。"

瘦蝶道："有屈玉趾，不胜荣幸。务请上午早临，并望和柳女士同来。"

若兰看着飞琼道："飞琼姊可愿去么？"飞琼性情亢爽，遂答道："姊姊若去，我当附骥。我也很愿见见密司脱杨的两个妹妹。"瘦蝶见二人都答应了，说不出的快活。但两人都要下午前往，瘦蝶胸有成竹，也不固执，只要两人能够前去便了。

三人直谈至晚，若兰只请他们喝了两杯可可茶和几块饼干，笑道："我母亲若在家中，又要请你们吃馒头了。"飞琼道："我今天本想来吃馒头的，若兰姊为什么不请我吃啊？"于是三人都笑起来。飞琼立起道："时候不早，我要告辞哩。"瘦蝶道："我也要去了。"若兰留不住他们，遂送他们到门外。

瘦蝶挟着画轴道："我伴柳女士进城可好？"飞琼点点头道："很好，我到阊门再坐车子。"两人遂向若兰告别，走向暮色苍茫里去了。

时光迅速，霎霎眼已到星期日。飞琼是和若兰约好的，上午先到若兰家中，便在若兰处用了午膳。两人略事妆饰，携手出门。沈太太又叮嘱若兰几句话，若兰笑着答应。辞别了沈太太，一同走到阊门。那天天气很好，已是四月下旬，游山的人络绎不绝。两人走到城门口才坐着两辆人力车，向瘦蝶家中而来。

欲知后事，请看下文。

闲云老人评：

这一回忽然插入武侠异闻，剑光黛影，虎虎如生。作者兼长武侠，所以写来有色有声。东方丽母女有此奇能，确是剧盗，如此人才，埋没于绿林中，岂不可惜？幻我上人写来如神龙见首不见尾，令人可念。画会顺手点出，简洁。若兰至杨家，当有一段热闹可喜文字。

第十三回

锦簇花团欣联腻友
珠香玉笑喜开琼宴

星期日的那天，瘦蝶大清早就起来。取了钥匙，走到绿静轩后面的吟香书屋门前，开门进去。自思有两个多月没有请客，今天这里又要热闹一下了。遂命杨福进来打扫，重新整理一回，以待嘉宾。

那吟香书屋是在绿静轩之后，相隔只有一段走廊，是个十分精致的宴客所在，平时不大用的，内中陈设都是最上好的紫檀器具。四壁琳琅，挂着名人书画。要算正中一幅倪云林的淡墨山水，最是古雅。琴台上供着古董瓷器，都是名贵非常的物品。前后两大间中隔两扇纱窗，置着曲折的锦屏。地下铺着绝平的地屏，前后正中天花板上，悬着两盏荷花瓣式，五色山水灯罩的电灯。靠里还有两杆地灯立着，上面各有一只碧凤，凤嘴里衔着一盏电灯，双翅展开，翩然若飞。所有桌椅式样都带着古的色彩。还有瓷器铜器，无不古色古香。前面一排白漆的玻璃明窗，窗外是一个很宽广的天井，种着许多名花异卉，堆叠着一座玲珑假山，幽静得很。正是谈笑有鸿儒，往来无白丁，一些儿没有俗气。

瘦蝶回到楼上，云仪、云裳也起来了。云裳带笑对瘦蝶说道："今天大哥怎的起得这般早？真是有了心事，睡也睡不着了。"

瘦蝶笑道："今天少不得要忙劳你们姊妹。"

云裳又道："仍要大哥招待的，我们不过奉陪罢了。"

瘦蝶道："我想你们多会音乐的，我去把丝竹等物整理一过，停刻儿我们好来合奏一曲。"云仪道："好的，一切都有你承办便了。"

瘦蝶又走到杨太太房中，说了几句话。杨太太知道今天若兰等要来相见，所以她儿子这样忙法。遂问瘦蝶道：”你是不是预备请她们吃夜饭么，可曾去定菜。”瘦蝶答道：“还没有去唤哩。我想打一个电话到天兴园，去定一桌上等的酒席可好!”杨太太点点头道：“随便你怎么办好了。”瘦蝶大喜，匆匆走下楼去。

到自己房间中，把许多乐器搬出来。命阿宝去揩干净，如有弦线缺少，可以配上。原来杨太太自从碧珠到上海学医以后，又雇用了一个小大姐，名唤阿宝。年方十八，姿色倒也生得不恶。使唤尚称得手，但和碧珠相较，却不可同日而语了。

瘦蝶又坐了车子，到观前街去买了许多食物回来。西瓜子唎，松子糖唎，南枣糖唎，枇杷唎，香蕉唎，预备装茶盆的。又打了一个电话给天兴园。等到吃过午饭，云仪、云裳早在楼下守候。瘦蝶一会儿走到吟香书屋去看看，一会儿走到厅上，一会儿回到楼下。看看钟上已有一点半了，怎么若兰还不来呢？只见杨福进来通报道：“韦家小姐到了。”随后便听皮鞋声音，韦秋月早已走进。原来云仪特地邀伊来陪客的。

瘦蝶看韦秋月，身材很长，面貌也生得美丽，不过眼睛略觉突出些。梳了一个扇子髻，穿一件花色丁的单旗袍，着一双黑漆皮鞋。一望而知是个教会派的女学生。大家相见了，云仪忙去请杨太太下楼，秋月上前拜见。杨太太握着伊的柔荑，殷殷询问。阿宝献上茶来。

正在这时，杨福又进来报道：“有两位小姐来见。”

瘦蝶道：“知道了。”自己连忙跑出去。见若兰和飞琼正立在大厅上，瞧见瘦蝶出来，大家点头招呼。瘦蝶道：“盼望长久了，快些请进来吧。你们可是坐车子，还是走得来的呢？”若兰道：“飞琼姊上午先到我家来吃饭，然后一同走到阊门，坐车进城的。”一边说，一边跟着瘦蝶走到里面。云仪、云裳等也降阶相迎。瘦蝶先引两人拜见杨太太，然后介绍云仪姊妹和秋月等，一一相见。

杨太太等看若兰约有二十岁光景，面貌果然生得清丽。弯弯的纤眉，黑黑的云发。巧笑倩兮，美目盼兮。真是令人可爱，但惜面庞稍觉瘦些。身上穿一件白色印度绸的单衫，下系黑印度绸的裙。白丝袜，白色皮鞋。皓腕上套着一只手表，说伊妆饰，并不好算时髦；说伊不时髦，却也并非朴实无华。真是初写黄庭，恰到好处。

再看飞琼，美丽中带着刚健气，身体也十分强壮的。穿着一件条子绸的单旗袍，脚下也穿一双白皮鞋。和若兰并立着，琼璧交辉，一样美好。

若兰也看杨太太的面貌很是慈祥，比伊的母亲胖些。云仪、云裳一对姊妹花，也是天然佳丽。韦秋月相貌也很好。

当下杨太太和若兰寒暄了几句。若兰很是客气，应对之间，温文有礼。瘦蝶耐不住说道："我们到吟香书屋去坐坐吧。"杨太太对伊的女儿说道："你们伴着沈小姐等去谈天，我却不奉陪了。"云仪、云裳答应一声，遂伴着沈、柳两人走到吟香书屋去。

忽听那边有娇滴滴的声音喊道："好小姐，好少奶。"若兰等不觉诧异起来。

云仪把手向绿静轩前一指道："它又在那里欢迎我们了。"若兰跟手一看，原来廊下挂着一头鹦鹉。云裳笑道："我们都是小姐，并没有少奶。难道它没有眼珠的么，怎的乱叫？"众人听了，一齐笑起来。

瘦蝶又很快的走到鹦鹉面前说道："势利的鹦鹉，怎么今天只叫小姐，不叫我呢？"鹦鹉在架上又叫道："好少爷。"

众人已走进吟香书屋。若兰等见了书屋中的布置，心中也都暗暗称赞。此时阿宝和汤妈已将茶盆、香茗托着前来，放在正中一只大百灵台上。瘦蝶、云仪、云裳、若兰、飞琼、秋月六人围坐在台旁，互相谈话。云仪等向若兰、飞琼二人说了许多景慕的话，两人谦恭非凡，也极口称赞云仪姊妹和秋月。

大家又谈些卿云和含英两校中的情形，因为卿云是教会学校，所以和外面有些不同。若兰对于基督舍身救人的精神，也很佩服。秋月乘间讲些基督的逸事。一会儿又讲到美术，大家讨论美的人生，以为美的境界，是要人们自己去寻的。慧心纂齿，妙绪环生。瘦蝶便要引她们去观他的画品，大家跟着走到绿静轩中。

瘦蝶是研究的图画，把他画成的四幅屏条，两项立轴，一幅中堂，一一展开来给她们观览。唯有那幅中堂绘的《兰亭雅集图》，山水人物，各尽其妙。还有一幅立轴，是他和老师陶子才合作的《灞桥踏雪图》，要算最为出色了。若兰、飞琼、秋月三人都啧啧称美。

飞琼道："几时要请密司脱杨绘一扇面呢。"瘦蝶听了，便开抽屉取三个扇面来，一扇绘的蝶恋花，上面画着一丛蔷薇花，有一对粉蝶，展着美丽的小翅，正飞绕着花。栩栩如生，设色也很鲜美。还有一扇是绘的寒江独钓，画着雪景。一扇是绘的青山红树，都很出色。遂道："我这里恰画好三把扇面，待我来填上一个款，送给三位女士拂暑吧。"取过笔来，即在桌上濡墨填好，把青山红树的一扇赠予秋月，寒江独钓的一扇赠予飞琼，又把蝶恋花的一扇赠给若兰。

三人接过，连声道谢。若兰见扇上还题着一首《蝶恋花》的绝妙好词，似乎香艳一些，很觉忸怩。飞琼道："有了密司脱杨的画，还要请教若兰姊姊的字呢。"瘦蝶也对秋月说道："韦女士，那位沈女士的法书，苍劲入古，你也可以请伊一写了。你看那边挂的一幅立轴，便是沈女士的大笔。"秋月回过头去一看道："果然出色。我不知道若兰姊姊有这种艺术，现在很愿若兰姊姊大笔一挥。只是初识荆州，便求墨宝，未免冒昧了。"

若兰面上早泛起红霞，说道："我是胡乱涂鸦，只值一笑的。瘦蝶兄偏偏把我写的东西高高悬着，不是出我的丑么。惭愧得很。秋月姊姊既然谬采虚声，要我这种蚯蚓般的字，我也不好固却了。"

云仪道："若兰姊不要说这种客气的话。你的大笔，我们一向佩服的。"便取了秋月手中的扇面，塞在若兰的手中。瘦蝶道："我索性代你们包好了吧。"便取过一张毛边纸来，把三个扇面卷在一起，说道："放在这里，等兰妹回府时再奉上，省得藏在怀里讨厌。"

这时袁妈走进来道："少爷小姐，太太请你们到楼上去用面。"云仪忙招呼道："请姊姊等去用些粗点。"若兰等遂又跟着云仪走出绿静轩来到楼上。

杨太太早在那边等候，若兰等又到杨太太卧室和云仪姊妹的房间里去观瞻一番。然后回到楼中间，杨太太请若兰等入座。台上放着四只盆子，一盆是虾米海蜇蛋皮的拌酸，一盆是酱鸭，一盆是炒冬菇，一盆是芥辣拌鸡丝。若兰、飞琼、秋月齐向杨太太道谢。坐定后，袁妈、汤妈早用盘托着七碗面上来，放在各人面前。阿宝放下七双银筷，两个酱油碟子。杨太太道："市上的点心没有什么好吃，我命王妈下的虾蟹面，味道想还可口。请各位小姐用吧，不要客气。"瘦蝶、云裳却忙着夹了菜敬客。

大家吃完时，阿宝早绞上热手巾来，袁妈又献上一排香茗。杨太太问问各人家中的情形，对于秋月、若兰，尤其问得详细。秋月说，伊的哥哥秋心，在上海韩家教书，新近有信来。因为环境不好，很是消极，或者暑假中要辞去这个教席了。

云裳却跟着飞琼，问伊学习武术的经过。飞琼遂把邓震远讲的一回故事告诉给众人听，大家都是惊奇。云裳对伊的母亲说道："我们也要想学些拳术，将来或可有些防身本领。如若飞琼姊姊的老师有暇时，我们要请他教些武艺可好？"

飞琼道："他现在也没有事做，若然伯母允许姊姊等学习拳术时，我可请他到府上来教授，更为便利。"

杨太太道："我自从看了柳小姐的武术以后，也觉我们女子太荏弱了，应当习些武艺，才不被人家欺侮。不过好勇斗狠，古之所戒，自己也要谨慎为妙。你们若喜欢从那位邓老先生习武，我也没有什么不赞成。"

云仪、云裳都大喜道："那么请飞琼姊姊回去和邓先生商量，请他每逢星期三、星期六两天下午四时以后，到我家中来教授。但是月薪若干，请姊姊代我们酌定。"

飞琼道："这个一层他也不计较的，不必先提，以后姊姊等酌量送些礼物也就够了。"瘦蝶道："很好，我最喜欢舞剑，我也加入学习剑术。"云裳向若兰、秋月二人道："两位姊姊可要加入么？"秋月道："有暇时我也要学些拳术。"

若兰道："我是一则路远，二是身弱，力不能及。只好自居淘汰之列了。"

瘦蝶道："你学了拳术，自然身体会得强健的。"若兰只是摇头，瘦蝶无可如何，只好罢休。

若兰望望前面屋顶上残余的阳光，说道："天色将晚，我们要告辞了。"

杨太太道："不要去，不要去，他们已预备请小姐等用夜饭，千乞不要推却。在这里畅聚一宵。"云仪姊妹和瘦蝶都道："我们难得如此相聚的，浊酒粗肴，有慢嘉宾。若是不答应时，更使我们惭愧了。"

若兰笑道："我是不曾客气的，承姊姊们宠邀，我就很冒昧地进谒。又蒙伯母和姊姊等这样优待，叨扰很多，何以为情？还要请吃夜饭，却不敢当了。"说罢，定要告辞。瘦蝶等再三挽留。

杨太太又道："沈小姐和柳小姐等是第一遭到舍间来，宾主之谊，不可不尽。这一顿夜饭，是他们热诚相请的。若是小姐等不领情时，不像要好朋友了。以后我们熟识了，大家来来往往，不必过于客气。请小姐等吃一次苦饭吧。"

若兰等听杨太太如此说话，便道："既然伯母这样盛情，我们也不好再辞了。但是诸多叨扰，很觉不安。"云仪道："说哪里话，若兰姊最会客气。"

瘦蝶见若兰已允，便道："话已说开了，我们可以回到吟香书屋去，合奏音乐可好？"云裳道："好的。"于是他们兄妹伴着若兰等，重又回到吟香书屋坐定。瘦蝶命阿宝、汤妈把丝竹乐器搬来，取过乐谱，大家合奏一阕《汉宫秋月》，云仪弹月琴，云裳吹笛，若兰弹琵琶，飞琼弹双青，秋月吹笙，瘦蝶拉胡琴。真是引商刻羽，珠联璧合。一阵悠扬的乐声，传送出来，逗引得那些男女下人，都掩到吟香书屋背后来听霓裳雅奏。

《汉宫秋月》奏罢了，又合奏《梅花三弄》。其疾如珠走玉盘，清圆流利。那时天已黑了，电灯亮起来，一室光明。瘦蝶又独奏一支《胡笳十八拍》，众人称赞不已。

汤妈来问道："菜已送到，可要摆席？"瘦蝶点点头，遂把乐器收起，放在一边。阿寿进来，摊上台布，端整酒席。大家立起来，在书屋中闲步。瘦蝶早把一张张的小卡片依次放好了。上面书着各人的大名，黄色的卡片，紫墨水的字，角上还绘着图画，十分精美。各人看着卡片入座，免得你推我让，徒费时光。朝外是若兰居左，飞琼居右。左首是秋月，右首是云仪、云裳，朝里下首是瘦蝶。每人面前放着一只缕金错彩的白瓷小酒杯，一副金镶象牙筷。据瘦蝶报告，这套酒杯是乾隆时的古物，一共十二只，非常名贵。平日不肯轻易用着请客，今天特地请命了杨太太而用的。

当时若兰问道："伯母呢，何不请过来同饮？"

云仪答道："家母因为这几天吃素，所以不奉陪了。我们吃吧。"于是若兰不再谦辞，各人就座。

瘦蝶斟过酒，请大家举杯共饮。可是除掉云裳和瘦蝶两个人可以多喝些酒，其余如秋月是基督徒，绝对不喝酒的。云仪也不过喝两杯而已，飞琼也能喝几杯。而若兰是不会喝酒的，更兼自己有胃病，要想效法秋月涓滴不喝。瘦蝶道："韦女士是基督徒，她不喝酒的，载在戒命，我也不敢勉强。

至于兰妹无论如何，总须喝一杯。我这里先干了。"说罢，举杯一饮而尽。

云仪、云裳都说好，大家举杯喝下。飞琼也喝了一杯，若兰无可奈何，只得把着酒杯，微启樱唇，把一杯酒喝下肚去。瘦蝶连忙又代伊斟满了。若兰把筷去夹一块排南，送在口里，说道："我是不会喝酒的，请诸位原谅。瘦蝶兄等既有刘、阮雅量，请多饮数杯便了。"说罢对瘦蝶瞧着一笑。

瘦蝶道："今天我们小聚，很觉快乐，当然要多喝数杯，但是你也不可就此而止啊，请请，举杯。"对着众人又是一饮而尽。飞琼、云裳也陪了一杯。

云仪道："我们不要只顾吃酒也，须吃菜，不必客气。"那时阿寿托着一大盆清炒虾仁，放到桌上。大家遂举匙吃那虾仁。停刻儿，若兰又被瘦蝶强劝喝了一杯。伊是不曾喝酒的，喝了两杯，顿时桃靥上泛起两朵红云。在电灯光下，益显妩媚。真是桃花纵具娇颜色，输与梨窝两点春。

瘦蝶道："我辈自命风雅，不如用个酒令来行酒吧。"

若兰道："什么酒令，我不能再喝了，还是谈谈吧。"秋月也道："我们人少，不必用什么酒令了。"瘦蝶道："我这个酒令是别致的，待我来说明一下，你们试试看。"

飞琼道："好的。"瘦蝶道："我们挨着令时，便要背吟古诗或词一首。诗词中须嵌有自己的名字，宛如我名瘦蝶，诗中便要有'蝶'字，云仪、云裳要有'云'字，兰妹要有'兰'字，韦女士要有'月'字，柳女士要有'柳'字，按着字点过去。点到这个名字时，谁当着便是谁接令。凡以前点过的人，各记一根筹，到令完毕时，看谁筹多，谁喝得最多。例如以十杯酒为限，那得筹最多数的，便喝十杯。次多数喝九杯，以次挨下去。"

若兰摇头道："我不反对酒令，我反对喝酒。"秋月也道："我和若兰姊表同情。"

瘦蝶一心要试试她的酒令，便道："也罢，我们不妨把这限度提下，最多数的喝酒三杯，次多数的喝二杯，又次的喝一杯，又次的可以免喝。如此可好?"若兰还是不肯。

云裳道："我们就是这样试一下吧，一共六人，或者挨不到你是最多数呢。总有三个人可以免喝的。"飞琼也道："若兰姊试一下子看。"若兰被她们逼着，又只好答应。想想自己或不至于最多数的，于是即举瘦蝶这令官。

瘦蝶忙跑到绿静轩中去取出一匣小象牙筹，把来记数，自己首先吟道：

　　黄四娘家花满蹊，千朵万朵压枝低。
　　流连戏蝶时时舞，自在娇莺恰恰啼。

依次点过去，正点到云裳。云裳很快地吟道：

　　云想衣裳花想容，春风拂槛露华浓。
　　若非群玉山头见，会向瑶台月下逢。

大家笑道："整个芳名却在其中了，好个'云想衣裳花想容'。"瘦蝶道："云字是伊自己，只好算裳字了。"正点到秋月，瘦蝶一面记筹，一面请众人吃菜。其时正上鸽蛋，大家用匙吃着，秋月遂吟着李后主的《捣练子》道：

　　深院静，小庭空，断续寒砧断续风。
　　无奈夜长人不寐，数声和月到帘栊。

瘦蝶一面记筹，云仪帮着点过去，正点到瘦蝶，瘦蝶道："又来了。"遂又吟道：

　　两条红粉泪，多少香闺意，强攀桃李枝，敛愁眉。
　　陌上哀莺啼蝶舞，柳花飞。
　　柳花飞，愿得郎心忆家还早归。

一数正挨到云仪，云仪遂朗声吟道：

　　西宫夜静百花香，欲卷珠帘春恨长。
　　斜抱云和深见月，朦胧树色隐昭阳。

云字正点到飞琼，飞琼笑笑，接着吟道：

　　春城无处不飞花，寒食东风御柳斜。

日暮汉宫传蜡烛，轻烟散入五侯家。

瘦蝶挨次点到若兰，便笑道："女学士开口吧。"若兰不假思索，吟着龚定庵的词道：

> 问人天何事最缥缈，最销沈，算第一难言，断无人觉，且自幽寻香兰，一枝凭瘦。问香兰何苦伴清吟，消受工愁滋味。天长地久，恹恹兰襟，一丸凉月堕，似他心。有梦诉依依，香传袅袅，眉锁深深。故人碧空有约，待归来天上理天琴，无奈游仙觉后，碧云垂到而今。

飞琼笑道："若兰姊姊对于龚定庵的词是熟读的，无怪伊寻得出这首词了。其中倒有三个兰字，如何算法？"

瘦蝶一面数，一面说道："自然以第一个为标准，那又要挨看柳女士了。飞琼遂又接着吟下去。

这样挨了几遍，方才收令。弄得侍立在旁的阿寿、汤妈、阿宝等，只听他们斯斯文文地背书，一些儿也不懂。于是瘦蝶一数，云裳的数目最多，该喝三杯。自己是次多数，要喝两杯。若兰是又次多数，该喝一杯。云仪、秋月、飞琼数目都少，轮不到喝。遂斟满了六杯酒，和若兰、云裳分饮。若兰不得已又喝了一杯，有些头晕目眩，支持不住。云裳也喝得有些醉意，遂不再饮酒。大菜也上齐了，瘦蝶遂命下人盛饭上来，大家吃饭，若兰和云裳啜了一小碗薄粥。

席散后，大家洗面漱口。看看时候已是不早，若兰、飞琼、秋月三人都要告辞回去。瘦蝶和云仪都道："飞琼姊姊可坐了我们的包车回府。秋月姊住得很近，从这里到慕家花园是不远的，我们也好喊一辆车子送你回去。唯有若兰姊姊家在城外，时候已晚，恐怕不便出城，不如就在这里下榻一宵吧。"

若兰道："多谢美意，但是家母要盼望的。恕我不能答应，还是让我回去的好。"

瘦蝶道："兰妹又多喝了酒，万万不能回去的，就有屈一宵吧。我好吩咐下人，去回报师母知道的。明天便可从这里到校了。"

飞琼也对若兰说道："若兰姊，你准住在此间吧，夜深归去，也是令人不放心的，我看你也有些醉了。"若兰还是犹豫不决。

欲知后事，请看下文。

闲云老人评：

锦簇花团，珠香玉笑，作者能有此华丽之笔，写来娓娓不倦。写吟香书屋，富丽堂皇，瘦蝶确是雅人。瘦蝶的绘术在此回显现出来，以《蝶恋花》赠若兰，大有深意。杨太太好客情深，瘦蝶兄妹何修而得此贤母？音乐合奏，写来热闹非常，惜老人无福一听也。酒令亦别开生面，雅而不俗。

第十四回

小戏谑香衾梦觉
拒婚姻东床愿空

　　若兰被瘦蝶、云仪等苦苦相留，自己也觉得多喝了些酒，头里微微晕转，倘然一坐车子颠簸，恐怕要受不住。况且时候已晚，还是住在这里的好。不过伊到杨家是第一次，十分客气的，如何贸贸然住在人家呢？所以心里有些忐忑，仍跟着飞琼等要走。却被云裳将伊抱住道："好姊姊，你就住了吧。夜里我和你同睡，还好谈谈心，很热闹的。你若要走，我也不放你走了。"于是若兰只好点头答应。

　　瘦蝶大喜，又请众人到绿静轩去饮茗，一面吩咐阿宝、汤妈好好收拾，尤其对于这一套酒杯，要特别当心。他遂伴着众人闲谈。飞琼、秋月都因时候不早，不肯多坐，急于回去。瘦蝶遂命阿寿再去唤一辆包车前来，送柳、韦二小姐回府。阿寿连声答应去了。

　　飞琼道："我们还要到伯母那边去谢谢。"云仪道："不敢当的，我来代言吧。"飞琼道："一定要的。"众人遂回到里面。

　　杨太太听得声音，早已走下楼来。云仪告诉伊的母亲说，已留若兰在此下榻一宵了。杨太太道："很好，本来出城路远，你们不说，我也不放心让若兰小姐回去的。"飞琼、秋月都向杨太太辞谢，杨太太也说自己怠慢她们的话，请二人时常来舍游玩，二人点头答应。

　　阿寿早来回报车子已喊到，杨太太对云仪说道："你们代我送送吧。"于是，云仪、瘦蝶等送着飞琼、秋月出来，看她们坐上车子而去。

　　然后回到里面楼上，先在杨太太房里坐下。袁妈送上两盆水果来，杨太太和若兰谈些家务，又问起若兰父亲在世的情形。若兰一一还答，说：

"我父亲是个廉吏，所以做了许多年的官，还是两袖清风，家徒四壁。易簧的时候，我还年轻，我的母亲只生着我一个女儿，又没有弟兄姊妹。唯一的希望，全在我的身上。可恨我没有能力去安慰我的母亲，所以心中常觉不乐。难得瘦蝶世兄和伯母等垂爱，如此照顾，感激得很。自己立志用心读书，预备将来自立的本能，可以撑持这个门庭，也所以报答爱我者之厚意。"

杨太太听了，很赞成伊的说话，觉得若兰很有志气的。

瘦蝶知道若兰有些醉了，所以对他的母亲说这些牢骚的话。

云裳还要闹着玩，把若兰拖到自己的房中去。瘦蝶也到吟香书屋那边去看看，见汤妈等早已舒齐，关没电灯了。送飞琼回去的车夫阿寿也已回来，瘦蝶教他赶紧到山塘街沈家去，去知照沈太太，说沈小姐今夜被这里小姐留宿一宵，不回家了。阿寿夜饭都没有吃，只得又跑到城外去。幸得飞琼、秋月临去时，各人把一块钱塞在云仪手中，算是犒赏仆从的。阿寿少不得也有几个钱分到手了。

瘦蝶回到楼上，见若兰、云裳一同坐在沙发里讲笑话，云仪正用洋刀开一罐波罗蜜。瘦蝶便对若兰说道："阿寿送了柳女士回转，我已吩咐他到府上去关照了。"若兰听说，方才放心。

瘦蝶又去帮云仪开了罐头，阿宝送过四双筷子来，云仪便请若兰多吃几块，因为此物可以醒酒的。瘦蝶取了筷子，和云裳吃得最多，一面又讲些学校中的趣闻。只听台上的银钟，锵锵地敲了十一下。

云裳打个呵欠道："我要睡了。"瘦蝶也道："恐怕兰妹也宜早些睡眠，我们明天会吧。"大家又走到杨太太房中，杨太太正要安寝，说道："你们明天还要到校的，早些睡吧。沈小姐也该让伊早些安置，休要缠着伊，尽顾讲个不休，以后时常要聚首的。"瘦蝶道："是的，我们正要睡了。"若兰遂向杨太太说了几句话，回到云仪姊妹房中。瘦蝶又对她们说一声"明天会"，遂独自下楼去了。

这里若兰和云裳睡在正中床上，云仪睡了旁边的柚木床，各自解衣安寝深入黑酣乡里去了。

明天早晨，若兰一觉醒来，见云裳和伊并肩睡着，但伊的头却已不在绣花枕上，正侧转着枕在自己的玉臂上。一角湖绉薄被，也已掀开。右手露在被外，左手正伸在若兰的肩窝下。面上露出笑容，好梦未醒，令人怪可爱的。若兰一看时候还早，便不去惊动伊。自己想想昨夜不该多喝酒，应当回家去。飞琼、秋月不是都去的么？我如何迷迷糊糊地睡在这里，太觉冒昧了。同时又觉得瘦蝶和云仪姊妹待伊的光景，可算是情谊恳挚，非寻常朋友可比。便是杨太太也是慈祥和蔼，与人可亲。他们虽是富贵人家，却洗尽俗气，也是难得。一面想，一面又觉得胸膈里有些不舒服，大约昨天喝了酒受的影响。

那时云仪已在那边床上穿衣起来。若兰道："云仪姊姊早啊。"云仪道："已有六点三刻了，若兰姊昨夜睡得适意么？云裳妹妹的睡相是不甚好的。"若兰道："很好。"

二人说话，云裳也惊醒了，说道："好啊，我正做梦和若兰姊姊坐了火车到上海去，在二等车里吃芥辣鸡饭，却被你们说醒了。"若兰不觉好笑。

云仪道："贪嘴的丫头，莫不是你心里想吃芥辣鸡饭么？"云裳听了，咯咯地笑起来。左手却在若兰肩窝下活动，若兰身子一缩，把伊一推，笑道："痒得很，请你别动。"

云裳究竟有小孩子气，好闹玩笑的。若兰不说痒便罢，若兰一说痒时，伊趁势把手去抓若兰的痒处。若兰笑得无力抵拒，便说："云裳妹妹，饶了我吧。"云仪也喝止道："云裳妹妹，你怎的和若兰姊闹起来，休得无礼。"云裳笑道："我不懂什么有礼无礼，是我爱的人，我便要向伊胡闹。若是这个人不是我爱的，伊要和我胡闹，我也不肯了。"云仪笑道："你将来和你爱的人闹吧，我们都没有这种资格，不要认错。"说得三人都笑起来。

这时瘦蝶跑进房中，云裳就此停住，和若兰穿衣起身，但是若兰腼腼腆腆地挨磨着不就坐起。瘦蝶还问道："你们昨夜好睡么？云裳妹敢是又和兰妹胡闹了。兰妹喝了酒，觉得怎样？"若兰只得说道："谢谢你，还没有什么不舒服。昨夜瘦蝶兄辛苦了，我是不会客气的。你们留我住在府上，我便住下了。"云仪道："我们是要这样才好，若然客气，不算好友。"说话时，对瘦蝶眨眨眼睛，瘦蝶也早悟会，遂起到他母亲房中去了。若兰才披衣下床，不觉颊上薄薄有些红晕。

阿宝早端过面汤水来，大家洗面漱口，对着明镜，梳理云鬟。瘦蝶又走来说了几句话，才退出去。

大家把头梳好，已近八点钟了。阿宝奉上三杯牛奶来，请三人喝下，汤妈又来请用早餐，若兰跟着云仪姊妹，到杨太太房中来，道了一个早安。杨太太正在梳头，请若兰先去用早餐。

云仪、云裳陪若兰到楼中间坐了。汤妈盛上三碗粥来，桌上放着四只盆子，是熏鱼、鸡松、皮蛋、油焖笋。若兰吃了一碗粥，便说够了。云仪、云裳各人吃了两碗。瘦蝶又走上来说道："八点钟过了，校中快要上课。我已吩咐阿寿预备送兰妹到含英女学，你们路近就走吧。"

若兰道："怎好如此？"云裳道："我们时常走的，姊姊坐车子去，这里到贵校很远。"

王妈送上热手巾来，大家揩过嘴，云裳道："我们走了，若兰姊下星期日可来？"若兰答道："我有暇时当再造府，以后也要请姊姊等光临敝庐呢。"

瘦蝶又把一卷东西递给若兰道："不要忘记了。"若兰道："飞琼、秋月都要我写扇面，我去教谁写呢。"云裳道："我们校中有一位女教员，善写楷书，我可代若兰姊转求。"若兰道："好的。"遂取出一把扇面，知是自己的，交与云裳，云裳揣在怀中。若兰又取出一个袁头来，交给云仪，赏给下人的。云仪吩咐在旁的汤妈、阿宝谢谢沈小姐。若兰又去辞别了杨太太，众人簇拥着下楼。

到得门外，阿寿已在旁边伺候。若兰和瘦蝶说声再会，又和云仪姊妹握手分别，坐着包车而去。云仪姊妹也有汤妈伴着到校去了。

瘦蝶独自还进去，和他母亲讲起若兰的人品容貌，杨太太很是深许。说若兰比云仪姊妹还要生得昳丽，可惜有些肝胃病，以致面上清减一些。须好好调养，可以恢复康健。又说若兰很有心思，顾及家务，到底和云仪姊妹不同了。停一刻，瘦蝶回到绿静轩中去，整理画稿。

将近午时，阿宝跑过来说道："少爷快请到楼上去，姑太太来了。"瘦蝶遂把画稿放好，跑到楼上，见陈太太正坐着和杨太太讲话，还有表姊淑贞，也坐在旁边，便说道："姨母和表姊多日没有来了，身体可好。"陈太太道："我也很挂念你们，你为什么不到我家来呢？今天因为震渊有个洞庭山的朋友，送了不少白沙枇杷前来，味道很甜。我知道姨甥等都喜欢吃这个的，遂带四篓过来。"瘦蝶大喜道："谢谢姨母，昨天我们买的白沙枇杷，核多而酸，不好吃。东山枇杷当然好的了。"杨太太道："吃饭过后，你拿一篓去吃吧，放在楼中间桌子底下。"

瘦蝶又和淑贞谈谈，淑贞不大会说什么，左右不过讲些家常的事情。瘦蝶告诉淑贞道，过几天他们要开一个画会，现正积极筹备，到时请淑贞姊弟等来参观。淑贞点头答应。母女俩便在杨家用午膳。

放学时，云仪姊妹回来，听说有枇杷吃，大家很高兴地开篓子吃枇杷，淑贞也和她们一起去了，只有杨太太和陈太太两人在房中，袁妈也不在身边。陈太太遂对杨太太说道："妹妹，你我年纪渐老，子女的事不能不早早代他们妥定。我家淑贞年纪较长，早想择配，但因为门当户对的人家很难得的，我一向看瘦蝶姨甥为人很是温厚，胸中学问也好，所以想一重亲变作两重亲，把淑贞许配与他。我们是亲姊妹，将来无事不可商量的。不料你总说瘦蝶主张婚姻自由的，须得由他做主。我也教你探他的口气，你仍是淡淡的好似不放在心上。莫不是嫌淑贞面貌生得不美丽么？究竟为的什么呢？"

杨太太笑道："姊姊不必疑心，淑贞品格温柔，凤承庭训，确是一位德容兼美的淑女，把来我家做媳妇，又是至亲骨肉，岂有嫌比之理。不过瘦蝶心中却不是如此，待我老实说了吧，他另有一个心爱的人。"

陈太太问道："他爱的什么人呢，你可知道么？"杨太太笑道："非但知道，而且面也见过。"陈太太道："哦，有这等事，你快告诉我。"

杨太太道："瘦蝶前年曾从一个老师姓沈的，住在阊门外山塘街上。那位老师有个女儿，闺名若兰。天生佳丽，又是个不栉进士，现在含英女校读书。瘦蝶自从他老师故世后，常到她家去慰问，因此两下熟识，瘦蝶很是属意于伊。以前我向他探过口气，说起姊姊所主张的这头亲事，他终推托，不肯赞成。昨日云仪姊妹又去把沈小姐接过来。欢聚一宵，今天早上才去呢。"

陈太太听了说道："无论那个沈小姐容貌怎样好，学问怎样好，自己是个黄花闺女，却和少年男子厮混在一起，终不成个模样。现在女学校的学生，假托文明，借口自由，大胆结识男朋友，说什么社交公开，太觉放浪形骸了。我终不以为然的。我们虽是姊妹，性情各有不同。你相信把女儿去进新法学校，做时髦女学生，还赞成儿子自由去选择婚姻，未免太放任了吧。"

杨太太道："我是主张放任的。不过放任之中，也有一个范围。我觉得他们可以放任，所以放任得好。"

陈太太笑道："人心之不同如其面，真是各有心思了。我也不来管你什么放任不放任，今天我是来探探瘦蝶的意思，既然他无意，也就罢了。因为前天有一个亲戚冯少奶奶，来和淑贞做媒，伊说上海静安寺路有一家姓邱的，是殷实的富户，冯少爷便在邱家做账房。邱家有两个少爷，大少爷在中国银行做事，二少爷在福德洋行里做副经理，年纪二十三岁，很有才能。每月可以赚到一千块钱，中馈犹虚。邱老太太要娶苏州小姐做媳妇，因为苏州的女子非但美丽，而且柔和。但是说了几处都不中意，冯少爷便和邱老太太说起我家淑贞来。邱老太太很合意，便托冯少爷来苏作冰上人，冯少爷遂教他的少奶奶来说合。我听了，知道那位邱家二少爷很有才干，家道着实富有，而且没有小姑，以为是一头好亲。但和你有言在先，便到你处来问个究竟，可以定夺。"

杨太太道："既然有这头好亲，姊姊不妨答应。瘦蝶不受抬举，让他去休，大约他们也不是姻缘呢。不过邱家的底细姊姊还须探问个明白，然后好出庚帖。"

陈太太道："不错，好在震渊的上海朋友很多。邱家既是沪上著名的富户，总可探听得明白的。"

杨太太才又要说话，瘦蝶托着一大盆枇杷跑进来，放在台子上，说道："母亲这个枇杷真甜，你们可以吃几个。"杨太太道："我是不耐烦去剥皮的，你唤袁妈进来，代我们剥两杯子，再加些糖在里面。"瘦蝶答应一声，便去喊袁妈来剥枇杷。

云仪等也回进房来，大家赞美枇杷的味道真甜。瘦蝶心里暗想，最好送一篓给若兰母女尝尝，然而说不出口。

少停袁妈送上两杯枇杷肉来，上面渗着洁白糖，杨太太和陈太太各把牙签刺着吃，都说好甜好甜。云仪又伴着淑贞去开留声机器，什么《四季相思》咧，《无锡景》咧，《蒋老五殉情记》咧，淑贞最喜听的。母女两人直玩到夜，自己家里的包车夫早来迎接，才告别而去。

晚上，杨太太把有人和淑贞做媒，要配给上海邱家的事，告知瘦蝶和云仪姊妹。瘦蝶道："姨母是趋向守旧派的，伊不赞成送淑贞表姊入学校去得新知识，而淑贞表姊也真是伊的女儿，一些儿没有新思想的。我总觉得这种人太觉似木偶一般，呆呆的绝不活泼，令人寡欢，和伊又有什么话可讲呢。"云仪道："这种人道德当然好的了。"

瘦蝶笑道："文质彬彬，然后君子。质而不文，何足取焉。"杨太太道："你不要这般说，你的姨母很想你做伊的女婿呢。伊怪我不肯做主，代你答应，还受伊几句话。换了别的母亲，早已许了。"

瘦蝶听着默然无语。云裳笑道："美术家的眼光中自有他鉴赏着的爱人，当然看不中淑贞表姊。母亲你还是不答应的好。"说得大家都笑起来了……

到得星期日的下午，瘦蝶欣欣然地坐着车子到若兰处来。若兰正代秋月写扇面，瘦蝶在旁看着伊写，啧啧赞美。沈太太又向瘦蝶谢谢上星期款待伊女儿的盛情。若兰把扇面书就，等吹干了墨迹，便折好交给瘦蝶。瘦蝶藏在怀中，一面取出若兰的扇面来，说道："这位先生的书法也很秀气，兰妹你看如何。"若兰道："很有功夫。你代我谢谢云裳。"一面说，一面翻过来看着那幅《蝶恋花》，觉得瘦蝶总是有意送给伊的，不禁面上又是一红，放在抽屉里。

瘦蝶又道："这几天我是忙着组织画会的事。订定章程，缮写请柬。因为我们在星期三，大家聚集怡园开起成立大会，到会的共有一十七人，取名闲云。我已正式介绍你入会了。"

若兰道："虽然你强把我介绍做会员，我总是不出席的。"瘦蝶道："哎，像你这样通达的人，也要如此作态么？横竖出席不出席，不相干的，你就不出席也好。"

若兰道："非为别故，实在我的字还是邯郸学步，不可献拙，宁可藏拙。"

瘦蝶道："这却不能，我已把绿静轩中挂着的大作也放到展览会里去了。"

若兰道："瘦蝶兄你为什么定要我出丑呢？"

瘦蝶笑道："出什么丑，我说是出美啊。我们要在明天起大开展览会三天，请柬都发出去了。会中以陶子才和姓范的最多。我再想要求你拿些

118

作品出来，增我们的光荣。"

若兰笑道："没有没有。"瘦蝶道："你以前不是给我看过有一联是你写的么，大好成绩，快请取出来。"说罢向若兰一鞠躬道："多谢你的。"若兰只好开了抽斗，取出来交与瘦蝶。瘦蝶又道："展览会会所是借的怡园，业已预备齐全。明天谅你没有工夫的，今天我想陪你去看看可好？那里地方很静……"

瘦蝶话没说完，若兰只是摇头道："我不去。"瘦蝶又道："很难得的，今天天气不热，大可出游，我专诚来请你去看画会的。"若兰笑道："今天又不开会，何必去呢？"

瘦蝶听了若兰的话，却没得再说。幸亏沈太太走进来，听见瘦蝶要伴若兰出游，若兰坚拒，未免不情。遂对若兰说道："你也难得出外游玩的，既然杨少爷请你去看画会，就去去吧。"瘦蝶又道："兰妹可去么？"若兰勉强点点头。

瘦蝶大喜，一看手表道："已有二点一刻了，要走就走。"若兰笑道："如此性急么，待我来换件衣服。"遂到房里去换着一件青条洋布的单衫，黑印度绸的裙。略事修饰，回身出来，手里带着一柄白洋伞。瘦蝶遂挟着那副对联，伴着伊向沈太太告别。

走到庭中，沈太太道："早些回来。"若兰道："在五点钟以前，必要回家的。"又用手指着对面那间小方厅道："我想要请云仪姊姊等也来舍间小饮，就在这个地方坐坐可好？"

瘦蝶看了一看，说道："你也不必客气，何必要请回呢？现在天也渐渐热了，以后再说吧。"两人走出门外，沈太太来关门。瘦蝶教若兰先坐了他的包车，他可跟在后边，到前面再去唤车子。若兰哪肯独坐，说道："要走一同走。"瘦蝶道："也好的。"遂和若兰别了沈太太，向山塘街上走去。阿寿拖着包车跟在他们背后。

走了一段路，见有一辆人力车，瘦蝶遂喊住了。自己跳上车去，请若兰坐他的车子。若兰不肯，瘦蝶道："路上不要客气了，例当如此的。"若兰只好坐上去，撑起洋伞，叭叭叭地一路进城。

将近阊门，忽然一个小茶馆里，有一个人见了这两辆车子推过，很注意地看了他们一眼，不禁把牙齿紧咬，一阵怨气和醋情直透到囟门上，恨不得跳过去，把瘦蝶一拳打倒。但是车子飞一般地去了，若兰和瘦蝶也没有留心。

不多时，早到尚书里怡园门前。停住车子，瘦蝶付去了车资，和若兰走进园门。早有一个门房见着瘦蝶，含笑直立起来，叫一声"杨少爷"，瘦蝶点点头。那怡园是吴中名画家顾鹤逸氏的私园，也称顾家花园。二人人得园来，绿荫浓翳鸟声清脆，真是好一派园景，使人心怡。

欲知后事，请看下文。

闲云老人评：

若兰自有其个性，与云仪姊妹截然不同。这也是环境所造成的。和杨太太对答数语，何等老成！写云裳香衾中雅谑，但觉香艳而不狎亵。此是作者用笔高人一等处。陈太太有意欲把女儿许配瘦蝶，无如他早有若兰在他的心坎，只好辜负美意了。写杨太太与陈太太虽为姊妹，而性情不同，二人出游于途中先伏一笔，此人是谁，读者聪明人，想已知道了。

第十五回

如此俊侣绮思瑶情
大好春光蝶魂花影

两人走着曲折的回廊，忽听一声鹤唳，便向左手廊外一看，原来那边有一只白鹤在木栅棚里。瘦蝶道："鹤鸣于九皋，声闻于天。所谓孤云野鹤，自在得很。现在却被人关禁在里面，不能越雷池一步，无怪鹤要长叹了。"

若兰笑道："卫懿公好鹤则忘其国。其实卫懿公可算鹤的知己。国家危乱，鹤本来是不负责任的。不过卫懿公好之过甚，以致荒废政事。有狄人之难，反使后人归咎于鹤，岂不冤哉？"

瘦蝶道："我想卫懿公荒废政事，并不一定是为了好鹤之故。难道一天到晚用心在几只鹤身上？不过当时人归罪于鹤而已。"

若兰道："像云龙山人那样放鹤，活泼泼的，才有至乐。若卫懿公以大夫之轩乘鹤，大夫之禄饲鹤，还是一种愚笨的行径。"

瘦蝶道："林和靖梅妻鹤子，何等高稚。"

若兰道："羊公不舞之鹤，是鹤中的败类。这只鹤不知是羊公的鹤呢，还是林公的鹤。"

说罢两人已走到荷花厅上。瘦蝶指着里面道："我们的作品大都陈列在这里了。"

早有一个下人，是瘦蝶吩咐他在此看守的，见了瘦蝶，走来伺候，把厅上的窗一开。若兰跨进去，看见四壁琳琅，满挂着大小画轴。瘦蝶所绘的中堂和立轴，以及自己的一幅作品，都在其中。若兰遂逐一地看过去，瘦蝶随着报告作者的姓氏、派别，要算陶子才多而且精了。

下人泡上两杯香茗来，请两人喝茶。若兰四下观赏一过，遂和瘦蝶对面坐下喝了一口茶笑道："我的作品总觉是不登大雅之堂，还是撤去了吧。"瘦蝶摇头道："又来了，既然挂了上去，要等开会后取下来了。你既送给我，不要管它吧。我们还有一部分画在丹桂厅上，可去看看？"若兰点点头，瘦蝶遂放了手中的对联，命下人藏好，自己走在前面引导。

转了几个弯，已到丹桂厅。若兰一看，大多数是新派的作品，要算陶一得的写生画最多。忽又见瘦蝶作的一张《夕阳归棹》，是一种油画，渲染得十分神似。若兰道："瘦蝶兄也会新派画么？"瘦蝶答道："正是。我以前在校中学过的，只是不甚高明。只有这一幅画来很是得意，所以敝帚自珍，陈列出来。那个陶一得便是我老师，陶子才的长子。他在上海美术专门学校毕业，现在本城景星女学里做图画教员。本来我们这个闲云画会不容纳新派画的，为了陶一得的缘故，遂变更宗旨，招了几个新派画家的会员了。讲到陶一得的作品，也着实不错。他的裸体画，专学法国名画家沙龙一派的。你看东边这幅《浴后》不是十分出色么？"若兰看了，很觉腼腆，便走到庭阶边，说道："融中西、新旧于一炉，得其精华而弃其糟粕。有艺术天才的，自当努力创作，不必拘于陈旧，而也不必盲目地骛新。瘦蝶兄既会新派画，也可更求进步，发挥艺术的天才，我深望你将来做一个出类拔萃的艺术家。"

瘦蝶道："兰妹这样期望于我，我也不敢自弃。愿尽我心力做上去，将来当有成功的一日。"

若兰又看了一会儿，说道："我们可以出去吧。很望你们这个画会，非但能够博得时誉，也能积极提倡艺术，增吴门艺术界的光荣。"遂和瘦蝶走出丹桂厅，回到荷花厅上，付去了茶资。瘦蝶说道："此处景物甚好，我们可以散步一会儿。那边有个假山洞，不妨走走。吴中园林里的假山，除却狮子林为第一，这里可说是第二了。"

若兰还跟着瘦蝶，从一条小桥上走过去。转到假山洞口，瘦蝶当先伛偻着身体，走进假山洞。若兰在后跟着，上上下下，曲曲折折，穿过了几处，果然很见匠心。最后穿到一处，望去黑魆魆的，好似无路可通。若兰要想返身，瘦蝶道："洞里有一仄径，可走通的。你不要吓。洞中还有一个金面孔的观世音呢。"若兰道："我不走了。"但瘦蝶早已进去，只好也走到里面。抬头一看，黑暗中现出一个金面孔。若没有瘦蝶预先知照，不要大吃一惊么？若兰恐怕碰痛了头，把手护着，慢慢儿地前行。瘦蝶一路喊着小心，两人从黑暗中寻到一线光明。

走出洞来，乃是假山的后面。若兰伸手掠掠头发。"可曾缠着蛛网？"瘦蝶指着上面一只亭子道，"我们到上面去坐坐吧。"遂寻路上去。

来到亭中，有两只石凳。瘦蝶把手帕拂拭一过，和若兰对面坐下。若兰走得额上汗出，一阵凉风吹来，好不松爽。若兰道："我这个身体实在软弱，走得这个假山洞已觉乏力了。"瘦蝶道："兰妹是要格外保养玉体。一面服些补品，一面也须注意运动，常常出外散散心。"若兰道："多谢你送给我的牛肉汁，还没有吃完哩。"瘦蝶道："现在天气渐热，要服清补药品。待我到李愈处去问问看。"若兰道："不要费神，我这般年纪要吃补药，岂非笑话么？"瘦蝶道："有病总须医，不问年纪轻和老。你的胃里近来觉得如何？"

若兰眉头一皱道："瘦蝶兄，并不是我怪你。前星期日多谢你请我喝酒，一些儿也不肯放松。我多喝了几杯，累得胃中三天不舒服，以后这种善意，我却不敢领受了。"瘦蝶道："该死该死，这是我的不好。我只顾请你饮酒，却没有顾到你的胃病。现在可好么？"若兰微笑答道："幸亏就好的。"瘦蝶道："以后再不敢请你喝酒了。"说罢，两人都微微一笑。

这时假山下面忽然有人声脚步声，走上一群学生来。都穿着学生装，精神抖擞，一个个飞步过去。胸前挂着徽章，乃是真如暨南大学的学生。一路唱着英文歌，翻到后面去了。瘦蝶忽从身边摸索出一个小小的蓝绒方盒，盒中一面有朱红印泥，一面藏着一个鸡血图章，递给若兰道："我在研究画学以外，又喜镌刻金石图章。小试其技，还堪一用。所以拣这块鸡血石，代你刻下芳名，送给你玩玩。"

若兰伸手接过一看，上面镌着"若兰之印"四字，果然刻得很好。便道："谢谢你，我真要想请人刻印章呢，却不知你擅长此道，瘦蝶兄真是多才多能。但是你为什么不进大学呢？"

瘦蝶答道："我相信学问是无穷的。世界是一大学校，只要人们自己去选择他的心爱的学问，没有什么界限，何必定要进大学校。还有许多青年，自以为进了大学，有无上光荣，等到毕业后，便算满足了。蹉跎之量，洞酌已盈，再不想更求进步。因此有许多大学校设立起来，只要你有金钱去读书，不问程度如何，总得考取。一般贪慕虚荣的青年，都辇着重金，来校中图得一张毕业文凭，就好夸耀戚友了。所以我不想进大学校，自誓用心在美术上，希望将来的成功，不慕虚荣，但求实学。兰妹你以为如何？"

若兰道："你有这个决心，也是很好的。然而行百里者半九十，强弩之末不穿鲁缟。我望你始终持着恒心，那么你的成功可以计日而待了。"

两人说着话，忽见一对彩蝶，翩翩跹跹地在亭子外边飞着。假山边有一丛洋红的花，不知何名。那一对彩蝶，只在花的四周飞绕。瘦蝶指着对若兰说道："这一对蝴蝶儿，多么美丽啊。"

若兰瞧着彩蝶，想起扇上的《蝶恋花》，默然无语。瘦蝶细瞧若兰弯弯的蛾眉，盈盈的明眸，一手支着伊的香腮，若有所思，胡然而天也，胡然而帝也，使他心中不由热烈地发生出一种爱心。但他是敬爱若兰的，怎敢有一些唐突西施的意思？遂说道："现在婚姻制度，虽然号称解放，而大多数的家庭，对于子女的婚姻仍要多所干涉，不能完全自由。以致有些青年为了婚姻的问题，不得已而和他亲爱的家庭脱离，这是何等不幸的事。我有一个朋友，便是为了他的父亲，强要代他和人家订婚，他反对没有成效，反而冤枉他在外面或有暧昧的事，因此他气愤极了，望外一走，到现在还不知道下落呢。我很欣幸的，便是我的母亲对于我们兄妹三个人，却取着放任态度，并不用什么专制的手段。因为我有一个表姊，姓陈，名淑贞，年纪比我大一岁。姨母是个守旧的人，不放伊进学校肄业，不过在家中学习刺绣，带读一些中文，所以学问很浅薄的。我的姨母偏偏爱上了我，要把表姊许配给我，屡次向我的母亲征求同意。若是换了别个母亲时，说不定要我去做陈家的女婿了。因为陈家是很有钱的，两家又是近亲。但我母亲知我意不在此，便不肯代我答允。前天兰妹去后，姨母就带了淑贞表姊一同到我家来，又问起这件事。我母亲毅然谢绝，说我主张婚姻自由，对于表姊并无情愫，所以不肯做主。我姨母有些气愤，遂说也有人代我表姊做媒，是上海一家富户，决计向那边进行了。我很希望他们早订朱陈之好吧，省得为难了我。"

若兰笑道："你何不就迁就些答应了你的姨母呢？"

瘦蝶道："婚姻大事，岂可徇情而迁就？将来一生的幸福，全系在这个上。当然要自由选择我的情侣，以求终身之好。表姊和我没有相当的恋爱，如何成功？现在的时代，心志不定的少年，往往容易受人家的诱惑而改变向来的宗旨。我却不愿投入这个旋涡。"瘦蝶絮絮滔滔，把自己的事一齐告诉若兰，只苦不能老实说一句，我心中爱慕的人，便是你沈若兰了，我要求你做我永好的情侣。他并不想想，若兰是个闺女，虽和瘦蝶已是不客气，然而同年轻的男子谈婚姻问题，是很难启齿的。因此伊笑了一笑，说道："我们来得很长久，不如回去吧。"立起身来，走出亭去。

瘦蝶遂伴着伊，从假山上走下，绕着回廊出园，又对若兰说道："时候还早，我们何不去沧浪亭一游，那边空气很新鲜的。"若兰见瘦蝶有兴，自己既然出来了，不欲和他违拗，遂道："瘦蝶兄既然要去，我们便到那里一游也不妨。"两人出了园，坐上车子，由护龙街一直推到三元坊。向左转弯，正是沧浪亭了。

沧浪亭为有宋苏子美读书胜地。地方空旷，风景清幽。我人读了《沧浪亭记》，小桥流水，茂林修竹，便不禁兴起向往之心，而思一游其地，一瞻昔贤遗迹。所以每年有许多来游的人，徘徊其间而不忍遽去。其旁邻近孔庙和苗圃，还有许多大小学校，弦歌之声相应。每当夕阳西坠时候，常有男女学生散步其间，呼吸新鲜空气。亭前有一条小溪，碧水涟漪，上架小石桥。绿柳摇曳生姿，如入画图。

瘦蝶和若兰走下车来，并肩走将进去。投了一张名刺，守园的便开了锁，让二人走进。（著者按：其时沧浪亭尚未修葺，坍败零落。今则重修一过，为美术专门学校所借用矣。）二人曲折行去，十分幽静。可惜墙壁剥落，屋宇倾颓，已失修了。若兰道："名贤古迹，应当保存，使后人凭吊其间，有所瞻仰。泰西各国都极力爱护，虽逢战争也不许军队去毁坏它。而我国军队大都喜欢屯驻在这种地方，那些丘八又不知保护古迹，马栖于堂，矢遗于庭。门窗栏楯都折断了去做燃料，岂不可叹！沧浪亭本来失修，又驻了几个月的军队，所以如此坍败了。我想地方上人士应该捐募些款子，把来重兴，才不使古迹湮没。"

瘦蝶点头道："正是。以后如有机会，我就要发起这事。"

两人说着话，走到所说的沧浪亭中坐定。树木阴翳，鸟声绵蛮，只听

125

风吹树枝的声音。两人坐了一歇，忽见假山石边又走上一对少年男女。男的穿着西装，手里挟着一个黑皮包，相貌很是英武；女的是一位女学生装束，穿着白色的制服，黑色的裙，风姿楚楚。蓦地见了若兰，娇声呼道："若兰姊，好么？"若兰也已认识这女学生，忙立起答道："慕秋姊，我们好久不见了。"两人走近，握手为礼。若兰道："今夏你要毕业了，恭喜恭喜。"那女学生答道："惭愧得很，我是还不能一定呢。飞琼姊可好？我长久不曾到伊家中去了。"若兰又道："几时请你到母校里来谈谈，能否屈驾？"那女学生带笑答道："我是想来拜望的，我在下星期中准来看你们谈话，我们再会吧。"遂和若兰点头而别。

若兰等他们走下假山后，便告诉瘦蝶道："这是我以前的同学王慕秋，和飞琼也有些亲戚关系。本在含英肄业，后来转学到苏州女子中学里去。今年伊要在高中科毕业了。慕秋的口才很好，我入校中有个辩论会，伊登起台来，舌底澜翻似的说出一篇大道理，总要把人家的话驳倒。国耻纪念日，又和同学们组织演讲队，出外去讲给人听，劝人人如何去爱国雪耻。确是一个有热心的新妇女。因此伊自己取名慕秋，就是羡慕革命先烈秋瑾女士的意思。有人说伊已入国民党了，不知是真是假。"

瘦蝶道："现在青年男女暗暗投身国民党的很多。国民党在学界中大为活动，既如我的朋友丁剑青，也做了国民党的党员，曾有一度劝我加入呢。但和伊同游的那个少年，又是什么人？我看他很像个广东人呢。"

若兰道："这却不能知道了。"两人因此又谈了一刻国民党。若兰道："此地虽是无人，总防隔墙有耳。现在当局严防国民党，不要多说取祸。我们也好走了。"

瘦蝶点点头，遂和若兰徐步而下。

出得沧浪亭，若兰要告别回家。因伊曾和沈太太约定，不过五点钟便要回去的。瘦蝶又和伊说了几句话，教阿寿送沈小姐出城，自己慢慢走向前去。再雇人力车返家。若兰也不客气，便坐上瘦蝶的包车，和瘦蝶说声："愿君晚安。"阿寿拖着车子向前奔去。

若兰回转头来，望瘦蝶时，只见瘦蝶痴立在一株柳树下，目送其还。不觉想到瘦蝶对待伊是完全一片真情，适才又把拒绝表姊的婚事告诉我，明明是取瑟而歌之意。料想他的心爱之人，必是指我了。然而他不知道我是抱独身主义的，不情愿嫁人，去受种种烦恼。将来只希望我能自立，为妇女界干一些事业，不想什么闺房之乐，不想什么儿孙福。这些我都看破的，并不有什么快活。我目今所以和他友好，也因他辅助我读书，情谊可感。而他的为人又非狷薄者流，无所用其顾虑的，遂至于此。唉，瘦蝶瘦蝶，你的心中若只要和我做个良好的朋友，打破男女的界限，以求学术上的切磋，那是最好。若然你另有什么心思，或要堕入情网，那么还望你及早回头，免得春蚕作茧，而不能摆脱啊。若兰的脑中正在回旋思想，坐下两个车轮也是如飞般地向前滚动。不多时，已出阊门了。

瘦蝶立在柳树下，眼望着若兰车子去远。俯首看溪中逝水东流，风吹水纹作绮縠形。残阳射到树梢上，还呈着留恋之色。有几个小学生荷着书包，一路唱歌归去。他不禁悠然遐思，想起在怡园中和若兰的说话。自己把婚姻问题提出，要同伊讨论。但是伊却似不愿意和我谈及，还是伊腼腆呢，还是伊果然无意于我呢？这却难于知道了。但以前听伊对于婚姻问题很抱消极态度，愿抱独身主义的。唉，若兰若兰，你就是我的幸福之花。我的一生希望尽在你一个人的身上，你若一定要抱独身主义的，那么我的幸福简直可以说镜花水月没有的了。我只有望你不要守这主义，用我的真情来感动你，或可以得到你的爱情。古语说：有志者事竟成。愚公移山，精卫填海。山可移而海可填，难道我不能把你的独身主义打破，而移转你的爱情么？瘦蝶想到这里，心中似乎觉得有些安慰，面上微微露出一些笑容来。

走到三元坊口，雇了一辆人力车，坐着归家。走到楼上，杨太太对他说道："偏偏你今天出去了，便有客来。"瘦蝶道："有什么客人？"杨太太道："你的母舅从杭州来了，还带着一个少年男子。我和你的母舅讲了许多话，现在他们正在绿静轩中守候着你呢。"瘦蝶听得这话，连忙返身下楼。

走到绿静轩，电灯已亮，只见他的母舅吴旭沧正和一个西装少年坐在沙发上吸烟清谈，自己却不认识这个少年是谁。

欲知后事，请看下文。

闲云老人评：

《蝶魂花影》完全用轻灵之笔描写小儿女琐琐屑屑的事，看似容易，实在很难的。此回写性情能在不经意处着笔，甚为佳妙。吴中多园林，著者一一写来，使人如身入其境，皆写实也。蛱蝶恋花，轻轻一点，妙。瘦蝶体贴若兰之心，纸上传神，身受的当有何种感想？军兴时代，名园胜地，常多被驻军蹂躏，这是很可惜的事，沧浪亭确曾遭过一回小劫的，幸而现在邑人吴子深捐资修理好了。顺手写出王慕秋，也为下文伏笔。写二人别时情景，如见其肺肝然，作者善于体会。

第十六回

习航空男儿抱壮志
得尺素情侣起猜疑

吴旭沧见瘦蝶走进绿静轩，便和那少年一齐立起身来，笑道："瘦蝶，你今天到哪里去的，我们等候长久了。"

瘦蝶便叫了一声母舅，又向那少年点点头，说道："请坐。恕我没有迎接。但是母舅到此，怎么信也不先写一封，忽地驾临呢？"

吴旭沧哈哈笑道："我就喜欢这样的突如其来，飘然而去，岂不自由。何必要写什么公事式的信呢。我此来便是伴这位宗君，来苏遨游，并且介绍你们做个朋友。"

瘦蝶道："很好，但不知这位仁兄的大名。"少年忙从衣袋里取出一张名片，递给瘦蝶。瘦蝶接过一看，上面印着"宗氏风"三字，旁边注着浙江杭县。

吴旭沧道："风君是我老友顺之的幼子，年少英俊，我佩服得很。"宗长风笑道："老伯谬赞了。"旭沧道："非也，我觉得你真是一个有志的青年，所以肯陪你出游，而介绍你和瘦蝶甥交友。"又对瘦蝶说道："长风君今年不过二十岁，曾在广州航空学校毕业，现在预备要到德国去留学，专门研究飞机。据他说，将来自己要制造一架飞机，航行天空。你想他的志气大不大？"

瘦蝶道："原来宗君是一位航空家，可佩可敬。欧西各国都是极力提倡航空事业，我国还是在萌芽时代。有宗君这样热心研究，将来必可为我国航空事业发一异彩。"长风道："不敢不敢。这不过是从我性之所好，我自幼见了飞机，十分喜欢。以为我将来能够坐飞机到天空中去逛逛，好似列子冷冷然御风而行，是世间最快活的事了。等到中学毕业以后，听说广州有个航空学校，新近创办。内有俄国技师教授，我就商得家人同意，前往投考，入校学习。曾从俄人摩尔塞斯同坐飞机，从广州飞到日本去。茫茫天空，任我驶行，下视海洋浩渺，岛屿罗列，实在好看。因想到在欧洲大战争时，德国齐泊林飞艇，横飞英伦海峡，袭击伦敦。害得伦敦人民夜不安枕，惊惶非常。即此一端，已可见飞机在战时的重要了。因为海陆都可以防守，而天空却没有想法。料想以后大战争必更注意在天空的防御。并且飞机不但战争需用，平日对于测量、运输等都用得着，我国人对于航空一事似乎不甚注意，亟须有人肯牺牲，去努力提倡。所以我又要到德国去学习，预备将来回国后可以应用。"

瘦蝶听了长风的话，十分钦佩。又觉得自己太文弱了，没有这种牺牲精神。旭沧又道："他常常想念苏州的美，什么沧浪亭咧，虎丘咧，寒山寺咧，灵岩天平咧，要来一游。我遂伴他到此游玩几天，再要到宜兴去一游，然后回杭州，因为阳羡山水也是有名的。"

瘦蝶笑道："杭州有西子湖的美，恐怕苏州没有好玩啊。如蒙不弃，请在此下榻，小弟当可奉陪。"长风道："多谢杨兄的盛情，我也老实不客气了。一向知道杨兄是个美术家，佩服得很。"瘦蝶道："我是雕虫小技，没有什么意思。这里有个闲云画会，小弟也算其中的一分子。明天将在怡园开展览会，要请长风兄指教。"长风道："很愿拜读，以增眼福。"于是瘦蝶命下人添了几样菜，三个人便在绿静轩中喝酒谈心。瘦蝶和长风虽是初交，而性情相投，胜于旧雨。晚饭过后，又瀹茗长谈。直到十点钟时，旭沧神倦欲睡，瘦蝶便引两人到里面楼左一间客室中，请他们安睡。里面有两张铁床，各据其一，很是舒服。

瘦蝶和他们道了晚安，回到楼上，把宗长风到德国去研究飞行术的事情告知杨太太和云仪姊妹，云裳听得很觉有味，便说道："我们前次看欧战的影戏，见有两队飞机在天空战斗，回环飞翔，很是有趣。我国若然也有了军用的飞机，便可飞到东洋三岛，去掷炸弹，使矮子不敢小视我们了。"

瘦蝶道："你不要说这种话，我国如有这种能力，外人自然不敢野心勃勃地来觊觎我们。现在恐怕他们国中的飞机，要飞到我国来掷炸弹了。

所以我国不得不急起直追，研究航空学术，培植航空人才，制造飞机，以防将来天空的战争。可惜人家都不敢冒险去学习。"云裳道："我若是个男子，却也要研究航空学术。"云仪道："西国女子驾驶飞机也有的，美国不是有个女飞行家史天逊女士么？曾坐着飞机航行到中国来，世界人士都热烈地欢迎。可惜后来在日本驾驶不慎，牺牲了伊的性命，也是伊的不幸。"

杨太太道："我以为这个总是危险的东西。天空不比陆地，只要飞机一坏，或者遇着了狂风大雾，就要有不测之祸了。"云裳道："不论什么事业，要求成功，总要先有牺牲的，顾不得危险。将来航空事业发达，旅客可以坐着飞机，到东到西，比较坐火车还要来得神速。费长房缩地术没有什么稀奇了。"

杨太太道："有这等事么？"瘦蝶道："当然可以成功的。现在欧美各国邮件，已有用飞机递送的。也有人提议立航空站，以利乘客。这件事我想必要实行的，坐的人渐渐多起来，不敢坐的人自然也敢坐了，只要有人提倡。"

他们谈了一番话。钟声喤喤地已鸣十二下，也就各自安睡。

次日瘦蝶上午便伴着旭沧、长风，到观前松鹤楼吃蹄子面，又到狮子林拙政园两处去游玩。那时狮子林正在重修，没有完工呢。长风称赞假山堆叠得颇见匠心，而拙政园也很幽旷，多百年老树，修柯戛云，繁叶蔽天，可惜年久失修了。午时遂回到家中用了午膳，下午又陪着长风到怡园参观画会。长风见了瘦蝶的画，很是赞成。要求瘦蝶代他绘一个扇面，以为纪念。瘦蝶答应。又介绍二人和他的老师陶子才等相见。

这天到园参观的士女甚多，足见此方人士对于艺术的热心了。云仪姊妹放学后，邀着秋月也到怡园来看画会。那时瘦蝶等还没有去，遂介绍云仪姊妹和长风相见。长风知是瘦蝶的妹妹，很是敬礼。云仪姊妹也见长风英俊之气，溢于眉宇，议论雄壮，端的是有志之士。长风又讲些航空学校里的趣闻，都是十分有味的。傍晚时一同回家，杨太太也很喜和长风谈话。长风健谈，应对如流。每于庄严中杂以谐语，令人捧腹。

一连几天，瘦蝶伴着长风到各处胜游。旭沧见长风有瘦蝶做伴，自己便去探望亲友。陈太太处也去了几次，和震渊长谈，自有他的忙碌。长风喜欢骑马的，瘦蝶便和长风骑马到寒山寺，把自己的白玉骢让给长风坐，超乘疾驰。长风连说"好马，好马"。

可惜天气渐渐热了，没有春日的良辰美景。长风游兴既阑，便要束装告辞。瘦蝶送了许多礼物给长风。杨太太也购了许多苏州的土产送给旭沧，请他和嫂嫂等过了夏天到苏州来住几日。陈太太也送了不少礼物前来，多多致意。长风遂和旭沧坐车返杭，把游阳羡之意取消了。

那个展览会也告结束，很得舆论赞誉。闲云画会中人都很快活，不觉又是一个星期了。云仪姊妹早和飞琼约好，在星期日的下午，请飞琼代邀伊的老师邓震远前来教授拳术。好飞琼果然邀了邓震远，还有俞筼青一同到杨家来。又命一个下人背了许多武器，弄得看门的杨福十分奇怪，怎么柳家小姐带一个卖拳头的来此呢？

云仪姊妹和瘦蝶见飞琼等光临，无不欣喜，一齐请到花厅上去坐，大家相见。云仪等看邓震远果然魁梧奇伟，一望而知是个有本领的人。大家由是谈些武术上的话。不多时，若兰也来了。云裳道："若兰姊，我们欢迎你加入习武。"若兰摇头道："我是来看你们学拳的，将来你们都是女英雄，令我望尘莫及。"飞琼道："你是女学士，我们也是望尘莫及。"瘦蝶道："不要说笑话了，我们快到后园去，请邓老先生教授吧。"

于是瘦蝶当先引导，众人跟着一齐来到后面园中一片草地上。飞琼带来的各种武器放在一边，邓震远把长衣脱下，请他们来学习。云仪姊妹腼腼腆腆的不肯上前，要推瘦蝶先学。瘦蝶道："我虽在学校中练过一回，然而都是起始学拳，宛如小学生启蒙时一样，何必分什么先后，一齐来吧。"邓震远道："好的，我先把潭腿教授给你们。"云仪、云裳都穿的短衣，秋月也把裙脱下，于是瘦蝶、云仪、云裳秋月四个人并立着，看邓震远先打给他们学样。邓震远口里喊着"一二三四"，立刻前后左右地打起拳来。

杨太太和袁妈阿宝等一众下人，都在对面假山上的亭子里作壁上观。飞琼把若兰拖拖拉拉的要伊也加入，若兰终不肯答应。

邓震远一套拳打完了，便教瘦蝶等跟着他动作。云裳时时要吃吃地笑起来，邓震远道："打拳要运气，切不可笑，恐有伤身。"于是云裳忍着笑练习打了一套，方才停止。邓震远又讲些运用拳术的道理给他们听，便算下课了。云裳要求飞琼和筠青对打一下，飞琼点点头，遂和筠青各把单旗袍脱下，露出里面纺绸的短衫。各自取了一支长枪，对面立定，交起手来。但见两支枪如龙飞凤舞一般，东挑西刺，使人眼花缭乱，大众都叫起好来。杨太太看着，很代她们捏一把汗。两人把一路枪使完，额上香汗淋漓，到树荫下去休息。

邓震远一时有兴，便道："我来打一套罗汉拳给你们看看。"遂又打起拳来。瘦蝶等看了，觉得有功夫的人究竟是两样的，真是拳打南山猛虎，脚踢北海苍龙。这一套罗汉拳打得出神入化，与众不同。打完了面不改色，气不加喘。大众都十分佩服。邓震远遂先告辞回去。

杨太太和若兰等见过了，也回转楼上去。瘦蝶等都到绿静轩闲谈。杨太太又命下人预备点心前来，请若兰、飞琼等用点心。云裳一边吃，一边商量将来使用什么武器。云仪道："我愿学剑。"秋月道："我愿学使长枪。"瘦蝶道："我愿学习大刀，岂不爽快。"云裳道："我愿学习双刀。"飞琼道："郡庙前有一家姓盛的打铁店，制造很佳，我的长枪便在那里定打的。你们不妨到那店里去，随意定制好了。"瘦蝶道："很好，让她们且先学习一二个月，把拳头打会了后，再去定制。"

大家又谈了一会儿，天色将晚，若兰和飞琼、筠青、秋月等各自告别回家。杨太太又要吩咐阿寿把包车拉出来送沈小姐回去，若兰一定不要，遂另雇了一辆人力车，坐着归家。从此邓震远照着所定的日期到杨家来教授拳术，不必细表。

且说云仪姊妹有一天从校中返家，瘦蝶出去了，汤妈送上三封信来。一封是宗长风写给瘦蝶的，谢谢瘦蝶款待的盛情，并且挂号送上四张西洋名画，赠给云仪姊妹。一封是碧珠写得来的，叙述伊的近况，并说暑假中仍在院学习，不过要来苏探望一次。还有一封是韦秋心寄给云仪的。云仪拆开读了，又觉眉峰频蹙，露出不悦之色，把信向伊的怀中一塞。

云裳却把长风寄来的画拆开来看：一张是《慈母之爱》，画着一个很美丽的少妇，抱着一个小儿，把玩物逗引小儿，使他笑。那小儿微微笑着，张开两手，要想夺取玩物的样子，活泼可喜。一张是《夜航》，画着一只飞机，在黑夜的空中航行。满天星斗，杳渺无穷。下面的大陆，隐沉在黑暗中。一张是《拈花微笑》，画着一个西洋少女，手里采着几朵莲馨花，对花微笑。一种天真烂漫的神情，跃跃纸上。还有一张是《朝日》，画着一轮红日，从海平线上涌起来，蔚成异样的彩霞，灿烂夺目，海波轰腾着，有一帆船正向前驶行，都是西方名画家的手笔。云裳啧啧称美，遂去给杨太太观赏。杨太太也说，画得很像，你们可以配四个镜架，挂在卧室里，把旧有的四张苏州风景换去。云裳道："好的。"云仪又把碧珠的来函读给杨太太听，只将自己的信瞒过不提。

少停，瘦蝶回家。云仪又把宗长风的信交给瘦蝶，瘦蝶读了，去看那四张画片，觉得很好。云裳道："母亲已教我们把这画片配上镜架，悬在我们房中了。"瘦蝶笑道："本来长风赠给你们的，当然你们取去悬挂好了。我到明天要把他的扇面绘就寄给他哩。"瘦蝶又看碧珠的信，知道暑假将近，伊要回来小住，很觉快慰。只有云仪心头闷闷，却有不可告人之处，面上还极力装出笑颜来。云裳是无忧无虑的，忙着预备功课。

明天，云仪姊妹到校去。等到散课时，云仪对云裳说道："妹妹你先回去，我要和秋月去谈谈呢。"云裳笑了一笑，便先挟着书包归去。这里云仪和秋月二人并肩携手地走出校门，向秋月家中走来。秋月的住屋是向人家租下的，门前是一个广漆矮闼门，里面共有三上三下两夹厢。正中一间客堂，左边是秋月的哥哥秋心的卧室，通着一个厢房。另有一扇门，可从墙门间的背后走进去，算作他的书房。右边是秋月和伊姑母的卧室，楼上却转租给一家姓周的。至于厨房柴间都在后面，也有一个小小桑园。秋月的姑母种着不少桑树，每年春天，伊姑母要养蚕的。原来这座房屋的主人是常在汉口的，和秋心的亡父是换帖弟兄，所以把这房屋请秋心兄妹居住，托他们照管。每月只取三块钱的房金，也存在这里不取，以备付出修理的工钱的。秋月的姑母因他们人少，用不着多的房屋，遂将楼房三间转租与周家，每月房金六元。这样每月反多了三块钱，秋月的姑母真会计算了。

当时云仪到得秋月家里，秋月的姑母正坐着缝衣服。一见云仪前来，便含笑相迎道："杨小姐长久不来了。令妹可一起来？尊大人福体康健么？"云仪道："多谢伯母，家母身子安好。云裳妹妹今天没有同来。"说着话早跟秋月走到秋心的书房里去坐定。写字台上空空的没有什么东西，靠墙一口书橱，玻璃窗上罩满了灰尘。里面却排列着许多皮面洋装的西书，却是秋心以前读过的书。壁上挂着一张平江大学的毕业证书，和一个秋心的半身玉照。只见照上的秋心穿着西装，很是秀美。两道目光，好似正向云仪瞧着。顿时使伊想起秋心来。秋月遂和云仪坐在藤椅子里，伊的家中是不用下人的，秋月的姑母早奉上两杯茶。云仪谢道："伯母，请不要忙，反使我不安了。"秋月的姑母道："怠慢杨小姐的，杨小姐多坐坐，不要就回去。"云仪点头答应，秋月的姑母走到外边去做伊的事了。

秋月知道云仪是要探听伊哥哥的消息，遂先问道："云仪姊姊，这几天可曾接到家兄的信么？"

云仪听了，蛾眉紧蹙道："有是有的，但是……"说到这里，不说下去了。

秋月叹道："现在的社会，处处有陷阱埋伏着，稍一不慎，便易失足。而社会上的人又是卑鄙龌龊，不可与亲。凭你是个有志气的人，都为了金钱压迫的缘故，不得不忍气吞声地受人蹂躏。没有法子去摆脱，真是可恨。即如家兄最近也有说不出的烦懑，姊姊大概也知道了。"

云仪道："我就要想问你，秋心兄到底为了什么事而忧闷抑郁到如此田地。近来他给我的几封信里，都是大发牢骚，说许多愤世嫉俗的话。我忍不住写信去问他，而他却终是吞吞吐吐，不肯直说，使人怪闷气的。秋月姊你总知道的，请你老实告诉我吧。"

欲知秋月说出什么事来，请看下文。

闲云老人评：

出宗长风，写得是个有大志的男儿，令读者也有乘风破浪的气概。航空事业之重要，昭然可知，全赖国人之提倡。宗长风有志于此，可喜可惊。近日赤俄犯边，便把飞机做捣乱我方地的利器。空军为新近战争中所不可缺少的，我国要防守天空的领域，不受敌人欺侮，非急起直追不可，作者也是个有心人。写众人学武，真是好看。带叙碧珠急长风，便不寂寞。云仪接到怎样的信而起了心事，秋心究因何故而抱消极，此闷葫芦请读下回便知，但秋月已慨乎言之了。

135

第十七回

韩叔达为子延名师
韦秋心以身许党国

晏安鸩毒，忧患玉成，这两句话说得一些儿也不错。富贵人家的子弟大都锦衣玉食，徵色选歌，向奢华淫逸的路上去，不肯孳孳矻矻，埋首窗下，追求学问。而贫苦人家的子弟，只苦得不到读书的机会。像汉时的匡衡，求为人佣，希望向他的主人借书阅读；邴原走过学塾门前而泣，以为自己不能像别人家的子弟，有钱可以读书。所以只要一得机会，学之如恐不及，没有不成功的。

韦秋心也是个苦学生，自幼没有父母，和他的妹妹秋月，都是可怜的孤雏。幸亏得着教会中的帮助，遂得到大学毕业，很不容易了。他在学生时代，真可说得朝夕用功，所以每逢考试，常常名列前茅。而且口才很好，为人很是激烈，富有爱国思想，同学很敬佩他，公推他为学生会会长。每逢聚学生会时，他必有慷慨激昂的演说。又是校刊社的中文编辑长，著作不少社论，大半是关于国家政治方面的，或是紧要的社会问题，所以在校中已头角峥嵘了。

恰巧他妹妹秋月在卿云女校读书，和云仪是同级。二人很是投契，如异姓姊妹一般。有一次，云仪跟着秋月到伊家去练习算学，却遇见秋心，正在那个书房中伏案作文，遂由秋月介绍他们二人认识。云仪早从秋月口中听得秋心如何学问高深，人品优美。一朝觌面，觉得秋心潇洒出尘，真是一个好青年，心里十分钦佩。秋心见云仪温文尔雅，和一般轻浮的时髦女学生大不相同，也觉得非寻常裙钗，遂和伊闲谈了一番，彼此很觉惬意。后来，秋月每逢星期六常邀云仪到伊的家中去盘桓。云仪有时去，有时不去。去的时候总要遇见秋心，学术上如有不明白的地方，向秋心讨教，秋心一一详细指示，恳切异常。这样两人渐渐熟了。云仪佩服秋心的学问，秋心也以为云仪出身富贵之家，却一些儿没有骄矜之气和奢华之风，凤毛麟角，不可多得。所以心中自然而然地十分倾倒。

这是以前的事，前回书中已略述一过。至于秋心毕业后，适逢军兴时代，百业凋废，一时没有什么事业可图。凑巧有一位同学，介绍他到上海韩家去做教授。起先他想，去做人家的西席，最为无聊。自己有了这种学问，却去坐冷板凳么？但一因韩家肯出较大的薪水，每月奉酬七十金，供给膳宿，待遇很是不薄。只教一个学生，事体究竟轻松。二因家中境况又不好，自己若不早日去谋生活上的自立，也是不可能的事。他的姑母和妹妹都劝他去。他又问过云仪，云仪也劝他暂图枝栖，等过半年或是一年，另谋别处的发展。于是他迫于环境，暂时蠖屈，束装赴沪，做私家教授去了。

那韩家是住在上海同孚路华顺里，主人韩叔达曾做过税务总办，在北方政界中很有势力，着实多了百数十万的家财。便在上海买地皮，造房子，为狡兔三窟之计。原来韩叔达妻妾很多，住在上海的是四姨太太，从青楼中娶来的，姓方，名桂第，大家简称伊为桂姨，所以著者也把"桂姨"二字称呼伊了。生下一儿，名叫启先，今年才满十岁。眉清目秀，聪颖可喜。叔达非常钟爱，曾在幼稚园中读了一年多。叔达不舍得放他到外边去读书，遂想请个名师在家教读。无奈请了几个，总不如意。他以为启蒙的教师，十分重要，因为栽培小儿的根基，须要有学问的人来，施以灌溉，根基坚固，将来学问自易进步。所以宁出重金，聘请博学多能之士。不愿随随便便请一个人来，贻误子弟。

当时他和秋心见面后，便设宴款待。谈吐之间，觉得秋心胸中学问广博，确是少年英俊。深幸自己的儿子得到名师，心里十分快活。特辟精舍一楹，在书房之后，为秋心下榻。秋心见叔达礼貌诚恳，也就安心在韩家教书。

且喜启先不是愚笨的儿童，略为讲解已都明白。而且活泼泼的和秋心很是亲近，秋心也很爱他。功课之暇，每把有趣味的中西故事讲给启先听。启先记忆力很强，常常把秋心所讲的，进去转讲给他的母亲桂姨听。

桂姨也很爱听故事，有时要教启先去问先生可有好听的故事，讲些出来。幸亏秋心胸有万卷书，不愁讲不出来。启先每天早晨九时过后，便到书房里来写字背书，学习中文。下午读英文、习算学，直到四点钟后才放学。夜间还读一个钟头夜书。

秋心闲着时，不是看书，便是著述。因为他有一个朋友，姓钟名子奇，在上海创办一种杂志，名叫《新中国》杂志，行销很广，请秋心做特约撰述。秋心年少气盛，有时做些社论，讥讽时事，言之亲切，把那些军阀骂得痛快淋漓。有时做些新体诗词，也很隽妙。所以他的名声渐渐传播开来。凡是读《新中国》杂志的，都知道韦秋心是个爱国青年了。钟子奇每月送些稿费前来，好在秋心为名不为利，并不计较多少，他只要把他喉中的骨鲠吐了出来，便觉爽快。

而钟子奇却很欢迎他这种文字。原来钟子奇是一个国民党的同志，他在上海办这《新中国》杂志也无非是要在暗中灌输国民革命的思想，而打倒现在的统治者。难得有这一个敢说话的撰述者，便仰仗秋心做台柱子了。所以把秋心的玉照在杂志中刊布，十分恭维。

秋心除了著作而外，博览群书，研究学问。别的游戏场中，屏足不去。因此韩叔达也很敬重他的人格，常喜欢走到书房里来和秋心谈谈。宾主之间，很是契合，叔达时常告诉桂姨说，韦秋心虽是个青年，而志气浩大，人格高尚。恐蛟龙终非池中物，他日必然飞黄腾达，要做一番事业的，我们不要看轻他。桂姨嫣然微笑，道："你这样看重韦秋心么，我以为他也不过是一个寻常的少年罢了。可惜宜瑛小姐年纪还轻，不然你倒好认他做女婿了。"宜瑛小姐是韩叔达和大太太所生的女儿，今年只有十五岁，住在天津。叔达听了桂姨的话，便道："你不要说笑，我不过佩服他的人才罢了。"但是韩叔达时时往来南北，也没有工夫和秋心周旋。出门时叮嘱桂姨好好敬礼这位青年，桂姨自然答应。秋心在韩家教授，平时微觉寂寞。和云仪等通通信，鳞鸿来往，聊解相思。

有一天，他正教启先读英文，忽见门隙有人张他，也不知道是谁。后来听得吃吃的笑声，知道是桂姨了。但他还没有见过桂姨，也不以为奇。

又有一天晚上，启先来读夜书，对秋心说道："韦先生你有空么？我母要请你写两封信。"

秋心当然义不容辞，点头答应。启先便跑到楼上去了。不多时，只听叽咯叽咯的皮鞋声音，一阵非兰非麝的香气，直触鼻管。早见一个靓妆少妇，跟着启先，走进书房里来了。鬓发如云，梳着一个扇子头。眉如春山，眼如秋水。梨窝轻红，瓠犀微露。穿着一件元色毛葛的摊皮旗袍，四周钉着玻璃边，在电灯光下闪闪地耀着。颈上围着时式骆驼绒围巾，膝下露出肉色的长统丝袜，穿着肉色的高跟皮鞋，容光焕发，风流可人。对着秋心一鞠躬，娇声唤道："韦先生有烦你了。"

秋心连忙答礼道："请坐。"桂姨遂坐在书桌旁边，又说道："韦先生，启先这小孩子，多蒙先生热心教导，不知道他的学问可有什么进步？全赖先生多多教训。"

秋心道："令郎天资聪敏，所以进步得很快，已能握笔为文了。"

桂姨道："这是韦先生教授有方。他的老人家常常和我说起先生的学问，实在很好，非常佩服。韦先生这般青年，多才多能，前途未可限量。"

秋心被桂姨这么一赞，不觉面孔红起来了，觉得桂姨口齿伶俐，自己不知应该如何还答。

桂姨何等心灵，便又带笑说道："现在我要请教韦先生代我写两封信，一封是写给我一个小姊妹的，伊屡次向我借钱，我已借给伊数次，今天又要来告借了，请韦先生代我婉言谢绝；一封是写给叔达的，问他何以好久没有信来，身子安好么，望他早日回沪。"

说到这里，却把手帕掩着口微微一笑。秋心遂从抽斗里取出信封信笺，照着桂姨所说的话，提笔濡墨，嗖嗖嗖地早把两信写好，一一读给桂姨听。桂姨道："多谢韦先生，写得正合我意。"

秋心又把两信代伊折叠好，开了信面，交给桂姨。桂姨遂坐在旁边，看秋心教启先读英文，时时把媚眼瞟到秋心的脸上。秋心虽然心地光明，并无妄念，但总觉得有些难以为情，局促不安起来。桂姨却若无其事。好容易等到启先书已读熟，便对启先说道："好了，你明天再来吧。"桂姨遂笑嘻嘻地带着启先，向秋心道了一声晚安，回到楼上去了。

半年过后，秋心和韩家上下众人都已稔熟，教席也蝉联下去。春日鸟语花香，良辰美景。秋心于课余之暇，也觉得无聊，时时想起云仪。恰巧有一期《新中国》杂志里把他的玉照刊出，他自以为摄得很好，便把这期杂志寄给云仪。又写了一封长长的信，把自己的人生观告诉云仪。果然得着云仪一封婉转缠绵的复书，很觉安慰。星期六的上午，忽然接到钟子奇差人送来一书，要请秋心在晚上到他的寓里去小酌，且有一位朋友要介绍相识。秋心取出一张名片，把自来水笔在名片上写了一个"到"字，打发来人回去，自己在将近晚时，和启先说明了，便坐车子赶到钟子奇寓里来。钟子奇住的两楼两下，在法租界福熙路。秋心曾经去过几次，熟门熟路，到了那边叩门而入。钟子奇已在楼下左首一个客室里，陪着一个客人谈话。一见秋心到来，立起欢迎。秋心见那个客人风尘满面，像是从远地方来的，身材魁梧，英气逼人，操着粤语，一句也听不懂。钟子奇便代他们介绍相见。告诉秋心说："这位是邝君大勇，广东香山人，是我的好友。现在正从广东来，久慕秋心的大名，所以托子奇介绍认识。"

邝大勇又向秋心说了几句话，秋心不懂。子奇在旁代为翻译，说邝大勇说："闻名不如见面，见面胜如闻名。愿请秋心指教。"秋心忙谦谢不迭。但他的说话，邝大勇也是听不懂的。于是子奇又翻给邝大勇听。笑着说道："我暂且做一做舌人了。"一面命下人摆上酒菜，三个人在室中分宾主坐定，举杯小饮。邝大勇舌底澜翻似的说了许多话，要子奇向秋心转言，态度十分诚恳。

子奇遂对秋心说道："我老实告诉你吧，这位邝兄便是国民党党员，以前曾跟随总理多年，勇于服务，到处宣传。现在广州方面新有结合，要把革命事业扩充起来，盼望早日达到目的。所谓革命尚未成功，同志仍须努力。我们要救中国，先要打倒帝国主义，解去一切束缚，力求平等自由。若要打倒帝国主义，先要铲除军阀，因为军阀是帝国主义者利用他们来扰乱我国家，使我们同室操戈，自趋灭亡。而一辈军阀也借着帝国主义的护符，自私自利，争夺他个人的权利。人民处在水深火热之中，他们并不顾及。所以先要把他们铲除，去掉帝国主义者的爪牙，这个工作是我们四万万同胞人人应尽的责任。但是有许多人，他们的头脑陈腐，志气萎颓，不足与谋。最有希望的便是有热血的青年。大家团结起来，加入国民党，做忠实的党员，进行国民革命的事业。他此番前来是要招揽同志，谋党的发展。因为他常在我创办的《新中国》杂志上拜读你的大作，以为你是一个有血性的男儿，若能加入国民党，担任宣传工作，当然是一个中坚分子。所以他专诚要求我代他介绍，和你做个朋友，尤希望你答应他的请求。至于我呢，早已加入国民党了，现在办这杂志，也是暗地里鼓吹革命。我很佩服你的大才。天下兴亡，匹夫有责，中国的前途都在我们一辈少年身上，我想你也不至拒绝的。总理的三民主义，你不是说过拳拳服膺的么？"

秋心听了子奇的一番说话，才知他们要劝自己加入国民党。他本富有革命思想，反对眼前的政府的，又很佩服总理那种大无畏的精神，很愿中国政治上早早革命一下。环顾国内那些直系、奉系、皖系、交通系等，大都植党营私，助纣为虐，适足以助长内乱，不能有所作为，最有希望的还是国民党。现在被他们一说，心中不由热烘烘地情愿牺牲一己，和国民党共做革命事业。遂答道："我很赞成国民党革命的精神，既承二位宠邀，我也是中国人，我也想救中国的，愿加入党中，共同工作，唤醒民众，此志不渝，可誓天日。"

钟子奇遂把秋心的说话，翻译给邝大勇听。邝大勇听说秋心肯加入国民党，又多了一个中坚分子，十分快活。斟满了一杯酒，为秋心上寿，说他可介绍秋心入党，明天便可把表给秋心去填。登记的手续，都有他去代办。

钟子奇道："现在我们三个人一条心，大家是同志，可以无话不谈了。不过，此间还是在军阀铁蹄之下，一切行动，秋心兄还要严守秘密，以免意外。尤宜恪遵党部最高机关的指挥，各尽其责。"

秋心点头答允。三人很是开怀，举杯共饮，尽欢而散。从此秋心时时跟着钟子奇，去秘密集合。和同志们相识，做宣传的工作。一面仍在韩家教读，启先和他很是亲近，星期日常要秋心伴他出游。有时秋心应许他，或和他到外滩去散步，半淞园去坐船，中央大戏院去看中国影片，好似他的小兄弟一般。

一天，日暖风和，正是星期日的下午，秋心在书房里看书。忽然启先跑进来道："韦先生，我们去游半淞园可好？"

秋心也有好几天不出去了，遂带笑说道："你要去么？我可以陪你去。"

启先道："要的，我已和我母亲说明了。"秋心遂换了一身西装，戴上呢帽，携着启先的手，走出大门，到邻近一家汽车行里，雇了一辆汽车，讲明接送四块钱。秋心和启先并坐着，向前如飞地驶行。启先道："我们住的地方稍偏僻了，出出进进，最好要有汽车，方为便当。我母也曾向我父亲要求买一辆汽车。但我父亲因为不常住在上海，所以不肯买。倘然父亲买了汽车来，我们出去岂不便利么？"

秋心听着笑笑。不多时已到半淞园门口，跳下车来，秋心出钱购了两张门票，和启先徐步而入。见男男女女，游人很多，转折处摆着许多玩具摊子，都含着赌博性质。有一处是用猎枪打的，启先要秋心去打，秋心勉强打了两下，不过得些陈皮梅和橄榄，便道："我们去吧，上等的奖品是难得的。我们还是游园。"

启先只好跟着他走。秋心心中自思，这些东西好似引诱小孩子走到赌博的路上去，使人易存侥幸的心。这里在上海地方，比较的还是一个幽静所在，可以供久居尘嚣的人，来此换些新鲜空气。可是一见这种摊子，令人为之不怡。即使有玩具食物购买，不妨规规矩矩做生意，何必要做这种赌博性质的玩意儿呢？上海社会中处处都含着赌博色彩，真是可叹。

秋心一路转念头，启先却看着河中来来往往的小舟，很是有趣，便要求秋心同去坐船，秋心遂带着启先走到船埠边。这时坐船的人十分拥挤。秋心好容易购着一张票子，讲明半点钟。等候多时才抢得一只空船，一同坐上去，舟子荡开桨来，向前缓缓行去，秋心也把桨在水里力划。见别的船上大都坐着时装的妇女，有的挤满了一船。有的一对情侣，并肩细语可谓醉翁之意不在酒。秋心的船兜了三个圈子，觉得摇来摇去，总不过这些地方，没有可玩了，最后一圈，兜到湖心亭的前面。忽见那边有一个女子凭栏立着，向他们招手。秋心十分疑讶，定睛细看，见这女子穿着一件浅色软绸的衬绒旗袍，头里围着一条白丝巾，在襟上打着一个结，两道婉媚的眼光，向这里射来，正是桂姨。

欲知后事，请看下文。

闲云老人评：

　　此回写韦秋心以一苦学生而读到大学毕业，足为一般青年激励。《蝶魂花影》实为青年造福不少，我愿多少青年男女都来一读。桂姨妖韶情态，写来欲活，好娶姨太太者当有所悟。写秋心入党，亦为后文复线。游半淞园忽遇桂姨，文情开拓。

第十八回

亭上相逢谁能遣此
灯边密咏未免有情

　　舟子见有人招呼，便把船划向湖心亭边去。启先见他的母亲来了，很是快活，要他母亲也来坐船。秋心却不愿意，便对启先说道："我们坐的时候已到了，不如就在这里上岸吧。好在我已把钱付去，让他空船回去。"

　　启先点点头，秋心遂叫舟子快快划到亭边，携着启先手走将上去。桂姨带笑说道："韦先生，今天天气真好，我在家很觉沉闷。知道启儿是跟韦先生到这里来的，所以我也前来一游。"

　　秋心只得答道："很好。"于是三人坐在湖心亭的东隅饮茗。启先跳跳踪踪时常走开去，只有桂姨和秋心对坐着。秋心十分踌躇，自思：我带启先出来游园本来很正当的。怎么桂姨一人一声不响地特地赶来？瓜田李下嫌疑不可不避。到底年轻的女子不知道利害，反教我进退狼狈了。倘然给韩家的熟人看见，教我如何分辨得清呢。唉！桂姨太不知男女的界限了。倘你和一个同性的伴侣在此饮茗，那是没有什么要紧的，偏偏我是一个异性者，而又是个很客气的人呢。越想越觉不安，身体虽然坐着，却像芒刺在背，难过得很。桂姨却言笑晏晏指点风景，好似和秋心很熟的，并问问秋心的家世。秋心敬谨回答。坐了一点多钟，看看已近四时了，秋心再也忍不住，遂道："桂姨，恕我不能再行奉陪，因为我约一个朋友在五点钟见面，此刻必须回去。"

　　桂姨笑道："韦先生有事干么？很好。我也要到北四川路去看一个小姊妹，我们走吧。"遂抢着付去了茶资，携了启先的手一同走出园来。走过吃点心的地方，桂姨要请秋心用一些点心。秋心不肯。桂姨再三相请，启先也要吃，秋心不得已跟着进去坐定。早有侍者上来问吃什么，桂姨喊了三碗虾仁面和一笼鸡肉馒头，但那个地方吃客很多，生意很好。三人等了好久才得吃着。秋心赶紧吃完，抢着将账还去。桂姨笑道："多谢韦先生了。"

秋心涨红着面孔说道："难得的。"

于是走出园来。原来的汽车已在那里守候。桂姨道："你们坐着去吧，我另坐电车了。"秋心如得着皇恩大赦似的，向桂姨说一声"即刻会"，和启先坐着汽车一路回到韩家，付去了车资，回进书房。启先却奔到楼上乳母那边去。秋心把帽脱下向沙发上一坐，自思：今天游得很是不畅快。桂姨来得也突兀，难道伊有别种心肠么？然也不能以小人之心，度君子之腹，误会伊的意思。我只要正心诚意，自己保守我的人格好了，莫管伊有意无意。这样一想，心中便觉泰然，渣滓尽去。

隔了二三天，一个晚上，秋心正在监督启先读书，自己也拿了一本《新宇宙论》细看。桂姨翩然而入，叫一声"韦先生"。秋心忙立起道："桂姨请坐。"以为伊又来请他写信了。桂姨坐在一边看启先朗诵英文，口里却不说什么。一手支着香颐，凝眸若有所思。纤纤玉指上套着一只钻戒，晶莹光芒。秋心见桂姨无言，也不好说什么，只问："东家几时回沪？"

桂姨道："他么？上半年恐怕不会回来哩。天津那边正在建造房屋，传说他又娶了六姨太太了，忙得很，还有工夫想着这里么？"说时眉黛间露出怨望之色。秋心却又不便说话。隔了一会儿，桂姨忽然问秋心道："韦先生，像我这样年纪还来得及读书么？以前我在幼时，也曾进过一个小学校，读了几年书，现在都荒废了。"

秋心不知桂姨的意思，很直爽地答道："从前苏老泉年二十七而发愤求学，到底成为一位文章名家。只要有志，何限年龄，自然来得及的。"

桂姨道："我想要读些英文，预备将来去学医生，可惜不能进学校。眼前有韦先生很好的教师，不愿错过机会。所以要和韦先生商量，可能收我这个女弟子？每天晚上，我到书房里来请你教授一点钟英文。束修当另外奉送。"秋心道："啊呀，桂姨要做我的女弟子么？我自问没有这种资格。至于束修问题，不必提起。我只会教小儿，不会教大人的。还是请桂姨另去聘请一个女教师吧。"

秋心这几句话明明是说因为男女的关系不便教授，只苦不能直说，所以教桂姨去请女教师。哪知桂姨很恳切地说道："韦先生不必客气，我相信韦先生是最好的教师，能够教导我的。我的程度很浅，还不及启儿哩。韦先生能教启儿，难道不能教我么？况且韦先生是大学毕业生，学贯中西，除非嫌我没有知识不肯收我这个女弟子，若肯教诲，断没有不会教之理。请韦先生不要当我是个大人，只算我是个小孩子便了。韦先生你道是不是？"

秋心被桂姨"韦先生""韦先生"地说得又婉转又诚恳，反觉得不能拒绝了。只好暂时答应，以后再想法子还绝。好在伊未必有恒心求学，读了几天或者知难而退了。遂道："桂姨既然定要我教的，若再不从，要说我故意不肯了。"

桂姨见秋心已有允意，便道："韦先生，我该买什么书啊？"

秋心道："请你就去买模范读本第一册，是商务印书馆出版的。"

桂姨道："很好，我就教下人去买，明晚来上课。"说罢立起身来告辞上楼去了。启先很快活道："我母亲也要读书，使我多了一个同学。"秋心笑笑。

明天晚上桂姨和启先一同挟书前来，笑道："我还要拜先生哩！"

秋心道："不敢当，不敢当。我这个先生是不算数的。"遂先把二十六个英文字母教授桂姨。读到 R 一个字，桂姨终要读得和 L 一字一样。秋心教她弯转舌头读，桂姨不觉笑将起来。秋心还弯着舌头读给伊听，却见桂姨伏在书桌上笑个不止，弄得秋心也觉难为情了。好容易忍着笑，把声音读正。启先在旁，却把二十六个字母颠来倒去地背得很熟。桂姨道："我读英文还是破题儿第一遭呢！我常听那些外国妇女说话好似百灵鸟叫，一些儿也不懂，但听她们舌上打滚便了，不知道以后我学会了英文可能说得像她们这般流利？"

秋心道："你学会了英文，自然也会说的。不过要说话流利，最好常和外国人待在一起。否则不大练习，说起来时也很艰难的。往往有些人英文程度很好，而说话却不行的。所谓一齐人传之，众楚人咻之。虽日挞而求其齐也，不可得矣。"

桂姨听秋心说起书句，伊是不懂的，然也明白秋心的大意。从此桂姨天天黄昏时除掉有事出外，总到秋心处来读英文。至于桂姨心里究竟是否真心要读英文，还是别有所图，秋心一时也看不出来。但觉得自己教授这样一个女弟子很不便当。桂姨读书时常常有一阵阵的芬芳香气，送到秋心鼻管里去。眼波送媚桃靥欲笑，一种风流的姿态足以摄引一般心志不定的少年，而使他们迷惑。秋心无意中往往桂姨秋波一睐，若有无限深情，输送到他的心窝里去，唬得他不大敢去看桂姨了。无以名之，名之曰：妖媚的眼睛。亏得他平日学养有素，镇定着心神，不起什么妄念，然而总觉他的处境有些危险，要想把这馆地辞去，免得多所牵惹。但是他处又没有相当的事务，韩叔达和他的感情也很好，不好意思突然辞去，只得因循而过。而桂姨自从读书后，常常暗中送许多精美的食物给他。秋心大都不受，只接受了少许，并且教桂姨以后不要花费金钱。哪知到了月底边，桂姨来读书时把一包东西塞在秋心抽屉里。当时秋心没有觉得，后来开抽屉，拆开一看乃是一件直罗长衫的料和一张先施公司的礼券，上写着大洋二十元。知是桂姨送给他的，哪里肯取？害他多了一重心事，夜里也睡不着。

明晚见了桂姨定要奉还。桂姨说是伊出的束修。秋心不肯接受，推来推去只还了礼券，衣料却还不脱。秋心心里十分沉闷，见桂姨和他如此亲近，总觉不妥，又不好和桂姨明言。所以他写给云仪的信，字里行间颇多抑塞之语。云仪复信去问他，他仍吞吞吐吐不肯直说，也因难以措辞之故。很愿广州的同志快些进行北伐的大事，那么自己可以去干一些事业了。遂去拜访钟子奇，托他呈请党部派他到别地方去做宣传工作。他宁愿牺牲一切进行大事。钟子奇答应去代他想法，嘱他暂且静候，等有机会，可以如愿。

有一个晚上，秋心见启先一人来读，问他的母亲何以不来？启先答道："方才出去了。伊教我先来读的。"

秋心知道桂姨有事出外，大约今晚不来读书，遂把启先的功课教毕，启先读熟了，自回楼上到他的老乳母那边去。秋心也就关门独坐，试作一篇短篇小说，题名《孤鹤》，是写一个漂泊的男子感受着种种沉闷。他正布好局，落笔写不到十数行，忽听门上剥啄声，忙去开门一看，不是别人，却是桂姨。穿着一件洋桃红的短夹袄，齐到腰眼裏，露出里面的纺绸衬衫，下穿黑华丝葛的裤子，跋着绣花缎鞋，手中挟着一本书，走将进来说道："今晚我因有事出去，来得迟了，请原谅。"

秋心一怔，自思：怎么这个时候还要来读书呢？不便谢绝，只好照常教授。

哪知桂姨并不留心在书本上，却和秋心闲谈。秋心正襟危坐，唯唯诺诺的也不说什么。等一刻忽觉自己脚尖上有一样东西触着，知是桂姨的脚，忙把双足缩到椅子底下去。见桂姨星眸微饧，对着他含情脉脉，似笑非笑，一缕幽甜的香气透入鼻管，不觉心旌摇荡起来。同时桂姨软绵绵的手掌伸到他的手背上。秋心好似触电一般，有些迷迷惑惑。猛地转念道："不好，我要堕入魔道了！"急将手让开一边，定一定神，对桂姨说道："桂姨请原谅，你既然不读书，还是到楼上去吧。这个时候到我书室里来，恐被下人误会，要在背后说什么不好听的话。达翁回来，怎生交代得过？"

桂姨道："韦先生你不要胆怯，这里下人都是我的心腹，谁敢说什么歹话？叔达这老头儿正不回来哩。他得了新宠，忘却了故人，我十分恨他。难得韦先生是个俊美少年，我非常敬爱，恨不得天天和你厮守在一起，这个时候谈谈又有何妨？我们明晚索性到大东旅馆开房间去，可以避人耳目，好不好？"

秋心听伊公然说出这种无耻的话来，一想桂姨究竟是娼门中的人物，敢大胆来引诱我。全不想我是一个大好青年，岂肯自堕人格，被伊的美色迷惑？遂又正色道："桂姨请尊重些。你不要误会我的意思。我年纪虽轻，心志很定，断不肯做非礼之事。桂姨既然要我教书，书上有什么疑难问题，不妨同我研究。别的话还是少讲为妙。"

桂姨被秋心如此数说，不觉两颊涨红，顿然说不出什么。良久，才强笑道："韦先生，我也是和你戏言，请你不要认真啊！"

秋心道："这是最好了。我的性子是激烈的，想什么说什么。桂姨既没有他意，我自然没有话说。但请桂姨始终尊重人格为幸。"

桂姨立起，伸了一个懒腰道："我也有些疲倦，明天再来读吧。"说时面上很露出怨望之色，向秋心告别上楼去了。

秋心一个人在灯下坐着思想，早料到桂姨有这么一着了，只怪自己当初为什么碍着情面答应伊来读夜书，以致多出这种烦恼。继而转念：我在此地教授，宛如水中的鱼，早被渔人觊觎着，故而下香饵来引我上钩。即使不教伊读书，渔人仍有别的法儿来钓我的。前天半淞园的一幕，已走入危险的地域，今晚更是危险了。若不是自己能有克制功夫，早已吞了她的香饵，而堕入情网里去了。为今之计，唯有及早脱离，可以还我清白，绝人妄念。

想罢，遂写起一封信来寄给韩叔达，要把教授一席辞退，推说有友人招他去广东办事。又写了两封信，一封给云仪，说这里环境不良，不可久居，早欲辞职回里，但因生计问题没有着落，所以踌躇未决。世间到处有罪恶，稍一不慎便易失足。吾为社会悲，为一般少年悲。一封给他的妹妹秋月，把韩家桂姨如何引诱他的前后情事，约略告诉，并说自己想要早早脱离这个地方。然而，一时要找到相当的职业，也很难的。唯有云仪接到秋心的来书，不知其意何指，料想他必有为难的事，所以有这种感慨的话说。虽然写了信去探问，仍是不得要领。伊心中再也忍不住了，所以这天特地到秋月家中去向秋月问个究竟。

秋月老老实实把伊哥哥的事告知云仪，并且很代伊的哥哥忧虑，说："韩家虽是私塾，而每月肯出七十金的薪俸，也不容易的了。况且教授一人，又很省力，若然辞去，岂非可惜。但若不走，却被桂姨时常纠缠着，也是很危险的。"

云仪听了秋月的话，方知秋心并非无病而呻，实在是有感而发。遂道："秋月姊，据我的意思，令兄还是及早脱离的好。淫荡的妇人，伊自有手段来陷害你。你如上了伊的圈套，只好做伊的脂粉奴隶，名誉扫地，以后还有危险。你如不答应伊的，伊或者恼羞成怒阴谋报复，不可不防。所以为令兄计，唯有毅然辞职。以令兄的才能，难道没有别的事可做么？"

秋月道："我也是如此想。但因为金钱的缘故，不觉丧失了勇气，究竟人格比金钱要紧万倍。金钱是去了来，来了去，可以复得的。人格丧失，不可恢复。我们做基督信徒，尤宜力拒魔鬼的引诱，不能犯罪。我现在要写信去劝他回来了。云仪姊的说话，他尤其肯听。望你回去后，也给他一封信，促他早日辞退。"

云仪点点头道："很好。我也不情愿眼见像令兄这般有希望的青年，断送在淫妇妖姬手里，我准去书劝他早定主见便了。"

这天云仪告别回家，晚饭后独坐在房中作书，好云裳知道伊的姊姊又要写信给韦秋心了，伊遂到杨太太房中去和伊母亲及瘦蝶谈话。瘦蝶讲起画会，讲起宗长风，把宗长风极口称誉。云裳也把校中的新闻讲给杨太太听。说伊的同级中有一个学生姓严名稚英，年方十九岁，很是婉娈可爱："我和伊也很投合的。不料，近日一连有三天不曾到校，也没请假。听说伊因为婚事问题，父母强把伊许给无锡一家富豪的幼子。但这人是个纨绔少年，不肯向上。赌博饮酒，荒淫无度。而且吃上了鸦片烟。稚英的父亲听了媒人的说话，贪慕着男家的富有，盲目地许下这头亲事。稚英本来立志求学，抱着不嫁主义，极力反对，到底不能成功。今听得实在情形，便回家去要求父母，代伊取消婚约。伊父母因为两家都是望族，颜面攸关，不肯悔婚。稚英灰心到极点，终日在家哭哭啼啼，书也不来读了。昨天有一个同学去看伊，伊说不达到目的，情愿自杀，不再生存于世了。可怜得很！这个星期日我要去看伊呢！"

杨太太和瘦蝶听了，各自叹息，深代稚英扼腕。但是人家的事，自己无权可以干涉，只好罢休。叮嘱云裳若去慰问时，须要好好地劝伊，不必轻生，徐图良策。等到云裳回到房中，云仪早已写好，云裳笑笑，各自安睡。

明天，云仪把这封信粘好邮票，亲自投入邮筒，然后到校，盼望这封信去后，能够使秋心早下决心，束装返苏，别谋稳妥的职业，保全一己的人格。一面也知道他家况平常，实在不能不谋自立。脱离了韩家，或者要有几个月的赋闲，自己如何想法去补助他。这些念头，横亘在云仪的胸中，辗转思维。

星期六的早晨，云仪到校，秋月把伊的衣襟一拉，云仪会意，两人同走到洋台转角无人处立定，秋月悄悄对云仪说道："云仪姊，我哥哥已于昨晚回家了，要请姊姊今天放学后到我家中去一谈。"

欲知后事，请看下文。

闲云老人评：

韦秋心游园，偏与桂姨相逢，亭上饮茗，诸多局促不安，秋心之异乎儇薄少年，于此可见了。写桂姨欲勾引秋心，借读书为名，种种狐媚手段，而秋心始终以礼自持，不堕魔道。如此青年，不可多得。生计程度日高，社会谋事不易，故秋心起初尚踟蹰不能决，及至危险关头，毅然辞职，可说能知轻重了。写云仪关心秋心的情状甚切。严稚英事，于此回中无意轻轻一点。

第十九回

绝裾以去慧剑断情丝
束装归来清言诉离绪

云仪听秋月告诉说，秋心已回家了，心中非常快慰，遂点点头道："很好，放学后我跟姊姊同走便了。"

这一天，云仪在校上课，觉得时间特别长久，下课钟迟迟不响。等到下午最后一课是本国史，教授本国史的杜先生，正立在讲坛上大讲成吉思汗的武功，说蒙古远征军如何杀到罗马国，威震欧亚的故事，口沫四溅，得意扬扬。然而云仪这颗心早已不在教室里，飞越到秋月家中去了。凭你杜先生怎样讲得眉飞色舞，好似说大书一般，云仪视而不见，听而不闻，只望下课钟快快打动，伊就好去会伊阔别数月的心上人了。

挨磨了良久，好容易听得铛铛铛的钟声，方才下课。许多走读的学生，都挟着书包还家。云裳走过来问云仪道："我们回去吧。"

秋月过来说道："今天我要请云仪姊姊到舍间去研究几门算学习题哩。"

云仪也道："云裳妹，你先还家。我要到秋月姊家中，傍晚时归来。你对母亲说，也不用教阿寿来接我的。"

云裳对二人面上看看，微笑道："我跟你们一同去，好不好？"

云仪不防云裳有此一着，一时说不出什么来，又不能教云裳不要去，对秋月看了一眼。秋月道："你肯光降舍间，再好也没有的事了，我们就一同去。不过我们有二十多道习题要算去，不能奉陪你游戏的，你不要说厌气。"

云裳道："啊呀！我不去了。"云仪几乎要笑出来。三个人一同走出校门，阿寿早已在那边等候，把包车拉过来，云裳跳上去一坐，对阿寿说道："我先回去。"阿寿点点头，遂拉着车子跑去了。

云仪跟着秋月走到韦家门前，心里不觉跳动，自思：我见了秋心的面，应该怎样说话，可以使他安慰呢？走到里面，早听厢房中革履声响，走出一个西装少年来，正是韦秋心，说道："杨女士，我们好久没见了，一向可好？"

云仪却反腼腆，说不出什么来，只答道："密司脱韦，谢谢你，贱躯很好。"

秋心遂请云仪到他的书室里坐。秋月的姑母也走来叫应云仪，敷衍几句而去。

这里三人坐下，秋心见云仪双颊微有红晕，忆自正月里见面后，一别数月，更觉丰腴，遂说道："多蒙女士垂爱。"说到垂爱两字，自觉说得过分亲近些，不觉面上一红。云仪益发腼腆得抬不起头来。秋心接续着说下去道："女士来函上的说话，句句都是金玉良言，使我非常感激。君子爱人以德，所以女士言之恳切。我向日犹豫的心，因此而毅然决定，遂有勇气和环境奋斗了。以前我在韩家经过的事，我的妹妹已告诉你，不必赘述。但是前次我为什么不告诉女士呢？实因这种事难以落笔，不便告人，现在多谢我的妹妹已尽情奉告了。"

秋月笑道："我以为这种事也未必不可为知己者告。云仪姊姊和我们交情悠久，非寻常泛泛者可比，又何必隐瞒呢？况且哥哥心地磊落，不受人家的引诱，身处难堪的地位，说了出来，彼此也可有一个商量。并非是我喜欢饶舌啊！"

秋心也笑道："妹妹我并不怪你，而且多谢你代我告诉了杨女士，杨女士遂有这封信来劝诫我，我好似听了暮鼓晨钟，陡然惊醒，觉得我决不能再顾徇情面，多留在那里，以致将来摆脱不得。遂不等韩叔达的复函，又发了一封快信前去，决意辞退。一面即向桂姨交代明白，伊还再三挽留，我存下决心就此束装返苏了。只是对于韩叔达，觉得有些歉疚。而对于这个小学生也有些恋恋难舍呢。"

云仪道："我自知这封信写得似乎太激切了，但心所谓危，不敢不言。英谚说：'犹豫者事之贼也。'我恐怕密司脱韦不能忍然脱离，遂致陷于困

153

境，所以不避忌讳地力劝密司脱韦早早脱身。其实密司脱韦平日学养有素，也决不致肯为了一个妇人而自堕人格的。”

秋心道：“人之所以异于禽兽者几稀，情欲关头，最易使人失足。至于我呢，极力保藏我的真爱情，不肯滥用其情，陷溺情海之中，苦于自己还缺少勇敢的心。杨女士的一封信，顿时使我的勇气增加起来，我很感谢。”

秋月道：“现在这种世界，何处不有黑幕，中毒的人，也甘心去做龌龊的事，丧失他的灵魂，全仗自己能够洁身自爱，不被引诱，也要有毅力和勇气，去打破不良的环境。所以基督说：你们要建造在我的磐石上。人能有基督的精神，便可得胜一切了。”

云仪也道：“涅而不缁，磨而不磷，真是十分难得的。密司脱韦这番归来，使我不能不佩服。他日鹏程万里，自有发展的地方，可为预贺。”

秋心听云仪赞他，心里很是快活，遂取出一本最近出的一期《新中国》杂志，送给云仪道：“这里面有一篇《中国国民应有的觉悟》和《上海之夜》，是我作的社论和新诗，请女士暇时一览，还望指教。”

云仪道：“我是久仰密司脱韦的大才，在《新中国》杂志里所刊的几篇大作，确有振聋发聩的效能。而且思想很新，能言人之所不能言，足以引导一般新青年。”

秋心笑道：“女士如此过誉，令人惭愧无地了。”三人遂又讲些苏州近来社会上的新闻以及卿云女学校里的状况。

秋月的姑母送上三碗馄饨来，说道：“杨小姐，请吃些粗点心，这是门口阿虎担上的。他的虾仁馄饨，味道很好，别的担上没有卖的，你们尝试尝试。”

秋心道：“不错，阿虎的馄饨，酱油好，皮子薄，以前我常常吃的。杨女士请尝些。”

云仪道：“伯母这般客气，不敢当的，谢谢。”遂接过馄饨碗，慢慢地尝食。等到点心用毕，天色将黑，云仪立起要告辞归家。秋心道：“明天是星期日，杨女士可有工夫再来？我们一同去游狮子林。”

云仪道：“明天下午邓震远要来教授国术，恐怕没有空吧。”

秋心道：“原来女士等还在练习拳术，将来文武全才，可敬可喜。”

云仪道："秋月姊也和我们一起学习的。"遂把开运动会得见含英女学高才生柳飞琼的武术，大家十分羡慕，后得沈若兰女士的介绍，得识飞琼，始知伊的武术得自名镖师邓震远的传授，遂商请邓震远来舍教授国术的经过，约略奉告。

秋心也略知云仪的哥哥瘦蝶和若兰的事，便问道："令兄和那位若兰女士在恋爱过程上，进行得如何了？"

云仪微微笑道："他们也没有明白表示，依然是友谊，外间不过一种揣测罢了。"

秋月道："闲话少说，明天我们的国术课可否停止一天？因为我也本欲和姑母有事出外，姊姊不妨和秋心哥哥一游狮子林。我们一共四人，他们见我们不来，自然也要赖学了。"

云仪道："好的。横竖我哥哥时时赖学的，明天就一齐赖学吧。"

说得三人一齐笑起来。

秋心道："那么明天午后盼望女士早来。"

云仪点点头，遂向秋心兄妹和他们的姑母告辞。秋心兄妹送出大门，看云仪很快地走回去了。

云仪到得家中，见伊的姨母陈太太正在楼上谈话，云仪上前叫应，始知淑贞表姊将在大后天受盘配的上海邱家，就是前次说过的，要请云仪姊妹前去吃送盘酒。云仪道："星期二我们都有课，只好等放了学再来道喜。"

杨太太道："我和瘦蝶在早上先来的。"

云仪不见瘦蝶，便问："大哥呢？"

杨太太道："他不知吃了什么东西，泻了数次，很疲惫地睡倒在床上。"云仪皱着眉头说道："不要生病啊，何愿他明天便好吧。"回到自己房来，云裳正在读英文。云仪把手中那本《新中国》杂志放住桌上，云裳笑道："今天可是真的去做算学习题么？莫不是那人回来了？"

云仪面上一红，说道："你怎的会知道呢？"

云裳道："我适才见你们的情状已瞧出了几分，现在又见了这本《新中国》杂志，我就知道韦秋心已回来了，是不是？"

云仪道："你聪明，你聪明。"说罢抚着云裳的手道："到母亲房中去。"

两人遂又走到杨太太房里，说了几句话。袁妈来请吃夜饭。云仪姊妹伴着杨太太老姊妹走下楼去，又到瘦蝶房里看瘦蝶睡在床上，杨太太问他肚里可舒服。瘦蝶答道："还好。只觉得肚中不十分舒服，也不想吃，所以夜饭不要吃了。"陈太太道："吃些薄粥汤也好。"

瘦蝶道："我一定不要吃了。"

云仪道："大哥明天如再不止泻时，可请李医生来诊治，不要成了痢疾。"

杨太太道"是的"。

瘦蝶笑道："这样泻了数次，哪里就会变痢疾呢？你们放心，不要紧的，明天我就好了。"于是大家回出去吃夜饭。

吃过夜饭，陈家的包车来接陈太太回府，陈太太遂告别而去。临走时还嘱云仪姊妹必来。杨太太因为瘦蝶不适意，心中有些不安，在睡的以前，又去看了一次，吩咐他夜里不要受凉，须盖一条薄棉被。这几天日里虽然热，而夜里却很风凉，不可不求暖一些。到了明天早起，云仪姊妹早起下楼去看瘦蝶，见瘦蝶已起来，横在沙发里看书，便问道："大哥今天可觉得好些？"

瘦蝶道："天亮时泻了一次，十分爽快。肚中较为舒服，大约就可以好了，不过身体软些。"

云仪道："今天不如差下人去回告邓先生，请他不要来吧。大哥大约不打拳了，我也有事出去，秋月也不能前来，云裳妹又要去探望同学。可以说无人习拳，免得他老人家白跑一趟。"

瘦蝶道："好的，停会儿我就教阿寿前去便了。"

杨太太得知瘦蝶好些，心中也觉宽松，仍要请李医生来诊治。遂打电话请李医生，李愈果然马上前来。诊脉之后，又用听筒在瘦蝶腹上细听。知道他肠里有些食积，受了寒便发作起来。幸而昨晚泻得很畅，决不会成痢疾。寒热比较平常高半度，配了几包丸药而去。

下午云仪、云裳都要出外，大家穿起瘦蝶买给她们的水浪绸新做的单旗袍。临镜顾影，果然明艳非常。告辞了母亲，出得门来分路而行。云仪来到韦家，见秋心一人坐在书室中吹箫，一见云仪前来，忙把箫丢下，说道："杨女士请坐，我等候好久了。"

云仪道："秋月姊姊呢？"

秋心道："伊已和姑母到亲戚家去了，我们也走吧。好在这里门户有同居可以照顾的。"遂锁了房门，和云仪走到街上。阳光很烈。云仪带有一柄绿绸的洋伞，遂撑了起来。秋心穿着白色西装，戴了草帽，一同走到巷口。凑巧看见有两辆包车停在那里，车夫上前来兜生意。秋心对云仪说道："这里前去路也很远的，我们坐车去吧？"

云仪点点头。

秋心遂同车夫讲明拉到狮子林，每辆给两角小洋。两人坐了车子前去，不多时已到狮子林门前，相将下车。秋心付去车资，取出一张名片，授予看门的人，和云仪踱进去。原来狮子林是富商贝润生的私家花园，慕名往游的人很多，诚恐有不肖之徒入内胡闹，所以门禁很严，限制游客。其实只要你是上等人，总肯放你进去，名片不过看看罢了。当下两人走进园内，循着回廊，曲折前行。五步一楼，十步一阁，都带着富丽的色彩。其时狮子林还没有完全修理竣工，正有许多匠人在内工作。秋心陪着云仪去走假山，果然回环屈曲，令人眩乱，几乎走不出来。假山石有许多是象形的，马咧，仙人咧，秋心都指给云仪看，说："这里的假山相传是元时名画家倪云林布置的，所以精妙。但现在有几处是补上去的。"

云仪要紧听秋心讲话，伊足上又穿的高跟皮鞋，不防脚下一滑，向后倾跌下来。幸得秋心在伊的背后，连忙将伊托住。云仪的身子却倚向秋心怀中，才得立定。不觉面上微红。秋心问道："女士受惊么？"

云仪道："这假山真难走，若没有密司脱韦把我托住，必要跌一跤了。"

秋心道："我们到亭子里去坐坐吧。"遂急觅路而出。

走过一顶小石桥，池中荷花将开，有一座旱船却不开放。两人遂走到西边楼上去，沿走廊而出，又到了一座假山的上面。四围花木掩映，有一座小小方亭，十分幽静，但是园中处处没有椅子。秋心遂说道："我们就在这里坐一会儿吧。"

两人用手帕拂一拂亭边的石槛，相对而坐。云仪把洋伞放在一边，看见左手无名指上擦有一条血痕，隐隐有些血沁出来，便放在樱唇上去吮，又用手帕裹好了。秋心见云仪手指擦伤，意大不忍，便道："都是我喜欢说话，累你擦伤了玉手，现在痛么？"

云仪道："不妨事的，不痛，不痛。这是我的鲁莽，怎好怪起你来。"这时骄阳不到，凉风徐来，很觉爽快。云仪道："快要放暑假了，明天我们校中起始温课，温课两星期后，便要大考，我们又要度一重难关了。"

秋心笑道："以前我在校中时，见了考试，便觉头痛。好容易等到毕业，总算考完了。然而社会是一个人生大学校，所遇到的事都是考试。"

云仪也笑道："密司脱韦这一次的考试，是成功呢？还是失败？

秋心道："险的，总算不致失败。"

两人相对笑了一笑。云仪又道："虽然我劝密司脱韦毅然决然地辞退回来，但是我心里也很代你杞忧。深望你在最短期内能够别谋发展，那么对于生活问题也不致多受影响。想密司脱韦盘盘大才，当有希望。万一有需助之处，我自当接济。"云仪这句话是要说，假若秋心缺乏金钱时，伊能够想法帮助。但因不好明言，所以如此说法。

秋心早已明白云仪的意思。他是个心高气傲之人，家况虽是寒素，也不肯仰面求人的。遂答道："多蒙女士关切，我有个朋友姓钟的，在上海很能活动，临行时我已托他代为介绍，大约就有好音来的。女士请不必为我忧虑。"

云仪道："并非别的，实因此事我也有责任，深望密司脱韦早日得到一个优越的地位，我也安心了。"

秋心见仪说活这般诚恳，心里非常感激，四顾无人，遂悄悄地对云仪说道："我有一件事情要奉告女士，不知你也赞成么？但请严守秘密。"

云仪不晓得秋心将要说出什么话来，玉颜不觉微红，嗫嚅着道："什么事？"秋心坐到云仪一边来，和云仪并肩而坐。云仪益发腼腆，心头好像有小鹿在那里乱撞，自思秋心想是提起那个问题了。但是时间还觉较早些，教我如何还答他呢？

秋心道："女士，我说了出来，你不要吃惊，我已加入国民党了。"

云仪听了，却很自然地说道："原来密司脱韦已做了国民党的党员，很好。本来孙中山先生的革命主义不曾贯彻，大好中华，被这些万恶的军阀和政客，捣乱得不知伊于胡底。我国民处于军阀铁蹄之下，一些儿得不着自由。帝国主义者武力侵略，经济侵略，都不遗余力地向我国扩展。国民若再不起革命，眼见中国快要亡了。国民党比较地为国谋幸福，要把军阀打倒，实则这些军阀失却民心，已成强弩之末，国民党一定可以成功的。密司脱韦是个有志的青年，当然要加入了。但是现在此间防范党人很严，密司脱韦还望格外小心。"

秋心道："我们已立志做了党员，也顾不得什么危险。我那姓钟的朋友，便是国民党驻沪的宣传代表。前次在上海徐家汇秘密聚会时，曾遇见一个姓丁名剑青的党员，说和令兄是同学。曾劝令兄入党，令兄还没有这毅力肯做党员。"

云仪道："是的，这丁剑青也是家兄的同学好友。不过家兄性情平和，喜欢研究美术，不敢冒险的。"

两人正说着话，忽见那边有几个游人走来，便不说了。秋心见云仪并不反对他入国民党，且深表同情，很觉快慰。云仪又道："家兄也久慕你的高才，很愿识荆，便时我当偕同家兄到府奉访。"

秋心道："不敢当，还是几时我来拜望。"

云仪道："密司脱韦如肯光降敝庐，这是十分欢迎的。"两人在亭上说了许多话，看看日影已西，游人渐少，云仪便要回家，立起身来，取过洋伞，两人遂走出园来。秋心代云仪唤了一辆车子，送到西百花巷，等云仪坐上车去，脱帽鞠躬道："再会。"云仪也点头道："再会。"车轮转动，很快地望前去了。

秋心等云仪走后，自己慢慢地踱到观前书坊店里去，看看可有新出版的好书。买了一本新小说，然后回家。

云仪回到家中，见云裳已归，便问："严稚英怎样了？"

云裳很得意地说道："伊被我劝了一番，已把自杀的念头打消，明天便要到校了。"

云仪道："好妹妹，你真是灵心慧舌，救人一命，胜造七级浮屠。严稚英若果听了你的话，肯回心转意，你就功德无量了。"

云裳道："当然。"

杨太太也很快活地说道："云裳的性情很是热心，人也直爽，将来必能嫁得一个好郎君。"

云裳听杨太太说话，将身子一扭，靠到伊的母亲身上道："我不要，

159

母亲又来说笑我了。我是不嫁的，还是让姊姊早去嫁人。"

杨太太道："姊姊要嫁人，你也要嫁人的，将来我也可得一双乘龙快婿。云裳，你不是说那个韦秋心已回苏么？几时请他到我家来见见。"

云仪知道伊的妹妹快嘴直腹的，已把伊的事情又去告诉母亲了。低垂粉腮，默然无言。云裳道："隔一天，我请秋月姊强邀韦秋心到我家来，彼此见一面，岂不是好？"

杨太太道："好的。"

说时见瘦蝶懒懒地走上楼来。云仪问道："大哥吃了李医生的药，可觉好些？"

瘦蝶道："业已止泻，肚中也舒服了。不过睡了半天，闷得慌。"

杨太太道："你以后食物须当心些，不要使人家为你发急。"

瘦蝶笑道："这是偶然的，我并不多食。但我不适意了，便想起一人。"

云裳道："可是碧珠？自然伊是十分服侍你的。现在的阿宝哪里及得上伊呢？"

云仪道："碧珠也快要回来了。"

瘦蝶笑笑，但他心里也很记念若兰。齐巧今天有了微恙，不能前去谈谈，真有一日不见，如隔三秋之感哩。

到了星期二，是淑贞受盘的吉日。杨太太和瘦蝶早上即到陈家去道喜。云仪姊妹放学后也赶到陈家来，和姨父、姨母、表姊等拜贺。这天陈家很为热闹，一飞跑出跑进的，忙得很。自己切蜜糕，分给众人吃。大家都道："将来你送盘时，我们又要吃你的喜糕了。"

一飞道："我送盘时，非但要请你们吃喜糕，还要请吃寿桃糕呢！"众人大笑。唯有淑贞却躲在房中，不出来见客。云仪姊妹等陪着伊在房里说笑。云裳说话最多，淑贞一句也不会还答，尽被她们说笑。直闹到晚，杨太太才和伊的子女回家。

瘦蝶见桌上搁着一封信，白罗纹的信封，一看娟秀的笔迹，便知是若兰寄给他的了。连忙拆开看时，始知若兰因为这个星期日瘦蝶没有前去，颇为悬念，并教他在下星期日，一准到伊家中去，因有要事面谈。瘦蝶一想这是自己不好，星期日既然没有去，为什么不写封信到伊校里去知照一声呢？反累伊盼望。又不知伊有什么要事，令人猜想不着。

云裳要抢信去看，瘦蝶却藏在怀中，避到绿静轩去了。

等到星期日，吃过午饭，听说云裳等要出去，他也不管，自己骑着玉花骢，赶到若兰家中来了。沈太太正和若兰坐着谈话，见瘦蝶前来，十分喜欢，一同到书室中座谈。瘦蝶满面是汗，把手中扇子紧挥，连说："今日天气好热。"沈太太便去舀了一盆热水来，给瘦蝶揩面。

瘦蝶穿的一身直罗长衫，背上已微有汗湿。若兰教瘦蝶脱去，瘦蝶不肯，便道："恕我荒唐，上星期日我适有河鱼之疾，遂致不能造府，没有奉告。"

若兰道："瘦蝶兄曾有贵恙么，现在可好？"

瘦蝶道："早已好了。兰妹来信教我今天必到这里，说有要事面谈，不知可有什么事？我急于知道，请你快快告诉我吧。"

欲知后事，请看下文。

闲云老人评：

人生难得是知己，秋心何幸而有此女知己哉！秋心得云仪一函而鼓励勇气，绝裾以去，云仪的力量不小。狮子林为吴中名园，作者是个老游客，所以写来明白如画。云仪与秋心叙谈，处处露出爱护和慰藉的心，女孩儿家心事如而。云裳好戏谑，便绝娇憨可爱。丁剑青于无意中逗露一笔。

第二十回

勃勃野心浪子窥艳
咄咄怪事娇女失踪

前星期日的下午，沈太太有事进城去，只剩若兰一人守在家中。若兰坐在房里，取出一块纱来，用剪刀剪裁，要做两件小马甲。听妆台上钟鸣两下，想瘦蝶今天为什么不来。云仪姊妹如此殷勤款侍，我要和飞琼定个日期，请还她们，不知瘦蝶心上如何？等他来时商量一下。但恐现在暑假将放，大考已到，或者他们无暇出来吧。伊却不知道这天瘦蝶恰因腹泻，睡在家里不出城来了。

若兰一头做，一头想，又想暑期快到了，下半年我可升到头班，再读一年可以毕业了。人家还要读大学，但我却只好读到高中毕业就算数了，这也是瘦蝶力助所致。他这样待我，实在是恳挚非常，教我怎样报答他呢？且到我将来服务社会之后，能够自立了再说。

这时玻璃窗外有一只大花蝴蝶，展开它的金黄色的粉翅，向窗口飞扑，庭院中寂静无声。若兰低倒头拈针抽线，忽听门外脚步声，那两扇绿门本来是开着的，此刻有人走进，谅是瘦蝶来了。正要立起身去迎接，却见来人并非瘦蝶，穿着白印度绸的长衫，掇起双袖，摇摇摆摆的正是马三宝。若兰一想他来做什么呢，才要问询，马三宝早已一脚跨进房来，笑嘻嘻地说道："若兰妹妹今天你一人在家，好不寂寞，我来伴你谈谈。"

若兰道："多谢，但我也不觉得什么是寂寞。请到那边书室里坐，我母亲不在家。"

马三宝点头道："不错，我因为伯母不在家，所以走来的。"说着便向沿窗一张椅子上坐了下去。

若兰见马三宝这种形景，知道不妙，遂立在一边，勉强带着笑说道："请马先生出去，这里是闺房。"

三宝道："什么闺房不闺房，现在男女社交解放，若兰妹妹既是新时代的女学生，还要避什么嫌疑？况且我听说那个姓杨的也走进来的，现在我坐坐打什么紧。我一向爱慕你的才貌，曾请傅太太来做媒，被你母亲拒绝。然而我的痴心不死，今天特地向你当面乞婚。我们不妨自由恋爱，望我的若兰妹妹答应了吧。"

若兰一听马三宝说出这种无耻的话来，是可忍孰不可忍，不觉气往上冲，要把他大骂一顿，驱逐出去。继思他是出名的小流氓，什么事都敢做，我一个人在此，强弱不敌，不要吃他的眼前亏。遂忍住气答道："马先生，请你尊重人格。这些话不配你在此时此地和我说的。你有事尽可向我母亲商量，何必同我说呢？"

马三宝冷笑道："不要推诿吧。你的母亲说过，婚姻的事要由你做主，所以伊老人家不能答应。现在我向你直接痛快地说了，你却又说要向你的母亲商量，这不是你们母女有意说诳么？我只要问你能不能爱我？"

若兰也冷笑道："这句话马先生却不能问我，也无权问我，我不必还答。"

马三宝道："很好，我偏要问问你。"说罢立起身来，走过去拉若兰的衣袖。

若兰惊慌无措，瞥见桌上正放着一把裁衣裳的剪刀，急忙抢在手中，退后几步，喝道："不得无礼。我宁愿把颈血相溅，不愿受无礼的污辱。"此时的若兰面色惨白，星眼圆睁，全身颤动，右手捏着剪刀，向着自己的咽喉。马三宝见若兰这般贞烈，誓不辱身，这一种勇气竟使他不能不稍踌躇，暗想万一逼得急了，弄出乱子来，我们一家也脱不得这个关系，遂立定脚步。

正在危急的当儿，忽听外面门上砰砰砰的打门声，马三宝以为若兰家中有人来了，不得已退出去。一面对了若兰恶狠狠地说道："若兰，你不要把一死来吓退我。须知我马三宝是顶天立地的好汉，杀了人不过碗大一个疤，有什么大不了的事，早晚总教你落在我的手中。还要警告你，不要再迷恋着姓杨的，像前一次那样双双坐着车子出去游玩，当该知道人家也

163

有两只眼睛的，下次再遇到了，须得请你们吃些苦头，莫怪我手段太辣。"说完话扬长而去。

若兰又惊又气，呆呆地立在一旁，不知外面来的谁人。早有马家的小婢出去开门，直等听得笑声，两个人闯到里面来。第一个正是柳飞琼，第二个穿着浅色绸的单旗袍，正是王慕秋。两人见若兰面色惊惶，手里还举着一把剪刀，不觉也是一呆。飞琼连忙问道："若兰姊做什么？今天我特地同密司王来看你，你举着剪刀，算是欢迎客人么？"若兰见二人前来，三宝已去，惊魂始定，便答道："不是的，请坐，请坐，待我来告诉你们。"遂去放下剪刀，倒过两杯茶来，请二人坐下，说道："慕秋姊姊是难得来的，你真是福星，这一来竟解了我的围，应该向你感谢。"

飞琼急问道："什么事？快快告诉我们。"若兰便把马三宝如何相逼的情形，告知二人。飞琼道："哎哟，这里住不得了！迁地为良。这个马三宝我也见过一面的，真是一个流氓少爷。他既有了这条恶念，若兰姊不可不防，莫吃了他的亏，还是想法乔迁吧，这种人也不能和他同居的。姊姊家中又无男子，更是危险。"

若兰听飞琼这样说，不觉毛骨悚然，便道："飞琼姊姊的话说得不错，我等家母回来后，要向伊说个明白，暂时我也不住在家中了。《易经》上说，知几其神乎。我还是预防的好。"

飞琼道："是的，这也是消极的良法。"

慕秋又对若兰说道："前天我们在浪沧亭见面以后，我不是说过要来拜访姊姊和飞琼姊的么？今天饭后，我遂先到飞琼姊处去谈了一刻话，然后邀伊伴着我特地出城来看姊姊，不先不后竟来解围，真是天意了。这些醍醍的男子胆敢显出这种强暴的行为，来欺侮我们女同胞，实在其罪可杀。不过我们女子也没有组织什么团体，可以为妇女界向社会说一句话，得到一部分的势力，所以我苏州的妇女还是在黑暗里。现今国民党提倡男女平等，妇女有妇女协会的组织。苏州也秘密设有一个会，凡是女界加入国民党的，便入这会同做革命事业。将来广州北伐军起义，我们努力合作，要把军阀打倒，重新改造社会，尤其是要提倡女权，把男女两性间不平等的界限打消，谋妇女界的幸福。我在前年早已加入，时常秘密集会，已有女界同志四十多人，现正扩充事务，招揽党员。今天我来，无非要请你们两位加入。飞琼姊已答允我了，若兰姊可肯同心救国，做我们的党员？"

若兰听了飞琼的话，沉吟良久，说道："蒙姊姊的美意，我也很表同情于国民党的。可是入党不入党也是一个切身问题，恕我一时不能还答。"

慕秋道："若兰姊大概还有些胆怯吧。"

若兰笑道："你说我胆怯，我也不能分辩。待我慢慢思想一下，然后再行加入，也不为迟。"

慕秋见若兰这样说，遂不再劝。且喜柳飞琼已允许入党，多了一个新党员了。柳飞琼的性情是直爽的，听慕秋说得国民党如何好法，伊激于爱国热忱，便一口允诺。现在见若兰不肯入党，自己也有些懊悔，何不与若兰取一致行动。但伊既然允许了慕秋，一言既出，驷马难追，伊也不肯反悔的。

三人说说笑笑，已到四点多钟。王慕秋想要告辞回校，若兰却把二人拖住道："今天只好有屈你们多坐一刻，待我母亲回家后，才放你们归去。因为我被那贼人这么一来，心中常觉惊悸不定，非有人伴我不可了。"

飞琼道："是的，我们不妨多坐些。若兰姊，你也不必惧怕，且待伯母回来从长计议，料那厮一时也未必敢再有越轨行动。若是换了我时，早已三拳两脚，要把那厮逐之门外了。"

若兰道："我哪里有姊姊的本领呢。"

飞琼笑道："谁教你不学拳术。学会了武术，自己也有防身本事。"

若兰道："我一时也学不成的。像我这样怯弱的身躯，断然学不成什么。"

飞琼道："姊姊总是抱消极的思想，那就完咧。"慕秋又把国民党的历史讲给二人听。

看看天将近暮，外面轻轻的叩门声，若兰听得出是伊母亲来了，连忙跑出去开了门，让伊母亲进来，说道："母亲怎么回家得这般晚啊？"

沈太太不知就里，答道："都是他们要请我吃点心，所以不觉天晚了。"

飞琼和慕秋见沈太太走进，都立起叫应。沈太太笑道："很好，兰儿你也不嫌寂寞，有这两位小姐来伴你呢。"

若兰冷笑道："母亲你也没有知道今天我遇见的危险呢！"

沈太太把手中买的物件放在桌上，很惊诧地问道："有什么危险？"

若兰道："母亲请坐了，我来告诉你。"于是大家坐下。若兰把手指向东边一指道："那可恶的马三宝，今天胆敢乘我一人在家时，闯进房中，口里说许多尴尬的话，我用严词教他出去，他非但不听，反要来逼迫我。我发急了，抢着桌子上的剪刀，拼着一死，保全我的贞节。正在这千钧一发的时候，幸亏两位姊姊到来，他方才走出去。临去时，还对我恶狠狠地说几句很凶的话。到现在我心里还吓呢！"

暮秋笑道："怪不得我们进来时，姊姊手中高举着那把剪刀，把我们吓了一跳，原来姊姊还当它是武器哩。"飞琼也笑了。

沈太太听了若兰的话，十分气恼道："岂有此理。三宝竟敢做这种无礼的事，真是禽兽不如了。他欺侮我们母女么？我要去问问马氏。"

若兰道："这种人家，我们也不必和他们理论。马氏也不是个好人，前次伊托傅太太来做媒，你拒绝了，伊把我们怨恨得了不得，曾在背后向人说，你要把我去配好亲，想靠女儿发迹。还有许多污秽的话，听了令人恼气。况且马氏也管束不动伊的儿子的。三宝是个著名的小流氓，常要和他母亲吵闹的。你去和马氏理论，也是没用，徒然废话罢了。"

沈太太道："那么你说怎样呢？"

飞琼抢着说道："我看你们还是及早迁移得好。"

沈太太道："是呀，本来我们也想住到别地方去。兰儿的学校离开这里又很远的，十分不便，都只为先夫向马家典下了这一落住屋，年期不到，所以隐忍着住下，究竟不要出房金的。"

飞琼又道："那么可以转租给人家，把这里收下的房金，抵过自己的租费，岂非是一样的？"

若兰道："现在也不得不迁居了，索性迁到城里去。若能和学校相近，我也可以走读了。"

沈太太道："有了这么一回事，自然不得不早日迁去。"

那时天色真的黑了，沈太太去掌上灯来。慕秋道："我们可以回去吧。隔几天再来看姊姊。"若兰道："请你们在此吃了夜饭回去吧。"

飞琼道："多谢，多谢，时候已晚，我们走了。"于是两人向若兰母女告辞而去。

若兰送了两人走后，回到里边，也想吃了晚饭再赴校中。伊怕马三宝凶横，不敢住在家里了。沈太太道："今天谅他也不敢再来缠绕，又有我伴守在此，且住了一宵，明天到校，下星期可以不住的。"若兰就听了伊母亲的话，宿在家中。这一夜提心吊胆，十分防备，但毫不见什么动静。

明天若兰到校去，向诸同学探听，可有空房子，一想这件事情非得告诉瘦蝶不可。他若知道了，当然肯代我出力，觅到相当的房屋，因为他本来赞成我迁居的。遂写了一封信，寄给瘦蝶，约他于星期日到伊家去一谈。现在瘦蝶向伊询问，伊遂很详细地告诉一遍。

瘦蝶听了遂道："那个姓马的确非好人。他既然有这种胆量，对你如此无礼，说不定还有第二步的阴谋，不可不小心防备。你说星期日也住在学校里，这不过是暂时的方法。长久之计，是要及早迁去。"

沈太太在旁说道："柳家小姐也劝我们迁居，我们想也只有这个法儿。但是房子很难寻的。"

瘦蝶道："师母若是决意乔迁，房子一层，我可代为寻找，因为我家账房先生是很熟悉的，我只要托他们便了。"

又对若兰说道："这些小人，我们也不值得和他们计较。现在只求无事，及早迁去，他自然奈何我们不得。至于府上典下的房屋，也可租去，收一些房租，聊补挹注。好在期限也不久了，到时教他们赎了去便完了。"

若兰点头道："我所以请瘦蝶兄前来，也是要托你代我们找一适当的房屋。瘦蝶兄古道热肠，自然肯援助我们的。"

瘦蝶道："理当效劳，请你们放心。"

若兰母女听瘦蝶这样说，心上很觉安慰。

瘦蝶又告诉说他的表姊陈淑贞，已许字给人家了："星期二我们曾到陈家去吃送盘酒的。淑贞配的上海一家富户，姓邱，新郎名冠雄，在福德洋行做副经理，很会赚钱的。"

沈太太道："这是陈家小姐的福气好。"

若兰微微一笑，瘦蝶又道："我姨母本要把表姊许给我的，但我却不欲。现在他们总算配了一头好亲，省得在我耳边絮聒了。"

沈太太道："杨少爷，为什么不要你的表姊呢?"

瘦蝶笑道："我也说不出所以然的。"

若兰却不接下去说，又把王慕秋劝入国民党的事告诉瘦蝶。瘦蝶不十分赞成若兰入党，便道："现在时候入党也很危险的，不如且慢。"若兰笑道："若然你要等到国民党成功以后，安安稳稳地入党，那么也没有你的机会了。"瘦蝶也笑起来。

他们直谈到傍晚，瘦蝶起身告辞。若兰道："我也要到校了。"

瘦蝶道："兰妹可坐着车子去吧，天气很热，一定走不动。"若兰道："是的。"

瘦蝶又道："下星期日请兰妹到我家来，我可以把房子的消息告知你。"若兰点点头。沈太太道："又要费心杨少爷了。"于是瘦蝶告别先走。若兰母女送出大门，看瘦蝶骑上玉花骢，两腿一夹，泼剌剌地向前去了。

那时残阳衔山，天边起了薄薄的红霞，暮鸦归巢，街上电灯已明。若兰等瘦蝶去后，也收拾收拾，喊了一辆人力车，别了沈太太坐着到校去了，只剩沈太太一人独居。本来星期六和星期日的夜里，还有若兰陪伴，现在若兰既不能住，更觉寂寞，只望早早能够看得房屋，迁移入城才好。心里十分痛恨马三宝，平地兴这风波。

且说瘦蝶回家后，上楼见杨太太，老老实实把这事告诉出来。云仪也在旁边，听见若兰被马三宝这般逼迫，很代伊发急，也主张早迁入城。杨太太道："我家账房李先生，常常讲起房屋的，他总觉得到，便托他去寻。"

瘦蝶道："我也这样想，明天我可对他说。"又问："云裳可是到严稚英那里去的? 怎么还不回来?"

杨太太道："我已教阿寿拖包车去接了。伊为了严家小姐却很热心。"

云仪道："云裳妹的性情很喜欢管人家的事，人家要伊帮忙，伊没有不答应的，很像大哥。"瘦蝶笑笑。又等了一刻，只听包车夫阿寿在楼下喊道："太太，二小姐可曾回来?"

杨太太道："奇了! 我教他去接云裳，怎么他问这句话呢?"遂和瘦蝶、云仪走下楼来，向阿寿查问。

阿寿道："我到严衙前严家去接二小姐，谁知他家也要差下人到这里来接严小姐了。我说严小姐并不在我家，老太太差我来接二小姐，因为二小姐在午后到府上来的。"

严太太说道："不错，你家二小姐在二点钟时，是到这里来和我家稚英小姐一同到观前去的。直等到此时，不见回转。我们以为稚英小姐被你家二小姐邀到你们府上去了，所以正要打发人来接，怎么你来接二小姐呢？我也摸不着头脑，只好回来了。"

杨太太听了阿寿的话，便道："好奇怪啊，云裳不大出外的，有时和云仪出去，归家很早，断没有到了七点多钟还不回来。她们在外面做什么呢？"

瘦蝶和云仪也很疑讶，以为云裳很规矩的，即使伊和稚英到观前去买物也应该回家了。此刻不还，一定有意外的事，十分吃惊。杨太太更是发急。

正在这时，杨福入报，外面有严老爷求见，把一张卡片送到瘦蝶手中，瘦蝶一看上面印着"严文彬"三字，知是稚英的父亲了。便道："请到大厅上坐。"杨福答应一声，出去把厅上电灯开亮。瘦蝶跟着出外，见严文彬是一个长须老者，两下相见毕，分宾主坐定。杨福送茶来，严文彬摇着折扇，满面汗珠，向瘦蝶说道："今天令妹到舍间来，邀着小女到观前去，直到此时，不见回转。府上又派人来接，使我们不胜惊讶。她们都是年轻的黄花闺女，怎么天晚了还在外面，不知逗留何处。我家稚英平时早出早归，很是规矩，未有如今天这样的一去不回，因此我特地来求见足下，要问令妹在外边可有什么去处？足下当能知道。"

瘦蝶皱着眉头答道："老伯，今天的事确乎蹊跷。舍妹平常日子难得外出，偶然出外，不到晚便要回家的，不知此次何以等不到伊回家了，家母也很着急。"

严文彬道："那么她们究竟到哪里去了呢？苏州地方不大，晚上也没有去处，不要遇到歹人把她们拐骗去了。"

瘦蝶摇头道："恐怕也不至于此吧。舍妹年龄虽轻，很有定见，决不会受人拐骗。我们都是世家，自问还是守礼仪的，这一层终不见得。"

严文彬道："我并不是说她们有什么坏处。不过现今外面坏良心的人很多，恐怕她们吃人家的亏罢了。"瘦蝶道："我们现在可派人四面去找一遍看，此外也无别法。"

严文彬说了许多话，见不得要领，也就辞去，自行遣人去找寻。这里瘦蝶回到里面，告知了杨太太，自己立刻坐着车子到各处去寻云裳，哪里有个影踪！

陈太太也得悉了云裳失踪的消息，赶来安慰伊的妹子，杨太太急得坐立不安。瘦蝶夜饭都没有吃，直到十点多钟才回家，不见云裳芳踪。兄妹俩都十分发急，要想等明天再不见影踪，只好登报探问。大家想来想去，想不出一个所以然来。直到十二点钟，神疲力倦，只得各自安睡，陈太太也住在杨家。

这一夜杨太太睡在床上，没有睡着，想想云裳一定受着什么祸殃，不觉泪下，直到天明，始蒙眬睡去，梦中也在找寻伊的爱女呢！

欲知后事，请看下文。

闲云老人评：

马三宝来得突兀，吐语可厌，无怪若兰用峻词去拒绝他。马三宝浪子野心，竟欲施行非礼，幸有柳、王二人来解围，作者早埋伏这一路救兵了。写王慕秋无非为后文远远伏笔。对待小人，远避为无上妙法，出谷迁乔，若兰迁居，不容再缓了。云裳失踪，故作奇谈，文章便闪烁动人。

第二十一回

争自由闺内设谋
逼考试堂前受辱

列位，那云裳和稚英一夜不归，究竟到了哪里去呢？像云裳这般玲珑剔透的人，平日又很规规矩矩的，并没有交着不良的朋友，断乎不会受人引诱，而有危险之事的。那么为了何事呢？且待作者把这个闷葫芦剖白一下吧。

原来云裳以前见瘦蝶仗义救了碧珠，许为今之游侠，心中十分歆慕。伊不是说过也要做一件义勇的事么？机会到了，哪肯放去呢！前星期日伊到严稚英家中去解劝稚英，作者只在上回书中轻轻一笔带过，却不知道两人失踪的伏线，还是在那天呢！

云裳见了稚英愁眉泪眼，心中大大不忍。但是空言解劝，无益于事。想来想去，只有这一条路，虽是冒险，可以走得。遂向稚英探问，始知稚英许配的那一家是姓苏。苏慎卿是无锡有名的土豪劣绅，所生一子一女，女名璇仪，曾跟了家中账房先生的儿子卷逃到上海去，被慎卿追回来，秽声四播。在我这部《蝶魂花影》中，也不必去细表这事，省得污了我的笔墨。子名佩德，终日游荡，不肯读书。结交了些歹朋友，在外寻花问柳，打架闯祸，仗着他老子的势力，有些人吃了他的亏，也奈何他不得。苏慎卿因此把鸦片烟给佩德吸上了瘾，好使他少出去胡闹，将来也可守产。又急于要娶一位媳妇，希望将来过门后可以绊住他儿子的脚。这些话都是后来有人告诉稚英的。

当时稚英的父亲严文彬听了他朋友一面的说话，马马虎虎地把他的爱女许配了苏佩德。以后虽也听得苏家的事，然而木已成舟，反悔不来。好

171

在苏家财产富厚，他女儿将来也一世吃着不尽了，所以稚英几次三番向伊的父母要求，代伊取消婚约，免得误了终身，自己情愿用心读书，一生不嫁。伊的母亲见稚英如此哀求，却有些心动，但严文彬是个守旧的缙绅先生，他总期期以为不可。稚英达不到目的，遂也无心求学了，并且希望一死，将来免受许多痛苦。

云裳听个明白，遂对稚英说道："死或重于泰山，或轻于鸿毛。你为了婚事，就这样一死，白白送了性命，太不值得。现在有许多青年男女为了婚姻问题，伤心自杀，实际上毫无益处，不过给社会上多了一种自杀潮，戏馆里多了一出新剧。我以为这些人，他们不能不承认自己是个怯者，所以一死以了事，全不想鼓着勇气去打破不良的环境，而寻找光明的道路，真是可惜。像稚英姊正在如花如玉之年，前途正长。虽然现在遇到不幸的事，好得还没有嫁过去，主权仍在姊姊。以后的事要看姊姊能不能奋斗。如能有勇气去奋斗，终能克胜环境的。何必要出此下策呢？劝姊姊照常到校求学要紧，不要荒废了学业。"

稚英叹道："云裳姊，你的说话固然不错，须知道我实在有极大的障碍，难把环境打破。我的父亲顽固得非常，要他去取消婚约，这是要想望西天出太阳，断然不能的，所以我消极到如此地步啊！"

云裳笑道："除此以外，竟没有别的方法么？求人，不如求己。"

稚英摇头道："我真别无良策。"

云裳道："良策，良策，我倒有个良策，不知稚英姊可能听从？"

稚英道："云裳姊，请你且告诉我。"

云裳遂凑到稚英耳朵边，低低说了几句话。稚英面上露出难色。答道："姊姊的法儿果然直接痛快，确是良策，但是我没有这种勇气，万一不能成功，岂非徒留笑柄。"

云裳道："说来说去，我恨你总缺少勇气，以致于此。须知不论什么事，自然要做了才能成功。你既然认为我说的是个良策，那么毅然决然地去做，我可以用全力帮助你，何怕人言，何计成败？只要你有勇气去奋斗，自会成功。哥伦布发现新大陆，在没有发现之前，世人都说天圆地方，他独能力排众议，倡地圆之说。许多人笑他疯狂，反对他，讥笑他，然而哥伦布抱定宗旨，勇往直前，到底被他成功了。这是全靠着勇气啊！"

稚英听了云裳的说话，便道："多谢云裳姊热心，要助我和这卖买式的婚姻奋斗，使我顿然有了勇气，我准听姊姊的说话，行事便了。"

　　云裳大喜，遂教稚英明天照常到校读书，切莫露出痕迹，下星期日我再来和你进行这事。当日便别了稚英回去。明天稚英要到校了，伊父母以为稚英听了云裳的解劝，回心转意了，也很快慰。到得第二个星期日，便是瘦蝶到若兰家中去的那一天，云裳告诉杨太太说，去看稚英的。伊到了严家，稚英早预备好了。在伊的母亲面前，假托到观前去购物。两人出了大门，走到十梓街口，喊了两辆人力车，坐着出城，径奔火车站。凑巧上海开往南京的快车将到，云裳便去购了两张二等车票，走进月台，立着等候。恐防有熟人窥见，不免有些虚心。幸喜不多时火车已到，两人挤上二等客室，占着一个空座，并肩坐下，很觉燠热，但是车开了便有风来。两人喝了一瓶汽水，看看野景，四点钟时已到无锡站。云裳以前曾随着杨太太到过无锡游玩三天，住在无锡饭店，所以伊胸有成竹。稚英是人生地疏，没有出门惯的，悉凭云裳做主。两人下车出站，早有许多人力车夫拦着抢生意。云裳遂雇着两辆车子和稚英坐到无锡饭店，付去了车资，走进旅馆，定下十八号房间，预备住了一宵，明天上午再去行事。

　　两人在内各自洗了一个浴兰汤，浴罢，云裳便对稚英说道："附近有个公园，我们何不去纳凉小坐？"稚英点点头，遂和云裳走到公园去。见公园布置得很好，游人也多，绿荫如幕，芳草如茵。两人在亭子外拣一个空旷处坐下饮茗，两人天生一对佳丽，又没有男子相伴，游人见了都很注意，便有几个狎邪少年，也坐到旁边一张小圆桌上啜茗，七舌八嘴地说许多风情话，云裳对稚英目视而笑。隔了多时，这几个少年不走去，口里还打着英语说笑她们，云裳觉得很讨厌，立刻付了茶资，和稚英回转旅馆。晚饭后，两人在窗口坐着，商量明天要说的话。云裳一一教给稚英，到十点钟后才上床安睡。明晨两人醒来已有八点多钟了，梳洗完毕用了早点，遂坐着车子赶到苏家来。门房见有女客，遂问："是见太太的还是看小姐？"

　　云裳道："我们从苏州来拜访你们老爷、太太的，烦你通报。"门房诺诺连声，引着两人走到里面女厅上请坐，自己入内去报闻。云裳见苏家的排场，确是富贵之家，可惜主人都不是善类。正在思念，只听里面脚声，门房回身走出，背后跟着一个年近五旬的老者，精神饱满，嘴边留着小髭，架着眼镜，穿一件雪青罗纺长衫，手里摇着大折扇。还有一个四十多岁的妇人，穿着白纱衫，梳了横包头，年纪虽老，而看伊的姿态却很时髦。两人知是苏慎卿夫妇俩了，遂向他们一鞠躬。苏慎卿和他的妻子并不认识云裳、稚英，四人遂分宾主坐定。门房已退到外边，使女献上香茗。云裳早见屏门背后有许多妇女在那里张望，暗想一幕滑稽的好戏要开演了。苏慎卿先开口问道："两位小姐是从苏州来的么？但不知芳名为谁？何事见教？"

稚英面嫩，早已涨红了两颊。低下头去，心头好似小鹿乱撞。

云裳却不慌不忙地答道："鄙人姓杨名云裳。"又指着稚英道："伊是我的同学，姓严名稚英。今番特地前来拜访苏先生，是要……"

苏慎卿的妻子本来看着稚英的面貌，很像伊儿子未过门的媳妇严家小姐，因为稚英前有订婚小照在苏家，所以心上正在狐疑，现听云裳说是严稚英，遂不等云裳说完，抢着说道："咦，这位可是严家的小姐么？那是小儿的未婚妻了？怎的，怎的……"

苏慎卿也道："原来是严小姐，你们今天到底为了何事来见我们呢？"

云裳道："我们此来，很负着重大的使命，特来和苏先生商议。"

苏慎卿很焦躁地说道："请说，请说。"此时屏门后的声音登时大起来。又有一个戴黑眼镜的少年立出来，在旁很注意地听。云裳把稚英衣襟一拉，悄悄说道："姊姊，这是紧要关头，我教你说的话，快快说吧！总须有勇气啊！"

稚英被云裳一说，于是鼓起勇气对苏慎卿夫妇说道："老伯，伯母，待我很直爽地说了吧。现在二十世纪文明世代，所有旧社会一切不良的风俗制度，凡为新妇女的都要把它们一一打倒，一一改良。卖买式的婚姻，专制式的婚约，是不适用于现代了。无论男女都有他们的婚姻自由权，别人不能越俎代庖。就是亲生父母也只能征求同意，断乎不能勉强的。在旧式婚姻制度之下，不知陷害了多少恨男怨女，造成了许多罪恶。所以有知识的人应该破坏它，打倒它。稚英不幸，我父母听了鸱媒之言，把我许配给府上，这是不自由的婚姻，前途当然有很不好的结果。我是新妇女，自有婚姻自主权，万死不能承认。因此和我的同学前来要求老伯等，

174

把这婚约取消，大家彼此不妨碍个人的自由，不断丧个人的幸福。老伯等都是明达的人，当知道婚姻大事不可勉强人家的。"稚英说罢，静候苏慎卿的还答。此时，那立在背后戴黑眼镜的少年已一溜烟地走到外边去了。

苏慎卿把扇子只顾摇动，拈着胡髭一声冷笑说道："严小姐，你说的话固然不错，但我们两家的婚姻，也是两家尊长正式订下的。所谓父母之命，媒妁之言，岂是儿戏的事呢！即使你小姐以为不自由，反对这重亲事，也该向尊大人诉说，自有尊大人做主。何须路远迢迢地自己来见我们呢？我们都是乡绅人家，一言一动，人家格外注意，若被人传说出去，很不好听。劝小姐还宜三思，不要听了什么同学的煽惑，胡乱行事。恐怕尊大人是个有道之士，也决不允许的。"

稚英被苏慎卿这么一说，不觉心寒起来。继而一想，事已如此，不达目的也不肯罢休，岂可自馁。遂又道："因为家父是个有道之士，不肯向尊处提出这个意思，所以我自己前来解决的。无论如何这种卖买式的婚姻，我严稚英是个新中国的女子，决不能承认。况且听得令郎一不务正业，二不肯读书，三吸鸦片烟，四喜游荡，不配做中华民国的公民，也不配做我的丈夫。"

稚英说得声色俱厉，苏慎卿一对老夫妻听了，气得面色都转变。苏慎卿的妻子说道："我没有见过未过门的媳妇，曾跑到男家门上来，数说未婚夫怎样怎样的不好。真是反了，好不奇怪。"苏慎卿刚又要对答，却见那戴黑眼镜的少年带了他的儿子佩德，匆匆地走将进来，便道："佩德你来了，也好看看你这位未婚妻吧。"

原来佩德正和他几个朋友在花厅上打牌，起先没有知道这事。那个戴黑眼镜的少年是他的表弟浦文，跑到花厅上笑嘻嘻地把佩德衣襟一抽道："快些随我来，不要打牌了，你的未婚妻特来和你相见，真漂亮啊！"

佩德打牌正打得起劲，手里拿着一副索子清一色，九索碰二索碰。里面四五六索一搭，八索一对，七索一张，只有一张龙风没出清。他心里希望拉一张八索，或是三索，便可稳和了，全副精神贯注在十三张牌上。忽听浦文说他的未婚妻前来，不觉一呆。他的朋友也有些狐疑。佩德虽知他的未婚妻严稚英是在卿云女校读书，断不防她会来拜访自己的，便问道：

"老浦你不要造谣言，伊和我并没见过面，跑来作甚？我们正在打牌，你不要来出谣头。"

一个朋友说道："惑乱军心者斩。"

浦文嚷道："谁来拉什么谎，出什么谣，明明你的未婚妻严稚英女士好端端地坐在女厅上，和你的父亲谈话，正等候你去哩。骗了你我是乌龟。老实说了吧，这位严女士，昨天傍晚我在公园中已见过的了，只不知道伊是你的未婚妻。大约她们昨天已从苏州赶到无锡。可惜那时你不在那边。"一个坐在佩德对面穿西装的少年连忙说道："咦，老浦，昨天我同你在公园中注意的两个雌儿，原来有佩德兄的未婚妻在内么？真漂亮得耀人眼睛。"

佩德一听他们的说话，知道是真的了，不假思索，立刻跳起来，一副清一色也不顾了，得意扬扬地说道："俺这里的家主婆哪有不漂亮之理。现在男女社交公开，我的未婚妻是一位女学生，十分文明，大约伊等不及结婚，先来和我见而谈心了。"

那个穿西装的少年笑道："老兄艳福不浅，快去和你的未婚妻行握手礼，接一个甜蜜的吻。"

佩德听了，骨头都觉轻松，忙跟着浦文走到里边来。那三个朋友也掩进来偷瞧。佩德到得女厅上，见对面坐着两个妙龄女郎。一个坐在下面的，身材苗条容貌清丽，梳着爱丝髻，穿一件浅色绸的短衫，下系黑裙，露出一双高跟白色革履，手中挥着小团扇，正是他的未婚妻严稚英，和照上无异。还有一个穿着水浪绸的单旗袍，娇小玲珑，两道美妙的目光，直向他身上射去，谅是稚英的同学了。他正要开口，同时云裳、稚英已见佩德身材瘦小，五官不正，一面孔的烟容，穿着一件白纺绸长衫，满露出猥琐的状态。云裳遂问道："这就是苏佩德先生么？"

佩德点头道："不敢，鄙人正是苏佩德。请问女士何人？和这位严女士来此何干？莫不是要见鄙人么？"

云裳冷笑一声道："正是要来见苏先生的。苏先生当该知道婚姻的事是要双方情愿，假使有一方面不情愿，勉强配合终成怨偶。明达的人何如及早解脱，大家不致感受痛苦呢！"

佩德一心以为他的未婚妻爱他，所以来见面。现听云裳的话，好似堕入五里雾中，莫明真相。苏慎卿早对佩德道："她们是来取消婚约的，说你许多不好听的话。我想即使你有什么不好，也不配她们自己来说。难道没有家长的么？这种狂妄悖理的话，我们尽可不听。只是女孩子家这样出乖露丑，辱没了我的门楣。"

云裳道："什么叫作出乖露丑？我们不懂。我们的说话都是光明磊落的，总之不达目的不止。"

佩德此时始知是这么一回事，适才心中热到九十九度的热度，现在好似浇了一桶凉水，恼羞成怒，便道："我们的婚姻是两家正式订下的，没有正当的理由，断不可一任片面的要求，便可取消。天下有这等容易的事么？"

稚英见了佩德的面，已使伊怄气，忍不住说道："我早已说过婚姻尊重自由，断无强迫之理。我心中不愿配给你，你也不可以压迫他人的自由。你有何资格做我的丈夫？须得让我先考一考，考得及格方能算数。"

佩德是不学无术的没字碑，听得稚英要考试他，不由心中慌了，勉强答道："用不着你们来考试，我当初订婚时候，何不先行考试一下？"

此时屏门背后的妇女，以及佩德的朋友，都走拢来观看，以为奇事。

慎卿的妻子气得索索地抖道："我也没有听过妻子要考试丈夫的。这种媳妇即使娶了过来，决非我家幸福，还是取消婚约吧。"

慎卿点头道："取消婚约也没有如此容易的。你们如反对这头婚姻，两家不妨法律解决。"

稚英道："法律解决也好，我们此来是先向你们声明一下。"云裳也道："就是法律解决，我们这边也不过赔偿一些订婚费用的损失罢了。最好两家明白事理，说开了便完啦。应该要赔出若干，何妨说一说？"

佩德最恨云裳，听伊能言善辩，知道是稚英请来的助手，说不定稚英的悔婚，大半是伊的主使，便恶狠狠地说道："事已如此，我们免不了法律解决，何必多言？我苏佩德有了钱，何忧无妻。"

苏慎卿也道："我们准请媒人向文彬先生说话吧，不料他养着这一位开口自由闭口自由的好小姐。"

云裳道："很好。那么请苏先生便来说妥，两下早早脱离关系为妙。

我们就此告辞。"遂和稚英立起身来，向众人点点头走了，大家当然也不相送。待她们两人去后，众口嚣嚣闹满着一堂，唯有佩德和他的父母气得不成样儿。佩德的姊姊却道："这种不要脸的女子，我们苏家中也没有这种媳妇的。她们既要取消婚约，只要肯出赔偿费是了。我们落得另配好亲。"

大家听伊骂人不要脸，不免暗暗好笑，像你私下跟了男人逃走出去，真是不要脸啊！佩德嗷起着嘴说不出什么。起先一场欢喜，变作满怀气恼。苏慎卿拈着胡髭，只是盘算如何和严文彬交涉的手续，要想借此多得一些赔偿损失的钱。这且慢表。

却说云裳、稚英出得苏家，回到旅馆中，已是日中时候，云裳拍手笑道："稚英姊，这么一来我们的目的虽不能说完全达到，而已有七八分成功了。"

稚英道："恐怕没有这样容易吧？那苏老头子也非易与的。"

云裳道："我看他并不坚决，他的目的是在金钱，就容易办了。也不怕他狮子大开口，瞎天盲地讨价的。我们只要使他们知道这重婚姻不能成功了，让他们发急，要来和尊大人交涉，那么尊大人见事已如此，也就不好不办哩。"

稚英蛾眉颦蹙道："我只怕此番归去，我父亲必要向我严厉训斥的，教我如何还答呢？姊姊索性指教我吧。"

云裳笑道："你这人真是怯弱的，此事既为我主动，我也脱不了干系。不妨陪姊姊回府，待我来向尊大人申说一遍也好。"

稚英大喜，对着云裳鞠躬道："姊姊若能如此，我一辈子感谢不忘。"

云裳道："闲话少说，我肚里饿了，可教茶房开饭，我们吃了饭可以到车站去候二点钟的车，趁着回家去。"

稚英点点头。云裳遂按着叫人铃，早有一个茶房走来。云裳点了几样菜，吩咐快开饭来，茶房答应而去。不多时开进饭来，两人吃了一个饱，重又对镜略略梳洗一过，云裳又付去了房饭费和小账。稚英一定不肯让云裳独出，云裳道："业已付去，不必客气。"推了一会儿，依然无效。云裳道："那么回去的火车钱由你出吧。我们都是好朋友，何分彼此。"

于是两人出了无锡饭店，坐着车子到火车站，候着下行车到站。稚英去买了车票，两人坐车返苏。车声辘辘，稚英坐在车中，心里只是忧虑，自己瞒了父母私自出外，做了这件很重大的事，不知父母心中又以为如何。云裳却喜滋滋奏凯而归，畅快得很。不多时车已到了苏站。

欲知后事，请看下文。

闲云老人评：

云裳劝稚英的一番说话，足可为天下一般无勇气的女子说法。云裳伴稚英暗中去无锡向苏家取消婚约，一言一行不愧快人快事，而云裳的说话又如并剪哀梨，读至此，不禁为浮一大白。紧忙中插入戴黑眼镜的少年和苏佩德开玩笑一段，妙语解颐，洵是趣笔。显出作者文笔安闲，且活画出纨绔子的形态，神情毕肖。考试丈夫，一般没字碑当大起惊慌，稚英明知佩德不学无术，所以借此压倒了他。归途车中，写两人一镇静，一忧惧，各见身份，云裳匀为保护，真是妙人。

第二十二回

义比鲁连愿为排难客
人如卫玠喜作入幕宾

夕阳西坠的时候，云裳和稚英已坐车回到了严衙前。当稚英踏上自己墙门阶沿时，心中又惴惴恐惧起来，好似自己犯了罪一般。不敢去见家人的面。

云裳见稚英趑趄的模样，遂抚着伊的香肩道："稚英姊，不要蝎蝎螫螫地畏首畏尾，我们既已做了这事，自当禀明白家长知道，好使他们预备对付的方法。父母终有爱子之心，决不会十分难为你的。有我在此代你缓颊。"

稚英听云裳这么一说，胆又壮起来，两人一同走进。

女佣梁妈瞧见稚英便笑道："好了，小姐回来了。老爷、太太几乎急煞哩！"返身进去报告。

稚英在先，云裳在后。到得后面女厅楼下，严太太已得知娇女归来，十分欣喜，跑出来。

稚英叫了一声母亲，云裳也道："伯母，想必你望得心焦了，我们出去没有先知照你一声，请你原谅。"

严太太道："杨小姐请坐！你昨天同稚英到哪里去的，怎么一夜没有归来？住在哪里？真的令人急煞。府上也差人来接，落一个空。听说令兄曾四面出去寻找，尊大人想必更是盼望了。你们俩究竟哪里去的？稚英也没有亲头了。"稚英答道："母亲，这是我的错处，请母亲勿责。还要告诉你，昨天我得了云裳姊做伴，一同到无锡去的。"

严太太道："到无锡去做什么？现在天气热了，没有什么好玩。"

稚英摇头道："母亲，我们不是去游玩的，是为了一件重要的事情而去的。我们已到了苏家，见了他家的人。"

严太太惊起道："怎的？怎的？你竟到苏家去么，可是真的？"

稚英道："我哪里敢说谎！"

严太太道："哎哟！稚英，你真人小胆大，绝不知害羞的，怎么自己赶到你夫家门上去呢！此事若被你爹爹知道，一定要大吵而特吵，不肯宽恕的。"

稚英走到严太太面前，双膝跪下，道："我虽然知道不该瞒了父母，私自出外，但为了我一生的幸福，不得不自己前去一说，要求取消婚约。这位云裳姊姊是我商量，请伊伴我去，完全不关伊的事。我明知父亲一定要向我大吵的，请母亲代我缓颊。"说罢，珠泪已夺眶而出，滴到严太太的膝上。

严太太究竟母女情深，见稚英如此情景，不忍再责备伊，便把伊扶起道："稚英，你不要急，我总帮你说话便了。但你怎样前往苏家取消婚约的？可曾见过什么人？苏家又怎样说？"

云裳在旁代答道："伯母，我来告诉你。昨天，我陪着稚英姊坐了火车，赶往无锡，寻到了苏家，遇见苏慎卿先生和他的夫人，以及苏佩德。稚英姊便把伊的意思向他们婉言细说。毋如他们起初出言强硬，稚英姊遂表明本人对于这遭的婚姻不满意，所以一定要取消，尊重子女的自由权。如不答应，新郎须受伊的考试。原来，那苏氏子生得鼠目鹰鼻，鄙陋不堪。胸中又无学问，怎好给人家考试？当然不能成为事实，只好由得我们取消婚约了。但听苏慎卿的口风，大约只要府上肯出一笔损失费，便没有大不了事的。少停，老伯回来，伯母劝他不再要执拗就是了。不过，此行太觉冒昧，伯母岂不要责备我么？"

严太太道："这总是小女的意思，不关杨小姐事的。"

他们正说话时，严文彬已自外回来。一见稚英和云裳，勃然大怒，向稚英厉声叱道："稚英，你不想想你是个闺女，私自外出一夜不归，经人传说出去，一定要说我家教不严，会有这等事发生，岂非大笑话么！你不要进了学校，文明得过分了，到外边去做不端的事。若被我知道了，定要把你处死，不要抱怨我！你昨夜到底上哪里去的，快快直说。"言时，声色俱厉，额汗涔涔。

稚英一向慑于父威的，至是再也鼓不起勇气来。两眼望伊的母亲看看，又向云裳看看。云裳主意早定，却向稚英努努嘴。稚英遂又走到伊父亲身前，扑地跪下，道："请父亲恕宥我！实在不得已而出此的。并不敢做什么歹事，以贻父母之羞。昨天，我同云裳姊到无锡苏家去……"

稚英话没有说完，严文彬暴跳如雷道："哦！我也料想你或者到那边去了。你的面皮真老！闹出事来，使我没有面目见人。还要说不敢做出歹事，以贻父母之羞么？"

稚英揩着眼泪说道："父亲容我冒死再说一句话。我虽然明知父亲对于这事是不赞成的，但此事关系我一生的幸福，我对苏家的婚姻始终不愿意，因为苏佩德吸鸦片烟、赌博、狎妓，已失掉公民的资格。这种人如何可以和他共同生活？父亲终是爱女儿的，断不肯强迫你的女儿堕入火坑中去，过苦难的日子。不过碍着面子，不能出尔反尔地悔婚。然而事情是不得不如此的。女儿宁为玉碎，毋为瓦全。所以请了云裳姊伴我同去，向苏家尊长当面取消婚约。"

严文彬听到这里，遂又问道："你已向他家取消了婚约么？"

稚英道："大约是成功的了。这几天当中，苏家自有人来和父亲说话。"

文彬道："糟了！糟了！人家和我办交涉，我拿什么话来对付人家！千不该万不该，你如何可以自己前去要求的呢？我严家没有你这种不守家教的女儿！"

云裳此时，觉得自己不能不说几句了，遂走过来说道："老伯，不该我来抢嘴。老伯既然不肯代稚英姊向苏家要求取消婚约，自然稚英姊无可奈何，不得不直接去说了。老伯总要原谅伊的。"

严文彬见云裳插嘴，明知这事都是伊怂恿而成的，自己女儿断没有这胆量去做。现在，伊又要来说情了，好厉害的女子！遂也答道："杨小姐，多谢你一路陪伴，当然你也赞成这件事的。但是父母之命，媒妁之言，岂可尽废？做女儿的岂可借口自由，反对父母代伊定下的婚姻？天下为父母的，断没有害他子女的心思，这一层须要明白。现在自由恋爱的风气盛行一时，然而有许多青年男女迷入歧途，悔之不及，这都是违背家长之命所致。况且，我们都是世家，一言一动容易受人指摘。此事发生，人家总要说我的不是。伊去闯下了祸，要我来收拾，岂不可恨！"

云裳道："老伯的话未尝不是，但稚英姊告诉我说，苏家这头亲事，老伯也是听信了媒人的话而许下的。我看苏佩德的人品、学问都不足以匹配稚英姊，简直是个没字碑。我们曾对他说过，若然他们不肯取消婚约，苏佩德须受稚英姊的考试。苏佩德听了这话，答应不下了。试思，像这种鄙陋的伧夫做老伯的坦腹东床，有什么光荣？而且以稚英姊去配他，真是彩凤随鸦！无怪稚英姊不愿意了。否则稚英姊一向恪守庭训，在家为好女儿，在校为好学生，安肯决然违反父母的意旨而冒险去干这种事呢？至于婚姻制度，现在确乎和古时不同。所谓彼一时，此一时也。买卖式的婚姻，我辈青年男女都一致反对的，家长虽然有权顾问子女的婚事，虽然像老伯所说'天下为父母的，断没有害他子女的心思'，但是，各人有各人的意见，未可勉强。父母以为然的，子女未必一定也以为然。反转来说，子女以为然的，父母也未必一定以为然，总须大家合意。父母要给子女以自由权，而子女的自由，也是要在范围之内的。这样可以免去许多危险、许多隔碍，婚姻制度自可逐渐改良而到光明的道途，现在，老伯等代稚英姊订下的婚姻，完全未得稚英姊的同意，而人的问题，在事前又是失察，以致有此缺憾。假使苏氏子是个很好的青年，稚英姊或能勉从家长之意，不必要决裂。无奈苏氏子实在是个流氓少爷，我敢大胆说的，当然嫁了这种人，一生幸福断送了。老伯和伯母所生只有稚英姊一女，可以说得是'掌上明珠'，谅也不愿把自己亲生爱女的幸福断送去的，是不是？不过，老伯或因面子有关，两边都是世家，不肯提起这事，受悔婚的恶名，所以只好忍痛不知。面子事小，痛苦事大，老伯现在忍痛一时，将来贻恨无穷。孰轻孰重，还请老伯三思。况且，我们取消婚姻也有理由，是为人的问题，并非有他种缘故。光明磊落，何恤人言！现在事已如此，老伯即使不以为然，他们也要来交涉了。老伯虽把稚英姊置之死地，仍是无益，反给贤者唾骂。不如据理力争，取消婚约，顾全稚英姊将来的幸福，倒是上策。我虽然是个不相关的人，然和稚英姊多年同学好友，不忍见伊堕入火坑，所以甘冒不韪，伴着伊前去。老伯能听我的话，这是稚英姊的大幸了。"

云裳这一席话侃侃而谈，言之成理，持之有故。严文彬听了，怒气全消。反而敬佩伊小小女子，竟能说得如此理直气壮，自己倒没有话去驳斥伊。便长叹一声道："大概这也是孽障了。你起来吧，我不来罪你。"

稚英听说，好似心头一块石落地，十分轻松，立起身来。

严太太又对丈夫说道："稚英也很可怜的。伊不情愿，我们也不好勉强伊，横竖苏家有人来交涉时，左右不过赔出些损失费罢了，他们也奈何我们不得的。"

严文彬点点头。此刻，他老人家回心转意，看着他如花如玉的女儿立在一边，是犯不着配给苏佩德这小子的。都是自己起初误信人言，铸下这大错，现在正应该设法挽救才好。于是他请云裳坐下，自己退到外面书房里去了。

云裳见严文彬如此态度，稚英已是无事，天又将晚，自家母亲不知盼望得怎样了，急于回家，遂向稚英母女告辞。

严太太道："请用了点心去。"云裳不肯。

稚英道："恐怕伯母要发急的。还是让姊姊早回家去，我也不敢多留了。"

严太太道："阿三在那里，杨小姐可坐了我家的包车去。"

稚英便命女仆去唤阿三，一面送出大门。阿三也将包车拖到街上。云裳遂告别了稚英母女，坐着车子回到自己门前下车，给了阿三四只角子。

走进墙门，杨福早已瞧见，大喜道："二小姐回来了！太太急得什么似的。"云裳不答，一直走到楼下。只听伊的母亲正和瘦蝶说道："云裳这小妮子怎么一去不返！今天想又不回来了，我真急得要死！只好登报访问吧。"

瘦蝶道："且慢，待我再到严家去探听一下。"云裳见杨太太、陈太太、瘦蝶、云仪都坐在那里商量，忙走上前说道："母亲不要慌，我今回来了。"众人听得云裳声音，回过头来，见了云裳，一齐不胜之喜。

杨太太第一个开口道："云裳，你到哪里去的？怎么一夜没有归家？累我盼煞了，四处都去寻你，不见你的影踪。"云仪也过来，握着云裳的手说道："好妹妹，你真吓煞人了！今天也想到回来的么！"云裳道："你们不要闹，待我来告诉你。母亲也请恕宥我的不是。"遂把自己如何在上星期劝慰稚英时，和稚英定下计划，到无锡苏家去取消婚约，以及如何到无锡去见苏佩德父子，据理陈说，如何归来，代稚英向伊的父亲缓颊等事，一五一十地洋洋告诉出来。其时，天很燠热，又在电灯下，众人又是围看伊听讲，所以云裳一头讲，一头出汗，只把小扇子挥个不止。阿宝便取了蒲扇，在伊背后打扇。

瘦蝶听了，哈哈笑道："你是一个女侠客，帮助人家去干这种事！亏你想得出这些话来对付人家，也亏你有这种魄力去做！"

云裳听瘦蝶赞伊，便很快活地说道："也不容易的啊！我足足想了一个星期，才定了应付的说话。"

这时，杨太太面有怒容，指着云裳说道："云裳，你年纪轻轻，自己还没有订过亲的闺女，怎么可以去干预人家的婚事呢？将来人家知道了，谁敢来配你呢？"

云裳道："我本来不想配什么亲，这有何妨？"

陈太太冷笑道："云裳，你也知道错处么？黄花闺女私自出外到别地方去住旅馆，抛头露面成何体统！你母亲为了你的失踪，发急万分。一夜没有安睡呢！罪过不罪过？我不该说，你凡事也要有个交代啊！"

杨太太道："可不是么！我听说伊邀了严家小姐出去的，别人家不见了人，也不要来问我的么？我真急得不知所云。今天你再不回来时，不知道要怎样了。千错万错，你不该瞒着我出去！"

云裳被他们一责备，噘起了嘴，背转身不响。

瘦蝶说道："这却不能怪伊的。她们做这事情为的是要守秘密。若然说了出来，她们要去不成了。"

杨太太道："云裳也热心得过分了。这种事情只好在旁解劝解劝，岂可帮助人家去取消婚约呢？万一闹出什么事来，不要受人家的埋怨么！女孩儿家，读读书就要有这种越轨的行为做出来，毋怪姊姊不给淑贞甥女入学校了。今后我不许伊去读书了，天天守在家中，不许出外。"

云裳听见杨太太要不许伊读书，又偷看杨太太面上十分难看，不觉心里惶急。想不到，我立下这种功劳，家里人非但不赞成，反而予以痛责。一阵凄酸，眼泪夺眶而出，走到杨太太面前道："母亲，我要读书的，我以后再不敢如此了，请母亲不要发怒。"

云仪忍不住也说道："母亲饶了伊吧。现在幸得严家对于这事是同意的，究竟关系严稚英切身的利害，云裳妹也是一时热心，并且这事也办得很爽快，很见功德。因为稚英若没有云裳妹鼓励伊的勇气，去到苏家要求取消婚约，恐怕伊早要伤心自杀了。这一层即可归功于伊的。"

云裳也道："严稚英和我说许多悲观话，意思是要厌世自杀，所以我代伊想出这个法儿来的。"

杨太太见云裳如此光景，心中早已软化，便道："也罢，以后却不许你多事。"

云裳点点头，一场大事就此告终。陈太太也告辞回去，把这事情告知震渊和伊的女儿。

震渊听了，却很赞成云裳的行为，说："杨家兄妹很有些侠骨热肠，云裳更其干得爽快，苏慎卿这种人只有如此对付的。本来，严文彬也不该把他的女儿许给苏家啊！"

陈太太总以为云裳太不守女儿的本分了，和伊的丈夫辩论了好久。淑贞听着只是不语。

明天下午，淑贞也到杨家，来看云裳，把这事当作谈话的资料。云裳到了学校和稚英聚在一块儿，大家心中很快活。秋月也得知她们的事，回去告诉秋心，秋心当然赞成云裳的举动，便作了两首新体诗赠给云裳，赞许伊的勇敢，且抄了一份，寄到《新中国》杂志社去刊登。只有若兰、飞琼等还没知晓。

云裳又邀请秋心到伊家中去盘桓，介绍给瘦蝶做朋友。秋月答应在这个星期六的下午，自己伴了伊的哥哥，准到杨家来拜会。

云裳大喜，回去告知杨太太和瘦蝶。云仪口里虽不说什么，心中当然暗暗欢喜。瘦蝶又催着账房李先生速觅新屋。李先生见是小东家的命令，当然十分出力。

到了星期六的下午，瘦蝶兄妹专候秋心。到临一点钟过后，果然秋月偕着秋心前来，先和瘦蝶相见。杨太太也下楼来见秋心。秋心叫了一声伯母，很客气地说了几句。杨太太细察秋心，翩翩少年朗朗如清风明月，一些儿没有俗气和寒酸状态，暗暗称美。瘦蝶遂请秋心到绿静轩去谈话，云仪、云裳、秋月也一同前往闲谈。

可是，此时的云仪反觉说不出什么话来。瘦蝶却对秋心说道："一向在《新中国》杂志上拜读大作，非常钦佩。今日得识荆州，荣幸之至！"

秋心笑道："瘦蝶兄如此谬赞，令人惭感交并了。似我这等雕虫小技，真是不值一笑，哪里及得足下耿介拔俗，潇洒出尘，丹青妙笔，传遍吴中呢！今日得蒙下交，何幸如之！"

云裳见他们斯斯文文地叙起客套来，很不耐烦，便笑道："你们不要这样地多说浮文了，我总觉得有些书生气，你们一个是文学家，一个是画家，彼此都不要客气。"

秋心道："云裳女士说话真爽快，不愧今之女侠。我听月妹告诉我说，女士如何助着严女士去做出这种快意的事来，我真佩服女士有那种奋斗的精神。女界同胞果能尽如女士一样，自然容易到光明之路，为我国妇女界开一新纪元了。"

云裳面上一红道："我忘记了，谢谢你的新诗。我真不敢当受此荣誉。此事我也冒险的。现在幸亏稚英姊对我说，苏家已教媒人来向严文彬说话。本来要涉讼的，媒人从中乞情，遂由严家赔出损失费四百金给苏家。小盘中所受聘物也原璧奉赵，大约不久即可解决了。"

云仪笑道："你倒很会拆散人家姻缘的。"

云裳道："这种姻缘还是拆散的好。"说得四人都笑了。

云仪姊妹谈了一刻话，也就拖了秋月回上楼去，只剩瘦蝶和秋心二人对坐谈心。两人都是学者，所以很是投契，大有相见恨晚的情形。这天，秋心直谈到晚，才和秋月告辞而去。

云仪见杨太太言语之间很喜悦秋心，芳心很是安慰。

明天是星期日，云仪姊妹到校去聚主日学，午时归来。吃过了饭，坐在楼上，预备功课，因为下星期便是大考起始了。瘦蝶知道若兰在今天是要来的，好在找房屋一事，李先生已有很好的回音了。停一会儿，若兰前来，可以告知伊，使伊快慰。但是直等到三点钟时，若兰仍不见来。瘦蝶等人心急，十分焦躁，要想自己出城去看若兰。到底为了何事，忽而爽约呢？

欲知后事，请看下文。

闲云老人评：

  云裳向严文彬陈说之词，面面圆到，理由充足。而"父母要给子女以自由权，而子女的自由也是要在范围之内的"数语，尤见平允，勿怪严文彬也没有话说了。写云裳回家在杨太太面前交代，亦很得体，而云裳天真烂漫，令人可爱。这回书中秋心竟做入幕之宾了。

第二十三回

辛苦为谁采花成蜜
绸缪未雨出谷迁莺

　　瘦蝶久待若兰不来，暗想，现在正是多事之秋，莫非伊又有什么变故了么？回到楼上见云仪、云裳都在看书。

　　云仪问道："你说今天若兰要来，怎的不来呢？"

　　瘦蝶道："是呀！我想出城去看看伊，可有什么事情？"

　　正问答间，忽见阿宝喜滋滋地跑上楼来道："少爷、小姐，沈小姐来了。"

　　瘦蝶听说，连忙奔出房问道："沈小姐在哪里？"跟着扶梯响，若兰早举步上楼。

　　瘦蝶见伊换着一件新制的白纺绸单衫，系上纱裙，脚上白帆布鞋子。一面把手帕揩着额上的汗，一面说道："瘦蝶兄，对不起，累你久待了。"

　　瘦蝶笑道："兰妹，可不是么！我的眼睛都几乎望穿了。"

　　这时，云仪、云裳也出来欢迎。大家相见。

　　若兰道："今天早上，我回家去的，满拟吃过饭，便到府上来，不意来了一个朋友，耽搁了许多时光。我知道你们等得不耐烦，要怪我失约了。"

　　瘦蝶道："岂敢！岂敢！兰妹若再不来时，我又要出城哩！"

　　若兰笑笑，遂先到杨太太房中去。杨太太见若兰前来，很是喜欢。问问伊的近况，若兰很客气地对答。谈了一刻话，云仪姊妹又请若兰到她们房里去坐。瘦蝶也跟了过来，抢着问若兰道："适才你说来了一位朋友。哪个朋友？究是何许人？我们可熟悉的？"

若兰摇摇头道："你们不认识的。这人姓赵名芷芳，三年前头，曾在含英女校中和我同学。后来，伊转学到浒墅关蚕桑女学去，在那里毕业的。好久不通音信了。伊的故乡是在杭州，此番到苏州来探望朋友。伊听金先生说起我们住在原处，所以伊想着我，特来看我。"

瘦蝶道："你说的金先生就是那个被弃的金三缄先生么？现在可知道伊的状况怎么样了。"

若兰点点头道："是的。据赵芷芳说，金先生在杭州创办一个刺绣专门学校。虽在发轫之始，学生已有不少。且说伊很惦念我们几个和伊亲近的老学生，所以伊对赵芷芳说了，教伊来探望我的。但赵芷芳此来还有别的事情呢。"

云裳道："什么事？"

若兰喝了一口茶，说道："赵芷芳有一位姊姊嫁给香港一个富商，允许芷芳如办学校，他们肯捐出基本金来辅助。伊是蚕桑女校毕业的，所以伊到望亭去看下一处地方，出资买了，造起新校舍来，创办一个妇女半日学校。又设了一个育蚕所，改良制种。用新法来养蚕，劝导乡人改良育蚕的方法。一方面实试伊的所学，一方面注重乡村的妇女教育。不惜牺牲精神，去开通乡间妇女的智识。凑巧又有伊的一个同学，姓倪名征祥，是望亭人。用新法养蜂，养着数十箱的蜜蜂。蜂酿蜜，蚕吐丝，两种都是有用的动物，又是很能获利的一种事业。于是他们俩就合作起来。育蚕咧，养蜂咧，半日学校咧，试办了半年，成绩很好。伊想明年再要扩充，分东西二校，试办国民小学，经费已有着落。伊要我去帮助。因为现在她那里只有三个人，忙得不了，人才缺乏。我答道：'我还有一年毕业，远得很哩。'伊道：一年很快的。准等我毕业后，把学校部扩充，好使我担任教务。伊可专心育蚕。我也没有一定允许伊。伊却很要我合作的。我想，明年毕业以后，若没有较好的事，伊那边倒也未始不可合作呢。伊和我谈了良久，方才辞去。我就急急赶来了。"

云裳道："养蜂真有趣味的。我们学校里，有一位先生也养着七八箱蜜蜂。他是养着玩的。前次领我们到他家里参观。在廊下高高地搁置着八个木箱。许多蜜蜂飞出飞进，好不热闹。我们见了蜜蜂，有些惧怯，恐怕它们要来刺。但是，那位先生一些儿不怕。告诉我们说，蜜蜂不轻易刺人的。它们尾上的刺，是一种御侮的工具。所谓'人不犯我，我不犯人'，我们若不去伤害它们，它们虽飞过我们身旁，也没有刺人的举动。有些人见了蜜蜂手忙脚乱，蜜蜂也以为人要去害它了，所以来刺。但是，它们刺人以后，已失了它的御侮工具，不能回转蜂房去了。"

"他一边说，一边把箱盖揭起，取出蜂房来给我们看。我们不觉肤栗起来。因为几百几千个蜜蜂密集在上面，还有许多蜜蜂四周飞绕着。我们不觉惊呼起来。

"他道：'你们不要慌张。你们试看这红色的蜜，是最近采的，多么鲜艳。'又指着一大堆蜜蜂道：'这些都是工蜂，朝夕勤工，四面出去采花，归来酿成甜蜜。其数最多，其功最大。'又拈出一个黑色的蜜蜂道：'这是雄蜂，只会传种。除此以外，一些儿不工作的，十分懒惰，将来都要被工蜂刺死，是分利分子！'他说着，随手把这雄蜂掐死，抛在地上。"

云仪、若兰听了都笑起来。

瘦蝶道："雄蜂虽然没有功绩，可是蜜蜂非得雄蜂不能传种啊！"

云裳道："那先生又告诉我们说，蜜蜂最尊贵的是蜂后，许多工蜂拥护着它。它们是合群的动物，取合作主义，离群必死，十分忠心。所以养蜂的人不必去管它们，一任它们四散飞出去。到晚上，自会还来。蜜蜂出外，飞得很远，但它们都认识归途。这也是很奇怪的。所以养蜂最为经济，不必有食料去饲养它们，它们自己寻食的。只要当心扫除污秽，防止害虫罢了。不过，住的地方最好邻近有花草之区。有些养蜂家往往摇着一只船，载了几十箱蜜蜂到远处去，拣个适宜的所在，放蜂出去。停着船等候。直到天晚，依旧载着回家。蜜蜂都像兵士归营一般，难得有逸去的。据他说，中国的蜜蜂每箱每年产蜜四五十磅。若买意大利蜂酿蜜，每年每箱可得七八十磅。因为种类良好的关系，每一磅蜜至少可卖大洋五角，利息很好。因本钱很轻的，比较养蚕省力多了。他说了许多话，还有的我也记不清。"

云裳说罢，若兰道："养蜂育蚕尤宜于女子。以后我要到望亭去参观一遭哩。"

云仪道："若兰姊的事情已告诉我们，我要把云裳妹做的一件惊天动地的告知姊姊呢。"

若兰一呆道："什么大事？"云仪遂把云裳助着严稚英取消婚约的前后经过作一简单的报告。

瘦蝶问若兰道："兰妹，你以为云裳这事干得如何？"

若兰道："非常爽快！云裳妹真是个妙人，侠骨热肠。帮助一个同学从旧式婚姻制度下挣扎出来，严稚英应该终身感谢的。在旧派的人或者要有非议，那是无足轻重，稍知新潮流的，没有不尊重云裳妹勇敢的。似这种买卖式的婚姻，应该打倒。"

云裳大喜道："若兰姊真是我的同志！我也自以为做得很应当。苏慎卿父子、严文彬，都被我说得他们无言可开。只有我的姨母，还要责备我。幸得母亲还不是顽固的人，否则我母女间因此而生意见了。"

瘦蝶道："你要谢谢我！我代你说好话的。"

若兰、云裳都笑起来。云仪道："天气热得很，快教阿宝拿两瓶汽水来解渴。"阿宝在外房早已答应一声，随手送上两瓶汽水，每人面前放一只玻璃杯。开了汽水瓶，代各人斟满。

云仪说声"请！"四人都举杯而喝。瘦蝶一口气喝了两杯，若兰只喝了半杯。

瘦蝶遂对若兰说道："现在要谈到兰妹托我的事了。李先生回报我说，在凤凰街有一相当的新屋，很配兰妹等居住。房东姓江，自己住在正落。大厅东首有两楼两底，是新造起来的，光线很好，房间很阔，本来是不放租的。房东江太太，因为儿子在沪经商，媳妇也跟了出外，家中人少，想租一家人家，以伴寂寞。但是外省人不租，有小儿的人家不租，不三不四的人家也不租。须要合伊的意才租。租费却并不贵，因为伊也不计较房金的，所以不贴召租。李先生曾在江家帮过忙，因此知道，遂对江太太说起，江太太十分合意，请这里先去看看，再行定夺。今天，我就通知你，总算你托了我不曾溺职。"

若兰道："多谢，多谢！我知道瘦蝶兄能干的，所以拜托啊。几时我可以去看一遭呢？"

瘦蝶道："事不宜迟。今天时候还早，我们不妨便去一看。"若兰点点头。

云裳道："我也陪你们去。"

瘦蝶道："好的，云仪妹可去？"云仪道："你们三个人去也够了。我要读书哩！明天便要大考，这两天要急来抱佛脚了。"

若兰道："我们校中后天也要大考。"

云裳道："我是不高兴抱佛脚的。考得出考考，考不出罢了，分数不好当饭吃的。"

云仪道："那么上一次小考地理，华先生批给你九十分，已是最优等了，为什么你还要争分数呢？"

云裳道："那倒不是的。五个题目我都做对的，只有九十分，周杏男没有我做得多，反而有九十四分。因此，我不服起来，要争分数。"

瘦蝶道："算了吧！不要闲谈，我们要紧出去咧。"大家遂立起来。

若兰道："要去禀知伯母一声。"

大家又到杨太太房里，说要去看房子。杨太太自然一口答应，请若兰看了房子仍回到这里来，吃了夜饭到校。若兰谦辞。

瘦蝶道："一准如此，不要客气。"于是，瘦蝶、若兰、云裳三人别了杨太太和云仪，走下楼去喊阿寿，又去雇了两辆包车前来。三个人一同坐着车子，向凤凰街赶去。不多时，早到了。

门前是六扇黑漆的大门。蓝地点金的二墙门，上面装着电铃。一块小小铜牌，刻着"江第"两个字。瘦蝶吩咐车子停着等候，揿动电铃。里面跑出一个年纪轻的娘姨来开门，问客人是哪里来的。

瘦蝶道："我们是李先生介绍来看房子的。"

娘姨遂扇上门道："请到厅上坐吧。"

瘦蝶等跟着走到大厅上，见三开间，一座大厅。比较自己家中稍觉小些。厅上陈设都是红木器具，收拾得很是清洁。地下方砖整整齐齐，一些儿没有尘泥，知道这人家是很好洁的。

片刻间，屏门后走出两个人来。一个年老的妇人想是江太太了。还有一个十七八岁的女郎，梳着辫子，穿着白色制服，像是女学生。见了三人点头为礼，分宾主坐定。娘姨送上茶来，在旁边打扇。瘦蝶把来意说明。

江太太瞧着若兰，笑眯眯地说道："这位就是沈小姐么？很好，很好，我家中人是很少的，唯有这个小女名翠娟，在景星女校读书。以外只有一个寡嫂相伴了。所以愿意租去一落房屋。沈小姐和沈太太都是上等人家，彼此合得来的。将来小女也可得一新交了。"

翠娟见了云裳，便道："这位可是杨云裳姊姊？佩服得很！在运动会中我曾和姊姊同跑五十米的，但被姊姊跑得第一，所以认识。"

云裳笑道："这是我的侥幸啊！"

江太太道："这位杨小姐原来就是跑得最快的第一名么？好极，好极！彼此都熟识的。"

于是遂引他们从东边门里走进去，乃是一间花厅，布置得也很好。花厅背后有一个很宽敞的天井。西偏有一株梧桐树，中间砌着石板。走过去先是楼下两间，一间好作坐起间，吃吃饭，打打坐。左手一间，前面八扇玻璃明窗，背后还有两扇小窗。顶上有天花板，地下广漆地板，可以做书房。坐起间背后有一又阔又平的新式扶梯。江太太陪着众人走到楼上，指点给若兰等看。乃是两个房间。上面都是平顶，装好电灯。一切窗格都是黄漆黄油，簇簇新的。扶梯侧面，还有一个水门汀的晒台，走到晒台上去，可以远望野景。

若兰等看了一歇，回身下楼。又去看了厨房、柴房。非常联络而便当，十分惬意。退到外面，便在花厅上坐。

江太太道："府上若有事，这花厅请尽用不妨。我们将来像自己人一般，凡事都可商量。"

若兰道："多谢伯母美意！请问每月房金若干？请示明后，待我回家告知母亲，再和伊来一看，便可定局。"

江太太笑道："房金多少，横竖总好说的。且待尊大人看后，可否合意？"

若兰又道："大约是合意的了。"

云裳道："请伯母说一声吧。"

江太太道："那么房金每月十元，电灯费二元，一共十二元。押租多少不论。彼此都是熟的，算了半个费。灶头你们自己来砌造。"

若兰道："好的。"

于是三人告辞出来，约好下星期日再来看。坐了车子，回到瘦蝶家中，已是五点多钟。若兰要回校去，瘦蝶不肯放伊走。杨太太早命汤妈预备好的绿豆汤。此时一碗一碗盛出来，请大众吃。瘦蝶因为天热，又邀着若兰、云仪、云裳到后园去散步。云仪、云裳越过池去，瘦蝶和若兰在亭子里坐下。

瘦蝶问若兰道："兰妹，适才看的房屋，你心里中意么？"

若兰道："中意是中意的，可是我仅仅母女两人，要出十块钱一个月的房金，又有电灯费，似乎生活太奢了。我又是一个钱也不会赚的，不敢冒险去租住。"

瘦蝶道："现在生活程度很高，外面房价很大。江家所说的房金，再廉也没有了。那房子是很好的，又新又高敞，别处出了十五块钱一月也租不到。况且费也只有半个，江家十分情让。江太太为人也很和气。那边离校很近，兰妹乔迁之后，可以走读了。至于房金一层，我也知道兰妹的状况的，我愿助一臂之力。"

若兰道："我真惭愧得很！处处要来累你。我心里实在不安的。岂可重累吾兄！"

瘦蝶道："老师待我如子，我视老师如父。这一些绵薄理当尽的。况我和兰妹真如亲兄妹一般，兰妹的事，犹如我的事，何分轩轾！我的力量也是能够相助的，不足挂齿。请兰妹不必放在上。"

若兰听瘦蝶提起伊的亡父，不觉眼睫间隐隐含有泪痕。

这时云仪、云裳已直转来说道："我们来合奏一曲吧！"

瘦蝶道："很好。"

他遂奔到里边去，和阿宝端着乐器前来。云裳取了一管笛，说道："我来吹笛！"于是若兰弹月琴，瘦蝶拉胡琴，云仪吹笙，奏一阕"乳莺出谷"，是瘦蝶翻的新腔，若兰还有些生疏，只有云裳一支笛和着瘦蝶的胡琴，十分流利。

隔了多时，天色已晚。杨太太因为天热，所以夜饭提早。就请若兰吃晚饭，劝若兰赶紧迁到城里来。若兰因大考在即，没有工夫，假使迁移，须待放了暑假。

晚饭后，瘦蝶遂命阿寿拖车子送若兰到校。若兰到得学校，便忙着预备大考。

到下星期日，大考课程已考去十分之七。伊约好伊的母亲到校中相见，同去看房子。免得往返跋涉了。

下午，沈太太到临。飞琼也留在校内，要和她们一起去。三个人一同前往。沈太太和江太太相见。大家很客气地攀谈了良久。

沈太太对于房屋也十分满意。不过，心里嫌此房金贵些。然而，房子是好的。江太太已是情让，再开不出口来。若兰也决计要早迁。遂付了五块钱的定金，约两星期后再做交易。告辞出来，沈太太又到若兰校中去，谈了长久的话，才坐着车子出城去。若兰便写一封信，告知瘦蝶。

隔了几天，大考已毕，校中举行过毕业典礼，遂放暑假。若兰遂到瘦蝶家中去看瘦蝶。

此时，卿云女校也放了暑假。云仪、云裳要求若兰暂时住到杨家来。若兰因校中家中都不能住，自然只好应允。好在杨家床帐枕席都有。云仪特地给若兰预备一切，请若兰住在她们卧室后的后房。若兰遂把行李挑回家去，自己只留些应用的衣服物件，带到杨家。暑假后第二天，若兰回家和沈太太商量迁移的事。沈太太预备支取一二百块钱，来付房金押租等费用，约好六月初五日去做交易。

若兰回到杨家，告知瘦蝶。瘦蝶却笑嘻嘻地说道："我已早代你们做过交易了。灶头也教李先生去教匠人砌造。那边的事不必你费心。"

若兰道："这事怎的可以教你填款呢！"

瘦蝶道："这又何妨！"若兰一定不肯答应。

瘦蝶笑道："待你将来有钱时，还我便了。"

若兰道："那么，我必要还的。唉，我真觉得难以为情！"

瘦蝶道："我已代你看过历本，六月十六日是个吉日，你们可以乔迁了。我想，此事愈早愈妙。"若兰点点头。明天，又回到家中去，告知伊的母亲，教伊去知照马家。

沈太太道："我已和马氏说过了。他们不以为然，说凡要租人家进来，必先得他们的同意。我看，我们搬去之后，再要转租给人家时，很烦难的，他们必要作梗。"

若兰咬着牙齿道："随便吧！这个苦痛，我们只能忍受了！"

沈太太又道："听人传说，马三宝在南壕赌钱，输得很大，借了不少债，或者要把这座房子送掉了。前天，马三宝曾陪了两个男子来看过一次的。"

若兰道："但愿他早早卖去吧。我们可以收转典费了。"母女两人谈了一番。天晚时，若兰进城，回到杨家来。

　　这天，凑巧碧珠从上海回来了。买了两篓水蜜桃，四匣茶食，送给杨太太。杨太太和瘦蝶等见了碧珠，都很喜悦。大家觉得碧珠的容貌较前丰腴了。瘦蝶又介绍和若兰相见。两人彼此闻名，一旦见面，若兰见碧珠果然生得纤丽可爱，并无一些儿使女模样。碧珠也见若兰端庄清丽，迥异寻常，无怪小主人要倾倒裙下了。

　　碧珠告诉杨太太说，院中主任和看护长待伊很好。那边规模大，经验也多。自己对于医学和看护学方面，都有进步。现在悬念主人，所以，请假十天回苏小住。瘦蝶很觉快活，和碧珠絮絮问答。

　　碧珠听说若兰家中要于十六日迁移，家中只有沈太太一人，若兰又不敢住回去，没人相助。自己情愿到期去协助。瘦蝶和若兰都很快慰。若兰尤其感谢碧珠的盛意。杨太太把水蜜桃分给众人吃，非常可口。

　　这几天，杨家多了若兰和碧珠两人，闺房中更显热闹。晚上，大家到后园纳凉，谈天说地，非常开心。他们因为天热的缘故，暂时停习拳术。日里聚在绿静轩吟香书屋那里，弈棋吟诗，消遣长日。柳飞琼和秋心兄妹也时时来会。彼此都熟识。

　　到了十四日，若兰偕着碧珠坐车出城。回到家里，沈太太见了碧珠，也很敬爱，便留碧珠在那里帮助。若兰在家料理一回，晚上别了沈太太和碧珠，仍还杨家去。

　　这里，瘦蝶和他母亲说明了，隔夜吩咐下人汤妈、阿宝，前去打扫收拾。好在房子新造起来的，十分清洁，用不着大扫除的。

　　到得正日，若兰又带着汤妈出城去。云裳和瘦蝶却在凤凰街新屋中去照顾一切。搬场的是山塘桥边的轿夫，也是沈家的靠班，十分靠得住。用着船装载什物进城。好在沈家物件不多，又逢日长，所以到下午五点钟时，早已搬完。沈太太和若兰、碧珠等都坐着车子入城进屋，命轿夫安置器物。天晚时，都舒齐了。柳飞琼、韦秋月等也来送搬场。各各送上礼物。瘦蝶送的四条商务印书馆石印费晓楼仕女屏条，装成玻璃镜架，早代她们挂好在书房里。

　　当日，众人欢祝了一番。到夜，各自回去。瘦蝶、云仪、云裳、碧珠四人回到家中，把情形告诉杨太太，杨太太十分喜欢碧珠，说伊能干，一回来便帮搬场，留伊多住几天。碧珠依依身侧，宛如亲生女儿一般。

隔了三天，大家接到若兰的请柬，请众人前去吃搬场酒。因为天热，特向功德林素菜馆备的素筵。瘦蝶等早上即去，柳飞琼、范漱芳、韦秋心、秋月都到。房东江太太和伊的爱女翠娟也来列席。若兰殷勤招待。

瘦蝶看伊梳着一个新流行的扇子头，穿一件白色纱旗袍，襟上挂了一个小小茉莉花球，摇着轻罗小扇，往来奔走。便轻轻对伊说道："兰妹，你坐坐吧。大家都是自己人，不必过于客气。"

若兰别转头，对他微微一笑，仍是忙着。因为家中临时只雇着一个小婢，来了许多客人，要茶要水，自然应付不来。直到下午，大家陆续告辞而去。

明天，若兰又到瘦蝶家里来盘桓。此来彼往，很不寂寞。若兰又多了一个新朋友江翠娟。翠娟很佩服若兰的学问，时时向伊请益。

翠娟喜看小说书，什么《珍珠塔》啊，《十美图》啊，《文武香球》啊，时时观看。若兰很不赞成，教伊看些研究学术的书，即使要看小说，也要看些有价值的新小说。翠娟唯唯地答允。若兰有时带着翠娟到杨家来。云裳也和伊很是投契。碧珠又等了几天，再也不能多留，遂别了杨太太等，回到上海医院中去。

有一天，云裳和伊哥哥瘦蝶到若兰处去，杨太太也到陈家去见伊的姊姊。云仪一人留守家中，坐在楼下看书，听树上蝉声絮聒个不停。骄阳如火伞一般，幸有凉棚把日光遮住。院落中阴沉沉的，不觉酷热。忽见阿宝进来报道："韦少爷来了。"

云仪道："一个人么？"

阿宝点点头。

云仪道："请他到绿静轩去坐吧！"自己随即走到绿静轩前。阿宝已领秋心前来。两人相见坐定，阿宝送上两杯果子露来。

云仪道："今天天气很热，寒暑表已有九十五度了。"

秋心道："大伏中天总是热的。瘦蝶兄等在府么？"

云仪答道："他们都出去，唯有我一人在此，幸得秋心兄来谈谈，足慰岑寂。"

秋心道："我也因为在家中闷得慌，所以特来看看你们，并且有一个消息要来告诉你。"

云仪细瞧秋心面上似乎有重大的心事一般。又听他说有消息奉告，不知究竟为着何事？这个消息是好消息呢，还是恶消息？心中颇为忐忑。

欲知后事，请看下文。

闲云老人评：

写若兰要见瘦蝶，偏夹入赵芷芳来访一段话，又因赵芷芳而提起金先生，虽是一个不重要人物，而作者仍不肯冷漠伊，此处看似闲笔，实则为后文开展地步。恰如春云乍展，文笔尤有五花八门之妙。一个儿养蜂，一个儿育蚕，都背到乡间去作业，较之贪恋城市繁华者，不可同日而语。蜜蜂是一种很有趣味的小动物，作者对于养蜂，大约是很熟悉的，所以顺手写出，亲切有味。而养蜂是很经济的，尤适合于妇女的作业，作者隐有提倡的意思。新屋邻近学校，江太太又和善，房子又好，若兰真是出于幽谷迁于乔木了。写瘦蝶关切若兰处，显出一片爱心来。碧珠回苏，却帮助若兰母女迁居，真是凑巧，而碧珠会做人，于此可见。写过若兰和瘦蝶，又要写云仪和秋心了，但是秋心所说的消息，作者还不肯说出来，请读者快看下回吧。

第二十四回

壮志干霄匆匆行色
征车就道黯黯离情

秋心遂又对云仪说道："金钱万恶，我很不要这个东西。可是现在正是黄金世界，我为着生活压迫，不得已要为了金钱而奔走。自我脱离韩家教席之后，已近两个月了。穷措大不能长此赋闲，并且趁此青年时候，极早要做些事业，才不负老天生我在这个世界中。密司杨，是不是？"

云仪道："是的。秋心兄多才多能，如有好的机遇，当能一施骐骥之才。前者辞去韩家教席，虽然秋心兄为环境逼迫，飘然脱离，然而我也曾劝你走的。现在，秋心兄一时得不到机会，我心中很为忧虑……"

秋心连忙摇手道："这却请你不要放在心上。韩家的事，也是我自己要走的。实在那种危险的环境，也不能不走。况且，在那边教授，我是鹪鹩聊寄一枝的意思，没有发展的企望。我读了许多书，得着许多知识，总要轰轰烈烈，为国家、为社会、为民族尽一些责任。所以我也决计不会常在那里的。我并不可惜，请你不要误会。我不过鉴于我的环境，不免慨叹罢了。昨天，我接到钟子奇自沪来函，说北京党同志需要一个文字宣传的人才。所以他已把我向那边领袖介绍妥当，教我速即北上。先到上海，和他一谈。我想，我已入了国民党，党的存亡兴衰，便是党员的责任，自当竭力效忠党国。所谓鞠躬尽瘁，死而后已……"

云仪知道秋心要去做党中工作了，听他说出一个"死"字来，心里觉得有些不快。但秋心毫不为意，继续着说道："我此番决计北行，努力发展我的前程。同时，对于我的故乡山明水秀的苏州，觉得有些恋恋不舍。而对于我的好友，更不消说得什么黯然销魂了。"说罢，对云仪紧紧瞧着。

云仪蛾眉微蹙说道："我并非不赞成你远行，实因北京是军阀盘踞的巢穴，防备党人很严。人民思想有的固然维新，而大多数仍是陈旧。去做宣传的工作，比较更是危险，不可不注意。"

秋心很慷慨地说道："杀身成仁，此志士之所为也。我们努力革命，说不到'危险'两个字。许多先烈，许多党同志，哪一个不是舍生忘死，去进行他们的事业呢！现在北京同志很多，我一个人何用怕惧！古人云：'畏首畏尾，身其余几。'请你不必为我忧虑。"

云仪听秋心先说"死"字，又说"杀身"两字，心中很觉忌讳。继而一想，我是一个新女子，还要迷信么！也就不疑了。却对秋心说道："秋心兄既然立定志向要北上，努力宣传革命事业，我也不敢阻止你的雄心。但是无论如何，我以为那边总是非常危险的地方，请你特别当心。往往有许多侦探，扮了学生，混到学生团体和报界中来做间谍。古语说得好：'知人知面不知心。'不要受人的圈套才好。"

秋心微微笑道："承蒙垂注，非常感幸！此去自当小心，以答爱我者之厚意。深望革命事业大大进步。将来能够北伐成功，直捣黄龙，那么，我当曲踊三百，距跃三百，高呼国民党万岁了。"

云仪又问道："那么，你预备几时动身呢？"

秋心道："下星期二我先到上海，见了钟子奇，然后再坐火车北上。在苏不过再有三天光景了。别离在即，愿女士有以教我。"

云仪听了不响。秋心也觉得，自从此次返苏后，和云仪时时聚首谈心，感情较为浓厚。而云仪的为人、容貌美好，性情温厚，学问丰富，故对于她尤其深情款款，不言而喻。一旦别离，能不神伤！然而自己的环境是这样的，不得不及时奋斗。所谓"匈奴未灭，何以家为！"顾不得故乡，也顾不得好友了。便道："我们别后，深愿彼此鳞鸿时通，以慰渴念。我去一年之后，必当回乡一次，再来拜见。"

云仪却低倒头，不禁要滴下泪来。因为伊的芳心中，已满贮着秋心一个人，不过隐而不露罢了。遂也说道："我很愿秋心兄常常和我们聚在一起，但是，事实上是很难的，不能如此。所望秋心兄前途奋发，能够有些建立，我们非常快活了。"

秋心停了一歇，又对云仪说道："我要老实说一句心话。现在这个世界人心鬼蜮，到处所遇见的人都是把假面目来相向，反不若红楼绿窗中的女儿天真烂漫，心地坦白，倒有真性情来待人。因为我自和女士交友以后，觉得你处处都以诚恳相待。前次韩家的事，又能来书规谏，好像自己兄妹一样。我本是一介书生，家世清贫，幸蒙女士等不以微贱见弃，不耻下交，真令人感切肺腑！此去虽然河山远隔，而心神相交，梦中之路可寻。我的一颗心，已系在女士身上了。"说到此句，自觉说得太明显了，面上一红。云仪也两颊红晕，抬不起头来。

恰巧，阿宝捧了一个西瓜进来，汤妈跟在后面，奉上银匙、银叉和两只杯子、一把洋刀，说道："小姐，请用瓜吧。"

云仪便对秋心说道："这是常熟瓜，是我家佃户介绍来的。年年吃他们的瓜，没有不鲜甜可口的。秋心兄，请尝些。"遂取过洋刀，便在小圆台上剖开那个西瓜来。白瓤蝴蝶子，刀切下去时，松脆无比。

秋心道："一听声音，便知好的了。"云仪遂和秋心各吃半个。汤妈和阿宝都退出去。

秋心一边吃着，一边赞道："好瓜，好瓜！我们没有吃过这种又松又甜又多汁的西瓜，今天口福不浅！"

云仪笑道："倘然你爱吃时，停会儿我可以吩咐阿寿送几个到府上来，也让秋月姐尝尝。"

秋心笑道："多谢，多谢！伊好到这里来吃的，不必送去了。"

秋心一面吃，一面看云仪穿着一件米通短衫，隐隐可见里面穿的白色小马甲，露出两只粉臂。樱唇微动，雪乳生凉。觉得伊别有一种丰韵，好似出水芙蓉，清艳高洁，兼而有之。不比桂姨那样专以冶荡胜人的。

至于云仪的心中，也自有伊的揣度。伊认识秋心是个好青年，和自己志同意合，沆瀣一气的。伊并不以为秋心家世寒薄而傲视他，反十分地顾惜他。自己也不知怎样倾心于他，好似秋心有一种魔力，吸引自己的。实在怜才情重，不期然而然地生出爱心。这种爱情是内心的表现，是纯洁的，高尚的，名贵的，优越的，不为环境所包围的，不为金钱所诱致的。可以说得真爱了。

当下，秋心和云仪谈了许多话。心中虽然融洽，但因不多几天便要分襟判袂，别绪填胸，酸溜溜地觉得有些难过。阿宝进来，收去剩余的西瓜，又端上一盆面汤水，请两人揩面。耳畔忽闻雷声隐隐，一轮红日隐没在云中。秋心走到庭心一望，西北角上有一团黑云涌上。一霎时，凉风大起。

云仪卷起帘子，连说："好风，吹得爽快！"有二只蜻蜓在空中回旋飞着。雷声隆隆，若有雨意。

秋心说道："长久没有下雨，天气闷热非常，是要下一次阵雨了。我要回去哩，不要淋着雨。"

云仪道："这又何妨！我母亲、哥哥等都没有回来，府上离这里又不远，何必着急！"

秋心定要走了，遂告辞出来。云仪送到大厅上，对秋心说道："明天早晨你不出外么？我要来看你。"

秋心点头道："好的，我准等候你光临是了。"和云仪握手别去。

云仪送了秋心走后，回到楼上，对阿宝说道："你去端整浴盆和水，我要洗浴哩。"阿宝答应一声，早在杨太太房后浴室内齐备一切，请云仪入浴。

云仪跋了拖鞋，换了浴衣，直进浴室里去了。不多时，兰汤浴罢，重新梳妆，换上一件白夏布短衫，扑上巴黎香粉，走到阳台上来。见那乌云早已推到不知哪里去了，雷声亦杳，起了一个空阵。但是天色已晚，气候却凉爽了许多。

云仪仰首看着蔚蓝色的天空，一点点的明星闪烁，好似碧波渺茫的太湖，缀着许多水百合花。想起了秋心的远行，心中惆怅万分。忽听楼下云裳的声音，知道他们回来了。忙下楼去，果见瘦蝶、云裳已还。

云裳道："老天吓吓人，起个空阵，没有雨点。我却很愿天快快下雨哩！"

云仪道："若兰姊好么？为什么不来？"

瘦蝶答道："伊说怕热。我已约伊后天到我们家里来吃冰淇淋。"

云仪笑道："大哥新买了制冰淇淋的器具，便要请客了。"

瘦蝶笑笑。云仪又道："我来告诉你们，韦秋心将要到北京去。今天下午你们走后，他和我谈了长久才回去的。"

瘦蝶道："他到北京去做什么事？"

云仪见没有下人在侧，便低低说道："你们已知道他是入了国民党了。现在他去担任宣传工作的，有上海一位姓钟的朋友介绍，他说三天后就要动身的。"

瘦蝶摇头道："他到北京去么？那个地方很危险的，防备国民党尤其严密。前月，长腿将军进京，不是为了一些小事情，把一位北京有名的记者捕去，说他宣传共产，反对政府，立即枪毙的么！"

云仪很不自然地说道："我也知道他去是很危险的。因为秋心的性情很激烈，敢说敢行，更喜洋洋洒洒地大做评论，抨击当局。他现在正去担任宣传的工作啊！我劝他要特别小心。他反说什么'杀身成仁，效忠党国'，没有一些儿畏怯。他的勇气虽令人可敬，而我的心里却很代他担忧咧！"

云裳道："那是很容易的。我们可以劝他不要前去。你们若不肯说，待我明天便去教他不要走。"

云仪把手摇摇道："妹妹，你又想干涉人家的事么！人家前途方长，有绝大的希望，你有什么能力去阻止他！况且秋心家世平常，他到了这些年纪，还不出去做事，岂能坐在家中偷安么！"

云裳笑道："既是这样，你们也不必代他担忧。杞人忧天，不是最可笑的事么！"云仪被云裳一说，却没有话说了。

瘦蝶道："云裳妹，这种事你不要向外人多说，不是玩的。"

云裳正色道："笑话！你们真当我是小孩子。说不得的事，我去张扬做什么！我又不是憨的。"说罢，大家都笑了。

瘦蝶道："秋心兄和我虽是初交，而大家很是契合。现有远行，我们要代他饯行，以尽友谊。"

云裳道："大哥虽和他初交，有人却和他是久交咧。"

云仪对云裳啐的一声道："你又要嚼舌了！"

这时，杨太太也已回来。云裳和瘦蝶都没有洗浴，各去入浴。云仪伴着伊母亲坐在庭中纳凉闲话。

且说韦秋心这天从杨家回去，心里觉得怅怅然的，有些难过。夜间，又和他妹妹秋月谈了一番，才上床而睡。朦胧间，仿佛和云仪出游。自己情不自禁，径向云仪乞婚。云仪含羞点头，似乎答应他的样子。他大喜若狂，正想拉着伊的柔荑，要吻一下时，忽然醒来，始知是梦。听帐外蚊声如雷，不由叹了一声，一翻身依旧睡去。

明天早上，秋心正在书室中检点书籍，有些应用的书也要带到北京去。早见云仪翩然而入。连忙招呼伊坐下。秋月也过来，拉着云仪的手，絮絮谈话，说道："我哥哥又要出外了，此去更远。但是为着生计问题，也是没法。哥哥一去，家里又要冷清得多呢。"

云仪想要用话来安慰秋月。但觉舌底艰涩，觅不出适当的话，只说道："秋心兄志在四方，自然要出去做事。好在邮政发达，交通便利，我们不妨时时通函，好似一室晤谈，各抒胸臆，明年春二三月中，秋心兄也可请假南下，欢聚几天。姊姊也请常到我家里来盘桓。"

秋月道："我和姊姊像自家人一样。你家伯母待人又很好，当然我要来的。"

秋月谈了一刻话，因伊的姑母呼唤，走出去了。

这个当儿，云仪从怀中掏出一只很小的打簧金表，有绝细的金链连着，和两张中国银行的十元纸币，奉给秋心道："秋心兄，此番远游京师，愧我无物相赠，这一只金表，是数年前我的舅父送与我的。表盖里头有一小方框，可以放最小的照片。去年，我在观前柳村照相馆摄得一种小半身，恰好嵌在里面。今特转赠秋心兄，这时计是常用的东西，并且可以时常见我的小影了。还有，这戋戋之数，代表买东西的，聊尽我一些意思，务乞秋心兄哂收为幸。"

秋心听了，便道："这是不敢当的！我很惭愧，没有什么送你。现在怎样可以接受你这贵重的礼物呢！"

云仪道："秋心兄，不要客气。这是我送给你的纪念物。你若看得起我的，请你收了！"

秋心道："既是女士盛情厚贶，我若固执不受，你要说我执而不化，辜负美意。这表上有女士的玉照，将来带在身边能得时时把玩，如睹玉颜，足慰永念，我就拜领。不过，阿堵物却不欲拜赐。因我此去，盘缠使费，自有党中供给。到了那边做事，也有月薪津贴，用不着多钱，还请你收藏了，另作别用吧。"遂把金表取在手里，和表面亲了一个吻，放在西装衣袋中。

205

云仪再要请秋心收下那纸币时，闻得脚步声，秋月已从外面走来。云仪不欲被秋月知道多一句话，遂疾将纸币收还，塞在怀里。

这天，云仪便在韦家吃中饭。直谈到下午四点钟，才告辞还家。临去时，又对秋心说道："后天晚上，家兄敬备粗肴浊酒，要和秋心兄饯行，托我代请。我险些忘记了。请你和秋月姊早些惠临。"

秋心道："不敢当的。我还没有辞行，令兄先要饯行了。"

云仪又道："我们借此小聚，千万勿却。"秋心点头答允。云仪说一声再会，走回家去。

到了后天，瘦蝶早已向菜馆定下一席酒。菜要特别清洁。又吩咐下人，到城外去买冰回来，预备制冰淇淋的。姊妹三人在吟香书屋布置一切，装着一架电气风扇。且喜这天的天气不十分热，寒暑表上不过八十七度。吟香书屋又是很阴凉的地方，大可聚宴。二点钟时，若兰早已前来，背后还跟着江翠娟。

原来云裳常到若兰家中去，和翠娟做了朋友，定要请若兰陪伴伊来。翠娟和云裳年纪仿佛，不大懂得什么客气不客气，陌生的一谈便熟了，所以伊跟着若兰同来。好在大家都见过面的，若兰遂领伊去见杨太太。

杨太太见翠娟娇憨可爱，自然十分欢喜，命女儿好好接待。云仪、云裳都是好客的，不消杨太太吩咐，陪着若兰、翠娟回到吟香书屋去。云仪把秋心北上、瘦蝶饯行的事告知若兰。

若兰道："我们来得可称巧了，也可送送韦先生。"

瘦蝶道："我本约今天请你们来吃冰淇淋的。适逢秋心赴京，所以便在今宵设宴饯送，有屈你们作陪客了。"

若兰笑道："好说话。我们不过叨扰而已。"说说笑笑，不多一刻儿，阿宝进来报道："有严家小姐来看二小姐，现在正和太太在楼下谈话。"

云裳拍手笑道："好巧啊！严稚英来了。若兰姊和大哥等都没有见过的，今天可以一识真面目了。"

若兰道："不错，碧珠已被我见过了，严稚英却不相识呢。"说罢，对瘦蝶笑笑。

云裳道："待我去请伊进来！"立即奔去。不到几分钟，云裳已伴着严稚英走入吟香书屋。

大家见严稚英头上梳一个横爱丝髻，身穿蜜色华而纱的短衫，里面衫着粉红色的内衣，腰系黑色纱裙，脚上套一双白色跑鞋。身段纤细，面貌也很姣好。莫怪伊不肯配那鸦片烟鬼了。

　　于是，云裳便代稚英介绍。稚英一一点头为礼。云裳便伴着稚英并坐在藤榻上，说了几句话。云仪忍不住走过去，轻轻问稚英道："现在苏家可有消息？"

　　稚英不禁玉颜微红，答道："今天我本来向云裳姊道谢，因为我父亲已和那边说妥，出了四百块钱，取消婚约。我们已把盘中的聘礼璧还，他们也把我的庚贴交出了。"

　　云仪道："恭喜，恭喜！"云裳却微笑不语，自然心中很是得意。

　　若兰等见她们这般情景，又听云仪说"恭喜，恭喜"，早已明白了。便不多问。

　　若兰又道："我们多日不和飞琼姊见面了，今天可要请伊同来。莫使伊错过这个机会。"

　　瘦蝶道："是的，理当请伊一聚。"遂走到外面去，吩咐阿寿，拖包车去接柳家小姐，只说沈小姐等都在这里，请伊一定要来的。阿寿答应一声，拉着车子去了。

　　瘦蝶回进，见云裳取出海陆军棋，要和翠娟对弈，请稚英做公证人，翠娟无不允的，她们三人便在正中桌上下起棋来。瘦蝶、云仪、若兰三人坐在窗边闲谈。瘦蝶开了几瓶汽水，给大家喝着。

　　看看时候已近四点钟，云仪有些焦躁道："怎么秋心兄妹还不来呢？我和他们说定的，断不会忘记啊！"

　　瘦蝶道："大约秋心总有些事情，因此迟了。停一刻，阿寿回来后，还不见来，我们可差阿寿去问一声。"

　　正说着话，只听绿静轩那边的鹦鹉，又在那里"好小姐、好小姐"地叫个不住。跟着皮鞋声响，人家回头看时，秋心兄妹已走将进来。

　　瘦蝶道："我们等候多时了。"

　　秋心道："凑巧有一个朋友来到舍间，谈了好久，所以迟到。对不起！"

　　于是云仪代他们各人介绍。同时，柳飞琼也来了。吟香书屋中，顿时热闹异常。

瘦蝶和秋心坐在一起谈话。云裳仍和翠娟弈棋，翠娟两座炮垒都被云裳用工兵掘掉，海军全部覆没。云裳的海军已占领敌方的陆地了。她们正对垒得起劲，袁妈、阿宝等托上九碗西瓜来。都有银西瓜扦，一碗一碗地放在各人面前说道："请少爷、小姐用西瓜！"

云仪瞧着秋心，微笑道："这就是常熟瓜。秋月姊可以多吃些。"

秋心对秋月道："这瓜的味道真甜得很！前天，我已吃过。你快尝试一下看。"云仪又道："你们不要下棋了，吃西瓜吧！"

云裳道："我正要调集大军，直捣黄龙，怎么叫我收兵呢！一面吃瓜一面弈棋。"瘦蝶又吩咐阿宝去把阿寿摇制的冰淇淋拿进来，阿宝遂去捧着一桶冰淇淋来。汤妈又送上九只玻璃杯子和小银匙，瘦蝶舀着一杯杯地分送给众人。云裳、秋心、瘦蝶、飞琼等吃了一杯，还要添。若兰却一杯已够了，说道："汽水、西瓜、冰淇淋，全是冷的东西，少吃为妙！"

瘦蝶道："你可少吃些！我们不要紧的。表弟一飞一口气要吃五六杯呢。"若兰道："这样吃法，总要吃出毛病来的。"

吃罢冰淇淋，大家洗面。云裳的棋也结局了。云裳斩将搴旗，竟获大胜。命阿宝收过棋盘，大家又走到后园中去散步。秋心兄妹去见杨太太，秋心向杨太太辞行。杨太太还不知道秋心已入国民党，以为他到北京报界中去做事，很客气地叮咛了几句。

天色晚了，瘦蝶吩咐下人在吟香书屋中摆起酒宴来，请众人入座。一共九人，围着一个圆桌面而坐。请秋心坐了首席。好在都是瘦蝶派定的，毋用推让。不过，电灯光下总觉有些燠热。幸亏灯泡是绿色的，映得杯子中的酒都绿了。瘦蝶又开了电风扇，一阵阵的凉风送来。

若兰正坐近电风扇，便道："我不要坐在这里。吹着了这个风，便要头痛的。"

瘦蝶道："我忘记了。"便请云裳和伊对调。大家举杯共饮。因为天气热，喝的啤酒和汽水混合了同饮。

瘦蝶敬了秋心一杯，劝各人吃菜。但是这一次的筵席是个别离之筵，和欢迎若兰的有些不同。尤其是秋心和云仪，心上都觉恋恋不舍。唯有云裳拉着翠娟猜拳，二人喝了许多酒，各有醉意。瘦蝶也向秋心说了几句勖勉的话。秋心十分感谢。席将终时，瘦蝶又命阿宝把乐器搬来，请云仪弹琵琶，若兰吹笙，云裳奏笛，自己操胡琴，合奏一曲《阳关三叠》的歌来。其词曰：

> 渭城朝雨浥轻尘，
> 更洒遍客舍青青，弄柔凝千缕；
> 更洒遍客舍青青，弄柔凝翠色；
> 更洒遍客舍青青，弄柔凝柳色新。
> 休烦恼，劝君更尽一杯酒！
> 人生会少，富贵功名有定分。
> 休烦恼，劝君更尽一杯酒！
> 旧游如梦，只恐怕西出阳关，眼前无故人！
> 休烦恼，劝君更尽一杯酒。
> 只恐怕西出阳关，眼前无故人！

声调凄婉，使人听了，自不觉离魂踯躅，别梦飞扬，大家面上都现出黯然之色。

一曲已终，秋心高声吟道："'渭城朝雨浥轻尘，客舍青青柳色新。劝君更尽一杯酒，西出阳关无故人。'这是王维作的《阳关曲》，传诵人口。江文通《别赋》也道'黯然销魂者，唯别而已矣'。我和诸位相聚虽不长久，可是彼此情深。一旦远别，听着这《阳关三叠》，真使我未来的游子肠为之断。但想大丈夫志在四方，我也不得不出去做一番事业，以答诸君爱我的雅意。今天，承瘦蝶兄代我饯行，诸位又情意恳挚，真所谓'桃花潭水深千尺，不及汪伦送我情'。铭感五中，愿祝诸位前途幸福无量。"立即举杯一饮而尽。

此时云仪别过脸去，几乎掉下泪来。菜也将吃完了，瘦蝶吩咐用饭，有一半人都不要吃了。少停席散，漱口，洗面，大家又休坐了一番，秋心兄妹遂向瘦蝶等道谢辞别，若兰、翠娟、稚英、飞琼也都陆续告辞而去。瘦蝶兄妹忙了半天，很觉疲倦，吩咐下人打扫收拾，自去后面伴着杨夫人纳凉憩息，直到夜深后，各自安睡。

明天一早，秋心又来告别，说要坐九点钟的车动身去了。

云仪觉得有许多话要说，却苦说不出一句。只说路上珍重，早些写信来。瘦蝶劝秋心先到上海一行，然后归路再到苏州住一天，动身北上，省得拖带行李。秋心不欲多耽搁，说道："我到了上海，和钟子奇见面后，便直接坐到南京了。"瘦蝶要送至车站，秋心再三推辞，独自别去。云仪强自抑制，然而瘦蝶已瞧得出他妹妹的神色了。回到楼下，杨福跟着进来，呈上一封信。

瘦蝶接过一看，道："原来宗长风有信来了。"云仪姊妹听说宗长风有信至，忙跑过来一同观看。

欲知后事，请看下文。

闲云老人评：

《阳关三叠》，骊歌一曲，黯然销魂者唯别而已矣。作者曲曲写来，却是十分细腻，别具笔法。写瘦蝶自和秋心不同，而写云仪一种恬静，又和云裳一种娇憨不同，是能写出各人的个性来。吟香书屋第二次热闹了，作者故意相犯，然而一则腻友新来，一则知交远离，别是一种滋味。

第二十五回

江水滔滔以身殉学
深情款款与子同袍

　　三人拆开信来诵读，始知宗长风将于八月二十号赴沪，坐维多利亚皇后号轮船，到德国柏林航空大学去留学了，所以写封信来告别。云仪道："走了一个，又去一个。这位宗君真是乘风破浪，不愧有此大名了。有志者事竟成，他日学成归来，却大有贡献于国家呢。"

　　瘦蝶道："我们苏杭远隔，不能送行。既然他有信来，我们可以一同出面，去恭贺他，也算表示一点儿意思。"

　　云裳道："不错。我们便请大哥写就，大家签一个字便算了。"瘦蝶点头，自去绿静轩中拟稿。云仪、云裳回到楼上去。不多时，瘦蝶展着两张薛涛笺，跑到楼上，给云仪姊妹看道："可好？"

　　云裳朗诵道：

　　　长风足下：顷接手书，拜诵之余，欣悉足下有志雄飞，专心向学，行将乘风破浪，远渡重洋。大丈夫桑弧蓬矢，志在四方。岂局促辕下之驹可比哉！吾国今日所以贫弱，其原因虽多，要之人才缺乏为第一憾事。泰西各国科学发达，一日千里，好学之士，潜心研讨，终其身而不辍，卒底于成，是以发明者踵起，研习者愈众。其国家之富强，非偶然也。即以航空事业而论，列强均同等发展，或施之于军事，或用之于商业，皆得收其效矣。而吾国尚在萌芽时代，宁非可耻？所赖有志之士，热心提倡，以先觉觉后觉，尤非有实地之研究者，不能唤起民众。

足下岂其人乎，行见太空一叶，浩浩然御风而归，使彼欧美飞行家，不能专美于前也。骊歌乍唱，神与俱逝。聊书数行，以表贺意。一帆风顺，安抵彼邦。飞鸿有便，早慰远念。

　　耑此即请，大安！

瘦蝶顿首

　　云仪道："尚称得体。"于是伊和云裳各在瘦蝶名字旁边签下自己的芳名。瘦蝶封好，粘上邮票，命阿宝取去付邮。又把宗长风出洋的事告知杨太太。

　　隔得一天，瘦蝶跑到若兰处去。沈太太正在庭中洗衣服，不见若兰。瘦蝶上前叫应了，便问："兰妹在哪里？"

　　沈太太答道："伊在房东处。大约翠娟小姐又嬲着伊讲书了。杨少爷且请稍坐，我去唤伊出来。天气很热，请先宽衣。"

　　瘦蝶和他们是不客气的。点点头，遂走到书室中，脱下长衫，把手帕揩着额上的汗。沈太太绞起衣服，放过一边，走出去唤若兰了。

　　一会儿，若兰早先跑来。见了瘦蝶，说道："韦先生已走了么？"

　　瘦蝶道："去了。我的朋友宗长风也到德国学习航空去了。他们都是怀抱壮志，踔历风发。我很惭愧，依旧伏处家园，毫无进步。"

　　若兰听了不响。瘦蝶见伊眼圈微红，好像出过泪的，便问道："兰妹，有什么悲哀的事？眼睛上还有记号咧！"

　　此时，沈太太捧过两碗西瓜来，请瘦蝶吃西瓜，说道："今天，我们又买半担西瓜，请少爷尝尝可好？"

　　瘦蝶谢了，接过便吃。沈太太自到外面去洗衣了。若兰不要吃瓜，把自己面前一碗西瓜送给瘦蝶道："瘦蝶兄若喜吃时，这一碗代我吃了吧！"瘦蝶笑笑。

　　若兰道："有一件事确乎使我心头悲哀的，落了不少同情之泪。"

　　瘦蝶惊问道："什么事，你能告诉我么？"

　　若兰摇着手中的细叶蒲扇，对瘦蝶说道："翠娟的嫂嫂昨天新从上海归来。今晨翠娟要我进去讲解一篇古文，翠娟的嫂嫂因而讲起一件事来。

　　"她们住在上海西门蓬莱路一个里内。同里有家姓秦的，租着人家一间楼面。母子三人。有一个女儿叫心贤，在西门一个女学校里读书。秦家十分贫穷。心贤的哥哥在洋货店里做事，每月所得甚微。要养活一家，也很难的。心贤本来不能读书了。小学毕了业，有人教伊去袜厂里织袜。也有人教伊到香烟公司里去装烟。但伊立定志向要读书，每天哭哭啼啼，要再进初中科。伊的母亲很欢喜伊的，且见伊读书十分用功，小学毕业时，考列第三名，将来或者能成功的。于是伊母亲向亲戚处东挪西移地凑了学费，给伊去读书。心贤明知家况艰难，自己读书是大不容易的。所以进了初中后，更加用功。放学归来，还做着绒线生活，或帮助伊的母亲折锡箔，想赚些钱来，可以购书籍和纸笔。夜间，总要读到十二点钟，方才安寝。可说是一个苦学生了。翠娟的嫂嫂也见过一面。见心贤夹着书包从校里回家，衣服朴素，容貌也很秀丽，是一个好女子。今夏，心贤又从初中科毕业，照例要升到高中科去了。可是，高中科的学费和用品费等一切更大，伊的母亲再也没法代伊的爱女筹措学费了。有人听得心贤的母亲对伊说道：'我们是没钱的人家，比不得别人家的小姐，可以中学咧，大学咧，读上去。你年纪也渐渐大了，读到初中毕业，可以停止。学问也有些了。前天，有人来代你做媒，我也想早些把你配一门好亲。你的哥哥已有二十四岁，还没有钱娶妻子呢。

"心贤听了伊母亲的说话，只是垂泪不答。一暑期中，常日抑郁寡欢。有两个同学来看伊，伊说，你们有幸福，可以继续读书，但我却不能了。说罢大哭，伊的母亲也无法安慰伊。不料，前天夜里心贤托故出外，一去不归。伊母亲和哥哥急得不知所云，四面出去寻找。哪里有个影踪！直到早上，心贤的哥哥在抽屉里发现心贤的绝命书，始知心贤已投江而死。同时，黄浦江边也发现个女子的死尸，被救生局捞起，招人认尸。心贤的哥哥急忙跑去一看，正是他亲爱的妹妹心贤。回来报告给母亲知道，母子二人相对痛哭。翠娟的嫂嫂动身时，他们母子正去江边收尸呢。

"听说那封绝命书写得非常沉痛。大略说伊一心求学，希望将来有所成就。不料事与愿违，家道贫穷，学费无着，以致伊读到初中毕业，不能再求高深的学问，半途中止，非常可惜。自己本拟读到高中毕业，也知道大学是不可得的，但是现在高中毕业亦不能如愿，心中悲痛无比。既不能安慰母心，又不能安慰自己。看到家中贫困的境况，心如刀割。遂无意生存人世，以身殉学。请伊的母亲和哥哥不必为伊悲伤，加重自己的罪戾。大约这段新闻，今天报上必有披露，或者那绝命书也可以供世人一读呢。"若兰一边叙述，一边禁不住眼泪像断线珍珠般滴下来。

瘦蝶听了，也觉得秦心贤死得可怜，遂说道："心贤的死，正令世人悼惜。好好一个女子，为求学而身殉，似乎比较一般情死的可敬了。然而我以为心贤既有这个志向，虽不能进高中，何不刻意自修，未尝无进学的希望。况且伊应该为伊的家人着想。伊的母亲是十分爱伊的，仅有伊这一个女儿，一朝死于非命，怎不令伊母亲心碎呢！自己也有了一些程度，更当知道自杀是懦怯的行为，不该出此下策。怀石投江，是古时贤人君子遭时不偶，忧谗畏讥，不得已而自明心迹的。何必要蹈这后尘呢！"

若兰把手摇着道："瘦蝶兄不要作此苛论。我们女子所处的环境是最可怜的。像心贤那样有志向学，伊的家中若是有了金钱，将来一定可以成功的。然而伊被经济所屈服，有了志向，也是没用。家庭不能帮助伊求学，社会不能帮助伊求学，国家不能帮助伊求学。眼见许多同学一个个升学去了，自己只好守在家中，望门墙而不得入，岂非世间最可痛心的事！想来想去，一无别法，充满着悲哀，得不到安慰，不得已而一死，以身殉学。我们应当悼惜伊，表同情于伊，另用一种目光去看伊，不当吹毛求疵，批评伊的不是。因我的环境很和伊相同的，触动了我心弦上的悲哀。现在著名的学校，简直是富家子女读书的地方。贫家子女可望而不可即，哪里有插足之地？而国事纷乱，财政竭蹶，政府又没有特别款项，扩充中等以上学校，收取极廉的学费，或多设勤工生的学额，使贫民有受高深教育的机会，所以中国的教育哪有昌明的一日呢？即如我本身而论，若没有瘦蝶兄的相助，也不能在含英女校里安心读书。虽或不至于以身殉学，也是极可怜的了。"说罢，把一块雪白的手帕去揩伊的眼泪。

瘦蝶不敢再辩，便道："我也并非批评秦心贤的不是，不过可惜伊没有别法可想罢了。这确是一件使人悲哀的事。天下像伊一样没有求学机会的女子真多哩！兰妹富于情感，更觉悲伤。将来我想待兰妹毕业了，创设一个女学校，试办义务教育。"

若兰道："也不过中小学校罢了。哪有巨大的金钱去办高中和大学呢！这事是很难的。"

瘦蝶道:"杜少陵《茅屋为秋风所破歌》中结句有'安得广厦千万间,大庇天下寒士俱欢颜。呜呼!何时眼前突兀见此屋,吾庐独破受冻死亦足'云云,虽是少陵的愤慨语,也显见是仁者之心。我等只要有这种心去提倡,自然四海之广,不乏同志,或者有人踵起了。"若兰不语,侧转头若有所思。瘦蝶要使伊欢乐,遂和伊谈到别个上去,好让伊忘怀。谁知若兰的天性是趋向悲观的,起初,被金先生离婚的事,感触到婚姻制度的不良,女子的命运可悲,而坚固伊独身的宗旨。现在,又被秦心贤以身殉学的事,感触到教育制度的不良。自己的身世同是可怜,心中埋着深深的悲哀。因伊本也想高中毕了业后,再到大学去读书的。可是,家况如此,急于谋事,好负担家庭中的经济,不能再求高深的学问了。况且学费也要仰人供给的。虽然瘦蝶诚意相助,可是自己无端受着人家恩惠,心上总是过意不去。将来必要想法偿还,我心才安。这样看来,自己比较那个秦心贤也不过略胜一筹而已。

至于瘦蝶所以愿助若兰求学,初时本爱若兰之才,不忍坐视伊中途辍学。况和若兰的父亲又是师徒情重,理当相助。后来,和若兰往还日久,情感日深,竟如胶之遇漆,不能解开了。他觉得,天壤之间,最可敬爱的人便是若兰。以为自己将来不娶妻便罢,若要娶室,不得若兰,宁为鳏夫。他认若兰是最好的伴侣,最正派的新女子。所以他的姨母几次要把他表妹许给他,他抱定宗旨,毅然拒绝。心坎里早已把若兰的倩影,香花供奉,温存珍藏了。不过,一因若兰求学还没有毕业,二因若兰时时有消极的表示。以为时机未至,忍耐着缄默不言。好在若兰一心埋首在书籍中,在外罕有交接,并无第二个男朋友来夺去他的情爱,不用顾虑。只要自己用极诚恳的爱心来待伊,迟早必要像驯羊般投入他的怀中,一接甜蜜的吻。

他们两人各有各的心思。尤其是若兰的芳心,深裹密缄。作书的无此妙笔,尽情倾写出来。

这天,瘦蝶便在若兰家中用饭。沈太太特地烧了两样可口的菜,请瘦蝶吃。饭后,两人在书室中闲谈一切,若兰又信笔挥写几朵兰花和梅花。瘦蝶称赞伊很有笔法,教伊学画。直到五点钟时,告辞而去。

在这个暑期中,大家来来往往,不愁寂寞。转眼间,金风乍起,残蝉曳声，又到开学时期。若兰、飞琼和云仪虽是各居一校，而一样都升到高中三年级。再读一年，便有毕业的希望了。在这学期内，若兰用不着再住校。只贴一顿午膳，变作走读生。沈太太夜里有娇女相伴，自觉快慰。

在这个当儿，一天下午，云仪忽然接到秋心托友人送来的函，并有两大匣蘑菇、一盒驴膏，送给杨太太的。还有一个羊皮旗袍统子，是送给云仪的。原来，云仪在秋心去后，才到一星期，已接得他的来鸿。谢谢云仪兄妹殷勤的情意，又告诉说，他已和几个同志创办通讯社和一种报纸。北京表面虽然军阀专横，暗地里革命空气非常浓厚。各个大学校里，至少有一半学生已加入了国民党，所以前途很多乐观。又说，在那边每月所得虽也不过六七十块钱，而精神上非常兴奋。并问云仪芳体可安好，家庭之乐乐如何。云仪也曾复函告慰。现在，又见他送礼物前来。知道他经济不富裕，更可感谢。遂拿给杨太太等来观看。

杨太太很爱吃蘑菇的。六月中，嗜素食，香蕈蘑菇不知吃去多少。京里蘑菇是出名的，所以秋心购了寄来。又看那羊皮统子毛色很好，确是同州货。杨太太道："难为他花钱了。云仪快写封信去谢谢他。将来等他回里时，我必要买些东西答还他的。"

云仪又把信上的事告诉杨太太说："秋心已和同志办了一种《新北京报》。又在一个中学校里，每星期教授六个钟头的社会学，暗中积极鼓吹革命。"

杨太太道："你信上可以教他小心些，不要泄露秘密。"

云仪笑道："母亲这种说话，教我怎能写在信上呢！北京检查邮电十分严密的。"

杨太太笑道："哎哟，我倒忘记了。那么，你可写得隐藏些。"

云仪答应一声，把蘑菇和驴膏放在伊母亲房中。自己拿了那皮统子走出房去。瘦蝶跟出来，瞧着云仪笑道："今年冬天你身上当不愁冷了。"

云仪知道瘦蝶要说笑伊，假装着傻呆说道："什么话！我是年年穿得很暖的。"

瘦蝶道："今年更要暖热。因为有北京来的新羊皮统子咧，穿在身上一定要热到心里去了。"

云裳在背后拍着手笑。云仪不去理会他们，一直走到自己卧室里，把皮统子放在沙发上，便到书桌前去写回信。心中打算要代秋心结一件新的绒线衫和手套，早些寄到北京去。因为北地早寒，这些东西用得着的。虽然秋心也有他的妹妹会做，但这也是自己的一些意思。遂在信上先告知秋心，免得他教别人做。又写些家乡的新闻和自己求学的近况。末后，又嘱他一切处事谨慎。一封信写得很长。

知趣的云裳，却和瘦蝶到后园去舞剑了。好云裳舞了一会儿剑，对瘦蝶说道："究竟飞琼姊姊功夫高强。非但纯熟，而且解数也很奇妙。可惜我们学习得几个月，起初因天热停止。现在邓先生又被他的朋友邀到湖南去了，不知何日回来哩。"

瘦蝶道："据飞琼说，邓先生此番到湖南去，也是应着知友的召，暗中预备革命的事呢。所以，一时不会前来的。"

云裳道："老当益壮，矍铄哉是翁也。许多少年却不及他呢。"

瘦蝶笑笑，也取剑在手，舞了一套。这时，云仪已把信写好，走到园里来找他们，喜滋滋地说道："原来你们在此舞剑，我也好久不练，一小半忘记了。待我来打一路罗汉拳看。"说罢，立到场中，摆起一个门户，上下左右打起来。

云裳在旁看着，只是弯倒腰，哈哈大笑，说道："这种拳头也好算数么！不知打的什么？亏姊姊还要说是罗汉拳。我说，可称娘子拳了！"

云仪自知解数有许多忘却，被他们一笑，便停止不打了。云裳想要打时，只见阿宝高高地持着一信前来，说道："这信是外国来的，上面都是外国字。"

瘦蝶过去接在手中，拆开一看，对云仪姊妹笑着说道："宗长风也来信了。他说已到柏林，进了那个学校。全校中只有他一个是中国人，所以觉得有些寂寞。他又说，德人体育极为发达。这一点，我国人要尤须注意的。两两比较，莫怪外人要讥笑我们国人是病夫了。他附寄一张照片来，要求我也寄一张照给他，更要索取你们姊妹的小影。"说罢，拿起那张小照来。云仪、云裳都走过去看，见宗长风穿着白色制服，立在一架齐泊林飞艇的旁边，双手合抱着，目光奕奕，很有精神。

云裳笑道："我去送给母亲看。"遂抢着宗长风的小照跑去。瘦蝶、云仪在后跟着，一齐走到楼上杨太太房中。

云裳把照片给杨太太看道："母亲，你认识这个人么？"杨太太仔细一看，便道："这是宗家少爷，摄得真像。他现在寄来的么？"

瘦蝶答道："正是。"

杨太太道："我很喜这张照，可把它悬在楼中间吧。"

云裳道："我有一个空的照相架子，可以放在里面。"

杨太太道："你去拿来！"云裳遂到伊房中取出，是一个金边的照相架，中有紫色丝绒衬着，很是美丽。

瘦蝶接过，把宗长风的照片放进去，恰巧正好。遂命袁妈取过洋钉和绒绳来，立刻把照相架挂好在楼中间。

瘦蝶又道："你们姊妹可以合摄一新的照片寄去。"云裳笑笑。

云仪道："今天天气正晴，我们何不便去拍呢！本来长久没有拍照了。"

瘦蝶道："好的！我来伴你们同去。"遂去告知杨太太。

杨太太笑道："你们真是说着风就挂蓬的。就去吧。"便取出一张五元的纸币，交给瘦蝶。云仪姊妹又到房中去，换了一身衣服，略事妆饰。瘦蝶也穿了一件新制毛葛马褂，陪着云仪姊妹，走到观前柳村照相馆去摄影。云仪、云裳合拍了一张全身。云仪坐，云裳立。大家又各拍了一张长半身。瘦蝶也拍了一张半身。姿势都很好的。又到采芝斋、稻香村买些食物回来，预备一星期后，可去取照，然后寄给宗长风。正是：

留得惊鸿新艳影，赠将海外知心人。

欲知后事，请看下回。

闲云老人评：

列强自欧战以后，仍是迷信武力，积极扩充军备，飞行事业，一日千里，将来之大战争，天空大有关系。我国海防既缺，天空又无防御，为预备对付计，岂可不积极扩充航空事业？所以作者又写出一个宗长风来，都是有志的青年，足为国民楷模。以身殉学，真是悲哀的事情，值得人们悼惜的，我想现在的学校，确非一般贫家子女求学的地方，天下不少无名的秦心贤，不过被环境屈伏着罢了。毋怪若兰同病相怜，有慨乎其言之也。千里赠裘，情深似海，读者若看到下回，又要徒唤奈何了。

第二十六回

起风潮性书成祸种
惊霹雳报纸播凶音

天高日晶，橙黄橘绿，双十佳节转瞬又到了。

这天，瘦蝶兄妹邀请若兰、飞琼、稚英、秋月、翠娟，在吟香书屋中小宴。席间，大家谈笑风生，快乐无限。

飞琼问若兰道："后天范先生的妹妹出嫁，你要去吃喜酒么？"

若兰道："伊再三相请，当然要去了。幸亏是星期日，不致荒废功课。"

瘦蝶道："你们有喜酒吃，我也要吃喜酒了。"

若兰道："吃谁的？"瘦蝶道："便是我们的表姊，在下星期六出阁。"

若兰笑道："原来是淑贞姊姊。大概云仪姊等都要去了。"云仪点点头。

云裳道："听说新郎是个大块头，凑巧淑贞表姊也是个大块头，一对大块头结婚，多么有趣！"

瘦蝶道："最好傧相也是大块头，主婚人、证婚人、介绍人等都是大块头，岂非破天荒的一出大块头成亲好戏么！"众人听了，都笑起来。

云裳忽然问翠娟道："景星女学中不是正在大闹风潮么？到底是怎么一回事？报上记载得不详细。翠娟姊是个中人，可能把这事的真相告知我们么？"

翠娟被云裳一问，不禁面上微红，答道："这也是舍监先生和校长操切所致。此事起因很微。原来这学期，校中新来了一个学生，插班初中三年级，姓李，单名一个权字。那李权是个上海人，曾在进化女学里肄业。

219

进化女学是上海很有名的贵族女学校，伊便从那里转学到此。至于伊为什么转学，却不知道详细。有人说，伊的家长因为相信我们景星女校校规严正的缘故，所以令伊来苏住读。"

瘦蝶道："不错，进化女学的校风着实贻社会中人的口实，或有说，这个学校是姨太太的产生所……"

若兰笑道："怎么好好的女学校，有这个不雅驯的名称呢？"

瘦蝶道："自然也有个道理。因为进化女学以前有两个毕业生，竟去嫁了军阀官僚做姨太太。在上海坐汽车看影戏，吃大茶，锦衣玉食，穷极奢华。人家一样不称她们为姨太太的，哪个不是堂而皇之地称呼某少太太么！或有美其名曰：'交际明星某女士'。有时，她们高兴，穿了最时式的衣服，新妆靓丽，驾了汽车到母校里来看同学。有些富于虚荣心的女学生见了前辈那样阔绰写意的生活，都想与其做平常人的少奶奶，还是去做阔老的姨太太，可以任意挥霍，过快乐的光阴。因此姨太太渐渐多起来。开起同学会时，姨太太坐二三桌。无怪人家要说是姨太太产生所了。"众人听了，都觉好笑。

云裳道："大哥别打岔儿！我要紧听翠娟姊讲伊学校里的事情呢。"

翠娟喝了一口酒，又说道："李权容貌服饰都很漂亮，为人也很活泼，一般同学都喜和伊接近，不期而然地有了一个别号，叫作'白玫瑰'。"

云仪笑道："白玫瑰可当酒喝了。"

翠娟又道："但伊对于功课很不在意的，常常在教室里背着先生看小说。在伊的房间里，抽屉中，枕头边，箱子里，都有小说。同学们遂向伊借看。伊嫌带来的还不足够，星期日到观前书店里又去进货。一卷在手，日夜观看。不知道的人还当伊用功课程呢。所以校中自从来了一个李权，起了看小说的潮流。有些胆小的学生，在课余之暇偷看，胆大的上课时也要看了。有人看见每逢星期六或星期日，常有一个穿西装的美少年到校来看伊。有时伊请着假，跟那少年出去。先生向伊查问那少年和伊是什么亲戚，李权说是伊继母的儿子。因此校务部对伊特别注意起来，只是寻不着伊的过失，奈何她不得。她们看小说，大都在国文课上畅览。因为那国文先生姓王名景，伊年纪已近五旬，胸中学问虽然很好，可是一双眼睛是近视眼，看起书来，要把书凑到面孔上去。所以他望到学生座位那边好似雾里看花，不清楚了。学生遂大着胆，一个个竟把小说摊在书桌上埋头细阅。教室里寂静无声。可怜那位王先生，还当她们用功听讲，心里暗暗欢喜呢。学生的脾气，喜欢题先生的绰号。大家遂在背后称呼王先生叫'活死人'。活死人的声名传出去，被舍监和校长知道了。一天，李权等正上王先生的国文课。王先生讲解一篇陶渊明的《归去来辞》。大家照旧看小说。忽然，校长和舍监走进教室来了。王先生正讲到'……携幼入室，有酒盈樽。引壶觞以自酌，眄庭柯以怡颜……'王先生是喜欢喝酒，有刘伶癖的，不觉手舞足蹈起来，把粉笔盒子当作酒杯，假作一饮而尽的样子，还不知道校长光临呢。校长很快地跑到李权座位前，把伊桌上的书抢在手中一看，不觉勃然变色。这时，众人也措手不及，桌上的书，都被校长和舍监取去。王先生弄得莫名其妙。校长回出去，便和舍监邀集众教员开紧急校务会议。因为校长从李权桌上取到的书，正是严禁的一种小说。性学博士的大著，竟在校中发现，有关校誉。而且在上课时，公然披览小说，有犯教室规则。舍监遂提议检查各学生寝室。于是举定四位教员和舍监一起去各室搜寻，果然发现大批小说和不正当的书籍图画。统计共有三百七十多种。此时，众学生都下课了，议论纷纷，都说校长和舍监施行专制手段。李权等遂要求学生会会长开学生会，预备对付方法。一边校长室中也在大开会议。校长以为本校校风素来高尚，很得社会人士信仰，学生众多。今忽有此怪现象，非彻底惩办不可！众教职员都赞成。商酌之下，遂把李权喊去询问。李权不肯承认自己的错。于是，校务部将李权等六个学生勒令即日退学。同时，学生会正派代表，要求校长发还各种小说。校长大怒，要解散学生会。学生会遂宣布罢课，反对校务部开除李权等六人。风潮扩大了，各走极端。我们的学校是私立的，校长说，宁可关闭学校，不能听学生会的要求。全体同学遂有一半离校。幸亏同学会出来调停，只令李权一人退学。正当的小说发还，以后不得在教室内偷看。许多不正当的书籍图画都付之一炬。其余五人须具悔过书，才可入校。起初，我们学生会还不肯顺服，后来有一大半学生都被家长压逼着，不得已而屈服。学生会势力瓦解。所以在前天，风潮已平息了。"

翠娟说罢，瘦蝶指着席面上的八宝鸭道："你们不要听得出神，忘了吃菜。这八宝鸭的滋味是很好的，快请一试，不要冷了。"大家本来侧转头听讲，被瘦蝶提醒，遂举起筷子来吃鸭。

飞琼一边吃，一边说道："这样却牺牲了一个李权。其实，学校中学生看小说的也很多，不过，那些不正当的书是不该看的。我们要怪那些著作家，为什么做出这些书来，引诱一般青年男女呢！自古邪说诐辞，孟夫子看作洪水猛兽，流毒人间。宋太祖说，开卷有益，此言也未必尽然了。"

若兰说道："现在的时世是非不明。真正有价值的文艺小说销路不旺，看的人少，反是那些富有刺激性描写淫秽的小说，表面上说是惩恶劝善，实际上无形地诱人堕落，却是销数大盛，社会上人争相购买。所谓'黄钟毁弃，瓦釜雷鸣'，可叹之至！"

瘦蝶笑道："女学士又要感慨了。"

若兰瞧着翠娟说道："我实在是有感而发哩。"

欢宴既毕，严稚英、江翠娟因家中有事，先要辞去。柳飞琼因伊的母亲有些微恙，不欲在外多所逗留。三人遂先告别去了。瘦蝶、云仪、云裳、秋月、若兰五人回到里面，和杨太太叙谈。瘦蝶又留若兰、秋月在晚间同到青年会看影戏。因为这天，青年会正开映范朋克的《三剑客》名片。若兰素喜看范朋克的影戏，赞叹他的勇敢，所以瘦蝶邀伊前去，若兰也不推辞。

晚间，早吃了夜饭。瘦蝶又请他的母亲同往。杨太太一时高兴，便和他们一起去。看罢影戏，瘦蝶又独自送若兰回家。若兰遂留瘦蝶小坐，对瘦蝶说道："适才你听翠娟讲的那回事，你可知道翠娟就是那六个人中的一人么？伊常喜欢看许多艳情小说，以及有些海淫的书籍，伊的母亲也不去管伊的，所以伊藏的小说很多。有时，我到伊的房中去，常看见枕边桌上有那种秽亵不堪的小说。我想，我们青年女子犹如素丝，染于苍则苍，染于黄则黄。耳濡目染，须求好的模范，岂可看那种书来摇惑身心，自然很容易受影响的。若说研究文艺，那么好的小说很多，岂可不善自甄别呢！我遂劝伊不要看那种有损无益的书。伊面子上虽听从我，但已着了魔道，不肯摒绝，而且瞒我了。不但如此，伊还有几个男朋友在外边，常见有一个姓邹的学生，在正则中学里的写信给伊。江太太只知宠爱，一切不去管伊，我却很代伊惴栗呢。"

瘦蝶道："现在的女学生，可惜大都犯这种毛病。她们年纪轻，不知世路险巇，往往容易受人家的引诱，采兰赠芍，桑中濮上，尽多放浪的事，给人家借口。所以我的姨母便绝对不赞成女子入学校了。"

若兰道："这也未可因噎废食。你的姨母只从片面观察，遂不信任女校了。当此二十世纪学术竞进时代，女子也是国民，四万万人民中女子占一半之数，岂可不受教育呢！"

瘦蝶和若兰闲谈多时，觉得时候不早，便告辞回去。

下星期六是淑贞出阁的吉期，瘦蝶一家都去吃喜酒。邱家借的城中饭店彩舆来接，仪仗十分丰盛。瘦蝶和一飞去送亲，见那新郎邱冠雄果然是个大块头。若和淑贞相较，正是一个儿半斤，一个儿八两。瘦蝶不觉暗暗好笑。

等到晚上双归时，大家围着新郎闹酒咧，说笑话咧，闹得不亦乐乎。幸亏邱冠雄老于交际，对答如流，一些儿没有窘态。更加他的酒量很豪，绝不怕惧。大家奈何他不得。一飞遂取了两把酒壶过来，代新郎斟酒，要求和新郎对饮。

邱冠雄想，这位小阿舅不过十二三岁光景，也喝不得许多酒，便答允和他对饮。大家围着瞧看。好一飞一杯一杯地喝下去，眉头也不皱一皱。新郎只得勉强照喝，心里暗暗惊奇。怎知一飞年纪小，酒量倒不小。自己吃不过他，要投降了。越是发急，越是要争气，一杯杯喝得涓滴不剩。两壶酒早完了，一飞喊下人添两壶来。

此时，新郎有些醉意，益发要喝了。大家拍手哗笑。幸得在旁的伴娘知道不好，新郎若再这样喝下去，定要醉倒了，遂来想法解围。亏伊一席妙语，竟有效力。新郎于是辞别岳父岳母，和新娘一同坐轿回去了。

自后，邱冠雄以为一飞酒量胜人，不敢和他对饮。谁知这是一飞的计策。他故意命下人在他的一把酒壶中预备的糖汤，掺和果子露。而新郎的酒壶内都是陈酒。所以，他一杯杯地大胆喝着，喝的都是假酒，自然新郎喝不过他了。一飞很是得意。

在新郎临去时，暗暗把一串小爆仗外面通了药线，系在一段线香上，安放在新郎轿子坐垫底下，一个人也没有知道。等到轿子走至半路时，新郎轿中忽然噼噼啪啪地响起来，唬得新郎醉意都醒，一时没逃处。轿夫慌

223

忙将轿子停下，新郎逃出轿来。爆竹的声音也止了。事后察看，始知有人恶作剧，玩弄新郎。新郎没法，只得仍坐着轿子还去。看的人已挤满了一街。后来，送回门的下人归来传说，大家知道除了一飞，没有别人敢做这种事的。陈震渊又把一飞唤来，训斥一番。云裳、瘦蝶都说有趣，杀他一个下马威，也使姊夫知道小舅子的厉害！

他们吃过喜酒回去，隔了两天，瘦蝶忙着设备筵席，邀请邱冠雄夫妇，彼此认亲。冠雄偕着淑贞，同来拜见。杨太太、瘦蝶等殷勤款待，尽欢而散。

又过得几天，冠雄夫妇来辞别，一同回沪去了。杨太太送了不少礼物。淑贞临行时，请云仪、云裳到上海去游玩，可以至伊处盘桓几天。云仪姊妹笑着答应。陈太太舍不得女儿分离，自己带了一飞送到上海去。这却不必细表。

一天，正是星期六的下午，云仪姊妹自校归来，在楼上陪着杨太太谈笑，瘦蝶在绿静轩看报，忽然拿着一张报纸，急急地奔上楼来，说道："哎哟，不好了！不知这个消息可是真的？"大家见也这种形状，忙问什么消息。

瘦蝶把报纸展开了，说道："你们快看！"云仪、云裳一齐奔过来。

云裳眼快口快，早见京电里有几行新闻，读着道："《新北京报》记者韦秋心，昨夜被卫戍司令捕去，当夜秘密枪毙。罪状尚未宣布。闻韦为国民党党员，所主办《新北京报》确系国民党机关报。因鼓吹革命，触怒某军阀，故报馆亦同时封闭，且将大捕党人。"

云裳读罢，跳起来道："可怜韦秋心遇害了。这个消息当然是真的啊。"

杨太太也叹道："怎么样的，秋心竟遭枪杀么？"此时，看云仪玉容惨淡，倒在旁边一只沙发中，珠泪簌簌地落下，说不出话来。

瘦蝶道："秋心兄此去，我本也有些不赞成的。北京地方非常危险。他又去做宣传的工作，格外危险。他的个性又是激烈的。宜乎有此横祸了。秋心兄爱国心切，毅然北行，不顾危险，杀身成仁，其志可嘉，而其遇可悲。不料就此一别，便人天永隔，不能再见面了！"大家眼中都掉下泪来。

正在这时，韦秋月来了，泪痕满面。一见瘦蝶等众人，颤声说道：

"你们在此看报，总知道我哥的噩耗了。"说罢，痛哭起来。

云仪、云裳也掩面啜泣。杨太太挥泪问道："韦小姐，你可是在报上看见的么？"

秋月道："是的。适才同居的看报，见了这段新闻，遂来告知我。我见了这个京电，好似乱箭穿胸！想我哥哥为国牺牲，从此不能相见。我们兄妹二人，自幼便做孤雏，至今相依为命的。一旦雁行拆翼，不是最可悲伤的事情么！还有我姑母，伊含辛茹苦，抚养我们长大，把我的哥看作儿子一般，很希望他将来成家立业，安慰老人家的心，现在只落得一场空，所以我出来的时候，我姑母正在家里哭泣呢。"说罢，又哭起来。

瘦蝶见她们只是哭泣，便道："秋心兄确是死得可怜。真所谓天有不测风云，人有旦夕祸福。修短有数，谁能逆料！不过，人死不能复生，徒哭无益。现要知道他的尸首在何处，总要设法卜葬。还有，秋月女士的家中，也要先去查察一下可有什么犯禁的书籍，以及痕迹。因为北京当局若然知道秋心兄的详细来历，说不定他们要通令这地方上的官吏来家搜寻，多方钩致呢！"

秋月含泪点头道："不错，这也要预防的。至于我哥身后的事，千里迢迢，南北远隔，教我一个弱女子怎么办呢！除非到上海去找钟子奇，托他转托北京有什么人代为料理。"

瘦蝶道："很好，我也赞成你到上海去问问钟子奇。他总知道底细的。"

秋月道："明天，我坐九点钟的早车赴申，或者当日可以回来呢。"

云仪道："我伴姊姊同去。"

秋月道："若得姊姊同往，不愁孤单。"

杨太太道："你们去虽去，一切须要小心严守秘密，免得发生枝节。"

秋月道："当然不声张的。"遂和云仪约好了，立即跑回家去，看伊的姑母。

明天一早，秋月赶来。云仪也已妆饰好。吃过早点，两人遂辞别了杨太太和瘦蝶、云裳，坐了车子到火车站，买了二张二等车票，走进月台，火车恰巧开到。两人上去，见二等车室中并不拥挤。拣了一个座位，并肩坐下。不多时，汽笛一鸣，车便向前行驶。两人在车上不便多说，心中各怀着深深的悲哀。在车窗中，望到田野里桑柳新黄，老枫染赤，已在深秋时候，很多凄凉景色，更觉令人寡欢。将近午时，已到上海。

欲知后事，请看下文。

闲云老人评：

神圣的女学校变作了姨太太的产生所，作者未免唐突一般女同胞了。然而此种怪现象，确乎有之。虚荣心的误人真厉害啊。在国文课上看小说，学生确有此种毛病。写王先生和陈一飞，出之诙谐之笔，妙妙。情窦初开之女子，看淫秽之作品，自是有害身心，现在的小说，多有一种肉欲上的刺激性，描写深刻，缺少一种冲和恬静之境，博雅隽永之笔。书中飞琼说"不良的小说是邪说诐辞，比之洪水猛兽"，吾亦云然。秋心之死，出于读者所不料，然而益见下文之奇。

第二十七回

驾龙媒愿为地主
联鸳牒拒却冰人

火车进了月台，渐渐儿停住。秋月和云仪在群众扰攘时候下了车，走出站来。她们没带行李，很觉轻松。雇了两辆人力车到福煦路去找钟子奇。却喜钟子奇正在家中，没有出去。把二人接待到里面。二人见钟子奇身材很高，微有短髭。秋月便道："钟先生，我就是韦秋心的胞妹秋月，和我的同学杨云仪姊姊一同晋谒，为的是欲知家兄惨死的状况。先生谅都洞悉，还乞见告。"说罢，盈盈欲泪。

钟子奇道："原来就是韦女士！请坐请坐，令兄此次惨遭非命，出于同志等所不料。闻讯之下，莫不悲愤。我不过略知一二，待我来告诉二位知道。"秋月遂和云仪坐在一边，下人献上茶来。

子奇屏退下人，说道："我也在昨天得到警报，才知令兄自办《新北京报》以后，舆论激昂，抨击当局，不遗余力。因此一鸣惊人，在北京报界中声誉大著。但是，引起了当局的注意。适值某军阀入京。肆其跋扈手段，屠杀我们党同志，而令兄做一篇文章，讥刺某军阀，十分露骨。同时，《现世报》记者姓曹的，和令兄笔头上有些仇隙，而《现世报》自从《新北京报》出版后，销路很受影响。因此，生出嫉妒怨恨的心。凑巧，姓曹的是军阀的走狗，处心积虑，暗中侦访，得知令兄是国民党，遂去那里密告。某军阀赫然震怒，就把令兄捕去杀戮了，报馆同时封闭，迅雷不及掩耳。同志们也无法营救，万分抱歉。将来我们起义，杀到北京，必要为令兄复仇。现在，我已函托北京同志，想法代令兄盛殓。灵柩不便南下，只好暂寄在那边，将来再说。令兄志大才高，党国正深倚畀，昊天不吊，丧此烈士，我们非常悼惜。但是，马死留骨，豹死留皮，人死留名，令兄为党国宣传牺牲性命，忠魂不灭，名传千秋。所谓求仁而得仁，又何怨焉！女士亦不必过于悲伤。他日我们国民党打倒军阀，统一南北时，令兄的死自有功烈，可以安慰他的英灵了。"

秋月听钟子奇这样说，也没有别的主张，揩着眼泪点头。

钟子奇又问起秋心家中的状况，秋月一一直告。他以前虽略知道秋心的处境，但没有详细。现听秋月讲述，更觉可怜得很。遂对秋月说道："我当将令兄惨死状况报告最高党部知晓，请求抚恤。若能成功，再当奉闻。"又知二人还没有用中饭，便命下人到茶馆里去叫了几样菜来，请二人用饭。饭后，秋月等便要告辞回去，坐三点钟的车返苏。钟子奇遂用汽车送二人到站。二人辞别了钟子奇，坐着汽车驶去。

秋月道："我们走了一趟上海，也是无用。不过知道我哥哥怎样被害罢了。可惜我是个女子，没有能力。不然，我要到黄埔军官学校去当学生军，将来北伐时，努力杀贼，为兄复仇。"

云仪听了，叹道："令兄的死，可说是我间接害他的。"

秋月惊奇道："云仪姊说得真奇怪了，怎么我哥哥的死是姊姊害他呢？"

云仪道："因为我若不劝他早早辞退韩家的教职，或者现在他仍在韩家安稳地教书，不至于束装北上，做这种冒险的事儿了。"说罢，泪珠已滴下来。

秋月揩着眼泪道："我想，这却不关姊姊的，他早有意要辞退了。没有姊姊的劝告，最迟挨到暑假也要走的。总之，他既入了国民党，自然要去服务，说不定便有危险加到他身上。此层，在当初我也顾虑到，但不能阻止他的北行。此番死于军阀手里，也是他的不幸。为党国牺牲的烈士，何可胜数！只要将来国民革命成功，我哥哥在地下也得安慰了。"

云仪道："令兄动身以前，我曾和他谈话。他说出'死'字来，我心里便以为不祥。又说什么'杀身成仁'，不料竟成谶语。"

两人说着话，汽车已到车站停住。两人下车，云仪从身边摸出一个袁大头来，给汽车夫。汽车夫哪里肯受！只说谢谢小姐美意，但是主人已吩咐了，回去要怪的。一定不肯接受，开着车子回去了。

云仪遂抢着去买了两张车票，先行入站，候车开发。暮色苍茫时，二人已到苏州。一同坐车回转杨家。瘦蝶等正在等候消息，若兰也在那里。伊得知秋心惨死，非常痛惜。伊又知道云仪钟情于秋心的。他们俩虽然尚无婚约，而两心默契，都有了很深的爱情。一朝闻她的情侣死难，不知怎样地肠断心酸了。云仪、秋月二人既归，遂把钟子奇的说话告知众人。瘦蝶等听了，都是叹息不已。在军阀铁蹄之下，也是无能为力。只有望国民党的革命事业早日成功，将来，可代秋心等一辈殉难的烈士昭雪了。

唯有云仪自知秋心死后，累日不欢，读书也觉得无有兴味。对着那不曾寄出的绒线衫，背着人偷揾珠泪，哀痛无已。因为伊的一颗心已完全寄托与秋心了，秋心一死，伊的心飘忽无归，受了极大的创痕，抱恨终身，无可告语。瘦蝶、云裳虽知道秋心的死，实予云仪最大的打击，然也没法安慰伊。

杨太太也很可惜，失去了一个佳婿。幸亏和秋心还没有订婚，否则，累伊的女儿做望门寡了。因此，要想早些相仿一个坦腹东床，以减云仪的悲哀。

光阴忽忽，转瞬腊尽春回，已到了新年。瘦蝶依旧兴高采烈地请众人春酒小聚，然而秋月、云仪悲哀未杀，触景生情，益发要想起秋心。

这时，淑贞和伊的丈夫邱冠雄来苏拜年，顺便带着一飞到杨家来贺年。瘦蝶又设宴款待。这天正是年初七，天气大好，很有春意。饭后，瘦蝶陪他们夫妇去游留园，杨太太和云仪姊妹一齐同去。在留园中各处游览，烹茗于四面厅。游人很多，一飞买了两个气球，放上放下。一刻儿玩得厌了，把来系在他头上的小帽结子上。

杨太太瞧着伊的甥女和邱冠雄同坐着，真是一对大块头，游人注目。凑巧，那边又有一个胖妇人走来，肚皮挺得高高的，好似有了九个月的胎，面团团好似弥陀佛一般。一飞指着道："咦，这一个大块头比较姊姊还要大了！"大家本来有些暗好笑，现在被一飞一说，不觉都笑将出来。淑贞涨红着脸对一飞眨了一个白眼，冠雄却若无其事。

正在这时，那边来了三个少年男子。内中有一个年纪很轻的。头戴貂帽，身穿皮蛋青素缎的灰鼠皮袍，元色毛葛的马褂。面如冠玉，鼻上架着金镜，神采奕奕，手里提着一具柯达克的摄影箱，真是个翩翩美少年。走进厅中，瞧见了冠雄夫妇，连忙脱帽行礼道："冠雄兄，你和嫂嫂也在此地游玩么？"冠雄和淑贞都立起来，含笑招呼。

冠雄说道："你们到苏州来玩几天了？几时来的？耽便在哪里？"

那少年答道："我们一共四人，昨天来的，住在铁路饭店。明天便要回去了。"

淑贞道："早知你要来的，我们何不一同走！明天早上，可到舍间来盘桓。"

少年谢谢道："我也是和朋友们说高兴了才来的。明天要坐中车返沪，不能趋前拜年。不知你们何日回上海？我再来候你们同去看戏。"

冠雄道："我们后天也要回家了。望你就来。"

少年点点头道："好，我们再会吧。"遂和他的同伴走到后面去了。

杨太太看着少年走远便问冠雄道："这少年是谁？品貌很好。"

淑贞代着还答道："他姓朱名企华，是冠雄的好朋友。企华的父亲是上海著名的富商，住在白克路，和我们很近的。企华今年方从上海大学毕业出来，现在华达公司里做交际部主任。那公司就是他父亲创办的，有一大半股份在内呢。他时时到我们家中来，所以不客气的。"杨太太听了点点头。

瘦蝶道："我们坐了好久，可以出去了，还好到大庆楼去吃些点心，看看热闹。"云裳性喜活泼，本来坐得有些不耐，听得这话，伊和一飞第一个立起要走。于是瘦蝶付去了茶资，大家走出园门，分坐了两辆马车，来到阊门鸭蛋桥畔。其时，正是马车兜圈子的时候。观者如堵，人声沸腾。马车夫问云仪、淑贞可要兜几个圈子，云仪把手摇摇，马车便近大庆楼旁停下。大家走下车子，淑贞抢着要还车钱，被云仪、云裳拦住。瘦蝶遂给马夫六角小洋。

马夫伸着手道："新年新岁，大少爷等出来游玩，请多赏赐些。"瘦蝶又给了两角钱。

这么一来，却不见了一飞。大家都道："咦，他一个人哪里去了？人又众多，何处去找他呢？"

云仪忽然把手一指道："一飞表弟已在那边了。"大家看大庆楼下人丛中，有两个气球，一红一绿，晃漾不定的，正是一飞系在帽上的。忙走去一看，果见一飞立在阶沿上。

淑贞道："弟弟，你要跑不见，累人寻找啊！"

一飞道："你们说到大庆楼，我便在楼下等候，何尝跑到别处去呢！"

大家笑笑，遂走上楼去，拣一间沿马路的餐室坐下。侍者前来送茶送手巾，问吃什么。瘦蝶先点了几样菜和半斤白玫瑰。杨太太和云仪都倚身在洋台上看对面马车兜圈子。

原来，这个玩意儿也是吴中的创举。金阊城外横马路一带，自阿黛桥畔至南星桥，适成一环形。茶楼、酒肆、妓院、剧场都聚在这一处地方，每当新年时候，城中人都出来游散。金阊道上，车水马龙。一般欢喜出风头的男女，各雇了马车，在这里兜圈子亦是一乐。苏州还没有试行汽车，所以要让马车独出风头。而新年中的马车，妆饰尤美。雪花骢，黄骠马，都是上驷之材。马头上扎缚着红绿彩绸，车上插着长鞭，用彩绸裹缚系了彩珠，或是小旗。临风招展，飘然而过。车上锦垫绣枕，铺着狐皮的毯子，悬着鸭蛋镜，缀着鲜花，新奇可喜。每天下午二时起，马车络绎奔赴，渐驰渐多。往往五六十辆马车接连着，成一个圆圈。看的人排列得如墙头一般。许多青年妇女，打扮得花团锦簇，鬓影衣香，坐着马车去兜圈子。因此，看的人益发多了。有些人在福安茶馆楼上吃橄榄茶，看兜马车，这也是一种经济的游法。又有许多少年男子，或骑着骏马，或坐着自由车，跟了马车打转，十分得意。兜圈子的虽有良家妇女，而青楼中人居其多数。观者几如入山阴道上，目不暇接。须过了元宵，渐渐没有人去兜了，也没有人去看了。这也因苏人游玩，到底有个限制。一年中，热闹十几天未始不可。若是天天这样玩下去，非但耗费金钱，也要减少兴味了。

瘦蝶见酒菜已到，遂教他们来吃。

杨太太道："我还吃不下，少停，吃些面吧。你们先吃起来。"云仪也不要吃，只有云裳、淑贞、一飞陪着他们喝些酒，吃些菜。

但是云裳和一飞吃吃看看，坐立不定。一飞见那边跑来一辆小四轮，簇崭全新，马蹄嘚嘚，铃声当当，看得十分眼热。一个马夫坐在车头把手向这边招招道："阿要坐马车？"一飞点点头。马夫好似得着令箭一般，将车停在大庆楼下，早有一个伙计跑上楼来，问道："这里的小少爷要兜圈子么？"

一飞奔到他姊姊身边说道："姊姊，我要去坐马车。"

淑贞道："马车有什么坐头？看看好得多。"一飞定要拖伊去。邱冠雄遂问那马夫道："一块钱兜几个圈子？"

马夫伸出两只手指道："两个。"

杨太太走过来说道："没有这么昂贵的。你当我们都是上海人么？"

马夫撮着笑脸道："太太，我们全靠新年里多得些钱，一块钱两个圈子，并不贵啊！我们的马车是小四轮，不是寻常的车子。"瘦蝶道："无论如何，这个圈数太少，我们不要兜。"

邱冠雄道："四个圈子吧。"

马夫道："那么，我也迁就生意，三个圈子可好了。"

邱冠雄点头道："好的。"便教淑贞陪着一飞等去坐。

淑贞摇头道："怪难看的，我不去。"瘦蝶问问云仪也不去。一飞遂拉着云裳的衣道："云裳姊姊，你伴我去可好？"

瘦蝶道："云裳妹，你就伴他去吧。"云裳笑笑。瘦蝶遂取出两块钱来，交给马夫道："共兜六个圈子。"马夫接过，回身便走。云裳遂和一飞下楼去兜圈子了，大家在洋台上看。云裳和一飞并坐在小四轮上，接着前头的马车跑去，看白相的人都说好一辆小四轮来了。一飞把气球解下来，系在马车上。不料兜得一个圈子，线一松，气球便飞上天去。大家拍手欢笑，仰着头看气球渐渐没入云中。

这时瘦蝶下楼去小解，正要回上楼去，见云裳坐的小四轮又跑来了。

那边有两个人，一个是年约五十多岁的干瘪老头儿，穿着一件酱色皮袍，元色花缎的羊皮马褂，弯着背，一手拈着胡须，和旁边立着的少年谈话。

少年穿着一身西装，戴着罗克眼镜，有些轻浮的状态，把手指着云裳的马车，对老头儿说道："那个小四轮上的雌儿，端的生得美丽，风头很健。"

老头儿张大眼睛看了，说道："我见犹怜，诚尤物也。"

少年道："静翁，你可知道这女子是谁？"

老头儿摇头道："吾见其人矣，未闻其名也。足下岂识之乎？"

瘦蝶本来要走上楼去，现听得有人议论他的妹妹，遂立定了再听。

少年又道："这是密司杨云裳，卿云女校的学生。去年的联合运动会中赛跑，曾夺得锦标，我们都认识伊的，并知伊家里住在西百花巷，而且是个富家之女。不料今天又看见伊，真使我一见倾心。"

老头儿咿唔着道："杨家有女初长成，养在深闺人未识，情之所钟，正在我辈。安得一亲芳泽哉！"

瘦蝶听得怒火直冒，正想上前去请问他们，恰巧马路上又走来一个少年，向他们二人招呼道："静翁和怜花室主在这里消遣么？我到吴声报馆来寻你们的。"

二人道："雏凤兄可有什么要事？"

那少年从怀中摸出一小卷文章格来，交与老头儿道："这是晚辈作的一篇笔记和几首咏时事的诗，还请静翁大笔删削。"

老头儿连忙接过道："足下年少英俊，所作文章锦心绣口，老夫心折久矣，即当刊之卷首，为吴声增光。此后，尚望源源赐稿。"

少年听了，很得意地答道："下里巴人之曲，蒙静翁不弃，自当献拙。"

瘦蝶听他们咬文嚼字地自诩通人，知是小报界中的人物。并且说到文艺上去，不说云裳了，也就回转楼上，陪邱冠雄饮酒。

云裳和一飞兜满六个圈子，回到楼上。云裳道："下次我不再上你们的当了，坐在上面给人家说长道短，不是出风头，乃是触霉头了。"

云仪道："所以我和淑贞姊都不去。你既然高兴去了，回来又要说什么话？"

云裳道："我不过为了一飞弟而去。假若都像你们不去，谁伴他去呢？"

杨太太对一飞说道："你的气球飞去了，可要再买两个？"

一飞摇头道："飞了就完了，不要再买。"

邱冠雄道："我们吃什么面？"

瘦蝶道："来四盆虾仁炒面好了。"侍者答应一声，喊下去。少停，炒面来了。

大家吃毕，瘦蝶还了账，一同下楼。邱冠雄要和淑贞、一飞告辞回去，遂先雇了三辆人力车，坐到十梓街。瘦蝶等四人也自还家。夜里谈话时，瘦蝶把耳闻少年和老头儿的说话讲出来。

云裳道："这种人喝得一些墨水，便要风流自许，说笑他人。将来，我总要想法请他们吃些苦头。"

瘦蝶道："这种人敲竹杠、造谣言，都会干的，还是不要去睬他们。"

云裳微笑不语。

后天邱冠雄和淑贞又来辞行。淑贞便乘间对杨太太说道："姨母，我要代云仪表妹做媒人了，不知有意么？"

杨太太道："是谁？"

云仪道："我不嫁了。表姊不要多事！"

淑贞笑道："我不同你说，我和姨母说。只要姨母允了，看你逃到哪里去？"云仪冷笑一声，也就不响。

杨太太道："淑贞小姐，你且说是谁？"

淑贞道："便是我们前天在留园中遇见的那个朱企华，他在华达公司中每月也有一百块钱的薪水。他家中底细我都知道的，实在很好。所以我敢多嘴。朱企华今年只有二十二岁，和云仪表妹的年纪相去不远。若是姨母有意，我回到上海就去说合。因为他曾说要娶苏州的小姐做妻子的。若把表妹说上去，十拿九稳，可以成就良好姻缘。"

杨太太点点头道："很好，请你还去说说看。"

淑贞遂和伊夫婿告别，双双返沪去了。隔得四五天，淑贞寄来一信。内附朱企华的小影一张，和求亲帖子，说彼方已得同意，姨母如以为然的，即请将云仪表妹的玉照庚帖寄上去，然后再谈。并问这里可有什么条件。

杨太太已看见朱企华的人品，又听淑贞说他家如何富有，所以心中很是满意。

但云仪得知这个消息，饭也不要吃了，向伊的母亲说道："我现在正要专心读书，请母亲不要代我提起这事。我情愿将来服务社会。若是许了人时，一旦人家要求结婚，不容你不答应，对于我求学的前途有极大的障碍了。"

杨太太本想乘此时机选择一个佳婿，一则了向平之愿，一则使云仪把秋心惨死的事情可以忘怀，谁料云仪坚执不允。伊是爱护女儿的，只好任伊做主，不加强迫。遂教瘦蝶写一复信，与淑贞只说云仪必要等毕业后，再和人家定亲。此事只得作罢，有负美意了。然而伊心中却很代云仪可惜呢。

云仪已立定志向，秋心虽死，而伊的爱情已完全送给了他。不幸遭此惨劫，此心已同槁木死灰，不愿和人家订婚，预备读完了中学课程，再进大学，终身致力于学术上，这样才算对得起秋心了。课余之暇，常和秋月谈起秋心，相对泫然。秋月自从伊的哥哥死后，更觉得万分凄惶，悲怀难遣。伊也知云仪芳心，为伊哥哥的惨死受了极深重的创痕，此可与知者道而难为俗人言。而云仪的个性又很静穆的，默默地无可告语。只有在伊的面前吐露一些，也不觉深代云仪可怜起来。

云裳绝顶聪明，自然也知道伊姊姊的心事。然伊苦于没有安慰伊姊姊的法儿，心中也觉有些不乐。

隔了长久，钟子奇那里仍没有信来。秋心的殉难不知何日可得申雪了。

云仪在冬里已把秋心送给伊的羊皮统子配上一个元色华丝葛的面子，做了一件旗袍穿在身上。但是人亡物在，益增悲伤，所以后来把这旗袍藏在箱子里作为纪念品，不忍再穿了。

欲知后事，请看下文。

闲云老人评：

噩耗飞来，倩女肠断，秋心之死，云仪心中的痛苦，实非笔墨所可形容。而作者能从侧面映写，借淑贞拜年同游留园，引出一个翩翩美少年来，居然塞脩有人，鸳盟可缔，卒遭云仪的拒绝，然后显出云仪的芳心，对于秋心怎么样了。香车宝马，载驰载驱，确是吴下一种特别的玩意儿，较之上海坐汽车兜圈子，反而觉得还要有趣，作者吴人，所以能叙述得阿堵传神，使读者也如入山阴道上，有应接不暇之势。兜马车又插入旁观的一老一少，似属闲笔，然而一看后文，便知是伏笔而非闲笔了。作者心细如发，一笔不苟。

第二十八回

得银盾造成新纪录
执教鞭参观模范村

韶光难驻，岁月如流。春尽夏来，转瞬又到暑假了。

这个学期，云裳、秋月要在卿云女校毕业。同时，若兰、飞琼也在含英女校毕业。

当毕业考试将到时，若兰等忙着预备考试的课程，可说终日伏案，格外用功。果然，若兰考得第一名，飞琼也考得第四名。大家列入最优等。云仪在伊的一班里，也是名列前茅。大家很是荣幸。

含英女学定在六月二十九号上午举行毕业典礼，下午开游艺会，有新剧、舞蹈、丝竹、电影等节目，招待来宾。

卿云女学的毕业典礼，定在六月二十六号举行。比较含英早三天。但只聚同学会，没有游艺会。

若兰等一班同学在十九号已考试完毕，但是益发忙了。印行级刊咧，练习新剧咧，预备演说咧，一天到晚地忙。瘦蝶先向她们祝贺。沈太太、杨太太都很快慰，都要去观礼。

云仪先于二十六号受凭，行毕业礼。杨太太、瘦蝶、沈太太、若兰、飞琼等众人，一齐前往。云仪一班共有二十八人，秋月也在其内。云裳和稚英低一级，所以要等一年才毕业。

这天，两人指派为招待员，把杨太太等招待入礼堂。秩序很是庄重。因是教会学校，所以校长赠送每个毕业生一本《圣经》。近午时，秩序完毕，大家散出来。杨太太等候着云仪同行。云仪、秋月手里持着毕业证书和《圣经》，笑嘻嘻地走过来，伴着众人在校中各处参观一周，然后还去。

到得二十九号那一天，含英女学先在上午举行毕业典礼，杨太太、云仪、云裳、瘦蝶和沈太太、江翠娟、江太太等一行人都来观礼。还有严稚英、韦秋月以及柳飞琼的家族，也陆续前来。

秩序中有若兰的中文演说，题为"新中国妇女之生活"，议论畅达而精警，繁征博引。一层层的意思，如抽茧剥蕉般地源源不绝，听得瘦蝶五体投地。等到演说完毕，礼堂内掌声如春雷般响起来。少停，授凭时，含英女学校长因为若兰考列第一名，成绩优异，总分数平均九十三分六，突破历届毕业生分数的纪录，所以要特别奖励，赠给若兰一个大银盾，上刻"含英之光"四字。另有几行小字说明，并注下年月日、含英女学校奖赠等款识。先向来宾报告一遍，然后，命若兰上前受奖。这时，四下里掌声噼啪，又大响起来。若兰走上去一鞠躬，领了奖品，恭恭敬敬地放在一边，直把瘦蝶喜得心花怒放。杨太太、沈太太、江太太这几个老人也笑逐颜开，不胜之喜。礼毕散会。

杨太太等众人因为下午便要看游艺会，免得往返多劳，好在校中厨房里特地预备饭菜，专供给一般远道之人吃的。只要凑满七人，便可开出一桌，价钱很是便宜。若兰遂请众人到餐室中去，吩咐厨役开了两桌出来，都是四荤两素，请杨太太等和自己的母亲一同用饭。大家也不客气，饭钱都由若兰付去。若兰、飞琼又引着众人到校中各处去参观，又到飞琼房间里去坐。只有瘦蝶却不能跟着她们一起，独自去游览了一周。

将近开会时，杨太太等由若兰引导到会场里，先拣空处坐下。不多时，来宾如潮涌而至，把一个会场坐得几乎没有隙地。起先，都是些舞蹈、丝竹游戏、演说、表演等等，各有各的精彩。

将近五点钟时，新剧《回头是岸》开始。

这剧本是说一个富家少年，在外结交了坏朋友，荒淫酒色，迷溺忘返，把家产倾荡几尽。妻子周氏很有贤德，几次向夫规谏，没有成效。自己抚着两个小儿终日以泪痕洗面。后来，少年被朋友陷害，下入囹圄。周氏又去探望，设法代其夫辩明冤屈，遂得释归。夫自悔往日之非，决心改过，欲思重入学校求学。周氏遂取出伊的私蓄，代他出学费，对他说，若不是伊暗暗储蓄一些钱财，恐今日将有冻馁之虞，何来金钱求学！少年大感动，抱其妻而泣，自誓将来必有以相报，遂负笈他乡。周氏仍苦守穷庐，教养子女，闲时又做女工，时时以函勉励伊的丈夫。隔了几年，少年学成而归，经营事业，蜚声社会，前后如出两人。所以取名"回头是岸"。

若兰饰剧中主角周氏，另有一个姓屠的学生饰少年。若兰善于表演悲哀，是很好的悲旦。深夜谏夫一幕和探监一幕，悲怨之情现于眉宇。然对于伊丈夫尚存着一种希望，亦能曲曲达出。大众赞美不绝。直到七点钟，新剧才终止。休息二十分钟，便要在操场上映演露天影戏《自由女》。

杨太太等十分疲乏，都先还去。只有瘦蝶、云裳、翠娟和若兰、飞琼等留在校中。他们又去吃了点心，再来看影戏。幸喜天气还不十分炎热。看罢电影，已有九点半了。飞琼要住在校里，明天收拾行李再回家去。于是瘦蝶代若兰拿了银盾，和云裳齐送若兰、翠娟回家。四人别了柳飞琼，出得校门，往西走来。好在若兰的家中相距不远，走得不多路，已到了。

沈太太见他们回来，很是快活，端出面汤水来给他们揩面。翠娟别了云裳、瘦蝶，走进里面去了。

瘦蝶揩过面，向若兰一揖道："恭喜，恭喜！兰妹不但是个演说家，又能表演新剧，体贴入微。多才多艺，令我观止了！"

云裳也道："若兰姊姊饰的周氏，在劝谏丈夫一幕中声泪俱下，表情的细腻，真是好得无以复加。我母亲等看了，都用手帕揩她们的眼泪哩。"

若兰笑道："你们不要这样地赞我，令我惭愧无地了。"

沈太太道："你做得实在悲哀动人，我也赔去许多热泪。"

若兰道："我们练习了五六天，经过邹先生的指导，才得有此成绩。我也被他们硬拖在内的。本来，老不出面皮，做什么新剧？也是无可如何。但是上了台，自己却忘去了其他的一切，只知做戏了。"说罢，捧过银盾，放在书室里书橱上面。瘦蝶又赞美几句，若兰心中十分快活。云裳见时候不早，便催瘦蝶回家。沈太太遂去托江家下人喊了两辆车子前来。瘦蝶遂起身告辞，和云裳坐着车子回去。

到了家中，又讲起若兰。杨太太极为称誉，说伊真是一个又幽静又温柔的女子。今天看伊在剧中的表演，完全看出来了。并且在毕业班中考列第一名，得到校长特别的奖品，也非容易。

瘦蝶听他的母亲这样夸赞若兰，他心头觉得非常适意。隔一天，瘦蝶又设宴邀请若兰等众人，庆贺若兰、飞琼、云仪、秋月四人的毕业。稚英、翠娟、云裳等为陪。席间行酒令，猜谜语，尽欢而散。

云仪有志深造，遂预备考往白门女子大学。所以在暑假中，请一个大学教授，每天早上到杨家来教授两个钟头。

那人姓俞名廷芳，是美国哥伦比亚大学文学博士，又是心理学硕士。现在上海一个大学里做教务主任。暑期回来歇夏，瘦蝶特地想法请来的。因瘦蝶自己也要补习英文，所以兄妹二人同读。言明一暑期送给学费一百五十金。若是平常人家，休想请得起这种补习先生了。

俞廷芳为人却很谦和，教授也很细到，大家都称他"俞博士"。瘦蝶要若兰来同读，但若兰因为不便，所以谢绝。伊预备要践赵芷芳的约，到望亭去教书。五月里，赵芷芳已有信来探问了。此刻，若兰亦有函去，应许帮忙。

隔得三天，赵芷芳有快信来，请若兰即日到乡间去一会，以便订立合同。伊在望亭车站上接，请若兰回信，说定几班车前去。凑巧，瘦蝶前来看伊，若兰遂把信给他看。

瘦蝶看了，便问道："大约你已决定去了。乡间生活可挨受得来？"

若兰正色道："乡间生活有什么苦恼？人家受得来，我哪里会受不来呢！我本不想锦衣玉食，享受快乐的光阴，我情愿到乡间去扩充教育。城市里有什么好呢！你想争权，我要夺利，大家都不肯牺牲一些。到乡村去服务，难得有这很好的机会，自当前往一试。况且，赵芷芳和我是知己朋友，伊设办的学校，经费充足，不受别方面的牵制，很可乐观的。我又没有入大学的机会，中学毕了业，总要做一些事业。"

瘦蝶道："兰妹如愿入大学，我无有不肯帮助之理。本来我劝你继续求学的。"

若兰笑道："谢谢你的盛意！我很惭愧。几年来，受你的资助，使我能在高中科毕业，已是感激不尽，不情愿再要耗费你的金钱，将来益发无以报答了。"

瘦蝶道："兰妹不必说这种话。我资助兰妹读书，是我一种心愿，要什么报答呢！难道兰妹还不知道我的心么！"

若兰道："你虽不望报答，但我却心中藏之，何日忘之！所谓人有德于我不可忘了。"瘦蝶不响。

若兰又道："我想后日到望亭走一遭,参观一番,然后订约。"

瘦蝶道："你坐第几班车去呢?"

若兰道："天气怪热的,我决定坐上海来的头班车,九点钟开。不消半个钟头,可到那里了。"

瘦蝶道："兰妹若然到那里去工作,将来我要来探望,并且参观他们的蚕室蜂场。"

若兰道："我到了那边,自然要请你们兄妹来游玩。且望瘦蝶兄时时指教。"

瘦蝶笑道："女学士不要客气!像你这样多才多能,我哪里有这资格指教你呢?只要你不忘我是了。"说罢,面上现出黯然之色。

若兰听瘦蝶说这种话很是奇异,暗想,望亭之行,大约他心中不赞成的。但我为着自己的前途,岂肯放过这机会!也不能管他了。瘦蝶的意思,不十分愿意若兰到乡间去,很想出资办一所学校,自己和若兰合作。曾向若兰表示过,若兰却并不赞同。伊不愿在本地服务,被人轻视。非在外做事,有了很多的经验,不敢冒险去做,免得失败,牺牲精神和金钱。瘦蝶无可奈何,只好由伊做主。

这天,瘦蝶直谈到晚始去。若兰立即发封快信前去,知照赵芷芳说,自己准在后天动身,坐九点钟的头班车到望亭。请芷芳在站上一候,不胜感荷。

到了后天,若兰辞别沈太太,赶到火车站,坐着头班车,开到望亭下车。走进月台,早见一个截发女郎,穿着一件白纱红条的旗袍,踏着白色革履,撑着花洋伞的,正是赵芷芳。芷芳也已瞧见了若兰,奔过来和伊握手,彼此说了一声早安。

芷芳道："我接到姊姊的信非常快活。今天一早,来此迎候。现在,请姊姊随我同行吧。"若兰点点头,二人走出车站。

骄阳如炙,炎熇逼人。若兰也带着洋伞,遂撑起来遮着烈日,并肩向前走去,且走且谈。

芷芳告诉若兰道："现在我养夏蚕,成绩很好。至于我们的妇女半日学校,早已放暑假。她们乡下妇女,在四五月间,不是蚕忙,便是田忙,再也没有工夫读书了。于是我就利用这个时间,指导她们育蚕。参照无锡设立的蚕业改良指导所中办法，居然有十分之三的人家肯听我们说话了。由此看来，乡村上正宜有多数知识阶级的人去指导她们，教育她们。所以，我请姊姊来帮忙，一同合作。春间，我也曾写书给几个同学，请他们来此服务。但是，他们有的情愿在家享福，有的欢喜在城市中找事做，都推辞不来。难得姊姊也有这个志愿，肯允许我的请求，真是荣幸之至！"

若兰道："我是初出茅庐，缺少经验，还要请姊姊指示一切。"

芷芳笑道："姊姊的才学我等久已心折，快不要说这种客气话吧。"

若兰笑笑，又问道："妇女半日学校可有若干学生？"芷芳答道："这个半日学校和平常学校性质不同，所以课程的编制，时间的支配，也是迥然大异。她们妇女有些都是要做佣工的人，被我们用种种的方法，诱导她们来读几点钟的书，不是容易的事情。所以，课程也不一定，时间也有伸缩。不是她们来凑我们，是要我们去凑她们。学生的人数也不一定。她们有时来，有时不来。平均学额计有三四十人，分开两班，把极浅近、极普通的学术来教授她们。年来成绩大好，很得乡民信仰。所以我又想添设国民小学。先行试办两级。镇上虽也有一个国民小学，而乡间小儿失学的很多，也是需要的。至于经费，有我的姊夫已允担任了。"

两人说着话，走过几条田岸。见前面小溪南面，有一座小小洋房。东边种着不少桑树。

芷芳指着道："这就是我们的地方了。"若兰很高兴地随着芷芳拐弯过去，有一顶洋式小桥筑在溪上，桥边植着一个木标，白地蓝字，上有"模范村育蚕所由此进"的字样。

两人走上桥去，桥上正有两个乡妇，见了赵芷芳，都很亲近地叫道："赵先生！"芷芳向她们点点头，引着若兰下了桥，沿河望东走去。旁边都是桑林，也有几株柳树。树上蝉声噪个不住。溪水清涟，有一群乳鸭在水中游泳。又走了一段路，又见道旁植有"妇女半日学校"的木标，已到校门了。这时，正在暑假，所以没有学生。芷芳和若兰下了洋伞进去。

校门里小小一个场地，铺着绿油油的芳草。正中一座四开间式的小洋房，白石砌阶。门里一条甬道。芷芳把若兰引到办事室内。靠窗一张桌子旁正有一个妙龄女子，梳着扇子头，穿着米统短衫，坐在那里看书。一见芷芳进来，连忙立起招呼。芷芳便代若兰介绍，始知这是华培英，曾在上海爱国女学毕业，芷芳请伊来助理的。芷芳遂把自己的洋伞和若兰的都放在一边，命一个女仆舀水出来洗脸，请若兰一同坐下。谈了一歇，又领若兰去各处参观，培英也陪着。

先到楼下两间教室里看了一遍，又约略看过许多图画表册，然后再引到育蚕室参观，见两边木架上匾中都盛着夏蚕。有两个乡妇穿着白色制服，在那里把桑叶支配给许多匾里的蚕吃，沙沙有声。又到茧子室里去看。芷芳告诉，这里的茧子有无锡的丝厂包去。春天的成绩很好，下半年如有若兰担任了教务，伊便要着手制种了。又引到楼上各室以及自己的卧室，都引给若兰看。最后下楼，穿到后面，走下阶沿，对面一个很大的院落，有两株梧桐树蔽着日光，植着一个木标，上有"光明养蜂场由此进"数字。

迎面一排五开间的平屋，很阔的走廊。东边一个绿纱洋门里，正走出一个女子。小圆的面孔架着眼镜，额前绝齐的前刘海覆到纤眉，穿着一件蓝纱旗袍，脚下一双白皮鞋，约有二十三四岁左右。芷芳便娇声喊道："密司倪，我来介绍你一个朋友。"密司倪笑嘻嘻地走过来，便和若兰点头为礼。芷芳先对密司倪说道："这是我的知友沈若兰女士，苏州含英女学高中科毕业生。伊的才学很好，我特地请伊来主理教务的。"

又对若兰道："这就是密司倪征祥，光明养蜂场主理。我便和伊在此合作的。"两人遂各说些景慕的话。

征祥知道若兰要来看蜂，于是，引她们到场地去指点给若兰看。一排排的蜜蜂箱，箱上都有一张表，注明年月号数和所产蜜的数量等等。许多蜜蜂正忙着飞出飞进。若兰怕蜂的，想起了云裳的话，约略看了一遍，遂即退出。

芷芳留若兰午餐。餐后，又把筹备国民小学的计划说给若兰听。并说，伊已相好一处校址，在北头关帝庙里，要请若兰也去一观。若兰自然答应。芷芳遂伴着伊去，在田岸上约莫走了二里路光景，见前面一带黄墙，已到关帝庙了。

庙门紧闭。芷芳轻轻叩门，有一个四十多岁的男子出来开门，叫了一声"赵小姐"。

芷芳道："阿土，你把钥匙将那边房屋开一开，我们要进去一看。"阿土答应一声，回到门房里取了钥匙，引两人走去。

来到大殿，见关帝神像很是威严。两旁塑着关平、周仓等诸像。转入殿后，有一个石库门。里面一个大院落，东西两屋。庭中有两株高大的柏树，东面一间小方厅，厅侧有一间书房。方厅背后，又有一个小天井，有一株黄杨树，三间卧房，是和尚的云房。

若兰问道："那些僧人到哪里去呢？怎么空洞洞的，只有些破家什？"

芷芳笑道："若兰姊，若然这里有了僧人，我们还好开设学校么！"

若兰道："不错。我的意思要问庙里总有和尚的，为什么不见？"

芷芳道："这里本有几个和尚，因为当家的犯了色戒，被乡人活活地种了荷花。后来，徒弟报仇，酿出人命官司，遂把这庙封锁，驱逐僧侣。乡人因关帝庙不能封闭，恐得罪神灵，要求仍许开放，只留这阿土管理香火。这是三年以前的事了。其中还有一段艳史哩！待我空时告诉你吧。"

若兰笑笑。芷芳揩着汗又道："我想，这三间云房可以作为教员的卧室，外面一间方厅可作教室，旁边的书房正好作教员室。不是很好么！对面还有房子呢，我再引你去看。"

两人遂回出来，穿到西边。见又有一大间，以前大约是佛堂，也好作教室的。两旁各有一小间，可以作贮藏室和餐室等用场。后面还有一排小屋，将来可供下人居住，很够用了。院落的对面是一个月亮洞门，没有门户的。走进月亮洞门，还有一片场地，现在种着菜，也可作操场之用。最后一带短垣，垣外有一株大柳树，便是旷野了。

若兰看得很是满意，便对芷芳说道："这里地方很是合宜。不过，在庙宇里，使小儿时时看见偶像，也不十分好。"

芷芳道："这倒不要紧的。乡人本来迷信，只要我们好好启迪，况且关帝并非邪神淫祠，没有什么关系。将来学生们出进，殿侧还有一个门可通的。"

若兰点点头。两人遂回身走出，吩咐阿土把门锁了。

芷芳又道："此间，我也不过暂借一二年。因为并不出什么租费，已向地方上说妥了。以后，校务如有发达，当重建新校舍，再图扩充。"

两人遂走回育蚕所。征祥、培英迎着道："你们走得吃力了。天热得很，快凉凉吧。"取过两把蒲扇来，两人接了，坐下大扇。征祥又命女仆把井里沉的西瓜取来。不多时，女仆捧了两个枕头瓜来。征祥取刀把瓜开了，每人半个。大家吃着西瓜，瓜味很甜，足以涤暑。芷芳因时候不早，便留若兰在此住宿一宵，明天回苏。

吃罢西瓜，征祥、培英走到别处去了，芷芳遂取出合同来，要和若兰订约，说明聘请若兰做教务主任。初起时，每月薪水三十五元，膳宿由校中供给。以后，年内加俸。彼此都是熟识，若兰也不计较多少，遂签了一年的约。

芷芳因若兰一人之力不够，还要另聘一个助教，月薪却欲只有十五元，问若兰可有什么同学可以共事。若兰一想，本来我一个人太嫌寂寞，最好有熟人相伴。听得飞琼还没有担任事务，不如介绍伊来教授，以同窗而同事，相得益彰。好在伊并不注意薪金厚薄的，于是遂把飞琼的履历向芷芳说明，愿意介绍伊来。芷芳自然合意，遂也把聘书写好，请若兰带去，免得再来接洽。万一不成，不妨写信通知。

两人又谈些这里的详细情形，已是天晚。芷芳和征祥、培英陪着若兰用晚餐。晚餐既毕，芷芳和若兰等又去浴室洗浴，然后坐在阳台上纳凉。芷芳泡了一壶果子露，放在藤几上。还有四个玻璃杯子，请大家解渴。又讲些乡间的风光，给若兰听。征祥也讲些养蜂的小史。两人听芷芳说若兰写得一手好魏碑，遂要若兰代她们写扇面。若兰谦谢一番，到底答应了。

这时，凉风徐来，萤火点点，校门外蛙鼓蚓笛，乡村之夜和城市截然不同，别饶静意。

若兰忽然想起芷芳适间说的话，遂问道："芷芳姊姊，你说那关帝庙被封有一段艳史关系，现在能告诉我知道么？豆棚瓜架正可作为谈助。"芷芳笑着对征祥说道："我无意漏了一句话，若兰姊便要我讲那松云和尚的事了。"

征祥道："这也是小说的资料，倘然告诉了小说家，可成一篇笔记，或是短篇小说。蒲留仙不足专美于前了。"

培英道："什么事我也喜欢听听。"

芷芳道："好，我来讲给你们听吧。"

欲知后事，请看下文。

闲云老人评：

  同时要写两个毕业聚会，绝不易讨好的。所以一简一繁，作者侧重若兰之意，于此可见。若兰才学丰富，毕业成绩突破历届纪录，宜其为瘦蝶所倾倒了。乡村教育现在一般教育家也在注意到了，养蜂育蚕，又是乡间很合宜的作业，赵芷芳有此识力，不愧是一个新女子。此处忽然描写乡景，亦是转换读者眼光的一法。夏夜纳凉，娓娓地讲述艳史，自然好听，读者请快看下回吧。

第二十九回

孽缘自作好色丧身
异想天开折钱赎契

芷芳喝了一口果子露，说道："这是五年以前的事了。我也是听人家告诉我的。若是讲得不对，征祥姊不妨正误。"

征祥道："姊姊不要这样客气了！我也没有详细知道呢。"

芷芳遂道："原来那关帝庙的主持松云和尚，年纪不过近三十岁，生得相貌端正，并且知书识字，能琴能棋，是一个很风雅的方外人。庙中共有六七个僧徒，有一个年纪轻的和尚，名叫静悦，是松云和尚得意的门徒。静悦孔武有力，十分敬爱他的师傅。关帝庙的香烟很盛，佛事也多。凑巧有一天，离庙不多路的地方，有一家姓钱的人家，要来庙中做佛事。钱家的老妪非常相信神佛，每天要点香念经。伊的儿子钱大章，一向在上海的。有人说，他在上海做个流氓。到底也不知他的细底。但其人很有一种犷悍之气，决非安分的人。妻子早已故世，在上海另外姘了一个妇人。家中只有一个女儿和祖母，形影相守。那女儿名唤银珠，年方十六七，生得娇小玲珑，楚楚可怜，确是乡娃中的翘楚。每当薄暮，倚门闲眺，引得一般游蜂浪蝶时常来左右打圈儿。银珠自幼也读过几年书，懂得弈象棋，也能吹箫奏笛。据说是伊从邻家学来的，伊的聪明也可见一斑了。钱家老妪因为纪念伊亡媳的阴寿，遂预先到庙里来定下经忏，请五个僧人拜一天大悲忏。他们亲戚很少的，所以只有祖孙女两人到庙里来。松云和尚照例出来款接。一见银珠梳着一条大辫，面前打着一撮前刘海。纤眉入鬓，檀口香腮，没一处不可人意。尤其是一对媚眼，吸引得出家子弟都为颠倒。不沾尘俗的禅心，顿时摇摇欲动。暗想，何等老妪生此佳丽！"

若兰听到这时，不觉笑道："姊姊也未免形容了。"

征祥插口道："这倒不是形容。那钱家的银珠，我也见过一面。见伊在水边浣衣，真如苧罗村里的西施一般，并非过誉。"

芷芳又道："钱家老妪是佞佛的，见了松云和尚自然十分敬重。谈了长久，松云和尚回到里面去。

"饭后，银珠走到后边，见松云和尚一人独坐禅室中看书，桌上放着象棋盘。伊就说道：'大师我们可来弈一盘棋，我实在无聊得很！'松云和尚不料银珠竟会弈棋，蒙玉人宠邀，又惊又喜。遂身不由主，立起来招呼伊入内。两人竟面对面地坐着下起棋来。

"钱家老妪随后走进，见孙女和当家的弈棋，并不禁止了，自去大殿上看僧人们拜忏。银珠虽会弈棋，究竟不及松云和尚精明，反想猛攻敌营，深入重地，屡陷绝境。幸亏松云和尚志不在此，虚与周旋，不放出战斗力来。被银珠觑个空，重炮一击，大将遂殒，被伊胜了。

"松云和尚遂和银珠一边弈一边闲谈，细细问到钱家的事。银珠也问他详询出家的原因。两局终了，各胜其一。

"松云和尚知伊爱好音乐的，遂取古琴来操一阕《昭君出塞》，曲调很是凄清。银珠赞赏不绝。

"这天，银珠归家以后，隔了两天，松云和尚便差人送来几样素菜，孝敬钱家老妪。他又自己亲来拜访。钱家老妪以为他诚心结交，坦然不疑，有时也带着银珠到庙中来看松云和尚谈话。因之两人渐渐熟了，竟发生恋爱。钱家老妪糊糊涂涂的，见木已成舟，也不加禁止，装聋作哑。银珠益发胆大，竟留松云和尚在家住宿，劝他蓄发还俗，伊将来愿意嫁给他为妻。松云和尚逡巡未决。

"但是若要人不知，除非己莫为。这种事情岂能掩尽乡人耳目！沸沸扬扬地传说出来。

"本地有一个赌徒，别号'吃白老四'，是说他专靠吃白食赌铜钱过日子。他在起先本也垂涎银珠的美貌，癞蛤蟆想吃天鹅肉，想去引逗伊。无奈鱼不上钩，转不动念头。现在得闻这个风声，一想吃白食的机会来了，便到关帝庙去见松云和尚，意思要松云和尚送几个钱给他，才不来干涉他们的事，任他们安然通奸。哪知松云和尚不识时务，悭囊难破，不得要领而回，心中不由恨毒。知道银珠的父亲钱大章是在上海做流氓的，也非好惹之辈，遂即探知地址，写一封无头信到上海去，告诉一切。

"钱大章有了这个女儿，本来想把伊嫁给那些大人先生们做姨太太的，自己可以得到一笔钱财，并且也可以夤缘上进。只因说了几处都没成功，实在自己奢望太大了，一时不能如愿。万不料自己女儿在乡下竟被出家人引诱成奸，弄得丑声四播，以致有这无头信来。心中又气又怒，立即坐了火车，回到家乡，向他的母亲大吵大骂，要把银珠处死。谁料银珠见事已泄露，伊的父亲用严厉的手段对付伊，以为自己既不能如愿，不如一死。遂乘间悬梁自缢，却被钱大章发觉，把伊救下。他虽然痛恨女儿不肖，还想在伊身上发财，如何肯让伊死。他对伊大骂，要伊死，不过口头说说，把伊吓吓罢了。遂命他的母亲好好看守银珠，不得差池。钱家老妪也舍不得银珠去死，自然用心看住伊，跬步不离。

"钱大章一腔怒气无处发泄，遂去邀集了几个相识的旧时弟兄，请到镇上酒店里吃酒。钱大章一杯杯地劝饮，吃得醉醺醺的，杀气上眉，怒形于色，向众人拱拱手，说道：'诸位弟兄都是我老钱的好朋友，我一向在上海混饭吃，不料生女不肖，辱没了门楣，做出禽兽的事来。我接到无头信后，星夜回家查问，果是真实不虚。想诸位也都知道，不过碍着情面不便说什么。想松云和尚主持关帝庙，佛门子弟不该有玷清规，奸诱良家妇女，败风坏俗，不成体统。并非是我要报私仇，因为他糟蹋我的女儿，实在我们乡间断不容有这种人头畜鸣的淫僧。就是他和别人家的女儿有了奸情发生，若被我老钱知道，也要挺身而出，驱逐这种败类的。诸位都是仗义的好汉，当知此事的是非曲直。我今天要去关帝庙请问这个贼秃，请诸位帮忙则个。'说罢嗖地从衣襟下掣出一把匕首来，光闪闪地向桌上当的一掼。

"众人也都有些醉意，听了钱大章的说话，都怀不平。大家说道：'松云和尚确乎不该做出非礼的事来！他不但侮辱老兄，也是侮辱全村的人。若让他逍遥自在，别的寺庵里的和尚也要学他去偷婆娘了。我们今天一致去解决他。'

"钱大章遂摸出钱来付了酒资，挟着匕首向外一走。众人跟着走向关帝庙来，杀气腾腾。凑巧，松云和尚在外面做完佛事回庙，独自一人在田岸上行走。钱大章眼快，追上去，抢在他的前面把他拦住。

"松云和尚不认得钱大章。猛抬头，见一个高大的汉子，竖眉怒目地拦住去路，酒气冲鼻，认是一个醉汉。正想对付方法，钱大章却大喝一声道：'秃驴可认得我么！'

"松云含笑合掌道：'贫僧肉眼无知，不识贵人。'

"钱大章又喝道：'你这厮休得要假作态，我就是钱大章，钱银珠的城隍老！你干的好事！'

"松云和尚这次偷香窥玉，也是出于情不自禁。自知非礼，究属心虚。一听这话，宛如青天里降下一个霹雳，大惊失色。此时，众人已把他围住，无路可逃。钱大章把他当胸一把扭住，只一拽，松云和尚已跌倒在地，被钱大章一脚踏住。众人上前，拳如雨下，打得松云和尚连喊救命，已是气息奄奄。

"钱大章道：'种他的荷花！'

"众人说：'好！'于是大家把他抬起走到前面河边，向河中一抛，扑通一声，可怜的松云和尚就此上西方了。

"钱大章处置了松云和尚，又向大众拱拱手道：'对不起，有劳有劳，再会吧，告辞了！'回到家中，若无其事。

"这夜，庙中众僧徒不见松云和尚归来，十分惊讶，四处探寻，不知下落。直到明天早上，松云和尚的尸身浮在水上，被人发现了，始知松云和尚已死。经人捞起，尸身由地保查验，死者身有伤痕，知是被人种的荷花。因为种荷花，是乡下人很普通的一种野蛮手段。"

若兰笑道："种荷花这个名称倒很雅致，然而，弄出人命官司来了。"

芷芳道："是的。当钱大章下手时候，有一个乡人在林中樵采，冷眼看见。并且钱大章在酒店说的话也有人耳闻，传说出来，大家知是钱大章动的手。可是，松云和尚不守清规，诱奸钱银珠也是事实。乡间风俗，凡是淫人妻女的，被人拎住，即种荷花。死者家属也知罪不容于死，不敢去告冤的。不过，捉贼捉赃，捉奸捉双。钱大章没有乘松云和银珠同睡的时候破获罢了。但钱大章所以不肯如此的缘故，也因他不愿把女儿一同置之死地。松云和尚的徒弟静悦，明知他的师父是被钱大章种的荷花，暗想，我的师父虽然不该有犯色戒，自取其咎，但钱大章不责罪他的女儿，单把我师父害死，很是不平。众乡人袒护着钱大章，没有人出来告发。我受师父一番深恩，今天，不代他报仇，我师父死在地下也不瞑目。

"他是北方人，又兼性烈如火，说什么就做什么的，便挟了利刃，来寻钱大章。也是钱大章命中该死，他正在镇上小茶馆里和一个朋友吃茶，静悦本不认识他，经人指明了，就奔上前去问道：'你是钱大章么？'

"钱大章见一个年轻的僧人前来，谅是关帝庙中的僧侣，毫不畏惧，便道：'可是为了松云这贼秃的事么？你们佛门弟子，如何玷污良家妇女……'话犹未了，静悦倏地从衣袖中掣出一柄尖刀，喝道：'我来取你的命！'照准钱大章当胸一刀刺来。

"钱大章见来势凶猛，一闪身，跳在旁边。仓促间，手无寸铁，连忙抢了一只板凳来御静悦。静悦见一刀刺不着，虎吼如雷，托地跳过去又是一刀。钱大章把板凳往下一扫，想把静悦的刀扫落，却吃静悦踏进一步，左手抢住板凳脚，向里只一拽，静悦力大，钱大章腕力够不到，板凳脱手。心中一慌，回身想逃。静悦怎肯饶他！喝声'着一刀'已刺入钱大章腰窝，大叫一声向前跌倒。静悦又在他身上搠了两刀，鲜血直流。出气多，进气少，眼见得不活了。茶馆店里的人吓得四处奔跑，街上乡人远远地围着瞧看。静悦大声说道：'你们不要害怕，大丈夫一人做事一身当，钱大章把我父种了荷花，所以我把他刺死，为我师父复仇，情愿吃官司的。'遂自挺身到官，看的人不计其数。

"钱家老妪听得儿子杀死，放声大哭。相验过后，买棺成殓。松云和尚的遗赅也由庙内的僧人安葬。静悦解到无锡去定谳。后来，判决了一个徒刑。关帝庙着令发封，解散僧徒。经过乡人的恳求，遂留下那个香火阿土管理门户。事后，那个写无头信的吃白老四喝醉了酒，向同伴夸口说，这件事的起因，都是他一封信。谁教松云和尚不肯花钱？须知，吃白老四不是好对付的。他死在地下，也应懊悔。人家才知道吃白老四种的祸根，害死二命。钱家老妪遂带了孙女到上海去了。现在不知道这个银珠怎么样？大约堕落风尘了。"芷芳讲罢，叹息不已。

若兰道："松云和尚已入空门，绮念未除，真是佛家所说孽缘了。乡人发生了事情，往往拔刀寻仇，自行处置，不去请求法律解决，所以人命官司很多。"

蓓英道："世上的罪案，不出'财色'两字，而色字的头是一个'刀'字。飞蛾扑焰，春蚕作茧，世人对于这个关头终难逃脱。像松云和尚稍一不慎，溺足情海，遂致有这惨毒的结果，岂不可怜！"

这时，已过二更时分，夜深露冷，远远野田里，有许多绿油油地一点一点的亮光，好像灯火似的，晃漾不定，若近若远。若兰指着问道："这不是所说的鬼火么？"

芷芳笑着，点头道："是的，姊姊可怕么？"

若兰道："这是磷火，并不是什么鬼祟，也是自然界的一种物质，有何畏惧呢！"

征祥也道："我们见得多了，乡人却说是阴兵出现，不敢侵犯。其愚抑何可笑！"

芷芳道："时候不早了，若兰姊可以早些安置。"大家遂立起身来。有一个女仆上前伺候。征祥、蓓英向芷芳、若兰道了晚安，各归寝室。若兰和芷芳一室同睡。明晨起身，洗面梳头，吃罢早餐，若兰遂辞别返苏。芷芳和征祥、蓓英一同送至车站而别。

若兰坐上火车轮机转动向前而去。不多时，已到苏州车站。下车出站，雇了一辆人力车，坐着回家。

沈太太见若兰回来，不胜之喜，便絮絮地问伊。若兰遂把订约的事告知母亲，并说要介绍飞琼姊同往教授。

沈太太本来有些不放心，现听柳飞琼可以前去，若兰有了好的伴侣，较有照应。翠娟也来闲谈。若兰又把松云和尚的事情告诉她们，沈太太听了，连说："罪过！罪过！"

下午三点钟时候，若兰又到杨家来。瘦蝶正在绿静轩看书，闻若兰前来，大喜，忙出来招接。

若兰见了杨太太和云仪姊妹，大家坐在后轩谈话，瘦蝶问伊可订过约没有？若兰遂把合同给他看，且说要推荐飞琼同去，自己可以有知友相伴。但不知飞琼可能同意。

云仪道："飞琼姊很听姊姊的话，大约总可允诺。"

若兰又把妇女半日学校以及育蚕养蜂的事略述一遍，说芷芳很有办事能力，将来必可发达。又说，乡间幽静，没有城市那样尘嚣，对于自己的身体也很有益的。瘦蝶见若兰这几天面色较为丰腴，心中很是欢喜。

这天，若兰盘桓至晚才归家去。明天，伊又到飞琼家里接洽。飞琼尚没有事，所以一口答允。若兰非常快慰，遂写信去告知芷芳。暑期中，时时到杨家去弈棋论文，消遣长日。

光阴过得很快，转瞬又是新秋。若兰接到赵芷芳的来函，说一切俱已筹备就绪，预备在阳历九月七号开学，请若兰和飞琼早日前往共商大计，自己才疏学浅，正要倚仗大力云云。

若兰知道正在创设分校时候，事情当然很忙，恐非芷芳一人的精力所能担任。自己既然是个主任，不可不早些去做事。遂和飞琼说明了，回信去说，准在下星期一两人动身来乡。自己忙着摒挡行李。

瘦蝶得知这个消息，前来看伊。觉得相聚已久，一旦分别，心中不免恋恋。望亭虽相隔不远，究属相处两地，易兴秋水伊人之思。加以暑中彼此欢聚，预想到别后的凄凉，彷徨的心，更是禁不起这个刺激，宛如恋乳的小儿，见那给以生命之泉的爱护者弃我而去，何等惶惑不安的事啊！叮嘱若兰在外好好珍重玉体，不要过分劳瘁，时时写些信来安慰他。如若不耐乡间生活，切勿忍受，可以辞职回来，他必能代伊设法的。若兰一一答应。

伊虽也觉得别离的滋味是很难受的，然而伊正希望着前途的幸福之花。一种企望热，足以减去伊心中的别绪。况且，自己的母亲在此很安，江太太亦能常常照应，不比以前的同居马家了。

两人正坐着谈话，忽见马氏前来，背后还跟了马三宝，穿着一件白香云纱的长衫，戴着顶龙须草帽，口里衔着雪茄烟。两个凶恶的眸子，睨着若兰和瘦蝶两人，好像猎狗要噬人一般的模样。

马氏说道："若兰小姐，好久没见了。你的母亲呢?"

若兰道："在家。伯母等请坐。"遂请马氏和三宝在外面客堂里坐定。沈太太已在楼上闻声下来，奉上香茗。彼此接谈之下，始知马氏要把房子卖掉，已有得主，情愿向这里赎回契据。但是照典约上的期限，还有一年未满，要请这里通融让情了。

沈太太本来自迁居之后，那边的房屋一直租不脱。这里却每月要出房钱，损失很大。难得马家前来赎还，自己的本钱可以收转，不管年限满不满了，遂一口允诺。哪知马三宝忽有无理要求，说以前典屋的时候，洋钱兑价每元不过一千三四百文，现在的兑价每元要二千七八百文。照制钱计算，竟加倍了。所以现在要照以前的制钱算法，只能折半赎还。

若兰在旁听了，忍不住说道："典约上若是载明制钱的，此时自然仍照钱价。典约上倘然载明银币的，此时自然也照银币数目偿还，哪有折半之理！天下断无这种算法的。"

沈太太也道："典的时候，我们拿出的都是银洋，此刻也要银洋。我已让情了一年未满的期限，怎可这样计算呢？"

马氏道："我们此番变卖房屋，也是不得已而出此的。换句赖皮的话说，我们本来也没有钱来赎，到了期限，你们也得不到钱，又怎样奈何我们呢？"

若兰暗想，你们怕没有这种心思么！仍是因为有一部分契据押在我们处，所以要来取赎。但断没有这种歪理的。遂道："尊处虽然送去房产，并非多钱，然而我们以前也是拿出的十足银钱，所以不能让情了。"

马三宝瞪着眼对马氏说道："既然她们不能答应，以后再说。我们走吧。"立起身来要走。

瘦蝶见双方行将决裂，遂走过来说道："我来做个中间人吧。大家情让些，可照八折计算。这是最后的让步了。实在彼时典出是银洋，现在赎还当然也是银洋。若然折半价还，沈家损失太大了，也非情理之平，她们决不肯答应的。况且，她们孤儿寡妇……"

马氏抢嘴道："我们也是孤儿寡妇。"

若兰道："好，既然瘦蝶兄出来调停，我们就认吃亏些，准其八折偿还好了。若然再不能时，我们情愿听候法律解决。"

马三宝遂道："铜钱这样东西，生不带来，死不带去，争着也是白碌碌的。我们就依八折计算取赎便了。"说罢，遂和马氏告别而去，临走时还恶狠狠地瞅了若兰一眼。

若兰对瘦蝶说道："你见过这种不讲理的人么？他们左思右想想出这个计算方法，真是歪理十八条，条条由他说。若然彼时洋钱兑价是三千，而现在是二千的，他们岂肯照钱价算呢。岂有此理！他还要说生不带来，死不带去。既然知道如此，何必来要求呢！"

瘦蝶道："这种人总要想花样的。不怕凶，只怕穷。为了这一些款子，也犯不着控诉，反去用钱。不如稍为吃亏些吧。所以我斗胆出来说一句话，他们不得便宜，也不肯干休的。"

沈太太道："杨少爷说得不错。马三宝这种败类，决非易与，将来或者要连这个数目也收不转呢。还是见机行事的好。"

若兰也就不响了。

瘦蝶又坐了一歇，看钟上已有四点二十五分。因为他的老师陶子才，先和几个书会中人约他到吴苑饮茗，他遂向若兰母女告别而去。

明天上午，柳飞琼又到若兰处来。约定星期一上午，坐九点钟早车，大家到车站等候。若兰遂留伊在家吃饭，邀伊同去杨家辞行。

在她们将要出外时候，马氏又来了。带着款项，要把房契赎回。于是若兰遂让伊用八折计算把典约取消，契据归还。等马氏走后，若兰又把纸币检点一过，交给沈太太藏好。将马氏八折赎价的事告诉飞琼。

飞琼听了，也觉好笑。两人遂到杨家来，向杨太太辞行。

杨太太问她们几时还来，若兰答道："我们想每月回家省亲一次。好在坐火车不消一个钟头可以到了。"

杨太太又请她们回家时，顺便来白相。若兰、飞琼都道："我们必要来请安的。"

云裳道："你们去了，我姊姊也要动身到南京去求学。那时，我更形冷静。只有稚英是我最好的伴侣了。"

若兰道："云仪姊几时赴宁？"

云仪道："至多再隔一星期。"

瘦蝶道："届时我要送伊，乘此机会一游金陵名胜。多年怀想的北极阁、莫愁湖等处，可以一赏秋色了。"

若兰得空，又把马氏来还款的事告知瘦蝶，要把瘦蝶代自己历年出的学费偿还。瘦蝶哪里肯受！若兰一定要还。

瘦蝶道："兰妹，你若必要偿还我的，还是和我绝交的好。这一些些交情也没有么，何必计较得如此清楚呢？我请求你把款项存在银行里，将来自有用处。"

若兰没奈何，只好听了瘦蝶的话。

这天，若兰回家后，和伊母亲商量，要把这款子存在上海银行。明天正是星期六，若兰坐了车子到观前去。先到上海银行存款，领了存折，然后再到稻香村、采芝斋、广州食品公司，买了许多食物，预备送给芷芳等的。又到益元堂买笔，苏九华购置信封信笺，文怡书局买书，然后回家。早见瘦蝶在家里等伊了。也带来许多食物，什么罐头食物咧，茶点咧，瓜子咧，说是杨太太送给伊的。

若兰忙道："啊呀，如何送了这许多东西！教我一人也吃不完，又难为伯母破费了，回府代我多多拜谢！"

瘦蝶笑道："不要客气，我还没有送你哩。"遂从身边取出一管派克金头自来水笔，双手奉上，说道："我见兰妹那支康格林笔头有些旧了，所以特地购赠，务乞哂收。"若兰双手接过，向瘦蝶一鞠躬，打着英语道："A thousand thanks to you。"

瘦蝶也答道："You are welcome。"

瘦蝶又指着两个罐头、两匣茶点道："这是送给柳女士的，请你转交。"

若兰道："很好。我去之后，请你也常常到我家来照看照看。我虽出去，留着母亲一人守家，也有些放不下。幸亏江太太母女和我家很要好的，犹如自己人，很有照应。"

瘦蝶道："当然，我要来探望师母的。请兰妹放心便了。"

这天瘦蝶又谈到傍晚始去。真是临歧依依，说不尽的千言万语。瘦蝶的心中很是难过，他对待若兰可算一片至情了。

到星期一的早晨，若兰辞别母亲，沈太太早在隔夜千叮万嘱说了半夜的话，很不舍得伊的女儿远离膝下。若兰用许多言语安慰伊，又去辞别江太太。翠娟送了几样食物，要送若兰到车站。两人遂坐着预雇下的包车，赶到车站，飞琼已在那里等候。也有伊的表妹俞筠青伴着送行。若兰把瘦蝶赠物告知飞琼。

不多时，瘦蝶、云仪、云裳还有秋月，一同坐着马车前来。大家相见了。飞琼又向瘦蝶致谢。瘦蝶又去代若兰、飞琼购了两张二等车票，买了五张月台票，送若兰等入站。

若兰、飞琼还要出票钱，瘦蝶一定不肯拿了。大家立在月台上候车，握着手说话，若兰约他们在双十节同到望亭去参观。

云裳道："我一准要来的。还要看看蜂场呢。"

等到火车进站时，瘦蝶指挥苦力将行李物件搬上车去，伴着若兰等上车。见若兰、飞琼得了坐位，便告辞下车，和云仪等立在月台上候车开行。

不多时，车开了。大家取出手帕向空中扬着。若兰也在窗口尽力展动素巾。一时，火车已飞也似的向前而去。有人说，车站轮埠，都是销魂之地。真是不错！

欲知后事，请看下文。

闲云老人评：

松云和尚与银珠发生恋爱，真是风流孽缘。然而银珠不爱他人，而甘心委身于佛门弟子，是能赏识于牝牡骊黄之外者。吃白老四暗箭伤人，流氓手段，自是可畏，一场血案，都是他播弄出来的，但松云和尚不守清戒，好色丧身，所谓自作孽不可活了。写静悦寻找钱大章，代他的师傅复仇，一场格斗，有色有声，与《水浒传》狮子楼一段异曲同工。马三宝折钱赎契，异想天开，流氓拆梢，无所不为，若兰能够得到钱也算幸事了。

第三十回

草屋说书感化愚妇
良宵赏月邂逅凶徒

　　望亭四乡的人家纷纷传说道："模范村的赵小姐又开设了一个小学校，请得一位又温和又美丽的沈小姐，教我们把家里的小孩子送去读书，一个大钱也不要的。这种便宜的机会很是难得。有小孩子的落得送去读读，将来读了洋书可以到城里去发财。"一传十，十传百地随声附和。

　　果然，有许多乡民把他们的儿女送到这个新创办的孔怀小学里来了。

　　在阴历七月廿五日的那天，正是孔怀小学的开学日。关帝庙前挤满着人，大门上挂着一块木牌，黑地绿字，大书"孔怀小学校"。又高悬着两面国旗。香火阿土现在荣膺着校役一职，手里拿着铃，当啷当啷地摇起来。约莫有三十多个小学生，男的，女的，长的，短的，聚集在殿后的院落中。便有一个女教员，穿着条子花绸的旗袍走过来，给他们排队。费去了一刻钟，好容易把长短排齐了，喝着："立正，向左走。"领了他们走到东面一个很大的教室中坐定。旁边教员室中走出三个女教员来，齐到讲坛上坐下。讲坛上，四周陈列着盆花。中间悬着一块白布，上有斗大三个黑字"真美善"，写的魏碑，铁画银钩，笔酣墨饱。于是那个女教员又喝着口令："一二三。"

　　众学生一齐向教员们鞠躬行礼。

　　此时，教室外环立着众乡人，都是学生的家长，他们站在那里旁观，凑着耳朵，唧唧唧私语。指着中间坐的一个女教员道："这就是赵小姐校长先生，我们阿婶曾在伊处读过书的。你看伊立起来要说什么话了。"

　　赵校长立到坛边，展开一本簿子，喝着"陈金宝""玉婉珍""邹荷生"，点起名来。众学生都答应一个"到"字。

点罢了名，左边一个女教员立起来，指着"真美善"三字说："这是我们校中的校训。今天开学第一日，我要来解释给诸生听，使诸生明白这三个字的意义，服膺在胸，坚守勿失。"遂用极浅明的话演说给诸生听。诸生静坐勿哗。

室外的乡人又指着道："这位女教员生得何等样的美丽啊！真像月份牌上绘的美人儿。"

有一个少年接口说道："听说这是主任沈先生，是苏州人。面貌好，身段俏，呖呖莺声，听者魂销。似这般可喜娘，出世也没有见过，谁人娶得伊做妻子，情愿一世捧着伊心肝宝贝地叫个不停……"说得大家笑起来。

一个乡人回转头去，说道："吃白老四，休得胡言乱语！这里不比书场，被她们听见了，不是玩的。"

吃白老四拍拍胸道："天坍下来，俺这里都不怕的。"

其时，坛上已演讲完了。又按着名次发给书籍、石板，然后放学，知照明天早上八点半上课，大众必须早来，不可迟到。许多小学生遂挟着书，喜气洋洋地归家去。看的人也散开了，只剩几个教员在教员室谈话。

原来，若兰和飞琼到了模范村，和赵芷芳等相见了，大家商量开学的事情。若兰和飞琼天天到关帝庙里去布置。好在经济充足，一切设施大半可以如愿。

芷芳做了校长，但伊自己预备一心去育秋蚕，诸事都请教务主任若兰斟酌定当。柳飞琼做教员，教授自然、音乐、地理、体操等课程。华蓓英每天来教授两个钟头算学和图画。若兰自己担任国文、习字、公民、手工等课程。先试办一二两年。所以三人尽够对付了。校名"孔怀"是若兰取的《诗经》上"兄弟孔怀"的出典。遂教阿土当了校役，又用一个女仆烧饭洗衣，服侍沈、柳两人。把三间云房改作寝室，若兰便和飞琼住在那里。

开学前的几天中，忙得若兰没有一刻暇晷。寄购书籍咧，报名咧，配置座位咧，内外陈设咧。幸有飞琼助理。等到开学，一切就绪。芷芳很佩服若兰办事的能力，若兰也知芷芳等都是能者，益发要卖力。但到夜间，已觉精神很疲乏了。

开学以后，和飞琼等轮流上课。一年级二十四人，二年级十二人，一共三十六人，内中有九个是女生。他们来校读书，一个钱也不要出的。连用品费都由学校供给。所以，中有七八个学生都从镇上国民小学里转学来的。

若兰课余之暇，参考群书，想著作一部《中国妇女文学史》。晨抄暝写，很是用心。

瘦蝶常常有信来。每隔二天，必见绿衣人持着一个紫罗兰色的信封，送到校中来。云仪、云裳、秋月等也有信至。若兰一一作复，把乡间的情形告诉他们。其时，瘦蝶已送云仪到南京考入白门女子大学去读书。回苏时，想便道一游望亭，参观模范村，和若兰相见。不料，回来的那天，风斜雨细，乡间道途泥泞。所以，不去了。写信告诉若兰说，小小一游，其间也要缘分，凡事不可勉强的了。若兰复信，约瘦蝶在双十节边前往。因芷芳等将要举行一个识字运动，届时当有一番热闹。飞琼见两人信来信往，知道两人关系密切，将来必要成个一对儿。但是默察若兰口气，又是抱着独身主义，无意于此。两人并没有恋爱的表示。像瘦蝶这样贤公子，正是若兰的好匹配。天生佳偶，很愿代他们做撮合山，成就了百年良缘，有情眷属。但还没有好机会，放在心里慢慢再说。

芷芳又请若兰每逢星期二和星期四两天下午，要到那边妇女半日学校里教授两点钟修身。若兰当然愿往。一众乡妇都喜欢听伊的演讲，妙譬曲喻，令人听了乐而忘倦。若兰又在课后，和她们谈谈，问问她们家中的状况。觉得乡间的妇女都在压迫之下。她们自己也没有知识，不懂得要求解放，很是可怜。众乡妇和伊很亲近，"沈先生""沈先生"地叫不绝口。

若兰在星期日又不肯自贪安逸，常邀着飞琼到四乡去探望农民，劝导他们要讲求卫生，要读书识字，要戒赌戒酒，好似教会中的传道人，出来一家家传道。有些乡民听了若兰的话，仍不肯相信。有些很能领悟，渐渐实行。但大都欢迎伊说书。因若兰讲时，每每先讲一段故事，然后发挥伊的议论。乡人喜欢听故事，见若兰一到，大家传说道："说书先生来了，快去听书啊！"若兰听了也不觉好笑。

有一天，若兰在二年级上国文课，见一个女生姓张名菊宝的，头上包着一块布，像是受伤的样子，便问道："张菊宝，你可是跌破了头么？怎样用布包着呢？"

张菊宝被若兰一问，不觉眼中隐隐有泪，答道："沈先生，我被母亲打的。"

若兰道："啊呀，你的母亲怎么下得这硬手，把自己亲生女儿的头都打破了呢！你犯了什么过处？"

菊宝道："昨天，我母亲出去摇会，把弟弟交给我抱。我的祖母拌了两碗炒米粉，把一小碗给我吃。弟弟只有四岁，也要吃。我一面吃，一面喂。给他吃了几口，恐怕他吃坏了，母亲回来要责备的，遂不给他吃了。弟弟哭着闹，把我的手一拉，我不防手一松，把一只盛炒米粉的红花碗砸碎在地上。祖母见了，便对我说道：'小丫头，闯了祸了。停刻，你母来，若然不见了碗，一定要查问。若知道你打碎的，难免一顿重打。连我也要怪着的。'我哭丧着脸向祖母央告道：'好婆，不要说穿吧。'祖母摇头，指着弟弟道：'总要晓得的。我不说，他也要告诉的。不要怪我老糊涂么！你母亲的厉害你也知道的啊。'说罢，叹了一口气。我见祖母扫去碎碗，一面口里咕道'都是我想吃炒米粉的不好'。我知道，少停有一顿重生活吃了，心中十分惴栗。到晚上，我母亲回来，我战战兢兢地立在一旁。但见伊面上很不好看。祖母走出房来，带笑问道：'会摇着么？'我母亲正章着一只面盆向桌上一摔道：'这个断命会，一世不会摇着了。今天该倒霉！好容易摇着二十九点，总想可以得会了，大家叫我坐，我就坐着，动也勿动。（按摇会迷信者摇出大点子必坐。以为如此，则坐定可得会。）谁知摇到末后，只剩根会签了，竟被头会的寄儿子阿毛摇出一个双四五六来。大家都道罩去了。我不信，过去一看，见骰盆里一对四，一对五，一对六，清清楚楚三十点。我气得话都说不出来了，懊丧而归。可恶的阿毛，他总有些巧法的，竟把我应收的会生生夺去。你想气不气！'我听了，更是心虚。只听伊说道：'肚里饿了，菊宝快去烧饭。'我忙走到灶前去烧夜饭，一边听弟弟告诉母亲道：'妈妈！你出去了，姊姊和祖母吃炒米粉，姊姊不给我吃，把一只碗打碎了。'我母亲听了，便道：'真的么？'我又听祖母说道：'真的。我因腹中有些饥饿，所以拌些炒米粉吃吃，遂分一些给菊宝。不料伊打碎了碗。等我领了粘火柴匣子的钱来赔还你，请你不要打伊吧！'我母亲大声骂道：'老乞婆，好似一世没有吃的！吃过了饭，又要吃炒米粉！吃坏了，没有钱请郎中的。不让你吃，倒算我凶。你吃便了，还要给菊宝这小鬼头吃。为什么独有我的儿子不给他吃了！打碎了碗，还要说好听话。'祖母道：'并非不给阿兔吃。菊宝本给阿兔吃的，恐怕他吃坏，所以吃了几口便不给他吃了，谁料阿兔去拉菊宝的手，以致碗碎。'我母亲啐道：'不要怪在阿兔身上。这贪嘴的小鬼头不打不成功。真是贱骨头！'一边说，一边奔到灶下来，将我一把拖出。我向伊泣求。伊先打我两下耳光，然后取过一捣衣杵，劈头劈脸地把我痛打。我的头遂被打破，流血满地。祖母来解劝时，被我母一掌手推跌在地。可怜我的祖母今天还躺在床上呢。后来，幸亏邻家何老爹来劝开的。"

若兰听了不胜叹息，问道："是你的生身母么？"

菊宝摇摇头道："不是，伊是继母。我的亲母死去长久了。"

若兰道："我也料想是继母了。你的父亲呢？"

菊宝道："我爹爹在无锡一家南货店里做伙计，难得回来的。家中事都是母亲做主。祖母也常要被母亲打骂呢。"

若兰听了，十分可怜。伊觉得自己有个责任，必要去走一遭，遂道："你以后好好留神，不要触怒了你的母亲。"

别的学生听菊宝说了一大篇的话，宛如听讲故事。

不多时，铃声一响，下课了。若兰又问："菊宝住在何处？"

菊宝道："三板桥东埠第二家，门前有一株杨树的便是我家。"

若兰点点头，心中自己盘算。

到了星期日的下午，若兰把菊宝的事告诉飞琼说，要前去劝化这个妇人，最好使伊能够到妇女半日学校里受教育，改正伊以前的谬误。

飞琼笑道："姊姊如此热心，我当伴你同往。"两人遂锁了寝室门，叮嘱女仆好好看守，走出校门。见阿土站在一旁，若兰便问道："三板桥在什么地方？"阿土道："向西走不到一里路，第二顶板桥就是了。"若兰遂和飞琼照着阿土的说话往西走去。

天高日晶，野花献媚，一派秋色，令人神爽。走到第二顶板桥，凑巧，桥上有一个牧童，骑在牛背跑下桥来。

若兰问道："这里可是三板桥？"

牧童道："是的。"

若兰让牛过了，挽着飞琼的手走上桥去。下得桥，见那边果然有一株大杨树，树下有一家草屋。走到草屋门前，咳一声嗽。只见里面有一个年近七旬的老妇坐在矮凳上，粘火柴盒子。知是菊宝的祖母了。

若兰遂问道："这里可是张家么？"

老妇突然见了两个时式的城里女子，遂立起问道："小姐寻谁？我们正是姓张。请到里面坐。"

若兰、飞琼走进去，便是一间小小客堂，陈设自然简单得很，不脱乡气。

这时，左首房里奔出一个小女儿，正是张菊宝。伊在房里伴弟弟游玩。听得若兰声音，跑出一看，便跳跳踪踪地叫道："沈先生，柳先生！"回进房里，说道："母亲，我学校里的沈先生来了。"便见房里走出一个乡妇，年纪约有三十岁光景，衣服清洁，手里正拿着针线穿鞋底。面貌也还不恶，双目很大，正是张氏。见了她们便道："先生们请坐！"请若兰等在旁边方凳上坐下。

张氏喊道："菊宝，快倒两杯茶来！"菊宝托着两个洋铁小茶杯走来，放在桌子上。

若兰看杯上积垢不少，茶色混浊，如何喝得下去，只说："不用忙，我们喝开水的。"

菊宝指着若兰道："这是沈先生。"又指着飞琼道："这是柳先生。"

张氏道："我家菊宝在先生们校中读书，请先生严加管教。"

若兰道："菊宝规矩很好，字也能识，我们都很欢喜伊。现在，我们特来看你，请你到我们所办的妇女半日学校里去读书。"

张氏道："多谢沈先生美意。我是家中有事的，不比小儿们，如何可以出来读书！况且，我自幼没有识字，现在再读书，真是七十岁学打拳，学不成功的了。"

若兰道："一个人只要有志向，总能成就的。我们办的半日学校，专供给你们一种女同胞读的，并不要出学费。书籍纸笔校里都有供给，每学期识字最多，上课次数最多的，还有奖品，任你不识一字，都可以去。而

262

且自由得很，若有事时，不必天天常到的。所以来读的人很多。"张氏只是摇头。

若兰遂指着老妇道："这是你的婆婆么？"张氏点点头道："正是。"

若兰道："你有福气，还有婆婆。张先生不在家，你当孝顺你的婆婆，安慰你丈夫的心。"张氏不响。

若兰道："从前在汉朝，有个陈孝妇。年方十六岁嫁了丈夫，没有儿子。伊的丈夫临终时，问伊可肯代他终身孝养老母，孝妇答应。夫死后，孝妇果然奉养伊的婆婆。过了三年，伊的父母将要使伊出嫁，孝妇答道：'我丈夫死时，把婆婆托我，我已答允了。若要反悔，不孝不信，且没有了义。生在世上做什么？'遂要自杀。伊的父母遂让伊去和婆婆同居。这事被淮阳太守闻悉报上去，遂赐孝妇黄金四十斤，称伊为孝妇，名传千古。像陈孝妇这样没有了丈夫的媳妇，尚且要孝养婆婆，何况有丈夫的媳妇，自然更应该孝顺婆婆，也使丈夫心中快慰。古语云：'百善孝为先。'禽兽尚知孝敬尊长，何况人类！婆婆便是丈夫的生身母，岂可虐待！彼此都要亲爱，各尽其道。"遂把孝字细细解释。又把王祥孝顺后母的故事讲给菊宝听，教菊宝要尽孝。飞琼也讲后母虐待前子，使穿芦花衣的故事给张氏听，讲得老妇频频点头。

张氏听了，不觉心中大为感动，想到自己的不是，十分惭愧。若兰劝伊来读书，张氏竟毅然决然地允诺。若兰见张氏形色，似乎已知道伊的不是之处，想伊为恶不深，尚可劝醒，遂约伊后天到模范村读书，辞别而去。

一路归来，见乡人皆从田中做工而归，唱着俚歌，另有一种天真的乐趣。若兰心中也很快活。但当两人走过一处河岸时，隔岸树林里正有一个人影，对她们紧紧瞧看，直到倩影已杳，人影亦去。

若兰等背后没有眼睛，哪里知道呢！到了后天，张氏果然到半日学校里来读书。若兰待伊很好，要变化伊的性情。

后来，问问菊宝，菊宝却说："自从那天沈先生等到我家里去后，我母亲脾气大变，待我和祖母不像以前的凶狠了。伊对我说：'像沈先生这种人真是好人，有学问的小姐。'教我要用心读书，学沈先生，听沈先生的说话。"若兰听了，知是伊的感化之力有了功效，更想在这个上用功夫。

光阴倏忽，已到中秋佳节。校中放假一天。飞琼因得家中来书，要在十四日回家走一遭。十六也不能来，须十七日早车回校。

若兰本也想趁这假日回家省亲一次，但因飞琼一去，校中无人，所以想在下星期日返家，和飞琼对调。飞琼自然答应，先于十四日的下午坐火车回家去了。

中秋日的早晨，若兰独坐在教员室中写去两封信，一寄家中，一复云仪。然后，取出伊所著《中国妇女文学史》的文稿，继续着编撰下去。将近午时，写罢五六页，觉得脑中有些疲倦，遂放下笔，把文稿藏好，走到庭中来散散。

女仆问："沈小姐可要用中饭？"若兰点点头。遂到对面膳室中，一个人独自吃了两碗饭。回到房里，重又梳洗毕，很觉无聊。想芷芳今晚约我前去饮酒赏月，左右无事，早些去吧。遂换了一件水浪绸的夹旗袍，便是瘦蝶前年送给伊的衣料。伊一向没有做。瘦蝶屡次问伊为什么不做、可是不合意，伊总笑而不答。直到今年夏天，伊才取出做了一件夹旗袍。因为今天是良宵佳节，一时有兴，穿在身上，锁了房门和教员室，叮嘱了仆妇几句话，遂出校走到芷芳处来，见芷芳正在校长室里看报。一见若兰前来，含笑相迎。若兰问："征祥和蓓英在哪里？"

芷芳道："征祥姊今天上午十时，坐着一只船，载了十多箱的蜜蜂到外河放蜂采蜜去了，蓓英姊伴着去的。她们就在船上用饭。带了棋子去弈棋。"

若兰道："可惜我没有知道，否则一同去。"

芷芳道："啊呀，这是我的不好。因为征祥姊曾想招姊姊同往，我却以为姊姊好静而不喜动，又忙着编著妇女文学史，遂教伊不要来缠绕你了。谁想，姊姊偏有这兴致。以后，征祥姊还要出去放蜂，那时一定要请你了。"若兰笑笑，遂也坐下看了一会儿报。又和芷芳谈谈校中事情。芷芳取出新炒的瓜子、白果、栗子等东西来，请若兰吃。

若兰笑道："这些应时的食物，姊姊都预备着。"

芷芳笑道："停会儿还要请你吃糖芋艿呢。"说罢，两人大笑。各自嗑着瓜子，清言娓娓。

到五点钟时，征祥和蓓英回来了。征祥指挥着下人，把蜜蜂一一安放原处，然后，前来和若兰握手叙谈。大家吃糖芋苊，说说笑话。

傍晚时，一轮明月已冉冉上升。芷芳即命将酒筵摆设在蚕室的廊下。对面正有两株小树和陈列着的花盆架子。四个人各据一面。芷芳特地命厨房端整的美酒佳肴，斟着酒劝各人痛饮。若兰虽不吃酒，勉强喝一些。大家绝不客气地吃菜。

此时，月光如水银泻地，清辉四照，一花一木沉浸在那又静又美的月光中，更觉可受。

若兰道："如此良宵不可多得。世人多要陈设香烛瓜果斋月宫，媚月以求福，迹近迷信。乡人尤其热烈地信仰。我以为中秋赏月是很雅致的，不必反对。而无谓的迷信大可不必。明天，妇女半日学校里我的讲题便是科学说的月亮，要打破村妇的迷信。不管她们相信不相信。"

芷芳道："明天，她们又要听姊姊的妙论了。她们很喜欢听的，实在若兰姊学问很好，取之左右而逢其源。所以生公说法，顽石点头……"

若兰忙截住伊道："芷芳姊少说吧，我真惭愧得很！"于是，芷芳道："古人饮酒有酒令，我们今天不可没有。"

蓓英道："我不来，酒令要吟诗的，我不会的，甘拜下风。"

芷芳道："蓓英姊不要慌，酒令不必定是吟诗，什么都可以的。现在，我们的酒令，先背诵古诗歌词一句或两句，关系月亮的。然后，讲一月亮的故事，好不好？"蓓英不依。

征祥道："我们试试看。若然你背不出，好在有学士在此。"说罢笑笑。

芷芳道："我来先说。"遂朗吟道："'安寝北堂上，明月入我牖，照之有余晖，揽之不盈手'，这是陆机的诗。《左传》晋国的吕锜，梦见自己射月，一箭而中，退入淤泥，占之曰：姬姓日也，异姓月也，必定是楚王。等到战时，竟射其王中目。"说罢，指着若兰道："若兰姊当说了。"

若兰先吟道："'露从今夜白，月是故乡明'，这是杜甫的诗。伊世珍《琅嬛记》：张牧过点苍山，拾得一圆石，经寸，明如水晶。映月而视，便见内有绿树荫下，一女子坐绳床，看白兔捣药。兔不停杵，树叶若风动，女子也时时伸手执伊的鬟鬓，或微笑，以为这就是嫦娥了。"若兰说罢，便挨着蓓英接令。

蓓英也吟道："'裁为合欢扇，团圆似明月'，这是班婕好诗。《遁甲开山图解》云，女狄一天日暮时，汲水石纽山下，水中得月精如鸡子，心中很爱，吞下肚去，遂有了娠。十四月始生夏禹。"说罢，用箸夹了一块鸡细嚼，对征祥笑笑。

征祥遂接着吟道："'海上生明月，天涯共此时'，这是杜甫诗。《酉阳杂俎》：长庆初，山人杨隐之在郴州地方，常常寻访道者。有一个唐居士土人，说他是百岁人，杨隐之遂去访谒。因留止宿。到夜间，唐居士喊他的女儿道：'可将一下弦月来。'他的女儿遂贴月在壁上，好似片纸。唐居士遂起立祝道：'今夕有客，愿赐光明。'言讫，那纸剪的月竟光亮得和点着蜡烛一般。"

芷芳道："很好。又轮到我了。"遂把银箸，击着杯子吟道："'桂棹兮兰桨，击空明兮沂流光。渺渺兮予怀，望美人兮天一方'，这是《赤壁赋》上的歌。张读《宣室志》：周生有道术，中秋夜与众客会。周生说道：'吾能梯云取月，放在袖中。'因命虚一室取数百条绳，对众宣言道：'吾将梯此取月。'遂走上绳，去不多时，天地昏晦。周生又道：'月已在我衣裳里了。'以手探怀中，取月寸许，一室都明。"

若兰又接着吟道："'一航寒月仰天青'，这是杨万里的诗。薛用弱《集异记》：唐明皇和叶法善游月宫听乐，问曲名，法善说：'这是紫云曲。'明皇默记其声，回来取名曰'霓裳羽衣'。白乐天诗所谓'渔阳鼙鼓动地来，惊破霓裳羽衣曲'，便是指此。"

这时又要挨到蓓英了。蓓英道："算了吧，我是俭腹，说不出了。不像你们都是腹笥便便，可以取之无尽，用之不竭的。"

芷芳笑道："你这样发急，我们就此停止吧。"

若兰道："我们讲的故事都属于神怪的。像吕锜的梦，无端偶合，附会上去了。周生的梯云取月，真是荒乎其唐，岂有此理！或者是一种魔术而已。女狄吞月精而生大禹，也是古人因大禹圣人，所以有这种神话。类此的很多，无非说圣贤是天生的，故神其说罢了。张牧的圆石，或者石中有这种偶然的幻象，传说的穿凿上去。唐居士的壁月，无稽之谈，或者也是一种魔术，暗惑世人。至于唐明皇游月宫，当然也是神话。这样看来，中国人往昔的科学程度可见一斑了。"

芷芳道："不错，古人对于月都有一种神秘的怀疑，所以有这些神话了。但是，月亮真有神秘的色彩，颠倒了古今不少的诗人，中西都一例的。"大家谈谈说说，都喝得有些醉意，遂兴尽散席。若兰便要告辞回校。

芷芳道："今晚姊姊住在这里吧，一个人不怕寂寞么！"

若兰道："不要紧的。昨晚飞琼姊姊回苏，我也一个人睡的。明天早上，就要有事，住在此间不便的。"

芷芳道："既然如此，我们送你回去，路上可以走月亮。"征祥也很高兴地说道："走月亮去。"四人遂走到外边来。一望田行中月色如银，溪中水光与月光相映，树影横地，风吹影动，自然界的美景有这月色渲染，充满着诗意画情，都觉得心地恬静。一路踏着月走去，人影在地，顾而乐之。

在她们走到一顶小桥边，侧面林子里却有两个人影，一动就不见了。大家以为乡人也在那里步月，不以为奇。不多时，已到孔怀学校门前。若兰叩门，阿土出来开了。芷芳等不欲进去，说一声"明天会"，三个人走回去了。

若兰走到里面，女仆掌着灯已来迎接。开了锁，走到自己房中，女仆把灯放在台上，又去倒一杯茶来。

若兰坐着休息，见女仆立在一旁，低倒头打嗑睡，便道："你可去睡吧，不用伺候了。"仆妇答应一声，走到对面去。若兰把门关上，又看看玻璃窗上的窗钮都搭牢了，才又坐着。想想今夜家中的老母不知作何光景。幸有江太太和翠娟相伴，稍免岑寂。又想瘦蝶和云裳必然很有兴致的，自己若在苏州，必要到杨家去游玩了。

想了一刻，觉得有些倦意，遂脱衣安睡。不知睡了若干时，忽有一种声音使伊突然惊醒，但听不准确，听听又没有了。暗想，不要有贼来了。此地荒僻，或者有妙手空空儿来下顾。可是，我一人在此，没有相助。若是飞琼同在，我便不怕了。想到这里，不由害怕起来，帐子里看看室中孤灯欲残，月色上窗。忽听室外有一种微细的脚声，正向这里走来。心中顿时跳起来。掀开帐子，窥见窗外月色甚明，隐隐有一个黑影，在窗边用什么东西划玻璃。伊害怕起来，不觉大叫道："捉贼！"只听外有一种粗鲁的声音喝道："不好！伊喊起来了。快快动手。"说时，一块玻璃已划下，有一个人头探进来。

若兰知凶徒来的不止一个，吓得好似瘫在床上了。在危急万分的时候，忽听窗外有呼叱之声，人头已缩出去。又听一种格斗的声音，似乎在那里争斗。

隔了一歇，声音寂静，一切都没有了。若兰几乎疑心是梦，知道有人来援救，又想不是阿土。阿土绝没有这种勇气。遂披衣起来。明知危境已过，胆不由壮起来，掌着灯，开了房门，见一庭月色。对面的门户都开了。知是贼人光临，不知怎样地逃出去了。遂索性走到外面，高声呼喊。女仆和阿土也都听得若兰呼声，一齐前来。若兰遂告诉他们说有贼。他们起初不信，后来一看门户都开了，玻璃也划去，一定真的。遂把灯照到后面操场上去，才见那边的短垣有一处已坍倒了。暴徒是从那里进来的。大家遂不敢睡了，防备他们再来。若兰一个人心里却暗自思量，明明贼人已到了我的房前，玻璃已划去了，将要进来动手，忽然又有人声和格斗声，闹了一场，无影无踪，定有什么能人来搭救，把那贼子驱走了。但是，神龙见首不见尾，那救我的是谁人呢？贼徒又是谁呢？很是使伊恼恍不定。仰首望着明月，呆呆地不语。

欲知后事，请看下文。

闲云老人评：

写张氏虐待菊宝和一种怪戾的神气，跃跃如在纸上。竟因若兰一言，感化为善，足显出若兰的至诚来，此事表面虽似随意摭拾一事，不过衬出若兰在乡间一种的工作，然而张氏以后却大有用处呢！描写田野风景和月夜景色，惟妙惟肖。良宵赏月，用这应时的酒令，很是别致。而借若兰数语，说出神话的荒谬来。弱女子独处荒庙，夜半人静，突有凶徒光降。读至此当为若兰捏一把汗，然而有人暗中援助，得获无恙。不禁又为若兰庆幸，但哪个人来救的呢？不独若兰急于知道，读者也要一识其人。那么请先猜猜，不要被作者瞒过。

第三十一回

施毒计二憾昧良
遇救星双姝脱险

　　一天，吃白老四正坐在他自己的小屋中和九个弟兄们悄悄地谈话，吃白老四好似很不耐地说道："怎么我们约了他，等了半天还不见他驾临呢？莫非他要失约了？"

　　一个名"秃尳蛇"陈七的说道："适才听得火车汽管作声，或者他坐这班车来呢！"他们正说着话，外面走进一人，戴着灰色薄呢帽子，穿着白哗叽单长衫，口里衔着香烟忽忽地说道："有劳各位久待了！"

　　吃白老四便道："三宝兄，我们等候多时了。今天我们要把这事解决的，请坐！请坐！"三宝便坐下来和众人一同开个秘密会议。

　　等到天晚时，这个秘密会议已告结束，各人散去。唯有三宝被吃白老四留住，要下榻在他家。

　　吃白老四家中没有妻子的，只有一个老寡妇，是他的姑母，和他同居。吃白老四遂摸出钱来，教他的姑母到市上去买些腌猪肉、熏鱼、豆腐干、长生果等食物，沽四斤酒，要和三宝对酌。

　　你道三宝是谁？原来他就是苏州山塘街边的马三宝，吃白老四和他在赌场中相识的。他自从卖去房屋之后，从马氏手里得到一些钱，不消几天又输去了。马氏另在下塘租了几间房子住下，见她的儿子依然如此，不改常态，看看卖屋的钱将要用罄，心中十分忧虑。马三宝手头拮据，也要在外想法几个钱。吃白老四党羽很多，遂招他来共商大计如何进行，所以他特地坐了火车赶来。

　　当晚，吃白老四见他的姑母买了酒肉回来，遂吩咐把酒烫热，和马三宝坐在一张小桌子旁饮酒。马三宝喝了两杯酒说道："四哥，我想要在贵乡做一件事，不知你可容纳么？"

吃白老四嚼着腌肉说道："老弟，你要做什么？老实说，望亭一乡，自从冯大麻子死去后，要算我面子最大了。只要我答应，你尽管去做。"

马三宝道："我来告诉你。以前我的同居沈家，有一个女儿名叫若兰，在城中含英女校里读书，端的生得美丽。我为了她情思昏昏，几乎害了相思病。要求我的母亲央人去做媒，谁知她们母女很坚决地一口拒绝。原来伊的父亲在日，有一个门弟子，姓杨的，是个纨绔少年。在伊父亲死后，常到沈家去殷勤献媚。好在姓杨的有金钱为后盾，很得伊的青眼，所以伊不肯应许我们这边的亲事了。我常想蹈隙乘间去弄伊到手，谁知伊竟迁居城中。和她们远离，我真奈何她不得。后来，我把房子卖掉，因为她们以前典住我们的屋，不得不前去赎契。我要求折半偿还，伊一定不肯。其时，那个姓杨的在旁边来打圆场，让我们八折计算，我因契据落在她们手中，不得已只好这样了结。然而，我看见他们一种亲密样子，恨如切齿，终想用一种辣手段给伊吃些苦头，无如一向没有机会。后来，闻伊毕了业，出外教书去了，也不知道在何处，无从探访。谁知事有凑巧，今天我到四哥府上来时，隔河看见有两个很美好的姑娘姗姗地走来，我定睛一看，内中一个烧了灰也认识的，便是伊了。还有一个是伊的同学，我也见过的。哈哈！这真叫'踏破铁鞋无觅处，得来全不费功夫'。我总要去寻着伊。"

吃白老四听了马三宝的话，便拍手道："妙啊！你说的伊，便是我所遇见的沈先生，现在本处孔怀小学里当教员，我也一见倾心。既然和老弟有关系的，我便让与你了，好在还有那个姓柳的呢！她们都是我们囊中之物，你且耐心，待我把我们现在的事办妥了，然后再去找她们。凡事有我相助，不愁不成功。"

马三宝大喜道："我也早知四哥是漂亮的。我们自己好弟兄，有福同享，有难同当，教她们早晚落在我手中便了。"说罢，举杯一饮而尽。两人你一杯我一杯地喝得大醉。这夜，马三宝和吃白老四抵足而眠。

明天，他们一早出门自去干事。到了中秋日的那一天，马三宝因事已停当，又到吃白老四处来，要实行觊觎若兰的计划。

吃白老四笑笑道："关帝庙是我熟悉的，你只要听我的话，我当助你成功。"

马三宝道："四哥的说话，谁不愿听！"吃白老四遂附耳低言如此如此，马三宝点头会意。

下午，两人走到孔怀学校门前，凑巧阿土立在门前。一探听，才知沈先生到模范村赵小姐那里去了，因为赵小姐请客。他们并不知柳飞琼已回苏去，遂商议道："我们不如到晚上去那里伺候，或者得便可以下手。"

一到月上时，马三宝和吃白老四吃了晚饭，向模范村走去，在要道边守候。等了好久，还不见若兰倩影，两人搔头摸耳，好不心焦！吃白老四在田岸上踱来踱去，高唱道："在月下，惊碎了，英雄虎胆……"马三宝仰首望着明月暗想：听人说，月亮中有个嫦娥仙子，美貌无双，怎么我总没有看见过呢？不知比较了若兰又怎么。

两人好容易等到将近十点钟时，见那边有四个人走来。马三宝目光锐利，一看若兰已在其中，便把吃白老四的衣袖一拖道："来了！我们跟上去吧。"两人遂蹑足掩在她们背后，相隔很远，若兰等并不觉察。

马三宝道："怎么她们有了四个人呢？我们不能下手了。"

吃白老四道："左边走的是赵小姐，我认得的，大约伊要送她们回去。还有二个却看不清楚，我们且再商量一番。"两人便在林中立住。

马三宝又道："适才四哥不是说，路上不能下手，便到校中行事么？我们只可到那里再说了。"

吃白老四道："那边也只有一个阿土，我知道她们住在从前云房里的，内外隔绝，我们只要从后墙进去便了。"

马三宝道："那么，此刻时候还早，我们且到别地方，真个去走一番月亮可好？"

吃白老四点头道："好。"两人遂走出林去。

哪知两人林中小语时，在他们背后又走来一个少年，穿着一身西装，相貌英俊，正自散步赏月。瞥见他们鬼鬼祟祟地闪入林子里去，估量定是歹人。少年好奇心胜，也掩在林外，窃听他们谈话。其时，四下寂静，所以两人对说的话被他听得清清楚楚。一想他们丧天害理，要做这种事情，既然皇天有眼，被我撞见，我若不去救援那个弱女子，良心上万难偷安。

271

况且，见义不救非勇也！我要一做黄衫儿了。但我决不愿露脸，使人家知道我，可把黑布扎缚在我的头上，只露出眼睛和口鼻来，他们就不认识我了。我只要做个无名侠士。想定主意，自去行事。

那马三宝和吃白老四两个人挨到三更时分，悄悄地踅到关帝庙后面，乃是一条很长的短垣。墙边正有一株大树，两人攀缘而上，踏着树枝跨到墙上，扑地跳下墙来，正是孔怀学校的操场。两人乘着月色走进月亮洞门，向东首房屋走来，撬开了门，果然，神不知，鬼不觉地走到后面院落中。当他们进去的时候，不防墙外埋伏着那个美少年，也照样越进短垣，身轻如燕，一步一步地跟着两人。两人只顾防着内里，却不知"螳螂捕蝉，黄雀在后"，背后正有人注意呢！

马三宝见寝室中灯光微明，一看一扇洋门紧闭着，无可想法，遂走到窗前来撬玻璃。忽被若兰警觉，大声唤起来。吃白老四喝道："事不宜迟，快些下手。"

马三宝已把玻璃取下，探首入内，正想动手，蓦地里背后一声叱咤，背上已中了一拳，打得身子望前一扑，几乎跌下地去。回身一看，见吃白老四已和一个少年斗在一起。那少年用黑布遮护着面孔，目光炯炯，不知是谁。但见他拳风很是迅速，已将吃白老四逼到墙隅，自己遂上前去帮助，拼命和少年决斗。少年愈斗愈酣，拳如雨点一般打来，身手便捷，勇不可当！吃白老四自知不是对手，遂回顾马三宝道："合伙儿风紧啦，走吧！"于是两人回身便逃，少年追去。两人一时扒不上墙头，急出死力向墙猛撞。那短垣筑得并不坚固，遂坍下来，两人从乱砖堆上逃出去。少年本可把他们擒获，但他却笑了一笑，飘然自去。

吃白老四和马三宝一直逃到家中，马三宝顿足道："可惜！可惜！一块禁脔将要到口，半腰里杀出一个程咬金，要他来出什么死力，把我们赶掉？这真是好事多磨，大煞风景了！"

吃白老四沉吟不语，良久方道："这厮来得真正奇怪，又把黑布掩着面，好似不要人认识他的样子。我们暗中做这件事，他如何会知道呢？还有，他既出来干涉，为什么只把我们打跑，不想捉住我们呢？"

马三宝道："这真是天晓得！说来话去，今夜我们身边没带家伙，否则也不怕那厮厉害的。"

吃白老四道："这样一惊动，她们必要戒严，以后我们却不好前去了。"

马三宝咬牙切齿地说道："我为了姓沈的，几次三番枉费心机，所以不达到目的不肯罢休。伊既在这里，我仍要想法弄伊到手。这次失败，我心不死！"

吃白老四道："你且住在我家，横竖我们的事正要做下去，你爱赌钱，我教两个朋友来陪你打牌。因我想在这两个雌儿身上，不但要图自己的欢娱，还想发一注财呢！"

马三宝道："四哥的话不错，我们这次没有败露，谅她们也不明白是谁，天下无难事，只要存心去做，早晚总可成功的。"

不说他们两人的事，且说这夜若兰突然受此惊吓，和下人一同守到天亮，便命阿土去请赵小姐前来，再布告临时放假一天。众小儿有的挟着书包到校一听，学校放假，都欢天喜地地回去了。不多时，赵芷芳和倪征祥同来。若兰便把夜间的事情详细奉告，又引二人到后边去看倒下的围墙。芷芳道："此地后临旷野，难免贼人觊觎。然而校中并没有什么诲盗的东西，他们前来做什么呢？"

征祥道："他们好似知道柳先生回家去了，校内只剩若兰姊一人，所以大胆来行窃。但是已被若兰姊察觉呼援，他们还敢不走，明欺若兰姊孤弱可图了。"

若兰道："是的，当我呼喊时，他们还想入内用强，幸亏外边有人来拔刀相救。但那人同时影踪俱杳，使我也不知道是谁，不知其意何居，大有类于古之侠士了。"

芷芳道："这也是很奇的，难道我们村里真有这种侠客出来暗助人家么？令人可念得很。"遂命阿土去唤地保前来，说昨夜校中有窃贼入内，经人觉察逃去，后墙为贼毁坏一段，着令地保严密缉访，地保诺诺连声而退。芷芳又命阿土去唤水作匠人来，即行把墙头砌好。和若兰商量，诚恐以后贼徒再来行窃，索性把墙头加高三尺，又把那株大树锯去，以免贼徒接脚。门上又换用西式锁钥，使贼徒无从撬启。这夜芷芳恐怕若兰胆怯，自己遂住在校中和若兰同睡，又命女仆也睡若兰寝室侧边的储藏室里。果然，一夜过去，安然无恙。

明天，芷芳回去，叮嘱阿土好好当心前后门户，谨防歹人。又对若兰说道："这样严密的防备，贼徒大约不敢再来了。我还要去见乡董，托他保护呢！"遂握手而别，若兰照常上课。

午后，飞琼回来，若兰又把这事告诉伊听，飞琼柳眉倒竖道："谁敢来欺侮姊姊？那天偏我不在这里，否则要把贼子提住，好使他们知道我们女子也不是好欺的。若兰姊，以后你不必惊疑，好在我前次曾带得一柄宝剑和一对柳叶双刀，贼子若敢再来，我一定请他们吃刀。"

若兰见飞琼英气凛然，知道伊武艺精熟，心中很是宽松。暗想那夜若有飞琼同在，伊必要挺身而出了。飞琼遂取出宝剑和双刀，磨拭一过，放在床头，以备应用。又笑对若兰说道："若兰姊，我早和你说过的，我们女子也须学一些本领，将来可以自卫。在云仪姊妹等从邓先生学习拳术时，再三请你参加，你一定不肯，现在该知道有用处了！"若兰笑笑。伊又在自己房内装置一个电铃，通到外面阿土房中，若遇紧急，只消一揿电铃，那边自会响起来，阿土也知道了。这样过了二三天，安然无事。

在一个星期六的下午，若兰辞别了飞琼，独自回苏来问候老母，到家已近天晚。沈太太见若兰回家，自然心里快活，足慰倚闾之思。母女两人絮絮谈别后状况，若兰把乡间事情告诉伊的母亲听，但把中秋夜的一事瞒起，恐被伊的母亲知道，多一重牵挂，或者要不放伊前去呢！翠娟听得若兰回来，欢欢喜喜地前来，和若兰闲谈一切。沈太太见若兰身体很好，心中很觉安慰。

次日是星期日，若兰在上午便到杨家来，瘦蝶早已接到若兰来函，知伊今天要来了。若兰和杨太太等相见，各问安好，若兰见瘦蝶面色清减一些，遂问他近来身体可健康。瘦蝶答道："前星期受了些风寒，咳嗽甚剧，后来服了达克透李的西药，便不咳了。不过形貌还是消瘦，别的没有什么毛病。"

杨太太道："瘦蝶近来不知怎样的较前瘦了，饭量也不佳，只吃一碗，我很是代他担忧。问问医生，医生说他心脏很好，没有疾病。我以为他虽没有病，而面色清瘦，总是不好，所以教他服鱼肝油和一种帕拉托补剂，早晨还教他吃白木耳。"

瘦蝶笑道："我母亲见我有一些不适意，便异常忧虑。什么牛乳咧，

274

莲子汤咧，哈士莫咧，洋参汤咧，一样一样地弄给我吃，连我一时来不及吃了。要补也不是这种补法的啊！"

若兰道："这也是伯母的一种爱心，还请瘦蝶兄自己保重身体。"说时似乎很关切的。又问云裳校中的情形。

瘦蝶道："云裳正忙着撰稿子投稿，要做女小说家呢！热心得很。"

云裳笑道："我也不过东涂西抹，一时兴之所至罢了，要做什么女小说家呢！"

若兰道："投的什么报？"

瘦蝶道："最多的是《凤凰三日刊》。编辑者把伊恭维得很，现在各种小报都有信来索伊的大作。"

若兰道："'洛阳纸贵'这句话，云裳姊当之无愧色了！但是我以为，女子的笔墨总宜矜重一些，香艳之词更宜力戒勿作，因为飞短流长，易兴谣诼，所谓'人之多言亦可畏也'。便是投稿，也不可不加以选择。现在人心日坏，免得多一种烦恼。"

云裳笑道："敬受良箴。"

若兰又把中秋夜所受惊恐告诉瘦蝶等听，瘦蝶听了说道："照兰妹的说话，揣测上去，那贼徒黄夜前来，恐怕还有别的意思吧！因为他们既见兰妹惊觉了，理该避去，为什么反说快快动手呢？狼子野心，不仅是肤筐家者流呢！"瘦蝶这么一说，若兰不禁玉颜微赤。

云裳道："大哥也不可这样设想，或者他们欺侮若兰姊一人独处，所以敢肆行无忌。最好要把那两个贼徒捉到，才可明白真相。还有那个暗中援助的人，真是无名侠客，令我景慕无穷。"

瘦蝶道："望亭乡僻之区，不意竟有此种义侠之徒，很是难得。我的朋友丁剑青也是望亭人，年来不通消息，听说他已入了国民党，到广州去了，否则可去探问他。"

杨太太道："怎么这个侠士不肯露面呢？他何不将贼徒擒住，也好使人明白。"

瘦蝶道："自然他有用意的。有些侠士往往做了事不愿给人家知道，小说上记载很多。大约那人也不愿意被人知晓罢了，但是以后兰妹更要当心些。"

若兰道："现在设备巩固，又有飞琼相伴，当可无虞。那天凑巧伊回家了，否则有伊在那里，使我壮胆不少。"这天若兰便在杨家用午膳。因为下午要坐三点钟的车回校的，所以到了一点钟，向杨太太等告辞，瘦蝶、云裳就送到门外，依依不舍而别。若兰回转家中，又辞别了伊的母亲和翠娟母女，坐着车子到火车站候着飞琼，两人一同乘火车回到望亭，照常做她们的工作。有时出去劝化乡妇，有时跟着征祥坐船出去放蜂。

不知不觉，已近国庆日了。模范村中要举行识字运动，预备日间有游艺节目，夜里有提灯会，在模范村中盖起露天大凉棚来作为场地。芷芳和若兰等都是非常忙碌，若兰写信给瘦蝶，教他约同云裳、秋月、稚英、翠娟等众人到望亭来参与盛会。

有一天，若兰和飞琼正从芷芳那边回校，时已薄暮，群鸦在天空中噪着，飞来飞去，野草枯黄，秋风撩栗，途中阒寂得很。两人匆匆向前走去，正走在一条很狭的田岸上，见对面有一个男子低倒头走来。刚到身边，那人并不避让，忽然右手一扬，有一样东西向两人鼻子上一抖，两人出于不意，不及躲避，只觉一阵香味从鼻管里直透到脑中，一阵迷糊，天旋地转地向后便倒，那人哈哈大笑说道："三宝，快来！"

远远林子里又奔出一人，正是马三宝。原来仍是这两个歹人，想尽方法弄到一种迷药来，藏在手帕中，天天在校门边窥伺，只苦没有机会动手。这天，又知道若兰等在模范村，料她们必要回校，遂守在一段冷僻的地方等候，果见若兰和飞琼走来。马三宝因若兰和他相识，此时不好露脸，遂先由吃白老四备好迷药，向若兰等迎上去，疾把袖中手帕取出，向两人鼻上抖了几抖，若兰等一阵昏迷，向后而倒。此时二人见已得手，时机不可再失，马三宝遂把若兰背起，吃白老四也背着飞琼，连忙从小径上绕道归家，幸喜没有撞见一人。

马三宝和吃白老四心中说不出的快活，这遭却被他们弄到手了。两人既到家中，把若兰、飞琼两人轻轻放下。天色已晚，吃白老四吩咐他的姑母掌灯来。二人中的迷药很轻，灯光一亮，二人都已苏醒。见自己到了不知什么人家里来，面前还站着两个男子，一个便是把香气迷倒她们的，若兰再一看，那旁边对着伊笑嘻嘻立着的，正是马三宝，不由惊奇起来。吃白老四恐防她们倔强，早已把她们的手足缚住，坐在椅上挣扎不得。若兰遂开口问："原来是你！用何诡计抢夺我们到这里来？意欲何为？"

马三宝哈哈笑道："沈若兰，平日你傲视一切，今天也有落到我手中的时候么？老实告诉你吧，自从你拒婚以后，我心里一直想娶你到手。前一次中秋夜里，我们到你校中来，不料有人援助你，便宜你这许多时日，今天援助你的人到哪里去了呢？劝你还是顺从我，嫁了我吧！免得后悔。还有这姓柳的，可以嫁给四哥，我们两对儿快活快活，岂不是好？"

若兰、飞琼听了，一齐骂道："贼徒！你们如此作恶，终有恶贯满盈的日子，快把我们杀了，誓不从贼。"

吃白老四见她们破口大骂，恐被人听得，泄露了秘密，忙取出两个棉絮团，向两人口中一塞，使她们不能出声，遂把马三宝胳膊一拉道："老弟，不必和她们斗口，我们出去商量要事。"遂拖着马三宝走出房去，把房门带上。

他的姑母见了这种情形，便问道："老四，这两位小姐是谁？怎么你把她们抢得来呢？"吃白老四眼睛一瞪道："你不要管，快去厨下烧饭！"他姑母素来见他怕的，被他一喝，便退下去了。

若兰和飞琼在孤灯之下面面相觑，口中不能作声，心里惶急欲死。知道陷身虎穴，自己命运已离死亡不远，再没有人来援救了。若兰想起老母，不觉凄然下泪，耳畔又听房外的吃白老四和马三宝说道："老弟，我想孔怀学校若然等到此时不见这两个雌儿回去，一定要发急，四出寻找。我们藏在这里不甚稳妥，不如到'水老鼠'王金福那边去，和他商量，借他的船连夜把这两个雌儿载着，摇到上海去躲避，我们在船中也可以徐徐寻乐，不怕她们逃到哪里去。等到了上海，我想要把她们卖掉，倒可发财的。"

三宝道："四哥的话说得有理，我们就此去吧。"

吃白老四便大声对他姑母说道："我们到王家去去就来，你顾把饭烧好了，留心看守这两个女子，不要出门一步，若有差池，唯你是问。"姑母答应一声，两人出门去了。

若兰和飞琼听个明白，自思一生结局竟至如此，作了什么孽呢！三宝这人真可杀！不觉泪下如雨，飞琼心中更是悲愤。

隔了一刻钟，忽听叩门声，姑母问是谁，便有妇人声音答道："寄母是我呀!"又听那姑母走出去开了门,随手有一个妇人进来说道:"寄母,今天我们做得许多团子,甜的咸的都有,想着寄母爱吃的,所以送一盆来给寄母尝尝。"

若兰听这妇人的声音似乎很熟,只是记不得,口里也不能喊。遂又听那姑母说道:"谢谢你请我吃团子。"便听盆子放在桌上的声音,姑母咀嚼团子的声音,那妇人又问道:"四哥呢?"

姑母嗳噜着答道:"你不知道,老四今晚又要大忙哩!"

妇人问道:"什么事?"

姑母轻轻说道:"你千万不要说出去,他同一个姓马的抢得两个很美丽的小姐在此,不晓得要做什么,现在到王家去了。"

妇人道:"咦?四哥怎么如此胆大呢!寄母可能让我看一看?"

姑母道:"在那边房中,你去看吧,不要声张。"那妇人答应一声是,便见门开了,有一个乡妇走进对着她们详视。到得若兰面前,忽然喊起来道:"啊呀!这不是沈先生么?怎的在这里呢?"

若兰此时才认得那个乡妇便是张菊宝的后母张氏,被自己所感化的,遂点点头。张氏见伊口中有物,便伸手把棉絮挖去,又代飞琼去掉了,若兰方才答道:"我们被人陷害的,望你快到校中报个信,好让他们来救。"

那张氏顿了一顿,走近一步,附着若兰耳朵说道:"若要我回去报信恐怕来不及的。他们正去想法子,不如待我现在背着他把你们放走吧。"

若兰道:"不错,只是你又将如何呢?"

张氏道:"我引你们逃回去,然后再报警局来缉捕他们,我也不情愿认识这种人家。"说罢,竟上前将两人的绳索解下。

两人立起来,觉得手足已有些麻了,张氏遂领着二人走出房来。那个姑母方走灶边去放团子,不在外边。张氏把门一开,轻轻地和若兰等蹑足走去,向南边田岸上跑去。若兰道:"我们不要遇见他们才好。"

张氏道:"此间是荒野,走了一段路,人家便多,也不怕他们了。"这时,天色已黑,星斗满天,有一些微光。三人紧紧前跑,才转了一个弯,忽听背后一声吆喝。若兰等回头探望,见有两个黑影很快地在后跑来,知是马三宝等追来了。若兰吓得浑身发抖,口里只说"不好了",脚下便会走不动。飞琼四顾旷野,没有救援,心中也很发急,把若兰扶着,跟了张氏紧跑。张氏口中只念"阿弥陀佛"。刚到一条小桥边，马三宝等已追及了，大喝："你们逃到哪里去！该杀的张氏，取你的狗命！"飞琼遂把若兰向前一推，自己回身立定，一看两人杀气腾腾，马三宝挺着一根木棒，迳向飞琼搰来。飞琼跳过一旁，一伸手将木棒抢住，马三宝不知飞琼精谙拳术的，欺伊是个女子，遂将棒往里一曳，想夺回来，哪知飞琼顺势向前踏进一步，飞起右腿一个金刚扫地，把马三宝扫了一个筋斗，木棒已抢到手中。吃白老四看得分明，他手中持着一根铁尺和一柄匕首，疾忙跳过来，向飞琼头上一铁尺，飞琼将棒拦住，还手一棒，向吃白老四腰里打来。吃白老四喝一声："来得好！"右手把铁尺架住木棒，左手的匕首已直向飞琼胸前刺来。飞琼收转棒，拦开匕首，二人斗作一团。马三宝又从地上爬起，前来抢飞琼的棒。飞琼被二人围住，不能脱身。若兰和张氏呆呆立在桥畔，不能丢了飞琼独逃。吃白老四的膂力不小，飞琼虽谙武艺，究竟力弱，心里又慌，看看敌不住了。正在危急间，忽听砰訇一声，打破乡间沉寂的空气。

欲知后事，请看下文。

闲云老人评：

以前赵芷芳叙述松云和尚的艳史，作者插入一吃白老四，但读者以为闲笔，后来孔怀小学开学时，又轻轻一点，便知此人必有关系了。今果因此而牵出马三宝，可知作者文心之细了。补述上回事亦很简洁清楚。云裳投稿，又在此回中先伏一笔。写若兰、飞琼陷身匪窟，令读者急煞，不知如何解围。及张氏来，方知前回草屋说书一段，作者固有意为之也。妙妙。既出虎穴，又有追兵，桥边被围，重入险境，绝不肯放松一笔，犯平庸之弊。砰訇一响，此何声也？使人不得不亟看下文。

第三十二回

枪声人影幸遇黄衫
鹤焰灯光如同白昼

响声过后，只见桥上立着一人，手里持着手枪，正对着吃白老四和马三宝两人。黑暗中，辨不清楚是谁。只听那人喝道："胆大的凶徒，强抢良家妇女，罪在不赦，再敢动手时，我手中的枪弹不留情了。"

吃白老四和马三宝不防斜刺里有人出来干涉，并且先放一响空枪向他们示威，不知来者何人，是否侦探，心里究竟虚怯，一齐丢下飞琼，没命地飞奔逃去。

飞琼身临危境，也不料有这种救星光降，把吃白老四等吓逃，遂走到若兰身边说道："好了，有人来援助我们了，现在贼徒已逃，快上桥去看是谁来相助。"遂抛去木棒，走上桥来，却是一个影踪也不见。四望昏黑，但闻风声吹动林梢，簌簌作声罢了。

飞琼不觉惊呼道："怪哉！奇哉！明明有个人在桥上放枪，才把贼子唬走，怎的一霎眼便不见了呢？"

张氏道："莫非是小姐等洪福齐天，有仙人前来搭救。不然，这里四处荒僻，哪里会有人来呢？"

若兰道："不是的，我也瞧见一个瘦长的男子黑影立在桥上，一手高高地擎着。我们既听得枪声，又听他开口说话的声音，当然是人而不是什么神仙。大约此人不愿露出庐山真面目来，所以走了。这样看来，今天救我们的人就是中秋夜援救我的侠士，这个推测是不会错的。现在我们也不要多耽搁，这里不是谈话之地，早早脱离危险为妙。"三人遂急急向前面跑来。

走了一段路，人家渐多，远远地有一簇灯笼火把飞奔前来，近身一看才见阿土带着几个男子，还有三四个警察荷着枪械，是来寻找若兰、飞琼的。阿土见了若兰，便大喜道："沈先先、柳先生回来了。你们到哪里去的？天黑时，我盼望得心焦，诚恐路上出什么岔子，便到赵小姐那里探问。知道两位先生早已回校，而校中不见归来，明明路上出了事了。赵小姐等一齐大惊，连忙命我报警，会同几位警察和几个熟悉途径的人四处探寻，走到这里，才得遇见。"

若兰道："很好，我们被吃白老四等抢去，幸有这位张氏，是妇女半日学校学生，和我相识的，把我们救出来。但是行到半途，吃白老四等又追到，又幸有一个无名侠士援救出险，现在我们已得无恙，请你们快去捉拿那两个凶徒吧。"

一个警察道："原来是吃白老四做的事，我认识他家里的。本来他聚赌抽头，我们也要缉捕他呢！"遂由阿土和几个乡人伴送，若兰等回到赵小姐那里去，警察等都赶快去吃白老四家里捕人。

若兰等一众人回到模范村，赵芷芳、倪征祥、华蓓英等都立在门口观望，一见若兰、飞琼，都是不胜之喜，把她们拥着进去，细问根底。

若兰遂把自己和飞琼遇险脱险的前后经过，详细报告，赵芷芳等才明白前次校中半夜来的暴客就是这两个凶徒，内中的马三宝是和若兰有宿嫌的，所以一而再地伺隙动手。若非有那无名侠士和张氏的援助，若兰等两人落在凶徒手里便不堪设想了。但那个无名侠士两次援助，天下竟有这种巧事！他和若兰有何关系，如此热心呢？为什么救了人家又不肯露面呢？徒令人缅想无穷，何从报谢！

所以若兰心中十分感激那个无名侠士，要学丝绣平原的故事，终身以心香一瓣供奉他了。她们又讲起吃白老四和马三宝的劣迹。隔了一刻，警察们已回来说，他们赶到吃白老四家中，只见他的姑母呆呆地守在门口，两人影踪俱杳。据他的姑母说，吃白老四今晚抢了两个女子回家，便到王家去的，后来伊的寄女送团子前来，乘伊不备把两个女子放逃。不多时，吃白老四和姓马的来，知道这事，把伊痛骂几句，遂出门追。以后便不见回家。他们遂留一个人守在那处，然后再到王家去，才知吃白老四、马三宝和那个王金福同坐着船，高走远飏了。这里只好移文无锡县，再到苏州

281

马三宝家去踩访。于是，赵芷芳取出十块钱来，请他们吃酒的。他们不肯接受，推让再三，才受了退去。张氏也告辞归家，若兰等向伊致谢。芷芳又命阿土先回校去，今夜便留飞琼、若兰在自己屋中住一宵。

飞琼脱了危险之后，若无其事，但若兰常从睡梦中惊跳而醒，梦见自己又被马三宝缚在树上，扬着牛耳尖刀，要取伊的性命，正危急间，忽又见瘦蝶过来解去伊的束缚，马三宝不知躲到哪里去了。伊连忙告诉瘦蝶，问他怎会来救自己的。忽然一眼瞥见马三宝在林中，把枪瞄准瘦蝶开放。"砰"的一声，惊得伊口里连喊不好。飞琼同睡的，被伊惊醒，知是梦魇，遂把若兰唤醒。若兰醒来，自知心中虚怯，才有这个噩梦。但想马三宝为了我也是深恨瘦蝶的，不要他去害瘦蝶，当教瘦蝶小心防备。想到这里，睡不着了。天明起身便写一封信告诉瘦蝶，叮嘱他诸事留神，遂和飞琼仍回校去上课。知道凶徒远飏，正在侦缉中，他们必不敢回来。此间，可以安然无虞。想起张氏援助之功，午后把张氏请来，想送伊几块钱。张氏一定不要，说这是天有眼睛，并非自己之功。但得两位先生平安无恙，心中便不胜快活了。若兰知道不能勉强，遂想以后再送些礼物给伊吧。

明天，正在饭后休息时间，忽见阿土匆匆走进，递上一张名刺说道："有客求见。"若兰接过一看，微笑道："请他进来。"阿土回身出去不多时，便见一个美少年穿着皮蛋青素缎的夹袍，元色毛葛的马褂，脚下一双黑皮鞋，手中提着一个皮箧和一藤篮，托托地走进教员室来。正是杨瘦蝶。若兰和飞琼都含笑起迎，请瘦蝶坐定，若兰便道："瘦蝶兄可是坐十一点钟的车来？"

瘦蝶道："正是。昨天晚上我接到兰妹的信，知道兰妹和柳女士曾受着很大的惊恐，心中很是放不下，所以特地赶来慰问。我母亲和云裳妹得悉这个消息，也是惊诧万分。今天早上，我到兰妹家中去，告诉尊大人，说我要来望亭探视，只不曾把你们的事告诉伊，恐伊要发急的。尊大人遂托我到观前买两瓶肉松带来，我顺便又在采芝斋买了两瓶脆松和南枣糖，知道这是兰妹喜欢吃的。"说罢，便开了放在桌上的藤篮，取出六罐东西，另有一个瓶式的锦盒，内中藏着一小瓶巴黎白玫瑰香水，还有一块香皂，式样很是精美，送与若兰说道："这个香水是一个留学生送给我的，他正从法国回来，购得许多化妆品，都是很好的，请兰妹试用。"

若兰接过谢道："却之不恭，受之有愧。多谢！多谢！"遂把物件放在抽屉内。瘦蝶又问起那晚被劫的情形，若兰详细奉告。瘦蝶叹："天下事谁说没有因果呢！兰妹假使以前不去感化那个张氏，恐那晚不能脱险了。还有那个无名侠士，来无影，去无踪的，真令人不可捉摸，难道现在的时代真有古时昆仑奴黄衫儿等一流人物么？我虽为之执鞭，亦忻慕也。至于马三宝那厮真是可恶，他为什么这样和兰妹寻仇呢？"

若兰玉颜红晕道："可不是么！前后两次了。还有以前和他同居时，他又闯到我房里来调戏，幸亏飞琼姊和慕秋姊前来解了围，不想他狼子野心，要想玷污我的清白，看来我和他今生无仇，前世定是冤家了。"说时低倒头，泪承于睫。

飞琼忍不住说道："这种凶徒讲什么道理，总要把他们一一捉到，然后我等可以高枕无忧。"

瘦蝶也道："此时恐怕他们远走他方了，苏州也不会去的，防人知道。"

若兰道："我想马三宝也怀恨于你，请瘦蝶兄也要谨慎。"

瘦蝶道："他要寻着我么，我必请他坐牢监。"这时已到一点二十分，要上课了，飞琼遂立起身来取着铃，摇到外面去，教那些小学生进入教室。

若兰道："哎哟！我倒忘了，瘦蝶兄此时还没有吃饭吧？"

瘦蝶道："我已在车上吃了。"

若兰又道："那么瘦蝶兄既来，当该去模范村参观一下。请稍坐，我有一点钟国文，上罢了，另有华先生来教授算学，我可奉陪你去。"

瘦蝶点点头道："兰妹请便，我和你是不客气的。此刻我想去访我的朋友丁剑青，然后，再回来看你。"遂别了若兰、飞琼，出校访友。

这里，若兰上了一点钟的国文，华蓓英早来授课。若兰退到教员室，不见瘦蝶回转，坐着看报等候。

约莫又过了一刻多钟，瘦蝶才走来。若兰问道："瘦蝶兄访的那位贵友可曾见面？"

瘦蝶答道："没有见面，他家的下人说他早已到广州去了，我独自到镇上去跑了一趟而归。"

若兰道："我伴你去参观模范村，见见赵芷芳。后天便是国庆日了，你就住在此地不要回去吧。云裳姊等几时来？"

瘦蝶道："今夜我或者不回去了，明天回苏，后天早上陪她们来。秋月、稚英、翠娟都要来的。"若兰听了十分起劲，遂伴着瘦蝶出了孔怀小学向模范村走去。

到了那边，瘦蝶见果然地方洁净，街道整齐，一树一屋都有新气象。来到育蚕所，赵芷芳、倪征祥出来欢迎，若兰遂介绍瘦蝶和两人相见。瘦蝶见芷芳等质朴中饶有妩媚，都是勇于敢为的新妇女，很是恭敬。两人也常听若兰说起瘦蝶为人潇洒出尘，多才多艺，现在一看卫玠风度，真有璧人之誉，大为钦佩。若兰又说起瘦蝶来参观模范村之意，芷芳遂引着瘦蝶等各处去观览。

瘦蝶见蚕所蜂场布置得很有秩序，啧啧称美。观罢回到客室中，倾谈一切。这时，飞琼和蓓英已放了学，也赶到这里来，大家又陪着瘦蝶在四周散步一遭。天色将暮，芷芳遂要请瘦蝶吃晚饭，下榻于此。瘦蝶再三推辞，说镇上也有旅馆，不敢有扰。若兰道："镇上的旅馆怎有苏州城外的旅馆里那样舒齐，瘦蝶兄一定住不惯的。我们校里还有一间寝室空着，前天芷芳姊已端整好两张床，被褥都有，预备国庆日有来宾可以借宿的。瘦蝶兄不如到那里去睡吧，我们晚上还可谈谈。芷芳姊要请你吃晚饭，彼此都不客气的，你也答应了吧。"

芷芳也道："我不过请杨先生吃一顿便饭，杨先生不必客气。"

瘦蝶遂道："多谢盛情，我也不好再辞了。"芷芳遂请瘦蝶到楼上伊的书房间里去坐，命厨下添了几样菜，陪瘦蝶吃晚饭。讲起国庆日的识字运动来，芷芳请瘦蝶在那天聚会中演说，瘦蝶推辞不得，只好应诺。

晚饭过后，若兰请瘦蝶回校去，芷芳因若兰等有瘦蝶相伴，路上可以放心，遂送到模范村口而别。瘦蝶随了若兰等回转校中，挑灯清谈。若兰把自己编撰的《妇女文学史》给瘦蝶看，已编到中唐时代了，瘦蝶披阅之下，大为叹赏，后又谈起时事来。

瘦蝶道："这些祸国殃民的军阀实在应该打倒，吴佩孚迷信武力统一，直奉之战一蹶不振，虽能乘机复起，而部下精锐尽失，所统辖的军队都不肯出力，调遣不动。汀泗桥一役终为南军所败，他也应知道民意所归了。

他一向藐视蒋介石的传闻，前次国民革命军进攻鄂省时候，吴佩孚令部下军队死守汀泗桥，不许让南军越雷池一步，战斗很是剧烈，国民军几乎不支。蒋介石见情势危险，便调三团学生军上前冲锋，那些学生军都是爱国的健儿，个个舍生忘死，以一当十，向北军肉搏猛攻，上了刺刀，一齐冲锋。北军抵敌不住，遂败退下去。吴佩孚正在高处指挥作战，忽见南军中杀出这一支生力军，果然厉害。自己东征西战，挡过劲敌不少。九门口一役，奉军可算锐利了，却没有见过这样的军队，一问部下，始知是蒋介石训练的学生军，遂仰天长叹道：'蒋介石不可侮也。'吴佩孚自己也知非蒋氏对手了。现在武昌被国民军围困了多时，北军死守不退。有人说刘玉春等将效唐朝张巡、许远坚守睢阳故事，岂知顺逆不同，情势亦异，何苦涂炭生灵呢！"

若兰道："国民军所以能乘时崛起，屡战屡胜，也因那些军阀不能联络，反而互相猜疑的缘故。当吴佩孚在鄂省和南军对垒时，五省联军若能侧攻其胁，国民军也不能得利。等直军败了孙氏，才发大军去赣省作战，同时奉军袖手旁观，直军也不能反攻，国民军得取各个击破之法。蒋氏正和联军鏖战，然而成败之数不难预料，联军一定要失败的。"

瘦蝶道："可怜的南昌城，正当兵灾。听说那座名传千秋的滕王阁也付之一炬了。这次战役国民党牺牲的也不少啊！"

飞琼道："我们同志已在四处暗暗进行了。王慕秋在苏非常活动，不过此地还因军阀防备严密，不能有何种发展，只是酝酿着，等到联军一败，自然蜂起，管教他们土崩瓦解，不可收拾了。"

三人谈了一刻，听远处击柝声，已近三更，若兰遂点了一盏灯，引瘦蝶到对面一间房里去睡。指着正中一张小床道："请瘦蝶兄有屈一宵吧。"瘦蝶笑笑。若兰又道："后天云裳姊等来时，这旁边一张小铁床也可睡的。"遂道了晚安退去。瘦蝶已有些神倦，即脱衣安寝。

明天早上，若兰特地煮了四个水哺鸡蛋，请瘦蝶吃。因为镇上没有好吃的点心，瘦蝶吃了，便要辞别，若兰请他明天早些伴云裳等同来。瘦蝶道："大约坐九点钟的车来了。"遂告辞而去。这天，校中已放假，若兰、飞琼都到芷芳那边去布置一切，很是忙碌。华蓓英监督着许多妇女半日学校里的学生糊灯笼，有许多好的灯都向纸扎店去定制的。赵芷芳自己忙得饭也没工夫吃，眨眨眼日落西山，一天光阴又过去了。

国庆日的早晨，可惜天气阴霾曜灵匿影，然幸未雨，若兰、飞琼略事妆饰，在校中等候瘦蝶一干人光临。到十点钟时，果然瘦蝶陪着云裳、秋月、翠娟、稚英前来，大家相见之下非常欢欣。若兰先引众人在校内参观，云裳、稚英、秋月向伊问起前事来。翠娟还没有知道，若兰遂告诉伊，请伊不要在沈太太面前提起，又说，警署中昨天曾到芷芳那边报告，他们已到苏州去缉访，但是马三宝等并不在苏，想已至沪了。

云裳道："说来说去，最可惜的那位无名侠客，既然肯来援助，为什么不将凶徒擒住，大快人心呢？"

若兰道："或者他自有意思，我们也不知道。"若兰又把瘦蝶送的南枣糖和脆松取出来，开了罐头，请大众吃。午饭时，若兰已向镇上一家小菜馆内定下一桌酒席，宴请大众。吃了饭将近一点钟。

若兰说道："二点钟要开会的，我们快去吧。"遂锁上门户伴着众人到模范村，见了赵芷芳等三人。此时，芷芳穿着豆沙色软缎的夹旗袍，头颈里套着一串珠练，足穿漆皮革履，截着短发，很是时髦，和征祥等款待来宾，和云裳等略谈数语，又陪着别的来宾谈话。若兰遂引着云裳等去各处参观，然后还到会场中。到会的人拥挤得很，众乡民扶老携幼都来瞧热闹。

芷芳先登台报告开会宗旨，接着有各种表演，都是陈说不识字的害处和苦处。演说的除瘦蝶而外，又有无锡县教育会会长，上海中华教育改进社代表，蚕桑女学校长等人，直到五点钟散会。

众乡民因为晚上又有提灯会，所以探听出发路由，都要来看提灯。模范村里摩肩擦背，热闹得很。若兰陪着瘦蝶、云裳等众人便在芷芳那里吃晚膳。

六点钟时天色垂暮，大家都已饱餐毕，若兰把照料提灯的事托了飞琼，自己却陪着众人到村外去作壁上观。

芷芳、征祥、蓓英、飞琼忙得不得了，先在场上排了队伍，然后出发。共分四队：第一队是妇女半日学校学生，第二队是孔怀小学学生，第三队是育蚕所的男女职工，第四队是蜂场职员。大家持着各色灯笼，上面写着许多标语，如"识字运动是教人人来读书""不识字者与盲人无异"

"大家快来读书""速求知识""人不读书何以为人""快到妇女半日学校里来读书""儿童都要识字""人不学不知义"，十色五光，目不暇接。

队伍中有一队军乐队，乐声洋洋，响彻四野，是芷芳特地请来的。沿途有警察保护，维持秩序。出了模范村到镇上各处游行。

将近十点钟时，才回到原处，点名而散。望亭地方除却赛会，一向没有这种热闹的，可算破天荒的创举。乡人看了回去，三三两两地都讲识字运动。瘦蝶等看了很觉有味。

大家说道：乡间知识不开，教育缺乏，只有佞神求佛等举动，是要有这种运动去唤醒他们。都佩服芷芳的识力和若兰等襄助之功。大家因为芷芳繁忙，不要再去惊动伊，遂先回校去。柳飞琼随后也有人护送归来。大家欢笑畅谈。

飞琼对若兰道："便宜了你，田岸真不好走，尤其是在夜里，我踏着一个潭，几乎跌一跤，累得腿都酸了。"

若兰笑道："我要奉陪佳客啊！偏劳姊姊。将来回苏时，请你到松鹤楼吃大肉面。"

飞琼道："大肉面我不要吃，要请我自由农场吃虾腰面和鸡肉水饺子。"

若兰道："也可以的。"众人都笑了。因为时候已是不早，都要睡眠，若兰遂请云裳、稚英合睡一榻，把瘦蝶睡的房间里一张铁床移到中间房里，让给她们二人。唯瘦蝶仍睡原处。自己和翠娟同床，飞琼和秋月同床，三间房中顿时大热闹。云裳和稚英睡了，还要在被中讲笑话，若兰也和翠娟谈起家事来。

飞琼道："请你们留着稍说几句吧，这样要谈到天亮了，累别人也不得安睡哩！"飞琼说了这话，大家就闭口无声，一宿无话。

次日天明，大家起身，校中仍放假，所以没有学生前来。云裳等急于回去，大家遂坐十一点钟车返苏，托若兰、飞琼向赵芷芳等代为道谢和告别，又问若兰等何日归家。若兰答称下星期日，或将和飞琼一同返家，因左右无事，遂送众人到车站去。

瘦蝶买了车票，须臾，火车已到，遂向若兰、飞琼握手而别，上了火车。车行若飞，不多时已望见虎丘浮图高耸，秋树如沐。到得车站，众人下车出站，各自雇了人力车分道回家。

瘦蝶和云裳回到家里，忽见碧珠正坐着和杨太太谈话，一见瘦蝶、云裳回来，连忙立起叫应，二人喜出望外。云裳握住碧珠的手说道："你好久不来了，我认你已忘记我们哩！"

碧珠笑道："二小姐，我哪里会忘记的呢！实因近来事情忙得很，晚上又少睡，所以信写得少些，请你原谅。"

瘦蝶见碧珠梳着扇子头，不打前刘海，耳上宕着翡翠环子，更见清丽。身穿一件黑丝绒夹袄，元色软缎的裙，足上一双平跟黑漆皮鞋，白丝袜，打扮得妩媚动人。便带笑问道："碧珠多时不见，更觉美了，可以多住几天去。"

杨太太道："她正有事来哩，就要上去的。"

瘦蝶道："什么事？"

杨太太笑道："你去问伊自己吧。"只见碧珠娇嫩的颊上泛起两朵红云来，低倒了头，腼腆无似。

瘦蝶很怀疑地问伊道："碧珠，什么事？请你快告诉我。"

欲知后事，请看下文。

闲云老人评：

无名侠士两次相救，仍不能知道他是何许人，真令读者搔不着痒处。两人闲谈，难叙述，作者遂借名人逸事，做谈话资料，使人读之不厌。若兰所语，亦能抉出联军与直军失败的症结，然而军阀的心理，正要如是，此天助国民军也。写识字运动，亦很有兴会，乡村教育真不可缺乏此举。和读者久别的碧珠又来了，不知又有何事，娇嫩的颊上，泛起两朵红云来，令人回忆前情，忍俊不禁。

第三十三回

赏秋光拾级登山
因党祸束身入狱

云裳在旁也微笑问道："碧珠，你又有什么事了？"碧珠想起以前讲模特儿的经过，更觉娇羞。

瘦蝶道："快说！快说！丑媳妇总要见公婆面的。"

碧珠遂道："我前次寄给你们一信，不是说我们到九江红十字会去的么？秋间，我们医院里来了一个外科主任，姓徐名公美，是医学硕士，新从美国回来。院长请他暂时帮忙，因为以前的主任出洋考察去了。徐公美家乡杭州，他有一个妹妹名淑美，也是女医生，去年在院中服务几个月，转到省立医院去的，和我也很相契。此次战事猝起，红十字会组织伤兵医院，要请徐公美到九江去，徐公美慨然答允，把院中职务托给他的好友郑医生，自己束装待发。但他很需要几个女看护跟他一起去。然而去看护伤兵，确是一件可怕的事，而九江又邻近前敌，所以难得人选。他便和吴瀚香主任商量，他的意思要我和一个姓费的看护跟他同去，吴主任答应他可以办到，遂教我和姓费的同随他行。我起初也有些踌躇不决，后来，因为这也是一个机会，可以到外面去走走，增长一些学识，况且，红十字会本含有牺牲的精神。战事一起便有许多同胞受伤于枪林弹雨之下，照着人道主义，应该去救护这些人，虽然有人说伤兵性情野蛮，不好对待，我想一个人总讲情理的，或者他们受了重创，性情忽然改变，容易暴躁发怒，只要耐心看护，当不致发生冲突，于是答应下来。隔得一天，便和姓费的跟了徐公美同行，到了九江。因为前敌军事紧急，地方上很有惨淡景象，医院中伤兵满坑满谷，都是从前敌运回的。血污满身，秽气触鼻，真不像人了。徐公美教我做看护长，一天到晚，蹀躞奔忙。夜里，呻吟声和怒骂声闹得我几乎不能安睡，徐公美自然也是非常繁忙，代伤兵医治各种伤处。有些医不好的，截去一臂，锯去一足，令人惨不忍睹。他难得有了空时，便到我处来和我闲谈，他告诉我说，他正在莫干山上鸠工庀材，建筑一个医院，请他的叔父在那边监工，明年新屋落成，他便要和他的妹妹淑美一起去院中主持医务。创设伊始，需用人才，见我做事很好，想邀我到那边去助理，问我可同意。我说，我是在妇孺医院学习出来的，现在要到年终可以卒业，所以宛如院中的人，自己不能做主，须听吴主任吩咐。他道，好的。回去后，他去和吴主任商恳便了。他为人很是慷爽，心直口快，办事精神很好，且有秩序，这是我在帮他做事时候看出来的。他又叮嘱我说，伤兵要发脾气，你凡事都要谨慎，忍耐为第一，不要吃眼前亏。果然，有一天，我去看护一个伤兵，他腿上中了很重的创痕，睡在床上，双目圆睁，见我走去给他服药，遂伸出他粗鲁的手来握我手臂。我正托着一杯药，只好给他一握了。他又向我说极猥亵的话来调笑，我也忍着不去理他。退出来时，我知照别的看护，对于他更宜留神，不料明天某看护去换班，被他打了一记耳光，跑到我处来哭诉，不愿当这职务了，问伊为了何事呢，原来伤兵要求和伊接吻，伊不肯，却向他说道，你们这些人真和禽兽无异，我是好意来看护你的，怎好来侮蔑我，怪不道你要吃枪弹！因此伤兵听了伊的说话勃然大怒，遂施行这种野蛮举动。我便安慰伊几句，劝伊不要辞职，又去告诉徐公美，让他去办。还有一次，有一个伤兵将近死的时候，忽然要求看护代他写一封家信，写了许多的话算是遗嘱，求我们代他付邮。他的家乡在温州，还有二十三岁的妻子和七八十岁的老母，可怜无定河边骨，犹是春闺梦里人……"

瘦蝶听了笑道："你对于唐诗倒熟得很。"

碧珠也笑道："这两句外面是很熟的了。你不要笑说我，让我简括地说说吧。要吃中饭了，肚子可饿？"

瘦蝶道："不饿，听你讲哩！"

碧珠又道："我们在九江已近三个星期，前天因为战事紧急，九江曾有一次遭南军来袭击，幸防守坚固，南军便即退去。所以后方医院撤退到安庆，徐公美也因事情难办，带了我们二人辞职返沪。一到院中，他就去同吴主任说，吴主任却代我们做媒人，和他说了，他十分满意。吴主任又同我细说，劝我嫁给他，将来一同合作，又说徐公美性情很温和的！"

瘦蝶不待伊说完忙问道："你已答允了么？"

碧珠含羞点点头，瘦蝶和云裳都拍手道："那么你是未来的院长夫人了！几时吃喜酒？"

碧珠道："吴主任说后，便介绍我和他先订婚约，大家交换一只戒指。"瘦蝶听碧珠说时，果然见有一只蓝宝石的戒指在伊的左手无名指上，碧珠接着说道："他是一个性急的人，恐怕在阴历十月下旬便要在上海结婚的，所以我回来禀知太太。好在他并不要什么嫁妆的，只要简单些便了。"

杨太太道："我已答允你代你预备，你放心吧。"

碧珠道："谢谢太太。"又笑对瘦蝶道："到时请少爷赏光来上海吃一杯浊酒。"

瘦蝶道："当然要来道贺的，不过，你还是这样地把少爷、小姐称呼我们，我们是不敢当的。以前，我早已对你说过，教你不要如此叫人了，怪难受的。我素主张平等的，况且，你现在又不是下人了，不必这样称呼我们。以后，你再叫我少爷，我就不理，莫怪我搭架子。"

碧珠道："不是的，想我受恩深重，终身不忘，何敢一出门来便忘却本来面目呢？"

杨太太道："碧珠，我想你就做我的寄女何如？将来两家变成亲戚，也好来来往往，这个例也是有的。碧珠你想好么？"

碧珠一听这话，便向杨太太跪倒道："蒲柳之质，辱蒙宠爱，谨从寄母的吩咐。"瘦蝶和云裳在旁拍手起来。知趣的袁妈在旁边见了碧珠已做杨太太的寄女，遂走上前叫道："碧珠小姐。"碧珠倒不好意思起来了。

这天饭后，碧珠又同云裳到观前街去购物，瘦蝶自在绿静轩习画。接到云仪来函，说江西方面战艰吃紧，南京谣言甚盛。校中第一次小考已过，自己考得分数很好，问及家中近况。瘦蝶遂写一复书告诉云仪，说他们在双十节同到望亭模范村去参观识字运动提灯会，以及若兰两次遇险的情形，封固了寄去。夜来又和碧珠闲谈上海风俗。

隔了二天，碧珠辞别返沪。碧珠去后，沪杭路忽而中断，夏超在浙江独立，苏浙两军又在嘉善开火，杨太太惦念母家，打电报去探问后，得瘦蝶母舅吴旭沧复电，始知杭城秩序尚好。不多几天，这事就平静了。

杨太太鉴于时局不宁，云仪孤身在外求学，很不放心，教瘦蝶写信给云仪，要伊请假回家。谁知云仪回信来说，时局俶扰，未知何日太平，自己求学重要，非到危险不肯辍学。好在学校当局自有措置的，望家中不必过虑。杨太太也无可奈何，心中总是惦念着。

星期六的下午，若兰和飞琼同车返苏。星期日若兰又到杨家来。秋月、稚英也来相聚。秋月在母校执教鞭，教务主任很器重伊，但因胞兄殉难，良友远行，心里时时惆怅不乐。瘦蝶陪着她们去游虎丘。

这时，露苇催黄，烟蒲注绿，秋色很是宜人。坐在冷香阁上啜著，瘦蝶不觉想起前年和丁剑青饮著于此，邂逅汪紫璎的一回事。不知丁剑青现在何方，是否在国民军中工作，汪紫璎在上海过伊的浪漫生活，可已择人而事，还是做了野花败柳，任人采折？

他在痴想，若兰见了阁上许多小贩口里乱嚷，还有一群伧夫俗子聚坐在一处吃物，遂对瘦蝶说道："昔时尤侗《答宋荔裳书》说'仆谓今日虎丘变作生祠便览，至中秋左右，则大似北方人作集，酒、米、鱼、肉、盐、酱、醋无所不有，不但无一干净地，并无一干净人矣！袁中郎谓乌纱之横，皂隶之俗，今日游人比乌纱皂隶横俗十倍，先生乃欲和其光同其尘耶！十三之夕，扁舟一过，千人石上，肩摩踵击，而仆视之寂若无人，遂兴尽而返'云云，我敢说，到今日的虎丘更是俗不可耐了，山灵有知会当哭煞。"

瘦蝶道："兰妹怀抱高洁，所以有这种思想，我也觉得现在虎丘渐渐变得尘俗，只要再有人在山下造起一座洋房来，便不中不西，可以代表一般非驴非马的少年人了。"

云裳听了，也说道："汤传楹《与既庭书》亦说'虎丘一片石，蚤晚尚可盘桓，将来玉镜高悬，村俗奔走，则为鱼肉场。我辈更无容膝地，不得不向生公叫屈'云云。汤传楹好似先知了。"

瘦蝶又道："汤传楹诚是雅人，我最爱读他的《与展成一书》，中有'坐生公石上，游目四旷，秋树如沐翠微之色，沾染襟裾。仰听寒蝉咽呜，老莺残弄，一部清商乐，不减江州司马听琵琶，到或可廓清愁怀，淘汰郁绪，差胜圜阓中。苍蝇声耳，胸中块垒，急需以西山爽气消之。吾与君登百尺楼，把酒向青天，酒后耳热，白眼视诸卿，求田问舍，碌碌黄尘，如蜣螂转丸，不觉抚掌大噱'云云。还有他作的《虎阜游记》，直使后人为之搁笔了。"瘦蝶说时，朗诵书句，那旁边个做伕夫都指点着他好笑，以为哪里来一个书呆子了。

秋月笑道："你们胸中的书真多，本来我想作一篇游记，被你们一说，却不敢作了。"大家不觉笑笑。

坐谈一刻，才离了冷香阁，又到各处去游览一遍。若兰一看手表，已有四点钟了，便要回家。大家也就一齐下山，走到青山桥边。若兰又去探望故居，见门面已焕然一新，门外有一个二十多岁的女仆，抱了一个又白又肥的小儿在那里游玩，若兰便问伊道："你们主人姓谁，可是新得这座屋子的？"

乳母答道："我家老爷姓张，在湖北做过财政厅长，现在不做官了，带着家眷到苏州来，买了这屋子，在此享福。我是新雇来的，在四姨太太名下抱小儿。"

若兰听罢很多感慨，回身走转。

瘦蝶道："近来，苏州地方有许多下野的政客贵人来买房子，造新屋，自营菟裘，卜居于此，许多败落人家都把房产买去，苏州人真是只会败，不会长的，可叹，可叹！"若兰道："便是因为这地主太好，苏州人太适意了。只知图娱乐，偷安逸，缺乏奋斗的精神，进取的思想。吟风弄月，自命风流，遂致奢靡成性，积弱不振了。"谈谈说说，不觉已至阊门。大家遂雇了车子代步，分道归家。

次日一早，若兰去看了飞琼，回到望亭去。早上的课由赵芷芳、华蓓英代上，芷芳告诉若兰说，自从识字运动以后，妇女半日学校加多了十几个学生，别处地方很有继起，不好算没有功效。若兰等也很快活。

过了一个月光景，联军援赣失败，国民军已得九江，又下南昌，乘胜东下，鲁军将援苏。此时，瘦蝶等方在上海吃碧珠的喜酒，若兰得瘦蝶的来信知道，吉期是在旧历十月二十二日，杨太太和云裳都到上海去，住在远东旅馆。碧珠结婚的礼堂是借的康脑脱路徐园，一切礼式都很简单，请的牛博士做证婚人，婚后即将赴杭。若兰本也想去贺喜的，奈因校中事冗，不能去沪，遂托瘦蝶购了十块钱的礼物，送给碧珠，要向碧珠索取一张结婚照片。后来，碧珠果然特地从邮局挂号寄给若兰一影。若兰看照片上的新郎，很是俊秀，深为碧珠庆幸得人，而碧珠妆饰着新嫁娘更觉艳丽了。瘦蝶在上海和母亲等游了几天，又到邱家去看淑贞，淑贞陪他们去看戏，直到十月底才回家。

时局不安，人心惶惑。瘦蝶只是伏处家中，研究画学，非但对于国粹画大有进步，而对于新派画也工妙，画会中人都赞美他的聪明。他时常到陶子才父子处去请益。三冬无事，浸淫在绘事中，拟明年春间，开一个人作品展览会。因他画得很多了。

驹隙光阴，又到年假。若兰、飞琼束装回来，云仪也从南京归家，众人重又聚首在一起，很饶韵事。等到一过元宵节，都要开学了。其时联军在浙江和国民军开战，形势不利，节节败退，全军撤到嘉兴布防。上海又起了罢工的大风潮，瘦蝶因时局危险，劝若兰等不要出外。若兰虽知江苏早晚要卷入旋涡，然而自己早已应允了芷芳，断不能半途中止，自失信用的。云仪也仍要继续求学，决定二十日动身。瘦蝶怏怏不乐，无法阻止。在十八的那天，忽然吴江地方解上三名绑票匪徒，戒严司令部决定明日枪决。报上登着姓名，乃是阚永奎、马三宝、石老四。

瘦蝶得知这个消息，大喜。先告诉了他的母亲，忙又跑到若兰家中告知若兰。若兰母女都道，天网恢恢，疏而不漏，作恶的到底要受恶报。此番马三宝不能活了。

若兰道："他们自望亭逃走出去，几个月中，大约都在那里干这种生涯，那石老四当然是吃白老四了，他本是望亭的大流氓，恶贯满盈。但是马三宝以世家子弟而堕落到这个地步，直到今天山穷水尽，陈尸刑场，都是滥交匪类，甘心为恶的结果。他虽与我为仇，而我却很代他可惜咧。"

到了明天，这三个犯人绳穿索绑，先游行街市一周，然后押到阊门外望树墩枪决。瘦蝶也去观看，果然是这两个人。马三宝身中两枪而死，吃白老四头颅中了一弹，裂成两片，脑浆直流出来。看枪毙的人纷纷传说，原来马三宝和吃白老四自从图劫若兰、飞琼不成，坐了王金福的船一起逃到吴江。同时，他们合伙在沪宁路上私运的烟土被军警抄去，同党被拘，便是前在吃白老四家中商议去做的。于是他们三人只在乡间逗留，吃白老四有一个盟兄弟是绑票巨匪，劝他们入了伙，同去绑架吴江一个姓王的富翁，写信勒赎得了五万金，才把王翁释回。王翁有个亲戚在警界服务，遂一心想去缉捕。

凑巧，正月初头，马三宝和吃白老四得了赃金，在乡间大赌，赌场中起衅，殴死人命，被警署捕去查问，遂有冤家告他们是绑架吴江王翁案中的匪类，一鞫而服，便和那个姓阚的一齐解上来，执行死刑，人心大快。唯有马氏得知儿子做了绑匪，被司令部枪决，哭得死去活来，只得去望树墩收尸，不必细表。

且说若兰知道马三宝死后，很是放心，遂和柳飞琼别了家人到望亭去，云仪也到南京去读书。在若兰到得乡间后数天，上海方面罢工风潮益形扩大，沪宁路苏常一带都有鲁军开来驻防联军。在嘉兴又被国民军击退。鲁军调往前敌，国民军进占南浔，苏州地方风声鹤唳，草木皆兵，深恐又受战祸，国民党正在四处活动。

若兰接到家中母亲寄来的快信，促伊速即返苏。而瘦蝶也有函来，说白门女子大学临时放假，云仪也已回苏，望若兰请假归家。

若兰接到信后，心中志忑，和飞琼商量，飞琼笑道："若兰姊，你不必畏怯，国民军是有纪律的军队，断不会像鲁军一般蹂躏地方的。况且，我党同志打倒军阀，努力革命工作，我等也宜趁此时间，起来宣传，不出数日，会使鲁军渡江北遁，江南一片土，终为我有矣！"

若兰道："你是国民党，自然要说这种话了。"

飞琼道："不是这么讲的，天下兴亡，匹夫有责。我们国民党为要救我中国，所以起来革命，救人民于水火之中。凡是有爱国心的同胞，理当一致拥护，否则便是反革命。"

若兰咋舌道："你不要说我反革命呀！昨天王慕秋寄给你一封信，可有什么事？"

飞琼道："老实告诉你吧，伊信上说苏地同志都已在暗中组织完全，预备欢迎党军，教我在望亭宣传，最好回去同工。"

若兰道："你们不怕邮局有人检查的么？去年苏州不是有个学生在信上泄露了秘密被捕，不但丧失自己的性命，连别人也遭殃的么！"

飞琼笑道："我们的信都藏着暗语，不会泄露的。"若兰遂决计不返，写了复信去安慰母亲，又答复瘦蝶。

又过了一个多星期，一天下午，若兰、飞琼正在上课，校门外突有大批军警拥入，其势汹汹。若兰等不知何故，上前询问。有一个侦探队长说是来捉国民党的，遂把若兰、飞琼双双擒住。若兰要想分辩，也不由伊申说，早把她们二人上了手铐。军警们入房，翻箱倒箧地搜寻。在飞琼箱子里搜出国民党的符号和王慕秋的信札，指明是铁证。原来，王慕秋在苏事机不宁，被人告发，慕秋和几个同志得着风声，都先远走，军警到慕秋校里检查，发现柳飞琼的信，凑巧信上说及若兰，遂探知二人在望亭当小学教员，备文捉拿。可怜二人出于不防，祸从天降，遭这缧绁之厄。军警们又因这学校是赵芷芳开的，便又押着二人到模范村芷芳处来搜检。芷芳得知二人被捕，不胜骇异，忙和征祥、蓓英等出来慰问。若兰玉容黯淡，不胜悲苦。飞琼面色不变，只说："我害了若兰姊了，此去我必向主谳者辩明，我死不恨，却不可累及若兰姊。"

芷芳道："苏州司令部里我也有个亲戚在内做事，我当代你们去说项。"又附着飞琼耳朵道："我看情势，在这数天内党军便要来了，挨得过几天可望无事。"军警见她们低语，忙来喝止，搜查了一番没有什么嫌疑物，遂押解两人坐火车回苏。芷芳遂即吩咐蓓英去主理校事，自己立刻也坐火车到苏营救。

乡人听说若兰等被捕，都很代二人可惜，说："好好两位小姐，现被军警捉去，一定性命不保，从此我们乡下没有这种好教员了。"张菊宝和几个小学生都不舍得若兰受祸，一齐哭着还家去。

芷芳到得苏州，天已垂暮，一想若兰的好友是杨瘦蝶，我不如先到他家中去告知他，让他也好去想法救护。伊知道瘦蝶住址的，便赶到瘦蝶处来。

瘦蝶正坐在家中和他的母亲妹妹讲起时事，说吴江已失守，松江方面党军和闽军交战，鲁军也没有战斗力，看来苏州早晚要入国民军手中，但望鲁军退走时不致骚扰地方。忽见杨福入报，外面有一位女客要求见少爷。

瘦蝶很觉奇怪，便命请到绿静轩中坐。自己遂走出去。云仪跟在后边，要想偷窥来的女客是何许人。瘦蝶踏进绿静轩，电灯光下一看，原来是模范村中的赵芷芳。

芷芳见了瘦蝶便向他一鞠躬，瘦蝶说声"请坐！"云裳见芷芳前来，也和云仪进见，介绍给芷芳认识。芷芳坐定后，汤妈早送上茶来。

瘦蝶见芷芳面色惊慌，额上有汗，心知有异，便问道："赵女士玉趾下临，有何见教？若兰女士可好么？"

芷芳道："杨先生，我是来报一个不祥的消息给你知道的。"遂把若兰、飞琼如何被军警捕去，搜出飞琼国民党的证据和书信等事情，详细奉告。说到伊自己来苏营救时，忽然瘦蝶大叫一声，口喷鲜血，晕倒在地。

欲知后事，请看下文。

闲云老人评：

一回带写时事，叙述清晰，描写伤兵情形，亦能逼真。碧珠一好女子沦为奴婢，幸遇杨太太等施以青眼，一力提拔起来，遂得有美好的结果，宜乎碧珠终身感激。可知，虽有美玉而不得玉人雕琢，终是埋没不显，徒使荆山有泣玉之士罢了。虎丘是苏州的名胜。春秋佳日，游人很多，但若兰抱清高，和古人同此感慨，确乎现在的苏州俗得多了。汤传檝一书，文笔清丽，莫怪瘦蝶倾倒，众人背诵古文时，借旁边的伧夫俗子反映之，甚妙。马三宝和吃白老四的收场，顺手写出，恶有恶报，天理昭彰，也是自取其祸。若兰、飞琼突以党祸而被捕，不但急坏了瘦蝶，谅读者心里也是很急的，此是文章中的波澜。

第三十四回

得惊报好友探监
迎义师故人倾盖

云仪、云裳见瘦蝶晕倒，急忙将他扶起。云裳唤道："大哥醒来。"

瘦蝶悠悠醒转说道："怎么我一个头晕，自己也不省得了。"看看衣袂上的鲜血，知是自己喷得出来。

云裳道："大哥何必如此，若兰姊既不是国民党，他们怎好诬陷？只要有人去保伊，或可无恙的。大哥且请定心。"

瘦蝶道："可怜的若兰，凭空受此横祸，我一定要想法把伊救出来的。"

云仪道："飞琼姊是党人，当然脱不了关系。我们很代伊怜惜，至于若兰姊，明明没曾入党，何可罗织人罪呢？不过，他们正在吃紧时，或要不分皂白，胡乱治罪的。我们快些要想法。"

芷芳道："不错，我此来也是设法营救。因我有一个亲戚姓解的，在司令部里当文牍长，想去见他，托他把这案件缓住。我料不出三天，国民军必要到苏。那时，国民党可以出头了。"

瘦蝶听了芷芳的话，频频点头道："赵女士说得是。近日军政界中的要人纷纷把家眷、行李送回去，大约他们也知道形势不佳，预备三十六着走为上着了。所以我们只要能用缓兵计把这案子缓住，可以徐图挽救。幸亏长腿将军不在这里，否则他是个屠伯，管什么冤枉不冤枉，早已送到断头台上去了。事不宜迟，我与赵女士分头进行，去援救这两个人。警察厅里第一科长姓杜，也是我的好朋友，我可托他办去。"

芷芳道："很好，我就去了。"

云裳道：“芷芳姊，你不如便在舍间下榻吧，我们再可接洽要事。”

芷芳转了一个念头遂道：“我本来想住旅馆的，但是我们再须商量。既承宠留我，就不客气了。”

云仪道：“是这样的好。我们等候姊姊的信息。”

芷芳说声“晓得”，便告辞而去。

云裳道：“赵芷芳这人却很有热肠，患难相救，才是一个有义气的良友。”瘦蝶遂和云仪姊妹回到里面，告诉了杨太太。杨太太也十分惊讶，大家一商量，决计不去告知沈太太，免伊受惊。

瘦蝶把自己要设法营救若兰的意思告知他母亲，立刻要出去。杨太太见瘦蝶这种情形，知道他心中十分忧急，叮嘱他说话处处要留神，不要再肇祸殃，很不放心让他去。但瘦蝶心急如火，坐着包车去了。云仪姊妹伴着杨太太在楼下等候消息，都代若兰等两人担忧。

不多时，瘦蝶先回来了，说他去见杜科长，询知两人正押在戒严司令部的看守所里，尚需审问后再定罪。“我就说沈若兰并非党人，我愿以身家性命相保，的确是冤枉。柳飞琼虽有证据，我们也不知情。但伊误信人言，被诱入党，为人很和平的，没有过激思想，也望减轻其罪，请他代行想法，暂缓刑讯，让我可以营救，许以重金去运动。他一口答应，教我明天就送二百金去，当可把若兰等缓住。我又想去看看她们两个人，托他想法。他说今天已晚，二人又是重犯，恐怕不能够了，明天或可设法。他既然这样说，我只好回来了，明天再去援救。可是今夜她俩人却苦了，若兰身子素来软弱的，如何受得起这种磨难呢？”说罢，长长地叹气。

云仪心里也生出感触，若兰虽然陷身囹圄，危险临头，然而尚可挽回，有瘦蝶等这样出力营救。至于自己的意中人——韦秋心迅雷不及掩耳地被那万恶军阀害死，有谁人去援救他呢？真是可怜。想到这里，悲从中生，泪下如雨。瘦蝶、云裳只当伊为若兰而悲伤呢。

瘦蝶踱来踱去，踌躇无计。

杨太太道：“都是飞琼不好，入什么国民党。现在连累了若兰，还有韦少爷在北京遇害，也不是为了这个缘故么？柳家的人不知道可曾闻悉呢？”

正说着话，赵芷芳也来了。瘦蝶请到里面和杨太太相见后，芷芳遂说道："我去见过我的亲戚，托他设法。他暗暗告诉我说，某军长一去不还，鲁军已在包围中，某团长和警察厅长都预备出走，诸事杂乱。只要某军长不来，这两个女子不致有危险的。内中既有一个不是党人，可以取保。我因为此间不认识什么有势力的人，所以就回来了。"

瘦蝶道："既然可以取保的，本地的章中老不是很有面子的绅士么？我家和他世交，若兰的父亲也和他是同寅，明天我去见他，托他将若兰保释。"

芷芳道："很好。"于是，芷芳即在杨家用夜饭，晚上睡在云裳房中。

瘦蝶心里有了这重大的事情，在床上辗转反侧，苦念若兰不已，休想睡得着。才一合眼，天已亮了。急忙起来，洗面漱口，吃了早餐，向杨太太取了二百金，赶到杜科长家中来。杜科长方才起身，还不曾到办公处去。杜科长笑道："瘦蝶兄早啊！"

瘦蝶道："为了性命攸关的事情，哪里还敢懈怠一点呢！"遂取出二百金先交给他，说道："总请帮忙，日后还当重酬。"

杜科长收了说道："自当效劳。"遂和瘦蝶出门，赶到司令部里。请瘦蝶在客室里宽坐，杜科长走到里面去了。

隔了长久，杜科长回出来带笑说道："险啊！他们本想今天审问的，恰因吴江方面军事紧急，某团长亲赴前敌去，所以昨夜不过有吴科长略讯数语，押在看守所里，还没定罪。我就运动吴科长，请他缓一天刑讯。沈女士既非党人，大致无妨，有了稳妥的保人当然可以释放。今天他们还要到柳女士的家中去搜检，因为柳女士虽是党人，还没有得到作乱的证据，未可把伊枪杀。无论如何，今天可以保障不出毛病的。她们在看守所里，老兄如要去一见，我也向看守的说通了，只要花一些小钱罢咧！"

瘦蝶点头道："那么请引我去看看吧。"

杜科长遂引着瘦蝶曲曲折折走到里面去，在一间小屋门前停住。门外有两个守卒，荷枪鹄立，向杜科长举枪致敬。走进小屋便有一个三十多岁的男子，见了杜科长问道："这位就是杨先生么？"

杜科长答道："正是。请你快引他去一见，他自有酬谢。我在外边等候。"

男子答应一声，便领着瘦蝶，推开后面一扇小门进去，又是一个小小天井，十分湫隘。对面有三间房屋，门窗紧闭。男子开了右边一扇门说道："在里面，你进去吧。"

瘦蝶踏进一看，室中光线黑暗，靠墙板凳上坐着两个人，低倒了头微微地叹气，正是若兰和飞琼两人。两人听得开门声，抬头一看，见是瘦蝶，连忙立起来道："瘦蝶兄，怎么知道消息而来的呢？"

瘦蝶见若兰云鬟蓬松，玉容惨白，一种可怜的样子。双手又上着手铐，伊出世以来，没有受过这种苦楚，这种惊吓的，怎禁得起横加摧残，忍受这铁窗风味呢？又看飞琼已是黯然无色，一样可怜。若兰早已泣涕如雨，问道："我的母亲可曾知悉么？"

瘦蝶道："昨天晚上赵芷芳女士赶到舍间来，我才知道这个可惊的消息，很代你们扼腕，舍妹和家母等也非常吃惊。赵女士因有亲戚在司令部里，所以伊想法营救。我也认识一个杜科长，我们两人遂于昨夜分头进行，探问一切，方知军长等都已外出，刑讯可以稍缓。我遂托杜科长运动，想用缓兵之计，把他们缓住。因闻国民军已到吴江，在这二三天内可来苏州，军政界中的人都要退出，你们便可不妨事了。我也没有去告诉兰妹的母亲，恐怕尊大人要受惊的。兰妹既非党人，可以保释，我就去托章中老想法，至于柳女士，也只求挨过这两天够了。听说今天他们要到柳女士府上去搜查证据，不知府上可有么？"

飞琼摇头道："没有。但我的父母知道了，不知要怎样地发急呢！我一死无憾，只恨带累了若兰姊。瘦蝶兄，你能想法把伊保释出去最好。因为我们昨天被他们押解到了这里，晚上就传进去盘问几句，我因符号已被他们查出，不必再赖，便承认我是入党的。不过我是相信三民主义，并无他种行为，王慕秋的事一概不知，又证明若兰姊是我校中的同事，没有入党，请求不必株连。他们也没有定罪，把我们送到看守所里监禁。这里又没有床榻被褥的，我们坐了一夜，早上吃得一些粗糙的饭，可怜若兰姊身体素弱，如何受得起？今晨，伊告诉我说，昨夜肝阳上升，胸口气闷，我很代伊发急。"

若兰低倒头不说什么，听飞琼一一告诉瘦蝶，心中凄惶万分。瘦蝶遂向若兰安慰几句，请伊不要忧急，他总要设法救伊出去的。又说："我的运动己有成效，今天或者一时不能释出，明天兰妹总可以出来了。柳女士的性命我也尽力援救，不肯坐视的。我停会儿出去和守者商量，请他宽待你们，先把手上的东西除掉，晚上搭一张床，可以让你二人同睡，被褥我可遣人送来。你们在此千祈放心，不必悲伤，自有我们在外面援救。"若兰、飞琼听瘦蝶的话，芳心异常感激。瘦蝶又从身边取出两张五元的纸币，放在若兰的手心里说道："你们在此或要使用这一些钱，请你们有便用的。"若兰只得受了。飞琼又请瘦蝶去探听伊家中的状况，安慰伊的父母，瘦蝶一口答应。谈了一刻，恐怕杜科长在外不耐久待，就向二人告辞。临去时，又嘱若兰保重玉体要紧，不要惊恐。若兰点点头，含着珠泪，看瘦蝶走出去了。

瘦蝶退到外面，取出两张十元的纸币交给守者道："谢谢你！托你好好照应这两个女子，晚上要和你商量代她们搭一张铺，被褥我自送来，需要几个钱我也可以答允的。"

看守人受了金钱，满面含笑说道："多谢杨少爷。若要备一床榻，可以遵命，请杨少爷赏赐五六十块钱，使弟兄们都可叨光一些可好？"

瘦蝶道："很好。"遂又取出五张十元纸币，交给他说道："请你先把她们的手铐除去。"看守人诺诺连声，瘦蝶遂和杜科长回身出去。

杜科长低低说道："我已稳住他们，这里的事有我在此，随时可以通知你，还请你快去想法保释吧。"

瘦蝶道："拜托！拜托！"别了杜科长又赶到章中老家里。章中老幸未外出，把瘦蝶接到里面花厅上坐谈。瘦蝶便把沈若兰被累入狱等事，告诉章中老，要求他代为保释。章中老自然应允，瘦蝶遂辞去，回到家中。云仪等一齐说道："你去看若兰的么？怎么去得如此早？否则，我们也好一起去探望。"

瘦蝶道："人多了不便的，所以我先去了。我已见过她们，情形很是可怜。幸得杜科长代我运动缓讯，我又到章中老那里去求他，先把若兰保出，然后再救飞琼。"

赵芷芳："我也不回去了，在这里等候佳音吧。"

饭后，章中老打电话来回报说，他已到司令部去过，只因戒严司令不在部里，须明日可以取保，只好再等一天吧。横竖有他走了一趟，总可无虞。瘦蝶谢了他，自己又去柳家探问。见了飞琼的父母，见他们正在惊慌。原来军警等才去查过，幸没有什么发现，骚乱一阵而去。瘦蝶遂把飞琼入狱、自己往探和营救等事告知他们，并言飞琼托他来关照的，请家中不必过惊，可以得救。瘦蝶又将使用缓兵的方法直告，飞琼父母听了，稍觉安慰。瘦蝶遂又回家，见沈太太方和母亲等说话，翠娟也坐在一旁，芷芳却不在了。沈太太面上沾满着泪痕，见了瘦蝶便颤声问道："杨少爷，你看这事不碍么？可怜我的心几乎惊碎了。今天上午，翠娟小姐看了本地小报，才知兰儿被捕的消息，我惊得魂飞天外，想来想去只有来求教你了。所以我请翠娟小姐陪伴我到府上，多谢尊大人把前后的事告诉我一遍，心中稍觉安慰。杨少爷，总请你想法把兰儿救出，我才谢天谢地谢神明了。"

瘦蝶道："师母放心，在我身上，一定要把兰妹援救出来的。大约明天可以出狱了。"

沈太太道："你到柳家去的么？飞琼小姐可能得救？"

瘦蝶点头道："也可想法，日内国民军便要来苏了，请师母放心。本来我也要来报告的，恐怕师母知道了要大受惊恐，所以想能够瞒过便瞒过吧。"遂吩咐袁妈快和阿寿送被褥前去，"取我的名片去见杜科长，他自会容许你们入内的。"

云仪便上楼端整好铺盖交与袁妈，还有两罐头酱小菜，一黄篮鸡蛋糕。瘦蝶取出一张名片给阿寿，两人告辞而去。

不多时芷芳回来了，说伊又去见过伊的亲戚，得悉军情紧急，他们预备逃走，无心顾及这事了。瘦蝶也道："不错，传闻上海已入党军之手，一般军阀手下的走狗急得不知所云，脚底拓着油，逃之夭夭了。国民军快来吧，不然城中也要骚乱哩！"这时，韦秋月、严稚英都走来探问，知道二人可以无恙，稍觉放心。大众坐着谈时事，杨太太吩咐汤妈去喊来几盆虾仁炒面，请大众吃点心。沈太太、赵芷芳等都称谢。

隔了一刻，袁妈、阿寿已回来说："见了杜科长，杜科长领我们到看守所门前，吩咐我们把东西齐交与一个男子，遂教我们回家。因此我们没有和两位小姐见面的。"这时电话间里丁零零地又有电话来了。

瘦蝶跑去一听，走来对大众说道："杜科长打来的，他说床已铺好，物件也都转交讫。现在警察厅长已逃走了，这样看来，今夜说不定国民军便要入城的，我们夜间睡得醒些。"

沈太太道："我是胆小的人，前次江浙战争吓得够了，但愿此番平安过去吧。"

杨太太也道："我本来也胆小的，现在胆子吓大了。前番避兵上海，损失很大，所以不想逃了。"

瘦蝶道："据我看来，上海也非安乐窝。因有租界问题，或要像汉口那样起冲突，简直没有地方可以逃了。好在苏州并非要地，无险可守，鲁军又如强弩之末，惊弓之鸟，既没有战斗力，唯有逃的一条路了。美其名曰'撤退'而已，我们也不必惊恐，大概不致发生战祸的。"

这时天色将晚，沈太太和翠娟先辞别回去，瘦蝶再三请沈太太放心，命阿寿拖出包车送她们去。沈太太走后，严稚英、韦秋月也都告辞归家。

便在这天晚上，风声格外紧急，谣传有便衣队已入城中，瘦蝶到十点钟时就寝，想起若兰，心中终觉放不下。耳畔忽闻炮声隆隆，知道鲁军已和国民军交战了。云仪等也听得枪炮声，大家披衣起来，在楼上凭窗而听，杨太太拥衾而坐，也睡不着了。一宅人都起来，又去前后门窃听。街上没有动静。瘦蝶遂吩咐杨福等严闭门户，不要慌张。察那炮声远在宝带桥过去，大约在邢山桥一带作战。因为以前甲子年十二月里，五、六两团在葑门外交哄，枪声劈啪，累累如连珠，清晰可闻的。这时，众人侧耳倾听，隔了一分钟，便有一炮放出的声音。四周人声寂静，街市若死。其实，别的人家也都惊醒起来，只是不敢声张罢了。

瘦蝶等在楼上直听到天明，炮声方止。一夜没有睡眠。云仪、云裳、芷芳等都是倦眼惺忪，要瘦蝶出去探听消息，瘦蝶遂和阿寿出去。不多时，跑回来说道："昨夜鲁军与国民军在邢山开战，鲁军只是把大炮尽放，国民军都上火线冲锋。天明时，鲁军整队撤退，坐火车而去。现在城中已无北军踪迹，军政两界官吏都已潜逃，商团出来维持秩序了。"

云裳喜得跳起来道："欢迎国民军！若兰姊和飞琼姊可以得救了。"瘦蝶心中也很快活。

十一点钟时，章中老又有电话前来说，国民军今日可到，已有人往吴江欢迎。沈、柳二人已不成问题，自己不必前去保释。因司令部中人员已走，只需待国民军前来，向他领袖一说，自可出来了。瘦蝶谢了他一声，把电话挂断，盼望国民军速至。

午后，听说市党部在公共体育场开会，高悬青天白日旗，各校学生和工人皆去聚会，散发传单。各处大贴标语，排队游行，出城去欢迎国民军。风闻常州、无锡一带地方，都被国民军攻下。街谈巷语，都是说国民军。直等到晚上，才有一大队国民军开到，乃是廿一师某团。苏人争出欢迎，瞻仰国民军军容。果然精神严整，而相貌却都和蔼可亲。瘦蝶知道若兰今夜又要留在所里，须待明天可以出来了。

到得明天，瘦蝶起身，早餐毕，预备去见党部中人，要求释放若兰、飞琼。忽然杨福入报，外面有两个国民军的少年军官要见少爷，瘦蝶不知是谁，忙跟着杨福走到大厅上一看，见厅上立着两个戎装少年，一齐向他招呼。第一个认得是久别重逢的老友丁剑青，再向第二个一看时，不觉失声喊了出来。

欲知后事，请看下文。

闲云老人评：

瘦蝶和若兰真是息息相关，所以瘦蝶陡闻噩耗，不觉晕去。又不辞辛劳，奔走营救，对若兰的真心，可说仁至义尽了。探狱时一种凄酸情状，亦能曲曲达出。丁剑青忽然出现，必有一段异闻。一结很是突兀，这个戎装少年果何人耶？请读者先掩卷猜之。

第三十五回

杯酒论英雄顿明真相
片言订姻娅共贺良缘

当瘦蝶失声惊呼的时候，那个戎装少年哈哈笑道："瘦蝶兄，你不要当我是鬼，我实在没有死，还是好好一个活人生在世上，只是你们不知情罢了。"原来那少年，正是大众以为已在北京被军阀枪杀的韦秋心。

瘦蝶又问道："秋心兄，那么以前报纸上的新闻不确了？你一向在何处？为什么不给我们一个信？"

秋心道："新闻是确的，但是人们不知道内中隐情，待我细细告诉你吧。"

瘦蝶遂请他们坐下，秋心道："我以前在京里办的《新北京报》，因我的言论激烈，暗中鼓吹革命，便遭当局之忌。适逢同业中《现世报》编辑姓曹的，十分妒忌我，要想排挤我置于死地，但面子上却和我非常亲近。我是心地坦白的，不如人有城府，中了他的诡计，泄露了秘密。他是长腿将军的走狗，遂去怂恿长腿将军下这毒辣手段，霹雳一声竟把我捕到卫戍司令部里去。报馆也封闭了。我自知命在旦夕，不能幸免。也是我命不该死，部里的秘书长便是我的同学好友，他来探望我，我就托他救援。他皱着眉说，长腿将军前不好说话的，他的资格也够不到。况且，我又是国民党，证据确凿，任何人也不能挽救，除非把狱中的共产党设法一个来替代。但这是冒险的事情，非有巨金不办。我拜恳他代我办到，终身感激他的恩德。幸他也是个勇敢的少年，答应去试试看。半夜，他又来了，对我说，你真运气，可以办到。你现在就逃吧。外面守的人我已贿通了，这里的事有我担承。只要你快快远走，绝不会泄露的。遂又给我一身破旧的衣服，教我化装，几十块钱作为盘费。我对他感谢不尽。这夜，我暗暗逃得出来，借宿在一个小旅馆里。明天，我就坐火车到天津，买了船票，预备到广东去。因在北京曾认识某要人，甚是投合。某要人回粤时，很要我去帮忙，我情愿在北京办报，没有跟他去。此刻出了岔儿，还是投奔他去。开船的那一天，我读报纸，都载着我在北京枪毙的新闻，我不觉暗暗匿笑，心中更是感谢我的朋友，但不知他怎样有这本领去移花接木，瞒过当局的。我到了广州，去见了某要人，遂在那边做一些事。我就托人通知钟子奇等同志。但不敢写信寄给你们，恐怕要连累你们的。指望国民军快快北伐，把军阀驱走，使我也可重返故乡，和你们相见。后来，蒋总司令誓师北伐，我快活得很，自愿效力，遂跟着总司令在军营中做宣传工作。以后又调到第一军，又调到廿一师，跟着廿一师入闽、入浙，和这位剑青同志相识，凑巧在一起工作，谈话时谈起你来，始悉都是熟识的好友。直到今天，我能再见故乡景物，再和老友晤面，心中的快乐不言而喻。"

这时，袁妈托着香茗出来，放在茶几上，请两人喝茶。猛抬头见了秋心，不觉失声喊道："啊呀！你是韦家少爷啊！"秋心笑着点点头，袁妈忙奔进去了。

丁剑青也对瘦蝶说道："我们冷香阁一别，也有两年了。我在外致力于革命事业。去年冬里，蒙严师长的宠召，遂在那边充当少校参谋，随军北伐。秋心兄是党务指导员，我们聚在一起，真是志同道合。除在桐庐和联军激战一日夜，同胞很多死伤，其余战役可说势如破竹，所至披靡，鲁军更不足道。邢山桥一战他们只放大炮，实在没有短兵相接，兵不血刃而下苏州，也是吴人的幸福。"

三人正谈着，屏门背后一阵脚步声，走出三个女子来。正是云仪、云裳和芷芳。原来，她们本在里面，听说有两个国民军中的少年军官来访瘦蝶，大家猜不出是谁。忽然袁妈笑嘻嘻地跑进来说道，韦少爷来了。云仪忙问哪个韦少爷，袁妈道："韦秋心少爷。他没有死啊！"

云裳道："呸！袁妈你不要老眼昏花，认错了人。"

袁妈道："哪里会看错呢！我曾亲口问他，他说没有死的。"

云裳："奇了，我们快出去一看，便知究竟。"

云仪心里说不出的惊喜，拖着芷芳一同走到厅上。秋心见云仪姊妹出来，连忙立起招呼。瘦蝶便代云仪姊妹和丁剑青介绍，又介绍赵芷芳。云仪碍着丁剑青在旁，不便向秋心详询。瘦蝶忽对二人说道："我正有一件尴尬的事，要去想法，难得你们两位来了，总可代我办到了。"

秋心、剑青忙问何事，瘦蝶便把若兰、飞琼两人被捕入狱等事约略告诉一遍。丁剑青道："原来就是沈女士和柳女士，她们在司令部看守所里么？我去救她们出来。"

瘦蝶很稀奇地问道："剑青兄认识她们么？"剑青笑而不答，即向众人告别，走出门去。

他们来时本骑着两匹马，有两个马弁随着守在门外，两旁乡邻见杨家来了国民军，都走过来探望。丁剑青拉过马，腾身跃上，加上一鞭，泼剌剌地向东跑去，一个马弁也跟着他跑去了。

这里，瘦蝶遂把秋心邀到里面，和杨太太相见。杨太太温语慰问，秋心又把告诉瘦蝶的话重述回，大家见秋心没死，都很快活。秋心又说，今天早上已到过家里。和他的妹妹秋月见过。但匆促间没有多谈，恐怕伊就要来了。果然秋月走来，满面笑容，叫应了众人，说道："今天可算我最快乐的日子，因为我的哥哥复活了。你们初见面，都不要惊奇么？我怪他为什么瞒过我们呢？"秋心笑笑，遂把行军的情形告诉他们听。很多可歌可泣的事实。云裳取了铅笔和日记簿，一一摘记下来，预备做伊的小说资料。

隔了一刻，丁剑青已带着若兰、飞琼回来，笑道："两位女士受了几天虚惊。我们国民军所到之处，我党同志自可恢复自由。"

杨太太握着若兰的手问道："你们在那边吃了苦了？"

若兰道："还好，幸有瘦蝶兄代我们想法，所以夜里尚能安睡，他们相待也宽得多。真是钱可通神！又蒙丁先生来把我们放出，真的感谢不尽。我闻国民军到了苏州，快活得很，这才是仁义之师哩！"众人看若兰面貌又已瘦些，飞琼仍是如此。瘦蝶道："这一遭真是险啊！若是早一个月就不救了。"若兰、飞琼见了韦秋心也很奇异，云仪遂把秋心死里逃生的事告知二人，二人都为秋心庆贺。

这时，已过十二点钟，瘦蝶已打电话喊一桌上等酒筵前来。一则代韦、丁洗尘，二则为沈、柳压惊。秋心、剑青固辞不获，只得留下。瘦蝶遂命摆在吟香书屋，请大众入席。杨太太要让他们畅快些，所以伊不坐在一起。共计秋心、剑青、若兰、飞琼、秋月、芷芳、云仪、云裳、瘦蝶九人团团儿坐定。瘦蝶先斟了两盅酒，敬给韦、丁二人。又各敬给若兰、飞琼一杯。吟香书屋三次雅集，然而要算这次最为快活了。瘦蝶、云仪、若兰、秋心各人心中有各人的快活，可称快活之宴。作者自愧笨笔，不会形容，也就偷懒了。

酒至半酣，若兰忽然问丁剑青道："我有一句话，不揣冒昧要问丁先生。因为去年我和飞琼姊在望亭执教鞭，有两个匪徒来寻衅，记得第一次在中秋之夜，飞琼姊回乡去了，我一人独住在校。夜半有匪徒潜来觊觎，正在危险时候，突然来了一个人把他们击退。等我去寻这人时，不见影踪，使我很是惊异，以为古之侠士，往往神龙见首不见尾的。第二次，我与飞琼从芷芳姊姊处回校，行至半途，那两个匪徒乘我们不防，将迷药迷住我们，背负我们回到匪巢。他们前去借船，幸有姓张的乡妇前来，把我们释放，一同逃生。两个匪徒又在背后追赶，危急的当儿，又有一个人立在桥上放了一枪，厉声斥退他们，救了我们脱险。我们方要拜谢，而其人又不见了。我们不胜向往，无从致谢。以后称他为无名侠士，常常存在心头。今天见了丁先生的容貌，英奇磊落，而声音很像那个侠士，丁先生故里又在望亭，所以疑是丁先生。虽然丁先生仗义相救，不望人报，高尚得很，然而在受恩的人，终身想慕，何以慰情，还请丁先生直说了吧。"

丁剑青闻言，莞尔笑道："请你们原谅，我就承认了吧：实在是我做的。那时，家母适有重病，召我回乡，我在家乡无事可为，闷得很，常出散步。中秋夜里出去步月，窥见二人在林中私语，疑是匪类。窃听得他们的阴谋，遂来援救，但我因不愿意露脸与小人结怨，所以不曾把他们捉住就此去了。第二次傍晚时，我出外散步，忽见贵校的校役阿土，急忙忙地走在路上，口里咕着'怎么好呢'，我知道又出了什么事了。遂拉住伊一问，才知两位失踪。我一想，或者便是那两个凶徒处心积虑，再作第二步的尝试。见义不为非丈夫也！我认得吃白老四的，于是悄悄寻到他家里去。不料行至半途遇见柳女士正和凶徒力斗，我恐柳女士吃他们的亏，凑巧身边带有手枪，遂放了一下，把凶徒吓退。本欲出见，因我怀藏手枪，不愿意给你们盘问，且知你们可以平安了，遂回身一走。实在我不该隐瞒啊！柳女士的武术很好，鄙人很为佩服。"

飞琼听了面上一红说道："果然是丁先生来援助我们的。侠骨热肠，令我们感谢靡既。"

瘦蝶道："剑青兄，那么我在国庆日的前一日也到望亭去探望他们，顺便到府奉访，如何说你不在家呢？"

丁剑青道："是不在家了。因我便在这事过后的明天，接到严师长的密电，要我速即前往，而其时家母的病已渐渐痊愈，我遂束装上道，离开家乡了。失迎之罪，还乞原宥。"

瘦蝶笑道："好说，好说。"

这时，菜正上到五香鸽子。瘦蝶说声"请"，丁剑青吃着鸽子说道："苏州的菜真好吃，长久没有尝着这滋味了。我们行军时候，每日不过两餐，哪里有好的东西吃呢！"

云裳道："丁先生等为国效劳，将来名垂竹帛，功传后世。"

剑青笑道："不要说了，我们哪里敢当呢！我们只想做个无名之英雄。"

瘦蝶道："法国革命成功不都是无名英雄的功劳么！史称班超以三十六人斩匈奴使者头，降鄯善国王，底定西域。班超固然是英雄，然而这三十六人都是无名的英雄。没有无名的英雄，便没有有名的英雄。譬如现在的蒋总司令，是有名英雄，但是因为在他的部下，有无数无名的英雄去牺牲他们的性命，国民革命才有成功的一日。"

秋心点头道："不错。我望中国四万万人民都情愿做无名的英雄，中国可以强盛了。"说罢，引觞一饮而尽。大家也各吃了一杯，直到席终，已有三点钟。丁剑青和韦秋心便要告别，说军事旁午，不能久留，好在一时未必开发，明日有暇再来细谈。瘦蝶等也不敢强留他们，耽误了大事，遂送到门外。那两个随来的马弁早有杨福招待他们吃过饭，一齐过来伺候。牵过马，两人跨上马，向瘦蝶等说了一声"再会"，疾驰去了。柳飞琼也急于回家安慰伊的父母，辞别众人坐着车子回去。若兰也要回家，瘦蝶道："我送你去。"遂入内告别了杨太太和众人。由瘦蝶伴着同去。云仪吩咐阿寿去把被褥取回来，留着秋月、芷芳在楼上絮语。

瘦蝶伴着若兰，且行且语，若兰对于瘦蝶这番尽力的援助很是感激，而瘦蝶却说，这是他分内的事，请若兰不必放在心上。亏得国民军用兵神速，早日来苏，二人都能安然出险，得庆重生，可称如天之幸。但是若兰受了惊恐，精神上的损失，引起了伊身体上的旧疾，所以身子很觉不适。瘦蝶代伊很是担忧，恐怕伊又要生起病来。

回到家里，沈太太一见若兰回转，悲喜交集，抱住了伊说道："兰儿，你被他们捕去，急得我苦了。幸亏杨少爷想法营救，他安慰我说，不妨事的，你总可以放出来。但我心中好似有块石头搁着，总觉放不下。今天我见了你的面，使我快活极了。"

若兰也把被拘三夜的状况告诉伊的母亲，并说国民军已到，韦秋心没有死，和丁剑青同来相见。沈太太道："韦家少爷没有死么？这也是可喜的事情。"又对瘦蝶说道："杨少爷，从此以后我不再放若兰出外教授去了，便在家里守穷吧。你道如何？"瘦蝶笑笑，心里暗想，你还没有知道马三宝的事情呢！但是若兰不知可肯听你的话。若兰听了不响，瘦蝶又教伊休养几天，身体保重为要。对坐着谈谈时局。翠娟闻信，便来见若兰，大家握着手，庆贺伊脱险归来。江太太也过来慰问。这时，城中有些谣言，江太太、沈太太便问瘦蝶，瘦蝶一一解释给她们听，教她们安心。直到天暮，瘦蝶告辞回去。

明天，芷芳前去看若兰，说自己将在下午遄返望亭，孔怀学校之事如何，最好请伊和飞琼早日前往。因华蓓英一人担任不下的。其时，若兰因前两夜既受惊吓，又受了些寒气，肝疾复发，睡在床上。所以伊回答一时不能到乡间去，至少休养一个星期，然后再能出外。但是，伊的母亲已说过不放伊出外了，须得再要疏通，请芷芳想法。若然无人代庖，只好临时放假。芷芳没奈何，又去看飞琼。谁知飞琼因为王慕秋业已回苏，党部中和妇女协会都缺乏人才，已于今天早上去看飞琼，并道牵累的歉意，请伊出来帮忙。飞琼虽不答应，却已默认。又听说若兰不去，所以伊也要缓一星期，和若兰同取进止。芷芳一想，乡间主持乏人，自己不能不速即回去了，遂还到杨家，别了杨太太、瘦蝶、云仪姊妹，动身回乡去了。

瘦蝶听芷芳说若兰肝疾复发，连忙赶到若兰处来。沈太太把他接到若兰房中，见若兰拥衾倚坐，面色很不好看。瘦蝶遂问道："兰妹，你觉得如何？本来我很忧虑，恐防你旧疾或要复发，今天芷芳入你处回来说起你

311

正卧病，我很是发急，忙来看你。可要请李医生来诊治?"

若兰道："多谢垂注。大约受了些寒，所以气分不顺，两肋有些胀痛。现在只要求暖，而多事休息，总可以无恙的。"

瘦蝶道："我想还是请医生看的好。因为以前兰妹发病，不也是李医生看好的么?"

此时，沈太太端茶上来，听瘦蝶说要请医生，便道："杨少爷，我以为最好请李医生前来看一次，吃些药，使伊早早恢复。"

瘦蝶道："是的，我正在劝兰妹延医哩!"

若兰道："那么有烦瘦蝶兄代我前去向李医生配些药来。因我没有什么别的病，李医生是知道我的。"

瘦蝶道："也好，我就去。"遂别了若兰母女，匆匆地去了。

不多时，带着一瓶黑色药水和几包丸药回来，把服法说给若兰听，又说，明天如若不好，再请李医生来。李医生也说过，请兰妹在这几天里吃粥，不要吃饭。若兰点点头，眼圈不觉一红说道："我有了这个病，真是苦得很。平常时候，人家见我也不知道我有病的，然到病发时，很是苦痛。以前发的时候，有一次剧痛，痛得我在床上滚呢。"

瘦蝶道："生这个病的人宜自寻快乐。近来，我见兰妹没有发过，心中方很快慰，谁知此次陷身缧绁，真是无妄之灾。虽幸不到几天便得释放出来，然而兰妹的玉体已受打击，所以要发这旧疾了。但愿快快平复，我心才安。"

若兰听瘦蝶的话，很是感谢，但同时又使伊心中十分难过，心坎里的说话，可去告诉谁呢? 所以双目对瘦蝶凝视着，微微地叹一口气。瘦蝶以为伊心中气闷，便讲些别的事情给伊听，要解遣伊的愁怀。直到晚上，才告辞回去。

这时，云仪姊妹都出外未归，只有杨太太一人在房中抽水烟。瘦蝶跨进房去叫道："母亲，她们到哪里去了?"

杨太太道："她们随着韦秋心到军民联欢大会去了。"

瘦蝶道："秋心来的么? 剑青可来?"

杨太太道："秋心一人来的，这时，云裳到校出去游行未还，云仪陪着他在绿静轩谈了好久，我也不去管他们，自打午睡。后来，秋月也来了，他们便来见我，说要到阊门民兴戏院里去看军民联欢会，有什么新剧咧，焰火咧，我只得答应他们。云仪说，他们还要去邀飞琼同往，丁剑青约在那边等候。云裳妹和大哥若然回来，也可以去。他们遂一起去了。四点钟后云裳回来，我告诉了伊，伊一定要去瞧热闹，又等不及你回家，我遂教阿寿把车子送伊去的。现在你可要去么？"

瘦蝶道："不高兴了。那里一定拥挤得很，我还是在家中坐坐，陪伴母亲吧。"

杨太太点点头道："很好。"瘦蝶遂坐在一旁。杨太太又问道："若兰的病可好些么？"

瘦蝶道："伊仍旧是肝气病，大约前几天被拘在看守所里，受了些寒，心里又受了惊恐，所以发起来了。我曾代伊到李医生那边去配了些药，养息几天便会痊愈的。"

杨太太道："沈太太又要发急了，若兰身体也很娇弱的。"

瘦蝶道："此病只要身心常常安乐，便可不发。若遇了伤心不悦的事，那就很容易引起。"

杨太太道："忧能伤人，古语真说得不错。你不看云仪这小妮子，自从前年得到韦秋心在京惨死的噩耗后，我看伊时常抑郁寡欢，背着人偷弹珠泪。小圆的面庞瘦削了不少，一直至今没有恢复。我为了伊也很忧虑，伊又不肯直说，闷在心头，教别人也是无可如何的。去年，淑贞代伊做媒，倒是一个很好的机会，我想成就了这事，也好使伊心中放开些。可是伊固执不从，我也不能十分勉强，只好任伊去休。谁知天下真有奇巧的事，秋心并没有死，居然好好一个人回到故乡来，无怪他们要快活了。我想趁这个时候，便代他们正式订了婚吧。秋心虽然家无恒产，而他的人品学问，以前我早看重的。云仪的心里也恋恋于他，这是你也明白的，不用我说了。现在秋心服务国民军中，这般人才将来一定腾达，不如就把云仪许给他吧，你以为如何？"

瘦蝶道："我当然十分赞成。本来今时代的婚姻，不应再存门第之见，只要出身清白好了。秋心的大才，我素来佩服的，所做的文章很有魔力。云仪的性情怜才心重，早已倾向于秋心了。难得母亲肯做主，他们双方自然没有异词，遂了心愿。"

313

母子俩正说着话，楼下一阵笑语声，知道他们回来了。瘦蝶遂和杨太太下楼。见秋心兄妹和云仪、云裳手中都拿着一叠印刷的传单，秋心兄妹连忙上前叫应。秋心道："瘦蝶兄几时回来的？"

瘦蝶道："方才我到沈家去，没有知道你要宠临，失迎，失迎。"

云仪道："我们到军民联欢会去的，母亲想已告诉你们了。"

秋心又对瘦蝶说道："我陪伴两位令妹到那边去看新剧，还有柳女士、剑青兄等同在，可是挤轧得很，实在不能安坐了，我才和剑青兄伴她们到义昌福去吃晚饭。本来要等看放焰火的，因恐时候过晚，伯母要悬念，所以特地送她们还府，柳女士也有剑青兄送去。"

云裳道："听说今晚的焰火很好看，都是秋心兄要送我们回来了。"

秋心笑笑，杨太太把手向秋月招招，秋月走到杨太太身边，杨太太附着伊的耳朵低低说着话，秋月一面含笑答应，一面瞧着秋心和云仪，二人心中也有些明白。

隔了一歇，杨太太的话说完了，秋月回身走到秋心处，对秋心悄悄地说了几句，秋心面上很快活地频频点头。秋月遂拉着他到杨太太身边行礼，大声笑着说道："我们要吃喜酒了。难得伯母肯把云仪姊姊许给我哥哥，真是一对佳偶。我哥哥快拜见岳母吧。"

秋心于是向杨太太立正，行三鞠躬礼。礼毕，开口叫一声岳母。杨太太点头答应。此时，云仪低垂粉颈，十分娇羞。云裳拍手大笑，袁妈、阿宝等下人在旁边看见了，也很快活。袁妈最凑趣，竟上前来贺喜。阿宝、汤妈、王妈等都照样上前，向杨太太贺喜。秋月又把秋心手上一只线戒脱下来，代云仪戴上，又从云仪手上取下一只名字戒，代秋心戴上。

杨太太道："待我再选个吉日，正式请酒，宣布你们二人的婚约。虽不必效时俗送盘，然而蜜糕不可不吃，帖子不可不有，也要预备的。"秋心诺诺答应。

瘦蝶道："袁妈去取历书来看，现在就选定了吧。"袁妈遂去取过一本历书来。瘦蝶接了翻看，对杨太太说道："本月二十七日是个成日，很吉利的。"

杨太太屈指计算，还有四天，便说道："好的，就是廿七吧。"秋心因为营里要早还去的，遂向杨太太等告辞，秋月也要还去了，瘦蝶兄妹一齐送出大门，约秋心明日再来谈话。秋心答应，说声晚安，遂和秋月走了。

瘦蝶回到里面，便教王妈快开夜饭，又对云仪姊妹说道："你们早在义昌福吃过，我的肚子已饿到贝家里去了。"

杨太太笑道："我们只顾讲话，忘记了吃夜饭。近几天，我吃不下饭，所以也没有觉得。"王妈开出饭来，瘦蝶和杨太太对坐而食，云裳在旁看吃。

云仪回到楼上去，独坐灯下，看着手上的线戒，芳心暗暗喜悦，很感谢伊母亲的美意。其实，今天，他们两人在绿静轩里清谈，娓娓说到意合时，秋心已向云仪乞婚，云仪默示允意。秋心便在云仪手背上吻了一下。原来，秋心已在他的妹妹秋月处，听秋月把云仪守志不嫁，出外求学等种种事情详述一遍，他心里尤其感激云仪的爱情，所以不揣冒昧，竟向伊求婚了。凑巧，杨太太正式向他提议，自然愿做坦腹东床，遂了二人的心愿。

次日，韦秋心又和丁剑青前来看瘦蝶。瘦蝶陪他们去吴苑饮茗，剑青知道秋心已和云仪订婚，啧啧赞美。瘦蝶忽然想起丁剑青还没有订婚，灵机一动，遂带笑向剑青说道："剑青兄，你是个少年英雄，理合配一个红妆季布，现在我代你物色得一个相当的佳偶，愿为曹邱生，不知剑青兄意下如何？"

欲知后事，请看下文。

闲云老人评：

秋心未死，实是出人意料，读者无不欢喜，云仪的芳心当然快慰无既了。无名侠士的真相，至是大白了。丁剑青真是奇人，若兰飞琼此番又仗他救出危境，从此可知在纵猎名山一回中，作者早已安排下，所以写来从容不迫如此。若兰旧疾复发，瘦蝶十分关切，若兰自然芳心感谢，而伊心中又是难过起来。难过的是什么？下文的事，作者又在此间轻轻一逗。云仪和秋心的婚事，得杨太太慨诺，可谓美满姻缘，又能破除门第之见，秋心艳福不浅。瘦蝶要代剑青做媒，所谓相当的偶，聪明的读者大概已知道了。

第三十六回

顺潮流截发作新装
亲芗泽贻书索艳影

丁剑青听了瘦蝶的话，哈哈笑道："瘦蝶兄自己的婚姻问题恐怕还没有解决，却来代人家做冰上人了。古人说得好，'匈奴未灭，何以家为？'我们正要请缨北伐，直捣黄龙，哪里有这种心思去咏关雎之诗，而在温柔乡中享艳福呢？不比秋心兄和令妹，以前是情感很好的，所以只消伯母轻轻一言，成就了美满姻缘。我却萍踪不停，戎马倥偬，并没有心中敬爱的女子。瘦蝶兄，你还说什么红妆季布，可是来取笑我么？"

瘦蝶道："我哪里敢寻你的开心，实在想着一位女士很有侠气的，和足下大可匹配，所以向你提起这句话。"

秋心也道："剑青兄也不必把霍去病的话作独身主义的幌子，如有很好的机会，也犯不着错过。男女居室人之大伦，你将来到底要提起这个问题的。至于瘦蝶兄是早已有了素心人，迟早可以宣布的，便是你在望亭相救的若兰女士啊！"

丁剑青道："妙哉！妙哉！我本来疑心瘦蝶兄和那位若兰女士，像有很深的关系，只是你们没有什么表示，我也不敢指定你们有恋爱哩！"

瘦蝶道："我所说的红妆季布便是若兰的至交柳飞琼女士，你也曾援救伊的。伊的武术很好，曾从北方著名镖师邓震远学习，前年，在联合运动会中大显身手，芳誉播遍全城哩！"

丁剑青听了点头道："不错，柳女士很谙于此道的。昨晚我送伊回府时，曾在路上走一段，和伊谈起武术来，门径很熟。后来，送到门前，伊要我进去坐坐，我不好推辞，只得跟伊入内，和伊的父亲柳行简相见，谈了一刻，才告辞出来。"

瘦蝶道："柳家本是世家，行简以前曾在北方做过许多年数的官，现在告老还乡了，和府上真是门第相对。你又是年少英俊，风流倜傥，飞琼女士必无异言。"

剑青微笑不语，秋心对瘦蝶说道："剑青兄大概已默允了，就烦你去撮合吧。"

瘦蝶笑道："将来要谢媒人的啊！"三人说说笑笑，到六点钟时各自别归。

瘦蝶回到家中把这事告知云仪姊妹，云仪姊妹很愿丁、柳一段姻缘可以和谐，不愧儿女英雄。他们又告诉瘦蝶说，今天四点钟时他们曾去探望若兰的，飞琼也在那里，说起丁剑青，似乎伊很器重他，说他是个侠少年，很感谢伊仗义相助的大德。瘦蝶听了点点头问道："若兰的病怎样了？"

云仪道："若兰姊服了李医生的药，痛已稍止。伊问起你的，我说奉陪丁、韦二人到吴苑去饮茶了。"

瘦蝶道："今天来不及去看伊，明天必要去看看伊了。药水也要吃完哩！"云裳对云仪笑笑，瘦蝶又去和他的母亲谈话，预备后天请酒的事。

次日早上，瘦蝶先到柳飞琼家里去见柳行简，行简谢他奔走援助飞琼的盛情，瘦蝶便把自己的来意奉告，又说丁剑青年少英俊，将来鹏程万里，未可限量，和飞琼女士快联鸳牒，真是郎才女貌，天作之合。自己因和剑青是至交，所以愿作蹇修。行简见过剑青一面的，十分器重，所以瘦蝶说了，他便答应。瘦蝶大喜，约定下星期一再同剑青来拜见丈人峰，告辞而去。

下午，坐了车子赶到若兰家中来看若兰。见若兰已渐痊愈，坐在房中，沈太太正伴着伊闲谈。沈太太见瘦蝶前来，很欢迎地立起来倒茶。瘦蝶先问若兰的病，若兰答道："已大好了，不过精神疲乏些。"瘦蝶道："药水吃完了么？可再要去配些来？"

若兰摇头道："我很怕吃的，不要再配了。谢谢你！"

瘦蝶又把云仪、飞琼和韦、丁二人订婚的事告诉若兰，若兰听了十分欣喜，说道："秋心和令妹的定亲是意中事，飞琼和丁剑青联姻，以前却是料想不到的。但他们两人很有侠气，真堪匹配。而剑青戎马书生，磊落奇伟，我很为飞琼贺得人。"

沈太太在旁听了也道："这两对儿真是珠联璧合，美满良缘。可就要结婚的么？"

瘦蝶道："这却要稍缓吧！因为秋心和剑青两位正在党国服务，恐怕不久便要渡江北伐，他们跟着军队出发。须等他们凯旋回来，我们可以吃喜酒了。明天，家母在舍间请酒，秋心、剑青都到，飞琼也要把伊请来，不知兰妹可能来坐坐么？"

若兰摇摇头道："我还没有痊愈，况且又不好吃，所以不能来了，请你代我向令妹道贺一声。"

瘦蝶道："席上少了兰妹，我觉得总是缺憾，但愿你好好保养，早日可以恢复，免我悬念。"

若兰听了瘦蝶这话，眼圈一红，默然无语。

沈太太道："杨少爷，多谢你时时照顾兰儿，伊的身体如此娇弱，我心里也是很忧愁的。还有，杨少爷的情谊无可报答，真使人徒唤奈何。但愿你们将来能够……"沈太太说到这里，若兰早向伊的母亲瞧了一眼，粉颈一扭，似乎不许沈太太再说下去。沈太太只得咳了一声嗽，缩住不说。原来，昨夜云仪姊妹来探病时，云仪曾向沈太太微露意思，要请沈太太把若兰早日许配给伊的哥哥，杨沈两家得结朱陈之好。沈太太本来也有此意，像瘦蝶这样潇洒出尘的贤公子，又和若兰情感很厚很密的，自然是个东床佳婿。把若兰许配了他，可以早遂向平之愿。无奈以前曾和若兰提起过的，若兰却没有这个意思，伊年纪虽轻，婚姻问题却看得很淡漠，情愿抱独身主义，终身不嫁，奉侍老母，以乐天年。因此沈太太只好暂把这件事情搁起，此番若兰被捕入狱，瘦蝶奔走营救，尤其使沈太太感激万分。这夜，若兰睡在床上，沈太太坐在床沿上又向伊旧事重提，谁知若兰的独身主义始终贯彻，不肯为了瘦蝶而牺牲。

伊说："瘦蝶虽然有德于我，而报德的途径未必定要和他订婚，若然是要这样的，那么瘦蝶所以待我如此盛情，无非是要达到婚姻的目的了，理论上很不合的。况我自己体弱多病，不愿意瘦蝶娶我为妻。"

沈太太劝不醒伊的女儿，自己又不能直接痛快地把若兰许与瘦蝶，心里很是不乐。暗想最好瘦蝶能把若兰感动得回心转意，那么称了心了。因此对瘦蝶说话时，几乎流露出来。瘦蝶心中明白沈太太的意思，然而他又知道若兰的性情与众不同，很想在若兰面前讲几句心话，提起这件事来。但恐出言不慎，反足偾事，没有这种胆量。他要等到有把握的时候，才说上去，可以在情场中奏得胜之歌，大告成功。他的用心亦良苦了。若兰恐怕他们又要谈起这事，便和瘦蝶讲时局。

这时，国民军已得南京，皖省业已克复，大军沿津浦路北上，正和联军鏖战在淮扬之郊。

瘦蝶道："直鲁军勇而无谋，纪律不明，断难和国民军久抗。联军虽败，战斗力未全减，还须以全力对付。所幸他们地盘已失，军心涣散，迟早必致覆败，将来唯有奉军兵精械足，控据北方，是个劲敌。"

若兰道："奉军进可以战，退可以守，虽不可侮，但是国民军第三集团阎氏在山西，可以扼京汉路的咽喉，只须他出兵，扰乱他们的后路，奉军便有后顾之虞，不能把他的精锐尽调南下，这是牵制的妙法。然后国民一军攻津浦路线，国民二军攻京汉路线，左右夹攻，奉军不退而自退。所虑者，国民军刚得江浙，已有左派右派的纷争，最重要的是内部巩固，民心归向，军阀不难铲除了。"

瘦蝶听若兰的说话，很有见识，暗暗佩服。谈了一歇，若兰有些疲倦，要上床去睡。瘦蝶看时候已是不早，遂起身告辞，说明天不能来了，后天再来探望。若兰也向他道谢，沈太太送他下楼。瘦蝶仍坐着车子回去。

明天上午，韦秋心和丁剑青早已前来，瘦蝶陪着他们在绿静轩谈话，云裳也去把严稚英、江翠娟请来，大家坐在楼上谈笑。不多时，秋月也来了，众人看伊已把头上云发截去，短发蓬松，飘在两旁。云裳道："呀！秋月姊第一个把三千烦恼丝付之并州一剪，快人快事。这个东西最使我们费去不少时间的，尤其是在夏天洗浴，十分讨厌。我也要剪了。"

众人笑道："不剪发不足以表示维新。苏州、上海一带妇女素来喜欢新的，潮流所趋，我们都要剪去哩！"

秋月道："昨天，我们校中开个剪发大会，校长先生演说剪发的益处，请大家伸手表决。于是大家有伸手的，有反对的，总计赞成的三百十五，反对的三十九，当然通过了。于是校长吩咐，每一级有正副级长主其事，一位教员监督，另请两个理发匠帮助修饰。一时剪刀的光'霍霍'，剪刀的声'轧轧'，有爱丝头咧，扇子头咧，辫子咧，纷纷地剪下来。我们教职员以身作则，当然先自剪下。我监督的是初中二年级乙班，一共有四十一个学生，内中却有三个学生一定不肯剪发，级长没法，来告诉我，我就走去问她们为什么不肯剪。她们都哭了说道：'我们宁可不读书的，头发一定不剪。'我再三要她们说出理由来，第一个年纪较大的女生涨红着脸回答道：'我已许配人家，那家很是守旧的。因恐我要剪发，前日已托媒人来知照，千万不要剪去，若然剪了，他们一定不要娶我去的。'第二个答道：'我反对剪发的理由，因为我梳的头很有式样，大家称赞。若然剪去了，一定不美观。况且，剪发是自由的，断没有强迫之理。至于说节省时间，免去奢华，在乎人们自为的，不在这个问题上。难道剪了发便不能奢华么？我梳一个头很快的，至多不过十分钟，也不费什么时间啊！所以不愿剪发。'我知道伊便是在会中反对剪发最力的一人。第三个却还答道：'我的发根下以前生过一个大疥结，有很大的疤，全靠这头发遮住。若然剪去了，便要显露出来，怪难看的。因此不肯剪发。'我听了她三人的理由，只好回报校长做主。校长又向她们劝告一番，她们不肯答应，只好暂且不剪。但是她们明天都不来了，岂不是剪发声中的趣闻么？"众人听了，都觉好笑。

云仪道："就中要算第二个理由最充足了，伊并不推诿什么，只是自己不愿，人家不能强迫，真是头发的忠臣，和那张大帅的发辫无独有偶了。"

这时，柳飞琼也已前来，众人看飞琼穿着闪色软缎骆驼绒旗袍，雪白的丝围巾，云仪也穿一件石青色纬成缎的驼绒旗袍。今天，要算这两人最出色了。飞琼和众人相见，云裳笑着嚷道："你们看啊！今天有两位未来的新嫁娘在这里呢！"

众人瞧着飞琼、云仪一齐咯咯地笑起来，两人面上微微泛着红霞。杨太太也陪着陈太太谈话。一飞随他的父亲到别处应酬去了，所以没有来。瘦蝶和秋心等讲了长久，看时候已是十二点钟，便到里面来。见众人也已到齐，遂命下人在花厅上摆席。杨太太姊妹领着云仪、飞琼等走出来，瘦蝶陪着丁、韦二人上前相见，按着位次坐定。杨太太和陈太太坐了首席，其次云仪、云裳、飞琼、秋月、稚英、翠娟、秋心、剑青、瘦蝶一共十一人，团团坐着，一个圆桌面，大家先把酒敬了杨太太和陈太太，然后向云仪、飞琼、秋心、剑青敬酒。剑青此时已从瘦蝶口中得到圆满答复，所以瞧着飞琼很是得意，飞琼终不免有些害羞。

饮至半酣，杨太太正式宣布云仪和秋心的婚约，云裳和稚英说道："我们来拍手。"噼啪一声，众人都拍起手来。于是瘦蝶又把剑青和飞琼也将订婚的消息正式宣布众人，又是一阵拍掌欢笑。陈太太嘴上虽随众附和，而心里却有些不大赞同。因为这样的订婚太简陋了，而且新人又聚在一起，太觉马虎。但伊知道伊妹妹的脾气是如此的，只好任伊去休，与己无涉。瘦蝶也因今天的盛筵若兰不在座上，觉得自己心理上感到一种寂寞。

将近三点钟时散席，秋月忽然提议要两对未来的新人在今天先行个握手礼。云裳拍手赞成。云仪知道不妙，恐受他们的包围，觑个空一溜烟地逃回楼上去了。众人碍着杨太太，也不好意思过分戏谑，退到绿静轩闲谈。袁妈、阿宝等一一献上香茗，瘦蝶见秋月截发别有丰韵，便对云裳说道："现在外面女子都截发了，你又是女学生，理该提倡，早把头发剪去。秋月女士剪了发，一样很美观的。还有赵芷芳女士早已剪发，也很好看。"

云裳道："不容大哥吩咐，明天我要和姊姊一同剪去了。"

秋月又把伊校里剪发的趣史讲给瘦蝶听，瘦蝶道："古今风俗不同，时异势变，昔人以女子缠足为美，自从放足以后，女子都是天然足了，若有人拗作三寸金莲，适见其丑而已。所以灵蛇丝髻，昔人视为美丽的，将来剪发之风普遍，梳了头反觉难看，自然不由你不剪了。"

大家谈了一会儿，秋心、剑青因营中有事，预先要去，瘦蝶遂约定剑青明天上午先到他家来，以便同赴柳宅。剑青唯唯答应，韦、丁二人去了。众女伴回到楼上，大家说笑。天晚时，也各自告辞归去。

次日，剑青又和秋心前来，瘦蝶要伴剑青出外，云裳也已赴校，只剩云仪陪着秋心。秋心发起要游留园、寒山寺等处，云仪遂禀明了杨太太，自和秋心坐着车子出城去。二人且游且谈，凤愿已偿，互述往事，心头温馨，好似沉浸在爱河里头，便在阊门新太和用午膳。直到五点钟后，秋心才送云仪归家。

瘦蝶伴同丁剑青来到柳家，行简早含笑欢迎。便请柳太太一同出来见礼，飞琼也出见，大家坐在书房中谈天。剑青应对如流，英姿飒爽。柳太太看了这位女婿大官人，心里十分满意。行简遂设宴请二人饮酒，直到三点钟时，剑青和瘦蝶一齐告辞，他和飞琼也交换了一只指戒，各赠一个小影，其他庚帖礼物等名目，留在将来大喜时再送。剑青在归路上笑顾瘦蝶说道："好了，多谢你媒人介绍之力，但是我和秋心兄的婚姻问题都已定局了，你老兄却要不要积极进行呢？"

瘦蝶皱着眉头答道："我的婚姻问题却没有像你们容易成功，现在我只好持着缓进的态度，以求最后之成功。因我知道那位沈女士有个'独身主义'把伊围住，一时难于达到恋爱的沸点，欲速则不达，此之谓也。"

剑青笑道："越是这样烦难，他日一旦达到目的，其乐趣当然越是加倍的浓厚。我敬祝你们多情人早成眷属。"瘦蝶笑笑，两人回到杨家。剑青见秋心还没有归来，遂先告辞去了。

光阴倏忽，过得三天，若兰的病已完全痊好，便到杨家来和众人叙谈。丁剑青也和飞琼谈过两次，劝飞琼一同随军出发，到前敌去工作。飞琼不比寻常女子，素来以秦良玉、沈云英一流人物自许，况且国民军中很有许多新妇女参加战役，宣传革命，所以伊回去向伊的父母疏通过了，预备一切。果然，一天上午，丁剑青赶到柳家来见飞琼说，师部已接到总司令部命令，全军调往江北，参加北伐，今夜便要开拔，教飞琼预备同行。飞琼笑道："你们说走就走，我怎样来得及呢？"

剑青急道："军令急如星火，不容稍缓，无论如何，今夜一定要走的。"

飞琼道："你不要急，我早已预备行装了，待我去禀知父母，跟你们去便了。"剑青大喜。飞琼遂把这消息告诉父母，行简究竟有些不放心，叮嘱剑青一路好好照顾，如有危险，还是先送飞琼归来。剑青也用话安慰他们，遂在柳家吃了饭，和飞琼到杨家来告辞。

此时，秋心早来告知一切，秋月也过来，知道阿兄即将远离，心里很是恋恋不舍，秋心已是第二次尝那离别滋味了，他和云仪自然是彷徨万分。然而为着党国大事，也不得不再离开他的未婚妻和亲爱的妹妹以及诸位老友。

瘦蝶正伴着若兰到观前去剪发回转。原来云仪、云裳、稚英、飞琼、翠娟等见秋月剪发，便在翌日一齐都把头上青丝截去，瘦蝶劝若兰也把头发剪去，若兰起初不肯，后来众人苦苦相劝，遂答应剪发。

这天，瘦蝶上午便到若兰处，在伊家里用了午膳，伴若兰到观前去剪发。若兰截发之后，却把短发朝后梳，额前留着前刘海，更觉妖媚。瘦蝶遂邀伊到他家中去见云仪姊妹，得知秋心、剑青将于今晚北上，若兰尤其舍不得飞琼远离，两人握着手絮絮谈个不休。飞琼请若兰代伊向芷芳辞去孔怀小学教职，并嘱若兰珍重玉体，那边的教务如嫌烦重，不如趁此辞退。但若兰不忍辜负芷芳的美意，不欲即辞。秋心也叮嘱秋月许多说话，杨太太也向秋心叮咛，众人都觉得千言万语一时说不尽。瘦蝶要想设宴饯行，已来不及了。四点钟过后，剑青和飞琼先告辞而去。天晚时，秋心也和众人别离。

若兰见他们去了，眼眶中不觉隐隐含着眼泪。因为伊和飞琼相聚数年之久，现在遽赋骊歌，情何以堪？瘦蝶用话解劝，留伊在杨家用了晚饭，吩咐阿寿拖着包车送若兰回去。秋月也踽踽凉凉地回家，云仪心中更是说不出地难过。

这夜，秋心、剑青、飞琼等辞别众人，随军出发，各怀大志。而飞琼在军中凡事得剑青指导，十分放心。也换了戎服，俨然娓婳将军。诵木兰从军诗，古人不足专美于前了。我且按下慢表。

却说若兰自从飞琼去后，接到赵芷芳的来函，因为校中事忙，育蚕的时期又近，伊一人万难兼顾，请若兰和飞琼速即前往。若兰便和伊母亲商量，仍要去执教鞭。沈太太虽然不愿伊的女儿再冒险出门，但若兰用话劝解，并说等到暑假后可嘱芷芳另请他人，自己可息仔肩了。若兰又到杨家告诉瘦蝶，瘦蝶也劝伊不要前去。因飞琼北行，少了良伴。

若兰道："赵芷芳把这学校完全托付我的，飞琼也是我荐去。前者出了事情，只得托伊去办。现在祸事已息，贱恙已愈，还有什么推托？况且，飞琼已走了，我岂可也就半途中止，丢给伊去办呢！在情理上说不过去的。无论如何我至少要去教到暑假，然后再让贤者继任。否则也给芷芳等齿冷。"瘦蝶听若兰如此坚决，不好再说什么。

隔了一天，若兰到望亭去，告诉芷芳说，飞琼已从军北伐，托伊来代辞，这里教务只好另请人来代理。幸亏芷芳有一位旧时同学的胞妹，姓龚名味韶的，南翔人，曾在上海爱国女学毕业，赋闲在家，写信来托芷芳代为谋事，芷芳遂写快信催伊前来。龚味韶来了，芷芳介绍和若兰相见。若兰见龚味韶不过十九岁光景，很有稚气，为人却天真烂漫，和易可亲，肯听若兰的指导。所以两人虽是初交，却一见如故，同心合作。若兰又接到瘦蝶的来函，才知云仪因南京平靖，白门女子大学登报通告，即日开学上课，遂束装赴宁去了。热闹了一阵，至是更觉沉寂万分。瘦蝶无事消遣，仍伏居作画。

有一天，他正在绿静轩中作一幅《江山月明图》，忽见云裳笑嘻嘻地持着二封信进来，把一函递与瘦蝶。瘦蝶接过一看，知是碧珠寄来的。拆开细看，才知碧珠在莫干山和伊的丈夫创办医院，成绩很好。春天来了，请瘦蝶等前去参观医院，兼游山水。瘦蝶一笑，放过一边。又向云裳道："你的手中还有一封信呢？"

云裳道："这是我的。"

瘦蝶道："谁写给你？"

云裳道："一个不相识的人写的。"

瘦蝶道："奇了，拿来给我看吧。"

云裳道："我已看过了，大哥不妨一读。"遂授给瘦蝶，展开一张粉红色的波纹信笺，上面写着道：

云裳女士雅鉴：当仆握笔之时，谨先以心香一瓣献其热诚于女士之左右，为祝女士前途幸福万万，至于无疆。盖仆常在《吴声报》《凤凰报》《紫罗兰报》等文艺刊物上，得读女士大作，香生齿颊，五体投地。许为今之左芬，彼曹大家、谢道韫辈，直瞠乎其后矣！慨自文艺勃兴以后，小说家、文学家虽不乏其人，然求之女界，则觉凤毛麟角，不可多得。岂世无其人乎？窃尝憾焉！近读女士《春痕》一篇，何其感人之深也！然后知女士实可为今之小说明星矣！屡思一亲芳颜，以慰渴思，而蓬莱咫尺，可望而不可即，诵秋水伊人之诗，能不令人魂销耶！仆也谬附骥

324

尾，著作自娱，颇欲抈扬风雅，提倡文艺，兹与文友数人创办一《琼瑶三日刊》，专载有价值之作品、图画，为吾吴文艺界放一异彩，而望女士不吝珠玉惠赐鸿著，俾敝刊得以增光，风行遐迩，则皆女士之力也。尤祈赐一玉照，仆当精铸铜版，刊于报首，使三吴文人仰望丰姿者得以一睹玉貌为快也！临颖神驰，即希裁答。此颂著安！

怜花馆主：贾子美谨启

瘦蝶看了，哧地笑道："这种信投到字纸篓里去便了，看它作甚？"

云裳道："我以前一时高兴，作些小品文字和小说，投到报上去。他们便把我大捧而特捧，也不知道是何意思。各报馆的主笔也曾写信来索我的作品，反觉得麻烦了。这个怜花馆主曾在《吴声报》上常常投稿，作些无题诗咧，言情小说咧，风流自许，俨然以大文豪自居的。现在，他要自办小报，竟来向我索照咧！"

瘦蝶口里念着怜花馆主说道："这个名字似乎在哪里听过的。"

云裳道："当然在报上见的了。"

瘦蝶摇头道："不是。我想着了，去年，我们伴着淑贞夫妇在阊门游玩时，你曾和一飞表弟去坐马车兜圈子，我在大庆楼底下，瞧见有一个老者正和一个少年在那里指着你说笑。后来，又来一少年把文稿奉呈老者，称他怜花馆主，大约就是此人了。他们饱食终日，弄弄笔头，说什么提倡文艺，真是大言不惭！我劝你再不要应酬他们了，麻烦得很。有什么益处呢？况且其中很多抱野心的小子，不可不防。"

云裳笑道："我正要应酬他们呢！"遂悄悄向瘦蝶说了几句。

瘦蝶点头道："亏你真想得出，也好，看你的手段吧。"云裳一笑，收转那信，回到里面去，检出一张新摄的半身小照，和新作好的一篇短小说，一齐放入信封中。照那个信面上写好地址姓名，粘了邮票，命阿宝去投入邮政箱里。

欲知后事，请看下文。

闲云老人评：

丁剑青和柳飞琼也是天生一对佳偶，所以作者先把飞琼弄到望亭去，再使伊遇着危险，然后丁剑青在暗中相救，无非为二人订婚张本。才貌双全的若兰，竟抱起独身主义来，看瘦蝶如何去挽回美人的心。伊说"瘦蝶虽然有德于我，而报德的途径，未必要和他订婚。若然是这样的，那么瘦蝶所以待我如此盛情无非是要达到婚姻的目的了。……"说得也是不错。剪发趣史很是诙谐，然而这种情形真是有的，这是打倒军阀时代中的一个纪念，其实见智见仁，各有见解。不过潮流所驱，自当剪去。曾涤生所谓"虽有大力，莫之能挠"是也。飞琼从军，不愧女英雄本色。贾子美一书，恭维得云裳有些肉麻，然而事有来历，前回已暗暗伏下。云裳却借此游戏三昧，文章又生出波澜，使读者眼光为之转换。

第三十七回

惊绝色魑魅现形
考丈夫娇娃玩世

和煦的阳光在明瓦窗里透进来，照在黄不黄黑不黑的帐子上。有一个老翁正披衣起来，听得窗外的鸟声，不觉吟道："春眠不觉晓，处处闻啼鸟！"哈出一口浓痰来，吐在床前地板上。凑巧那边一块地板已蛀空一个大洞，痰吐下去变作临时痰盂。

老翁开了房门说道："阿秀快拿面汤水来。"便见一个十四五岁的小女子，穿着一身格子布棉袄裤，梳着一条辫子，容貌也生得不错，托着一盆热水进来，放在桌上。老翁揩着面问道："慰榆呢？"

阿秀答道："弟弟早到学校去了。爹爹今天起来得很迟，粥也烧好，可要吃么？"

老翁点点头说道："昨夜我喝醉了酒，所以晏起。你就开出来吧，我肚里又饿了。"阿秀自去厨下盛粥。老翁盥洗已毕，走到中间来吃粥，见一碗肉炒酱，还有许多，遂说道："阿秀真省吃，为什么不多吃些呢？"

阿秀在旁边桌上拣菠菜答道："这酱是爹爹喜欢吃的，所以我教弟弟不要吃。"

老翁道："今天你们吃完了吧，我不在家用中饭。贾子美请我吃酒呢！"阿秀答应一声，老翁吃罢粥回到房里，在沿窗一张旧式账桌前坐下，先抽了几口水烟。然后取出文章格纸，磨墨濡笔，低倒头便写。写一会儿，读一会儿，摇头摆耳，似乎十分得意。等到壁上挂钟铛铛地鸣了十一下，老翁已把这篇文章做好，折叠起来藏在怀里，立起身，从床头取了一件半旧的花缎马褂披在身上，又戴上一副老花眼镜，走到外边。见阿秀正在沿窗绣花，便道："你们吃饭吧，我要吃过饭回来哩！"踱着方步走出大门。

不多时，早到贾家。他是常来的，门上烦不着通报，一直走到里面小方厅上，见有几个少年正在谈话。老翁一声咳嗽，众少年回头瞧见了老翁，一齐立起来，招呼道："静翁到了，我们恭候已久。"

老翁也拱拱手道："昨夕贪杯，竟效刘伶之醉卧，今晨遂高卧不起。有劳诸君久待，幸恕后至之诛。"众人遂让他坐下。老翁便向一个华服少年问道："怜花馆主，有好消息否？"

少年笑道："静翁，伊居然有复信来的，我所要求的都能达到。"

老翁得意道："此文字之力也！彼美人兮，是能怜才者，馆主诚艳福不浅哉！请速赐观，俾老人一饱眼福。"

众人也道："子美兄，我们要你取出来一看，你说要等静翁来。现在静翁来了，快给我们看吧，不要奇货可居。"

老翁笑道："是诚奇货，亦尤物也。我目逆久矣！今所以观情影者，欲知是否庐山真面目耳！"

贾子美道："我也见过的，决非赝鼎欺人。"遂跑到书室中，取出一张四寸的半身小影和几张稿纸来。

众人连忙抢着观赏。见照上一个半身侧视着，玉颜温存，纤眉联娟，尤其是一双横波妙目，顾盼中含着许多情愫。短发覆颊，娇憨动人。众人喝一声彩，老翁独自接到手中细细端详，笑道："彼姝者，洵美且都，此即我侪神交已久，梦寐不忘之女文学家杨云裳也。"

一个穿西装的少年，便是吴声报馆编辑姚雏凤，顿着脚说道："早知如此容易，我为什么不向伊索照呢？现在倒被贾兄捷足先得了。"

众人道："看别人容易，自己却难了。或者是子美兄面子大，能得美人青眼。别人焉可妄想？"

贾子美益发得意，说道："我这封信写得文情缠绵，经过静翁的郢削，才使那位女文学家看得上眼，煞费一番心思了。"

老翁却套着宋玉《登徒子好色赋》上的词句念道："天下之佳人，莫若苏州；苏州之丽者，莫若西百花巷；西百花巷之美者，莫若翁对邻之子；翁对邻之子，增之一分则太长，减之一分则太短；着粉则太白，施朱则太赤。眉如翠，羽肌如白雪，腰如束素，齿如含贝，嫣然一笑，惑阳城，迷下蔡。然此女出入，窥翁年半，至今未许也……"

众人听老翁朗诵，不觉哄堂大笑。遂又取云裳作的小说捧读。题名《快乐之夜》。众人道："一看这个题目，已自令人快乐了。"

老翁也把眼镜抬抬看了一遍，说道："夫唯聪明人，而后有此妙笔。所谓文章本天成，妙手偶得之，黄绢幼妇，可以移赠彼美矣！"

于是贾子美把照片文稿收去藏好，欣欣然地说道："《琼瑶》第一期有杨女士小影和小说稿，生色不少。销路当必畅盛。静翁所许的发刊词作好了么？"

老翁道："微子之言，我几忘之矣！"遂从身边取出适间所作的稿子，交与贾子美，说道："此作窃效六朝体，唯觉风格不及徐、庾耳！"

子美道："静翁不要客气，我就刊在第一篇，非静翁大著不克当此。"

姚雏凤道："几时可以付印？"

子美道："我已和文新公司订约，明天便要发排，馆地暂设敝处，全仗诸位赞助之力。"

众人道："我们不过附骥罢了。"

子美见时候已近一点钟了，便吩咐下人摆席，请静翁上坐，大家入席。好在这几个都是不客气的饕餮家，一等菜到，箸如雨下，像风卷残云般吃个精光。老翁一边喝酒，一边仍哼着道："岁在丁卯暮之初，会于贾君子美之家。是日也，天朗气清，惠风和畅，群贤毕至，少长咸集，诗酒论文，其乐无艺。诵伐木之诗，求盍簪之益，如此胜会，不可无记。老朽不文，请自隗始。"遂向子美取过纸笔，写了三句，要求众人照样各写三句，联成一文。众人遂听他的说话，一个个写了，直到子美结束。

姚雏凤道："此篇便可刊在《琼瑶》上，也是大好资料。"子美点头把纸藏好。

这时，席上已进八宝饭。老翁素来喜欢吃的。遂伸手把八宝饭取到自己面前，带笑对众人说道："饭名八宝，美胜五味，老夫垂涎久矣！诸君尝四喜之肉，饮三鲜之汤，能让老夫禁脔独尝，饱食一顿乎？"众人知道他要独吃了，自然奉让，尽他大嚼，都作壁上之观。老翁果然一口气把一盆八宝饭吃下肚去。众人暗暗好笑，亏他吃得进这甜的东西。席散时，各有醉意。贾子美拉着姚雏凤等要打牌，遂聚了一桌。老翁和其余的人都告辞而去。

贾子美等老翁去后，对姚雏凤道："静翁文章虽好，而一种醍醐态度却很讨厌。你看他，适才吃八宝饭时，露出一嘴黄牙齿，令人见了恶心。"

姚雏凤哈哈笑道："还有他专喜咬文嚼字，自命通人，也是很可笑的。人家谁不知道黄静斋是个两脚书橱呢！"子美道："他家中情形我还有些隔膜，你是知晓的，可能告我一二？"

姚雏凤道："他在前清中得一名秀才，乡试不中，懊丧而归，终日长叹道：'天之将丧斯文也。命欤？'几乎变成神经病。他的妻子宓氏，很是贤惠，清俭持家。静翁所以今天有碗饭吃吃，也是他妻子的力呢！可惜早已故世，剩下一女一男。女名阿秀，今年已有十五岁了，刺绣很好，像伊的母亲，小小年纪竟把家务治得有条不紊，不烦他老人家的顾虑，可算难得。静翁一天到晚吟诗饮酒，自命风雅。兴至时，也喜拈花惹草，到枇杷门巷去走一遭。老当益壮，兴复不浅，我看，他对于杨云裳很多痴思呢！他曾对我说道：'情之所钟，端在吾辈。云裳小妮子楚楚可怜，安得一亲芳泽，赋高唐之梦耶！'老头子竟作癞蛤蟆想吃天鹅肉，可笑之至！你不看见他方才看了云裳的照，几乎垂涎三尺么？"说罢，一阵大笑。

姚雏凤又道："他家凑巧去年新迁到西百花巷，杨家的对门，所以他说什么'对邻之子'，又有人见他每到夕阳西堕，学校散课时候，当要立在门前闲瞧。其实，他是等见云裳归家罢了。"

姚雏凤等正在谈论静斋，果然不出他们所料，静斋自贾家回去，见阿秀正在刺绣，时候已是不早，遂立到门前去候云裳。不多时，慰榆挟着书包，跳踪踪地归来，叫了一声爹，静斋摸出两个铜元给他，算是放学钱，日以为常的。小孩子得了钱，跑进门里了。静斋伸着脖子，只是向东首盼望。

又过了一刻钟，遥见一个女学生，姗姗地走来。他还瞧不清楚是否云裳，连忙把眼镜取下一揩，戴上鼻去。那女学生已走近，不是云裳，却是谁！喜得他心花怒放，想要走上去作揖拜见，说明自己钦佩的意思，又恐唐突玉人。正在足将进而趑趄，口将言而嗫嚅的当儿，云裳已走进伊自己的门墙了。静斋忍不住吟道："洛阳女儿对门居，才可容颜十五余……"

云裳听得背后嗡嗡的声音，回过脸来一看，见是那个讨人厌的老头子，天天放学时，总见他立在门前，嘴里咿唔不绝，像是吟诗。伊还不知道这就是文坛宿将黄静斋呢！只当他是个痴子，也就不去顾他，走入里面去了。静斋还念着道："回头一笑百媚生……这般可喜娘罕曾见……魂灵儿飞去半天……"喃喃自语了一会儿，遂长叹一声，回身入内。

过了三天，那张《琼瑶三日刊》出版了。封面上刊着云裳小影，用绿色墨油印的。还有伊的小说，却用花边围着。贾子美又写了几句介绍的话。果能不胫而走，纸贵洛阳。茶寮中许多好事少年，大家谈论起云裳来。云裳自己也接到贾子美的谢函和义务报，见他们把自己如此捧场，十分好笑。瘦蝶笑道："你害他们大忙了，往后事情正多哩！"

云裳道："正要他们这样，才能入我彀中。"《琼瑶》出到第三期，上面却刊着一篇东西，标题是"云游"两字，贾子美作的。原来是一篇游记，大略说某日与腻友云，泛舟同游天平，写得很是肉麻。所说的云，给人家看了，好似暗指云裳。云裳见了，娇嗔道："是可忍也，孰不可忍也！他们竟这样侮辱我么？"遂去要求杨太太答应伊一件事。杨太太起初不肯答应，后来仍允许了伊。云裳大喜，自去预备。不多几天，《琼瑶》上刊着一段云裳的启事，很令人注意的乃是：

　　吾人际此革命时代，一切改革从新。在昔婚姻制度束缚吾侪妇女綦甚，形式同于买卖，礼教严如桎梏，不知有几许人牺牲其一生之幸福于此制度之下，是非打倒不可，改革不可，不自由毋宁死。故男女婚姻当重自由，庶几无鸦凤之遗憾矣！云裳生自名门，谬识诗书，窃愿得一美郎君，共享新家庭之幸福。然相攸之责在我，求凰之愿在人。今欲为衡鉴人才计，特效学校招考新生法，凡有志与云裳共同生活者，先请于阳历四月十五日以前，具志愿书、履历书、四寸小影一张，连同报名费二元，寄至敝舍。十五日上午九时即星期日，请惠临学士街仁民小学内投考，由云裳出题，亲自考验。凡合格者，云裳即以终身事之。不取者报名费概不退还。投考时以报名费收条为证，言出如山，决无反悔。有志之士，盍兴乎来。

这个启事登出后，轰动了三吴。文人有的赞成云裳，说伊不愧是个新妇女；有的反对云裳，讥笑伊不顾廉耻。但是云裳的芳名艳影，早在一般少年心目之中。果然有许多人都想吃天鹅肉，纷纷前去报名。三天之内，报名的竟有四五百人之多，踊跃极了。严稚英、韦秋月等得到这个消息，也怪云裳做得太特别了，何必眩世骇俗，招考起丈夫来呢？乘间去问云裳，到底是什么意思。

云裳笑道："请你们拭目以观吧。"

黄静斋、贾子美等一辈人当然先得到这个消息，贾子美道："杨云裳招考丈夫，倒玩得特别新鲜玩意儿，小子不才，中馈犹虚，必要去投考一下。"

姚雅凤道："我们报馆里的人，有一大半还没有妻室，他们一向羡慕云裳才貌的，听说都要去报名呢！你们不要笑我，妄想出了两块钱，有得到一个千娇百媚的女郎的希望，何乐而不为！譬如买一张跑马票，碰碰运气看。"

又一人道："我看此番有录取希望的，要推贾兄了。我们读了《云游》一篇洛神赋，不是过也。贾兄多情人，今世的宝玉，自然能得美人的宠眷。"子美听了这话，得意扬扬。

黄静斋忽然吐了一口痰说道："爱鹿中原，未可知也。云裳女士兰心蕙质，是李易安一流人物，其取人也必赏识于牝牡骊黄之外。老夫耄矣，然龙马精神，矍铄自如，李杜文章，光焰万丈，遇此千载一时之机会，安可交臂失之？合当投袂而起，与诸君子勾心斗角，小试其技，倘能文章有灵，美人归我，亦千秋佳话。柳如是之归钱牧斋，不足专美于前矣！"

众人见黄静斋如此年纪，形容丑陋，也想前去投考，真是太不自量了。然而，当着他面不好说什么。

贾子美问道："静翁可去报名？"

静斋微笑道："两羊早入美人囊中矣！岂敢后乎？"

众人都道："静翁一支健笔，纵横文坛，若以才华而论，投考人中当推冠军，不难获选。我们谨为预贺。"

静斋更觉得意，道："他日新婚燕尔，老朽当呕心刻骨，作艳体诗百首，请诸君题咏。庶几足以压倒李义山、王次回矣！"众人不觉大笑。

且说到了十五日那天，仁民小学门前拥挤得很。许多投考的青年都是笑容满面，怀着无限希望。有的穿西装，有的衣华服，没有一个不修饰得美好整洁，自以为翩翩佳公子也。但是很令人注意的，内中忽发现一个老翁，身穿栗壳色绉纱棉衫，元色花缎马褂，戴上一顶瓜皮小帽，大红结子，玳瑁边老花眼镜，在教室廊下走来走去踱方步。众人莫不奇怪，暗想，老头也来投考么？有些认识他的，便窃窃私语说道："这就是《吴声报》的特约撰述，《琼瑶三日刊》的名誉编辑黄静斋。人老心不老，常常作些香艳诗、艳情小说的，所以今天他也想来试一下咧！"

　　只见黄静斋对一个穿西装的少年说道："何投考者之多也，杨女士之魔力诚不小哉！然而金玉其外，败絮其中，我行见若辈之名落孙山，空手而归也！"

　　旁边听得的人也说道："这老头子却骂起人来了，什么金玉其外，败絮其中，不是骂我们么？"

　　有些人道："恐怕他有神经病的。他说人家名落孙山，还不如骂他自己来得确切。我们也来上他一下。"一个人遂朗声念道："原壤夷俟，子曰幼而不孙弟，长而无述焉！老而不死是为贼，以杖叩其胫。"

　　又一个人念着道："公使谓之曰，尔何知？中寿，尔墓之木拱矣！"

　　静斋听在耳朵里，知道他们有意骂他，气得面色都变了。又说道："人之所以异于禽兽者几稀，山膏善骂，此真妄人焉耳，禽兽奚有于我哉！"

　　众人道："他说山膏善骂，要请问他谁先骂的，这般咬文嚼字，真是乡下人不识便壶了。"

　　一人道："这种昏庸老悖的人，也值得和他计较么？不要去睬他。"

　　此时，众人也等得不耐烦了，大家看着手表，已有九点钟，说道："时候不早，还不考么？"

　　一个人道："今天早晨我从床上起身一看，钟上已是八点，恐怕迟到，点心也没有吃，连忙赶来。早知如此，便在松鹤楼吃了蹄子面来，也不会考不着啊！"

　　众人正在叽叽咕咕，瞥见那边严闭的教室里玻璃窗上有一个美人影儿向外边一望，便缩去了。众人顿时兴奋起来，说道："快看，杨云裳。"

静斋要看也不及，又念道："千呼万唤始出来，犹隔玻璃露半面。"众人听了一齐大笑。在这笑声中，教室的门开了，便见有一个妙龄女郎走出来点名。众人道："这不是云裳自己，大约是伊的同学，请来帮忙的。"

　　静斋又念道："江东二乔，皆檀绝色，不得熊掌，鱼亦我所欲也！"众人都一声不响，听伊点名。点到一百名，女郎说道："诸君注意，此次因投考的人实在多了，教室狭小，不能一起考验，只好分作四起，每次一百名，不点着名的人，请暂等一刻儿。"

　　凑巧黄静斋和贾子美等都在第一批内，立即鱼贯而入，按着名次坐定。案上已放着一本考卷，只见教台上立一个女子，穿着豆沙色的衬绒短袄，外罩黑丝绒夹马甲，下系黑色印度绸裙，明眸皓齿，纤腰秀项，一种天然美好的风度，正是云裳。

　　云裳等众人坐定，轻启樱唇，微露瓠犀，向大众说道："诸位，考题便夹在卷子中，请即照题速作论说一篇，半点钟内便要交卷。如若过时，要抢卷子。因为外面还有人等考呢！三天之后，取与不取，请诸位一看本地的报纸便可明白。"说罢，向旁边椅子里一坐。那个点名的女郎也立在伊身边，手握手地低头谈话。

　　众人取出题目一看，乃是"尔将如何对待妻子"。众人知道时间甚短，不敢怠慢，挥笔即书。黄静斋却效刘桢的平视，瞧着云裳，恨不得也走过去叫应一声，拜倒石榴裙下。云裳瞧见有一个老翁也来考试，心中很是奇异。再一细看，认得是伊对门的邻居，那个有神经病的老头儿。遂和那女郎指着他说笑。静斋见云裳注意他，心里勃勃地跳动，以为美人钟情于我，忘记了做文章。云裳见他不写，忍不住立起来说道："这位老先生怎么不快快下笔，呆看什么？"静斋被云裳一喊，好比做梦醒了一般，忙提起笔来，颠头播脑地做文章了。

　　时间一到，云裳把铃一摇，众人交了卷子，一齐走出。只有静斋慢慢儿地踱出来，口里还念道："欲做新官人，聊为小学生，书中自有颜如玉，其此之谓乎！"众人见了他情形，又是好笑。

　　贾子美把他一拉道："考完了，我们去吧。"遂走出校门，各自归家。

　　这里第二批、第三批的陆续考试，直到十二点钟，一齐考罢。众人纷纷散去，专候好音。

黄静斋更是伸长了头颈盼望。三天的光阴长得好似三年，朝晚口里念着："云裳，云裳，唯慧眼斯识英雄，汝其翩然来归哉。"他女儿阿秀当他犯了精神病呢！

第三天的早上，静斋七点钟便起来。走到茶馆里，候着小贩，便摸出四个铜元，向他买了一张小报，对着报纸说道："取与不取，皆在其中矣！"翻过来一看，果然有很大的字，登着杨云裳女士启事一则。此时，静斋一颗心不由跳起来，连忙抬准眼镜，去读那启事。

欲知后事，请看下文。

闲云老人评：

这一回好似《滑稽外史》令人捧腹，而黄静斋一种卑鄙龌龊的形状活现纸上。前几回珠香玉笑地写了许多美人，这番却接出怜花馆主等一众人来，作者笔力不小。招考丈夫匪夷所思，投考者竟有四百余人之多，不知云裳将如何对付也。考试时一段串插，写来调侃不少。黄静斋以一老翁而厕身急色儿，遂中癞蛤蟆想吃天鹅肉，宜其受辱。

第三十八回

云影波光清歌婉转
情根爱芽细语缠绵

　　黄静斋未看时，一团高兴，看罢启事以后，好似当头浇了一桶凉水，把热烈烈的希望、痴迷迷的欢喜，完全归到乌有乡里去了。那启事上说道：

　　云裳以蒲柳之资，乃蒙诸君子不我遐弃，纷纷投考，竟有四百五十六人之多。既感且愧，兹欲告罪于诸君者，则遍览诸卷，虽琳琅满目，美不胜收，而说理上都欠圆到，尚难惬云裳之私心。欲求完美，俟之异日可乎？所有报名费总数为九百十二元，益以云裳私囊，凑成千元之数，捐作北伐军饷，业已汇寄总司令部。想诸君子爱国之心甚于云裳。昔楚子文毁家纾难，汉卜式输财助边，此戋戋者必不吝惜也。谨此露布，并达歉忱。

　　他懊丧之下遂折起报纸，急匆匆赶到贾家来。贾子美等早已聚在一起，静斋还问道："诸君殆已见此启事乎？"众人都叹道："完了，完了，我们上了伊的当了。"

　　静斋念道："不图三十年老娘，今日倒绷婴儿。我侪堂堂丈夫，反为一小女子所欺，何面目见江东父老乎？"

　　贾子美笑起来道："既无面目见江东父老，那么，可以自刎死了。"

　　姚雏凤也道："俗语说，买块豆腐撞死。我们还是去买豆腐吧。"

　　贾子美家中，众人正在长吁短叹，而云裳在家里和严稚英等嘻开着嘴，只是好笑。料想那四百五十六人，今天见了这段启事，一定要气得发

336

昏。原来，云裳自从投稿小报以后，常接到许多肉麻不堪的书信，来向伊求爱，伊很看不起这般人，一直想要游戏三昧，警戒他们一下。贾子美来索照时，已下了决心，告诉瘦蝶，自己要如何预备作弄他们一下。遂寄了一张照给贾子美，子美便把伊捧上三十三天。后来，又作了一篇《云游》，明明是侮辱伊。云裳于是向杨太太疏通过了，登出这个招考丈夫的广告来。果然报名的人接连而来，户限为穿。伊便借仁民小学做考试的地方，请严稚英来帮忙，自己主考，稚英点名。这真是破天荒的创举，无怪要轰动全城了。陈太太知道了，特地亲来责问伊的妹妹，为什么把女儿放纵得如此，贻人讪笑！杨太太把云裳的计划告诉伊的姊姊，陈太太仍有些不以为然。

云裳恐校中诘问，请了几天假。等到第二个启事登出以后，反对伊的，赞成伊的，都明白伊的用意了。还有许多考卷，伊和瘦蝶、稚英等看得眼泪也笑将出来。因为内中有几本考卷，别字连篇，写得不成模样。也有不知所云的，也有十分肉麻的，唯有一篇作的骈体文很是香艳，可惜没有作完，署名黄静斋。云裳知道就是对门的老翁了，笑得伊几乎腹痛，便把这些卷子一起用火烧掉。报名费捐作军饷，也只有伊不恤人言地做出这种快人快事。后来，若兰、云仪等知道了，都说"快哉！快哉！"从此，黄静斋、贾子美等一辈人受了这个打击，也稍稍敛迹，不再妄想了。九十韶光也在这一刹那间过去了。

绿暗红肥，又是初夏景象，瘦蝶接到秋心等来函，知他们仍在扬州、蚌埠等处作战，北军顽抗甚力，未能急速进展。日前，曾与白俄兵一队鏖战，用诱敌计把他们悉数围住，斩获无算，夺得铁甲车一辆，大炮数尊，云云。瘦蝶遂复书慰问，云裳照常到校上课，星期日则和稚英、翠娟等一起游玩。秋月因为云仪不在家，也难得过来玩谈。若兰又远在望亭，无事不大回家，他一人在绿静轩中，作画之暇，看到庭院中蔷薇花已盛开了，蜂忙蝶酣，和风送燠，不觉感到一种沉寂和烦懑，静极思动，要想出去，一畅胸襟。遂先写信给若兰，要约伊同游无锡的鼋头渚。写得很是恳挚。若兰回书来，答应他去同游。瘦蝶又致函若兰，约定在星期日，瘦蝶先坐早车到望亭车站，请伊在站上等候，一同坐车赴锡。他并不告诉云裳和杨太太，只说星期日要到无锡去探访一个姓吴的画家。

到了那天，瘦蝶一早起身，换了一身西装，带上一个柯达克摄影箱，坐了包车，赶到火车站，坐九点钟的火车，开到望亭，果见若兰已在站上等候。穿着一件条子印花绸的夹旗袍，脚上白色丝袜，黑漆革履，头上云发朝后梳得十分光洁，绝齐的前刘海覆到纤眉边，两个美妙的眸子也已瞧见瘦蝶，含笑招呼着。瘦蝶便在窗边把手招招，请伊上车。若兰即在人丛中挤上车室。瘦蝶坐的是二等车，恰巧座客不多，在他身边留着一个空座，若兰便坐下来。瘦蝶鼻子里嗅着一阵非兰非麝的香气，沁人心脾，知是若兰手帕上洒的白玫瑰香水。若兰问他可曾到伊家中去过，瘦蝶道："前天下午，伴友人去游网师园，归途曾去探望你的母亲，伊老人家身体很好，请勿悬念。不过，伊总觉得冷清，最好你时常在伊膝下。"若兰听了不响。瘦蝶忽又对若兰说道："兰妹，我忘记告诉你一件事，你可知翠娟近状么？"

　　若兰摇头道："伊和我有两星期不通音问了，实在我因校务冗忙，夜间又要编著那部《妇女文学史》，很乏暇晷，懒懒的没写信，便是飞琼姊那里，也好久不通信了。翠娟有什么事呢？"

　　瘦蝶微笑道："可怜的翠娟，几乎甘为情死。"

　　若兰惊讶道："怎的？怎的？"

　　瘦蝶道："翠娟不是有个男朋友么？"

　　若兰点头道："是的，我以前告诉过你，此人姓邬，是正则中学的学生。不知翠娟怎样和他认识的？"

　　瘦蝶道："自从你到望亭去后，翠娟每在星期日和姓邬的携手出游，别人看起来，两人很是爱好。云裳妹也见过姓邬的，说他很漂亮，不过性情浮薄些。今年，姓邬的曾有一度向翠娟乞婚，翠娟口头上已答应了他，所以伊的手指上也多了一只鱼胆青的小宝石戒了。云裳曾向翠娟讨蜜糕吃，翠娟说姓邬的今年夏假毕业，等他回里和家长说明了，再行正式送盘。到那时，大家有蜜糕吃。因为翠娟对待邬某一片真心，以为自己的婚事一定稳固了，谁料姓邬的同时又恋爱上他的表妹，竟由父母做主正式订婚。他说的话全是哄骗翠娟，要想把伊做他肉欲上的牺牲者，幸亏翠娟还能贞洁自守，不上他的当。后来，给翠娟知道了，写函去责问姓邬的，他却还信前来道歉了事。你想，这种事岂可道歉得了的！翠娟受此打击，何以为情呢？便在这夜，吞金自尽。幸江太太发觉得早，请了西医来把伊救活。云裳、秋月、稚英等得信后，都去探视，安慰伊一番，劝伊不该为此事而自杀。姓邬的人格堕落，是情场中的蟊贼，发觉得早，总算不幸中之大幸。秋月又向江太太说，情愿代翠娟做媒。伊的同事王先生有一个儿子名济达，现在上海复旦大学读书，年轻才高，人又朴实，和翠娟匹配是很好的。现在还不知道翠娟心里如何呢。"

若兰听了便道："我早知他们没有好结果的。翠娟喜欢看言情小说，伊以为世间的男子都是光明纯洁，像书中人物呢！我倒要写信去解劝解劝。"他们谈着话，不觉已到无锡。两人遂下车出站。

瘦蝶对若兰说道："现在此地已通行汽车，我们先游惠山梅园，然后用了午膳，再去游鼋头渚。"

若兰道："很好！"瘦蝶遂雇了一辆汽车，和若兰并坐着，命汽车夫开到惠山。一路风驰电掣，不多时已到惠山之麓。瘦蝶遂和若兰下车，走上山去。两旁有许多店肆，陈列着泥人、泥物，做得很是工致。这是无锡著名的土货，二人不暇细看。将登漪澜堂时，见堂前有一方池，池中养着红色的鱼，往来游泳，很是活泼。堂上有李合肥一联，若兰念着道："奇迹比中泠，回思万马浮江，洗甲银河犹昨日。嘉名分上苑，曾见六龙驻辇，题诗琼岛忆春阴。"早有侍者来伺候，二人遂坐下饮茗，细品第二泉。

只见有许多烧香老太婆，挂着黄布袋，上绣"朝山进香"四字。刚从山上下来，走得汗流满面，口里还念着"阿弥陀佛"。若兰不觉好笑。

这时有一个老丐，伛偻着身体，走到二人桌前说道："好少爷，好少奶奶，做做好事，福寿无量，明年添个官官。"

瘦蝶知道老丐误认他们是夫妇，倒有些不好意思。看若兰粉颈低俯，红云上颊，羞得抬不起头来。瘦蝶恐怕老丐再要多说，忙从袋中掏出几个铜元，掷在他的篮里，说道："去吧！"哪里知道，去了一个又来一个，瘦蝶觉得十分讨厌。

若兰道："这里的乞丐都通声气的，只要你给了一个，他们以为主客到了，一个个都来向你乞钱，岂不厌烦。最好地方上快办乞丐教养所，把所有乞丐收去教养，才是善政哩！我们坐不得了，不如走吧。"

瘦蝶道："惠山山顶没有什么好玩，走也难走，我们只此而止吧。"若兰点点头，遂由瘦蝶付去了茶资，回身走出，重又坐了汽车到梅园去。

路中行过一处，风景清幽，锡山隐见树林中。瘦蝶忽命汽车夫停住汽车，拉着若兰下车，请若兰立在车旁，一手倚着车头，摄成一影。然后再坐上去驶行。到了梅园，吩咐汽车夫到五点钟时再来迎候，付去了车资，一同入园游览。

园中植梅数百株，可惜来非其时，不能一赏绿萼仙影。游人甚多，二人四处游览一过，各摄了两影。时候已是不早，腹中也觉饥饿，遂到太湖饭店独辟一室，瘦蝶点了几样菜，和若兰用午膳。觉得无锡的菜肴烹制较甜，炒鲜蕈和炙骨两味更是可口。二人吃毕，付资而出。又去雇一只小舟去游鼋头渚。过得镇山桥，已入太湖。湖光潋滟，水天一色。七十二山峰若现若隐，帆船点点，掠波而逝。瘦蝶到此，胸襟一畅。回顾若兰，正伸手理伊的头发。风吹衣袖，露出雪藕也似的粉臂来。剪水双瞳，凝注着远山，若有所思。因想吴越时，范蠡一叶轻舸载着西施入五湖，传为千古佳话。倘然这话是真的，范蠡不慕荣华富贵，偕同美人归隐水云乡中，也是古今第一妙人。恐怕有计然之术的陶朱公，不见得会如此吧！今天，我和若兰同舟出游，徜徉绿水之中，其乐何极！不知若兰心中又觉得怎样？遂叩舷而歌道："天苍苍兮水茫茫，兰有芬兮蕙有芳。安得素心人兮同隐水云乡？"

若兰听瘦蝶的歌言中有物，自己不便说什么，微笑不语。这天风平浪静，水声淙淙。行不多时，见石壁上镌有"孕越包吴"四字。小舟已安抵渚畔了，瘦蝶遂扶着若兰上岸。果然杂花生树，群莺乱飞，很是一个清幽的地方。

两人走到广福寺，瀹茗小憩，谈起鼋头渚和梅园主人的历史。停一刻又下山，走到滩石中间，临风小立。见余波荡岸，水溅衣裙，远望湖光浩瀚，心旷神怡。瘦蝶遂请若兰立在湖滨，一正一反摄了两影。又摄了一张湖景，软片已完了。和若兰对坐石上。

若兰道："青山绿水足以涤人心胸，消人烦虑。无怪古人多喜山水，至有乐之终身不厌。如徐霞客遨游天下，足迹遍四方，可称奇士了。"

瘦蝶道："现在世乱日亟，桃源难寻，要像我们这般湖滨清游，也不

340

可多得。今天我和兰妹到此，心中实在很觉快乐。因我在苏，自从你们出外后，常觉到一种生活上的枯寂，不自知其然而然。尤其觉得我和兰妹相聚惯了，兰妹不在苏州，连我也觉得没有走处，心灵上得不到一种安慰。今天，得和你畅游山水，心神恬适。不知兰妹以为如何？"

若兰道："我们交称莫逆，相聚者形，相通者心，形体虽隔，精神常通。今天虽觉快乐，别后亦未尝不快乐，但愿彼此进德修业，自强不息，才不虚负了。"

瘦蝶顿了一顿又道："飞琼女士随同剑青兄等从军北伐，他们俩正是志同道合，一对革命史中的英雄。击鼓其镗，踊跃用兵，自有他们的乐趣。云仪妹前年得到秋心凶音以后，我看伊常常抑郁不乐，不意党军南来，秋心尚在人间，天从人愿，遂订下婚约，两人心中的愉快不言而喻了。至于我呢，自知秉性耿介，落落寡合，只有兰妹一人，为我生平最爱慕者。幸蒙兰妹不弃，引为知交，若得长此相聚，自然是极愿的。但是我总想再作进一步的请求，蕴藏在胸臆中好多时候了。懦弱的我，却不敢孟浪从事，唐突玉人。今天，我再也忍不住，只得向兰妹剖白我的私衷，知我罪我，悉凭兰妹主见了。不知道你可能鉴谅我，而答应我么？"说罢，对若兰很恳切地注视着，双手交叉，放在膝上，静候伊的还答。

瘦蝶这几句话无异向若兰乞婚。若兰听了，心里好似小鹿撞胸，面色忽然惨白，双目莹然有泪。迸了良久，才答道："瘦蝶兄，请你必要原谅，我受你许多恩德，中心藏之，何日忘之？没有报答你，实在也没有什么可以报答，惭愧得很。还有你待我的深情，我非木石，岂有不知的道理。一向也是深深蕴藏在心坎中，不忍和你明言。我想，你待我以德，感我以情，也是自然而然的，并不望我报答，也不见得必要望我像旧小说中以身为使君妇，然后算为报答的。虽然像瘦蝶兄这样的人，可以说我无间矣。若非是我另有隐情，岂肯不接受你的爱呢？因我早已抱定独身的宗旨，不愿和随便什么人发生夫妇的恋爱，我只有一个老母，当终身奉养伊。自己在教育界中服务，研究文艺，借以自娱。将来若有机会，或将作新大陆之游，无挂无碍地过我一生，心满意足了。至于我所以抱定独身主义的原因，一则我的身体孱弱，自知不宜和人家结婚；二则我的志趣特异，不愿去趋合人家，也不愿屈服人家来顺从我；三则我对于恋爱问题很抱悲观，以为世间极少美满的幸福，耳闻目见得多了，未免令人灰心。所以我并非对于你有什么不满意，这要请你明白的。我自觉非常对不起你，宁可受你骂我一声忘恩负义者，我此时心中的难过，断非言语可以形容。唉！我真辜负你了。"说到这时，低倒头，眼泪簌簌地落下。

瘦蝶听若兰如此还答，恍如从非洲阿德拉司山顶堕到北冰洋中，眼睛面前一阵昏黑，几乎使他晕去。勉强镇定，觉得这个世界是空虚的，没有希望了。恨不一纵身，跃入三万六千顷波涛中，与波臣为伍，一探冯夷的幽宫。

隔了一刻，又觉得若兰可怜，自己不该如此逼迫伊，痛恨自己仍是孟浪从事。遂又对若兰说道："我不知兰妹心里有这些意思，我也尊重别人家的宗旨的。今日的事还当戏言，请兰妹不必介介于胸，更使我局促不安了。"

若兰抬起头来道："瘦蝶兄能够鉴谅我的苦衷，这是我的大幸了。"瘦蝶遂和若兰又坐了一歇，见时候已有四点钟，一齐立起身来走回去。

若兰道："今晚我已吩咐校役阿土到火车站来接我，所以我们可坐六点钟的车回去，你到苏州也不过晚，可好么？"

瘦蝶道："那么，别处来不及游，晚饭也不能吃了。"

若兰道："脱了车是很为难的，还是这样的好。以后有便不妨重游。"瘦蝶只好答应，两人下了舟，摇回去。

来时非常高兴，归时十分懊恼，这真是好事多磨了。到了梅园，汽车已在那里等候。瘦蝶和若兰坐上去，即命开到火车站。道上电灯一盏盏已亮起来，到站时，车还没有到，瘦蝶付去汽车费，又买了两张二等车票。等了一刻多钟，火车开到，两人遂坐上去。汽笛一声，早又离了无锡站。

瘦蝶知道若兰午饭没有多吃，肚里必要饿了，见侍者走来，遂喊送两客芥辣鸡饭来，和若兰同食。饭才吃罢，已到望亭车站，若兰立起告辞说："下星期或将返苏，那时再来问候。"瘦蝶眼看着伊下车去，心中难过得很。火车又一刻不多留地开了。

这天，他回到家中，惘惘如有所失，心灵上得不到安慰，反添了不少郁闷。情场失败本是天下最痛苦的事，瘦蝶对于若兰可以说得整个的心倾向伊了，谁知结果却是如此。这个打击，瘦蝶再也受不住的了。次日，便觉得精神萎靡，什么事都不高兴去做，只把昨天所摄的小影交给照相馆里去冲和晒。隔一天，取来一看，摄得很好。而在鼋头渚上摄的背影，姿势和光线更是完美。亭亭倩影，却不把面目向人，不觉向着照片喟然叹道："若兰，若兰，你真华如桃李，凛若冰霜，这个背影便是你对我的象征了。"

这时，恰巧阿宝送进一封信来，乃是若兰寄给他的，忙拆开展读，原来是道谢前日伴游，并劝瘦蝶不必因此灰心，努力前途，为自己求幸福。瘦蝶面上微微惨笑，也即写了一封回信，请若兰原谅他一时的狂言。又把所摄的小影完全寄奉一份，命阿宝去付邮，心中觉得隐隐有些刺痛，晚饭也懒得吃，早向床上去睡了。

明天起来，忽觉喉中痒痒的，吐出一口痰来。瘦蝶无意中向痰盂里一看，忍不住失声喊道："啊呀！"

欲知后事，请看下文。

闲云老人评：

原来云裳小姐是请许多急色儿吃个空心汤圆，报名费捐作北伐军饷，处置得当。天下不必有此事，不可无此事。黄静斋一篇骈四俪六的文章，却做得未完，惜乎作者不曾披露出来，真是妙不可言。翠娟的事借瘦蝶口中轻轻表过，文笔干净。世间轻薄少年，往往把情爱为游戏，缺乏经验的小女子，自易受欺。翠娟还是不幸中的大幸哩！瘦蝶得和若兰游春，是很难得的，作者自当郑重以写之。乞丐不识相，好少爷好少奶随口称呼，教若兰怎不羞赧呢？想瘦蝶听在耳朵里，顺而不忤，最好他多叫几声也。现在男女交友，往往连臂出游，不知者当然认为伉俪，作者岂亦身历其境耶。鼋头渚风景绝佳，与素心人泛舟绿波，其乐何如？瘦蝶一歌亦很有弦外意。瘦蝶向若兰乞婚，盘马弯弓，已作势长久了，此番大胆说出来，却被若兰拒绝，无怪他精神颓丧，一蹶不振。吾料读者看到此间，必定为瘦蝶可惜，不知这真是文章妙处也。若兰华如桃李，凛若水霜，如藐姑仙子，令人可望而不可即，作者极力写之。

第三十九回

杨瘦蝶无计遣情魔
柳飞琼有心充说客

世间最足以伤人的，便是想望不可必得的事。瘦蝶用了几年心血，把若兰眼皮上供养，心坎儿温存，对于伊可称一腔热诚，无微不至。就是飞琼、秋月、云仪姊妹等许多人也以为他们两人如胶如漆，鼓瑟鼓琴，是一对有情眷属了。在瘦蝶的理想上，见若兰对待自己宛如亲兄妹一般，两心相惬，沆瀣一气，只消他一开口，可以如愿而偿。岂知飞琼、云仪二人已和剑青、秋心订婚了，自己和若兰却还是不动不变，在恋爱的过程上竟没有进步，岂非令人可疑？遂约若兰同游鼋头渚，乘间向伊提起这事。不料若兰如此还答，归家后越想越觉抑郁，又是无可宣泄，闷在心头，因此吐起血来。这时，瘦蝶瞧见痰盂里鲜红的东西，不是自己吐出来的血么！便觉心中跳得很急，知道若被他的母亲见了，定要大大发急，遂不敢声张，装出无事模样。幸喜一天过了，没有第二口血。不意明天早上，喉中又觉痒痒的，吐出两口来，知道非请教医生不可了。遂悄悄走到李愈家中，请他诊治。

李愈把听筒在他身上听察一过，配了两种药粉给他，劝他要静心调养，自寻快乐。因为有几处血管坏了。好在瘦蝶并不要劳动的，多睡多休自能复原。

瘦蝶回家，背着家人，把药粉按时服下，杜门不出，果然不吐了。若兰回家省亲，顺便到杨家来探望，和瘦蝶晤谈，觉得瘦蝶容貌较前清癯。瘦蝶也看若兰蛾眉深锁，似有心事。料想伊虽然拒绝了我，而伊的芳心必定负疚不安。果然，若兰回到望亭以后，便有一封信寄来。瘦蝶接阅，信上道：

瘦蝶吾兄：

我写这封信给你，虽然不足以安慰你的心，但也很望有少许的安慰给你，望你原谅我，曲怜我，听我的陈说。

前月多谢你伴我畅游山水，五里湖中的烟波，鼋头渚上的风景，历历在目，但是你和我说的一番话，尤其是深深地刺进我的心坎，印上我的脑膜，永永除不掉，也永永忘不掉。我敢大胆地说，人间世最爱我的便是你了，我也相信你的爱心是纯洁的、宝贵的、专一的。若非是我早抱定宗旨时，我自当接受你的爱心了。然而我实在不能牺牲我的主义，早和你说过了。在还答你说话的时候，你想我脆弱的心，激荡得怎样？痛苦得怎样？我的痛苦就是觉得不忍拒绝你，而又不得不拒绝你，明知这是要给你一个绝大的打击的，破坏你的快乐的，而我不得不如此。你试想，我心中的难过又怎么样？直到今天，只要我一想着时，心里便要难过起来。唉！瘦蝶兄，你要恨我太忍心么？我要求学你扶助我，我有疾病你看护我，我有危险你救援我。虽然我终鲜兄弟，亦无姊妹，但你无异于我的亲兄长了。我没有什么可以报答你的地方，曾和我的母亲说过，我母亲也想把我许配给你，以为如此可以报答你了，但我终不以为这事是报答你的机会，所以毅然决然地谢绝你了。

你也要说我矫情么？说我太高傲么？那么请你不要误会，实在因我有不得已的苦衷，你等着看我的后来吧。昨天还乡，见你容貌清癯，可是你心中不乐所致？我望你万万不要因我而陷于颓唐之境，在你的前面有大好的乐园，快快追寻你的快乐吧，定有美满的幸福给你，那么我也快活了。

以上的话虽是寥寥无几，然而都从我心里发出来的。愿你恕宥我，听我的劝慰，我更感激无穷。书不尽言，言不尽意。如有说得不对的地方，我还要请你最后的原谅。

敬祝
幸福

沈若兰

五月二十四日夜一时

瘦蝶看了叹口气道，你要来劝慰我，于我有什么益处呢？你虽说得十分圆转，要请我原谅，岂知我虽欲原谅，心中终是不能释然的啊！你望我追寻快乐，岂知你已把我的快乐夺去了，还说不是矫情么？待我也来复伊几句，遂取出信笺信封，写给若兰道：

兰妹：

很感谢你写这封信来安慰我，你的苦衷我也明白了，自悔孟浪，给你受这个苦痛，实在觉得对不起你，请你原谅。

我自问没有什么足以助你之处，你所说的都是我在友谊上应该做的。并且我也要声明的，我并不是希望你允诺了我的请求，便算报答我，实在这几年来我们俩相聚很久，友爱很深，彼此性情都已明白，而我倾倒的心，爱慕的心，与日俱长，不能自遏。所以不揣冒昧，向你提起这件事，想从友爱上更进一步，所谓天荒地老，海枯石烂，而我们的爱情不灭。谁知你自有主义，不能答允我的请求，我也不能反对你的主义，抑制你的自由。兰妹你好如湖上的青峰，滴沥空蒙，脱尽尘俗，使人可望而不可即。我很自愧，诚不足以感人，又不能把我的爱情渗透到你的心里，而除掉你的主义，真是个笨伯。我只有自怨自艾了。

多谢你劝我追寻快乐，我自当勉从你的话。实在快乐也很难寻的，天下不如意事十常八九，我是一个彷徨歧路的人，还找不到快乐之门，请你常常指教是幸。

近日校课繁忙么？课余之暇，作何消遣？《妇女文学史》编得怎样了？何时脱稿使我可以拜读你的大作？天气渐热，望你格外珍重。

即此，祝你

安好

瘦蝶

五月二十六日晚

这封信写得很有些惨淡，料想若兰接到后芳心又多感触。瘦蝶寄去了信，独坐轩中，无聊得很。遂走到后面楼上，看云裳正埋首案头，预备毕业考试。杨太太见瘦蝶近来面貌更是清瘦，不知道他有什么不快活的事，遂说道："瘦蝶，我看你面色这样不好看，比较去年瘦了不少，到底你可有什么心事？不要瞒着我不声张啊！如若你有病，也须及早延医诊视，不可耽误。"

瘦蝶听杨太太的说话，觉得母亲慈善，爱子之心，无微不至，伊已看出我的破绽来了。但他还不肯老实吐露，只说："是的，我也没有什么不快乐的事情，不过觉得她们出外以后，有些寂寞无聊。近日晚上，有些咳嗽，却不知自己瘦了。"遂假意走到玻璃橱前一照道："呀！我的面庞儿果然瘦了。"

杨太太道："你快到李医生那边去看一次，吃些药。"瘦蝶含糊答应，心中暗想，他的母亲还没有知道他已吐过血了。这时又觉很对不起他的母亲，然而也只好隐瞒着，说了出来给她们也要好笑，说落花有意，流水无情。我太痴恋着若兰了。

不料过了几天，咳嗽厉害起来。有一天，他正和杨太太讲话忽然无意中咳出一口血来，给杨太太见了，大吃一惊，便问瘦蝶怎样有这个毛病。

瘦蝶答道："我也不知道何以吐血。"

杨太太道："前次你可吐过？老实说出来。你又不是小孩子，这不是玩的，身体要紧。"

瘦蝶道："半个月以前我也吐过一口的，后来便不吐了，所以没告诉母亲。"

杨太太顿足道："你怎样不说的呢？我只有你一个儿子，你又是青年，不要坏了身体，累我担忧。快快前去诊视。"

瘦蝶道："要的。"杨太太立刻逼着他坐了包车，到李医生处去看。瘦蝶只好去了。

云裳放学回来，这几天，伊正忙着预备毕业考试，杨太太遂把瘦蝶咯红的事告诉伊。云裳也道："不知怎样的，大哥今年精神很见萎靡，没有以前兴致高。最近，又觉得他面上缺少笑容，好像心里怀着不快活的事，我也曾问过他，他不肯说出来。然而，我留心看他，自从若兰出外教授以后，便有些不高兴。近来，抑郁无聊，神情落寞，我大哥本来很是活泼，何以会如此呢？大概总和若兰有关系的。"杨太太道："他们两人十分亲爱

347

的，我也早想挽出冰人，去沈太太那里求亲。但因瘦蝶既和若兰如此亲密，不必更烦我费什么心，他们自会提议的，所以懈怠了。"

云裳道："云仪姊和秋心，飞琼姊和剑青都进行得很快，何以他们反延搁着呢？恐怕内中还有隐情吧。只是我大哥不肯说出来啊！"

杨太太道："等他回来时，我们问他，看他如何还答。"

隔了一刻，瘦蝶带着李医生配的药水回家，说道："李愈对我说，肺叶还没有坏，不过血管稍有些裂纹，只要静心调养，自会恢复。最好住到空气新鲜的地方，身体上更有益处。现在他给我配了几种药，教我常服。"杨太太等瘦蝶坐定了，见室中只有云裳，下人一个不在，遂和瘦蝶说道："云仪的事情已解决了，还有你的大事，我一向放在心中，还没有定当，使我很是盼望。究竟你和若兰怎么样？你们两人可提起过？我想代你请媒妁到沈家去说亲，谅沈家母女深表同情的。早些定亲，明年便可结婚，也给我心头上许多安慰，向平之愿可以早了。不知你以为如何？"

云裳也在旁说道："大哥和若兰姊多年交好，也该早日订婚，请我们吃喜酒，大家快活。母亲有此提议，大哥自然赞成的。"

瘦蝶被她们一问，心中不由跳荡，仍不肯把自己求婚失败的事直说，遂勉强答道："母亲，你们不知道，若兰的性情很是特别，逼之太急反而难以成就，请母亲不必请媒往说，待我慢慢儿得到伊的允诺，自然成功。"

云裳心思何等灵敏，遂又问道："那么大哥可曾向伊提起过呢？伊的性情又是怎样特别呢？"

瘦蝶被云裳如此一问，只得说道："我还没有向伊正式提议，伊的性情不慕荣华，不随尘俗，清高复远，像雪中的素梅。你也和伊常接近的，总该知道了。"杨太太听瘦蝶这样说，也就只好罢休。但伊很代瘦蝶忧虑，希望他服了李医生的药，就此不再吐血。云裳却觉得瘦蝶回答得很是游移，不全信托他的说话。要凭着伊的聪明，去察看根由。

瘦蝶服药之后，血虽不吐，而咳嗽仍有些小咳，精神依然不见振作。若兰接到瘦蝶信后，又来一封信劝慰瘦蝶，但是空言慰藉，瘦蝶一笑置之。若兰要望瘦蝶斩断情丝，所以也不回苏，要等暑假回来。岂知自己早已在不知不觉中把千万道的情丝，牢缚在瘦蝶身上。至是想要解脱，而多情的瘦蝶岂能解脱呢？

这时碧珠忽然从莫干山来探望杨太太，带了许多杭州的土货。杨太太的兄弟吴旭沧也带着儿子克骏前来盘桓，要接杨太太到杭州去住一个月。但是杨太太家务羁身，哪里能够呢？克骏年纪虽只有十六岁，已从初级中学里毕业了。性情很是活泼，要到上海华国银行中去服务，旭沧遂带他来一游。瘦蝶等和他数年未见，觉得克骏已长成得一表人才了。克骏讲起云裳招考丈夫的事来，说道："我们在报上读到这个新闻，都说云裳姊玩得有趣，他们好似哑子吃了黄连，说不出的苦来。"云裳大笑。碧珠也知道这事的，赞美云裳的心思灵敏。

旭沧父子到苏后，瘦蝶伴着出游，住了三天，动身去了。碧珠在杨家住了几天，因院中事忙，也要告辞。但伊瞧见瘦蝶形容瘦削，心中忍不住要问，遂乘间去问杨太太。杨太太一一实告。碧珠道："瘦蝶哥哥和若兰小姐往还数年了，自该早日定亲，成就了百年良缘，不宜如此延宕。前年，我去帮沈太太搬场，沈太太也向我表示过的。何以瘦蝶哥哥不要人去做媒呢？"

杨太太道："是啊！我也不知道他怀着的什么意思。"

碧珠笑道："我和他是不客气的，待我来亲自探问一下。"

杨太太道："好的，他正在绿静轩里，你去看他吧。"碧珠遂悄悄趱到绿静轩门口，见瘦蝶正坐在沙发中，瞧着墙上悬的若兰手写的小立轴，叹道："若兰，若兰，你未免辜负我了。你劝我追寻快乐，不知除掉了你，还有什么快乐可寻呢？你的独身主义也能有取消的一日么？"

碧珠突然走进轩去，效着他的声调说道："若兰，若兰，你真辜负人家的好意了。"

瘦蝶知道已被碧珠听去，不觉面上一红，说道："碧珠，你不要调侃我啊！"碧珠便在他的对面坐下，带笑说道："请你原谅，我哪里敢调笑你？实在我此刻来苏，见你面色不佳，谈笑之间，好似蕴藏着不欢的事情，因此我向寄母探问。寄母也不能确实明悉你的心事，大概猜你总为了若兰小姐的事。所以我想走来询问，凑巧你不打自招，一个人在此自言自语，说了出来。你说若兰小姐抱独身主义，可是真的么？"

瘦蝶懊悔自己露了马脚，再不能隐瞒了。好在碧珠也非外人，老实告诉伊说，笑也由得伊了。遂道："碧珠你是心腹的人，不妨告知你。若兰

349

抱独身主义是真的，而且很坚决的。我恋爱着伊已有几年了，你也知道的。谁料打不破伊的主义，我的目的恐怕永远不会达到。而我已投身情网，不能解脱，你想我痛苦不痛苦呢？伊还写信来劝慰我，请我原谅，但我终是放不下伊啊！我虽非失恋，而比较失恋更要难受。因此精神不振，有了疾病，不能掩藏，终被你们窥破了。你有什么方法想想？"

碧珠道："我却料不到，若兰小姐会抱独身的。大概伊以前有肝胃病，身体欠佳，人又是赋性高傲，所以有这种思想了。然而伊受你许多恩义，你可以说得有极强烈的爱情输送给伊，而伊却这样报答，真是辜负你了。我想，我和若兰小姐也见过的，伊现下可是在望亭教书么？不如待我前去，说得伊回心转意……"

瘦蝶不待碧珠说完，便抢着摇手道："万万使不得！凭你有仪、秦之舌，也难说动伊的心。况且，你和伊还是客气的，如何去谈这事，万一伊峻词见拒，你也下不来场了。欲速则不达，我看还是任其自然的好。"

碧珠心里暗想，你想得伊成了病，还要任其自然哩！你又撇不下伊的，除了爽爽快快地说，还有别的方法么？但同时也觉得自己和若兰没有深挚的交情，去做说客也没有把握的，不如且慢。唯瘦蝶的病，现在虽不沉重，万一绵延下去，恐怕要成肺痨。不如劝他先到莫干山去养疾，舒散他的心胸，消释他的思虑，然后再想方法把若兰劝说成功。想定主意，遂告诉瘦蝶说，莫干山风景清幽，空气洁净。他们的医院占的位置很好，设备周密，劝他前去养病。瘦蝶一向想游莫干山，现在榴火照眼，炎暑将临，不如前去住一二个月避暑养病，一举两得，或者自己的身体也可恢复康健。况且有碧珠做东道主人，不愁寂寞，遂立即答应。碧珠见瘦蝶肯听伊的话，不胜之喜。回到里面，去告诉杨太太，说要请瘦蝶到莫干山去养病，瘦蝶业已许诺。山上空气新鲜，院中房间宽适，有伊在那里照顾，请杨太太放心。

杨太太笑道："多谢你的美意，我把他交给你了，请你特别看护他。"

碧珠也道："当然我要尽看护之责的。瘦蝶哥哥的病并不深重，不过有了心事，不能如愿，所以不能治愈。只要能够达到他的目的，自然病也好了。"

杨太太道："你去问他的么？他说怎么呢？"

碧珠道："确是为了若兰。"便把自己窃听瘦蝶自语，向他问明缘由的说话告诉杨太太听，云裳也走来听。

碧珠说："才知若兰抱了独身主义，所以瘦蝶不能达到目的，忧闷成疾了。"

云裳对杨太太说道："若兰果然抱独身主义，理该早和我大哥冷淡，不宜如此亲密，使大哥发生了很深的恋爱，然后拒绝婚约，给他受一绝大的打击，未免太忍心了。大哥待伊恩情可算深重，伊也要设身处地想想，不可任着自己的性子，不顾人家痛苦的啊！"

碧珠也道："我也如此想。所以我对瘦蝶哥哥说，我要去向若兰小姐说项，他一定不要我去，恐怕偾事。我虽不去，最好有一个和若兰知己的朋友，把这事向伊切实解说，使伊的独身主义自行打消，便好办了。"

云裳道："有是有一个的，但可惜不在此间，就是柳飞琼。伊和若兰是同学，又是知友，请伊去说，或可有效。"

杨太太道："不错，我也想到柳小姐了。只是伊从军在外，还不回来，等到几时呢？"

云裳道："待我写封信给柳飞琼，把这事的原委和伊说明，要求伊请几天假回来，去劝醒若兰。我想飞琼和剑青订婚，也是我大哥撮合成就的，况且伊以前身陷囹圄，大哥也曾为伊奔走营救，当可答应。"

杨太太道："那么，你就暗暗写一信去，不要给瘦蝶知道，让他到山上去养病，我们在这里进行，等到成功了，再告诉他，也好使他快活。"

云裳道："得令。"立刻奔到伊房里去写信了。

明天，碧珠便教瘦蝶快快预备，后日就要动身。瘦蝶摒挡行李，写一书给若兰，告知她自己因有微恙，特到莫干山养病。暑期中，请若兰也去一游，或往避暑云云。又去沈太太处辞行。次日，遂和碧珠别了杨太太，同坐火车赴杭，转乘小轮到莫干山。

山中风景果然幽胜，处处绿竹漪漪，映得衣袂都绿。瘦蝶坐着肩舆，随碧珠上山，一路玩赏景物，引人入胜。到了医院，碧珠介绍他和伊的丈夫徐公美相见。徐医生为人很是谦和，还有他的妹妹淑美，一齐极诚招待，特地办了几样可口的菜，请瘦蝶吃饭。碧珠把瘦蝶病状告知伊的丈夫，徐公美遂诊视瘦蝶的病，教他仍服李愈的药，另外添了一种药水，给

351

他饭后用的。特辟楼东精室一间，请瘦蝶下榻，瘦蝶不胜感谢。碧珠又自尽看护的职责，当心服侍瘦蝶。次日，夫妇二人陪伴瘦蝶去游碧坞龙潭，探山中之胜。瘦蝶忧郁的胸怀，不觉一畅，住在山中很是安闲，一些儿不觉烦暑。而且四山风景都有画意，清风明月，白云落霞，尽够美术家的领略。

这时已到夏天了。杨太太自瘦蝶去后，接到他们安抵山上的信，略觉安慰，希望伊儿子的病早好，婚事也早得妥洽。云裳和严稚英已于六月二十五日在卿云女校举行毕业礼，得了文凭。云仪也自宁返苏，若兰等校中放了假，也要回里，赵芷芳要和伊继续订约，加给薪水五元。若兰因为自己身体有些不胜烦劳，所以临走时还没签订，要在暑假中休养一个月，如觉身体好些，再来订约。芷芳只好答应，等候伊。伊和龚昧韶一起动身，昧韶回南翔，伊回苏州。

沈太太见若兰放假回乡，很是欢喜，絮絮地问长问短，又告诉伊说："瘦蝶因为有病到莫干山养病避暑去了。"

若兰早已接到瘦蝶的信，知道他去山中养病，料想瘦蝶的病必是为伊而起，心里很觉歉疚，又增一重愁闷，懒懒的也没有作复。瘦蝶亦无函至，脆弱的芳心很觉不知所可。但伊还不知道瘦蝶患的咯红症呢！

沈太太又对伊说道："我看杨少爷近来面容消瘦，好好一个年轻公子，怎么生起偃蹇的病来？他动身时曾来辞别，和我谈了好一刻话。我听他咳嗽，很使我寒心。因他的咳嗽虽不重，而咳在喉咙里，咳不出的，又没有什么痰，这是肺痨的预兆，望他要早好才是。"

若兰听了，心里暗暗发急。想万一瘦蝶因此成疾，这是不可救药的。我虽不杀伯仁，伯仁由我而死，我怎样对得起他呢？然而自己的主义又岂可牺牲。不知他是否由此而起，何以这样不能解脱呢？前次，我还乡和他见面，确乎他的形容消瘦得多了，而且在去年，便觉有些清癯的。唉！他不从大处着想，猛着先鞭，奋发前途，反而恋恋于儿女的情爱，我很代他可惜咧！

沈太太不明白伊女儿的心肠，只是在若兰面前可惜瘦蝶，若兰愈加难受，幸有翠娟前来和伊闲谈一切。次日，伊就到杨家来探望云仪姊妹。大家讲起瘦蝶，杨太太十分忧虑。云裳却说道："大哥生的是心病吧！心病还须心药医，他得不到安慰，病也不会快愈的。不知有谁能安慰他呢?"

若兰听了，面一红勉强说道:"我听了瘦蝶兄患病消息，很是悬念。我要写封信去问候他，但愿他早日痊愈，大家快乐。"

杨太太道:"是的，若兰小姐，最好你也去安慰安慰他，他和你很友好的，你的说话他必定肯听。"

若兰愈听愈不是了，坐在凳子上好似有针刺一般，只得托故告辞回家。

云仪道:"你们的说话太明显了。我看伊两颊红晕，十分不安。"

云裳笑道:"要伊也觉得不安啊! 我大哥为了伊而生病，伊却若无其事，真薄情了。"

云仪道:"我看若兰也不是薄情的人，或者另有隐衷吧。"

云裳道:"有什么隐衷? 不过要贯彻伊的独身主义而已。"

杨太太道:"怎的柳小姐那里还没有回音? 令我望穿秋水了。"

云裳道:"他们行军，说不定朝晚要开拔的，须得后防转送前去。因此耽搁亦未可知。"

三人正说着话，阿宝匆匆上楼来报道:"柳小姐来了。"

云裳大喜道:"真巧啊! 我们想望伊，伊就前来。飞琼诚是妙人，快请伊楼上坐。"说着话，飞琼已走上楼梯。杨太太和云仪姊妹立起欢迎。大家相见，都觉得飞琼出去三月，面色稍觉黑些，究竟从军辛劳，彼此问过安好。

飞琼道:"我接到云裳姊的来信，一切都已知道，凑巧军队改组，我也微有小恙，所以请一个月假回苏暂休，可以和故人重行欢聚。今天早上到家的。"

杨太太道:"秋心、剑青他们都安好么?"

飞琼看着云仪答道:"他们托庇都好。秋心兄新摄一影，命我转交给云仪姊的。"遂从身边皮夹内取出一张相片，双手奉与云仪。云仪接过一看，见照上人物很小，但清晰非常。秋心全身戎装，牵着一匹黄色的马，立在一株杨树下，后面是田野，拍得面上笑嘻嘻的，十分得意。背面写着数行小字，乃是"民国十六年夏，摄于扬州仙女庙军次。敬赠云仪吾妹惠存。韦秋心识"。云仪遂授给伊的母亲和云裳同看。飞琼道:"这张照是留一很有价值的纪念，因为前月我军和联军在仙女庙大战四日夜，炮声隆隆，触处炸裂。我第一次遇见这样强烈的战斗，唬得心胆皆寒。幸亏我军接济灵便，才把联军驱走。姚团长夺得战马二匹，因器重秋心兄，特赠一匹黄色的给秋心兄骑坐。听说这是联军某旅长的坐骑，是一匹好马。秋心兄遂摄了这个小影。"

云仪听飞琼告诉，很是快慰。飞琼又问瘦蝶兄现在身体可好些。山中养病比较城市喧嚣，自然很好。至于若兰方面的事，伊愿尽力前去说项。因伊也反对若兰抱独身主义的。又说，若兰和瘦蝶兄确有结合的可能性，瘦蝶兄对待若兰的情谊，伊也都知道的，若兰不该如此辜负深情。杨太太见飞琼肯答应去说，向伊感谢。飞琼谈到天晚，始行辞去。

明天，便到若兰家中来。若兰昨天从杨家归后，心中很是难过。晚上，背着伊的母亲偷弹珠泪，想自己做了一个女子，实在可怜得很，爱我者不加原谅，一意恋着我，竟不容我抱独身主义。现在事情弄到如此，我总是心肠软的人。听他为了我生起病来，累得心中不得安宁。别人知道了，还以我为负情，也不肯原谅我的，不知我的苦处去告诉谁听呢？我自幼命宫魔蝎，早没了父亲，和我母亲茕茕无依、含辛茹苦地度日，遂不得不仰赖他人的扶助，才能把中学学业修毕。至今勉强在外服务，得一些甘旨，奉养老母，其间又受凶徒的逼迫、党祸的株连，几次遇到危险，幸免于难。如今又有这说不出的痛苦事情了。若被我母亲知道，当然要逼我和瘦蝶订婚的，他们都不赞成独身主义，教我怎样应付呢？唉，瘦蝶，瘦蝶！你何必苦苦恋着我这一个多愁多病的沈若兰呢？我虽然受过你不少恩惠，是要报答你的，但是我很不愿如此报答你，为什么你不能原谅我的苦衷呢？这夜，伊在床上想到这件事，终觉不能两全，辗转反侧，休想稳眠。

次日起身，觉得疲倦无力，精神也会颓靡。忽然飞琼来了，伊心中大喜，忙和飞琼握手道故，沈太太见了飞琼，也很快活的，说道："柳小姐，自从你出去从军，我常常思念你，想你金闺弱质，必定熬不起这个苦的。现在还乡了，不要再去吧。韦先生、丁先生等谅必安好？"

飞琼道："多谢伯母下念，军营中的生活虽苦，我还能受得起。他们都好，我是请假回来的。"

飞琼等沈太太走下楼去后，伊带笑对若兰说道："若兰姊，你可知道我此番回里有何使命？"

若兰道："姊姊不是告假休养么？怎的问起我来？"

飞琼道："我奉着绝大的使命，实在为你而来。"

若兰惊问道："此话怎讲？"

飞琼笑道："请你问问自己吧，害得人家生起病来了，女菩萨还不大施慈悲，做什么道学先生呢？"

若兰听飞琼说话，早已明白，不由心中一酸，落下几点眼泪来，愀然说道："飞琼姊，你们不要怪我，我的心事无处告诉，只有你亲爱的姊姊可以一说了。"便把瘦蝶如何和伊同游鼋头渚，提起婚事，自己如何拒绝，以后如何书信往来，把不得已的苦衷向她尽情陈说："他依然不肯原谅，不能斩断情丝，自陷绝境，教我也没有方法想。"

飞琼道："别人没有方法想，你却有方法想的。解铃还仗系铃人，只要你肯把你的主义打消，事情便好办了。"

若兰道："我早已和他说过，我抱独身主义有三个原因，不能屈己以徇人。"

飞琼道："怎样的三个原因？说给我听听。"

若兰道："一因我身体孱弱，二因我志趣特异，三因我对于婚姻问题很抱悲观。以前金先生发生的悲剧，深深印入我的脑膜，早已看破一切了。"

飞琼哈哈笑道："你为了这三个原因而抱独身主义，照我看来，这三个原因对于你都不成问题的。"

若兰道："为什么呢？"

飞琼道："你忧虑你身弱多病，不知你的病对于结婚没有什么妨碍，只要身心安乐摄养得宜，自会绝根不发，何必多虑？第一个原因不成问题了。你以为志趣特异，恐和人家不合，所谓阳春白雪，曲高和寡，不知你和瘦蝶兄数载知交，性情相通，大家都爱好美术的人，你的志趣他也很能和同的。况且杨太太宅心慈祥，云仪、云裳静雅可亲，大家已如一家人一般，将来当无所谓不合。第二个原因不成问题了。至于你为了金先生的事，而对于婚姻问题抱起悲观来，不愿输送你的真爱给任何人，却不知金

355

先生所遇的人和瘦蝶兄大不相同。瘦蝶兄对你一片真诚，始终恋着你。他又不是儇薄子弟，你何必鳃鳃过虑？所以你的婚姻尽可乐观，而你偏要抱什么悲观。第三个原因也不成问题了。好姊姊，你的独身主义在我面前通不过的，还是打消了吧，让我们也可以快快活活地吃喜酒。"

若兰叹道："我受瘦蝶不少恩惠，本想将来等有机会报答他，却不愿以身相许，这样的酬恩，给人家也要笑。"

飞琼听若兰这样说，知道伊的心已有些软化了，遂道："你提起了报答，我又有话说了。婚姻问题本建立在恋爱的基础上，瘦蝶既和你有了恋爱，自然进一步而要求成为夫妇的关系，他向你乞婚，不好说他要你报答，你答应他，也不好说你是报答他。瘦蝶对于姊姊可算仁至义尽，我们被捕在狱中时，他朝夕奔走营救，我也感激他的。姊姊现在若然对他这样无情，真有些辜负他了，无怪他要为你生起病来。试想姊姊病时，他天天来看你，代请医生，十分发急，我都知道的。他今次生了病，你却对他怎样呢？你不可怜他么？谁能原谅你的苦衷，不说你有负于他么？好姊姊，你说要等机会报答他，我以为舍了这个机会，还有什么别的机会呢？姊姊是聪明人，请你不要拘执，不必牢守着主义，给人家骂你不情不义。老实说，我此来是受了云裳姊妹之托，特来劝告姊姊的。唯善人能受尽言，请你接受我的忠告，把你那不能成立的主义就此打消了吧。还有一句话，若然你固执不从，自命清高，一旦瘦蝶兄如有变故，你对得起他么？对得起杨太太么？好姊姊，我的话都说完了，并非做什么说客，心所谓危，不敢不言，请姊姊有以语我来。"

飞琼这一席话说得如并剪哀梨，爽快无比，攻进若兰独身主义的防地，深入重垒，摇动伊的大本营，竟使伊想不出话来还答，只得说道："飞琼姊，我很感谢你这样的忠告，此时我方寸已乱，恕我不能还答，明天再和你说吧。"

飞琼道："好的。今夜你仔细思量，不要自入歧途，我们都爱你的，决无别种意思。"

这时，扶梯响，沈太太走上楼来。飞琼道："待我告知伯母，恐伊老人家也是赞成你和瘦蝶兄结合的。"

若兰忙摇手道："姊姊不要和伊说，省得我母亲为我忧虑。明天，我总给你回音。"飞琼点点头，伊便在若兰家中吃了中饭回去。

明晨，伊又来听若兰的回音，若兰对飞琼说道："我很不能早自决断，以致陷入困境。虽欲摆脱而不能，我若不听你的说话，真的人家都不肯原谅我，而我总是觉得有些对不起他。可怜我在这几天中，心里苦痛得很。环境逼迫到我如此地步，我很惭愧。我是个弱者，竟被感情所征服。所以宁人负我，毋我负人，我的主义只好打消了。"

飞琼听了若兰的话，大喜道："好个宁人负我，毋我负人。姊姊能曲从人言，这是瘦蝶的大幸，我们也觉快乐无限。瘦蝶兄那里，请你快写一信，前去安慰他。"

若兰微笑道："不必写信，我想亲自赴莫干山一行，探望他的疾病。"

飞琼道："这是最好的了。你何日动身？要不要有人伴你同去呢？"

若兰道："这倒不必。我预备明天就走，横竖你假期很长，归来再见。"飞琼点点头，又和若兰谈了一刻话，飞琼告辞，说要到杨家去复命。若兰道："我托姊姊代辞一声吧，杨家今天我不去了。"飞琼遂起身别了若兰，赶到杨家来复命。杨家母女都很快活，感谢飞琼解劝的盛情。飞琼便在杨家用了午膳而去。杨太太又命云裳到观前去买些食物，拜托若兰带交瘦蝶。云裳遂到若兰处来交代物件，谈了长久辞去。若兰自己也买了些食物，禀明伊的母亲，要去莫干山探望瘦蝶。沈太太一口允诺，叮嘱伊早去早来。若兰遂端整行箧，次日，别了沈太太和江氏母女，往莫干山去。

瘦蝶在莫干山看看小说，兴至时，到山中写生，挥洒几笔。气候朝晚凉爽，夜间睡梦也很酣适。但有时仍要思念若兰，不见伊人的瑶函飞来，未能忘情。

这天午后，山上下了一些雨，四山云气翕郁，阳乌敛影，凉风袭衣袖，大有秋意。瘦蝶正在房中和碧珠闲谈唐人小说，津津有味，忽然院中下人上来通报说，来了一位苏州的女客，要见杨少爷。瘦蝶道："奇啊！有谁人来呢？莫不是我妹妹来看我么？"便命下人去请，自己和碧珠走出房门，到扶梯边迎候。

却见来者非别，正是他苦思不忘的若兰。这一下，瘦蝶喜出望外，连忙吩咐把行李送到他房里去，请若兰入内坐谈。若兰又和碧珠相见，各自喜悦。

若兰坐定后，对瘦蝶说道："我返苏后得知你养疴莫干，非常悬念，假中左右没事做，遂赶到山上来问候。此地是个避暑的大好所在，乘此也可一游。"

瘦蝶道："很好。兰妹不妨在此歇夏，对于你的身体也很有益的。"

若兰微笑道："我小住几天便要回去，瘦蝶兄的清恙较前可觉好些？"

瘦蝶道："略有起色，这里的空气实是新鲜。"

碧珠道："沈小姐，你住在此间过夏吧，我们有很宽畅的房间给你下榻，瘦蝶哥哥也可多一良伴。"

若兰道："多谢你，盛情相留，我要讨厌数天了。"

碧珠道："欢迎之不暇，只恐你不高兴来呢！"遂引若兰去院中四周参观设备，果然特别卫生。夜来碧珠请若兰宿在一间精舍，晨起推窗一望，山色苍翠，扑人眉宇。遥望冈峦衔接，草木行列，十分畅怀。

上午，碧珠、若兰、瘦蝶在近处散步一番而归，下午，碧珠有事去了，若兰坐在瘦蝶房中和瘦蝶闲谈时事。

瘦蝶道："我们去看瀑布可好？"若兰点点头，遂跟着瘦蝶下楼，走出医院循着山径曲折走去。两旁万竹扫天，绿荫如盖，阳光从柯叶中间漏入，照在地上如碎金簇地，风吹影动，姗姗可爱。到得剑池旁边，仰首见上面的瀑布如白练倒泻，发为繁响，砰訇有声，有时随风飘洒，溅人衣襟。这地方相传是吴王阖闾时，干将、莫邪铸剑处，石壁上有"剑池"两个大字，和苏州的剑池又不同了。二人遂在树下一块大石上并肩坐下，枝头小鸟唱着曼妙的歌声，凉风徐来，暑气尽消。

瘦蝶见若兰身穿白纱旗袍，露出玉臂，套着一只金手表，白色的皮鞋踏在碧草地上，云发被风一吹，微有蓬乱，不觉想起鼋头渚上的事，微微叹息。若兰遂很恳挚地问他道："瘦蝶兄，现在我要问你贵恙是否因我而发？我劝你追寻快乐，为什么如此勘不破呢？"

瘦蝶道："兰妹，你不给我快乐，还教我追寻什么快乐？我一心恋爱着你，偏逢你坚守着主义，不能答应我的请求，诚不足以动人，夫复何言？我所以咯红，无非为你而起。欧阳子所谓忧其智之所不及，思其力之所不能是也。我自笑是个痴骏的人，然而天下唯有痴骏的人才会锲而不舍，不能变动他的心。兰妹，我恨不能把这个心剜给你看，然而我又不肯开罪于你，再没有勇气向你作第二次的请求。今天你问起，我不敢不老实奉告。"

若兰听了，心中大为感动，遂把樱唇凑到瘦蝶耳畔说道："请你恕我，今天我答应你了。"

瘦蝶听若兰说出"今天我答应你了"一句话，恍聆九天钧乐，受宠若惊，心中眩乱起来。遂瞧着若兰面孔问道："兰妹这话真的么？"若兰双颊红晕，向他点点头。瘦蝶大喜道："我很感谢你，到底能够答应我了。真是三生有幸！好妹妹，我誓当终身爱护你，此后的光阴都是快乐。真的快乐已赐给我，我们彼此永永相爱，在天愿为比翼鸟，在地愿为连理枝。"

若兰道："但我还有个约法三章，不知瘦蝶兄也能答应我么？"

瘦蝶道："休说三章，一百章都可如约。好妹妹，请你快快说出来吧。"

欲知后事，请看下文。

闲云老人评：

瘦蝶为了若兰，竟成咳红之症，情场的创痕是很厉害的。两封信都是写得缠绵动人，而瘦蝶一书怨诽而不乱，深得小雅之旨，自然深入若兰的心坎了。杨太太爱子之心，令天下为人子女的感悟不少。莫干养病，似乎是故生曲折，然而这反是逼得成功的线索。写碧珠、云裳一种愤然而不平的状态，恰如二人的身份。若兰抱独身主义的三个原因，是片面的，所以都被柳飞琼驳斥。飞琼的说话十分爽快，如听十五六小姑娘口齿清脆，说大鼓书，不觉叫好。若兰和瘦蝶结合深厚，若兰虽欲抱独生主义，也不能不被环境所征服，所以也只好打消了，作者亦能写出伊委曲的心绪。若兰蹈莫干山去，不在瘦蝶意料中，当然喜出望外。樱唇凑到耳朵边，说我答应你了，这一句话真是千金买不动的。瘦蝶此时心中的快活，真非笔墨所可形容了。约法三章，还有一种条件。瘦蝶要得到这位娇妻，真不容易啊，哈哈！

第四十回

风轻云淡飞渡重洋
璧合珠联喜成佳偶

若兰道："第一个条约，就是我要求你继续求学。因你有很好的天才，很多的家资，若不做些事业出来，岂非可惜？至于我自己，沧海一勺，还感到学问上的不足，所以我们结婚之后，一齐出洋游学。我去考察教育，你可研究美术，使我们学术上有大大的进步。第二个条约是，仍须给我自由，将来我在社会服务，你不能干涉我。因我最怕有些富家娶了媳妇，往往不放伊出去做事，以为家中有钱，尽够享用，不知人生天地之间，既为国民，自有天责，理当尽一些贡献。岂可饱食暖衣，伈伈俔俔做寄生虫呢！第三个条约是，我只有一个母亲，家无恒产，将来要靠我过活，最好婚后两家同住，免得伊老人家寂寞。"

若兰说罢，瘦蝶连连点头道："可以，可以，我本来补习法文，要想到法国去留学的，以后你也补习了法文，和我同到法国去，瞻仰彼邦文明。你的母亲和我母亲性情很合，自然将来两家同居。我尊重你的意旨，断不会妨碍你的自由，请你不必过虑。"若兰微笑，瘦蝶便张开两臂把若兰拥抱住，和伊甜蜜地接了一个吻。看若兰蠒首倒在瘦蝶的臂上，眼波中莹然有泪。二人静默了良久，如梦初醒，立起身来走回医院。

碧珠正穿着白色看护衣服，手里托着杯黄色药水从楼上来，对他们带笑说道："我正送药水来，不料你们出去了，不在房中。"

若兰面上红晕未退，瘦蝶走上前说道："对不起，我们是去看看瀑布的。"遂取了杯子，一饮而尽。碧珠托着空杯走去了。二人回到瘦蝶房间里，喁喁细谈。

这样过了几天，若兰要回苏，瘦蝶要求伊再住几天，一同去游福水，遂写信到家中去知照，并且信上告诉说，他们已在山上订婚了。碧珠见瘦蝶自从若兰来后，精神好得多了，咳嗽亦渐渐减少，且知二人已订婚，心中也自欣喜。飞琼、云仪等接到他们的信后，也纷纷来函道贺，劝若兰伴同瘦蝶过了夏天同返，若兰自己也觉住在山上，身体较以前强健。瘦蝶又请徐公美代若兰配了些药水培补，因此两人的体重也加多，常日谈笑为乐。

有一天，瘦蝶和若兰到楼下去，经过一个病房门前瞥见房里藤椅上坐着一个女子，形容憔悴，似曾相识，苦于记不起来，遂去问碧珠。碧珠答道："那女子是从上海来的。姓汪，生的肺痨。幸在第一期，还可医治得好。"

瘦蝶道："嗯，原来就是汪紫璎。数年不见，更兼伊病了，所以不认得。但此人是个浪漫女子，不知何以生了肺病，来此养疴？"遂对若兰说道："我以前也告诉过的，是我妹妹的同学，今天邂逅于此，我们去看看伊可好？"

若兰点头道："很好。"两人回身上楼，走到那病房门前，咳一声嗽，踱将进去。

汪紫璎见有人来，勉强立起身来问询。详视瘦蝶的面貌，很惊异地问道："你是密司脱杨么？"

瘦蝶答道："汪女士，我正是杨瘦蝶。"又指着若兰道："这是沈若兰女士，我们来此避暑的。请问汪女士怎样到此医病，别来佳况何如？"

汪紫璎请二人坐了，说道："密司脱杨，薄命人身世飘零，一言难尽。我自憾年幼无知，贪慕虚荣，以致受了许多痛苦。到今擘海回头，尚有余恨。大概你还记得前数年玩游沪时，在影戏院中和我相见，我跟着一个少年同看影戏。此人真不是个好东西，姓袁名爽，是我同学的亲戚介绍相识。初起时，他天天到我家来，送给我许多礼物，口里甜言蜜语，勾动我的心，我遂以身许他。他又说什么家庭专制，一时尚通不过，要求和我先行在外同居，然后再向家庭疏通。我和母亲都上了他的当，便留他在家中住，也没有正式结婚。我的身体便被他玷污了，学校里也不去了。不到一年，他在外又结识了一个女人，把我渐渐冷淡，不再有金钱供给我。而我

361

又腹中有孕，我母发急，去寻他讲理，催他连连把我娶到他家中去。谁知他就此不来，弃我如遗了。我和他又没有正式婚约的，也没有媒人的，不能和他打官司，只好忍痛受气，断着牙齿向自己肚里咽。后来，就生产了。因我在那时受了气闹，哭哭啼啼，坏了胎气，小儿生下地来便死了。我身受这种苦痛，去告诉谁呢？人家还要笑我骂我，说我自作自受咧。"瘦蝶若兰听了，也很代伊可怜。

汪紫璎停了一歇，又说道："雪上加霜，我的苦痛方兴未艾，我母亲因为此事气坏了身体，不久也抛下我这孤苦的女儿，到阴曹去了。教我一个人怎样办呢！有人劝我学跳舞，因这时上海舞场勃兴，需要舞女。我听了人家的怂恿，遂跟一个俄国妇女学习跳舞，一个月便学会了。有人介绍我到梅花宫跳舞场去充舞女，但做这个生涯是很痛苦的，简直牺牲色相，做人家的玩物，身体没有自由，其苦非局外人所能知道。一年以来，形体日益亏弱，野花败柳，任人攀折。自己渐渐觉悟到这种生活不是我们能够过的，要想跳出苦海，力有所不逮。生了这个病，晚上还要妆饰着去伴人家跳舞，勉强振起精神，实在支持不来。幸亏有一个姓何的，是我昔日求学时的业师。他年纪有三十多岁，新近他的夫人死了，遗下一子一女无人照顾。他同友人到舞场来，偶尔游观，见了我，细细问起我的身世，我一一告诉他。他很可怜我，便到我住处来看我，知道我借住在朋友家中，生了肺病，遂劝我去诊治。我谢绝他，但他很诚挚地伴我到医生处去求医。医生说，我在肺病第一期，赶紧到空气新鲜的地方去养息，再不能在舞场中做事了。他遂和我商量要拯拔我从火坑里出来，情愿承担医药费，教我到莫干山来养病，将来要我嫁给他。我知道他是个很忠厚的人，他能这样待我，是我很好的机会，遂即答应他。他很快活，送我到山上来。自己因为有事，先回沪去。唉！我已是堕落，幸遇到他能爱我，扶助我，以后当可没有痛苦了。"汪紫璎说罢，似乎很吃力的。

瘦蝶道："苦海无边，回头是岸。女士虽失足在先，而能忏悔于后，未始非不幸中的大幸。以前种种，譬如昨日死，以后种种，譬如今日生。望你善自排遣，早占勿药之喜。"

汪紫璎道："谢谢密司脱杨的劝慰，云仪、云裳两位学姊可好么？"

瘦蝶道："她们平安如常，已在卿云女校毕业。"

汪紫璎道："两位学姊都是有福气的人，我和她们相比，有天渊之隔了。"

这时，有一女看护走进室来，瘦蝶遂和若兰告辞出去。对于汪紫璎不胜感慨。若兰又痛骂社会的罪恶，以为社会中到处皆有陷阱，稍一不慎，便堕落下去，非洁身自爱，不能保其天真。

光阴很快，若兰伴着瘦蝶在山上避暑养病，已到七月下浣，金风送爽，秋虫乱鸣，山上更是充满着凉意。瘦蝶的病已十分痊愈，气色恢复，不像初上山时的清瘦了。若兰两颊也较为丰腴，精神充足，遂收拾行李，准备返乡。碧珠挽留不住。临别的前一天，碧珠夫妇设宴相送，瘦蝶要偿还碧珠医药、膳宿等费，但碧珠哪里肯收？说戋戋之数，何必计较，反使我惭愧了。二人遂向他们夫妇道谢，又见汪紫璎的病也有起色，很是安慰。瘦蝶告诉伊，说他们要回去了。汪紫璎不觉容色黯然，眼中隐有泪珠。动身时，碧珠亲送二人至山下而别。

二人离了莫干山，一路安抵家乡，与众人相见，久别重逢，不胜欣慰。杨太太等因瘦蝶病愈，更是愉快。沈太太知道若兰已答允瘦蝶的求婚，正中心怀，自然快慰得很。秋月、稚英、翠娟、飞琼等闻得瘦蝶、若兰回苏，一齐来会。大家聚在一起，畅谈心曲。飞琼本来要出去的，后因接到丁剑青来函，告知伊近日战况不利，军队一日数调，不胜劳苦，更因宁汉分裂，我军陆续撤退，所以劝伊暂居家中不要前往。飞琼遂不去了。

欢聚数天，各学校又将开学。云仪因为时局混沌，消息恶劣，不到白门女子大学去读书了。云裳被景星女学请去教授英文，严稚英早有若兰介绍伊，去望亭代伊的教职，已和赵芷芳签了约。若兰遂送伊前去，和芷芳、征祥、蓓英、味韶等众人见面。芷芳本不愿若兰辞退，而若兰因要补习法文，预备留学，所以决心不再执教鞭。芷芳无可奈何，很为可惜。若兰在望亭住了三天，助理稚英把校务弄得清楚，才告辞回苏。唯有翠娟还要等一年，方得毕业。在七月初旬，也由秋月为媒，许配与王先生的儿子王济远了。瘦蝶因要践约，不惜重金，请了一位法国留学生，来家教授法文。每日二小时，和若兰一同补习，一面仍追求画学。情场已歌凯旋，心灵上大得安慰，专心致志地用功在艺术上。又接碧珠来函，得悉汪紫璎病已痊愈，何先生接伊下山去了。

哈哈，天下最快的东西要算作小说的一支笔，有时叙述一桩事情洋洋千万言，还觉说不完，可算慢了。但有时快起来，八年十年只消笔头上轻轻一转，便已过去。所谓有话即长，无话便短。

这几个月当中，瘦蝶和若兰专心研究学术，暇时联臂出游，真是优哉游哉，得其所哉也，没有什么事情给著者挥写。直到三月中旬，忽然接到宗长风来函说，他已制备最新式飞机一架，要坐着飞渡大西、太平两洋，遄归祖国。先到上海，后到广州。广州航空学校已筹备欢迎，云云。瘦蝶、若兰、云仪姊妹等听了都很喜悦，说宗长风不愧是航空界的健儿，为祖国争荣光。我中国留学生研究航空事业的很少，并没有过一个人坐着飞机从海外归国。今番他竟横渡两个大洋，御风而归，开中国航空界破天荒的新纪录。他们预备都要到上海去欢迎他。

隔了一个月，宗长风又有电报打来，说他于某日动身，某日某时可到上海，和诸友好相见。瘦蝶遂偕同云仪、云裳、若兰、飞琼、秋月等五人，先一日坐车赴沪，住下大东旅馆，开了两个头等房间。众人都出去访友。晚上，瘦蝶又伴她们到奥迪安影戏院去看电影。次日上午，雇了两辆汽车到飞机场去欢迎宗长风。

这时，上海各团体、各机关已得到这个消息，一齐派代表前往欢迎。还有许多新闻记者、民众代表，纷纷赶去，热闹得很。

瘦蝶和若兰等择一高处立着等候。直等到午后，还没见来，若兰等立得足都痛了，腹中也觉得饥饿，枵腹而待。云裳眼睛最尖，抬头望见东方白云下有一点黑影，便指给瘦蝶看，道："这是飞机么？"

此时，大众也已看见，一齐喊起来道："飞机，飞机！"霎时间，欢声四起，掌声如雷。这一点黑影，渐近渐大，已听得出轧轧的机声。瘦蝶、云裳等跟着大众把白丝巾向空招展，飞机全身已看得清楚了，忽在顶上盘旋着掷下五色纸屑，成 China 一字，大家又喊起 China 来。飞机徐徐向下降落，有些影戏公司带着摄影机，急急摄影。

飞机在场中停住，走出一个西装少年，披着外衣，戴着呢帽，鼻架眼镜神采奕奕。正是宗长风！许多欢迎的代表都上前和他相见，瘦蝶挤了好多时，才到宗长风身边，说道："密司脱宗，我们在此欢迎。"

长风也已瞧见瘦蝶，忙和他握手说道："瘦蝶兄别来安好？"

瘦蝶又道："舍妹等都在那边欢迎大驾。"

长风道："不敢当的，我去见见她们。"遂跟着瘦蝶走到众人面前，大家向他鞠躬，长风却伸手和她们一一行握手礼。云仪姊妹见长风一别数年，身体格外强健了。长风也见云仪姊妹成长得益发美丽。瘦蝶又介绍若兰、飞琼等和他相见。长风问道："你们住在哪里？此刻，我有航空会中人招待，前去开会，恐怕不能和你们畅谈别绪，待我得空再来拜见。"

瘦蝶道："我们住在大东旅馆十二号，请你早些光临。"

长风道："很好。"遂向他们点点头，又走到别处去招呼了。瘦蝶遂偕若兰等先行回去。等到晚上，还不见长风驾到。却有一个电话打来说，今晚有航空会欢宴，不能趋前了，教他们别要盼望。众人觉得扫兴。

明天十点钟过后，宗长风独自到旅馆里探望。众人问他留学情形，他把德国飞行事业发达，种种的逸闻，以及自己求学的小史告诉众人听，都觉很有趣味，也佩服宗长风志向的伟大。

宗长风又说："我因飞行机上不能多带物件，所有行李等物，另托一个返国的友人带来。我们在一个日子动身的，但他还不来哩！曾购得各种好玩的东西要送给瘦蝶和云仪姊妹，只好等后再送了。"

瘦蝶遂请长风同到大东酒楼，设宴接风。众人围坐一桌，齐向长风敬酒，言笑晏晏。长风又道："我明天要还乡去一行，然后到南京耽搁几天，再飞行到广州去。因为那边航空处已请我去做处长了。"

瘦蝶笑道："长风兄在天空中飞来飞去，好不自由，我们真是望尘莫及。"

长风道："瘦蝶兄，你也要试坐一下么？很平稳的。可随我到杭州去一遭。"

瘦蝶摇头道："我怕头眩的，坐了上去不能下来，喊救命也来不及了。"

长风笑道："瘦蝶兄你真是个书生，胆小得很。我从德国飞回来时，横渡大西、太平两洋，俯视大洋空阔，波浪轰隆，飞机若一失势，必将葬身海波，同归于尽。但我用我的精神，贯注在驾驶上，视海洋若小池，高山若土丘，安然归国。现在从上海到杭州只有几百里路，至多一个半钟头便达到，为什么不试试呢？"

云裳却伸手道："我愿试坐。"

长风喜道："密司杨有志一试么？很好，很好。"

云仪遂对云裳说道："你不要一时高兴坐了上去，害怕起来，不是玩的。且被母亲知道了，也恐不放心的。"

云裳面上红起来，又说道："我不会害怕，想是很好玩的。况且有密司脱宗驾驭，当然没有意外之虞。"

长风对云仪说道："令妹有心要尝试，也是很好的事。随我前往，决无危险，请你们放心。到杭以后，令妹或坐火车回来，或等我飞到南京时，顺便到苏州暂一降落，送令妹安抵府上。我国女子飞行简直可说还没有呢！好让伊留传一段佳话。"又问瘦蝶道："瘦蝶兄以为好么？"瘦蝶只好点头答应。

长风又道："各国政府逐年增加海、陆、空三种事业的预备。一国有了海军、陆军，若没有航空军，还不能御侮自强，所以他们对于航空事业尤其极力提倡。中国岂可不注意。便把强大的英国而论，海军称霸于全球，但畏惧法国的航空军。法人有谚道：法国航空军只须二十四小时，可破伦敦全埠。可知航空的重要了。"

瘦蝶道："将来长风兄必能使我国航空事业进步无量。今日，谨为预贺！"若兰等也说了许多赞美的话。席散时，长风和云裳约定明日早上时到这里来迎候，遂又到别地方应酬去了。

若兰等都佩服云裳胆量，大家称伊为未来的女飞行家。云裳笑道："我不过逢着机会尝试而已，你们便加给我这个头衔，我真不敢当。你们也拟人不伦了。"

次日，云裳等一早起身，梳洗毕，众人都吃过早餐，宗长风果然来了，说道："我坐摩托车来的，快快同去。"瘦蝶、若兰、云仪等人都要去相送，看云裳坐飞机，也雇着汽车随往。到了飞机场，下车走入。已有许多人等在那里观看。宗长风给一套衣服代云裳披在身上，戴上御风帽、眼镜、手套等物，向众人告辞。临行时，有某照相馆要求摄影。宗长风和云裳并立在飞机的前头，摄了一影。然后先请云裳坐到机中去，自己随后跨入。云裳把手帕向瘦蝶、若兰等飘展，他们也扬着手巾送伊。宗长风把机开动，飞机便离地而起，绕着圈子渐转渐高。飞到天空，又在上面飞行一匝。然后往南飞去，如脱线的风筝一般，没入云里，看不见了。瘦蝶遂回到旅馆，又去游了一次法国公园，才一同返苏。

杨太太听得云裳随着宗长风坐飞机赴杭，说道："小妮子任性得如此田地，都是我纵容伊的。等伊回来，要训诫伊一番呢！"

云仪道："云裳妹妹人小胆不小。以前像伴着严稚英去和男家要求取消婚约，登报招考丈夫，把报名费捐助军饷，戏弄一般急色儿，只有伊做得出来，换了我就不行了。"

若兰道："伊虽然如此，可是做得极爽快，令人不得不佩服。"杨太太听了笑笑，于是云仪便去代云裳授课。

等了两天，不见宗长风送云裳回来，杨太太很是疑讶。忽然有一封快信从杭州寄至，是云裳写的。瘦蝶拆开展读，始知云裳因随宗长风坐飞机至杭，很是安适。现在又跟长风坐到南京去遨游，须等长风动身赴粤，然后中途到苏州降落，送伊回家，请家中人勿念。

杨太太恨恨道："云裳坐飞机坐出瘾来了！到了杭州，又到南京，说不定再要到广州，索性到外国去兜一下子吧！"要瘦蝶发电报去催伊回家。

瘦蝶道："母亲不要发急，广州是不会去的。长风也不会久留新都，隔一天自然回来了。"杨太太只好耐性等候。

不料，云裳没有回家，杨太太的兄弟吴旭沧又来了。见面后，杨太太首先问他，云裳可曾来拜候。吴旭沧含笑点头道："来的，伊就住在我家。那天，伊随宗长风坐飞机来杭，杭人都出欢迎。我们不防，云裳甥女也来的，出于意料之外。伊便到我家来相见。我们留伊住宿。后来，宗长风的父亲宗顺之和宗太太特地接伊去吃夜饭。次日，长风又伴伊去湖上游了一会儿，约伊同赴南京去一游。然后，送伊归家。云裳甥女一口答应。他们去后，宗太太又亲自到我家里来托我速即到苏州来求亲，代伊的儿子做媒人。因宗长风很属意于云裳甥女，而宗太太等也很爱伊，知我是云裳甥女的舅父，托我极力说合。我觉得你们两家也很门当户对，宗长风是个极有希望的英俊少年，看云裳也很敬爱他，若然订婚，不愧一对佳偶。所以我立即赶来向姊姊一说，不知你意下如何？"

杨太太也曾见过宗长风的，知道他人品很好，现听伊的兄弟这样讲来，很是惬意，遂答应愿把云裳配给宗长风。吴旭沧见事已成功，便在苏候宗长风到来。又过了一天，南京来了电报，说他们将于明日上午十一时飞抵苏州。瘦蝶等听了，都很快活。苏州没有飞机场的，各机关已接到消息，便借上津桥操场做临时飞机场。

这天上午，各代表和欢迎的民众都去恭候，瘦蝶、旭沧、若兰、云仪、秋月、翠娟等众人也前往欢迎。苏州地方极少有飞机降落的，所以人山人海，轰动全城。将近午时，果然飞机轧轧声从北面飞来。众人大声欢呼。宗长风和云裳渐渐落下，众代表以及新闻记者都争先欵接。云裳见云仪等都在那里欢迎，连忙扑到伊的姊姊怀中来。宗长风也过来相见。云裳遂先跟众人回家，宗长风还要和各代表周旋。他们已设宴在铁路饭店，请他饮酒了。云裳回家，见了杨太太，杨太太也不再说伊，但说："你真大胆，坐了一趟不算数，还要坐到南京去，累我急煞。"

云裳笑笑。若兰问伊在飞机上觉得如何，云裳答道："我却一些儿没有头晕。这几天天朗气清，所以俯视大地十分清晰。此次到南京去，曾飞过一个山头，微有白云围绕，但一霎时便没有了。但见铁路如线，长江如带，城头如方罫，很是有趣。"众人听了，很为歆羡。云裳又把两处欢迎状况，约略奉告，说有很多人误认伊是宗夫人呢！

云仪笑道："他们倒不是误认，因为你确实将要做宗夫人了。"遂把母舅来苏做媒的事告知伊，云裳红晕两颊，把个头钻在杨太太怀里。

杨太太笑道："不要害羞，将来还要做新嫁娘呢！"

云裳道："我不要，我不要，你们都来说我。"又对云仪说道："韦秋心来了，要你去做新嫁娘呢！"众人一齐大笑。

到四点钟过后，宗长风走来拜见杨太太，旭沧先拉他在一边，告诉他说，杨太太已答应了，教他便在此时见礼、称呼。宗长风因身穿西装，不便下跪，遂向杨太太三鞠躬，叫一声"母亲"，秋月、飞琼早把云裳紧紧拖住，推到宗长风面前，要他们相对行二鞠躬礼。云裳挣扎不脱，被飞琼按着，只好和长风微微二鞠躬。长风也照样盘折为礼。瘦蝶在旁边高声喊着："新郎新妇对面立，行二鞠躬礼！"又闹得哄堂大笑。云裳一溜烟逃到楼上去了。瘦蝶和旭沧伴着长风到绿静轩去谈话。晚上，又在吟香书屋设宴款待，尽欢而散。宗长风便在杨家下榻。

次日，宗长风在手上脱下一只钻戒给云裳，作为订婚纪念。云裳也取出前年在运动会中得的两个锦标，赠予长风，把这一段小小历史讲给长风听。长风得了很是珍贵，把来做表坠，可以佩戴在身。长风又在苏州盘桓了一天，因日期迫促，便和众人辞别，独自坐着飞机到广州去了。吴旭沧也即日返杭复命。严稚英在望亭得到这个消息，特地赶回来，向云裳道喜。苏州的小报也竞载云裳和飞行家宗长风订婚的消息，可笑黄静斋、贾子美等一众人，唯有咨嗟太息，自憾缘浅罢了。

隔几天，杨太太又接到吴旭沧的来函，说宗家知道二人已在苏订婚，十分快活，准备在短时间内便要正式迎娶。杨太太得知消息，要想先待瘦蝶成婚，娶了媳妇，然后再嫁女儿。而瘦蝶心里，最好他和秋心、剑青等同时举行婚礼。适逢国民军在济南攻下时，被日军无理干涉，闹成五三惨案。飞琼、云仪等十分着急，发电去探询，始知二人在军中无恙，已渡过黄河，向直鲁军进攻了。于是，瘦蝶写函去征求二人同意，后得剑青复书，说他们须要等到北伐成功，然后回里成婚。瘦蝶也只好暂缓。幸亏奉军不战而退，国民军会师京津，北伐已告成功，秋心、剑青班师回来，请假一月，回里结亲。瘦蝶大喜，遂通知宗长风，要求杨、韦、丁、宗四家同时结婚。长风复函赞成，公推瘦蝶择一吉日。瘦蝶因为出洋的事，已预备好了，所以结婚的日期愈早愈妙，遂定八月初一日，地点也不在苏，也不在杭，定在上海大华饭店。这个消息传出来，各家亲戚友好都欣欣然预备吃喜酒。杨家、柳家、沈家更是忙碌。好在大家的结合都是相知有素，不重妆奁的。唯有杨太太娶媳妇、嫁女儿并在一起，格外繁忙。幸亏有钱，不消周时办，较为容易。

转瞬间已近吉期，大家都到上海去。望亭模范村里的赵芷芳、倪征祥、华蓓英、龚昧韶、严稚英，莫干山上的碧珠夫妇，也都赶来。瘦蝶的老师陶子才和画会里的朋友也随瘦蝶到上海吃喜酒，陶子才特地绘成一幅《蝶魂花影》图的四尺立轴，送给瘦蝶，张在青庐中，宗长风也在结婚前三日坐了飞机回到上海。宗家家族早已前来。四对新郎新妇预先学习踏步，请万国音乐会指导员密司哈惠而和白门女子大学琴歌教员陈贵英女士二人奏琴。

到了正日，静安寺路上，车水马龙，络绎而来。大华饭店门前，汽车停得好似开汽车大会一般，佳宾如云，热闹异常。实因四对新人同时举行婚礼，还是在上海破天荒的创举。礼堂中挤得水泄不通，特请刘博士为证婚人。杨、柳、沈、韦、丁、宗六家尊长都列席做主婚人，请吴旭沧、陈震渊二老为介绍人，陈太太、江太太、吴太太，以及一飞、淑贞夫妇、秋心的姑母、含英女学的教员范淑芳女士等一众都在旁边观礼，笑得嘴都合不拢来。赞礼员是李愈医生，高声唱着主婚人入席等等。先有一队军乐队奏着喜悦的曲调，乐声洋洋，把大众的心鼓舞起来。军乐停止后，便是新郎新娘入席。密司哈惠而和陈贵英女士奏起钢琴，在飒飒的琴声里头，四对新人各有傧相护从，踏着步相对走出。面前有四个十二三岁的小女儿，雏发覆额，穿着一色的短衣短裙，手里提着花篮，走在新人的前面。

第一对是瘦蝶和若兰，若兰的女傧相是芷芳、征祥；第二对是剑青和飞琼，飞琼的女傧相是慕秋、筠青；第三对是秋心和云仪，云仪的女傧相是秋月、碧珠；第四对是长风和云裳，云裳的女傧相是稚英、翠娟。

八位女傧相都穿着一色印花软绸的单旗袍，黑色烫花的高跟皮鞋，各捧鲜花一堆，好似一队瑶池仙女拥着。

四位新娘穿着粉红色软绸的礼服，头上戴着极新式的花冠，轻纱披肩，手里捧着鲜花，下垂及地。脚上肉色丝袜，肉色金边皮鞋。

四位新郎各穿着簇新的大礼服，手里拿着礼帽，一色的白手套，襟上扣着花球，都是翩翩佳公子。看得个个人都呆了。

新郎新娘各按位坐定，一场新型婚礼正式开始。正是：

关关雎鸠，在河之洲。窈窕淑女，君子好逑。

闲云老人评：

若兰的三个条约，入情入理，瘦蝶岂有不允之理？若兰与瘦蝶的婚约，可说是千呼万唤始出来，此时一吻，读者亦当欢喜赞美。浪漫女子汪紫璎也在此回结束了，大可为一般贪慕虚荣意志不坚的女子当头棒喝，尊海回头，还是伊的大幸哩！宗长风凌云御风而归，大好男儿当如是，以云裳匹之，真是很好的一对儿。四对新人同时结婚，一时佳话流传，花团锦簇，足为全书生色。如此结束，真是有情人成了眷属，读者当无遗憾了。

图书在版编目（CIP）数据

蝶魂花影／顾明道著. —— 北京：中国文史出版社，
2018.3

（民国通俗小说典藏文库. 顾明道卷）

ISBN 978-7-5034-9953-1

Ⅰ. ①蝶… Ⅱ. ①顾… Ⅲ. ①长篇小说-中国-现代

Ⅳ. ①I246.5

中国版本图书馆 CIP 数据核字（2018）第 008821 号

点　　校：澎　湃
责任编辑：薛媛媛

出版发行：**中国文史出版社**

网　　址：http://www.chinawenshi.net

社　　址：北京市西城区太平桥大街 23 号　邮编：100811

电　　话：010-66173572　66168268　66192736（发行部）

传　　真：010-66192703

印　　装：廊坊市海涛印刷有限公司

经　　销：全国新华书店

开　　本：720×1020　1/16

印　　张：24　　　　　字数：350 千字

版　　次：2018 年 3 月第 1 版

印　　次：2018 年 3 月第 1 次印刷

定　　价：69.80 元